U0143118

普通高等教育"九五"教育部重点教材
普通高等教育"十一五"国家级规划教材

钱理群 温儒敏 吴福辉 著

ZHONGGUO XIANDAI
WENXUE SANSHI NIAN

中国现代文学三十年

（第三版）

北京大学出版社
PEKING UNIVERSITY PRESS

图书在版编目（CIP）数据

中国现代文学三十年 / 钱理群，温儒敏，吴福辉著. 一3 版. 一北京：北京大学出版社，2024.5

（博雅大学堂. 文学）

ISBN 978-7-301-34777-5

Ⅰ. ①中… Ⅱ. ①钱… ②温… ③吴… Ⅲ. ①中国文学—现代文学史 Ⅳ. ①I209.6

中国国家版本馆 CIP 数据核字(2024)第 006338 号

书　　　名	中国现代文学三十年（第三版）	
	ZHONGGUO XIANDAI WENXUE SANSHI NIAN（DI-SAN BAN）	
著作责任者	钱理群　温儒敏　吴福辉　著	
责 任 编 辑	艾　英　张凤珠	
标 准 书 号	ISBN 978-7-301-34777-5	
出 版 发 行	北京大学出版社	
地　　　址	北京市海淀区成府路 205 号　　100871	
网　　　址	http://www.pup.cn　　新浪微博：@北京大学出版社	
电 子 邮 箱	编辑部 wsz@pup.cn　　总编室 zpup@pup.cn	
电　　　话	邮购部 010-62752015　发行部 010-62750672　编辑部 010-62756467	
印 刷 者	北京中科印刷有限公司	
经 销 者	新华书店	
	965 毫米×1300 毫米　16 开本　37 印张　680 千字	
	1987 年 8 月第 1 版　1998 年 7 月第 2 版	
	2024 年 5 月第 3 版　2024 年 5 月第 1 次印刷	
定　　　价	99.00 元	

初版序言[①]

王　瑶

　　这是一本由钱理群、吴福辉、温儒敏三位青年研究工作者撰写的有特色的现代文学史著作。这个事实本身就是令人振奋的。从 1922 年胡适在《五十年来中国之文学》的最末一节"略讲文学革命的历史和新文学的大概"开始，六十多年来在不同时期出版的各种有关现代文学史的著作，已经相当多了；它已构成了一部关于现代文学的学术研究史，记录了这门学科在艰难曲折中跋涉前进的历史足迹。其中较早的著作，无论是前述胡适《五十年来中国之文学》(1922 年)，还是陈子展《最近三十年中国文学史》(1929 年出版，其中有"十年以来的文学革命运动"一节，详述晚清以后的文学)，或周作人的《中国新文学的源流》(1932 年)，都是着眼于新文学与传统文学特别是与近代文学的历史变迁关系的梳理，这固然反映了当时人们对于现代文学的一个特定的观察角度，同时也显示了现代文学尚未从中国文学整体研究中分离出来，成为独立的学科。真正用历史总结的态度来系统地研究现代文学的，应该说是始于朱自清先生。他 1929 年至 1933 年在清华大学等校讲授"中国新文学研究"的讲义，后来整理发表题为《中国新文学研究纲要》，是现代文学史的开创性著作。它以作家的创作成果作为主要研究对象，着眼于从丰富的文学现象来探讨各类作品产生和发展的社会原因和历史经验，重视作品的艺术成就及社会影响，特别是注意分析了外国文学对中国现代文学的影响及其对各种流派的形成在思想风格上所起的作用，并采用了先有总论然后按文体分类评述的体例，这对以后的现代文学研究都有重要的启示作用。中华人民共和国的成立，标志着新民主主义革命的胜利完成，现代文学的发展已经历了一个完整的历史阶段，这就更有条件从整体上来考察和研究它的发展过程和历史特点了。50 年代初期，由于适应当时高等学校新设"中国现代文学史"这一课程的教学需要，先后出现了好几

[①]　此为王瑶先生为《中国现代文学三十年》(上海：上海文艺出版社 1987 年版)初版所写的序。

种比较完备系统的现代文学史著作,这些以教材形式出现的著作虽然都努力尝试运用历史唯物主义的观点来说明现代文学的产生和发展,但同时也反映了民主革命胜利初期的时代气氛与社会心理;如对于解放区作品的尽情歌颂,对于国统区某些政治态度暧昧的作品的谴责,即其一例。由于当时政治气氛和学术空气比较正常,各种各样的大规模的政治运动尚未开展,因此这一时期出现的各种现代文学史著作,都尚能各抒己见,具有不同的特点。总的说来,它们为这门学科的研究奠定了基础,形成了后来研究工作者沿用的格局和范围,为进一步的深入研究确立了一个起点。但随着我国学术思想界"左"的倾向的抬头,这些著作都受到了不同程度的批判;代之而起的是一批以所谓"文艺上的无产阶级路线和资产阶级路线的斗争"作为基本发展线索的现代文学史著作。这些著作不仅把研究的重点对象由作家作品转向文艺运动,甚至政治运动,而且模糊以至否定了现代文学反帝反封建的新民主主义性质。研究的范围越来越窄,"现代文学史"变成了"无产阶级文学史";到了那"史无前例"的日子,最后就只剩下一个被歪曲了的鲁迅。粉碎"四人帮"以后,经过"拨乱反正"的工作,特别是党的十一届三中全会以后,随着现代文学研究工作的全面复苏,又出现了一批新的现代文学史著作。这些著作或在60年代编写的教材基础上修改和补充,或由一些地区、学校组织集体编写,总的看来,尽管在体例或深度上还没有更大的突破,但都在对现代文学的基本性质,以及对文学运动、作家作品的评价上,进行了大量"拨乱反正"的工作。这对于推动现代文学研究回到马克思主义的实事求是的轨道上来,起到了积极的作用。

近年来,现代文学研究开始转入日常的学术建设。许多研究工作者对现代文学进行了客观的考察和具体的分析,他们的研究成果显示了这门学科正在扎实、稳步地前进。本书的作者就是近年来涌现出来的几位引人注目的青年研究工作者。从书中可以看到,他们吸收并反映了近年来的研究成果与发展趋势,打破狭窄格局,扩大研究领域,除尽可能地揭示现代文学发展的历史主流外,同时也注意到展示其发展中的丰富性与多样性,力图真实地写出历史的全貌。他们注意从文学发展的历史过程与历史联系中去分析各种重要的文学现象,重视文学本身的规律和特点,重视作品的实际艺术成就,以及艺术个性与风格的特点;注意对文学思潮和流派的历史考察,努力揭示各种文体发展的内在线索。他们还研究了中国现代文学所受外国文学的影响,并注意探讨现代文学民族风格与特色的形成过程。在体例安排上,既注意到文体分类,以突出各种文体的发展和不同流派的特点,又对某些代表艺术高峰的作家作品进行专章论述,以显示各个时期艺术发展所达到的水平。当然,上述这些特点主要是从作者的写作意图和致力方向上说的,至于实际所达到的水平,自然也有力不从心之处,甚至还存在某些薄弱环节,如在体例框架以及研究方法上尚有待于重大突破,对文学发展的内部规律还需要做更深入细致的研究等。但这些弱点实际都在一定程度上反映了当前这门学科本身所存在的不足,是有待今后创新的重大课题,因而是不能苛求于作者的。鲁迅曾经说过,在历史发展、进化的过程中,一切不过是"桥梁中的一木一石",必然随同历史的前进而"逝去"。① 随着现代文学这门学科的进一步发展,我们相信一定会有更新更完善的文学史著作出现。但就目前而论,本书确实反映了现阶段的研究水平并且具有比较鲜明的特色,因此我愿意把它介绍给中国现代文学的爱好者和关心者,并瞩望本书的作者们继续前进,不断取得新的研究成果。

1985 年 5 月 24 日

---

① 鲁迅:《写在〈坟〉后面》,《鲁迅全集》第 1 卷,北京:人民文学出版社 1981 年版,第264、265 页。

前　言

　　本书所要讨论的"中国现代文学三十年",以 1917 年 1 月《新青年》第 2卷第 5 号发表胡适《文学改良刍议》为开端,而止于 1949 年 7 月第一次全国文学艺术工作者代表大会在北京的召开。在这个意义上,"现代文学"仅是一个时间概念。尽管这些年学术界不断有打破近、现、当代文学的界限,开展更大历史段的文学史研究(例如"20 世纪中国文学""19 世纪以来中国文学""近百年中国文学"研究)的建议,并且已经出现了不少成果,但由于本书的教科书性质,必须适应现有的大学中文系课程的设置,以及现有的学术研究格局,在未做全国性的变动之前,以"三十年"为一个历史叙述段落,仍有其存在的理由与价值。

　　在本书的历史叙述中,"现代文学"同时还是一个揭示这一时期文学的"现代"性质的概念。所谓"现代文学",即是用现代文学语言与文学形式,表达现代中国人的思想、感情、心理的文学。

　　这样的文学的现代化,与 20 世纪中国所发生的政治、经济、科技、军事、教育、思想、文化的全面现代化的历史进程相适应,并且是其不可或缺的有机组成部分;而在促进思想的现代化与人的现代化方面,文学更是发挥了特殊的作用。因此,20 世纪中国围绕现代化所发生的历史性变动,特别是人的心灵的变动,就自然构成了现代文学所要表现的主要历史内容。而中国的现代化所具有的历史特点,例如,其实现现代化的过程同时又是反抗帝国主义的侵略与控制,争取民族独立与统一的过程;现代化进程中城与乡、沿海与内地的不平衡,出现了现代都市与乡土中国的对峙与互渗;现代化本身产生了新的矛盾、困惑……这些都对这三十年的现代文学的面貌(从内容到形式)产生了深刻的影响。不仅现代政治(其核心是国家的文化体制,国家与政党的文化政策、意识形态)、经济(特别是市场经济所产生的商业文化与消费文化)、军事(包括现代战争),而且现代出版文化、现代教育、学术与现代科技都深刻地影响与制约着现代文学的发展。而如何处理文学与政治、文学启蒙与民族救亡、文学与市场等的关系,更是中国现代作家必须面对,并时感困惑的历史课题。在现代文学发展的三十年中,在这方面既有深刻的教训,也积累了宝贵的经验。

文学的现代化自然意味着对中国传统文学的历史性变革与改造;同时,作为民族文学的有机组成部分,现代文学也与传统文学存在着深刻的血肉联系。而中国文学的现代化,受到西方与东方国家文学的深刻启示与影响,也是一个无需回避的事实,与世界文学的血肉联系正是文学现代性的一个重要表征。同样重要的是中国现代作家对外来文学资源的利用、改造、变异与融化,这吸取与创造的过程也是中国现代文学参与20世纪世界文学的创造,成为其有机组成部分的过程。"文学的现代化与民族化"成为中国现代文学必须解决的历史性课题,在某种意义上,现代文学三十年正是在这二者的矛盾张力中发展的。中国的作家为此展开了持续的论争,并做了大量的艺术探索与实践,同样积累了丰富的经验与教训。

文学现代化所发生的最深刻并具有根本意义的变革是文学语言与形式的变革,以及与此相联系的美学观念与品格的变革。这是一个空前复杂的艺术课题,不仅存在如何处理诸如"文学内容与形式""文学的俗与雅""形式的大众化与先锋性、平民化与贵族化""文学风格的时代性与个人化"的关系这类艺术难题,而且在创作方法的选择上,诗歌、小说、散文、戏剧各个文体内部也有不同样式、流派、风格的创造,如诗歌方面的格律诗与自由诗,散文的闲话风与独语,小说方面的诗化小说与心理分析小说,戏剧方面的广场艺术与剧场艺术,等等,都需要以极大的艺术匠心去进行创造性的实验。也正是在这样的探索过程中,终于产生了鲁迅这样的世界与民族的现代文学大师,以及一大批各具特色的著名小说家、散文家、戏剧家、诗人、文艺理论家与批评家,他们所创造的现代文学经典,已经成为中国读者的文学养料,大、中、小学文学教育的重要内容,并且成为现代民族语言(现代汉语)的典范,为中国与世界文学宝库增添了新的内容。

尽管现代文学还存在着许多问题,特别是所付出的代价与收获不成比例,但它已经在现代中国的土地上深深地扎根,却是一个不争的事实;而它所创造的文学创作实绩、已经形成的现代文学新传统,也足以使其成为独立的文学史的研究与学习对象。

目　录

第一编　第一个十年(1917 年—1927 年)

第三编　第三个十年(1937 年 7 月—1949 年 9 月)

第一编　第一个十年

（1917 年—1927 年）

第一章　文学思潮与运动(一)

一　文学革命的发生与发展

　　1917 年初发生的文学革命,在中国文学史上树起一个鲜明的界碑,标示着古典文学的结束,现代文学的起始。

　　而文学发展的不同历史阶段又存在着紧密的承续关系,所谓古典与现代、新与旧,难以做一刀切的划分。有的学者提出"二十世纪中国文学"的概念,试图涵盖百年中国文学的有机整体性特征,就更多注意到文学革命之前已经出现的某些向现代变革的趋向。① 事实上,文学革命的爆发确有其历史背景,并在相当程度上利用了晚清以来文学变革的态势与思想资源。

(一)文学革命发生的背景

　　先简单回顾晚清和民国初年的文学变革,那是文学革命的序幕。

　　早在 19 世纪末,在维新运动的直接促助下,就出现了突破传统的文学观念和形式,以适应社会变革要求的尝试,其中包括提出"我手写我口,古岂能拘牵"的新诗派②、倡导"新意境""新语句"和"古人之风格"三长兼备的"诗界革命"③;将小说的政治宣传与思想教化功能极大提高,企求达到"改良群治"和"新民"目标的"小说界革命"④;要求打破桐城派古文的藩

---

　　① 黄子平、陈平原、钱理群在《论"二十世纪中国文学"》中提出了这一概念,见《文学评论》1985 年第 5 期。另,近年来已出现多种以"二十世纪中国文学"命名的文学史著作,其中比较重要的,有严家炎主编的《二十世纪中国文学史》三卷本,北京:高等教育出版社 2010 年版。但对于"二十世纪中国文学"内涵的解释,学界仍有争议。

　　② 黄遵宪:《杂感》,《黄遵宪集》,天津:天津人民出版社 2003 年版,第 90 页。

　　③ 梁启超:《夏威夷游记》,《饮冰室文集点校》第 3 集,昆明:云南教育出版社 2001 年版,第 1826 页。

　　④ 梁启超:《论小说与群治之关系》,《饮冰室文集点校》第 2 集,昆明:云南教育出版社 2001 年版,第 760 页。

篱,推广平易畅达的"新文体"的"文界革命"①。虽然由于历史条件尚未成熟,这些由社会变革的热情所煽起的文学革新的尝试,只开出过炫目的花,未结出实在的果,然而其文学因时而变的信念和关注社会变革的使命感,其向传统文学观念与手法挑战的激进的精神,都为后起的文学革命所直接承袭。

此外,晚清已经有人开始提倡白话文②,也为后来文学革命大力倡导白话文运动造成一种蓄势。特别值得提到的,还有清末民初域外小说翻译大盛③,更是刺激和启迪了新旧时代交接中的中国作家,他们在借鉴与模仿中很自然地将本土的传统文学与世界性的现代文学做比较,从而打破思想封闭状态,开始参与世界文学"对话",这又势必引起中国文学内部结构的变迁。文学革命的倡导者与新文学第一代作家,大都从晚清文学翻译中获益。晚清域外小说输入所造成的开放态势,也被文学革命所承续并拓展。

然而,近代的一系列文学变革还只能作为后来文学革命的序幕,其规模、声势、社会影响面以及对传统文学所构成的挑战的力度,都远不能与文学革命相比。近代文学变革总体上仍囿于传统文学内部的结构调整与变通。因为在晚清和民国初年,毕竟还没有出现那种足以造成整个民族思想文化向现代突变的契机,社会转型仍未抵达临界点。而这一切都有待于1917年前后,这时候才终于出现了对中国的命运影响极大的新文化运动。正是这场运动为文学革命提供了动力与契机。

新文化运动是在什么背景下发生的?

1911年辛亥革命宣告了两千多年封建帝制的结束,为中国社会的转型创造了基本条件。而第一次世界大战后帝国主义列强暂时放松了对中国的侵略,中国民族工业乘机发展,新兴的社会力量增长,又为新的文化与文学运动提供了物质的阶级的基础。更加直接的原因是,随着清末废科举、兴学堂,新式文化教育得以发展,促成传统的"士"向现代知识分子转变,开始涌

---

① "文界革命"的提出也见于梁启超《夏威夷游记》,其中谈及日本政论家德富苏峰著作时指出,"其文雄放隽快,善以欧西文思入日本文,实为文界别开一生面者,余甚爱之。中国若有文界革命,当亦不可不起点于是也"。见《饮冰室文集点校》第3集,昆明:云南教育出版社2001年版,第1828页。

② 如戊戌变法前后,就有裘廷梁(1857—1943)编辑"白话丛书",创办《无锡白话报》,极力提倡白话文,进行文体改革。他还在《苏报》上发表了著名论文《论白话为维新之本》。

③ 从1896年《时务报》开始译介外国小说,到文学革命发生之前,翻译出版的域外小说约有800种。

现一批有现代科学文化知识、有自主开放意识的新型的知识者群体,他们成为新文化与新文学运动的生力军。而现代印刷工业技术的引入促成了现代出版业的发展,晚清大批报纸副刊与专门的文学杂志的出现,以及稿费制度和现代文学市场的形成,为职业作家的出现提供了经济保证。在科举制度废除,传统的仕进之途被堵塞之后,又出现了以"思想"与"写作"为谋生手段的知识群体,他们开始拥有自身独立价值选择的可能性。这都为新文化运动及文学革命准备了"生力军"。

不可忽视的还有千载难逢的历史机遇。辛亥革命后大约十多年时间里,封建王朝大一统的思想统治局面已经瓦解,走马灯似的军阀政权一时又无力实施严密的思想控制,于是出现了一段中国历史上少有的思想统治比较松动、相对比较自由的"失控"时期。这正好就是"五四"前后。既混乱而又比较自由的氛围,有利于突破常规的独立思想的生长,有利于容纳多元的外来思潮,也有利于对传统的大胆的反省。知识分子的文化视野空前拓宽,新文化运动与文学革命的条件也就成熟了。

新文化运动本质上是企求中国现代化的思想启蒙运动。在西方现代思潮影响下,先进的知识分子总结了晚清以来历次社会变革的经验教训,意识到中国要向现代社会转变,建立名副其实的民主共和制度,必须在意识形态尤其是价值观领域彻底反对封建伦理思想,击退在辛亥革命后愈加嚣张的尊孔复古逆流。和以往历次变革不同,新一代知识精英开始把思想启蒙作为自己的主要使命,他们相信只有国民精神解放了才会有社会的革新进化,而当务之急,是要在传统文化的劣根上动手术,打破以"三纲五常"为核心的专制主义文化的束缚。文学革命是在新文化运动推动下发生的,它的成功也借重了那种暴躁凌厉的抗争精神和启蒙救国的热望。

1915年9月,陈独秀主编的《青年杂志》在上海创刊(第2卷起,易名《新青年》),新文化运动即以此为肇始。1917年初,陈独秀被聘为北京大学文科学长,《新青年》随后迁京,并从1918年1月号起改为由陈独秀、李大钊、胡适、刘半农、沈尹默、钱玄同等轮流编辑,周作人、鲁迅等也给该刊撰稿,实际上形成了"一校一刊"为主体的新文化战线。由于当时北京大学校长蔡元培实行"思想自由,兼容并包"的办学方针,新旧思潮都可以在北大讲坛竞争,其结果是大大促进了"新思想,新学术"的发展,新文化运动也就借北大的学术自由空气而推波助澜,并推动了1919年的"五四"爱国学生运动。文学革命正是在这种背景下发生的。

《新青年》集中代表了新文化运动的思想特色。其主编陈独秀在发刊词《敬告青年》中就鲜明地提出"人权、平等、自由"的思想,确认"人权平等之说兴"与"科学之兴","若舟车之有两轮"①,是推进现代社会进化的基本条件。此后,《新青年》大力倡导民主与科学精神,提出要从西方请进德先生(即民主 democracy)和赛先生(即科学 science)来"救治中国政治上道德上学术上思想上一切的黑暗"②。

在《新青年》阵地上集结的激进的知识分子主要从两方面推进思想启蒙运动。

其一是重新评判孔子,抨击文化专制主义,倡导思想自由。他们看到刚刚过去的袁世凯、张勋两次复辟帝制都在提倡儒学、鼓吹尊孔,从而断定孔教与帝制有不可离散的因缘,要实现共和制度和现代文明,就必须把这种反共和的旧思想彻底洗刷干净。易白沙、陈独秀、李大钊、吴虞等纷纷发文,猛烈攻击历代统治者独尊孔子学说以维护帝制,"演成'独夫专制'"③,指出以"重在尊卑阶级"的纲常伦理为特点的孔教思想在当代已经阻断了中国向民主共和迈进之路,所以反孔大有必要④。不过,他们也承认孔子的文化价值,认为反孔并非抨击孔子思想本身,"乃抨击专制政治之灵魂"⑤。他们希望把反孔作为反封建反传统的突破口,打破以纲常名教为核心的专制主义的思想统治,争得普遍的精神解放。

新文化运动是激进的。先驱者对传统采取猛烈攻击的态度,一时来不及分析传统文化(包括儒家学说)中合理的可供现代转化运用的成分;为了冲破旧垒,开拓新路,显示价值观念的根本转变,他们有些矫枉过正。在《新青年》的带动下,激进的知识者们纷纷以"重新估定一切价值"的批判的眼光,围绕许多社会问题开展一系列的讨论,诸如宗教、劳工、妇女、教育、文学乃至贞操等等,从而在社会上形成广泛的文化批评和讨论的空气,使思想启蒙的课题具体化,思想自由的原则也在一定程度上得以实现。

其二是广泛引进和吸收运用西方文化。无论是陈独秀主张的"以新输

---

① 陈独秀:《敬告青年》,《青年杂志》1915 年创刊号。
② 陈独秀:《本志罪案之答辩书》,《新青年》1919 年第 6 卷第 1 号。
③ 易白沙:《孔子平议(上)》,《新青年》1915 年第 1 卷第 6 号。
④ 陈独秀:《旧思想与国体问题》,《新青年》1917 年第 3 卷第 3 号。
⑤ 守常:《自然的伦理观与孔子》,《甲寅》日刊 1917 年 2 月 4 日。

入之欧化为是"①,胡适提出的"输入学理"②,还是蔡元培提倡的"思想自由、兼容并包"③,都以恢宏的气度、充沛的热情大力输入西方文化,最大限度地吸收新的信息,迎赶世界潮流。在《新青年》的带动下,各种报刊和出版物争相译介西方自文艺复兴以来的各式各样的思潮理论,特别是人道主义、进化论和社会主义思潮,它们五光十色,刷新了中国人的思想,为批判封建专制文化提供了各式武器,而这本身也是进行思想启蒙。由于对西方文化径直急取,全盘吸纳,并对传统文化采取以批判为主甚至基本否定的态度,这种偏激做法带来了负面影响;但若说他们这一代割裂了传统则未免言过其实,对历史的偏误也应当有同情的理解。新文化运动一开始处于受压制的状况,要冲破罗网,不能不立足于"破"而矫枉过正;况且这样的全面开放,为多种文化的比较选择提供了宽广的余地,又是不可或缺的。

新文化运动的倡导者认为对封建传统文化进行总清算,必须同时去除那些作为封建载道工具的旧文学及文言文,于是,极力推动一场旨在反对文言、提倡白话,反对旧文学、提倡新文学的文学革命。这场革命的先驱者都一身二任,同时又是新文化运动的倡导者,文学革命很自然就纳入新文化运动的轨道,成为新文化运动最坚实有力的组成部分,而且表现出浓厚的思想启蒙的色彩。

(二)文学革命的发动过程

1917 年 1 月,胡适在《新青年》上发表了《文学改良刍议》④。他从"一时代有一时代之文学"的文学进化论角度,认为文言文作为一种文学工具已经丧失活力,中国文学要适应现代社会,就必须进行语体革新,废文言而倡白话,实行言文合一。他提出文学改良应从"八事"着手:须言之有物,不模仿古人,须讲求文法,不作无病之呻吟,务去滥调套语,不用典,不讲对仗,不避俗字俗语。此"八事"从不同角度针砭了旧文坛的复古主义和形式主义流弊。胡适认为八股式的文风长期以来污染并束缚了文人,希望能从革除酸腐的古文入手,拯救汉语写作,更畅达地表现思想感情。他粗浅地触及文学内容与形式的关系、文学的时代性与社会性以及语言变革等重要问题,

---

① 陈独秀:《答佩剑青年》,《新青年》1917 年第 3 卷第 1 号。
② 胡适:《新思潮的意义》,《新青年》1919 年第 7 卷第 1 号。
③ 蔡元培:《答林琴南书》,1919 年 4 月 1 日《公言报》。
④ 胡适:《文学致良刍议》,《新青年》1917 年第 2 卷第 5 号。

初步阐明了新文学的要求与推行白话语体文的立场。胡适在文中提出要确认白话文学在中国文学史上的正宗地位，宣称白话文取替文言文以建设新文学是历史发展的必然趋势。文学变革进化常常都是以形式语言的变革为突破口的，事实上，文白之争在当时已经成为新旧文学之争的焦点之一。胡适此文的发表适逢其时，虽然写得比较温和持重，但毫无疑问是文学革命发难之作，有突出的贡献。

紧接着，在同年2月出版的《新青年》上，陈独秀发表了措辞强烈的《文学革命论》①，表明了更坚定的文学革命的立场。文中提出"三大主义"作为"文学革命"的征战目标：

> 曰推倒雕琢的阿谀的贵族文学，建设平易的抒情的国民文学；曰推倒陈腐的铺张的古典文学，建设新鲜的立诚的写实文学；曰推倒迂晦的艰涩的山林文学，建设明瞭的通俗的社会文学。

陈独秀从内容到形式都对封建旧文学持批判否定的态度，并从启蒙的角度抨击旧文学与"阿谀夸张虚伪迂阔之国民性"互为因果，主张以"革新文学"作为革新政治、改造社会之途。文学本无新旧，陈独秀等人有意这样区分，是采用进化论的眼光，以破旧立新，呼唤现代的文学诞生。

胡适、陈独秀的"文学革命"主张提出后，得到钱玄同、刘半农等人的响应。钱玄同是语言文字学家，他在致《新青年》的信②中，从语言文字进化的角度说明白话文取替文言文势在必行，指斥拟古的骈文和散文为"选学妖孽，桐城谬种"，态度甚为激烈。刘半农则发表《我之文学改良观》③，提出改革韵文、散文，使用标点符号等许多建设性意见。傅斯年也围绕"文言合一，制定国语"提出了一些设想④。1918年4月，胡适发表《建设的文学革命论》⑤，以"国语的文学，文学的国语"来概括文学革命的宗旨，意在将文学革命与国语运动结合起来，扩大文学革命的影响。同年12月，周作人发表《人的文学》⑥，提出以人道主义为文学之本，试图将19世纪欧洲文学发展中起过重大作用的人道主义直接移用于中国新文学，使文学革命的内容更加具

---

① 陈独秀：《文学革命论》，《新青年》1917年第2卷第6号。
② 钱玄同：《通信》，《新青年》1917年第2卷第6号。
③ 刘半农：《我之文学改良观》，《新青年》1917年第3卷第3号。
④ 傅斯年：《文言合一草议》，《新青年》1918年第4卷第2号。
⑤ 胡适：《建设的文学革命论》，《新青年》1918年第4卷第4号。
⑥ 周作人：《人的文学》，《新青年》1918年第5卷第6号。

体化。1918年冬天,陈独秀、李大钊又办了《每周评论》杂志,几乎同时,北京大学学生傅斯年、罗家伦等办了《新潮》月刊,都致力于提倡白话文,提倡反映现代生活的新文学,翻译外国文学作品,介绍西方文艺思潮,文学革命的影响也就越来越大。

先驱者们又主动出击,制造议论。他们把矛头指向了当时在社会上较有影响的旧文学阵地,批判"黑幕派"和"鸳鸯蝴蝶派"以及旧戏曲。周作人写了《论黑幕》①,剖析了晚清以来那种专门泼污水、揭阴私的"黑幕小说"的社会根源,指出其与封建复辟思潮同气相求的本质。钱玄同则指出当时"黑幕小说"的提倡,是北洋军阀政府以"复古"达到"愚民"的一种手段。②沈雁冰在《自然主义与中国现代小说》③等文章中,指出"鸳鸯蝴蝶派""思想上的一个最大的错误就是游戏的消遣的金钱主义的文学观念"。鲁迅则写了《关于〈小说世界〉》④等文,指出"鸳鸯蝴蝶派"借白话和通俗刊物流布,不过是"旧文化小说"的"异样的挣扎";此外,对于那些专门宣扬封建思想道德的旧戏曲,以及团圆主义的文学观念和模式,也曾展开批判。虽然从文学的"多元共生"⑤的角度看,通俗文学包括"鸳鸯蝴蝶派"或者旧戏剧未见得没有价值,但当时先驱者对其深恶痛绝,也是为争夺读者,且格外看重文学启蒙的功用。

(三)文学革命所引发的几场论争

文学革命为新文化运动的激流裹挟而下,势不可挡,虽然也遭到文学守旧势力的一些抵抗,但相对而言,保守主义的声音是比较微弱的。最初有林纾(1852—1924)出来正面迎击文学革命。这位古文家在晚清曾用古文翻译过大量外国小说,影响和贡献甚大,很多新文学作家都曾受益于"林译小说",可以说林纾"对中国文学的典范转移起到的是开创性作用"⑥。如今这

---

① 周作人:《论黑幕》,《每周评论》1919年1月第4号。

② 钱玄同:《"黑幕"书》,《新青年》1919年第6卷第1号。

③ 沈雁冰:《自然主义与中国现代小说》,《小说月报》1922年第13卷第7号。

④ 鲁迅:《关于〈小说世界〉》,原载1923年1月15日《晨报副刊》"通信"栏,收入《集外集拾遗补编》。

⑤ 参见范伯群:《中国现代通俗文学史》,北京:北京大学出版社2007年版。该书梳理了包括"鸳鸯蝴蝶派"在内的现代诸多通俗文学的历史,提出文学的"多元共生"是满足社会各阶层需求的必要前提。

⑥ 参见杨联芬:《林纾与中国文学现代性的发生》,《中国现代文学研究丛刊》2002年第4期。

位元老却极力反对以白话文取替文言文。林纾写了《论古文白话之相消长》《致蔡鹤卿太史书》，对白话文运动大张挞伐，同时攻击北京大学的新派人物"覆孔孟，铲伦常""尽反常轨，侈为不经之谈"①。北大校长蔡元培在致林纾的公开信中则重申"循'思想自由'原则，取兼容并包主义"②。李大钊、鲁迅等也发文谴责"国粹家"的历史倒退行为。《新青年》还将林纾含沙射影诅咒文学革命领袖的小说《荆生》全文转载，逐句批驳。事实上，林纾与新文化运动的冲突，主要是由新文化阵营主动引发的③，林纾写小说回敬文学革命倡导者，带有泄愤的味道，其驳论也缺少学理力度，但这场有些偶然和情绪化的争辩，反而激起了新文学阵线鏖战的热情。

　　1922年，又发生了新文化阵营与"学衡派"的论辩。此派以1922年1月在南京创刊的大型学术性杂志《学衡》而得名，其同人梅光迪、胡先骕、吴宓都曾留学美国，寝馈西洋文学，多受当时带保守和清教色彩的新人文主义的影响。如果说新文化运动的先驱者们渴求以思想启蒙来引发重大的社会变革，那么像"学衡派"这样的文化保守主义者则更相信靠伦理道德来凝聚国家社会，所以他们对"五四"新文化与新文学运动的激进行为甚为反感。他们试图以学理立言，在中外文化比较中坚持一个宗旨，即"昌明国粹，融化新知"④，着手整理研究和维持传统文化，对新文化和新文学运动某些偏激的弊病不无中肯的批评。但保守立场使他们过于拘泥，看不清历史变革的趋势，认定学术文化的进步只能依赖少数精英分子，因而学究气地指责新文化运动所主张的平民主义和个性主义，同时反对包括文学革命在内的一切急剧的社会变革，站到时代主潮的对立面去了。梅光迪写有《评提倡新

---

　　① 林纾：《致蔡鹤卿太史书》，1919年3月18日《公言报》。
　　② 蔡元培：《答林琴南书》，1919年4月1日《公言报》。
　　③ 文学革命刚起时，社会反响并不大，发难者有点寂寞。于是钱玄同和刘半农在1918年3月出刊的《新青年》第4卷第3号上策划发表了"双簧信"，由钱化名王敬轩，模仿守旧文人的口吻给《新青年》写信，把林纾等人反对新文学与白话文的种种观点汇集呈现。另安排刘半农复信，对守旧的观点逐一辩驳，将对手妖魔化，借此引起广泛的社会关注。这个炒作的"双簧信"显然触怒了林纾和守旧派，是引发论争的导火索。
　　④ 《学衡》每一期都标明其宗旨："论究学术，阐求真理，昌明国粹，融化新知，以中正之眼光，行批评之职事，无偏无党，不激不随。"

文化者》①,吴宓写有《论新文化运动》②,胡先骕写有《评尝试集》③,对新文化运动与新文学有较为系统的批评意见,代表文化重构过程中的另一种趋向稳健的抉择,从文化积累与学理建树的角度看,也确有一些独立的见解,但其基本点是否定文化与文学转型的突变形式,否定革命的逻辑。在论争中,他们同样未能冷静地讨论问题,甚至还甚为激烈地贬斥新文学提倡者无非是"政客诡辩家与夫功名之士","标袭喧嚷,侥幸尝试","提倡方始,衰象毕露"④。对此,鲁迅发表了《估"学衡"》⑤,抓住一些言辞实例,尖刻地讽刺"学衡派""学贯中西"姿态下的窘迫。许多新文化和新文学运动的拥护者也蜂起撰文,批驳"学衡派"的保守立场。⑥

1925 年还发生过新文化阵营与"甲寅派"的论争。当时任北洋政府司法与教育总长的章士钊复刊了《甲寅》周刊⑦,明确宣示该刊"文字须求雅驯,白话恕不刊布"。章士钊又发表了《评新文化运动》⑧、《评新文学运动》⑨等文,试图从逻辑学、语言学、文化史等角度论证白话文不能取替文言文,认为"吾之国性群德,悉存文言,国苟不亡,理不可弃",甚至断定"白话文学"已成强弩之末,要重新提倡"读经救国"。新文学阵营全力反击,撰写了许多批判"甲寅派"的文章⑩,从不同角度批驳了"甲寅派"阻挡新思潮的本质。

---

① 梅光迪:《评提倡新文化者》,《学衡》1922 年第 1 期。文中提出"改造固有文化"和"吸取他人文化"须先有彻底的研究的评断,指责"新文化者"是"别树旗鼓""弊端丛生"。

② 吴宓:《论新文化运动》,《学衡》1922 年第 4 期。文中指责新文化运动之主张"多属一偏",提出"今欲造成中国之新文化,自当兼取中西文明之精华,而熔铸之贯通之"。文章系统地批评了新文化的弊端,却也显露了自己的某些偏狭。

③ 胡先骕:《评尝试集》,《学衡》1922 年第 1 期。文中对胡适关于白话诗和白话文的主张持否定态度,认为《尝试集》"其形式精神,皆无可取"。

④ 梅光迪:《评提倡新文化者》,《学衡》1922 年第 1 期。

⑤ 风声(鲁迅):《估"学衡"》,1922 年 2 月 9 日《晨报副刊》。

⑥ 比较重要的有罗家伦:《驳胡先骕君的中国文学改良论》,《新潮》1919 年第 1 卷第 5 号。

⑦ 《甲寅》1914 年在日本创刊,翌年迁往上海出版,主编章士钊,是政论性综合刊物,也是《新青年》之前最有影响的进步刊物之一。出至 10 期停刊。1925 年复刊。

⑧ 署名孤桐,1923 年 8 月 21—22 日《新闻报》。

⑨ 署名孤桐,《甲寅》周刊 1925 年第 14 期。

⑩ 比较重要的有胡适:《"老章又反叛了!"》,《京报副刊》1925 年 8 月 30 日;成仿吾:《读章氏〈评新文学运动〉》,《洪水》半月刊第 1 卷第 6 号,1925 年 12 月;鲁迅:《十四年的"读经"》,《猛进》周刊第 39 期,1925 年 11 月 27 日;鲁迅:《再来一次》,《莽原》半月刊第 11 期,1926 年 6 月 10 日。

几次论争双方都难免有意气用事之时,措辞激烈,甚至以怒骂代替说理,但拂去历史灰尘,仍可看到论争的价值,包括守旧派的某些观点对于新文化运动的针砭价值。在变革与守旧的反复较量中,文学革命的理论循导更明晰,脚跟也站得更稳了。文学革命是在艰难的条件下发生的,要冲决旧思想的束缚,势必采取激烈彻底的姿态,然而在那种激进而浮躁的历史氛围中,先驱者难以认真思考文化转型与选择的复杂性,也未能接受论争对立面的某些可能合理的意见,往往受制于走极端的思维方式,某些独断的言论在后来又被放大,自然也留下许多遗憾。

(四)文学革命的收获与意义

文学革命发动后几年时间,新文学便形成规模和声势,产生广泛的社会效应,概而言之,在四方面取得了重大的收获。

第一,是白话文的全面推广。“五四”后,各地爱国学生团体纷纷仿效《新青年》《每周评论》,创办白话报刊,仅 1919 年就出版 400 多种,到 1920 年,连那些持重的杂志,如《东方杂志》《小说月报》等,也都采用白话文了。1920 年 1 月,当时的北洋政府教育部颁令,凡国民学校低年级国文课教科书编写改文言文为语体文(白话)①。“‘文学革命’与‘国语统一’遂呈双潮合一之观”,“轰腾澎湃之势愈不可遏”。② 文学革命促成了言文合一的“国语运动”,又为新文学的语体变革拓展了广阔的天地,并迅速扩大了新文学的影响。到 1924 年,有些中学的国文课本,已经理直气壮地收进了某些新文学作家的作品。③ 白话文的胜利,其实就是“自由意志的胜利”④。“五四”时期的白话文,其实并不完全排斥古文,相反,很多作家的创作文白互相渗透,仍然不同程度师承古文的营养,从古文到白话,“像刚脱了长袍的人的漫步,随和自然多了”⑤。

第二,是外国文学思潮的广泛涌入和新文学社团的蜂起,呈现出我国历史上空前未有的思想大解放的局面。

第三,是文学理论建设取得了初步的成果。

---

① 主要指教科书编写语言改文言为白话,课文选取仍保留相当比重的古诗文。

② 黎锦熙:《国语运动史纲》,上海:商务印书馆 1934 年版,第 70、71 页。

③ 如民智书局版《初级中学国语文读本》、世界书局版《中学国语文读本》、商务印书馆版《新学制国语教科书》。

④ 孙郁:《民国文学十五讲》,太原:山西人民出版社 2015 年版,第 33 页。

⑤ 同上。

以上两方面,本章第二、三节将有专门论述。

第四,是创作取得了引人注目的实绩。1918 年 5 月,鲁迅发表了第一篇白话短篇小说《狂人日记》,借“狂人”之口,控诉了封建制度及其伦理道德“吃人”的本质,并采用了现代意味的手法与样式。随后,鲁迅又连续创作了《孔乙己》《药》等小说,显示了深切的思想和完整的现代小说特色。鲁迅的小说一出现,艺术上就很成熟,使得新文学的创作有了相当高的起点。除鲁迅外,《新青年》《新潮》《学灯》等报刊上陆续推出一些新文学作家及其作品。其中小说如叶绍钧的《这也是一个人?》、杨振声的《渔家》、冰心的《斯人独憔悴》、许地山的《命命鸟》、王统照的《春雨之夜》、郁达夫的《沉沦》等等,诗歌如胡适的《尝试集》、郭沫若的《女神》、汪静之的《蕙的风》等等。这些作品大都是 1919—1922 年间发表的,难免生涩粗糙,不够圆熟,却贴近时代,元气淋漓,给文坛带来了青春气息,又充分满足了时代转换期的精神需求。

文学革命是我国历史上前所未有的一次伟大而彻底的文学革新运动。不同于以往有过的文学变革或改良,文学革命所带来的文学观念、内容和形式上的变化,是全方位的。在文学观念上,对“文以载道”、游戏消遣等种种传统的文学思想加以否定,追求表现人生、反映时代,成为一般新文学作者的共同倾向。在文学内容上,体现着现代民主主义、人道主义思想,充溢着觉醒的时代精神。在语言和形式上,摒除了文言文和僵化的传统文学格式,用白话写作,广泛吸收运用外国多样化的文学样式、手法,促使文学语言和形式更加适于表现现代生活,接近大众读者,大胆尝试并初步创造了既与世界文学发展相联结,又具有民族特色的现代文学语言形式。

文学革命如同疾风暴雨般推动变革,虽然有简单化和片面性的毛病,但它和时代的转换密切呼应,充分满足了“五四”时期的审美需求,造就了与传统文学截然不同的现代读者和新的文学传播方式,其震撼性影响远远超出了文坛。近百年来中国文学的发展,始终在承载和发挥着文学革命的精神遗传。

二　外国文艺思潮涌入和新文学社团蜂起

文学革命是文学发展自身孕育的结果,是社会变革与文化转型的产物,而外国文艺思潮的影响,也是不可忽视的外因。

在文学革命的酝酿过程中和发动初期,发难者就直接从外国文学运动中得到过启示。1916 年胡适在美国留学时,很关注当时欧美诗坛的意象主义运动,认为"意象派"对西方传统诗歌繁绵堆砌风气的反叛,以及在形式上追求具体性、运用日常口语等,与他自己的主张"多相似之处"。① 正是在"意象派"的启发之下,胡适写了《文学改良刍议》一文,提出文章"八事"。胡适还引申了"意象派"诗人庞德关于诗歌要靠具体意象的主张,提出写"具体性","能引起鲜明扑人的影像"的"新诗"②,倡为白话新诗运动。陈独秀写《文学革命论》,也开宗明义,号召要以欧洲文艺复兴以来的文学变革运动为楷模,发动中国的文学革命。其"三大主义"中所要求建设的"国民文学""写实文学"和"社会文学",也是以 19 世纪西方文学作为蓝本的。胡适、陈独秀等人最初提倡文学革命的一个基本理论,即文学历史进化论,就是从 19 世纪自然科学三大主要学说之一的进化论脱胎而来的,是西方思潮的直接产物。他们强调"一时代有一时代之文学……因时进化,不能自止"③,指出旧文学必然被新文学取替,是因为旧文学"与其时之社会文明进化无丝毫关系"④,这种观点也从发展的角度看到新旧文学交替的必然趋势,成为当时向旧文学发动进攻的重要精神武器之一。

文学革命要彻底否定旧文学,但是到底如何建设新文学呢?文学革命的发动者们也在借鉴外国的经验。如当时影响很大的"人的文学"口号的提出⑤,周作人在介绍欧洲文艺复兴运动时就特别关注其如何"发现了人",人道主义如何主张"灵肉一致"的人生,并把欧洲和俄国一些人道主义作家严肃地反映社会人生的作品拿来和我国传统文学做比较。周作人的"人的文学"这一套观念,是以欧洲人道主义文学作为参照的,不过拐了一个弯儿,他是从当时日本文坛兴起的"白桦派"那里取得人道主义的理论资源的。而李大钊在《什么是新文学》⑥中所做的历史唯物论的初步解释,则是接受了马克思主义理论和俄国现实主义文学观点的影响。文学革命初期关

① 胡适:《胡适留学日记》(下),合肥:安徽教育出版社 2006 年版,第 445—446 页。

② 胡适:《谈新诗——八年来一件大事》,《胡适文集》第 2 卷,北京:北京大学出版社 1998 年版,第 146 页。

③ 胡适:《文学改良刍议》,《新青年》1917 年第 2 卷第 5 号。

④ 陈独秀:《文学革命论》,《新青年》1917 年第 2 卷第 6 号。

⑤ 周作人:《人的文学》,《新青年》1918 年第 5 卷第 6 号。

⑥ 李大钊:《什么是新文学》,1920 年 1 月 4 日《星期日》周刊第 26 号。

于如何建设新文学的理论探讨，是在外国文学思潮理论影响下展开的，而这种理论探讨的开展，又促进了外国文学思潮理论的介绍传播。

文学革命的发动者们还通过作品翻译来介绍外国文艺思潮，给闭塞的中国文坛吹进了新鲜的现代气息。大规模的文学翻译活动，构成了文学革命的一个重要组成部分。

这方面又是《新青年》捷足先登，从第 1 卷开始，就先后译刊了屠格涅夫、龚古尔、王尔德、契诃夫、易卜生等各种流派风格的外国作家的作品。文学革命前后的文坛仍基本上被言情小说、黑幕小说占据，甚至到 1921 年，新文学创作还不多，因此这些比较严肃的外国文学作品的翻译发表，在实际上起着扭转风气的积极作用。1918 年，《新青年》第 4 卷第 6 号破天荒地出了一期"易卜生号"，发表《娜拉》《国民之敌》等三篇剧作，都是以反传统、反专制、提倡个性自由、提倡妇女解放为宗旨的，其桀骜不驯的"偶像破坏者"气质，正和"五四"精神吻合，所以影响非常之大，许多学校都争相上演。在"五四"高潮中，译介易卜生作品和宣扬易卜生主义蔚成风气，青年人狂热地喜爱易卜生，这是那个时代的"追星"，几乎没有一个报刊不谈论这位挪威戏剧家。"五四"时期许多新文学作者也都从仿效易卜生写"问题小说"和"问题剧"入手，转向关注与反映社会现实人生的创作。

在《新青年》的带动下，翻译的热潮迅速掀起，其规模和声势远超过近代。大多数文学革命的发起者和参加者都如饥似渴地寻求外国文学滋养，参与到译介活动中，如鲁迅、胡适、周作人、刘半农、沈雁冰、瞿秋白、郑振铎、李青崖、耿济之、田汉、赵景深、谢六逸、潘家洵、黄仲苏等人，都是活跃的译介者。《新潮》《少年中国》《小说月报》《文学周报》等许多刊物，也都大量刊载翻译作品。《小说月报》还专辟"小说新潮""海外文坛消息"等栏目，每一期都发表外国作品，报道西方文艺思潮和文坛动态，介绍外国著名作家传略及其创作。当时人们对西方现代文明普遍怀有新奇、羡慕的心理，有一种流行的观念，即以为凡是外国的都是"新派"，因此一般报刊与出版社也往往顺应弃旧逐新的潮流，大量介绍传播译作。在"五四"后短短的几年内，欧洲文艺复兴以来各种各样的文学思潮及相关的哲学思潮都先后涌入中国。如现实主义、自然主义、浪漫主义、唯美主义、象征主义、印象主义、心理分析派、意象派、立体派、未来派，以及人道主义、进化论、实证主义、尼采超人哲学、叔本华悲观论、弗洛伊德主义、托尔斯泰主义、基尔特社会主义、无政府主义、国家主义、马克思主义等等，都有人介绍并宣传、试验或奉为信仰。

当然,不见得所有外来思潮都能在中国落地生根,发生影响,新文学先驱者中大多数人对西方的思潮、理论并不是盲目照搬,他们也希望从时代、社会和新文学发展的需要出发去检验和选择外来的东西,并注入新的因素,当时有过重大影响的外来思潮,都有一个"中国化"的接受过程。就文学思潮和创作方法而言,现实主义特别是俄国现实主义影响最大,后来成为中国新文学的主流;浪漫主义也有较大影响,但未能得到充分的成长;而属于现代主义范围的各种思潮也曾吸引众多作家,做了多种试验。西方思潮涌入中国如冰河开封,规模浩大而又混乱,促成了中西文化交汇撞击,促进了思想大解放,大大拓展了新文学倡导者、参与者的视野,使他们以一种全新的眼光来反观本民族的生活,同时在艺术创造上获得了广阔的天地。

许多觉醒了的青年纷纷选择运用外国各种文学样式和创作手法,以倾吐自己内心的苦闷和愿望,表现叛逆、自由、创造的精神,他们中的部分人成为新文学的第一代作家。鲁迅就参照俄国近代小说的格式,在现实主义这一基本精神与手法之外,广泛吸取浪漫主义、象征主义等多种手法,写出了《狂人日记》等堪称中国现代小说基石的作品。郭沫若杰出的浪漫主义诗篇《女神》,也受泰戈尔、歌德、惠特曼、雪莱、瓦格纳等外国作家创作的多元的影响。郁达夫《沉沦》等"自叙传"抒情小说,则是取法于 19 世纪欧洲浪漫主义以及近代日本"私小说"的产物。除了这些著名的作家外,新文学初期的所有创作者几乎都直接、间接受到过外国文艺思潮和文学手法的影响。"五四"后从外国输入了一些新的文学体式,如文学研究会作家写易卜生式的"问题剧""问题小说",冰心、宗白华等模仿泰戈尔诗歌和日本俳句创作"小诗",语丝社融会英国随笔、日本俳文而提倡随笔小品,都曾经风行一时。得时代变革之推力,又充分汲取异域养分的新文坛,一度呈现百花齐放、朝气蓬勃的局面。

受不同文艺思潮和艺术方法影响的不同创作倾向的作家群,又各自聚集为文学社团。

从 1921 年初起,外国文学的译介形成高潮,文学社团的组建也层出不穷。几乎每一个文学社团都创办一种或数种文艺报刊作为标帜与阵地,文学发表的园地骤然增多。据统计,1921—1923 年,全国出现大小文学社团 40 余个,出版文艺刊物 50 多种。而到 1925 年,文学社团和相应刊物激增到 100 多个。新文学社团的纷纷建立,标示着新文学运动已从初期少数先驱者侧重破坏旧文学,而转向大批文学生力军致力于建设新文学了。在众多的新文学社团中,文学研究会和创造社成立最早,影响和贡献最大,也最有代表性。

文学研究会于 1921 年 1 月在北京成立。发起人有周作人、郑振铎、沈雁冰、王统照、许地山、朱希祖、蒋百里、耿济之、瞿世英、郭绍虞、孙伏园、叶绍钧 12 人。后来会员发展为 170 多人。他们将沈雁冰接编、经过革新的《小说月报》①作为代用会刊,还陆续编印了《文学旬刊》及《诗》月刊、《戏剧》月刊等刊物,出版了"文学研究会丛书"200 多种。文学研究会的宗旨是"研究介绍世界文学,整理中国旧文学,创造新文学"②。针对"礼拜六派"等游戏文学,文学研究会宣称:"将文艺当作高兴时的游戏或失意时的消遣的时候,现在已经过去了。我们相信文学是一种工作,而且又是于人生很切要的一种工作……"③文学研究会注重文学的社会意义,被看作"为人生而艺术"的一派,或现实主义的一派。文学研究会成员初期的创作还不成熟,不稳定,彼此的风格也不同,难以归纳为流派,但在如何看待文学本质及文学与生活关系问题上,多数成员又比较一致。他们以人生和社会问题为题材,特别注重对社会黑暗的揭示和对灰色人生的诅咒,刻意表现新旧冲突,写法上一般倾向于 19 世纪俄国和欧洲的现实主义,也借鉴自然主义(最初文学研究会成员难以区分现实主义与自然主义的界限),重视并强调实地观察和如实描写。

如果说文学研究会较多受俄国和欧洲现实主义的影响,那么创造社则主要倾向于欧洲启蒙主义与浪漫主义,同时也受到"新浪漫主义"(包括唯美主义、颓废主义、象征主义、表现主义等)文学思潮的影响。这个社团 1921 年 6 月在日本东京正式成立,最初的成员郭沫若、张资平、郁达夫、成仿吾、田汉、穆木天、张凤举、徐祖正、陶晶孙、何畏等人,都是当时在日本留学的学生,先后办有《创造》季刊④、《创造周报》、《创造日》、《创造月刊》、《洪水》等十余种刊物。他们初期主张"为艺术而艺术",强调文学必须忠实

①　大型文学刊物《小说月报》1910 年 8 月创刊于上海,由商务印书馆发行,原属以"礼拜六派"为主的通俗文学期刊。1921 年 1 月改版,由沈雁冰主编,成为新文学的主要刊物。1931 年 12 月终刊。

②　《文学研究会简章》,《小说月报》1921 年第 12 卷第 1 号。

③　《文学研究会宣言》,《小说月报》1921 年第 12 卷第 1 号。

④　《创造》季刊是创造社主办的第一个刊物,1922 年 5 月在上海发刊,郁达夫、郭沫若、成仿吾三人轮流编辑。

地表现作者自己"内心的要求",讲求文学的"全"与"美",推崇文学创作的"直觉"与"灵感",比较重视文学的美感作用。他们同时又注重文学表现"时代的使命",对旧社会"不惜加以猛烈的炮火"。① 尽管创造社成员初期的文学思想比较含混而充满矛盾,但基本倾向又比较一致,流派特色比较显著。从创作看,创造社大都侧重自我表现,带浓厚抒情色彩,直抒胸臆和病态的心理描写往往成为他们表达内心矛盾和对现实的反抗情绪的主要形式。他们初期的创作,如郭沫若的《女神》、郁达夫的小说、田汉的戏剧,都充分体现了"五四"反抗、革新的时代精神,表达了觉醒的青年一代的呼声,创造了现代文学史上浪漫主义文学的一个高峰。在翻译方面,创造社重点译介过的歌德、雪莱、海涅、济慈、惠特曼、雨果、王尔德、罗曼·罗兰、泰戈尔、波德莱尔,以至柏格森、尼采、斯宾诺莎等,大多是浪漫主义作家,也有一些属现代派或非理性主义、泛神论的作家、哲学家,涉及面是很宽的。创造社与文学研究会在创作、翻译、文艺批评问题上有过一些争论,其中不无门户之见,但也起到互相砥砺的作用,客观上有利于不同风格、流派文学的竞争和发展。创造社的文学活动以 1925 年"五卅"为界,分前后两期。随着革命形势的深入发展,后期创造社转向提倡"表同情于无产阶级"的革命文学。"五四"时期以文学研究会为代表的现实主义和以创造社为代表的浪漫主义可以说双峰并峙,各有千秋,共同为新文学做出了巨大的贡献,并对现代文学不同流派的发展产生了久远的影响。

　　稍后出现的另一个影响颇大的文学社团新月社,1923 年由胡适、陈源、徐志摩、闻一多、梁实秋等人在北京发起,原是一个社交团体,成员大多数曾是旅英旅美留学生。不久,其内部逐渐形成一个诗人群,由此产生"新月诗派"。这个诗派以 1926 年 4 月徐志摩在《晨报副刊》上开辟的《诗镌》作为代表性的刊物,宣称"要把创格的新诗当作一件认真事情做"②。他们所接受的外来文学思潮影响很复杂,思想上比较倾向自由主义。前期新月派(指 1928 年徐志摩在上海创办《新月》月刊之前)提倡新格律诗,因此又被称为"新格律诗派"。他们致力于新诗艺术形式的探索,促使新诗艺术上走向成熟。新月派在诗歌艺术上苦心经营,卓有建树,如闻一多、徐志摩、朱湘等人,都成为风格独特的大诗人,饶孟侃、孙大雨等也有不俗的诗作。

---

① 成仿吾:《新文学之使命》,《成仿吾文集》,济南:山东大学出版社 1985 年版,第 91 页。
② 徐志摩:《诗刊弁言》,《诗镌》创刊号,1926 年 4 月。

还有一些比较活跃的文学社团也各有自己的特点与贡献。其中鲁迅所支持的语丝社，成立于1924年11月，办有《语丝》周刊，多发表针砭时弊的杂感小品，以倡导这种文体而获"语丝派"之称，主要成员有周作人、钱玄同、林语堂、刘半农、孙伏园、冯文炳、俞平伯等等。他们所创造的那种着重社会批评与文化批评、任意而谈的随笔文体，又称"语丝体"，在现代散文发展中影响甚大。与语丝社同时开展活动的有莽原社、未名社，办有《莽原》《未名》等刊物，也在鲁迅扶掖下产生过一些作者，如高长虹、尚钺、台静农、李霁野、韦素园、曹靖华、韦丛芜等等，多写反映农村现实的"乡土小说"，并译介许多俄国文学与十月革命后的苏联文学作品。

1922年成立的浅草社办有《浅草》季刊，并在上海《民国日报》副刊中出过《文艺旬刊》，其骨干成员又于1925年秋另外组成沉钟社，办有《沉钟》周刊、半月刊，致力于介绍外国文学，特别是德国浪漫主义文学。创作方面则有冯至的诗歌，林如稷、陈炜谟、陈翔鹤的小说，多抒写知识青年苦闷的生活和忧郁的情感，富于感伤的色彩。

此外还有以爱情诗闻名的湖畔诗社，成员有应修人、潘漠华、冯雪峰、汪静之四人，他们1922年4月出版的诗歌合集《湖畔》和后来的一些诗作，很能代表"五四"所唤起的一代新人的纯真与热情。

三　胡适、周作人与新文学初期理论建设

文学革命是在新文化运动推进下发生的一场全方位的文学变革运动，就整体而言，是理论先行，即先有舆论倡导，后有创作实践。理论建设在相当程度上决定了新文学发展的格局，其本身也就构成新文学传统不可忽视的重要部分。

在文学革命酝酿、发动和发展的过程中，先驱者始终在探讨如何建设新型的文学，核心是文学的现代化问题，尽管当时很少用这个概念。他们的思考大都援引还来不及充分消化的外国文学经验，又急于解决时代变革所提出的迫切的问题，难免粗疏或偏激。这一代思索者直接置身于新旧文化交替与东西文明撞击的旋流中，视野开阔，思想解放，使得"五四"时期的文学理论批评极有生气，所议论的话题也比较实际，能引起普遍的关注，形成理论震荡，对整个现代文学的发展有深远的影响。

最初的理论思考集中在为文学革命（包括白话文运动）寻找根据，证明

其必然性与合理性。除了《文学改良刍议》(胡适)与《文学革命论》(陈独秀)这两篇发难之作外,其他先驱者参与讨论的文章很多,较重要的有刘半农的《我之文学改良观》、钱玄同的《寄陈独秀》《寄胡适之》、傅斯年的《文学革新申义》《文言合一草议》,以及陈独秀与胡适、钱玄同等人的通信。当时先驱者的一种共识,就是坚信文学革命体现了历史发展的趋势,白话文必定取替文言文的正宗地位。而将这些"共识"理论化,并形成可以被接受的概念而加以推广的,是胡适。他影响最大的,是"白话文学"论和"历史的文学观念"论,这两者相辅相成,筑起胡适文学思想(同时也是文学革命指导思想)的基本架构。

早在1916年,胡适就在进化论的基础上形成了他的这一套文学观,而美国"意象派"的一些诗歌理论原则又启迪他特别关注文学革命的语言形式问题。当时尚在美国的胡适在和友人的论辩中已经提出:文学的历史只是一部文字形式(工具)新陈代谢的历史,是"活文学"随时起来代替"死文学"的历史。文学的生命全靠能用一个时代的活的工具来表现一个时代的情感与思想。工具僵化了,必然另换新的、活的,这就是"文学革命"。又认为,"中国今日需要的文学革命是用白话替代古文的革命,是用活的工具替代死的工具的革命"①。胡适并不把文学革命看作单纯的形式嬗变,而看成社会价值和审美趣味的转变,他将白话文的推广提升为文学革命的第一要务。

循此思路,1916年10月,胡适写成了《文学改良刍议》一文,具体提出从改革旧文学的"八事"入手去实现文学的变革。其关键是从语言形式即"工具"的角度肯定白话文学,以此作为摆脱旧文学,创建新文学的突破口。尽管在后人眼中,胡适等人对古文的贬斥可能有些过分,未能肯定古文表达的审美特质,对白话文表达的"限度"也缺少关注,但从文学语言革新的角度看,又不必苛求。胡适以白话文的倡导来牵动文学革命,是顺应了历史潮流的。1918年4月,胡适又在《建设的文学革命论》中更明确地标示出要以"国语的文学,文学的国语"作为文学革命的宗旨,他指出:"我们所提倡的文学革命,只是要替中国创造一种国语的文学。有了国语的文学,方才可有

---

① 胡适:《逼上梁山——文学革命的开始》,《胡适文集》第1卷,北京:北京大学出版社1998年版,第147页。

文学的国语。有了文学的国语，我们的国语才可算得真正国语。"①胡适的卓识在于他并不限于文学本身的考虑，而是要造就言文一致的统一的"国语"，取替往昔言文脱节的状况。胡适的主张在当时具有特殊的策略意义，在"言文合一"的口号下白话被称作"国语"，文学革命就不只是文学的事，而升格为建立现代民族国家的一种策略与步骤。白话文运动由文学改革的范围向社会全方位推进，是文学革命在短时期内大获胜利的原因之一。

为了强化"白话文学"与"历史的文学观念"论，胡适一方面重视横的移植，即加紧评介西方的文学思潮理论，同时又在纵的继承中找根据，这就导致了他对中国文学传统的重估。1923年胡适创办《国学季刊》，提出"整理国故"，主张对过去的文化遗产进行认真的清理，吸收精华，弃除糟粕，他把这一工作也看作新文化与文学建设的一部分。胡适从事"白话文学史"的研究和章回小说的考证，写有《白话文学史》和关于《红楼梦》《镜花缘》等小说的考证论著，都是力图做好传统文学的现代阐释这一基础工作。胡适以"托古改制"的立场和实用主义、进化论的观点阐释传统，所得出的学术结论有诸多偏颇，但其借鉴西方学术文化思想，在文学的历史观念方面获得的科学的自觉性，为新文学运动提供了最初的理论支持。还需提及的是，胡适受实验主义（Experimentalism）影响，在治学方面，包括传统文化与文学史研究方面，主张"大胆的假设，小心的求证"②。他所说的"假设"，是指研究中科学的预见性，不是主观预测，是以实验证明作为关键的一环的。"假设"的提出与实验证明是一个推理过程，是由已知事物推到未知事物，其中离不开归纳法与演绎法的交互运用，应当说是有科学性的。胡适还以清代"朴学"的治学方法来印证和丰富他所理解的实验主义，他自己从事的古代文学考据工作，就明显运用了带有"朴学"实证色彩的实验主义方法。从学术方法上讲，胡适这方面的主张不但取得了一定的成果，也影响到后来的文学史研究。

此外，在新文学的思想内容与方法上，胡适重视宣扬个性主义，主张采用写实主义。他在《易卜生主义》《文学进化观念与戏剧改良》等文中，提出要以西方的"少年血性汤"即充分发展的个性主义，来挽救濒于死亡的中国

---

① 胡适：《建设的文学革命论》，《新青年》1918年第4卷第4号。
② 胡适：《介绍我自己的思想》，《胡适文选》，上海：亚东图书馆1930年版，第21页。

文学的命运,挽救缺少活力的中国社会①;同时,提出要以写实的方法"实写今日社会之情状"②。这些主张引发了"五四"后一两年间"问题小说"与"社会问题剧"的创作热潮。胡适还在《谈新诗》等著述中提出过"诗体解放"说,认为新诗要摆脱旧诗词曲的束缚,不但要用白话,还应不拘格律,向自由诗发展。他还有意输入与借鉴西洋诗体,以蜕变出有中国特点的新诗体,包括用语体散文来写的完全"解放"的体式。胡适的"诗体解放"说虽然有忽视诗歌语言艺术规律的倾向,但却鼓励了新诗人大胆尝试,在新诗初创期几乎成为新诗人的"金科玉律"。

如果说胡适侧重从语言、形式方面为文学革命寻找突破口,那么周作人则更多也更深入地思考与探讨新文学的思想建设,他同样是"五四"时期最有影响力的理论先导者和批评家。

周作人最突出的贡献,是以"人的文学"来概括新文学的内容,标示新文学区别于旧文学的本质特征。"人的文学"成为"五四"时期文学的一个中心概念。在1918年底发表的《人的文学》③这篇文字不长却影响巨大的文章中,周作人要求新文学必须以人道主义为本,观察、研究、分析社会"人生诸问题",尤其是底层人们的"非人的生活";作家必须以认真严肃的而非游戏的态度,去描写"非人的生活",对改造社会持积极的态度,而且,还要展示"理想生活"。在周作人这里,新文学所本的人道主义具体指个人主义的"人间本位主义",只有作家自己觉悟了,"占得人的位置",才能"讲人道,爱人类"。周作人还有一个说法在当时传播广远,那就是"从新要发见'人'",他认为文学的功用就在这种"发见",根本目标在助成人性健全发展。

1919年初,周作人又提出"平民文学"的概念④,实际上是"人的文学"的补充和具体化。周作人将传统的旧文学概括为"贵族的文学",认为新文学作为"平民的文学",恰是反其道而行之的。两者的区别并非"这种文学是专做给贵族,或平民看,专讲贵族或平民的生活,或是贵族或平民自己做的",而主要是指"文学的精神的区别,指他普遍与否,真挚与否"。周作人指出平民文学应以通俗的白话语体描写人民大众生活的真实情状,忠实地反映"世间普通男女的悲欢成败",描写大多数人的"真挚的思想与事实"。

---

① 胡适:《文学进化观念与戏剧改良》,《新青年》1918年第5卷第4号。
② 胡适:《文学改良刍议》,《新青年》1917年第2卷第5号。
③ 周作人:《人的文学》,《新青年》1918年第5卷第6号。
④ 仲密(周作人):《平民文学》,《每周评论》1919年第5期。

周作人所提倡的"人的文学"或"平民文学"，是以人道主义为本的"为人生的文学"，强调文学是人性的、人类的，也是个人的。这些主张虽然有些抽象，但与"五四"时期个性解放的热潮相合，对文学革命起到了扛鼎的作用。

"人的文学"口号的提出给周作人带来很高的声誉，但周作人很快就对其进行了反思和质疑，是新文学的急功近利让他反省这一口号。1920年1月周作人做了一次题为《新文学的要求》的演讲①，针对当时新文坛中已经出现的"人生派"与"艺术派"的分野，提出自己的见解。他认为"为什么而什么"的态度是不可取的，因为"人生派"的流弊"容易讲到功利里边去，以文艺为伦理的工具，变成一种坛上的说教"；文学根本不必"为什么"，只是用"艺术的方法"，表现作者对于"人生的情思"。1922年周作人在《自己的园地》②一文中，进而强调尊重创作个性，抒写表达作者各自的情思，既反对"以个人为艺术的工匠"的"为艺术派"，又反对"以艺术为人生的仆役"的"为人生派"，而主张"人生的艺术派"。新文学从诞生之日起就肩负思想启蒙的使命，是比较讲求社会功利性的，这适应了时代需求，但又有轻视创作个性发展的偏颇。周作人转而提出"自己的园地"的文学观，表现出从变革大潮中"洁身退隐"的立场，但他的观点对新文学中日益膨胀的功利性也不失为一种清醒的制约。后来，周作人在《中国新文学的源流》③等著述中又试图探讨新文学与传统文学的衔接会通，推崇"即兴言志"的创作心态，强调尊重文学的独立性与维护自由表达思想见解的文学原则。周作人逐渐由新文学主潮的带头人，变为自由的思想者，并日益超离了主潮。他的"自己的园地"的文学观，也是后来许多倾向自由主义的作家的共同追求。

周作人的贡献还在于对现代散文文体的理论确认。传统文学中的散文泛指与韵文（包括骈文）相对的所有散文体文章，文学散文与非文学的文字没有明确界限，文学散文未能独立出来成为一种文学体裁。文学革命以后，文学性散文创作兴起，有必要对这类散文进行文体确认。1921年，周作人发表《美文》④一文，将那种以抒情叙事为主的艺术性的散文视作美文，摆到了与小说、诗歌、戏剧并列的位置，从理论上确认了文学性散文的地位。周作人自己能写一手别有韵味的散文，主要是小品文，而且常作散文批评，强

---

① 周作人1920年1月6日在北平少年学会的演讲，记录稿同年1月8日发表于《晨报》。
② 署名仲密，原载1922年1月22日《晨报副刊》，收入《自己的园地》。
③ 周作人1932年2—4月在辅仁大学的演讲，记录稿曾印行单行本。
④ 周作人:《美文》，1921年6月8日《晨报》。

调好散文需具备饶有"趣味"的内容、"平淡自然"的气质，追求能引发读者体味思索的"涩味"与"简单味"。虽然这些批评概念更多地是体现他对名士风致的崇好，但他的散文批评也更能从一个角度切近散文创作的规律，并上升到美学批评的高度。

在文学革命初期和后来的发展阶段，另一些作家也有理论上的贡献，如鲁迅主张白话文运动应当以"灌输正当的学术文艺"并以"改良思想"为"第一事"①、沈雁冰提出相对完整的"为人生"的文学观，李大钊初步尝试运用马克思主义解释"什么是新文学"②，郭沫若提出注重内在情感自然流露的"自我表现"说③，成仿吾对实用批评的尝试，还有梁实秋对"五四"文学的批评，等等，都从不同角度探讨了新文学的本质与路向，共同组构了第一个十年活跃的文学理论空间。

四　文学创作潮流与趋向

第一个十年的文学发展大致可分为三个阶段：1917年1月到1919年"五四运动"爆发，是文学革命初期，新文学创作刚刚萌芽，除了鲁迅的几篇小说外，一般还很幼稚，新文学作家多是为了反对文言文才去尝试写白话作品的，旧文学的胎记较为明显。实际上这是一个锋芒初试的阶段。"五四"到1926年"三一八惨案"，这一阶段思想最解放，创作也最活跃。鲁迅的《呐喊》《彷徨》和郭沫若的《女神》中的大部分诗作，都是在这期间写成的，新文学第一代重要作家大都在这一时期登上文坛，一些创作流派开始形成，各种文体也有了较大的发展，新文学初步站住脚跟，显示了声威。"三一八惨案"到1927年"四一二事变"，革命形势急剧发展变化，许多新文学作家投身到南方革命阵营和北伐战争中，创作一度沉寂，但这一时期开始的对于"革命文学"的理论提倡和创作的最初试验，都为下一时期左翼文学的兴起奠定了基础。

第一个十年，特别是"五四"时期，是历史大变动大转折时期，新旧思潮的激烈交战、东西方思想文化的融汇撞击，造成了纷繁多变的文学现象。但

---

① 鲁迅：《渡河与引路》，《鲁迅全集》第7卷，北京：人民文学出版社2005年版，第37页。如无特殊说明，以下引用《鲁迅全集》皆据此版本，不另注。

② 李大钊：《什么是新文学》，1920年1月4日《星期日》周刊。

③ 郭沫若：《印象与表现》，1923年12月30日《时事新报》副刊。

纵观这一时期的创作,也可以发现某些共同的文学兴趣与归趋,或者说是与"五四"新思潮相关的体现在创作上的时代品格,这不但与传统文学根本不同,而且也区别于现代文学史上其他时期的文学。这里从四个方面来观察,以期对第一个十年的创作潮流先有概略的了解。

一是服膺于思想启蒙。

从《新青年》鼓动"文学革命"开始,新文学的先驱者们就主张文学服膺于思想启蒙,注重将文学作为改造社会人生的工具,强调以现代科学与民主的精神去指导新文学的创造,使第一个十年的现代文学具有了强烈的批判色彩。鲁迅的《呐喊》与《彷徨》等作品贯穿着如何疗救社会病苦、改造国民性的思考,重在对封建制度的彻底揭露与批判,以及对农民和知识分子在反封建思想革命中所面临的矛盾与危机的考察,其启蒙色彩体现为清醒的现实主义批判精神。在鲁迅的影响之下,标榜"为人生而艺术"的文学研究会,更涌现出一批执着于反映社会人生的作家,他们的创作也大都执意探察人生社会的究竟,对传统的思想文化进行价值的重新估定。就是倾向浪漫主义的创造社作家,也往往在表现自我的同时,用批判的眼光探求人生与社会。所以郭沫若的《女神》中有"泛神论"的哲学思考,郁达夫的小说中有对道德及心理范畴的严肃探索。以这时期的创作题材而言,不管哪种流派的作家,大量描写的都是婚姻爱情与个性解放。而这种"题材热"的产生,主要也是由于"五四"新思潮唤起了作家们对人的生存价值以及种种人生观问题的思索,表明中国新一代作家开始有了现代意味的自我认识。他们摆脱传统的思维方式,力图借助科学与民主的精神去观察与思考生活。可以说,"重新估定价值"的理性批判精神与由于"人的发现""文学的发现"引起的思想启蒙和探索精神,贯穿于第一个十年几乎所有的作品中。

这种思想启蒙的理性对各种文体的发展都有过直接的影响。"五四"的作家自觉地寻求能够包容更多的社会学、伦理学、历史学、哲学以至政治学内容的"边缘"性质的文学形式。如1921年前后出现的第一个小说创作浪潮,就是带有浓厚思想启蒙理性色彩的"问题小说"热。年轻的小说家们只是试图通过小说来提出问题,讨论问题。虽然由于理性的过于浅露而造成艺术上的幼稚生硬,但总的来说,"问题小说"的重理性顺应了"五四"时期"思考的一代"探究人生社会的风气。初期新诗也是"有意为之"的,由于说理和写实的成分太重,诗味往往不足。而"五四"后冰心、宗白华等人提倡的"小诗",更是在抒情之中时常糅入哲学的联想。从《新青年》"随感录"

的作者群开始的现代散文,也是重启蒙、重议论、重批评的。特别是鲁迅的《随感录》,一出手就充满理性的战斗的锋芒。这条线一直贯穿下去,在第一个十年以至整个现代文学史上,始终有重议论、批评人生的杂感式散文。鲁迅的《野草》虽然重在抒情和表达内心,处处蕴含着生命的体验与追寻,但哲理味也是很浓的。就是当时提倡的以抒情写景为主的"美文",如冰心、许地山、朱自清和周作人的一些缜密、漂亮或冲淡的小品,许多也还是探讨人生社会究竟,不乏思想启蒙的理性色彩的。

自觉地在创作中追求思想启蒙的理性精神,是"五四"时期科学民主思潮的一种反映。不过作为文坛主体的知识分子,当时没有也不可能形成自己独有的哲学思想,急剧变化的时代很快就将他们抛向严酷的现实,不允许他们坐而论道,讨论比较抽象的人生问题,所以他们的创作即使接纳了西方近代思潮的影响,有追求理性的一面,终究不像欧洲启蒙时期文学那样具有纯粹的思辨色彩。

二是感伤情调的流行。

在新文学第一个十年,笼罩于整个文坛的空气主要是感伤的。新作家们很少有不曾表现苦闷感、孤独感、彷徨感的。以小说而言,初期最有影响的"问题小说",如冰心的《超人》、许地山的《命命鸟》、王统照的《沉思》、叶圣陶的《隔膜》、庐隐的《海滨故人》等等,在探讨人生究竟时,也都诉说着感伤的情怀。后起的"乡土小说"如彭家煌、许杰、蹇先艾、许钦文、王鲁彦等人取材故乡生活的作品,虽然偏于写实,但也无不隐含着乡愁。以郁达夫为代表的"自叙传"抒情体小说,如《沉沦》,以及冯沅君(淦女士)的《隔绝》、王以仁的《孤雁》等等,表现当时知识分子精神的追求与痛苦,更是不厌其烦地咀嚼伤感。相对而言,新诗较多地体现了"五四"时代精神和情绪昂扬向上的方面,像郭沫若的《凤凰涅槃》《天狗》那样意气磅礴的作品,就唱出了那个时代的最强音。湖畔诗人天真的爱情歌唱,也充满了清新明快的青春气息,迥然不同于后来的情诗。但即使是《女神》中,也仍有不少篇章带有感伤情调。哲理小诗作者对宇宙人生的深沉思索,以及早期象征诗派转向表现内心微妙的感情,都普遍涂上了感伤的色彩。前期新月派理论上是反对"过了头"的"感伤主义"与"浪漫主义",主张"理性节制感情"的,然而在闻一多的《红烛》和《死水》中对美好理想的追求仍然伴随着沉郁感伤的情绪,徐志摩诗作潇洒空灵的另一面也时时不脱惆怅与凄清。同样,这一时期的散文(特别是以写景抒情为主的小品文)和话剧(如田汉的早期剧作),

也常常流露出感伤的情调。

感伤成了这时期新文学的一种精神标记，虽然"五四"时期文学对于"情感推崇过分"，造成"涕泪交零"的感伤主义泛滥，也曾被人诟病①，但从大处看，这种文学现象映照着"五四"历史转折时期普遍的社会心理。新思潮唤醒了广大青年，但多数人觉醒之后又一时找不到出路，在十字街头彷徨；现代意识促使他们追求人生价值和美好的理想，而黑暗现实的压迫又往往使他们感到苦闷与失望。当然，这种文学上的感伤情调，跟新一代知识者自身的脆弱性及传统文人柔弱心理的习染也是有关的，但作为一种普遍的文学现象，却主要反映着中国知识者艰难地追求新生的精神历程。正如鲁迅所说，"这是血的蒸气，醒过来的人的真声音"②，它与一代人最深刻的焦虑与思索联结在一起，预示着新的历史的巨大起步，因此也可以说是现代中国民族和文学进入历史青春期必有的感情标记和心理气氛。

三是个性化的追求。

因为"五四"时期是提倡个性解放，鼓励个性发展的年代，自然为创作的多方面自由发展提供了肥沃的土壤。我国文学史上很少有哪个时期的文学像"五四"时期文学那样，出现那么多"个人"的东西。写个人的生活、个人的情绪，是普遍的现象。在以创造社为代表的浪漫主义一派作家中，"表现自我"成为自觉的文学追求。郭沫若的《女神》喷发着个人的郁结、民族的郁结，时代精神与诗人创作个性达到了统一。郁达夫、淦女士、王以仁、郭沫若等人的"自叙传"抒情小说往往直接表现个人的生活经历，宣泄个人的思想情绪，即使不是直接表现作者个人的生活，也明显渗入了作者的心理、气质和情感，以至作品中的某些知识者形象，与作家个人形象往往难以区分。像浅草社等浪漫主义团体，也是孜孜于"向内，在挖掘自己的魂灵"③。文学研究会那些倾向于现实主义的作家，如叶圣陶、王统照、庐隐、许地山等，这时期的作品也有很强的主观性。鲁迅的《野草》是抒发主观情怀的，而即使在鲁迅那些冷峻写实的小说中，也常常可以感觉到作者强烈的个性的表现。读者不难从鲁迅《呐喊》《彷徨》对封建主义的尖锐批判以及对农

---

① 如梁实秋在《现代中国文学之浪漫的趋势》中，就批评"五四"文学过分推崇情感，缺少理性控制，造成"浪漫的混乱"。参见温儒敏：《中国现代文学批评史》，北京：北京大学出版社1993年版，第68—70页。

② 鲁迅：《随感录·四十》，《鲁迅全集》第1卷，第338页。

③ 鲁迅：《〈中国新文学大系〉小说二集序》，《鲁迅全集》第6卷，第250页。

民、知识分子命运的探求背后,感觉到作家内心世界的巨大波澜与复杂的心理过程。

这时期散文小品的成就,几乎在小说、戏曲和诗歌之上,其中一个重要原因,就是散文小品文体上的不拘一格,最适于充分表现作家个性。即使是杂感政论中,也往往跃动着作者的性情。新文学作家如初生牛犊不怕虎,在形式上没有框框,大胆尝试着最足以表达自己所要表现内容的角度和方式;标新立异,突出个性,是每一位作家的艺术追求。

这一时期各种文体的发展还不太成熟,创作风格却是千姿百态。如鲁迅的冷峻犀利、郭沫若的雄奇豪放、郁达夫的袒露自怜、叶圣陶的平实冷静、许地山的隽永奇趣、冰心的明丽晶莹、庐隐的激切质直、王统照的宛曲纤徐、周作人的冲淡自然、朱自清的精美秀雅、闻一多的浓烈沉郁、徐志摩的潇洒娇娆、冯至的幽婉舒展、废名的古朴朦胧、李金发的幽微象征等等,每位作家都有自己的风格,而每种风格又都浸润着作者的情性。多种创作个性的充分自由发展,本身就是"五四"时期一种突出的文学时代性格。

"五四"时期文学创作总的给人以活跃、单纯、亲切的感觉,是跟文学个性化的追求有关的。当然,这时期的文学毕竟刚破土而出,多数年轻的新作家还来不及融汇与吸取消化外来的和传统的写法,加之生活圈子狭窄,纯粹的个人经验也束缚了创作的更大发展,所以这一时期的作品内容仍比较狭窄,题材、情节、形象有许多类似和重复。

四是多样创作方法的尝试。

新文学对时代现实的关怀、所担负的思想启蒙的任务,以及 19 世纪欧洲特别是俄国现实主义文学的决定性影响,使现实主义成为"五四"时期乃至第一个十年最有力的创作方法。而鲁迅小说创作的极大成功,将"五四"新文学现实主义提高到一个足以与世界文学对话的高水平,这也是现实主义被众多新文学作家认同,并逐步成为主流的原因。

但在"五四"时期,并不存在现实主义独尊的现象,现实主义与其他思潮、方法多元并存,形成了非常活跃的创作局面。虽然此时鲁迅成熟的现实主义创作已经出现,但一般作家更向往浪漫主义,各种文体的创作中都充溢着强烈的主观情绪与抒情色彩。从郭沫若《女神》为代表的自由体诗,"湖畔"诗人的爱情诗,到冰心、宗白华的哲理小诗,风格各不相同,但注重情感的自然抒发流露,注重艺术的想象,却又是共同的。"问题小说"许多也是从内心的角度反映生活的,它们的作者提出和探究人生社会问题时,常常真诚、勇敢地祖露自己的内心世界,浪漫主义的主观抒情性也表现得很普遍。而以郁达夫为代表的"自叙传"抒情小说更是将"大胆的自我暴露"推向极致。同样,在同时期田汉等作家的话剧创作中,也可以看到秾丽的浪漫主义色彩。

"五四"时期新文学创作普遍倾向浪漫主义,也是一种历史转变时期社会心理的反映。觉醒了的青年一代追求个性解放,痛恨不合理的社会现实,朦胧地预感到新时代的来临,在新旧思潮交战、理想与现实冲突中,他们是特别渴望能将自己的苦闷、伤感和希望充分表达出来的,以主观性和抒情性为特征的浪漫主义,就必然成为他们最乐于使用的方法。

然而"五四"又是一个"收纳新潮,脱离旧套"①的时代,一般青年作者在倾向浪漫主义的同时,还把19世纪末20世纪初广泛流布于欧洲的新浪漫主义——也就是现代主义,作为最新的先进方法来介绍、尝试和仿效。现代派所强调的转向内心,寻求自我,探究人生的主题,以及追求象征、怪诞、神秘的种种手法,对各种流派的作者都有程度不同的影响。创造社一派作家和诗人,注重表现病态心理和潜意识,李金发等象征派诗人注重暗示、联想与怪诞的表现,甚至鲁迅《野草》在发掘、表现幽微的灵魂深处时,显然也都接纳了现代主义特别是象征派的某些手法。现代派手法的运用,对于突破传统文学的框架,以及扩大新文学艺术表现的深度等方面,是起到了积极作用的。

只是到了第一个十年的后期,一般新文学作者在忙着尝试各种创作方法之后,逐渐都转向现实主义。这种转变,在小说创作方面收获更大一些。如偏于客观写实的乡土小说兴起,作品表现的角度从个人圈子转向社会底层,从提问题或重抒情转向人物形象的刻画,艺术上显然更加成熟了。诗歌的发展路向比较复杂。第一个十年中期出现的新月派对诗歌艺术美和形式美的强调,后期蒋光慈等人关于革命现实主义诗歌的提倡,以及李金发等人象征派诗歌的艺术实验,都预示着第二个十年诗歌艺术将有更加多元的发展。

---

① 鲁迅:《未有天才之前》,《鲁迅全集》第1卷,第177页。

附录　本章年表

1915 年

9 月　陈独秀主编《青年杂志》（第 2 卷起改名《新青年》）在上海创刊。

1916 年

12 月　26 日蔡元培任北京大学校长。

1917 年

1 月　胡适《文学改良刍议》发表于《新青年》第 2 卷第 5 号。

同月　陈独秀被任命为北京大学文科学长，《新青年》随之迁京。

2 月　陈独秀《文学革命论》发表于《新青年》第 2 卷第 6 号。

5 月　刘半农《我之文学改良观》发表。

12 月　《申报》副刊编辑、"鸳鸯蝴蝶派"文人王钝根为《中国黑幕大观》作序，提倡"黑幕小说"。

1918 年

1 月　《新青年》第 4 卷第 1 号出版。从这一号开始，改用白话与新式标点符号。同时编辑部扩大，以北京大学教授为主组成编委会，成员包括陈独秀、胡适、李大钊、钱玄同、高一涵、沈尹默，六位同仁轮流值编。

2 月　北京大学歌谣征集处成立，发起征集全国民间歌谣。1920 年 12 月北京大学歌谣研究会成立。

3 月　上海《时事新报》副刊《学灯》创刊。

同月　《新青年》第 4 卷第 3 号同期刊出王敬轩（钱玄同化名）写给《新青年》编辑的信，以及刘半农答复王敬轩的信，即所谓"双簧信"。

4 月　《新青年》第 4 卷第 4 号辟"随感录"专栏。

同月　胡适《建设的文学革命论》发表于《新青年》第 4 卷第 4 号。

5 月　鲁迅《狂人日记》发表于《新青年》第 4 卷第 5 号。

6 月　《新青年》第 4 卷第 6 号"易卜生号"出版。其中发表了胡适的论文《易卜生主义》。

11 月　北京大学新潮社成立。

同月　在北京天安门庆祝协约国胜利讲演会上，李大钊以《庶民的胜利》为题发表讲演。稍后又撰《Bolshevism 的胜利》。两文同时发表于《新青年》第 5 卷第 5 号。

12 月　周作人《人的文学》发表于《新青年》第 5 卷第 6 号。

1919 年

1 月　《新潮》月刊创刊，北京大学学生罗家伦、傅斯年等主编。

同月　《新青年》第 6 卷第 1 号以《"黑幕"书》为题，发表宋云彬致钱玄同信以及钱的复信,发起批判黑幕小说。

同月　周作人《论"黑幕"》发表于《每周评论》第 4 号。

2 月　林纾《荆生》连载于 17—18 日《新申报》;3 月 19—20 日,又在该报连载《妖梦》。

3 月　李大钊《新旧思潮之激战》连载于 4—5 日《晨报》。

同月　18 日林纾在北京《公言报》发表《致蔡鹤卿书》。蔡元培同日写《答林琴南书》予以辩驳,发表于 4 月 1 日《公言报》。

同月　刘师培、黄侃等编《国故》月刊创刊。

5 月　4 日北京五千学生集会游行,反对北洋政府在巴黎《凡尔赛和约》上签字,得到各地学生的响应,"五四运动"爆发。

同月　李大钊协助《晨报》开辟"马克思研究专栏"。

同月　《新青年》第 6 卷第 5 号辟"马克思研究"栏目。李大钊在其上发表《我的马克思主义观》。

6 月　上海《民国日报》增辟《觉悟》副刊。

7 月　胡适《多研究些问题,少谈些"主义"》发表于《每周评论》第 31 期。此后,李大钊等人对此文开展批评,形成了"问题与主义"的论战。

8 月　鲁迅散文诗《自言自语》等发表于 19 日《国民公报》,这是新文学史上最早出现的散文诗。

1920 年

1 月　沈雁冰《小说新潮栏宣言》发表于《小说月报》第 11 卷第 1 号,鼓吹介绍外国文艺思潮。

同月　4 日李大钊《什么是新文学》发表于成都《星期日》周刊"社会问题号"。

同月　北洋政府教育部令全国国民学校一、二年级国文教材改用语体文(白话文)。

3 月　胡适《尝试集》由亚东图书馆出版。

同月　李大钊在北京大学发起组织马克思学说研究会。

9 月　《新青年》第 8 卷第 1 号开始,连续多期开设"俄罗斯研究"专栏,介绍俄苏革命,讨论社会主义。

10 月　英国哲学家罗素来华讲学,"研究系"张东荪、梁启超借此在《改造》杂志上鼓吹基尔特社会主义。

1921 年

1 月　4 日文学研究会在北京召开成立会,发起人有郑振铎、叶绍钧、沈雁冰、王统照、许地山、耿济之、周作人、郭绍虞等 12 人。

同月　革新后的《小说月报》第 12 卷第 1 号出版。本期起由沈雁冰主编。

同月　沈雁冰、郑振铎、欧阳予倩、陈大悲、汪仲贤、熊佛西等 13 人在上海发起组织民众戏剧社，提倡"爱美剧"。同年，上海戏剧协社成立。

3 月　鸳鸯蝴蝶派杂志《礼拜六》复刊，编者周瘦鹃、王钝根。

5 月　《时事新报》副刊《文学旬刊》创刊。

6 月　郭沫若、成仿吾、郁达夫、田汉、郑伯奇、张资平等组成的创造社在日本成立。

8 月　郭沫若《女神》由泰东图书局出版。

10 月　12 日《晨报》第 7 版独立印行，定名为《晨报副刊》。

同月　郁达夫《沉沦》集由泰东图书局出版。

12 月始　鲁迅《阿 Q 正传》连载于 4 日至 1922 年 2 月 12 日《晨报副刊》。

1922 年

年初　浅草社成立。

1 月　叶圣陶等主持《诗》创刊。第 1 卷第 5 号起改为文学研究会刊物。

同月　《学衡》杂志在南京创办，编撰者有东南大学教授吴宓、梅光迪、胡先骕等人。

3 月　《创造》季刊在上海创刊。

4 月　冯雪峰、应修人、潘漠华、汪静之等在杭州组织湖畔诗社，出版《湖畔》诗集。

同月　歌德《少年维特之烦恼》(郭沫若译)由泰东图书局出版。

5 月　胡适主编《努力周报》创刊。

6 月　文学研究会编诗集《雪朝》出版。

7 月　沈雁冰《自然主义与中国现代小说》发表于《小说月报》第 13 卷第 7 号。

冬　蒲伯英、陈大悲等创办人艺戏剧专门学校。

1923 年

1 月　胡适创办《国学季刊》，发起整理国故运动。

同月　王尔德戏剧《沙乐美》(田汉译)由中华书局出版。

同月　冰心《繁星》由商务印书馆出版。

3 月　《浅草》季刊创刊。

同月　胡山源主编《弥洒》月刊创刊。

4 月　张君劢、丁文江等发起"科学与玄学"的论争。

5 月　《创造周报》在上海创刊。

同月　成仿吾《新文学之使命》、郭沫若《我们的文学新运动》和郁达夫《文学上的阶级斗争》发表于《创造周报》第 2、3 号。

7 月　21 日《创造日》创刊。

8 月　章士钊《评新文化运动》连载于 21—22 日上海《新闻报》。

同月　鲁迅《呐喊》由北京新潮社出版。

9 月　周作人《自己的园地》集由晨报社出版。

同月　闻一多《红烛》(诗集)由泰东图书局出版。

10 月　沈雁冰《读〈呐喊〉》发表于《文学周报》第 91 期。

12 月　邓中夏《贡献于新诗人之前》发表于《中国青年》第 10 期。

同月　胡适、徐志摩、梁实秋等人参与组织新月社活动。

1924 年

1 月　田汉创办《南国》半月刊。

5 月　恽代英《文艺与革命》发表于《中国青年》第 31 期。

8 月　《洪水》周刊在上海创刊。

9 月　15 日鲁迅作散文诗《秋夜》,为散文诗集《野草》首篇。

9 月　高长虹等在北京开展狂飙运动,创办《狂飙》月刊,1925 年 12 月和 1926
　　　年 10 月又先后改为《狂飙》不定期刊和周刊。

11 月　《语丝》周刊在北京创刊。

12 月　5 日《京报副刊》(日刊)创刊。

同月　《现代评论》周刊创刊。

1925 年

1 月　蒋光慈《现代中国社会与革命文学》发表于《民国日报》的《觉悟》副刊。

4 月　鲁迅编《莽原》周刊在北京出版。

5 月始　沈雁冰《论无产阶级艺术》发表于《文学周报》第 172、173、175、196 期。

同月　发生"五卅惨案"。随后,《文学周报》等报刊纷纷发文揭露"五卅惨案"
　　　真相,谴责帝国主义暴行。

7 月　章士钊在北京将《甲寅》复刊为周刊。

8 月　《苏俄的文艺论战》(任国桢编译,鲁迅作前记)由北新书局出版。

9 月　鲁迅支持韦素园、李霁野、台静农、曹靖华等组织未名社。

10 月　陈翔鹤、陈炜谟、杨晦、冯至等在北京组成沉钟社。

同月　1 日徐志摩开始主编《晨报》的《诗刊》。

1926 年

3 月　《创造月刊》创刊。

同月　梁实秋《现代中国文学之浪漫的趋势》发表于《晨报》25、27、29、31 日。

4 月　1 日徐志摩在《晨报》辟《诗镌》副刊。

5 月　郭沫若《革命与文学》发表于《创造月刊》第 1 卷第 3 期。

6 月　17 日《晨报》的《剧刊》副刊创刊。

8 月　鲁迅《彷徨》由北新书局出版。

同月　沉钟社《沉钟》半月刊创刊。

同月　26 日鲁迅离京南下。

1927 年

1 月　成仿吾《完成我们的文学革命》发表于《洪水》第 3 卷第 25 期,开始讨论"文学革命"问题。

7 月　鲁迅散文集《野草》由北京北新书局出版。

10 月　鲁迅由广州赴上海。

11 月　方璧(茅盾)《鲁迅论》发表于《小说月报》第 18 卷第 11 号。

12 月　《语丝》迁上海出版。

冬　　冯乃超、李初梨等由日本归国,展开后期创造社活动,并提倡革命文学运动。

知识点

必读作品与文献

思考题

第二章　鲁迅(一)

鲁迅是 20 世纪中国伟大的思想家与文学家。

1881 年 9 月 25 日鲁迅诞生在浙江绍兴的一个没落的封建大家庭里,从小就受到传统文化(包括儒家正统文化,以及佛、道、墨、法等非正统文化)与民间文化的熏陶。以后在南京求学(1898—1902 年)及日本留学(1902—1909 年)期间,又广泛接触了西方文化和日本等东方文化,在经历了从 19 世纪末开始的中国社会、思想、文化的巨大变迁以后,逐渐形成了自己的独立思想。从 1907 年发表第一篇论文《人之历史》,至 1936 年 10 月 19 日逝世,笔耕一生,留下了大量著述,主要有短篇小说集《呐喊》《彷徨》《故事新编》,散文诗集《野草》,散文集《朝花夕拾》,以及《热风》《坟》《华盖集》《华盖集续编》《而已集》《南腔北调集》《三闲集》《二心集》《准风月谈》《伪自由书》《集外集》《花边文学》《且介亭杂文》《且介亭杂文二集》《且介亭杂文末编》《集外集拾遗》16 本杂文集和书信集《两地书》。此外,还写有《中国小说史略》《汉文学史纲要》等学术著作。

鲁迅无疑是最具有原创性与源泉性的现代中国的思想家与文学家,中国现代思想与文学的开创者之一。他的精神深刻地影响着他的读者、研究者,以至一代又一代的中国现代作家、现代知识分子和青年。鲁迅极富创造力与想象力的文学创作,为中国现代文学的发展奠定了深厚的基础,开拓了广阔天地。几乎所有的中国现代作家都是在鲁迅开创的基础上,发展了不同方面的文学风格体式,这构成了中国现代文学的一个独特现象。

鲁迅同时又是 20 世纪世界文化巨人之一。他创造了"内外两面,都和世界的时代思潮合流,而又并未梏亡中国的民族性",并具有独特的个人风格的"现今想要参与世界上的事业的中国人"的文学。① 他与 20 世纪所有的世界杰出的思想家与文学家一样,在关注本民族发展的同时,也在关注与思考人类共同面临的问题,并做出了自己的独特贡献。

但对于鲁迅的时代与民族,他又是超前的。因此无论身前与身后,他都

---

① 　鲁迅:《当陶元庆君的绘画展览时》,《鲁迅全集》第 3 卷,第 574 页。

不能避免寂寞的命运。我们民族有幸拥有了鲁迅,但要真正理解与消化他留给我们的丰富的思想文化与文学遗产,还需要时间。

一 《呐喊》与《彷徨》:中国现代小说的开端与成熟的标志

　　1918 年 5 月,《新青年》第 4 卷第 5 号发表了鲁迅的《狂人日记》。这是中国现代文学史上第一篇用现代体式创作的白话短篇小说,它以"表现的深切和格式的特别"①,内容与形式上的现代化特征,成为中国现代小说的伟大开端,开辟了我国文学发展的一个新的时代。继《狂人日记》之后,鲁迅一发而不可收,在 1918—1922 年连续写了 15 篇小说,于 1923 年 8 月编为短篇小说集《呐喊》(1930 年 1 月第 13 次印刷时抽出《不周山》一篇);1924—1925 年所作小说 11 篇,则收入 1926 年 8 月出版的短篇小说集《彷徨》。鲁迅的《呐喊》与《彷徨》是中国现代小说的成熟之作。也就是说,"中国现代小说在鲁迅手中开始,又在鲁迅手中成熟,这在历史上是一种并不多见的现象"②。

(一)"表现的深切":独特的题材、眼光与小说模式

　　鲁迅在论及中国文学的变革时,首先提到的是文学题材、主要表现对象的变化。他指出,"古之小说,主角是勇将策士,侠盗赃官,妖怪神仙,佳人才子,后来则有妓女嫖客,无赖奴才之流。'五四'以后的短篇里却大抵是新的智识者登了场"③。1930 年代在谈及自己的著作时,鲁迅则说:"说到'为什么'做小说罢,我仍抱着十多年前的'启蒙主义',以为必须是'为人生',而且要改良这人生。我深恶先前的称小说为'闲书',而且将'为艺术的艺术',看作不过是'消闲'的新式的别号。所以我的取材,多采自病态社会的不幸的人们中,意思是在揭出病苦,引起疗救的注意。"④正是从这样的启蒙主义的文学观念出发,鲁迅开创了表现农民与知识分子两大现代文学的主要题材。

---

　　① 鲁迅:《〈中国新文学大系〉小说二集序》,《鲁迅全集》第 6 卷,第 246 页。
　　② 严家炎:《〈呐喊〉〈彷徨〉的历史地位》,《世纪的足音》,北京:作家出版社 1996 年版,第 64 页。
　　③ 鲁迅:《〈总退却〉序》,《鲁迅全集》第 4 卷,第 638 页。
　　④ 鲁迅:《我怎么做起小说来》,《鲁迅全集》第 4 卷,第 526 页。

而且鲁迅在观察与表现他的小说主人公时,有着自己独特的视角:如他的自述中所说,他始终关注着"病态社会"里人(知识者与农民)的精神"病苦"。因此,在《药》里,他仅用一床"满幅补钉的夹被"暗示了华老栓一家生活的拮据,正面展开描写的是他们一家的精神愚昧;在《故乡》里,最震动人心的不是闰土的贫困,而是他一声"老爷"所显示的心灵的麻木;《明天》里,单四嫂子的不幸不仅在寡妇丧子,更大的痛苦是她的孤独与空虚;《祝福》的深刻性正在于描写了祥林嫂在封建神权下所感到的恐怖。鲁迅对知识分子题材的开掘,也是着眼于揭示他们的精神创伤与危机:辛亥革命独战多数的英雄摆脱不了孤独者的命运,在强大的封建传统压力下,像一只蝇子飞了一小圈,又回来停在原点,在颓唐消沉中无辜消磨着生命(《在酒楼上》);甚至"躬行我先前所憎恶,所反对的一切,拒斥我先前所崇仰,所主张的一切",借此"复仇",虽"胜利"了,却又"真的失败"(《孤独者》);"五四"时期勇敢地冲出旧家庭的青年男女,眼光局限于小家庭凝固的安宁与幸福,既无力抵御社会经济的压力,爱情也失去附丽,只能又回到旧家庭中(《伤逝》)。对人的精神创伤与病态的无止境的开掘,使鲁迅的小说具有一种内向性:它是显示"灵魂的深"的。鲁迅的目的正是要打破"瞒和骗",逼迫读者与他小说的人物,连同作家自己,正视人心、人性的卑污,承受精神的苦刑,在灵魂的搅动中发生精神的变化。这样,他的小说实质上就是对现代中国人(首先是农民与知识者)的灵魂的伟大拷问,可借陀思妥耶夫斯基的话称之为"在高的意义上的写实主义"①,这样的写实主义又是与象征主义结合在一起的,是最深刻地显示了他的小说的现代性的。但鲁迅揭示人的精神病态,是为了揭露造成精神病态的病态的社会:鲁迅由此而开掘出"封建社会吃人"的主题——不仅是摧残人的肉体,更是"咀嚼人的灵魂"(见《阿Q正传》最后的描写)。这也是显示了鲁迅的独特性的:他确实残酷地鞭打着人的灵魂,但他并不以拷问自身为目的,更从不鉴赏人的精神痛苦,也反对任何形式的忍从,他的最终指向是"绝望的反抗"——是对于社会,更是对人自身的反抗。因此,他自称其所倡导的文学,不仅是"为人生",而且是"改良这人生"的文学。②

鲁迅的这些努力,体现在《呐喊》《彷徨》里,就演化为"看/被看"与"离

① 鲁迅:《〈穷人〉小引》,《鲁迅全集》第7卷,第105页。
② 鲁迅:《我怎么做起小说来》,《鲁迅全集》第4卷,第526页。

去—归来—再离去"两大小说情节、结构模式。

《彷徨》里有一篇颇为独特的小说:《示众》。这篇小说没有一般小说都会有的情节、人物刻画和景物描写,也没有主观抒情与议论,只有一个场面:看犯人。小说中所有的人物,无论是叫卖馒头的"十一二岁的胖孩子""赤膊的红鼻子胖大汉""挟洋伞的长子",还是有着发亮的秃头的"老头子"、梳着喜鹊尾巴似的"苏州俏"的"老妈子"、"一个猫脸的人",都只有一个动作"看";他们之间只有一种关系:一面"看别人",一面"被别人看",由此构成了"看/被看"的二元对立。小说不着意刻画人物或描写,而主要写一种具有象征意味的氛围、动作,这反而使它具有了极大的包容性,内含着多方面的生长点,甚至可以把《呐喊》《彷徨》与《故事新编》里的许多小说都看作《示众》的生发与展开,从而构成一个系列,如《狂人日记》《孔乙己》《明天》《头发的故事》《药》《阿Q正传》《祝福》《长明灯》《铸剑》《理水》《采薇》等等。这些小说依据"被看者"的不同,又可以分为两类。

且看《祝福》里的这段描写:祥林嫂的阿毛不幸被狼吃了,她到处向人倾诉自己的痛苦。人们如何反应呢?"有些老女人没有在街头听到她的话,便特意寻来,要听她这一段悲惨的故事。直到她说到呜咽,她们也就一齐流下那停在眼角上的眼泪,叹息一番,满足的去了,一面还纷纷的评论着。"祥林嫂的不幸并没有引起真正的理解与同情,却通过"看(听)"的行为,转化为可供消遣的"故事":这些乡村老女人们正是在鉴赏他人(祥林嫂)痛苦的过程中,鉴赏自己的表演("流下那停在眼角上的眼泪"),并从中得到某种"满足"(自我崇高化),同时又在"叹息""评论"中,使自己的不幸与痛苦得到宣泄、转移以至遗忘。而在别人的痛苦、悲哀"咀嚼"殆尽,成为"渣滓"以后,就立即"厌烦和唾弃",施以"又冷又尖"的"笑":这类情感与行为方式表面上麻木、混沌,实际上是显示了一种人性的残忍。于是,在这类小说中,在好奇的看客"看"(鉴赏)被看者的背后,常常还有一位隐含的作者在"看":用悲悯的眼光,愤激地嘲讽着看客的麻木与残酷,从而造成一种反讽的距离。

另一类"被看/看"的二元对立发生在先驱者与群众之间。也就是说,"启蒙者"与"被启蒙者"、"医生"与"病人"、"牺牲者"与"受益者"的关系在中国的现实中,变成了"被看"与"看"的关系:应该说,这是鲁迅充满苦涩的一大发现。一旦成为"被看"的对象,就会像《药》里描写的那样,成为茶客们闲聊的谈资,启蒙者的一切崇高理想、真实奋斗(如夏瑜怀着"大清的天下是我们大家的"的信念所做的牺牲)全都成了表演,变得毫无意义,空洞、无聊又可笑。在《药》里,我们甚至看到了这样的场面:人们争先恐后赶去"看"杀夏瑜,"很像久饿的人见了食物一般,眼里闪出一种攫取的光"。这里所出现的"吃人"的意象是惊心动魄的:"被看/看"的模式进一步发展为"被吃/吃"的模式。整篇《药》的故事——夏瑜的血浸透馒头,被华小栓"吃"进肚里,"却全忘了什么味",也就具有某种象征意味:"华家"的愚昧的民众,不但自身"被吃",同时又在"吃人";而"被吃"者正是"夏家"的启蒙者。也就是说,启蒙的结果是被启蒙的对象活活地吃掉;这里,被质疑、批判的对象是双重的:既是那些"吃人"的民众,更是"被吃"的启蒙者,以至启蒙本身。而如前所说,鲁迅自己即是这启蒙者中的一员;鲁迅的小说模式所提出的质疑最终是指向他自身的。因此,在这一类小说中,人物(描写对象)与作者的距离大大缩小,作品中渗透着较多的鲁迅的生命体验。读者在这些作品里所感到的悲哀、悲悯(《药》)、孤寂(《孤独者》),以至恐怖(《狂人日记》)、愤激(《头发的故事》)与复仇(《孤独者》),也在一定程度上属于鲁迅自身刻骨铭心的情绪记忆。

　　"离去—归来—再离去"的模式,也称为"归乡"模式。在这一模式的小说中,无论是《祝福》《故乡》,还是《在酒楼上》《孤独者》,叙述者在讲述他人的故事(例如祥林嫂的故事,闰土的故事,吕纬甫、魏连殳的故事)的同时,也在讲述自己的故事,两者互相渗透、影响,构成了一个复调。《故乡》的叙事是从"我""回到相隔二千余里,别了二十余年的故乡"说起的,作者显然采取了横截面的写法,将完整的人生历程的第一阶段"离去"推到了后景。小说虚写了这样一个"我过去的故事":当年被聚族而居的封建宗法制度的农村社会所挤压,"我"不得不离本乡、逃异地,到现代都市寻求别样的出路。二十年过去,依然在为生活而辛苦辗转,却失去了精神的家园。此番归来,正是为了寻梦:那"时时记得的故乡"不过是心像世界里的幻影。因此,整篇小说所写的其实是"我"的一个心理过程:"苍黄的天底下,远近横着几个萧索的荒村,没有一些活气"的现实图画逐渐取代那想象中理想化了的"神异的图画","西瓜地上的银项圈的小英雄的影像"由十分清楚而变得模糊。而现实闰土的故事(还包括现实杨二嫂的故事)无疑起了惊醒的作用,帮助"我"完成了幻景与现实的剥离。"我"由希望而绝望,再度远走,从而完成了"离去—归来—再离去"的人生循环(在小说的外在形式上则表现为"始于篷船,终于篷船"的圆圈)。

《祝福》里其实也有一个"'我'的故事",或者说,小说存在着三个视点,即"我""祥林嫂"与"鲁镇",从而构成了三重关系:祥林嫂与鲁镇的关系是读者普遍关注的,它所展开的是儒、释、道传统吃人的主题;读者往往忽略了"我"与鲁镇的关系,其中正蕴含着"离去—归来—再离去"的模式。但"我"的回乡,却不再存有《故乡》的主人公那样寻梦的奢望:"我"既明白故乡的一切没有也不会变,又清醒于自己与鲁镇社会的不相容性,早已决计要走——"我"注定是一个没有家的永远的漂泊者。但小说却出乎意料地安排了"我"与祥林嫂的会见,把两个故事联结了起来;而且让祥林嫂于无意中扮演灵魂审问者的角色,作为知识者的"我"则成了一个犯人,在一再追问下,招供出灵魂深处的浅薄与软弱,并终于发现自我与鲁镇传统精神的内在联系。"我"的最后再离去,就多少含有了对家乡现实所提出的生存困境逃避的性质:这正是对"离去—归来—再离去"模式内涵的又一个深刻的揭示。

《在酒楼上》里"我"有一段自白,特别引人注目:"北方固不是我的旧乡,但南来又只能算一个客子,无论那边的干雪怎样纷飞,这里的柔雪又怎样的依恋,于我都没有什么关系了。"这里所表现的是一种更深沉的无家可归的悬浮感、无可附着的漂泊感。它既表明了中国现代知识分子与乡土中国"在"而"不属于"的关系,更揭示了人在飞向远方、高空与落脚于大地之间选择的困惑,以及与之相联系的在冲决与回归、躁动与安宁、剧变与稳定、创新与守旧等两极间摇摆的生存困境。在这背后,隐藏着鲁迅内心的绝望与苍凉。

但鲁迅自己又对这样的绝望提出了质疑:他在宣布希望为虚妄的同时,也宣布了绝望的虚妄。于是,在《故乡》的结尾,那"一轮金黄的圆月"又作为理想的象征重新高悬,并且激发出新的奋进,相信"走的人多了,也便成了路",这"走"正是对世界与自我双重绝望的抗战。鲁迅的好几篇小说都有类似的结尾:《在酒楼上》里,"我"告别了吕纬甫,"独自向着自己的旅馆走,寒风和雪片扑在脸上,倒觉得很爽快";《孤独者》中"我"离开了魏连殳的死尸,"我的心地就轻松起来,坦然地在潮湿的石路上走,月光底下"。鲁迅的小说往往在结构上有一个顶点:或是情节上人物的死亡,或是情感、心理上的绝望;又反弹出死后之生、绝望后的挑战,然后戛然而止。这当然不是纯粹的结构技巧,更是内蕴着反抗绝望的鲁迅哲学和他的生命体验的。

(二)"格式的特别":"创造'新形式'的先锋"

1920 年代沈雁冰(茅盾)对鲁迅小说有一个重要的评价:"在中国新文坛上,鲁迅君常常是创造'新形式'的先锋;《呐喊》里的十多篇小说几乎一篇有一篇新形式,而这些新形式又莫不给青年作者以极大的影响,必然有多数人跟上去试验。"①今天人们也同样关注与强调鲁迅小说的实验性。鲁迅确实是完全自觉地借鉴西方小说形式,通过自己的转化、发挥,以及个人的独立创造,建立起中国现代小说的新形式。他的《狂人日记》之所以被称为第一篇现代白话小说,一个重要原因是它打破了中国传统小说注重有头有尾、环环相扣的完整故事和依次展开情节的结构方式,而以 13 则"语颇错杂无伦次""间亦略具联络者"的不标年月的日记,按照狂人心理活动的流动来组织小说。在艺术表现上,作家不是站在第三者的立场去描述主人公的心理状态,而是通过主人公的自由联想、梦幻,直接剖露他的心理;也不像传统小说那样,作者的叙述(介绍人物、铺陈情节、描写环境等)和作者对人物的心理描写之间界限分明,而是使作品中所有叙述描写都带有主人公的感情色彩,都渗透于主人公的意识活动之中。而《狂人日记》尤其富有创造性的尝试,是小说"日记本文"采用了白话文体,却又精心设计了一个文言体的"小序",从而形成了两个对立的叙述者("我"与"余"),两重叙述,两重视点。白话语言载体表现的是一个狂人非正常的世界,主人公却表现出疯狂中的清醒,处处显示了对旧有秩序的反抗;而文言载体表现了一个正常人的世界,主人公最后成为候补官员。这样,小说文本就具有了一种分裂性,对立的因素相互嘲弄与颠覆、消解,形成反讽的结构。

《呐喊》第二篇《孔乙己》又在小说叙述者的选择上煞费苦心。小说的核心孔乙己与酒客的关系,已经构成了"被看/看"的模式;在这个模式里,作为被看者的孔乙己(知识分子)的自我审视与主观评价(自以为是国家、社会不可或缺的"君子","清白"而高人一等)与他(们)在社会上实际所处的"被看"(亦即充当人们无聊生活中的笑料)地位形成的巨大反差,集中反映了中国知识分子地位与命运的悲剧性与荒谬性。但作家并没有选择孔乙己或酒客作为小说的叙述者,而是别出心裁地以酒店里的小伙计充当叙述故事的角色。这样,他就可以以一个旁观者的身份,同时观察与描写孔乙己的可悲与可笑、看客的麻木与残酷,形成一个"看/被看"的模式,以展开知

---

① 雁冰:《读〈呐喊〉》,1923 年 10 月 8 日《时事新报》副刊《文学周报》。

识者与群众的双重悲喜剧。而小伙计自己，随着小说的展开，也逐渐参与到故事中来，先是"附和着笑"，后又冷酷地拒绝了孔乙己教自己识字的好意，从而构成了一个被看客同化的精神悲剧。他的背后正有隐含作者在"看"，从而形成第三个层面上的"被看/看"的结构。读者在阅读的开始是认同叙述者有距离的旁观态度的，但随着叙述的展开，就逐渐远离叙述者，向隐含作者靠拢，从小说外在的喜剧性中体味到了其内在的悲剧性。读者、隐含作者、叙述者与人物就置身于如此复杂的小说叙述网络之中，呈现出既非单一的，又是动态的复杂心理、情绪、美感反应。而这一切复杂性又显现于极其简练的叙述语言与极其舒展的叙述风格之中：这正显示了鲁迅非凡的艺术创造力。

从作者、读者、叙述者与人物的关系出发，人们对鲁迅的《阿Q正传》又有了如下发现：在第一章"序"里，叙述者一面以全知视角出现，另一面却一再申称自己并非全知，连阿Q姓什么、名字怎样写、籍贯在哪里都不知道，这就构成了对全知叙述的嘲弄。与此同时，作者和读者也对人物（阿Q）的命运采取有距离的冷然观照甚至略带嘲讽的态度。但随着小说的展开，叙述者的视点逐渐集中于阿Q的行为与意识，转向限制叙述；作者和读者与人物之间的距离也由远而近；他们在阿Q身上发现了自己。到小说结束时，临刑前阿Q在幻觉中看见饿狼的眼睛在"咬他的灵魂"，以及最后"救命"的一声呐喊，已经融入了作者与读者自身的心理体验，因而具有一种震撼人心的力量。这里，作家（以及一定程度上的读者）主体精神、生命体验的融入，是充分体现了鲁迅小说的主观抒情性特征的。

沿着这样的思路去读《伤逝》，就可以发现，小说的重心可能不在那失败了的爱情本身，而在于涓生明确意识到与子君之间只剩下无爱的婚姻"以后"，他所面临的两难选择："不说"出爱情已不存在的真相，即是"安于虚伪"；"说"出，则意味着"将真实的重担"卸给对方，而且确实导致了子君的死亡。这类无论怎样都不免空虚与绝望，而且难以摆脱犯罪感的两难，正是终身折磨着鲁迅的人生困境之一，直到逝世前他还写了一篇《我要骗人》，表露他渴望"披露真实的心"，却还要"骗人"的矛盾与相伴随的精神痛苦。

鲁迅一直在探索主体渗入小说的形式。《在酒楼上》与《孤独者》中，他又做了这样的尝试：小说中的叙述者"我"与小说人物（吕纬甫与魏连殳）是"自我"的两个不同侧面或内心矛盾的两个侧面的外化，于是，全篇小说便具有了自我灵魂对话与相互驳难的性质。《孤独者》中"我和魏连殳相识一场","以（魏连殳为祖母）送殓始，以（我为魏连殳）送殓终"，正是暗示着"祖母—魏连殳—我"之间深刻的生命联系。而"我"与魏连殳的三次论争——关于"孩子的天性"、关于"孤独的命运"、关于"人活着的意义"，也是显示了鲁迅自身的矛盾与困惑的。这都是"灵魂的深"的开掘，构成了鲁迅小说诗性的丰富内涵。

另一方面，鲁迅也在追求表达的含蓄、节制，以及简约、凝练的语言风格。他这样概括自己的经验："我力避行文的唠叨，只要觉得够将意思传给别人了，就宁可什么陪衬拖带也没有。中国旧戏上，没有背景，新年卖给孩子看的花纸上，只有主要的几个人（但现在的花纸却多有背景了），我深信对于我的目的，这方法是适宜的……"又说："要极省俭的画出一个人的特点，最好是画他的眼睛。"①人们经常提及的，是《故乡》里那幅"神异的图画"——"深蓝的天空中挂着一轮金黄的圆月，下面是海边的沙地，都种着一望无际的碧绿的西瓜"，仿佛绘画中运用疏体笔法涂抹大色块，色彩单纯而浓重，同样取得强烈的效果。祥林嫂那最后的"肖像"也只有寥寥几笔——"五年前的花白的头发，即今已经全白……脸上瘦削不堪，黄中带黑，而且消尽了先前悲哀的神色，仿佛是木刻似的；只有那眼珠间或一轮，还可以表示她是一个活物"，留给读者的印象可以说是惊心动魄的。

从以上的分析中，不难发现鲁迅的实验的广泛性：他实际上是借鉴了诗歌、散文、音乐、美术以至戏剧的艺术经验来从事小说创作，并且试图将它们熔为一炉，于是出现了"诗化小说"（《伤逝》《社戏》等）、"散文体小说"（《兔和猫》《鸭的喜剧》）以至"戏剧体小说"（《起死》）等等。人们同时还发现，鲁迅在实验为中国现代小说寻找自己的小说形式的最初阶段，是自觉地借鉴西方的小说形式的，因此，在谈到《狂人日记》的创作时，他强调"所仰仗的全在先前看过的百来篇外国作品和一点医学上的知识"②。但在实验过程中，自身深厚的传统文化修养逐渐发挥作用，使他由不自觉到自觉地吸取中国文学的养料，而如上文所介绍的，他最初自觉借鉴的是传统戏剧、美术、诗歌的艺术经验。同时，像《儒林外史》等传统小说对鲁迅的小说创作的影响与启示也是明显的。这就说明，鲁迅的《呐喊》《彷徨》所建立的中

---

① 鲁迅：《我怎么做起小说来》，《鲁迅全集》第4卷，第526、527页。
② 同上书，第526页。

国现代小说的新形式,既是自觉地借鉴外国小说形式的结果,也是由不自觉到自觉地借鉴中国传统文学(包括传统小说)艺术经验的结果;当然,借鉴并不能代替作家的创造,鲁迅的成功主要得力于他的无羁的创造力与想象力,如鲁迅自己所说,"没有冲破一切传统思想和手法的闯将,中国是不会有真的新文艺的"①:鲁迅的《呐喊》《彷徨》正是继承传统与冲破传统的统一。

二 说不尽的阿 Q

鲁迅的《呐喊》《彷徨》被视为中国现代小说成熟的标志,一个重要方面是因为它创造了以《阿 Q 正传》为代表的现代小说的经典作品。《阿 Q 正传》是最早介绍到世界的中国现代小说,是中国现代文学自立于世界文学之林的伟大代表。

阿 Q 和一切不朽的文学典型一样,是说不尽的。不同时代、不同民族、不同层次的读者从不同的角度、侧面去接近它,都有自己的发现与发挥,从而构成一部阿 Q 接受史,这个历史过程没有也不会终结。

鲁迅自己说,他之所以要写《阿 Q 正传》,是因为要"画出这样沉默的国民的魂灵来",并且说"我还恐怕我所看见的并非现代的前身,而是其后,或者竟是二三十年之后"。② 最初人们也都是这样去理解阿 Q 的:小说开始连载时,沈雁冰(茅盾)就指出,阿 Q 是"中国人品性的结晶"③;直到三四十年代人们也依然强调阿 Q 是"旧的中国精神文明的化身"④。这就是说,无论是 1920 年代的启蒙主义思潮,还是三四十年代的民族救亡思潮,都提出了民族自我批判的时代课题,阿 Q 也就自然成为反省国民性弱点的一面镜子。于是,人们关注"阿 Q 精神"的核心——精神胜利法,并且做了这样的阐释:尽管阿 Q 处于未庄社会的最底层,在与赵太爷、假洋鬼子以至王胡、小 D 的冲突中,他都是永远的失败者,但他却对自己的失败命运与奴隶地位采取了令人难以置信的辩护与粉饰态度。或者"闭眼睛",根本不承认自

① 鲁迅:《论睁了眼看》,《鲁迅全集》第 1 卷,第 255 页。

② 鲁迅:《俄文译本〈阿 Q 正传〉序及著者自叙传略》,《鲁迅全集》第 7 卷,第 84 页;《〈阿 Q 正传〉的成因》,《鲁迅全集》第 3 卷,第 397 页。

③ 雁冰:《通信》,《小说月报》1922 年第 13 卷第 2 号。

④ 立波:《谈阿 Q》,《中国文艺》(延安)创刊号,1941 年 1 月。

己落后与被奴役,沉醉于那种臆想的自尊之中:"我们先前——比你阔的多啦!你算是什么东西";或者"忘却":刚刚挨了假洋鬼子的哭丧棒,啪啪响了之后,就忘记一切而且"有些高兴了";或者向更弱者(小尼姑之类)泄愤,在转嫁屈辱中得到满足;或者自轻自贱,甘居落后与被奴役:"我是虫豸——还不放么?"在这些都失灵以后,就自欺欺人,在自我幻觉中变现实真实的失败为精神上的虚幻胜利:说一声"儿子打老子"就"心满意足的得胜的走了";甚至用力在自己脸上连打两个嘴巴,"仿佛是自己打了别个一般",也就心平气和,天下太平。人们发现,阿Q的这种"精神胜利法"是中华民族觉醒与振兴最严重的思想阻力之一,鲁迅的《阿Q正传》正是对我们民族的自我批判。

1950年代至1970年代末,新中国成立以后,强调要对文学作品进行阶级分析,于是阿Q就被视为"落后的农民"(或"农民")的典型,人们的关注重心也发生了转移。首先强调的是阿Q是未庄第一个"造反者",一位批评家这样分析阿Q"土谷祠的梦":"它虽然混杂着农民的原始的报复性,但他终究认识了革命是暴力","毫不犹豫的要把地主阶级的私有财产变为农民的私有财产",并且"破坏统治了农民几千年的地主阶级的秩序和'尊严'",这都表现了"本质上是农民革命的思想";小说后半部分对阿Q与辛亥革命关系的描写也引起普遍重视,批评家认为鲁迅是"从被压迫的农民的观点"对资产阶级及其领导的辛亥革命进行了深刻的批判。① 毛泽东也多次提醒人们要吸取假洋鬼子"不许(阿Q)革命"的教训。1980年代初的思想解放运动中,人们又从《呐喊》《彷徨》是"中国反封建的思想革命的一面镜子"的观念出发,重读《阿Q正传》。尽管关注的重点并无变化,却给予了完全不同的意义解释,强调的是阿Q造反的负面——"即使阿Q成了'革命'政权的领导者,他将以自己为核心重新组织起一个新的未庄封建等级结构";辛亥革命的教训也被阐释为"政治革命行动脱离思想革命运动",忽略了农民(国民)的精神改造。② 这样,阿Q就再一次被确认为"国民性弱点"的典型。

近年来,在改革开放的大背景下,人们开始转向对阿Q精神(性格)的

---

① 陈涌:《论鲁迅小说的现实主义》,《文学评论集二集》,北京:作家出版社1956年版,第24、16页。

② 王富仁:《中国反封建的思想革命的一面镜子——〈呐喊〉、〈彷徨〉综论》,北京:北京师范大学出版社1986年版,第31、21页。

人类学内涵的探讨,并做出了另一种分析:阿 Q 作为一个个体生命的存在,几乎面临人的一切生存困境,包括基本生存欲求不能满足的生的困恼("生计问题")、无家可归的惶惑("恋爱的悲剧")、面对死亡的恐惧("大团圆")等等,而他的一切努力挣扎("从中兴到没落"),包括投奔革命,都不免是绝望的轮回。人只能无可奈何地返回自身,如恩格斯所说,"他们既然对物质上的得救感到绝望,就去追寻灵魂得救来代替,即追寻思想上的安慰,以免陷入彻底绝望的境地"①,并借以维持自己的正常生存。在这个意义上,"精神胜利法"的选择几乎是无可非议的。但这种选择又确实丝毫没有改变人失败屈辱的生存状态,只会使人因为有了虚幻的精神胜利的补偿而心满意足,进而屈服于现实,成为现存环境的奴隶。这样,为摆脱绝望的生存环境而做出的精神胜利的选择,却使人坠入了更加绝望的深渊,于是,人的生存困境就是永远不能摆脱的。② 鲁迅正是因为对这一生存状态的正视而揭示了人类精神现象的一个重要侧面,从而使自己具有了超越时代、民族的意义和价值。

三 《野草》与《朝花夕拾》

鲁迅曾谈到自己对新文学的贡献,主要是以创作成就"显示了'文学革命'的实绩"③,这是确实的:在有了胡适、陈独秀、周作人等的理论倡导之后,又有了鲁迅这样的作家创造了足以与中国传统文学及世界文学的经典作品并肩而立的现代文学经典,新文学才有可能在中国真正立足、扎根。而鲁迅不仅创造了现代小说的经典《呐喊》《彷徨》《故事新编》,更在传统文学最具实力的散文领域(另一个领域是诗歌)也创造了堪称经典的《朝花夕拾》与《野草》:这真正显示了鲁迅的创造活力。

《朝花夕拾》与《野草》一方面在鲁迅的著作中是最个人化的,散文这种

---

① 弗·恩格斯:《布鲁诺·鲍威尔和原始基督教》,《马克思恩格斯全集》第 25 卷,北京:人民出版社 2001 年版,第 556 页。

② 参看汪晖:《反抗绝望:鲁迅小说的精神特征》,《无地彷徨:"五四"及其回声》,杭州:浙江文艺出版社 1994 年版,第 384—418 页;张梦阳:《阿 Q 新论:阿 Q 与世界文学中的精神典型问题》,西安:陕西教育出版社 1996 年版。

③ 鲁迅:《〈中国新文学大系〉小说二集序》,《鲁迅全集》第 6 卷,第 246 页。

文体如周作人所说，本就是"个人的文学之尖端"①；另一方面又为现代散文的创作提供了两种体式，或者说开创了现代散文的两个创作潮流与传统，即"闲话风"的散文与"独语体"的散文。在这方面也是显示了鲁迅文体家的特色的。

《朝花夕拾》最初在《莽原》上发表时，总题为"旧事重提"：他大概是回想起童年时"水村的夏夜，摇着大芭蕉扇，在大树下乘凉"，"男女都谈些闲天，说些故事"的情景②。说故事就免不了旧事重提，《朝花夕拾》其实就是对这样的童年谈闲天的追忆与模拟。这就规定了这类散文的特殊氛围：自然、亲切、和谐、宽松，每个人（作者与读者）既是说话者，又是听话者，彼此处于绝对平等的地位。这正是对"五四"时期盛行的"我（作者）说你（读者）听，我启你蒙"，强制灌输的布道式、演讲风散文的一个历史的否定与超越。《朝花夕拾》这类闲话风是作者与读者的精神对话：作者掏出心来，真诚地袒露自己生活与内心的秘密、真实的欢乐与痛苦，希望引起读者（听众）的共鸣、联想、议论与诘难，达到精神的互补，而非趋一。这样，闲话风散文就别具平等、开放的品格，又充溢着一股真率之气。而《朝花夕拾》这样的回忆童年生活的散文，更是充满了个体生命的童年时代与人类文化发展的童年（原始）时代所特有的天真之气。这里展现的是一个"人间至爱者"对于人类生存的基本命题——"爱"与"死"的童年体验的追记与成年的思考。于是，我们读到了"我的保姆"的"伟大的神力"和她那发自天性的质朴的爱（《阿长与〈山海经〉》）、那位博学而方正的私塾先生朗读"极好的文章"时的沉醉，以及隐藏在"瞪眼"与"怒色"之后的温情（《从百草园到三味书屋》），还有异国教授小至"为中国"、大至"为学术"的"不倦的教诲"与博大的爱心（《藤野先生》），以及"把酒论天下"的"旧朋"间寂寞中相濡以沫的友情（《范爱农》），就连阴间也还有那"鬼而人，理而情，可怖而可爱的无常"，使你感到"要寻真实的朋友，倒还是他妥当"（《无常》）。同时看到的是"人间至爱者"——长妈妈、父亲（《父亲的病》）、徐锡麟、范爱农——"为死亡所捕获"的人间大悲剧，于是又听到了那鲁迅式的生命的祝祷与呼唤："仁厚黑暗的地母呵，愿在你怀里永安她的魂灵！"（《阿长与〈山海经〉》）在"爱"与"死"的反顾里，既弥漫着慈爱的精神与情调，显露了鲁迅心灵世界

---

① 周作人：《〈冰雪小品选〉序》，《看云集》，湖南：岳麓书社1988年版，第110页。
② 鲁迅：《〈自言自语〉序》，《鲁迅全集》第8卷，第114页。

最为柔和的一面,又内蕴着深沉而深刻的悲怆,两者互为表里,构成了《朝花夕拾》的特殊韵味。《朝花夕拾》里也有对摧残人类天生的爱心的封建旧伦理、旧道德、旧制度的批判性审视(《二十四孝图》《五猖会》《从百草园到三味书屋》),对玩弄人的生命的猫似的正人君子的热辣嘲讽(《狗·猫·鼠》)。这里的批判与嘲讽,可以视为鲁迅的杂文笔法向散文的渗透,不仅使其韵味更为丰厚,而且显示了鲁迅现实关怀的一面:这也是真实的鲁迅。

　　《朝花夕拾》里的《无常》,展现的是鲁迅文学里的"人鬼世界",它与鲁迅面对死亡时所写的《女吊》(收入《且介亭杂文末编》),堪称鲁迅散文的两大极品。鲁迅说:"我至今还确凿记得,在故乡时候,和'下等人'一同,常常这样高兴地正视过这鬼而人,理而情,可怖而可爱的无常;而且欣赏他脸上的哭或笑,口头的硬语与谐谈……。"(《无常》)这里的民间记忆与童年记忆,是最能显示鲁迅及其文学与底层社会和民间艺术的血肉联系的;无常鬼的"鬼而人,理而情,可怖而可爱"与女吊"带复仇性的,比别的一切鬼魂更美,更强的鬼魂",也是最能显示鲁迅精神世界的特征的;同时显示的,还有鲁迅语言对家乡绍兴方言口语的"硬语与谐谈"的自觉吸取。某种意义上可以说,鲁迅的精神与艺术,就是一个"人、鬼、神交融的世界":这是进入鲁迅的一个最好的通道。

　　闲话风的另一面是"闲",即所谓"任心闲谈"。鲁迅说,"五四"时期的散文小品,"自然含着挣扎和战斗,但因为常常取法于英国的随笔(Essay),所以也带一点幽默和雍容"①;那一代知识分子在精神上充满紧张、沉重、严峻、激烈的同时,也还有洒脱、放纵、雍容、闲适的一面,与魏晋时代知识者集"清峻"与"通脱"于一身,确有相近之处。《朝花夕拾》正是"在纷扰中寻出一点闲静来"(《〈朝花夕拾〉小引》),处处显出余裕、从容的风姿。

　　闲话也称"漫笔",表明了一种笔墨趣味:不仅题材上"漫"无边际,而且行文结构上有兴之所至的随意性。请看《狗·猫·鼠》这篇,忽而动物王国,忽而人世间;忽而人禽之辨不严的远古,忽而仇猫杀狗的现实;忽而日本传说中的猫婆,忽而中国古代的猫鬼,忽而太平洋彼岸美国小说里的黑猫;忽而猫与虎的斗智,忽而老鼠成亲的仪式:鲁迅思想与艺术天马行空般的自由驰骋,正表现着心灵的开阔与自由。闲话还表现了一种追求原生味的语言趣味。鲁迅曾经说过,如果把"只隔一层薄板壁"的邻居的"高声的谈话"

---

　　① 鲁迅:《小品文的危机》,《鲁迅全集》第4卷,第592页。

如实记录下来，"删除了不必要之点"，是可以成为很传神的文学语言的。[①]
在某种程度上，《朝花夕拾》正是这类"听闲谈而去其散漫"[②]的语言主张的
成功实践。它最大限度地保留了生活语言的丰富性、生动性与复杂性，这自
然又是从更好地发挥沟通心灵的文学功能的目的出发的。

　　1919 年鲁迅在发表一组类似《野草》的散文诗时，将其命名为"自言自
语"，在仿效者日益增多以后，又有人以"独语"称之[③]。"自言自语"（"独
语"）是不需要听者（读者）的，甚至是以作者与读者之间的紧张与排拒为其
存在的前提的：唯有排除了他人的干扰，才能径直逼视自己灵魂的最深处，
捕捉自我微妙的难以言传的感觉（包括直觉）、情绪、心理、意识（包括潜意
识），进行更高、更深层次的哲理的思考。可以说，《野草》是心灵的炼狱中
熔铸的鲁迅诗，是从孤独的个体的存在体验中升华出来的鲁迅哲学[④]。写
作《野草》时的鲁迅，正经历了他在"五四"前"十年沉默"的绝望之后的第二
次绝望："《新青年》的团体散掉了，有的高升，有的退隐，有的前进，我又经
验了一回同一战阵中的伙伴还是会这么变化，并且落得一个'作家'的头
衔，依然在沙漠中走来走去……"[⑤]而鲁迅的特殊之处在于，他把这些知识
分子的分化造成的启蒙危机，转化成了自己的危机，进行了惨烈的自我生命
的追问，所展现的是本体性的生存困境与选择：这是只能在"冻灭"与"烧
完"间选择，最终与对手同归于尽的"死火"（《死火》），这是"黑暗又会吞并
我，然而光明又会使我消失"，"彷徨于无地"，而最后独自承担黑暗的"影
子"（《影的告别》），这是不知道"怎么称呼""从那里来""到那里去"，而明
知"前面，是坟"，却偏要向前走的"过客"（《过客》）。这是生命个体与他者
的紧张关系：时时面对的敌对势力却是"无物之阵"（《这样的战士》），包围
自身的群众或是从他人痛苦中寻求刺激的"看客"（《复仇》其一、其二），或
是同样"烦腻，疑心，憎恶"的"求乞者"与"布施者"（《求乞者》）。于是，那
位为亲人牺牲了一切，却终被放逐，在无边的荒野，以"无词的言语"、颓败
身躯的颤动发出抗争的"老女人"就象征着自我的命运（《颓败线的颤动》），

---

①　鲁迅：《看书琐记》，《鲁迅全集》第 5 卷，第 559 页。
②　鲁迅：《关于翻译的通信》，《鲁迅全集》第 4 卷，第 393 页。
③　参看何其芳：《独语》，《何其芳文集》第 2 卷，北京：人民文学出版社 1982 年版，第 13—
15 页。
④　参看章衣萍：《古庙杂谈（五）》，《古庙集》，石家庄：河北教育出版社 1994 年版，第 13 页。
⑤　鲁迅：《〈自选集〉自序》，《鲁迅全集》第 4 卷，第 469 页。

而"我"竟然失掉了任意死去的权利,"死后"也要被利用(《死后》)。于是,又有了"在无边的旷野上,在凛冽的天宇下,闪闪地旋转升腾着"的"孤独的雪""雨的精魂"(《雪》),知道"秋后要有春"的小红花的梦、"春后还是秋"的落叶的梦,仍然以"一无所有的干子","默默地铁似的直刺着奇怪而高的天空"的"枣树",向着灯火前仆后继地闯去的"小青虫"(《秋夜》),"那眸子也不复似去年一般灼灼",终会"在我记忆中消去"的"病叶"(《腊叶》)这样一些自我形象的象征。《野草》里独语的主体部分正是这样具有一种自我审视的性质,是鲁迅对于纠缠自身的各种矛盾的一次彻底的展示和清理。

《野草》中有的篇什是有感于现实而作的,因而具有较强的现实性,如作者自己所说,"段祺瑞政府枪击徒手民众后,作《淡淡的血痕中》","奉天派和直隶派军阀战争的时候,作《一觉》"①,等等,与前述更为超越的思考既是互补,也有相通,如鲁迅在《希望》中所说,"绝望之为虚妄,正与希望相同":正是对绝望的刻骨铭心的生命体验,与反抗绝望的生命哲学,将《野草》内在地统一为一个整体。

因此,鲁迅在写作时,自无从容、闲适的心境,他的主观心态另有一种紧张与焦灼。《野草》的创造,必须满足于两个方面的需要:对读者,必须是一个陌生的世界,以产生距离;为从绝望中挣扎出来,必须创造与现实世界对立的、自我心灵升华的别一世界。"独语"是以艺术的精心创造为其存在前提的,它要求彻底摆脱传统的写实的摹写,最大限度地发挥创造者的艺术想象力,借助于联想、象征、变形等以及神话、传说、传统意象等创造出一个全新的艺术世界。于是,在《野草》里,鲁迅的笔下涌出了:梦的朦胧、沉重与奇诡,鬼魂的阴森与神秘;奇幻的场景,荒诞的情节;不可确定的模糊意念,难以理喻的反常感觉;瑰丽、冷艳的色彩,奇突的想象,浓郁的诗情……与《朝花夕拾》的平易、自然相反,《野草》充满了奇峻的变异。其文体自身也发生了变异:明显地表现出散文的诗化、小说化(《颓败线的颤动》)、戏剧化(《过客》)倾向。人们不难发现这位孤独的艺术家在进行艺术的变异与创造时的陶醉感:这多少缓解了他内心的孤寂吧。

鲁迅在《野草·题辞》里说,"当我沉默着的时候,我觉得充实;我将开口,同时感到空虚",这表明鲁迅所经历的生命困境,同时又是一个语言的困境:并不是所有的存在都能被语言表达出来。但鲁迅却挑战这不可言说,

---

① 鲁迅:《〈野草〉英文译本序》,《鲁迅全集》第4卷,第365页。

进行了一次空前的语言实验。一方面,大胆尝试非常态的语言方式:随处可见的违反日常思维习惯、修辞习惯和语言规范的表达;不断出现的"然而""但是""而"等转折词构成的不断否定的循环;有意违反简洁、通顺等语言要求的重复和繁复……另一方面,鲁迅又自觉吸收西方现代美术和音乐的表现手法,进行具有音乐性与强烈线条感和色彩感的语言实验。这样,鲁迅就创造了一种集华丽与艰涩为一身的非常个性化的语言,同时也就把现代汉语的表现力提到了一个空前的高度。于是,鲁迅不仅在生命体验上,而且在语言实验层面上都占据了文学的高峰:这构成了《野草》的独特贡献。①

然而鲁迅又一再申明,他并不希望青年读他的《野草》——《野草》只属于他自己。

附录 本章年表

1881 年

9 月   25 日诞生于浙江绍兴。

1898 年

5 月   至南京江南水师学堂学习。

10 月   转入江南陆师学堂附设矿务铁路学堂学习。

1902 年

4 月   抵日本东京,在弘文学院学习。

1904 年

4 月   弘文学院毕业后,转入仙台医专学习。

1906 年

3 月   从仙台医专退学,转入文学活动。

1907 年

夏   与许寿裳、周作人等筹办文艺杂志《新生》,未果。

1909 年

3 月   与周作人合译的《域外小说集》第 1 集出版。

7 月   与周作人合译的《域外小说集》第 2 集出版。

8 月   结束日本留学生活回国。

9 月   任浙江两级师范学堂化学及生理学教员,兼任日本教员铃木珪寿的植物学翻译。

---

① 参看汪卫东:《探寻"诗心":〈野草〉整体研究》,北京:北京大学出版社 2014 年版。

1910 年

9 月　兼任绍兴府中学堂监学。

1912 年

2 月　离开绍兴到南京临时政府教育部任部员。

5 月　北上,任北京教育部部员。

8 月　被任命为教育部社会教育司第一科科长。

1918 年

5 月　《狂人日记》发表于《新青年》第 4 卷第 5 号,署名鲁迅,收入《呐喊》集。

1919 年

4 月　《孔乙己》发表于《新青年》第 6 卷第 4 号,收入《呐喊》集。

5 月　《药》发表于《新青年》第 6 卷第 5 号,收入《呐喊》集。

1920 年

9 月　《风波》发表于《新青年》第 8 卷第 1 号,收入《呐喊》集。

1921 年

5 月　《故乡》发表于《新青年》第 9 卷第 1 号,收入《呐喊》集。

12 月　《阿 Q 正传》连载于 4 日至 1922 年 2 月 12 日《晨报副刊》,收入《呐喊》集。

1923 年

8 月　《呐喊》集由北京新潮社出版,为"新潮社文艺丛书"之一。

12 月　《中国小说史略》(上)由北京新潮社出版。

1924 年

3 月　《祝福》发表于《东方杂志》第 21 卷第 6 号,收入《彷徨》集。

同月　《肥皂》连载于 27—28 日《晨报副刊》,收入《彷徨》集。

5 月　《在酒楼上》发表于《小说月报》第 15 卷第 5 号,收入《彷徨》集。

6 月　《中国小说史略》(下)由北京新潮社出版。

1925 年

10 月　作《孤独者》,未另发表,收入《彷徨》集。

同月　作《伤逝》,未另发表,收入《彷徨》集。

11 月　《离婚》发表于《语丝》第 54 期,收入《彷徨》集。

1926 年

8 月　《彷徨》集由北京北新书局出版。

9 月　由北京抵厦门,任厦门大学国文系教授。

1927 年

1 月　辞厦大职,赴广州,任中山大学文学系主任兼教务主任。

4 月　辞中山大学一切职务。

9 月　与许广平一起离开广州赴上海。

知识点

必读作品与文献

思考题

第三章　小说(一)

一　"五四"小说取得文学的正宗地位

现代白话小说的开山之作,是 1918 年 5 月鲁迅发表于《新青年》第 4 卷第 5 号的《狂人日记》。紧接着第二年,他的《孔乙己》《药》等名篇也相继问世。"五四"小说就此拉开了序幕。

中国的小说历来被视为"小道",不能与诗文同登文学大雅之堂。在清代,正统的士大夫文体中仍拒用小说的词汇和典故。但到了清末民初,小说从文学边缘地位向中心地位的移动已然开始。从知识读者的阅读状况分析,人们已经发现经史不如八股,八股不如小说了①。1902 年梁启超发起"小说界革命",为把小说与维新革命相联系,竭力强调小说启迪民智的社会功能,认为小说是"文学之最上乘","欲新一国之民,不可不先新一国之小说","今日欲改良群治,必自小说界革命始;欲新民,必自新小说始"②。由此发起的"新小说"创作,成绩虽然不大,却对进一步提高小说在民众心目中的位置,起到推波助澜的作用。另外,上海等东南沿海城市开埠,以及印刷、报刊业的长足进步,使小说拥有了前所未有的出版传播手段,才形成了新的市民读者群体。而报纸、书局向文学家支付稿酬也自近代小说始,稿费制度遂养成中国第一代以写作为生的职业小说家。据不完全统计,1902—1919 年间的文学性刊物约有 85 种,仅名称冠以"小说"字样的即达30 种,这还不包括如《礼拜六》等主要登载小说的刊物在内;出版小说的机构达 100 家之多。可见小说已形成压倒其他文学品种的文化生存环境。但"新小说"附属于维新运动,它本身的独立地位甚差,所以一旦政治陷落,谴

---

① 见更生(康有为)《闻菽园居士欲为政变小说诗以速之》,中有"经史不如八股盛,八股无如小说何"之句。《清议报》第 63 册,1900 年 11 月。

② 饮冰(梁启超):《论小说与群治之关系》,《二十世纪中国小说理论资料》第 1 卷,北京:北京大学出版社 1997 年版,第 51、50、53—54 页。

责小说流入"黑幕",狭邪小说转化为"鸳蝴",商品化给小说带来的媚俗倾向便同时抬头。而且小说的文体虽然起了变化,却仍难挣脱文言的束缚,文言章回体无可挽救地处于衰败挣扎之中,这就是"五四"小说发生前的景象。

"五四"文学革命给小说的现代化带来契机。这是一次广泛的思想文化启蒙大潮,它对小说的推动是相当深刻的。《狂人日记》等现代小说以反封建的精神直指人的现代觉醒和国民灵魂改造,又具特别的格式,因而引人注目。这些小说都首先发表于新文化思想刊物《新青年》《新潮》等,既借助于思想革命,也利用了现代出版之便。这让中国现代小说从一开始就肩负了沉重的社会使命,以至于后来形成了担负社会使命的小说和不那么强烈地担负社会使命的小说的对峙。新式的教育产生了一代青年学生读者、作者群(包括留学生读者、作者),假如没有这样的群体,也就无法设想现代短篇小说先行革新的可能,因旧市民读者原本是没有读短篇的习惯的。"五四"文学革命从白话代替文言入手,1918 年《新青年》第 4 卷第 5 号改版,一律使用白话和新式标点;接着,商务印书馆的老牌刊物《小说月报》也改用白话;1920 年年初,当时的教育部明令小学施行国语教育,这对叙述语言特别是使用白话的小说的推广,自然起了巨大的作用。

西洋小说的引入,对中国小说由古典形态向现代形态转型的推动力是明显的。而小说自清末民初已经显示的内部变化的成熟条件,反倒变成潜在的了。鲁迅说:"小说家的侵入文坛,仅是开始'文学革命'运动,即一九一七年以来的事。自然,一方面是由于社会的要求的,一方面则是受了西洋文学的影响。"①

这可以追溯到 183 种"林译小说"的历史性作用,古文家林纾(林琴南)用文言意译的西欧小说,因其早而开风气,因其对世界小说的大量输入而引发读者对中国小说正宗位置的首肯。从鲁迅到钱锺书,现代小说家先通过"林译小说"来了解世界,它为 20 世纪中国小说的创作准备了作家,准备了读者,功不可没。"周译小说"以周树人(鲁迅)、周作人兄弟合译的《域外小说集》为代表,直译日俄与其他弱小民族的小说,影响到了"五四"小说的内容、形式以至风格。清末民初是翻译小说的时代,初期"译"多于"作"的现象十分显著,阿英《晚清小说史》称,清末的小说创作仅 462 部,翻译倒有

---

① 鲁迅:《〈草鞋脚〉小引》,《鲁迅全集》第 6 卷,第 21 页。

608 部之多①。到了 20 世纪初，鲁迅在《浙江潮》发表的历史小说《斯巴达之魂》、科学小说《地底旅行》，茅盾第一次在刊物上发表的文字——科学小说《三百年后孵化之卵》，均属"译述"性质。在谈到自己是如何写起小说来的时候，他们几乎众口一词。鲁迅说："大约所仰仗的全在先前看过的百来篇外国作品和一点医学上的知识，此外的准备，一点也没有。"②叶圣陶则说："如果不读英文，不接触那些用英文写的文学作品，我决不会写什么小说。"③从观念到文体，外国翻译小说的影响至深至巨，它们表现在小说的形式、叙事、语言各个方面。旧的从头道来的"某生体"被扬弃了，小说可以从一个场面、一句对话插入，可以从后面发生的事情倒写上去，可以是日记、书信，叙述者那种全知的、无所不在的面目正在改变，欧化的白话也在兴起。只要我们不忽视隐性的传统文学影响的依然存在，在一个大转变的特定时期里，充分评价外来文化和文学对中国文化文学的冲击、补给、整合作用，是并不为过的。

总之，直至 1918 年，在新诗革新已经大幅度展开的时候，虽然小说的革新略迟了一步，真正的现代小说作品还属凤毛麟角，但时机一旦成熟，即"五四运动"一爆发，小说的现代化进程便立即加快了步伐，并由于以上的原因而迅速形成热潮：小说新人不断涌现，女性小说家更是引人注目，重要作品迭出，小说独立地位的稳固使它更向文学的中心位置移动。这不仅指小说创作的数量占据第一位，读者众多，更是由于小说在那个时期所扮演的思想启蒙的重要角色，以及反思人生、背叛统治阶层主流意识形态的特殊文化地位。不过，"五四"究竟还属中国现代小说的初期，除了鲁迅这样个别的天才作家之外，大部分的小说家还较稚嫩。重要的是自"五四"到 1920 年代的中后期，时代为现代小说开辟了多样的潮头，这一现象才是更值得我们充分注意的。

二 从"问题小说"到人生派写实小说

"五四运动"在思想文化领域除旧布新的巨大力量，引出了一批"问题

---

① 无论对创作还是翻译，这都不是完整的统计。晚清小说约计 2000 种。

② 鲁迅：《我怎么做起小说来》，《鲁迅全集》第 4 卷，第 526 页。

③ 叶圣陶：《叶圣陶选集·自序》，《叶圣陶选集》，北京：开明书店 1951 年版，第 7 页。

小说",造就了一群"问题小说"家。此后,这些作家有各自的发展路途,其中的一部分便成了文学研究会的中坚分子,显示出明显的"为人生"的写实小说的倾向。他们的主要功绩是建立了现代市镇和乡土文学的基本叙述模式。

1919年年初,成立第二年的北京大学学生团体新潮社创办了《新潮》杂志。《新潮》提倡新文化,鼓吹文学革命,尽管并非文学刊物,却在三年多的时间里,刊出小说26篇,其核心分子、并非文学家的罗家伦也成了最早写作"问题小说"的作者之一。罗家伦的《是爱情还是苦痛》、俞平伯的《花匠》、叶圣陶的《这也是一个人?》等,显露了"问题小说"的端倪。到1919年下半年,女作家冰心在《晨报副刊》上发表了《斯人独憔悴》等,正式开创了"问题小说"的风气。到1921年文学研究会成立,公开倡导文学"表现并且讨论一些有关人生一般的问题",更将"问题小说"的创作引向高潮。但这并不构成对一种小说文体的实验,而只是"五四"前后三四年间的一股小说"题材热"。当时几乎所有的新小说家都写过"问题小说",主要作者有冰心、王统照、庐隐、许地山等,艺术倾向不尽相同,却汇成短期的一股创作潮流。

"问题小说"的形成自有多方面的原因。首先,作为思想启蒙运动的"五四"本身,闪现思想解放的理性之光,造就了"思考的一代"。瞿秋白当时曾这样记述:"五四"青年的思想"渐渐的转移,趋重于哲学方面,人生观方面。也象俄国新思想运动中的烦闷时代似的,'烦闷究竟是什么? 不知道'"①。在一段时间内,全社会都来探究"人生究竟是什么"这样严肃的话题,读者要求小说能尖锐地提出他们所关注的各类社会问题,但并不企望文学一定给予多么明确的回答。罗家伦的《是爱情还是苦痛》就写接受了家庭包办婚姻的青年同时接受了人道主义的思想,如果追求一己的幸福则必牺牲一个旧式的弱女子,若不离异又必陷自己一生于不幸,小说人物最后就这样处于两难境地。其他像王统照的《沉思》,提出做裸体模特的女子为何遭爱人反对、官吏干涉,甚至男性画师也不理解她的动机,这使其陷入沉思之中。从提出问题之广来看,"问题小说"涉及当时青年关心的家族礼教、婚恋家庭、妇女贞操、劳工战争、知识前途等诸多方面。又因问题的尖锐性是第一位的,相应便减少了对小说形象化的要求,造成许多"问题小说"比

---

① 瞿秋白:《饿乡纪程·四》,《瞿秋白文集》文学编第1卷,北京:人民文学出版社1985年版,第27页。

较概念化,存在着文笔空疏、人物成为作者某种"主义"的传声筒等弊病。

其次,"问题小说"的出现受到欧洲表现社会人生为主的作品的直接刺激。1918年《新青年》的"易卜生专号"使这位挪威作家的社会问题剧风行一时,这对"问题小说"是一个推动。理论上的倡导则更早。1918年周作人在题为《日本近三十年小说之发达》的讲演中,就颇有倾向性地评介了日本近代文学中"问题小说"的地位,并由此肯定"为人生"的文学。次年2月周作人又写了《中国小说里的男女问题》,明确提出"问题小说是近代平民文学的出产物","问题小说所提倡的必尚未成立,却不可不有的将来的道德",强调"以小说为闲书"的中国传统中不可能产生"问题小说"。沈雁冰在"五四"时期所写的评论文章《文学与人生》《自然主义与中国现代小说》里,更借国外的思潮来提倡"为人生"的"问题小说"。这都对此类小说起到了促进作用。

"问题小说"的作者并不都是纯粹的写实派。有的以后发展为写实主义,但写作"问题小说"之时,偏偏是抽象的"爱"与"美"的鼓吹者,是浪漫主义、象征主义色彩皆有的,如冰心、王统照等。至于庐隐,虽写过《一封信》《灵魂可以卖么》这种真正的"问题小说",但很快就显示出感伤的"自叙传"的小说风格。许地山以注重"人生问题"而走上文坛,但他的小说充满了宗教哲理和隐喻的气氛,越是早期离写实主义越远。

冰心(1900—1999)本名谢婉莹,是小诗和《寄小读者》散文的作者,最早却以"问题小说"闻名。1919年9月,她在《晨报》上发表了第一篇小说《两个家庭》,用对照的写法否定封建家庭培养出来的女子,而肯定受资产阶级教育成人的贤良女性,提出当时的家庭、教育乃至社会人生的普遍问题。接着发表的《斯人独憔悴》,提出了青年走出家庭参加社会运动受到父亲禁锢这样的父与子冲突的主题。她早期的代表作《超人》(1921)提出的是"'人生研究是什么'? 支配人生的,是'爱'呢,还是'憎'?"这样一个使许多青年感奋的命题。主人公何彬,原是个超然人生、仇恨人类社会的"超人",后却为儿童与慈母的爱所感化,认识到世界上的人"都是相牵连,不是互相遗弃的"。此作在《小说月报》发表后,立即在青年群中引起轰动,广大读者纷纷投书刊物,表示共鸣。作者和读者如此地相互感应,是很能显示"问题小说"的特点的。《超人》也能代表冰心其时的小说文体:不事情节的铺张,而着力于揭示人物的内心理路,或侧重抒发作者对生活的主观感受。这同注重故事的传统小说相去较远,是冰心一出手就显露的"五四"性质。

作为现代最早的女性作家，冰心出身优裕，父母之爱温馨，个性淑婉、冰莹剔透，因而文字清新、细腻，没有强烈的叛逆色彩和震撼人心的艺术力量，但探索有度，可称女性作家中的"婉约派"，易于受刚刚挣脱传统的读者所欢迎。她能开创各类文体，却独立而行，无心建立派别。到了1930年代，冰心还写过一些小说，但已与"问题小说"的时代告别，而开始注意社会上人与人的矛盾。《分》这篇童话体小说，发挥了她关切儿童世界、想象丰富新颖的文学创造力，用两个初生婴儿的拟"对话"来显示人们之间如何不同。这篇小说是冰心后来的力作。

王统照(1897—1957)的"问题小说"更突出"爱"与"美"的观点，探讨人生的"烦闷与混扰"。在《沉思》一篇中，担任模特的纯洁美丽女性是作者理想的"爱"与"美"的象征，她向往于用自己的身体通过画面来将"爱"与"美"传递给人们，可她的理想破灭了。作者在另一篇小说《微笑》里，让一个女犯人的"慈祥的微笑"发出奇效，竟然使小偷都得到感化和超度，从此变成了"有些知识的工人"。如此夸大"爱"与"美"的力量，一方面是"五四"前后流行的"美育"思想的艺术放大，一方面也是作者个人感情世界真切体验的泄露。王统照擅长运用象征手法，与故事的写实性掺杂并存。他受中国古典诗歌影响，在一开始写作白话小说时就坚持这种写法，是特色，也是初期现代小说不够纯正而留下的过渡痕迹。他收在《春雨之夜》短篇集中的作品，常常蒙上一层虚幻的色彩，从空想中设境或安排人物，缺乏现实力度。稍后的《湖畔儿语》增强了社会现实感，从一个有家不得归的儿童视角，侧写贫苦母亲被迫卖淫的困境，以及这种特异的人生环境给孩子心灵带来的严重戕害。《沉船》《生与死的一行列》等短篇更是以沉实的笔触写底层人民穷苦的生或惨痛寂寞的死，"爱"与"美"的"问题小说"的玄想已被真实的生活图景所代替，艺术上也更圆熟。王统照还是中国现代中长篇小说的最初的实践者：他的《一叶》与张资平的《冲积期化石》都出版于1922年；他的《黄昏》1923年1月开始在《小说月报》连载(单行本迟至1929年出版)，要比也在《小说月报》连载的庐隐的《海滨故人》早半年多，比张闻天的《旅途》早近一年半，而杨振声的《玉君》直到1925年方才出版。王统照的长篇并不成熟，在揭露封建家族丑恶的同时不免露出感伤的意绪，写实笔调依旧不够纯正，几个人物组成的单线条结构也显得简单，但他控制小说气氛的笔力较充足，展露了现代长篇小说草创期的一般特色。

"问题小说"流行的时间不长，却是典型的"五四"启蒙时代的产物。

"问题小说"处在近代社会小说和1930年代社会小说之间,人们很容易突出它们的承续关系,而忽视其中的区别。晚清社会小说可粗分为两类,一类事涉国体、政体和社会斗争,等于是政治小说;而"问题小说"探问人生的终极,关顾每个人的人生价值、生存真谛,比较形而上些、"虚"些。问题小说能和以后的左翼小说联系,也能辐射到非左翼的不断探索人生意味的文化小说上。不过,大体上说当时作者的生活视野还比较狭窄,题材局限于小知识分子的生活圈,大部分作品从一般的社会命题出发,结合了一点生活经验,真正从刻骨的生命体验入手用力开掘的作品尚不多。所以,概念化、简单化的毛病便伴生了。

从"问题小说"起步,又成为"五四"人生派小说代表作家的是叶圣陶(叶绍钧,1894—1988)。他早在1913年开始写小说,用的是文言。这就像鲁迅、刘半农、王统照、张天翼等,也从文言小说开头一样。叶圣陶的《穷愁》等文言小说显示出他关心下层的苦难生活,主题严肃。所以他从1918年起运用白话创作,次年参加新潮社,便自然进入"问题小说"的行列。除《这也是一个人?》(后改名《一生》)外,还有《低能儿》等作品,也有"爱"与"美"的倾向,似乎大自然和艺术之美都具有洗涤人心、催人觉醒的决定作用。他把关注的"问题"更集中于封建宗法制度下人与人之间关系的"隔膜":《隔膜》一篇正面展开了人精神上相互隔绝,却又不得不虚伪地、无聊地互相敷衍的痛苦;《苦菜》则表现知识分子与农民之间的隔膜,知识分子认为饶有趣味的种菜的喜悦,农民却只感到沉重劳作无以维持生计的"苦";《一个朋友》里夫妻之间也仅存所谓"共同生活",而缺乏思想、感情上的沟通。叶圣陶在小说中提出的"隔膜"一题,与这时期鲁迅小说中关于"国民性改造"的问题,确有相通之处。

之后,"问题小说"潮流过去,叶圣陶在专心地刻写学校知识分子和市镇小市民的精神历程方面显出与众不同。茅盾说:"要是有人问道:第一个'十年'中反映着小市民智识分子的灰色生活的,是哪一位作家的作品呢?我的回答是叶绍钧!"[1]1919—1923年间,叶圣陶先后发表了40多篇短篇小说(多数收入《隔膜》《火灾》两集),上述题材便占去三分之二。《饭》《校长》等暴露当时教育界各种黑暗腐败现象,已经大大高出于前期的"问题小

① 茅盾:《〈中国新文学大系·小说一集〉导言》,《茅盾全集》第20卷,北京:人民文学出版社1990年版,第480页。

说"。而描写城镇小市民生活的作品,已不属于小知识分子的自我表现,是采取了冷静批判的立场,着重揭示小市民的精神病态的。与鲁迅的《幸福的家庭》等篇较为接近,又标志了叶圣陶风格逐渐成熟的前期代表性作品之一,是《潘先生在难中》。

《潘先生在难中》发表于 1925 年。主人公潘先生是典型的灰色人物。他带着全家躲避战乱,刚从乡下来到上海,就又担心教育局局长斥他临危失职而丢掉饭碗,惶惶然又返回乡镇。不料战事还未直接威胁到这个乡镇就结束了,潘先生于是陶然庆幸,竟接受别人的推举,写字幅为凯旋的军阀歌功颂德。在一个短篇之中,能这样塑造出一个自私、疑惧、投机、苟安、卑琐,具有多侧面而又统一的小市民性格典型,在当时要比一般小说高出一筹,难怪它一出现便受到评论界的重视。在此前后,叶圣陶内蕴讽刺的喜剧手法也渐趋于成熟。他的讽刺属于鲁迅一派,辛辣而平静,暗暗发出冷光。他融合同情,朴素纪实,运用事实的对照进行"不动声色"的批评,能通过社会心理来透视具体人物的心理,能写出讽刺性人物性格(只是对话平板些),确实不凡。他的《某城纪事》《某镇纪事》,是批判封建文化的社会风俗画和描写大革命投机者的社会风情画。他开创的"逃难"题材是最适合于讽刺的题材,以后在茅盾、张天翼、沙汀手中都有进一步的发展。而且叶圣陶的讽刺生命较长,一直延续到三四十年代。实际上,人们惯于肯定他的暴露的意义,而对他的小说的讽刺价值缺乏足够的重视。

"问题小说"作家的大部分,都先后倾向于现实主义,叶圣陶是其中成熟得最快的一位。茅盾在论及现代初期小说的毛病时曾说,一是"描写男女恋爱的创作独多"[1],一是"不知道客观的观察,只知主观的向壁虚造,以致名为'此实事也'的作品,亦满纸是虚伪做作的气味,而'实事'不能再现于读者的'心眼'之前"[2]。这是因为现代小说作者的许多人把叙事中的滥情倾向,误以为是外国的浪漫主义加中国的"有诗为证"的好笔法。叶圣陶偏偏较少写爱情故事,又提炼出一种冷静的、客观的叙述语言,所以,他对"五四"小说的脱掉稚气,对人生派写实小说的完型,贡献甚大。

人生派写实小说在叶圣陶以外,主要由文学研究会的乡土小说作家群

---

[1] 茅盾:《评四、五、六月的创作》,《茅盾全集》第 18 卷,北京:人民文学出版社 1989 年版,第 132 页。

[2] 茅盾:《自然主义与中国现代小说》,《茅盾全集》第 18 卷,第 232 页。

组成阵营。这些作家的成熟作品都产生于"五四"之后，以王鲁彦(《柚子》集 1926 年出版)、彭家煌(《怂恿》集 1927 年出版)、台静农(《地之子》集 1928 年出版)、许钦文(《故乡》集 1926 年出版)、蹇先艾(《朝雾》集 1927 年出版)、许杰(《惨雾》集 1926 年出版)等为主，几乎每一位都有自己的特点，显示了乡土作家的雄厚实力和 1920 年代中期写实小说的初具规模。

鲁迅是现代乡土小说开风气的大师，他的《孔乙己》《风波》《故乡》等都出现得早，为后来的乡土作家建立了规范。只是由于鲁迅作品的思想、艺术高深完美，已远远超出一般的"乡土小说"的范畴，因此通常都不把鲁迅归于乡土派的行列。实际上，鲁迅后来曾对"乡土小说"的含义加以界定。他在《〈中国新文学大系〉小说二集序》中指出："凡在北京用笔写出他的胸臆来的人们，无论他自称为用主观或客观，其实往往是乡土文学，从北京这方面说，则是侨寓文学的作者。"又说，他们的作品大都是回忆故乡的，"因此也只见隐现着乡愁"。① 所谓"乡土小说"，主要就是指这类靠回忆重组来描写故乡农村(包括乡镇)的生活，带有浓重的乡土气息和地方色彩的小说。它们在当时出现的文学背景，是"五四"小说艺术发展的内在规律与读者欣赏心理的进步，要求着艺术上的突破。假如说，在"五四"的高潮时期，读者对小说的思想要求多于对生活形象的要求，那么，到了"五四"的退潮时期，读者对表现和发泄自己的苦闷情绪的要求就更为强烈，希望在作品中能够看到更广阔的社会人生，看到生活在其间的人的命运与性格的非"观念化"、更个性化的真实描绘。周作人在 1923 年连续发表了《地方与文艺》《旧梦》等文，提倡"乡土艺术"，明确提出要"跳到地面上来，把土气息泥滋味透过了他的脉搏，表现在文字上"，充分张扬"风土的力"，将文学的"国民性，地方性与个性"统一起来。② 他并且充满自信地宣称："我相信强烈的地方趣味也正是'世界的'文学的一个重大成分。"③周作人的主张，正是文学发展的客观要求在理论上的体现。到 1923 年之后，一大批以文学研究会的成员为主的青年作者，便带着他们极具浓厚乡土气息的小说作品纷纷登上文坛，从而形成现代乡土小说的第一个高潮。

处于这高潮中而成绩较为显著的，是王鲁彦、彭家煌、台静农。王鲁彦

① 鲁迅:《〈中国新文学大系〉小说二集序》,《鲁迅全集》第 6 卷,第 255 页。
② 周作人:《地方与文艺》,《谈龙集》,上海:开明书店 1933 年版,第 15 页。
③ 周作人:《旧梦》,《自己的园地》,上海:北新书局 1929 年版,第 153 页。

（1902—1944）早期的小说也并非是纯写实的。他以《柚子》为代表的作品，于暴露社会黑暗之中充满了呼之欲出的荒诞感和沉重的幽默情绪。《柚子》以当时长沙地方军阀行刑杀革命者为题材，对军阀视人命如草芥表示满腔的愤怒，同时揭示了蜂拥围观者麻木、自私、缺乏同情心的世态。但这愤怒是以一个"玩世者"的"我"的身份来叙述的，透过貌似"油滑"的写法，进行含泪的控诉。"湖南的柚子呀！湖南人的头呀！""这样便宜的湖南的柚子呀！"小说结尾部分的这两句话，曲折地表达了作者的爱憎。这是一篇接近鲁迅风格的作品，虽然外在的东西多了些。而接下来，他开始用家乡宁波镇海一带的农民生活，讲述他的注重地方风物、经济生活，对浙东民俗环境和乡土生活方式进行真实观照的故事。以往的烧毁一切的热情，让位给现实的感伤的语调，这才将他的独特之处尽情显露。《菊英的出嫁》是实写"冥婚"的，菊英母亲为18岁的女儿找到婆家，小说按照两边家长严格讲究的地方性婚嫁习俗，展开一幅幅具体生动的风俗画，直到后来才让人省悟原来新娘新郎皆是去世多年的人。细密的场面和人物描写，显示了古老中国农业社会落后于时代的蹒跚步伐，而这种奇特的封建陋习叙述得越是具体可见，就越发使人对这落后性深感震惊。王鲁彦此类作品提供了小说典型环境描写的新范式，也使早期乡土小说获得了民俗学的价值。周作人说过："若在中国想建设国民文学，表现大多数民众的性情生活，本国民俗研究也是必要，这虽然是人类学范围内的学问，却和文学有极重要关系。"①而《许是不至于罢》等，在用力描绘地方习俗基础上，又进一步注意揭示人们的社会心理状态。此篇以1924年遭受军阀混战之害的浙江农村为背景，写尽小有产者在战争威胁下整日谨慎、提心吊胆，千方百计保全自己财产地位的心思，可与叶圣陶的《潘先生在难中》对照，有相当的典型意义。王鲁彦讽刺没落乡绅的还有《自立》《阿卓呆子》，讽刺农村痞子的有《阿长贼骨头》，讽刺官僚的有《宴会》。《宴会》里的邹金山，是他刻写复杂人物性格的可贵尝试。此后到1930年代，王鲁彦出版有《黄金》《童年的悲哀》《屋顶下》等集子，仍存浓浓的乡情，却是顺着《许是不至于罢》的路子，开掘浙东沿海乡镇子民们在农业经济衰败的社会动荡中的心理，始终坚持对乡民的批判态度，审美上偏重对恶的、丑陋的事物的深入体验，使乡土小说免于流入肤浅，直到他写出长篇《野火》（又名《愤怒的乡村》）。

---

① 周作人：《在希腊诸岛·译者后记》，《知堂序跋》，长沙：岳麓书社1987年版，第249页。

彭家煌(1898—1933)是这些年评价升高的乡土作家。他的创作时间不长,却留下不少表现湖南闭塞农村士绅与乡民之间所发生的各种活剧的作品。《怂恿》比较圆熟,写土豪恶霸讼师相互倾轧,拨弄挑唆老实的农民夫妇出面受侮,而他们自己也大出洋相。这是一篇讽刺性的小说,喜剧人物线条准确,动作紧张,场面调度有方,运用活泼的方言土语,以增强地方色彩,同时增强对话的可笑性。茅盾称这篇《怂恿》为"那时期最好的农民小说之一"①,是确评。同样喜剧味道十足的,还有《活鬼》,对财主家庭内部为了人丁兴旺而纵容媳妇偷汉、给小孩子提早娶媳,以致家中不断"闹鬼"的现象,大加嘲弄。彭的小说叙述是冷静、机智的,具农民式的风趣,有强烈的地方性。其中将本是悲剧性的故事渗入喜剧色彩,尤为杰出,如《隔壁人家》《我们的犯罪》等,或是表达贫困者的窘境,或是让无辜被捕者来从容地叙述自己如何成为"罪人",产生暴露的意味,使悲愤的情绪转化为旁敲侧击式的反讽。彭家煌将乡村讽刺体小说这样早地提到较高的水平,为沙汀等积累了很有价值的艺术经验。他还有一类小说是写知识分子和小市民的,如《莫校长》和中篇《皮克的情书》,中间也包含了嘲讽的成分。总之,彭家煌的小说"比20年代一般乡土作家的更为活泼风趣,也更加深刻成熟"②。

台静农(1903—1990)的小说少而精,似乎《地之子》这一个集子就足够支撑他成为出色的乡土作家了。他的作品,民间性特别强,十之八九以他的故乡安徽的人事为材料,描写宗法制度对乡村底层的精神统治,生生死死尤为突出。鲁迅说他"能将乡间的死生,泥土的气息,移在纸上"③。《烛焰》写"冲喜"恶俗,《蚯蚓们》《负伤者》表现农村"卖妻""典妻"的现象,都是乡俗中异常惨烈的事件,经由作者沉郁的笔致表现出来。他最擅长写的是悲剧型的乡镇传奇,像《天二哥》里的酒徒之死,写出了他天神般的身坯之中却只有麻木不仁的意志;《新坟》中遭兵祸家破人亡的四太太发疯,终于在儿子的棺材边自焚身死;《拜堂》里的汪二,半夜子时像见不得人似的与寡嫂结亲:一律是阴沉沉的故事。正如王鲁彦学习了鲁迅对国民性的批判,彭家

① 茅盾:《〈中国新文学大系·小说一集〉导言》,《茅盾全集》第20卷,北京:人民文学出版社1990年版,第488页。

② 严家炎:《论彭家煌的小说》,《彭家煌小说选》,北京:人民文学出版社1987年版,第3页。

③ 鲁迅:《〈中国新文学大系〉小说二集序》,《鲁迅全集》第6卷,第263页。

煌有鲁迅的含泪微笑,而出身未名社、与鲁迅关系密切的台静农,似乎专注地师承了"安特莱夫式的阴冷",把中国乡间的恐怖和盘托出。这样,就带来台静农的浑厚。他后来还出版过小说集《建塔者》,一部分仍是乡土题材,一部分却扩大到描写革命者的殉难,这是他的文学视域的拓展,只是已远不如《地之子》的悲哀、淳朴了。

其他的乡土小说家还有许钦文、蹇先艾、许杰等。许钦文(1897—1984)是受鲁迅影响较早的语丝社作家。《故乡》集子里的《父亲的花园》属于带有个人色彩的感伤回忆,《疯妇》触及浙东农民的悲惨境遇,都是他的乡土小说的代表。后来的《石宕》是沿着后者的路子走的,写乡间采石人的命运。特别是中篇小说《鼻涕阿二》用讽刺的笔法刻画了一个阿Q式的人物,意在表现下层人民麻木的精神状态,显然是对鲁迅的模仿。他的另一部分精力放在对"五四"青年一代的恋爱、婚姻心理的探讨和讽刺上,与乡土关系不大。《理想的伴侣》写未婚前的恋爱观,外新内旧,貌新实旧。《口约三章》《毛线袜》写婚后平淡无味的家庭观,这是对个性解放后"自由恋爱"并未带来真正的男女平等婚姻的一种反省。他的小说在冷静白描的基础上能抓住人物心理的苗头,甚至开始处理精神分析题材,但文字的平铺直叙限制了他取得更高的成就。蹇先艾(1906—1994)是文学研究会后期的青年作家,被鲁迅选中编入《中国新文学大系》的《水葬》最能代表他的贵州乡土题材特色。此篇着墨于黔地野蛮落后的习俗:一个小偷竟被处"水葬"的死刑,而河边看热闹的农人甚至被葬者本人居然都对此麻木不仁。小说揭示出闭塞乡村的大众灵魂,指出一种国民的精神病苦以引起疗治,是将愤懑压抑着用平静的文字叙述的。一直到1930年代,作者继续挖掘这类奇特的地方性故事并增加它们的深广度,创作了《在贵州道上》《盐巴客》等名篇。蹇先艾的乡土情结很深,是一个纯粹的乡土型文人。由于坚持写实,社会批判的锋芒虽然不露于外,但仍具有较强的讽刺功用。许杰(1901—1993)以表现浙东的乡村悲剧见长。有名的如《惨雾》写乡村间的原始性械斗,使人看到强悍好斗的习俗以及宗族观念被农村封建势力利用的惊心动魄的一幕。其中的人物描写虽不算突出,但结构严密,情节紧张,有较强的艺术魅力。另一篇《赌徒吉顺》,塑造了一个具有时代新特色的人物,吉顺的一切心理、行动皆围绕金钱而排斥道德法则,作者敏锐地抓住了当时农村社会经济迅速半殖民地化所带来的农民心理、道德观念的变迁,从而塑造了与鲁迅作品中封建宗法社会的"老中国儿女"不同的新的典型性格。与台静农的题材类似,许杰也写乡村的卖妻(《赌徒吉顺》)和冲喜(《出嫁的前夜》)等各种现象,只是他的天台县的背景给他带来更多粗犷的风格。他将暴露转为喜剧式嘲讽的笔调,在前期的乡土作品《台下的喜剧》中已多有表现,到了后来,在讽刺乡村的讼棍(《子卿先生》)、官僚(《的笃戏》)时,就更紧紧扣住不放松了。

乡土小说从1920年代中期便形成一股持久的创作潮流,给当时的文坛带来清新的泥土气息,突破了"五四"新文学诞生以来主要写知识青年的相对狭小的天地,拓宽了新文学的反封建题材,影响和吸引了一大批新作家将关注的目光更多地转向社会,转到民众(主要是农民)的身上,而使得新文学和社会生活土壤的联结更形紧密。乡土小说对20世纪中国现实主义文学的发展作用巨大。大部分乡土作家从关心个人的感伤情绪、个人的回忆,到关注社会和民众,从浪漫理想转向对现实的探索,并纠正旧小说遗留的简括式叙述方式,加强实地描写,加强场面、人物的细节描写,小说的重心由情绪、情节的展示转向以人物为中心的刻画。许多乡土作家从早期的主观抒情,越到后来越归于客观写实甚至讽刺,使现实主义在新文学中的主流地位得以加强和巩固。当然,乡土作家都是崭露头角的年轻人,一般还缺少把握农村复杂社会关系和阶级关系的眼光,还未能像鲁迅那样深邃,往往单纯地描绘落后愚昧的农村生活图景,总体的艺术质量尚处于稚拙阶段。但作为一个潮流、一个趋势,乡土小说对于现代小说的确立是有不小的贡献的。

三 "自叙传"抒情小说及其他主观型叙述小说

在"五四"的"问题小说"和"人生派"写实小说的作者群中,起初的创作都有一种普遍的主观抒情倾向,到后来才逐渐消退。这是那个富于个性与青春气息的时代给予文学的恩惠,也是中国文人固有的抒情气质所造成的。要求个性解放而又遭到社会压抑的年轻一代,在本国文学承传和外国抒情文学的双重影响下,不能自禁地要通过写作来表达内心的激情。其中,"五四"小说领域里将"表现自我"的主观性推至极端的,便是以创造社作家为主干的浪漫主义抒情小说流派。其他与客观写实的小说叙事相异的,也有少数文学研究会的女作家,以及浅草社、沉钟社的作家们。乡土小说家虽然大部分都偏向写实,但在语丝派的内部,就出现了废名所写的抒情诗一般的小说体式。这正是"五四"文学多样发展的一个实例。

创造社的作家从理论到实践都强调小说的主观性和抒情性。其作品大都有一个抒情主人公的自我形象,作者不着意于通过人物的性格刻画,以某种思想意识教化读者,而是直接抒发主人公的强烈感情,去打动读者。郭沫若把这种小说的美学追求称为"主情主义"①,这在中国现代小说史上是一个全新的样式,也是对传统小说观念的一个新的发展。早在1920年,周作人在介绍俄国库普林的小说《晚间的来客》时就曾运用"抒情诗的小说"的概念,强调"小说不仅是叙事写景,还可以抒情",并指出"内容上必要有悲欢离合,结构上必要有葛藤,极点与收场,才得谓之小说:这种意见,正如十七世纪的戏曲的三一律,已经是过去的东西了"②,在理论上为抒情小说作为新型的文体开辟了道路。

中国现代抒情小说的最初体式是"自叙传"抒情小说,作者多集中于创造社。创造社的主要成员在日本留学期间,较多地接受了19世纪欧洲浪漫主义文学的影响,于是强调"本着内心的要求,从事于文艺活动",同时又吸收了1921—1926年间正风靡日本的"私小说"的创作特点和现代主义小说的手法,加以创造性的发展,主张再现作家自己的生活和心境,减弱对外部事件的描写,而侧重于作家心境的大胆暴露,包括暴露个人私生活中的灵与肉冲突以及变态性心理,作为向一切旧道德旧礼教挑战的艺术手段。郭沫若早在1920年就写过《鼠灾》《未央》等表现身边生活的小说,初具"自叙传"抒情小说的特征。但"自叙传"抒情小说作为一股创作潮流还是从郁达夫(1896—1945)1921年出版的《沉沦》小说集开始的。郁达夫的作品总是用第一人称写"我",即叙述者自己,如《茑萝行》《青烟》《春风沉醉的晚上》《薄奠》《过去》《迷羊》;或者虽然采用第三人称,写的仍是自己的化身,叫作"他""于质夫"甚至古人的名字"黄仲则"都无不可,如《银灰色的死》《沉沦》《南迁》《茫茫夜》《采石矶》等,无不有作者的身影。除了后期写的《她是一个弱女子》《出奔》等少数几篇,其他大部分小说都直接取材于他本人的经历、遭遇、心情。把郁达夫的小说连起来读,基本上同他的生活轨迹相合。他曾反复地说明一切小说均是作者的"自叙传",作者的经验"除了自

①　郭沫若:《〈少年维特之烦恼〉序引》,《少年维特之烦恼》,上海:北新书局1934年版,第3页。

②　周作人:《晚间的来客》(俄国 A. Kuprin 著),《新青年》1920年第7卷第5号。

己的之外，实在另外也并没有比此再真切的事情"①。但是这种"自叙传"小说并不等于自传，郁达夫写小说的目的也不是为自己立传，而只是想"赤裸裸地把我的心境写出来"，以求"世人能够了解我内心的苦闷就对了"。② 所以，他的小说不追求曲折的情节和周致的构思，却努力写出自己个人的情绪流动和心理的变化，仿佛是靠激情、靠才气信笔写去，松散、粗糙在所不顾，只求抒情的真切并形成以情感为中心的结构。其中最常用的手法是直抒胸臆，即在表现自我主人公所经历的日常生活情景时，以充满激烈情绪的笔调去描写，于事件的叙述中做坦率的自我解剖，甚至用长篇独白的形式去直接拨动读者的心弦。如《沉沦》里通过人物的日记披露内心的痛苦和企求；《薄奠》中的车夫被生活逼迫而死，"我"由同情进而激起对现实的痛恨，结尾处就出现了"狠命的叫骂"有权势"贵人"的一段。此类的小说，加上郁的身世，加上他在日本留学时形成的弱国子民的强烈情结，与"五四"退潮后青年一代普遍存在的精神失落和经济、婚恋苦闷相呼应，这才造成了当时的"郁达夫热"。

郁达夫的小说虽以抒情为主、情节为次，但在浓烈的抒情气氛中，人们还是能够触摸到人物的脉搏和灵魂，就是说作者用抒情的方式同样塑造出了真实感人的抒情主人公形象。这些抒情主人公大都是所谓"零余者"，即"五四"时期一部分歧路彷徨的知识青年，他们是遭社会挤压而无力把握自己命运的小人物，是被逼迫被损害的弱者。他们或者是《沉沦》里由于个性解放（包括性的要求）和爱国情怀的受压抑，以致绝望而麻醉自己、戕害自己的人；或者如《茑萝行》《杨梅烧酒》里的人物，原来也希望为祖国做一番事业，可社会给予他们的却是经济困窘与政治压迫，最终逼使其有的失望去国，有的颓唐堕落。这些"零余者"同现实社会往往势不两立，宁愿穷困自戕，也不愿与黑暗势力同流合污，他们痛骂世道浇漓，或以种种变态行为来表示反抗。郁达夫的"零余者"形象，实际上是对自己精神困境的一种自述，并通过拷问自己来探索"五四"知识分子的精神世界。在郁达夫（以及前期创造社小说家）的笔下，男主人公（常是中国留日学生）在彷徨无路中，总要遭遇一些现代都市里的沦落女子，或妓女，或旅馆侍女，或酒馆当垆女，

① 郁达夫：《序李桂著的〈半生杂忆〉》，《郁达夫文集》第 7 卷，广州：花城出版社、香港：生活·读书·新知三联书店香港分店 1983 年版，第 279 页。

② 郁达夫：《写完了〈茑萝集〉的最后一篇》，《郁达夫文集》第 7 卷，第 155—156 页。

显然承袭了中国传统的"倡优士子"模式,不免使人联想起白居易的《琵琶行》与马致远的《青衫泪》等元杂剧。在郁达夫的代表作《春风沉醉的晚上》里,古代的倡优变成了现代工厂的女工,她不仅仍然常受猥亵,而且时刻面临着失业的威胁,与小说中实际上已沦为都市流浪汉的"我",同是"无家可归"。当作家写到她以"孤寂的表情,微微的叹着说'唉!你也是同我一样的么'"时,是有着一种格外动人的力量的:"同是天涯沦落人"的千古绝唱被赋予了如此鲜明的"现代"意义,而且同样震撼人心。

这种探索在艺术表现上往往显示出郁达夫小说所特有的感伤美、病态美。作者竭力抒发他的主人公的苦闷情怀,及由此而生的颓废和变态的心理言行,从中揭示出一种"时代病",这在"五四运动"高潮过去之后是有相当的代表性。郁达夫一方面紧紧扣住青年知识者本身的生理的、心理的病态,一方面指出青年病态的制造者是黑暗的病态社会。如《沉沦》的主人公本来是个"心思太活"的人,因追求自由和个性解放,反抗专制弊风,被学校开除,又为社会所不容,结果酿成"忧郁症"。值得注意的是,郁达夫笔下病态人物的命运,又是与祖国民族的命运相联的,祖国的贫病也是造成青年"时代病"的重要原因。《沉沦》的主人公自杀前,悲愤疾呼:"祖国呀,祖国!我的死是你害我的!""你快富起来,强起来吧!""你还有许多儿女在那里受苦呢!"小说正是这样曲折地表现了一代青年要求自由解放、渴望祖国富强的心声。

郁达夫抒情小说中的病态性欲描写,一向是容易遭到非议的。他注意人的情欲在表达人的内在世界方面的重要性,试图用一新的眼光,去剖析人的生命和性格中包孕的情欲问题。他受西方人道主义特别是卢梭的"返归自然"思想的影响,主张人的一切合理欲求的自然发展,认为"情欲"作为人的自然天性是应该在文学中得到正视和表现的。加之日本"私小说"里"颂欲"思想和手法的影响,郁达夫就大胆地以自身为对象,在作品中通过直接写"性"包括"性病态"和"同性恋"的生活,来阐释爱恋生死的主题。这也是对虚伪的传统道德以及国人矫饰习气的一种挑战。因此《沉沦》等一发表就起到了惊世骇俗的作用。这为他的小说在抒情格调之外,又加上了偏重自我暴露的特色。

郁达夫的小说富于情绪的感染力,这种感染力来源于作者的忧郁,他的文人式的不乏夸张情绪的激愤,包括留洋在外感受屈辱结成的忧愤,回国经受贫病煎熬积存的忧愤,以及为替无数妇女、下层人民鸣不平而欲抒的忧愤。他的民族自尊、性苦闷和沉沦般的心底波澜,化为激愤控诉、大胆暴露及无顾忌的自虐自伤自悼的文字,尽管这种宣泄似乎缺少理性的过滤,显得不够深刻,但他的感伤风格还是能激起广大青年心理的和审美的巨大共鸣,并引出一个抒情小说流派来的。郁达夫的文学气质比较复杂,但主要是受近代欧洲浪漫主义的深刻影响,也接受世纪末艺术思潮的果实,同时具有放浪形骸的中国名士气度和现代的自由民主精神。他 1920 年代后期写的《过去》开始摆脱"自叙传"模式,周作人称赞这篇小说"描写女性,很有独到的地方"[①]。他还写了《迷羊》等继续保持感伤酣畅风格的小说,写实的成分略有增加,但从来没有放弃过自己的情感型笔致。写于 1932 年的《迟桂花》属于他后期较圆熟的作品,全篇抒写女主人公天真健全的美的人格、纯洁无邪的美的感情,与清新自由的美的自然环境构成了和谐的诗的意境,不仅完满地传达了"人性返归自然"、心灵净化的主旨,而且完成了从感伤美向宁静美的转化。在小说抒情方式上,也由"作者、小说主人公、叙述者"三者合一的直抒胸臆方式,转向抒情主人公的客观塑造与诗的意境的营造。尽管存在着这些艺术上的发展,但随着 1930 年代读者审美趣味的变化,郁达夫的"自叙传"抒情小说显得与激荡的时代不甚合拍,于是,他的影响就渐渐转入潜在的层面。

　　创造社后起的青年小说家紧接郁达夫几乎构成了一个抒情作家群体。倪贻德(1901—1970)以美术家身份而写小说,代表作是短篇《玄武湖之秋》和中篇《残夜》,都是与他的身世相关的伤感故事。文字哀婉悲抑,偏重主观宣泄,追怀已逝的爱情,应当说是纯正的浪漫主义风格。陶晶孙(1897—1952)有长期的日本生活背景,过去对他在潘汉年领导下从事文化活动的经历多有误解。他学医而从文,在艺术上有多方面的造诣。主要的小说有《音乐会小曲》《木犀》(初用日文写成)等,叙述青年男女的恋情显得缥缈,情感的触角是异常细微的,自述特点明显。他的抒情性掺入唯美的成分,属于当时称作"新罗曼主义"的一类。其他还有同属创造社的周全平(1902—1983),所写小说处于抒情与写实之间,而带有自传色彩的抒情小说多收入《梦里的微笑》。其中《林中》的缠绵情调是与回忆逝去爱情的本事相配的;《楼头的烦恼》写理性的和病态的性心理的交错,更具典型意义。绿波社成员叶鼎洛(1897—1958)有自传性很强的小说《前梦》《双影》等,感伤的情绪

_____

　　① 转引自郁达夫:《穷冬日记》,《郁达夫文集》第 9 卷,广州:花城出版社、香港:生活·读书·新知三联书店香港分店 1984 年版,第 75 页。

直逼郁达夫。1925年才入创造社的叶灵凤（1905—1975）其时尚处于发表《女娲氏之遗孽》的早期，抒写多角的感伤恋情的小说是他创作的起点。他受外国浪漫主义直至唯美派、颓废派的影响尤深，《菊子夫人》《姊嫁之夜》里的变态性心理已经能用弗洛伊德主义来进行解释，营造幻美的氛围也是他的特长。他到1930年代之后，成为重要的海派作家。滕固（1901—1941）是文学研究会的一员，却在创造社刊物上发表小说而成名。代表作《壁画》显示他擅长渲染奇崛、病态情感的特点。《银杏之果》便是他的"自叙传"小说。他后来加入狮吼社，成为唯美主义的追随者，也就难怪其激愤和肉感的写法都带上世纪末的味道了。王以仁（1902—1926）也是文学研究会作家而专写抒情体小说者，1926年失踪，留下的主要作品是一部8万字的《孤雁》。全书展示一个时代青年落魄、流浪、还乡、沉沦，终于死去的生活路程，情绪极为凄清、低沉，但也蕴藏着对黑暗现实进攻和反击的精神。小说由6篇书信组成，分开来每一书信是一独立的短篇，合则成为前后连贯的中篇。这种样式便于作者充分抒发情怀，信笔所至，毫无隐讳。小说的情节基本上是作者所经历的生活的记录，带"自叙传"性质。其中坦率的自我暴露和大段独白、病态的心理描写与伤感的格调，可以看出郁达夫的影响，所以郁达夫曾将他称为自己创作风格的"直系的传代者"[1]。

也以写个人心路著称，而与创造社和郁达夫均不构成承传关系的两位"五四"女性作家是庐隐和淦女士。这从一个方面说明鲁迅说的"文学团体不是豆荚，包含在里面的，始终都是豆"[2]，是正确的。庐隐（1898—1934）是文学研究会的骨干，与冰心齐名。起初写过并不出色的"问题小说"，如《一封信》《灵魂可以卖么》等。到她1921年后以自己和自己朋友的生活为蓝本，写出短篇《或人的悲哀》《丽石的日记》以及中篇《海滨故人》时，才真正显出个性：用哀伤的笔调叙写"五四"一代青年复杂的感情世界，尤其表现一代青年女性追求民主解放和爱情幸福，最后却只能尝到苦果的实际情景。庐隐本人便是新的职业女性，童年备感人间冷漠，养成孤傲的叛逆性格，进入青年后，又有惨痛的个人婚姻史与曲折的心灵历程。所以，用自己或近于自己的女性命运、心态、历史作为创作的依据，始终是她关切的中心。《海

---

① 郁达夫：《新生日记》（1927年2月26日），《郁达夫文集》第9卷，广州：花城出版社、香港：生活·读书·新知三联书店香港分店1984年版，第83页。

② 鲁迅：《〈中国新文学大系〉小说二集序》，《鲁迅全集》第6卷，第264页。

滨故人》标示她转向郁达夫式的自叙传体的写作,加上女性作家纤微细腻的心理笔致、个人气质上的感伤色调,便很快形成了主观浪漫的"庐隐风格"。从露莎等五位女大学生的身上,人们不难看到新旧交替时期毅然走出傀儡之家的"娜拉"们的面影,看到那个时代的青年们强烈的精神饥渴。正因此,庐隐的主情的小说一出现,在当时的青年读者中便获得广泛的共鸣。1927年后到她因难产逝世止,她还发表过《曼丽》《灵海潮汐》《玫瑰的刺》以及长篇小说《归雁》《女人的心》《象牙戒指》等,模式没有大变,都是描写知识女性爱情生活的坎坷和内心的苦闷。其中《象牙戒指》是以石评梅、高君宇的爱情悲剧为原型创作的。庐隐的抒情性叙述不事雕饰,激切直露,同时也嫌单调,少含蓄。叹句的大量运用增强了叙事的情感容量,相对削弱了小说语言的雕塑功能。她喜穿插日记、书信,重视哀切动人的环境气氛烘托甚于对人物性格的刻镂,结构上往往失于散漫拖沓。她的作品离开了产生的历史环境,就失去了一部分光彩。庐隐比其他任何人都更具"五四"性质,她的小说是纯"五四"式的。

淦女士(冯沅君,1900—1974)也是"五四"时期重要的女性作家。她未曾参加过创造社,但明显受创造社前期文艺思想的影响,强调创作要表现作者的"内心要求"。主要小说《隔绝》《隔绝之后》《慈母》《旅行》等都发表在《创造》季刊、《创造周报》上。她的风格与郁达夫比较接近,也是写取材于自我生活的主观感兴浓烈的抒情小说。每个短篇之间略带连续性,主人公姓名不同,而性格一致,前后情节连贯,能够以抒情独白和大胆袒露内心的写法,细微地表现一个青春期女性的爱情生活。鲁迅曾经引文分析说:"那'我很想拉他的手,但是我不敢,我只敢在间或车上的电灯被震动而失去它的光的时候,因为我害怕那些搭客们的注意。可是我们又自己觉得很骄傲的,我们不客气的以全车中最尊贵的人自命。'这一段,实在是五四运动直后,将毅然和传统战斗,而又怕敢毅然和传统战斗,遂不得不复活其'缠绵悱恻之情'的青年们的真实的写照。"①作为一个女性小说家,在当时能如此坦诚地展示主人公自我心灵的隐秘,是要具备相当的勇气。然而她与郁达夫又不同,笔下的性爱描写纯洁而庄重,即使写青年男女私奔场面,也绝不流于俗艳。1928年冯沅君出版《春痕》,是由50封信构成的书信体小说。失败和碰壁,已经磨去了女主人公当初反抗封建婚姻时的锋芒,使她变得忧

---

① 鲁迅:《〈中国新文学大系〉小说二集序》,《鲁迅全集》第6卷,第252—253页。

伤而困惑,这反映了"五四"退潮后一部分知识女性的真实面影。作者不久停止了创作转入学术,之后的一些描写故乡社会的篇章已不如初期的抒情小说那样以情动人、以诚感人了。

　　创造社之外,也创作以抒发个人苦闷和感伤情绪为主的"自我抒情"小说的,还有浅草社与沉钟社作家。这是前后带连续性的两个文学社团,因为成员多为学外文的学生,在吸收德国浪漫主义的同时,更多地受到西方现代派的影响。诗歌和戏剧的创作力都不弱,小说家除陈翔鹤外,还有陈炜谟、冯至、林如稷等。陈翔鹤(1901—1969)早期的作品《茫然》《西风吹到了枕边》,主人公都是 C,都带"自叙传"性质,叙述为激愤和哀怨的情绪所笼罩。《悼——》用第一人称追念亡妻;《不安定的灵魂》是书信体,记一个厌恶都市庸俗,经历了爱情悲剧的知识分子如何心灵受伤而死。抒情的气氛是悲观、压抑的。同样具有这种气质的,陈炜谟(1903—1955)有《轻雾》,林如稷(1902—1976)有《将过去》。正如鲁迅所说,他们"向外,在摄取异域的营养,向内,在挖掘自己的魂灵","唱着饱经忧患的不欲明言的断肠之曲"。①这段话概括了他们抒发感情的形式,在挖掘与表现人物的内心世界、在心灵的刻画上有哪些新的特质,是可视为定评的。陈翔鹤 1930 年代写有《独身者》,到 1960 年代作历史小说《陶渊明写挽歌》《广陵散》,中间走过较长的道路。在抒情、写实方面都取得了成绩,他的小说便是在十分凝练之后,仍能保持着用笔气势的舒展。冯至则以"中国最为杰出的抒情诗人"②的身份使得自己的叙事作品充满了"诗",特别是 1940 年代写出的中篇《伍子胥》,这里暂不论。

　　在乡土小说的现实主义发展中,另有一位特异的田园作家是以抒情见长的,那就是语丝社时期的冯文炳(1926 年起才用笔名废名,1901—1967)。童年湖北家乡的小桥流水沙滩枫柳,县城外的禅宗圣地四祖寺和五祖寺,给冯文炳留下了终生受用的文学回忆。据此写成的代表性小说,有《竹林的故事》《浣衣母》《桃园》等,用冲淡、质朴的笔调表现尚未被现代社会污染的宗法制农村世界,表现带有古民风采的人物的淳朴美德。凡叙述乡间儿女翁姬之事,皆流露出一种寂静的美。如《竹林的故事》的人物和清新的乡村自然景物构成对应的关系,河边竹林的葱绿仿佛是有意设置的富于诗情的

---

① 鲁迅:《〈中国新文学大系〉小说二集序》,《鲁迅全集》第 6 卷,第 250、251 页。
② 同上书,第 251 页。

象征境界,为主人公三姑娘纯净美好的性格作衬托。这种人美、景美的牧歌般意境,正是作者借鉴古典诗词的简练、含蓄、留白等经验,转化成情节简单的散文化小说形式所特具的功能。冯文炳在1930年代之后成为京派的重要小说家,文体上的"实验"色彩更形明显,抒情性发挥到极致,而文字越加简僻、晦涩。所以实际上,后来的小说虽成熟,早期的比较纯净单一的乡土抒情小说影响并不小。沈从文和更晚的汪曾祺等人都一再地提到冯文炳1920年代的作品对他们的影响。在现代抒情小说体式的发展史上,从郁达夫到沈从文,废名是中间一个不可缺少的环节。

形成主观叙事的原因,有的是考虑到抒情的对象对表现形式的要求,有的则是作家气质所致。许地山(笔名落花生,1893—1941)两者兼有,东南亚异域的神秘背景与人物故事,宗教研究家的信仰(不是宗教徒的热诚)与对宗教内在感情的体验(居然佛教、基督教俱备),造就了他与郁达夫、与乡土回忆者皆存在区别的浪漫传奇小说。他的小说在"五四"时期是风格奇特的,大部分的作品写男女之情,下笔是人生实景,出笔时已经达到超现实的境界。早期代表作《命命鸟》提出了追求婚姻自由与封建专制的矛盾这一问题,但小说的主旨更在人物对生命的态度:男主人公加陵初时企图逃婚对抗,而女主人公敏明在一次离奇的佛教式冥想中,看到那些自称"命命鸟"者,其实是落入了情尘的青年男女的丑恶原形,于是大彻大悟,厌却红尘,并以虔诚的祈祷感化了加陵,双双携手平静地走入绿绮湖。这里既在一定程度上揭露了封建家庭扼杀青年爱情的罪恶,写出青年的叛逆反抗,又将人世的"爱"寄托在达天知命的宗教理想上。《缀网劳蛛》《商人妇》等,借表达妇女的苦难遭遇来宣扬对待苦难的方式,一种只管织网而不论网破的宗教人生观和伦理观也相应得到肯定,并上升到哲理的层面。许地山前期的作品,人物往往卑微、平和,在对社会消极退让之后,却仍执着于人生,退回到自己的内心世界,保持一种带苦涩味道的韧力。所以,他的积极、消极很难区分,有反封建的与时代合拍的一面,宗教的人生信仰的渗入又同一般的"五四"姿态相分离。他的小说明显地倾向于浪漫主义,情节曲折,富于想象,注重以情感人,而对情的含蓄之美异常倾心,叙述中常以新颖的象征和隐喻来表达,在当时也曾获得许多读者的喜爱。许地山于1920年代末,一度消退以上的特色,去增加自己小说的写实性,但《在费总理的客厅里》等作品说明他并不适合运用讽刺。接下来的中篇《玉官》,就又回到叙述一个女基督徒的经历,侧面反映了第一次国内革命战争时期的农村生活场景,宗教气氛浓厚,政治上较为模糊。短篇《春桃》是他 1930 年代的力作。女主人公仍是历经磨难的。当春桃面对两个男人,要在是否收留残废的丈夫、敢不敢采取一女二男的生活方式上抉择时,民间的仁义和宗教的慈爱混合在一起,在一个拾破烂的女子身上表现出来。有人认为,许地山其时的小说,"主人公不再进教堂,不再布道,可他们一举一动都合乎教义。宗教由外在的宣扬变为内在的感情体验,并通过行动自发地表现出来"①。可以说,宗教传奇色彩始终不离许地山的小说,他的创作生命来自"五四"时期,并构成中国主观型小说的一枝奇葩。

现代小说在它的确立时代是纷纭而头绪繁多的。客观写实和主观抒情是其两大流脉,在多元的发展中又相互渗透。其中,在外国属于前后三个阶段的浪漫主义、写实主义、现代主义等创作方法,几乎"共时"地被吸收进来。这种吸收,就更显示了"五四"小说的多样化。比如抒情体小说的作者们,就不仅吸收国外浪漫派文学,也从抒发感情的角度来吸收现代派文学。郭沫若的《残春》,就是中国最早的"意识流"小说之一。创造社、沉钟社的青年作家不避西方的象征主义、印象主义、唯美主义,并同中国传统的诗化情绪相结合。从小说的体制看,长篇虽如前面所说尚十分幼嫩,但短篇由外国移植而扎根于中国土壤却取得较大成功。可以说,短篇小说现代文体的形成是此时期中国小说现代化的标志。这主要表现为:脱离了传统的史传文学的束缚,不再一味采用"纵剖"的由头到尾的叙述结构,而是引进并逐渐普及了"横截面"的结构方式;重视人物和环境的关联,以人物为中心,表现社会中的人,摆脱人物类型化、简单化的弊病;认识到小说作者与小说叙述人的区别,消除叙述的"说书"痕迹,既发展了一种叙述人隐藏较深的客观叙事,也不忽视叙述人介入的多样的主观叙事,而作为新型技巧的限制性叙事,在突破固有的全知叙事方面,显示了现代的姿态。当然,"说书"式的小说叙述并非不能进入现代序列而深化,到三四十年代老舍、赵树理的出现,便在较高层次上回答了这个问题。除上所述,心理描写在小说中作为新的技巧开始广泛流行,女性作家凌叔华(1900—1990)的《酒后》《绣枕》,就是当时心理小说的名篇。专写性爱小说的创造社元老之一张资平(1893—1959),处女作为《约檀河之水》,而《冲积期化石》《飞絮》等都是他重要的

---

① 陈平原:《论苏曼殊、许地山小说的宗教色彩》,《中国现代文学研究丛刊》1984 年第 3 期。

长篇小说。他的步伐开始是与"五四"时期青年个性解放的要求一致的,写实中包含浪漫抒情与肉欲描写的因素。到 1930 年代,他成了新文学最早下"海"的作家。还有历史小说,早期作者有鲁迅、郭沫若、郁达夫等。鲁迅的《补天》《铸剑》,是浪漫想象和现实讽喻的产物;郭沫若的《函谷关》、郁达夫的《采石矶》,情感外露,纯是借古人之口说一己之言的写法。这些,都可以看作第一个十年小说开放性发展的景象,都为下阶段的小说开了各式各样的源头,因而不容忽视。

附录　本章年表

1917 年

6 月　陈衡哲《一日》发表于《留美学生季报》新 4 卷夏季 2 号。

1918 年

3 月　15 日胡适在北京大学文科研究所做《论短篇小说》讲演,讲稿发表于同年 5 月《新青年》第 4 卷第 5 号。

4 月　19 日周作人在北京大学文科研究所做《日本近三十年小说之发达》讲演,讲稿发表于同年 7 月《新青年》第 5 卷第 1 号。

5 月　鲁迅《狂人日记》发表于《新青年》第 4 卷第 5 号。

1919 年

2 月　汪敬熙《一个勤学的学生》发表于《新潮》第 1 卷第 2 号。

3 月　杨振声《渔家》发表于《新潮》第 1 卷第 3 号。

同月　罗家伦《是爱情还是苦痛》发表于《新潮》第 1 卷第 3 号。

4 月　鲁迅《孔乙己》发表于《新青年》第 6 卷第 4 号。

同月　俞平伯《花匠》发表于《新潮》第 1 卷第 4 号。

5 月　鲁迅《药》发表于《新青年》第 6 卷第 5 号。

9 月　冰心《谁之罪》(《两个家庭》)连载于 18—22 日《晨报》。

10 月　冰心《斯人独憔悴》连载于 7—11 日《晨报副刊》。

11 月　郭沫若《牧羊哀话》发表于《新中国》第 1 卷第 7 号。

1920 年

9 月　鲁迅《风波》发表于《新青年》第 8 卷第 1 号。

同月　陈衡哲《小雨点》发表于《新青年》第 8 卷第 1 号。

同月　叶圣陶《伊和他》发表于《新潮》第 2 卷第 5 号。

同月　杨振声《贞女》发表于《新潮》第 2 卷第 5 号。

1921 年

1 月　王统照《沉思》发表于《小说月报》第 12 卷第 1 号。

同月　许地山《命命鸟》发表于《小说月报》第 12 卷第 1 号。

4 月　冰心《超人》发表于《小说月报》第 12 卷第 4 号。

同月　许地山《商人妇》发表于《小说月报》第 12 卷第 4 号。

6 月　王统照《春雨之夜》发表于《小说月报》第 12 卷第 6 号。

同月　庐隐《一封信》发表于《小说月报》第 12 卷第 6 号。

8 月　郎损(沈雁冰)《评四五六月的创作》(评论)发表于《小说月报》第 12 卷第 8 号。

10 月　第一本现代白话短篇小说集——郁达夫《沉沦》由上海泰东图书局出版。

12 月始　鲁迅《阿 Q 正传》连载于 4 日至 1922 年 2 月 12 日《晨报副刊》。

1922 年

1 月始　谢六逸《西洋小说发达史》连载于《小说月报》第 13 卷第 1—11 号。

2 月　许地山《缀网劳蛛》发表于《小说月报》第 13 卷第 2 号。

同月　张资平《冲积期化石》由泰东图书局出版。

3 月　李开先《埂子上的一夜》发表于《小说月报》第 13 卷第 3 号。

同月　叶圣陶《隔膜》集由商务印书馆出版。

同月　郑伯奇《最初之课》发表于《创造》季刊创刊号。

同月　周作人《"沉沦"》(评论)发表于 26 日《晨报副刊》。

7 月　沈雁冰《自然主义与中国现代小说》(论文)发表于《小说月报》第 13 卷第 7 号。

同月　潘训《乡心》发表于《小说月报》第 13 卷第 7 号。

同月始　瞿世英《小说的研究》连载于《小说月报》第 13 卷第 7—9 号。

9 月　王统照《微笑》发表于《小说月报》第 13 卷第 9 号。

同月　王统照《湖畔儿语》发表于《东方杂志》第 19 卷第 18 期。

10 月　王统照《一叶》(长篇)由商务印书馆出版。

11 月　王思玷《偏枯》发表于《小说月报》第 13 卷第 11 号。

同月　滕固《壁画》发表于《创造》季刊第 1 卷第 3 期。

同月　陶晶孙《木犀》发表于《创造》季刊第 1 卷第 3 期。

12 月　庐隐《或人的悲哀》发表于《小说月报》第 13 卷第 12 号。

同年　周作人、鲁迅、周建人合译的《现代小说译丛》由商务印书馆出版。

同年　鲁庄、云奇编《小说年鉴》由小说研究社出版。

1923 年

1 月始　王统照《黄昏》(长篇)连载于《小说月报》第 14 卷第 1—6 号。

同月　叶圣陶《火灾》发表于《小说月报》第 14 卷第 1 号。

2 月　成仿吾《评冰心女士的〈超人〉》发表于《创造》季刊第 1 卷第 4 期。

同月　孙俍工《海的渴慕者》发表于《小说月报》第 14 卷第 3 号。

5 月　郁达夫《茑萝行》发表于《创造》季刊第 2 卷第 1 期。

同月　冰心《超人》集由商务印书馆出版。

6 月　庐隐《丽石的日记》发表于《小说月报》第 14 卷第 6 号。

同月　徐玉诺《一只破鞋》发表于《小说月报》第 14 卷第 6 号。

7 月　郁达夫《春风沉醉的晚上》发表于《创造》季刊第 2 卷第 2 期。

同月　淦女士《隔绝》发表于《创造》季刊第 2 卷第 2 期。

8 月　鲁迅《呐喊》集由北京新潮社出版。

10 月　沈雁冰《读〈呐喊〉》发表于《文学周报》第 91 期。

同月始　庐隐《海滨故人》连载于《小说月报》第 14 卷 10—12 号。

同月　叶圣陶《校长》发表于《小说月报》第 14 卷第 10 号。

同月　郁达夫《茑萝集》由泰东图书局出版。

11 月　白采《被摈弃者》发表于《创造周报》第 28 号。

同月　叶圣陶《火灾》《稻草人》两集由商务印书馆出版。

12 月　倪贻德《玄武湖之秋》发表于《创造周报》第 32 号。

同月　鲁迅《中国小说史略》上卷由新潮社出版,下卷 1924 年 6 月出版。

同月　许钦文《父亲的花园》发表于《晨报五周年纪念增刊》。

同月　高世华《沉自己的船》发表于《浅草》第 1 卷第 3 期。

1924 年

1 月　王统照《春雨之夜》集由商务印书馆出版。

同月　李劼人《同情》(中篇)由中华书局出版。

3 月　鲁迅《祝福》发表于《东方杂志》第 21 卷第 6 号。

同月　冰心《悟》发表于《小说月报》第 15 卷第 3 号。

4 月　淦女士《隔绝之后》发表于《创造周报》第 49 号。

同月　倪贻德《玄武湖之秋》由泰东图书局出版。

同月　孙俍工《海的渴慕者》由民智书局出版。

5 月始　张闻天《旅途》(长篇)连载于《小说月报》第 15 卷第 5—12 号。

同月　鲁迅《在酒楼上》发表于《小说月报》第 15 卷第 5 号。

8 月　许杰《惨雾》发表于《小说月报》第 15 卷第 8 号。

10 月　王鲁彦《柚子》发表于《小说月报》第 15 卷第 10 号。

同月　滕固《壁画》集由泰东图书局出版。

11 月　王以仁《神游病者》发表于《小说月报》第 15 卷第 11 号。

12 月　王以仁《孤雁》发表于《小说月报》第 15 卷第 12 号。

同月　《白采的小说》集由中华书局出版。

同月　郁达夫《薄奠》发表于《太平洋》第 4 卷第 9 期。

本年　文学研究会编《小说汇刊》由商务印书馆出版。

同年　晨报社编《小说第一集》出版。

1925 年

1 月　叶圣陶《潘先生在难中》发表于《小说月报》第 16 卷第 1 号。

同月　许地山《缀网劳蛛》集由商务印书馆出版。

同月　柔石《疯人》集由宁波华升印局自费出版。

同月　王以仁《落魄》发表于《小说月报》第 16 卷第 1 号。

2 月　杨振声《玉君》(中篇)由现代社出版。

同月　周全平《梦里的微笑》集由光华书局出版。

同月　冯文炳《竹林的故事》发表于《语丝》第 14 期。

3 月　王鲁彦《许是不至于罢》发表于《小说月报》第 16 卷第 3 号。

同月　凌叔华《绣枕》发表于《现代评论》第 1 卷第 15 期。

4 月　林如稷《将过去》发表于《浅草》第 1 卷第 4 期。

同月　陈炜谟《狼筅将军》发表于《浅草》第 1 卷第 4 期。

6 月　李劼人《编辑室的风波》发表于《文学周报》第 179 期。

7 月　庐隐《海滨故人》集由商务印书馆出版。

9 月始　郭沫若《落叶》(中篇)连载于《东方杂志》第 22 卷第 18—21 号。

同月　黎锦明《出阁》发表于 29 日《晨报副刊》。

10 月　叶圣陶《线下》集由商务印书馆出版。

同月　冯文炳《竹林的故事》集由新潮社出版。

11 月　王任叔《疲惫者》发表于《小说月报》第 16 卷第 11 号。

本年　刘大杰《黄鹤楼头》集由时中合作书社出版。

1926 年

1 月　蹇先艾《水葬》发表于《现代评论》第 3 卷第 59 期。

同月　蒋光慈《少年漂泊者》(中篇)由亚东图书馆出版。

4 月　许钦文《故乡》集由北新书局出版。

5 月　章衣萍《情书一束》集由北新书局出版。

6 月　创造社编《木犀》集由创造社出版部出版。

同月　向培良《飘渺的梦及其他》集由北新书局出版。

7 月始　舒庆春（老舍）《老张的哲学》（长篇）连载于《小说月报》第 17 卷第
　　　　7—12 号。

同月　叶圣陶《城中》集由文学周报社出版。

同月　徐祖正《兰生弟的日记》由北新书局出版。

8 月　鲁迅《彷徨》集由北新书局出版。

9 月　陈翔鹤《西风吹到了枕边》发表于《沉钟》第 4 期。

同月　台静农《天二哥》发表于《莽原》第 1 卷第 18 期。

10 月　王鲁彦《柚子》集由北新书局出版。

同月　许杰《惨雾》集由商务印书馆出版。

同月　王以仁《孤雁》集由商务印书馆出版。

12 月　许钦文《赵先生底烦恼》由北新书局出版。

1927 年

1 月　淦女士《卷葹》集由北新书局出版。

同月　蒋光赤（蒋光慈）《鸭绿江上》集由亚东图书馆出版。

同月　许钦文《鼻涕阿二》（中篇）由北新书局出版。

2 月　郁达夫《过去》发表于《创造月刊》第 1 卷第 6 期。

6 月　台静农《拜堂》发表于《莽原》第 2 卷第 11 期。

同月　陈翔鹤《不安定的灵魂》集由北新书局出版。

同月　郁达夫《寒灰集》由创造社出版部出版。

7 月　王鲁彦《黄金》发表于《小说月报》第 18 卷第 7 号。

8 月　蹇先艾《朝雾》集由北新书局出版。

同月　陈炜谟《炉边》集由北新书局出版。

同月　彭家煌《怂恿》集由开明书店出版。

9 月始　茅盾《幻灭》连载于《小说月报》第 18 卷第 9—10 号。

同月　黎锦明《破垒集》由开明书店出版。

同月　胡也频《圣徒》集由新月书店出版。

同月　孙梦雷《英兰的一生》（长篇）由开明书店出版。

10 月　郁达夫《鸡肋集》由创造社出版部出版。

11 月　王统照《沉船》发表于《小说月报》第 18 卷第 11 号。

同月　蒋光赤（蒋光慈）《短裤党》（中篇）由泰东图书局出版。

同月　蒋光赤（蒋光慈）《野祭》（中篇）由现代书局出版。

同月　郁达夫《过去集》由开明书店出版。

12 月　丁玲《梦珂》发表于《小说月报》第 18 卷第 12 号。

同月　叶灵凤《菊子夫人》（中篇）由光华书局出版。

同月　黎锦明《尘影》集由开明书店出版。

本年　王任叔《监狱》集由光华书局出版。

同年　叶鼎洛《男友》集由良友图书公司出版。

知识点

必读作品与文献

思考题

第四章　市民通俗小说(一)

　　长期以来被当作"五四"新小说对立面的旧派小说,是现代文学多元存在的一个体现。它始终拥有大量的市民读者,是无可否认的事实。中国的小说自古伴随着城市而发生而流传,是"小道"是"闲书",最初差不多都是民间口述形态,后来才有了接近下层的叛逆文人的参与,给予加工或独立撰写,以市民文学的面目凸显。到了近代,沿海大都市的文学得到现代印刷、报刊之利,商业性质大大提高并构成阅读市场,读者队伍前所未有地扩大。于是晚清以降,市民通俗小说从传统的文学边缘向中心地位移动,取代诗文,一度成为主流,并开始了自身现代化的漫长过程。待"五四"文学革命爆发,它与白话精英文学对峙,互相渗透,一种全新的文学格局遂形成了。白话精英小说的读者对象主要是新式学堂出身的学生、留学生,及以他们为主体组成的"五四"先进知识分子阶层。而市民通俗小说的读者是沿着传统章回体一路下来的受众:旧派市民。从通俗文学的角度看此派小说,由旧入新,现代性的增长过程不免缓慢,与现代通俗文学中的左翼通俗显然是有别的。若从市民文学的角度看去,它间接催生了现代都市文学,但同市民先锋文学如上海的"新感觉派"也不相同。所以我们可以将它们纳入通俗文学和市民文学交叉的范围内加以考察,以定名"市民通俗小说"较为适宜。

　　什么是现代市民通俗小说呢? 这个概念一向模糊,是因它的文学地位的不确定性。很久以来人们强调它属于"旧文学"或"封建文学残余"的一面,而来不及认识它由旧文学向现代性的新文学缓慢过渡的一面。只是中国新旧文学的决裂十分"戏剧化",事后的复杂融合过程往往遭到历史的各种掩盖,所以反而看不清楚了。近年来,学术界大致将"市民通俗小说"厘定为——

　　　　指以清末民初大都市工商经济发展为基础得以滋长繁荣的,在内容上以传统心理机制为核心的,在形式上继承中国古代小说传统为模式的文人创作或经文人加工再创造的作品;在功能上侧重于趣味性、娱乐性、知识性和可读性,但也顾及"寓教于乐"的惩恶劝善效应;基于符合民族欣赏习惯的优势,形成了以广大市民层为主的读者群,是一种被他们视为精神消费品的,也必然会反映他们的社会价值观的商品性文学。①

用这个定义来考察"五四"前后的市民通俗文学,可以发现它是如何站到传统与现代的交界点上的。市民通俗小说利用民国之后的一段"空白"时间,曾经独占文坛。到了"五四"新文化运动兴起后,它遭受极大的历史压力,同时也给自己带来不断重新调整的契机。

一 "鸳蝴"开启直接源头

市民通俗小说的直接资源,来自 1912 年到 1917 年这五年的所谓"鸳鸯蝴蝶—礼拜六派"的繁盛期。"鸳鸯蝴蝶派",指的是民初专写才子佳人题材的一个文学派别,所谓"卅六鸳鸯同命鸟,一双蝴蝶可怜虫"是他们常用的词语,故被用来命名。《礼拜六》是王钝根等于 1914 年创办的一种公开表明文学娱乐消闲功能的周刊,"五四"前后各出满 100 期。把 200 期合在一起看,很能代表这类通俗文学以社会言情小说为骨干,情调和风格偏于世俗、媚俗的总体特征。不过也有使用"民国旧派小说"概念的,容量更大一点,气脉上是互相沟通的。

此时"鸳鸯蝴蝶—礼拜六派"的繁荣本有它的时代缘故。一是当时的北洋政府自顾不暇,清政府垮台后中国社会历来的儒家文化控制力量减弱,给了文学以现代发展的良好机会。二是科举取消,文人失去了"学而优则仕"的路径,加上近代报刊业的发展,最早一批走不通"仕途"的文人便演变为报馆的主笔、记者、编辑,同时成为报纸连载小说的作者,于是通俗作品有了较雄厚的作者队伍。三是更重要的,这样,文人跌入了市民阶层,处于与普通市民同样的文化境遇并取得了相同的文化眼光,小说在他们手中回到了市民文化的本位。从小说本身的发展看,后来的"五四"精英小说以鲁迅的《阿 Q 正传》为代表,从原来的以表达故事为主,转向以塑造人物为主;体式上,白话欧化小说正在代替文言章回体或白话章回体。市民通俗小说却继承"鸳蝴派",在这些方面与旧派市民的阅读兴趣相适应。所谓"故事",远及晚清谴责小说《官场现形记》《二十年目睹之怪现状》《老残游记》《孽

---

① 范伯群:《〈中国近现代通俗作家评传丛书〉总序》,《民国武侠小说奠基人——平江不肖生》(范伯群主编《中国近现代通俗作家评传丛书》之一),南京:南京出版社 1994 年版,第1—2 页。

海花》等揭露社会现实的题材,如讲述男女之事便有晚清的《品花宝鉴》《花月痕》《青楼梦》《海上花列传》等狭邪叙述体式可毫不费力地借鉴。传统小说从晚清到民国"鸳蝴派"便一脉下来,构成远近的渊源。社会、言情两大体式就这样得到市民通俗小说的长足发展,以至于广义的"鸳蝴"一直贯穿到 1940 年代,这个称呼始终存在。

进入民国时期后,市民通俗小说的最初代表是 1912 年同年出现的徐枕亚的《玉梨魂》、吴双热的《孽冤镜》,还有李定夷的《霣玉怨》;这三位作者也被称为"三鼎足"。三部小说都写婚恋悲情,用的都是"骈四俪六,刻翠雕红"的文字,在现代白话小说未出现之前,受到处于新旧交替期的市民读者的欢迎,因而被认为是标志启动了"鸳蝴"的小说家。徐枕亚(1889—1937)的《玉梨魂》写书生何梦霞在无锡教馆,与主人家崔姓富绅守寡的媳妇白梨娘相恋,最后一殉情一殉国的悲剧故事。小说中穿插两人的诗词酬答,缠绵悱恻,合于当时读者的欣赏习惯。《玉梨魂》在 1912—1913 年的《民权报》连载时即轰动一时,单行本再版数十次,发行达几十万册之多。后来徐枕亚又接写《雪鸿泪史》,假托何梦霞的日记,细加安排,进一步扩大了《玉梨魂》的影响。《玉梨魂》用骈散结合的文体来叙事,居然一纸风行,此前此后都是不可重复的文学现象,主要是它在旧的诗文体中融进了一点新的东西,让旧派市民读者感到既熟悉又新奇。男女婚恋在旧的婚姻制度下左冲右突没有希望,这已经是许多人切身感受到的了,所以当年有人评价:"近时流行的《玉梨魂》虽文章很是肉麻,为鸳鸯蝴蝶派小说的祖师,所记的事,却可算是一个问题。"[1]由于小说有作者的自叙成分,叙述中的情感作用前后贯穿,加之受林(纾)译小说《巴黎茶花女遗事》的显著影响,描写高洁女性的道德自戕,结尾用日记交代后续故事,用"后记"形式写叙述者事后的"凭吊",渲染了感伤苍凉的氛围。这一切都是在一个旧框架里纳入的,因而不动声色。骈体小说搭上了古典诗文传统和现代技法两头,搭上了旧道德观念和现代思想两头,坐上末班车,预示了民国旧派小说一开始就具备的过渡性质。

继承晚清谴责小说的传统,在民国旧派小说中是以李涵秋(1874—1923)的《广陵潮》为代表的。《广陵潮》从 1908 年动笔,到 1919 年历时十二年写毕,计百回,达百万字,白话章回体,随写随在报章发表,是典型的这

---

① 周作人:《中国小说里的男女问题》,陈子善、张铁荣编:《周作人集外文》(上),海口:海南国际新闻出版中心 1995 年版,第 302 页。

一派的写作方式。它以近代城市扬州为背景,以云、伍两家的人物特别是秀才云麟与表妹伍淑仪、妻子柳氏、情人红珠的感情纠葛为线索,编织起庞大而松散的结构,囊括了从中法战争、戊戌变法、辛亥革命、袁世凯称帝到"五四"前夕抵制日货运动这段时间的重大历史事件,罗列社会丑闻、街谈巷议、遗闻轶事,进行暴露揭发,写尽贪官污吏、市井无赖、才子佳人甚至资产阶级革命党人等各类人物的形象。在围绕云麟与几个女子私情的描写上,吸取了《红楼梦》的技法,把"情"写足,但由于旧派思想的局限,使得反封建意识和封建意识杂陈。这部小说的最大贡献在于它开创了旧派社会言情长篇的体例,以至于带出不下数十种以"××潮"为名的小说,如海上说梦人(朱瘦菊)的《歇浦潮》、网蛛生(平襟亚)的《人海潮》等,都很有名气。这批作品往往引起整个市民社会的注目,将通俗小说兼有的史料认识价值和引人入胜的文学阅读价值都发挥到相当的水平。社会小说影响较大的,还可提及包天笑(1876—1973)1909年发表的短篇《一缕麻》,以及1910年左右译述的"教育小说"《馨儿就学记》。前者揭露指腹为婚的野蛮性,曾被梅兰芳搬上京剧舞台而风行于世。到平江不肖生(向恺然)1918年出版《留东外史》,专事暴露留日学生丑态,暴露国民劣根性,虽属实人实写,带有新闻纪实性,但已成为后来"黑幕小说"的滥觞。

旧派小说其时尚有相当多的读者。这些旧派小说一律显示了某种新旧兼有的性质,在表达"世变""人情"和运用小说形式方面,都有一定的滞后性。而在发挥文化消费功能的同时,又暗暗地为新文学的产生准备了一些条件。比如在作品里输入要求婚恋自主的民主思想、个性主义因素(常与世俗的理解相混合);部分地吸收外来的文学技术。《玉梨魂》接受了《茶花女》的影响,十分明显。周瘦鹃在《礼拜六》杂志上介绍大仲马、莫泊桑、狄更斯、托尔斯泰等世界名作家的短篇小说,到1917年结集出版了《欧美名家短篇小说丛刻》,曾得到过鲁迅的褒扬,但周瘦鹃本人很长时间并不知情。只是这些个别的变动,还不足以在旧文学的基地上自发地经过调整产生出新文学。中国的现代文学要在引进外来思想和文学的强刺激下,才会发生根本的变革。这同时也是现代市民通俗文学寻求进步的刺激剂。

二　对峙迫使旧派向"俗"定位

"五四"新文化运动和相辅的文学革命的兴起,是相当激进的。新文学一开始站在弱势地位与庞大的旧文学对抗,也无法与有了一点"现代性"趋向的市民通俗文学共处。这样就有了新文学阵营从 1917 年开始的持续批判"黑幕小说"和"鸳鸯蝴蝶派"的行动。大体情况在第一章已有所交代。我们可以把这种发自新文学阵营的主动出击,看成一种对峙方式。可以稍加提及的是,鲁迅一直支持这一场对旧派的批判。他早在 1915 年担任教育部通俗教育研究会小说股主任的时候,便参与查禁了 32 种"鸳蝴"小说,主持拟定过《劝告小说家勿再编黑幕一类小说函稿》的文件,后来还发表过《名字》《关于〈小说世界〉》等杂文,对文学研究会批判"鸳蝴"予以声援。这场批判言辞尖锐,新文学方面除大部分文章指出旧派思想陈腐守旧,攻击其要害是"游戏的消遣的金钱主义的文学观念"①之外,胡适、茅盾两人还特别解析了民国初年的市民通俗小说在文体上的弊病。如胡适认为《广陵潮》等长篇结构,继承了《儒林外史》"体裁结构太不紧严,全篇是杂凑起来"的"坏处","却不曾学得他的好处",即"不知道《儒林外史》所以能有文学价值者,全靠一副写人物的画工本领"②;茅盾指出旧派小说使用的多是"'记帐式'描写",经过变动仍是"略采西洋小说的布局法而全用中国旧章回体小说的叙述法与描写法"而已,且词语技法多循套路,"剿袭了旧章回体小说的腔调和意境","不知道客观的观察,只知主观的向壁虚造"等③,分析得比较深入。

　　进一步,新文学在登上历史舞台之后就以新取得的优势,切入原有的旧派文学领地,与之争夺读者。而"鸳蝴—礼拜六派"经过一番挣扎后,总是被迫撤退,或是另寻地盘。比如商务印书馆老牌的文学刊物《小说月报》,本创刊于 1910 年,自 1921 年 1 月(第 12 卷第 1 号)起便彻底革新,改由年轻的茅盾执编,"鸳蝴"内容变成了"新文学"。紧接着停刊数年的《礼拜六》在当年 3 月复刊,以表绝不示弱。旧派并且利用自己掌握的小报领地,用"抄袭外国"和"性欲描写"两项"理由"来反击新文学。但图书市场的情况证明:《小说月报》到第 11 卷,采取了对新旧文学两面讨好的策略(已先期由茅盾编"小说新潮栏",占刊物的三分之一篇幅,其余仍载"礼拜六派"小说),销量却仍然逐月下降,至 10 月号仅印了 2000 册。茅盾接编后的第一

---

①　茅盾:《自然主义与中国现代小说》,《茅盾全集》第 18 卷,北京:人民文学出版社 1989 年版,第 233 页。

②　胡适:《建设的文学革命论》,《新青年》1918 年第 4 卷第 4 号。

③　茅盾:《自然主义与中国现代小说》,《茅盾全集》第 18 卷,第 229、228、232 页。

期即印了 5000 册,马上销完,商务印书馆各处分馆纷纷发电报要求下期多发,于是第二期印了 7000 册,到第 12 卷末一期时已印 10000 册。相似的事件还可举《良友》画报和《申报·自由谈》为例。《良友》画报是一份以图画兼文字,在东南亚一带具广泛影响的刊物,1926 年创办时聘旧派主编周瘦鹃,1927 年编到 13 期就改由毫无旧文学背景的梁得所进行全面革新。之后"新感觉派"的穆时英、新市民文学的予且的许多作品,都发表在这里。《申报·自由谈》是始于 1911 年的老资格大报副刊,历任主编可以排成一长长的著名市民通俗作家名单,有王钝根、吴觉迷、姚鹓雏、陈蝶仙、陈冷血、周瘦鹃等,直至 1932 年,编辑权才从周瘦鹃交到刚从国外回来的黎烈文手中,于是迅速演变成以鲁迅、瞿秋白、茅盾为核心作者的新文学阵地。到 1930 年代还在进行的这种新旧交替,充分说明了其中的复杂和不易。当然,新文学的胜利主要是在青年学生读者群中的胜利,在此前此后,都还不可能全部占领读书市场,旧派小说依然有生存的依据。

旧派小说在新文学的强大攻势下败退下来,逐渐明白了自己的位置,被迫同新文学分割,发挥自己所长,去努力争取一般老派市民读者了。对峙时期的旧派小说越发转向市民中下层,形式上更转向"通俗",同时艰难地力图加强自身的"现代性",以不被时代列车甩掉。对峙时期的"鸳蝴—礼拜六派"这种文学转移的某种成功,表现在它并未减少自己的势力范围。据统计,1917—1926 年创办的此派刊物即有 60 种,小报 40 种。1922 年间苏州的旧派文学家组成星社,上海的组成青社,都开展过一些活动。到这一阶段的末尾,社会言情小说出现了现代通俗文学大家张恨水;武侠小说突起后出现了被称为民国武侠小说奠基人的平江不肖生。代表性作家的崛起,从一个角度反映了市民通俗小说的真实情景。

三　市民通俗小说类型的形成

与"五四"文学并行的同时,市民通俗小说逐步完成了自己类型化的目标。

社会小说继续沿着李涵秋《广陵潮》的路子发展的,有海上说梦人的《歇浦潮》,1916—1921 年连载五年,之后续作《新歇浦潮》。它们都由无数短篇连缀而成,擅长从姨太太群的角度来反映社会全貌,全方位记录民国初期上海社会情状,揭露穷形极相。另有毕倚虹所著《人间地狱》,1922—1924

年连载,脍炙人口。此书借名士文人与青楼妓女的交往,展开上海社会的人生相,包括官场和商界。书中人物柯莲荪和秋波的精神恋爱是小说的主要故事,在暴露都市丑恶的同时有以道德来疗救人性的意图。全篇为第三人称的自叙传,显示了毕倚虹写实之外尚能写"情",将之熔于一炉的本事。包天笑的《上海春秋》也属于此类,铺写1910年代到1920年代的洋场逸闻。这三种小说将晚清以来上海的黑暗面充分曝光,都将现代城市看作藏污纳垢的显贵的天堂和小市民的地狱。小说的时事性强,把近代的新闻采访和传统的史传笔调混合起来,留下一份关于初期上海的历史资料,但在通俗文学本身的演变上并无多少贡献可言。倒是李涵秋自己在1919年出版的另一部代表作《战地莺花录》里,仍能将军阀混战、社会腐败的内容和三对青年男女的婚恋命运串联在一起,笔法显得老练些。据说,由于结末写到了要求归还青岛的情节,市民们刚刚看毕,对上海地区于"五四"时期唯一一次掀起商人罢市起了推动作用。通俗小说的力量似也不可小视。

还有两位作者为社会小说增加了滑稽体式。一是徐卓呆(1881—1958),被誉为"文坛笑匠"和"东方卓别林"。他重视写短篇,如《浴堂里的哲学家》《小说材料批发所》等。1924年发表的短篇《万能术》,融哲理、科幻、寓言于诙谐滑稽的笔调之中,是一部奇作。他在三四十年代仍不断有优秀作品问世。另一位是程瞻庐(1879—1943),他1919年发表的《茶寮小史》《葫芦》等,以插科打诨的俏皮笔法,嘲笑科举制度废除后的文人嘴脸,也颇不凡。

此时值得一提的,是张恨水的初露头脸。张恨水(1895—1967),原名张心远,祖籍安徽潜山,读过私塾和苏州的蒙藏垦殖学校。23岁时,于芜湖任报纸主笔。1919年在报纸连载第一部长篇《南国相思谱》。"五四运动"后赴北京任几家报社的记者、编辑。1924年始到1929年,在《世界日报》连载《春明外史》而一举成名。长篇《春明外史》写报人杨杏园和青楼女子梨云、才女李冬青的故事,由此展开当时社会上层下层各种纷繁的生活画面。这显然是继承了《广陵潮》《战地莺花录》传统的以"社会为经,言情为纬"的体式。《春明外史》虽没有像下一时期张恨水更成熟的作品那样席卷中国南北市民社会,但已经预示出作者能在章回体内部进行部分革新的潜力。第一,男女主人公已贯穿故事前后,初步将小说编织成一个整体(游离的情节仍有),不再形同长篇,实为短制;第二,视点纯是城市平民的,道德评价也是平民的,充满了对平民阶层的同情关爱,因此赢得了广大平民的喜爱,被看成他们的代言人;第三,反"大团圆"的结局模式,增加了通俗小说的悲剧感和反映社会的深度;第四,虽有报界拾闻的痕迹,已增强了虚构性,描写略略超出了讲述。张恨水的创作前程更在以后。

武侠小说源于古代的传奇、公案和清代的侠义小说。正当茅盾1921年大刀阔斧革新《小说月报》的第二年,《红杂志》创办,再一年《侦探世界》创刊,两本通俗杂志在1923年的1月和6月,几乎同时开始连载写过《留东外史》的平江不肖生的两部武侠代表作《江湖奇侠传》和《近代侠义英雄传》。平江不肖生(1890—1957),湖南平江人,本名向恺然。1907年和1912年两度赴日浪游,曾入东京中央大学,并开始写作。《江湖奇侠传》全书160回,前106回是不肖生撰,未及写完,1932年回湘,由也是小说家的编者赵苕狂用"走肖生"的名字续完。此书以湖南平江、浏阳农民争夺交界地引起械斗为线索,带出昆仑派、崆峒派的剑侠争雄。另一部《近代侠义英雄传》虽不如前者出名,实际比前者更完整,思想性也略优。这部书写京城大刀王五与"戊戌六君子"之一谭嗣同的情谊,及霍元甲以中华武术为国争光的事迹,侠义、爱国相得益彰。尤其写霍元甲反帝却并不排外的行动,显得格外可贵。这是二三十年代通俗文学作品中现代性颇强的一部书。从武侠小说的发展看,《江湖奇侠传》里面的武技,已经由棍棒拳术发展到呼风唤雨、吞吐飞剑,武术拳师已然变化成神魔一类的人物,想象力丰富。在表现生活方面,把武侠的世界和民间亚社会结合,小说中利用民俗和传说的部分都很富有生气,只是消化民俗材料的功力尚嫌不足。结构上,两部作品十分散漫,表彰侠义时不免掺杂不少封建思想,但已基本脱出了明清公案小说的框子,侠客有了一定的独立地位,不再为清官做忠仆、做捕快。这样,民国的武侠小说便取得了独立的品格,平江不肖生的奠基之功正是在这里。

其他的武侠小说有赵焕亭(1877—1951)的《奇侠精忠传》《大侠殷一官轶事》《马鹞子全传》等,作风峭拔,注重继承讲史传统而发挥之,从清代故实中杜撰出侠义情节,描摹世态人性皆入情入理。赵焕亭当时便与不肖生并举,世有"南向北赵"之称。还有姚民哀(1893—1938)的《山东响马传》《盐枭残杀记》。前者取材于当时轰动全国的山东临城劫车案,时效性强,又是用第一人称来叙述的,可称绘声绘色,写的却是"匪";后者写两伙盐枭之间的火并。这只能是姚民哀日后"党会武侠小说"的雏形。

通俗文学在近代由外国引入英美的各种"探案"之后,增加了一个"舶来"的新品种:侦探小说。这类作品先是翻译,如清末《新民丛报》里就译载过《福尔摩斯探案》,1916年周瘦鹃等用文言译的《福尔摩斯侦探案全集》计12册。英国柯南道尔的影响似乎要比世界侦探文学的鼻祖——美国爱伦·坡大得多。然后是蜂起模仿,在一切消遣的通俗文学刊物里,"侦探"总是跻身其间。中国原来也有公堂破案像包拯的故事,但不会如此曲折,如此逻辑推理,并广泛利用新兴科技,所以非传统的侦探小说自然隐藏着一种对现代技术好奇、玩赏的市民心理("奇技淫巧"也属小道)。当时写过侦探的"鸳蝴"作家不下50人,最早取得成就的是程小青。程小青译创并重,他由模仿福尔摩斯,到化出中国的侦探形象,1914年起就开了"霍桑探案"系列。1919年该系列中的《江南燕》曾被搬上银幕。比较出名的有《神农》《活尸》《新婚劫》《案中案》等。霍桑是一私家侦探,是智慧、正义的化身。他也有助手包朗作陪衬,以包朗为叙述人,犹如福尔摩斯之有华生医生。逃不出福尔摩斯的阴影,也是这类中国侦探小说最大的局限。

历史演义本是旧文学惯用的体式,现在成了较小的品种。这是因为通俗小说与报纸的关系日益密不可分,小说史笔的即时性、当下性越来越强,便掩去了一部分"回顾"的兴味。不过传统深厚,佳作还是有的。叶小凤(1887—1946)1914—1915年连载的《古戍寒笳记》,用明末来喻清,改造了一般历史演义的"纵式"结构,把二十年的抗清历史"横向"地压缩到数年时间去展开。历史的回叙与个人的身世、经验两相融合,使小说充满了悲凉气度。还有蔡东藩(1877—1945),1916—1926年以一人之力,历十年的时间,将前后汉到民国的史迹用"通俗演义"的形式写了一遍,总题《历朝通俗演义》,11种,计600万言,称得上宏富。而所用多为正史材料,客观记述,与《古戍寒笳记》的取材和叙述情调正好相反。这套书现在还有人当作历史辅助读物来用。包天笑1922年写的《留芳记》等于是一部长篇民国开国演义,将刚过去的事件写成"野史",用梅兰芳做贯穿人物,记录袁世凯称帝前后的内幕,夹杂了不少笔记材料。以上三种历史演义,显示了各有长短的写法。

大约从近代以来,旧派文学为了迎合市民读者的趣味,作者和编辑便联成一气,不断使用花样翻新的方式给小说制造名目。以至于打开当时的旧派文学刊物,扑面而来的往往是五花八门的叫法,如政治小说、哲理小说、科学小说、冒险小说、心理小说、战争小说、学校小说、地理小说、法律小说等等。有了言情小说不够,还要造出苦情小说、奇情小说、侠情小说、痴情小说、艳情小说、忏情小说、哀情小说、丑情小说、喜情小说等不一而足的名称。

但经过一段混乱，到了这个时期，终于沉淀为社会言情、武侠、侦探、历史这四种通俗小说的基本类型。尤其是社会言情和武侠两大类，后来发展为通俗小说最成功的品种。它们有的是历来传统所固有，在古典文学时代已有相当的经验积累和延续性；有一些类型和技法却是新兴的，是中西文学结出的果实。现代市民通俗小说几十年的发展，后来就稳定地沿袭了这样的模式。这也是此类小说站住脚的一个标志。

这时期市民通俗小说的另一个特点，是南派占据上风。由于经济发达和现代出版业、书店业、新闻业在中国东南沿海一带的繁荣，清末的小说就以上海为中心。到了新文学于北方诞生前后，旧派文学做"战略撤退"，更要依赖江浙城镇的市民作者和读者。苏州有包天笑、周瘦鹃等，扬州有李涵秋、毕倚虹等，他们又都在上海活动，南派力量雄厚是显然的。以后，张恨水从北方打回南方，北派武侠崛起，更有复杂的原因。南北竞争，给通俗文学带来不同的地域特色，这也不容忽视。

整个市民通俗文学在放弃部分读者市场面向民间之后，受新文学先锋作品的压力，在小说文体上一直围绕如何改造传统的"章回体"而发生变动，包括：用不用白话叙述？在普遍采用了白话后，要不要章回的固定格式？能不能消除章回的说书人的讲述口吻，或者放弃了章回却依然是一派笔记风呢？纪实性和虚构性两者又该怎样搭配？在大量复制都市与人的写实描写的同时，如何消除商品性带来的文学实用性的加强及审美创造性的降低？这些无疑都是通俗小说内部矛盾运动需具体解决的。当市民通俗文学进入下一阶段，向新文学渗透并进行吸取时，它面对的就是这样的问题。

附录　本章年表

1909 年

10 月　《小说时报》创刊。

1910 年

7 月　《小说月报》创刊。

9 月　陈景韩(冷血)译《侠客谈》由时中书局出版。

1913 年

9 月　徐枕亚《玉梨魂》由民权出版部出版。

1914 年

1 月　吴双热《孽冤镜》由民权出版部出版。

6 月　《礼拜六》创刊。

7 月　李定夷《霣玉怨》由国华书局出版。

9 月　李涵秋《广陵潮》由震亚图书局出版。

1916 年

1 月　徐枕亚《雪鸿泪史》由清华书局出二版。

1917 年

本年　叶小凤《古戍寒笳记》由小说丛报社出版。

1918 年

2 月始　平江不肖生《留东外史》由民权出版部出版,1—10 册,至 1927 年 8 月
出齐。

1919 年

1 月　仲密(周作人)《论"黑幕"》发表于《每周评论》第 4 号。

5 月　李涵秋《战地莺花录》由新民图书馆出版。

1920 年

3 月　程瞻庐《茶寮小史》由商务印书馆出版。

1921 年

1 月　《小说月报》革新,脱离"鸳鸯蝴蝶派"系统。

4 月　程小青《江南燕》由华亭书局出版。

5 月　鲁迅《名字》发表于 7 日《晨报副刊》。

同月　海上说梦人(朱瘦菊)《歇浦潮》自刊出版。

9 月　《半月》创刊。

1922 年

3 月　包天笑《留芳记》由中华书局出版。

7 月　茅盾《自然主义与中国现代小说》发表于《小说月报》第 13 卷第 7 号。

同月　青社成立于上海,发起人为徐卓呆等。

8 月　《红杂志》创刊。

同月　星社成立于苏州,发起人为赵眠云,最初参加者有郑逸梅等。

1923 年

1 月　《小说世界》创刊。

5 月始　赵焕亭《奇侠精忠传》由益新书社出版,1—8 册,至 1926 年 6 月出齐。

6 月　《侦探世界》创刊。

1924 年

5 月　姚民哀《山东响马传》由世界书局出版。

同年　包天笑《上海春秋》(40 回本)由大东书局出版;1926 年转由中华书局出
版,1927 年出完整的 80 回本。

1925 年

12 月 《紫罗兰》创刊。

1926 年

5 月 程小青《东方福尔摩斯探案》由大东书局出版。

同月 陈慎言《说不得》由北京晨报出版部出版。

6 月始 平江不肖生《江湖奇侠传》由世界书局出版，1—11 册，至 1929 年 9 月出齐。

同月 赵焕亭《大侠殷一官轶事》由益世印书馆出版。

10 月始 张恨水《春明外史》由《世界日报》社出版，1—3 册，至 1929 年 8 月出齐。

12 月 《包天笑小说集》由大东书局出版。

1927 年

3 月 《良友》画报自第 13 期始由梁得所担纲革新。

5 月 徐卓呆、周瘦鹃、范烟桥、许指严、严芙孙、何海鸣、张舍我、胡寄尘、赵苕狂、袁寒云、张枕绿、张碧梧 12 位通俗小说作家分别命名的作品集《说集》12 本由大东书局出版 。

第五章　郭沫若

郭沫若(1892—1978)在现代文学史上是足以代表一个时代的诗人与历史剧作家。他是鲁迅在 20 世纪初热切呼唤、终于出现的摩罗诗人。他的第一本诗集《女神》出版于 1921 年 8 月,以崭新的内容与形式,开一代诗风,堪称中国现代新诗的奠基之作。

一　《女神》的自我抒情主人公形象

《女神》的成功在于时代的需要与诗人创作个性的统一。狂飙突进的"五四"时代需要用高昂热情的浪漫主义来表现,而诗人郭沫若正是"偏于主观的人",艺术想象力胜于观察力。个人的郁结,民族的郁结,在浪漫主义这里找到了喷火口,也找到了喷发的方法。郭沫若反复强调:"诗的本职专在抒情"①,艺术是"灵魂与自然的结合"②,"诗是人格创造的表现","个性最彻底的文艺便是最有普遍性的文艺,民众的文艺"③。对诗的抒情本质的强调,以及诗歌个性化的问题的提出,标志着对诗歌艺术认识的深化;自我抒情主人公形象的创造,成为《女神》思想艺术的主要追求。

《女神》的自我抒情主人公首先是"开辟鸿荒的大我","五四"时期觉醒的中华民族的自我形象。郭沫若对于时代发展的信息,有着海燕般的特殊敏感,他最先感受到了在 20 世纪初,伟大的"五四运动"中,祖国的新生,中华民族的觉醒。他的《凤凰涅槃》正是一首庄严的时代颂歌,宣告着:在"五四"开辟的新时代里,世界上最古老的中华民族(凤凰是她的象征)正经历着"死灰中苏生"的历史过程。诗中"凤歌"与"凰歌"以低昂、悲壮的葬歌结束了中华民族历史上最黑暗的一页,"凤凰苏生歌"以热诚、和谐的欢唱预示着生动、自由、净朗、华美的民族振兴新时期的到来。在《炉中煤》中,老化

---

① 郭沫若:《郭沫若致宗白华》,《郭沫若全集》文学编第 15 卷,北京:人民文学出版社 1990 年版,第 47 页。

② 郭沫若:《文艺的生产过程》,《郭沫若全集》文学编第 15 卷,第 217 页。

③ 郭沫若:《论诗三札》,《郭沫若全集》文学编第 15 卷,第 338—339 页。

的中华古国在诗人笔下成了"我""心爱的人儿""年青的女郎"。这个为时代再造的中华民族的崭新形象在《女神》中第一次得到充分的艺术表现。

这是一个具有彻底破坏和大胆创造精神的新人。诗人在诗剧《女神之再生》里,通过"黑暗中女性之声"形象地表达了中华民族的新觉醒:"新造的葡萄酒浆,/不能盛在那旧了的皮囊","破了的天体""我们尽他破坏不用再补他了!/待我们新造的太阳出来,/要照彻天内的世界,天外的世界!"于是,诗人笔下的"我"高喊着:"一切的偶像都在我面前毁破!/破!破!破!"(《梅花树下醉歌》)赞美着一切政治、社会、宗教、学说、文艺、教育革命的"匪徒"(《匪徒颂》),"立在地球边上"呼唤着"要把地球推倒""不断的毁坏""不断的创造"的"力"(《立在地球边上放号》)。这里,还存在着丝毫的古老中国的妥协、中庸、柔弱吗?没有了,代之而起的是彻底的、不妥协的、战斗的、雄强的民族精神。

这个新生的巨人崇拜自己的本质,将之神化,热烈地追求精神自由与个性解放。在《女神》里,处处喧嚣着这样自觉的呼声:"我崇拜偶像破坏者,崇拜我"(《我是个偶像崇拜者》),"我赞美我自己"(《梅花树下醉歌》),"我效法造化底精神,我自由创造,自由地表现我自己。我创造尊严的山岳、宏伟的海洋,我创造日月星辰,我驰骋风云雷雨","不论在任何方面,我都想驰骋"(《湘累》),"我飞奔,/我狂叫,/我燃烧。/我如烈火一样地燃烧!/我如大海一样地狂叫!/我如电气一样地飞跑!/……我便是我呀"(《天狗》)。这在中国历史上是第一次:人的自我价值得到肯定,人的尊严得到尊重,人的创造力得到承认。对于长期处于"不把人当作人"的封建统治下,已经习惯于将个人价值泯灭在封建伦理原则之下的中华民族,这无疑是伟大的解放与觉醒。而郭沫若的《女神》所显示的人的精神的自由状态,更是令人永远神往。这是一个空前自由的审美天地,人的一切情感——喜、乐、悲、愤、爱、恨……都被引发出来,做奔放无拘的、真实的、自然的表现,无所顾忌地追求天马行空的心灵世界、感情世界与艺术世界,实质上就是追求人性的放恣状态。这对于习惯于压抑自己的情感、心灵不自由的中国人,自然也是破天荒的。《女神》的魅力及其不可重复性,正在于它所达到的民族与个体精神及作家写作的自由状态。

这个新时代的巨人目光不局限于中国一隅,而是面对整个世界与人类。在《晨安》里,"我"不仅向着"我年青的祖国""我浩荡荡的南方的扬子江""我冻结着的北方的黄河"问候,而且向着恒河、印度洋、红海、尼罗河,向着

"大西洋畔的新大陆""太平洋上的扶桑"致意,这胸襟、这眼光在中国诗歌发展史上是前无古人的。

《女神》中的自我抒情形象又是大时代中诗人自我灵魂、个性的真实袒露。田汉在给郭沫若的信中这样评价《女神》中的诗:"你的诗首首都是你的血,你的泪,你的自叙传,你的忏悔录啊,我爱读你这样的纯真的诗。"①《女神》中的"我"不仅表现了崭新的民族魂,也袒露着诗人自己的灵魂。在许多方面,二者是合而为一的。比如,《女神》中"我"对于理想的热烈追求,面向世界的眼光,都真实地反映了郭沫若热情奔放、胸襟开阔乐观的个性;"我"彻底的破坏与创造精神,不仅表现了郭沫若的反抗性格,生命力的无比旺盛、创造力的无比丰富,而且表现了郭沫若彻底、易走极端的个性。

不加掩饰地赤裸裸地袒露自己,这是"五四"时代精神的一个重要方面,也是"五四"时期浪漫主义文学的一大特色。郁达夫的小说、郭沫若的诗歌都是如此。在《女神》里,常常可以听到一些不和谐的声音,展现了一个骚动着的、充满矛盾的内心世界。诗人充分地肯定着"自己",又否定着"自己",《天狗》在大呼"我把全宇宙来吞了。/我便是我了"以后,紧接着又高唱"我剥我的皮,/我食我的肉,/……我的我要爆了";在热切地讴歌偶像被破坏的历史大变革的同时,又做着"独披着件白孔雀的羽衣,/遥遥地,遥遥地,在一只象牙舟上翘首"的避世的梦(《蜜桑索罗普之夜歌》);热烈预告着光明、新鲜的新世界的到来,又感到这世界难以言状的"恍惚"与"神秘"(《凤凰涅槃》);充分地肯定自我无限创造力的同时,又感受着"深心中不可言喻的寥寂""无限的孤独之苦",痛苦地高喊"我倦了,我厌了"(《湘累》);在表现着时代进取精神的同时,又唱着厌世者的歌,歌咏着"缥缈的银辉""幻灭的美光"(《蜜桑索罗普之夜歌》),到心爱的死中去寻求"真正的解脱"(《死》)。这互不协调的声音,矛盾对立而又统一,显示了抒情主人公形象的复杂性与丰富性,达到了对"五四"时代心理、情绪与情感的立体化的真实反映。

《女神》同时真切地展现了诗人在美学追求中的内在矛盾。如前所说,《女神》是极力标举"自由创造""自由地表现我自己"的,当他高唱"我创造日月星辰,我驰骋风云雷雨"时,是以客观世界作为自我创造、驰骋的对象

---

① 田汉:《田汉致郭沫若》,《郭沫若全集》文学编第 15 卷,北京:人民文学出版 1990 年版,第 73 页。

的,这种自觉的主体自由意志的凸现表现了郭沫若对中国传统诗学的突破与超越。但在《凤凰涅槃》里,当凤凰"从死灰中苏生",在展现诗人的美学理想时,在高唱"我们新鲜,我们净朗,我们华美,我们芬芳"以后,又归结为"一切的一,和谐。/一的一切,和谐",陶醉于"天人合一"的境界之中:在诗人泛神论的自我创造的深层次里,蕴含着自我的消融。郭沫若在崇尚屈原的同时,一再宣称陶渊明、王维对他的影响与"蛊惑",不是偶然的。从另一方面看,这也是《女神》价值所在:它为新诗的发展提供了艺术表现的多种可能性,而不是说它在艺术上达到了怎样的水准——《女神》在艺术上远非成熟之作。

近年来人们研究郭沫若的《女神》,注意到作者在编选《女神》时,就已经自觉地显示自己创作风格的多样性,因此,按照风格、体式将诗集分为三辑:第一辑全是诗剧;第二辑收录激情喷涌之作,显示雄浑的诗风;第三辑是小诗的汇集,或冲淡,或飘渺迷离,显示秀丽的一面。[1] 更值得注意的是,为了显示自己与当时占主导地位的早期白话诗的不同,以便在诗坛上"异军突起",郭沫若还有意地将他已经发表的诗做了一番筛选,即所谓"自我纯化"。研究者收集到的未入集的诗,就有 50 多首,和《女神》中的诗篇数量差不多。据说"这些佚诗具有多样的风格、体式和追求,其中有相当多的作品并不具有'五四'时代的时代特征,并不具有浪漫主义或现代主义的艺术倾向,也并不是包含火山爆发式的激情"[2],有的诗多描写当下生活场景,也有很多散文化的因素,接近早期白话诗。这其实更能反映郭沫若及"五四"开创时期诗人创作的真实:经过多种形式、风格的多方面的实验,其中也包括了失败,最后才逐渐找到最适合自己与时代需要的诗歌形式与风格。

二 《女神》的艺术想象力、形象特征与形式

闻一多曾经批评俞平伯的《冬夜》"缺少很有幻象的作品"[3]。想象力、形象性不足,确实是早期白话诗的共同特点。郭沫若是使新诗的翅膀飞腾

---

① 参看姜涛:《"新诗集"与中国新诗的发生》,北京:北京大学出版社 2005 年版,第172 页。

② 魏建:《郭沫若佚作与〈郭沫若全集〉》,《文学评论》2010 年第 2 期。

③ 闻一多:《〈冬夜〉评论》,《闻一多全集》第 2 卷,湖北:湖北人民出版社 1993 年版,第81 页。

起来的第一人。《女神》的艺术想象与形象体系建筑在泛神论的思想基础上。郭沫若是从以布鲁诺、斯宾诺莎为代表的西欧16、17世纪泛神论哲学及中国、印度古代哲学那里吸取泛神论思想的;他曾经将其内容概括为:"泛神便是无神。一切的自然只是神的表现","我即是神,一切自然都是自我的表现"①。从这样的哲学思想出发,诗人把整个大自然都作为自己的抒写对象,于是,宇宙地球、日月星辰、山岳海洋、风云雷雨、草木飞禽……统统奔入笔底,构成了囊括宇宙万物的极其壮阔的形象体系,而居于中心位置的是包容一切的地球、汹涌浩瀚的海洋、光芒万丈的太阳,甚至诗中的比喻、联想也离不开地球、海洋、太阳的形象。如前所述,在这些形象上诗人寄寓了他的世界性的眼光、时代所赋予的宽广胸怀以及对理想的炽烈追求。泛神论思想使诗人思绪飞腾,产生了《女神》式的奇特想象。大自然被充分地人化,地球成了有生命的母体,"雷霆是你呼吸的声威,雪雨是你血液的飞腾"(《地球,我的母亲!》);夕阳与大海竟然是一对恋人,举行着"日暮的婚筵","新嫁娘最后涨红了她丰满的庞儿,被她最心爱的情郎拥抱着去了"(《日暮的婚筵》)。人把自然"作为友人,作为爱人,作为母亲",甚至融入大自然里,与自然合二为一:不但地球是"我的母亲","一切的草木"——地球的"儿孙"也是"我的同胞"(《地球,我的母亲!》);在"高超,自由,雄浑,清寥"的"太空"下,"我的一枝枝的神经纤维"和"十里松原中无数的古松""一枝枝的手儿"一起"战栗"(《夜步十里松原》)。作为人的自我被赋予了创造与驱使自然万物的神力:"我创造尊严的山岳、宏伟的海洋,我创造日月星辰,我驰骋风云雷雨"(《湘累》)。从泛神论思想出发,诗人把宇宙世界看作一个不断进化、更新的过程,从宇宙万物中看到了"动的精神"和创造的"力",赋予他的形象以飞动的色彩:"无限的大自然,/……到处都是生命的光波","山在那儿燃烧,/银在波中舞蹈"(《光海》);赋予破坏与创造以力的美:"无限的太平洋提起他全身的力量来要把地球推倒","力哟!力哟!/力的绘画,力的舞蹈,力的音乐,力的诗歌,力的律吕哟"(《立在地球边上放号》)。以上几个方面,就构成了《女神》形象的基本特色:壮阔性、奇异性与飞动性。由此形成了"女神体"雄奇的艺术风格。同时,《女神》中有一部分作品,主要是早期诗作,也不乏崇尚清淡之风。

---

① 郭沫若:《少年维特之烦恼·序引》,《郭沫若全集》文学编第15卷,北京:人民文学出版社1990年版,第311页。

和《女神》所表现的"五四"狂飙突进的时代精神及雄奇风格相适应，《女神》创造了自由诗的形式。郭沫若一方面强调"形式方面我主张绝端的自由，绝端的自主"①，同时又认为"情绪的世界便是一个波动的世界、节奏的世界"②，"这儿虽没有一定的外形的韵律，但在自体是有节奏的"③。因此，就《女神》总体看，形式是自由的。每首诗的节数、诗节的行数、每一诗行的字数都不固定，押韵没有统一的规律，但在每一首诗中，却要求格律的某种统一。基本上有两种类型：一类外在格律相对严谨，押韵、诗节、诗行大体整齐。如《晨兴》，全诗三节，每节三行，每句末押大致相近的韵。另一类（占《女神》的大多数）则是情绪自然消长的内在韵律与某种程度的外在韵律（或不规则押韵，或用排比、复沓、对偶）相结合，使得诗在自由变动中取得某种程度的整齐与和谐。如《天狗》全诗四节，少至二行一节，多至十三行一节，每节字数少至三字，多至十字，形式确实做到了极端的自由；但诗中多次出现的排比与复沓，以及每节不规则押韵，又形成了相对的和谐。

三　从《星空》《瓶》到《前茅》与《恢复》

郭沫若于 1923 年出版了他的诗歌、散文、戏曲集《星空》。如果说《女神》是诗的"呐喊"，这本写于 1921、1922 年间的《星空》就是诗的"彷徨"。构成《星空》形象体系的依然是地球、大海、星辰与太阳，但却完全变化了色彩：在黎明中奏着音乐的地球在"海水怀抱"中"死了"（《冬景》）；在波涛汹涌中光芒万丈的新生的太阳惨然变色，"惨黄的太阳照临"着"可怕的血海"（《吴淞堤上》）；"天上的星辰完全变了"（《星空》）；"你们有的是鲜红的血痕，有的是净朗的泪晶——在你们那可怜的幽光之中含蓄了多少沉深的苦闷"（《献诗》）；"囚在个庞大的铁网笼中"的大鹜代替了"从光明中飞来，又向光明中飞往"的"雄壮的飞鹰"（《大鹜》）；"偃卧在这莽莽的沙场"上的"带了箭的雁鹅"代替了翱翔在苏生的宇宙中欢唱的凤凰（《献诗》）。形象与色彩的转换折射出时代风云的变幻，诗人及社会心理、情绪的嬗变：由"五四"高潮期的乐观、昂扬，跌入退潮期的苦闷、彷徨，开始更深刻的求索。

①　郭沫若：《郭沫若致宗白华》，《郭沫若全集》文学编第 15 卷，北京：人民文学出版社 1990 年版，第 49 页。

②　郭沫若：《文学的本质》，《郭沫若全集》文学编第 15 卷，第 348 页。

③　郭沫若：《论节奏》，《郭沫若全集》文学编第 15 卷，第 360 页。

《星空》失去了《女神》的单纯性与统一性，多种音调、画面交替出现，反映了历史彷徨期的复杂多变：忽而是平和的幽音，宁静的画图，诗行间透露出逃遁于大自然和远古时代的企想；忽而是愤激的哀调，血腥的画图，面对黑暗的现实，"尝着诞生的苦闷"；忽而跳荡着欢快的乐音，绘着生机盎然的新芽，充满了对未来的希望，从冬看到春、从死看到生的辩证思考。《星空》中的诗，虽缺乏"《女神》时代的那种火山爆发式的内发情感"①，但技巧却趋于圆熟：结构更严谨，语言更凝练、含蓄，感情也更深沉。

　　写于1925年初春的《瓶》可以说是《女神》与《星空》的诗情在爱情题材上的别一种流露。这里有《女神》式的火山般的热情喷发与奇特想象：诗人由爱极、恋极而想到死，幻想把爱情的化身一枝红梅吞进心头，"梅花在我的尸中，/会结成五个梅子，/梅子再进成梅林，/啊，我真是永远不死"（第十六首《春莺曲》）。这是一种浪漫化了的为爱情而献身的精神，与《女神》的时代精神显然是相通的。

　　主要写于1923年的《前茅》（1928年出版）、写于1928年初的《恢复》（1928年出版），标志着郭沫若诗风的转变。诗人面对着"如火如荼"的白色恐怖却没有任何悲观、苦闷与彷徨，有的只是不屈的战斗精神："要杀你们就尽管杀吧！/你们杀了一个要增加百个：/我们的身上都有孙悟空的毫毛，/一吹便变成无数的新我"（《如火如荼的恐怖》）；昂扬的乐观主义："朋友，你以为目前过于混沌了吗？/这是新社会快要诞生的前宵"（《战取》）。《恢复》里的诗歌无疑已经"属于别一世界"②，是无产阶级诗歌的最初尝试。这些诗歌咏了工农大众，充满无产阶级的战斗激情，具有一种"犹如鞳靼的鼙鼓声浪喧天"的"狂暴"的力的美；同时也带有无产阶级革命文学发展初期难以避免的幼稚病，主要是把诗歌作为时代传声筒的席勒化倾向，以及缺乏鲜明的艺术个性。艺术水平的下降与诗人艺术观的片面性有着密切关系。郭沫若强调诗歌与无产阶级革命事业的密切联系的同时，提出文艺必须充当政治的"留声机器"③，以后又进一步宣称"我高兴做个'标语人'，

---

① 郭沫若：《序我的诗》，《郭沫若论创作》，上海：上海文艺出版社1983年版，第214页。
② 鲁迅：《白莽作〈孩儿塔〉序》，《鲁迅全集》第6卷，第512页。
③ 郭沫若：《留声机器的回音》，《郭沫若全集》文学编第16卷，北京：人民文学出版社1992年版，第65页。

'口号人',而不必一定要做'诗人'"①,这就从根本上抹杀了政治与艺术的界限。郭沫若还把创作方法、艺术手法与政治倾向联系起来,宣布唯有现实主义才是"革命"的,"对于反革命的浪漫主义文艺也要取一种彻底反抗的态度"②,并将创作中的"灵感""主观""自我表现"不加分析地一律否定,认为"纯粹代表这一方面的作品就是不革命乃至反革命的作品"③。正是在这样的思想指导下,郭沫若在《恢复》里放弃了最适合自己个性、气质、才能的革命浪漫主义,从而从根本上失去了自己的艺术个性。直到抗日战争时期,郭沫若在《屈原》等历史剧作中,重新回到革命浪漫主义道路上来,重新找到了自己,他的创作才出现了第二个高峰。

四　以《屈原》为代表的历史题材剧作

郭沫若早在现代戏剧发展的第一个十年里,就写出了著名的《三个叛逆的女性》(包括《卓文君》《王昭君》《聂嫈》三个剧本),在历史人物的骸骨里吹进了"五四"时代精神,"借古人来说自己的话"④。在抗战时期,郭沫若更是以极大的政治热情创作了《虎符》《屈原》《棠棣之花》《高渐离》《南冠草》《孔雀胆》等历史剧,并明确提出"先欲制今而后借鉴于古"⑤、"据今推古"⑥的理论。《屈原》时期的郭沫若,对历史精神的理解,是服从于他对时代政治的理解与要求的,在历史剧创作中追求的不是诗与历史的统一,而是诗与政治的统一。郭沫若的创造的内在激情已经不是《女神》时期的个性主义,而是无产阶级的战斗集体主义,所谓历史剧创作的"借鉴于古""据今推古"是完全服务于政党政治的需求的。创作《屈原》时,正是"皖南事变"之后,国民党政府强化了大后方的政治、思想控制,郭沫若正是借剧本里的"雷电颂"发出了被压抑的反抗之声:"啊,这宇宙中的伟大的诗! 你们风,

①　郭沫若:《我的作诗的经过》,《郭沫若论创作》,上海:上海文艺出版社 1983 年版,第209 页。

②　郭沫若:《革命与文学》,《郭沫若全集》文学编第 16 卷,北京:人民文学出版社 1992 年版,第 43 页。

③　郭沫若:《桌子的跳舞》,《郭沫若全集》文学编第 16 卷,第 61 页。

④　郭沫若:《孤竹君之二子·幕前序话》,《郭沫若全集》文学编第 1 卷,北京:人民文学出版社 1982 年版,第 238 页。

⑤　郭沫若:《从典型说起》,《郭沫若论创作》,第 543 页。

⑥　郭沫若:《我怎样写〈棠棣之花〉》,《郭沫若论创作》,第 374 页。

你们雷，你们电，你们在这黑暗中咆哮着的，闪耀着的一切的一切……发泄出无边无际的怒火，把这黑暗的宇宙，阴惨的宇宙，爆炸了吧！爆炸了吧！"《屈原》的演出，因此在山城重庆引起了爆炸式的反响，成为一个引发国共两党及其影响下的知识分子激烈斗争的思想、政治事件。[1] 郭沫若笔下的屈原显然是一个高度政治化的人物，不完全同于屈原自己的作品《离骚》《天问》《九章》《九歌》里所塑造的自我形象：郭沫若所创造的"这一个"屈原，固然痛快淋漓，但形象的厚度不够，缺乏更深刻更耐人咀嚼的思想与艺术力量，也是显然的。倒是作家创造的南后这个形象更为复杂与丰满：在剧作家的笔下，她既是屈原的政敌，又是屈原的知音；屈原向她表示"我有好些诗，其实是你给我的"，南后则回答说"你的性格，认真说，也有好些地方和我相同"。他们之间政治利益、立场与情感的冲突，在剧中只是略做闪现，并未充分展开，或许对戏剧结构的完整有所损害，却意外地丰富了《屈原》一剧的内涵，使前述屈原形象的简单化多少得到一些弥补。

如果说强调时代性、现实针对性与政治尖锐性，是表现了这一时期历史剧的共性的话，强调历史剧的主观性与抒情性，则表现了郭沫若历史剧的艺术个性。郭沫若总是把自己主观的思想、情感、心理以至生活体验，熔铸到历史人物身上，他所努力的，是"于我所解释得的古人的心理中"，"寻出"与自己内心的契合点，达到"内部的一致"[2]；剧作家在历史剧中表现古人，同时也表现了自己。《屈原》里的"雷电颂"既传达了时代的呼声，更是郭沫若式的自我倾诉，在一定意义上可以说郭沫若笔下的屈原就是他自己。人们在对郭沫若 1920 年代创作的《湘累》与 1940 年代的《屈原》所做比较中，发现了两个时代两个不同的"屈原"——从追求个性解放的诗人到以治国平天下为己任的诗人政治家，正反映了剧作家自身追求的变化，这是饶有兴味的。郭沫若的历史剧之所以比同时期的历史剧更有艺术魅力，很大程度上就是因为他在历史剧中大胆地表现了自己的人格与个性。

郭沫若浪漫主义历史剧在艺术表现上的另一个鲜明特色，是具有浓郁的诗意，成为戏剧的诗。从历史上看，戏剧本是诗的一种，我国传统戏剧也无不以白为宾，以曲为主，唱词中有很多好诗。"五四"以来的现代话剧，在

---

[1] 参看袁盛勇：《〈屈原〉的"爆炸性"演出》，见陈子善主编：《中国现代文学编年史——以文学广告为中心（1937—1949）》，北京：北京大学出版社 2013 年版，第 225—227 页。

[2] 郭沫若：《孤竹君之二子·幕前序话》，《郭沫若全集》文学编第 1 卷，北京：人民文学出版社 1982 年版，第 238 页。

形式上接受欧洲近代散文剧的影响,人物对话采用散文,不用诗体。"五四"初期一部分话剧作品(如田汉的早期剧作与郭沫若的早期历史剧),尚保持浓郁的诗意,但在第二个十年社会剧的大发展中,话剧的抒情性就大大减弱了;抗日战争时期,以曹禺的《北京人》《家》及郭沫若的《屈原》《虎符》等历史剧为代表,将诗、剧融合的传统发展到一个新的水平,创造了具有民族特色的现代戏剧诗。郭沫若历史剧中的诗的特征,除了外在形式上的吟诗、歌舞场面的插入(如《屈原》以《橘颂》贯穿全剧,第二幕出现《九歌》的场面,第三幕的"招魂"等)外,主要表现为内在的强烈的抒情性。兼具剧作家与诗人两种气质的郭沫若,在他的历史剧创作中,十分注意在大起大落的戏剧冲突中,激化人物的内心情感,逐渐推向高潮,最后以长篇抒情独白的方式喷泻而出,以达到最大限度的戏剧和抒情效果。在戏剧进展过程中,不仅紧张曲折的情节、尖锐的性格冲突吸引着观众,更有一股层层推进的感情激流振荡着观众的心灵:戏剧与诗达到了和谐的统一。

附录　本章年表

1892 年

　　11 月　16 日出生于四川乐山。

1914 年

　　1 月　到达日本东京。

　　7 月　考入东京第一高等学校预科学习。

1915 年

　　9 月　入日本冈山第六高等学校医科学习。

1916 年

　　夏秋之交　作《死的诱惑》《Venus》《别离》《新月与白云》,据作者在《我的作诗的经过》中回忆,这是他最早的白话新诗。

1918 年

　　7 月　升入日本九州帝国大学学习。

1919 年

　　6 月　在福冈发起组织反日团体"夏社"。

　　9 月　《鹭鸶》发表于 11 日上海《时事新报·学灯》,收入《女神》。

1920 年

　　1 月　《立在地球边上放号》发表于 5 日上海《时事新报·学灯》,收入《女神》。

　　同月　《地球,我的母亲》发表于 6 日上海《时事新报·学灯》,收入《女神》。

同月　《匪徒颂》发表于 23 日上海《时事新报·学灯》，收入《女神》。

同月　《凤凰涅槃》连载于 30—31 日上海《时事新报·学灯》，收入《女神》。

2 月　《炉中煤——眷念祖国的情绪》发表于 3 日上海《时事新报·学灯》，收入《女神》。

同月　《天狗》发表于 7 日上海《时事新报·学灯》，收入《女神》。

10 月　《棠棣之花》(戏剧)发表于 10 日上海《时事新报·学灯增刊》，收入《女神》。

1921 年

2 月　《女神之再生》(诗剧)发表于 25 日上海《民铎》第 2 卷第 5 号，收入《女神》。

4 月　《湘累》(诗剧)发表于上海《学艺》第 2 卷第 10 号，收入《女神》。

6 月　郭沫若、成仿吾、郁达夫发起的创造社成立。

8 月　《女神》(剧曲诗歌集)由泰东图书局出版。

1922 年

5 月　《天上的市街》发表于《创造》季刊创刊号，收入《星空》。

9 月　《星空》发表于《创造》季刊第 1 卷第 2 期，收入《星空》。

1923 年

4 月　毕业于日本九州帝国大学医学部，与妻子安娜及三个孩子回到上海。

5 月　与郁达夫等一起创办《创造周报》。

10 月　《星空》(诗歌、戏曲、散文集)由泰东图书局出版，为"创造社丛书"之一。

1924 年

4 月　月初赴日本福冈，与先去的妻儿团聚，并翻译日本进步经济学家河上肇的《社会组织与社会革命》。

11 月　中旬返国，去宜兴调查。

1925 年

6 月　作《聂嫈》(历史剧)，后收入《三个叛逆的女性》。

1926 年

3 月　23 日抵广州，出任广州广东大学文科学长。

4 月　《春莺曲》发表于《创造月刊》第 1 卷第 2 期，收入《瓶》。

同月　《三个叛逆的女性》(戏剧集)由光华书局初版。

7 月　任国民革命军总政治部宣传科长兼行营秘书长，随军北上。

1927 年

3 月　作《请看今日之蒋介石》。

8 月　赶赴南昌，参加南昌起义，任革命委员会委员、七人主席团成员、总政治部主任与宣传委员会主席。在南下途中，经周恩来、李一氓介绍，加入中国共产党。

10 月　突围中与起义部队失去联系,乘木船去香港。

11 月　由香港秘密回上海。

1928 年

1 月　作《诗的宣言》《我想起了陈涉吴广》《如火如荼的恐怖》等诗,收入《恢复》。

2 月　24 日流亡日本,住东京附近千叶县内。

3 月　《恢复》集由上海创造社出版部出版,为"创造社丛书"之一。

本年　《前茅》集由上海创造社出版部出版,为"创造社丛书"之一。

1937 年

7 月　下旬只身秘密逃回祖国。

1938 年

1 月　《战声集》(诗集)由广州战时出版社出版。

2 月　出任国共合作的军事委员会政治部第三厅厅长。

1940 年

9 月　国民党政府解散第三厅,另建文化工作委员会,郭沫若任主任。

1942 年

3 月　《屈原》(五幕历史剧)由重庆文林出版社出版。

7 月　《棠棣之花》(五幕历史剧)由重庆作家书屋出版。

10 月　《虎符》(五幕历史剧)由重庆群益出版社出版。

1945 年

6 月　应苏联科学院之邀,前往莫斯科参加科学院二百二十周年庆祝大会。

1948 年

9 月　《蜩螗集》(诗集)由群益出版社出版。

1949 年

7 月　出席全国第一次文学艺术工作者代表大会,当选为中华全国文学艺术界联合会主席。

1954 年

10 月　出席第一届全国人民代表大会第一次会议,当选为常务委员会副委员长。

1956 年

6 月　任中国科学院院长。

1959 年

本年　创作《蔡文姬》(五幕历史剧)。

1978 年

6 月　12 日在北京病逝,终年 86 岁。

知识点

必读作品与文献

思考题

第六章　新诗(一)

一　新诗的诞生：“五四”新诗运动

"五四"文学革命在创作实践上以新诗的创作为突破口，而新诗运动则从诗形式上的解放入手。这正是总结了晚清文学改良运动与诗界革命的历史经验而做出的战略选择。

梁启超当年在设计诗界革命时，曾有一个演变过程。开始，他设想，要有"新意境""新语句"与"古风格"。但在实际操作中，却发现了难以克服的矛盾：所谓"新语句"，即是不仅要吸收新名词，而且要引入新句式，在语法结构以至内在思维方式上进行根本的变革，还要打破传统诗词格律，这些与保留古风格的要求显然是背离的。而在梁启超看来，打破传统的诗的格律与文言语法结构，就不存在"诗人之诗"；因此，他必须后退一步，把"诗界革命"的目标改为"以旧风格含新意境"，"虽间杂一二新名词，亦不为病"，却拒绝引入"新语句"，对传统格律与语法进行任何变革①，这样，晚清的诗界革命就始终限制在传统诗歌的范围内；但他们也确实做出了最大的努力，如黄遵宪就做过转向古风、乐府，"用古文家伸缩离合之法以入诗"等多种实验，而向散文化方向的努力则又显示了背离占主流地位的唐诗传统，向宋诗靠拢的倾向。这也构成了诗界革命的一个极限：晚清诗界最终止步于宋诗派的模仿风气中。

以胡适为代表的"五四"新诗运动正是选择了梁启超后退之处作为理论出发点与进攻方向。胡适在纲领性的《谈新诗》里明确提出，必须"推翻词调曲谱的种种束缚；不拘格律，不拘平仄，不拘长短；有什么题目，做什么诗；诗该怎样做，就怎样做"②；后来，他又将上述主张概括为"作诗如作文"。

① 参看夏晓虹：《晚清文学改良运动》，《文学史》第2辑，北京：北京大学出版社1995年版，第226—230页。

② 胡适：《谈新诗——八年来一件大事》，《胡适学术文集·新文学运动》，北京：中华书局1993年版，第389页。

"作诗如作文"的主张，很容易让人们联想起前述黄遵宪的努力与宋诗的影响；胡适也显然从中受到了启示，他曾高度评价黄遵宪的诗歌实验"都是用做文章的法子来做的"①，并且说："我认定了中国诗史上的趋势，由唐诗变到宋诗，无甚玄妙，只是作诗更近于作文！更近于说话。……我那时的主张颇受了读宋诗的影响，所以说'要须作诗如作文'，又反对'琢镂粉饰'的诗。"②在某种意义上，"五四"新诗运动正是从宋诗对唐诗的变革里，取得自身变革与创造的历史依据与启示的。当然，新诗所要进行的变革显然更进了一步，不再像宋诗那样局限于传统诗词内部结构的变动，所提出的"作诗如作文"包括了两个方面的要求：一是打破诗的格律，换以"自然的音节"（"顺着诗意的自然曲折，自然轻重，自然高下"）；二是以白话写诗，不仅以白话词语代替文言，而且以白话（口语）的语法结构代替文言语法，并吸收国外的新语法，也即实行语言形式与思维方式两个方面的散文化。这实际上就是对发展得过分成熟、人们业已习惯，但已脱离了现代中国人的思维、语言的中国传统诗歌语言与形式的一次有组织的反叛，从而为新的诗歌语言与形式的创造开辟了道路。可以设想，如果没有胡适们这一"散文化"（也可以说是"非诗化"）的战略选择，中国诗歌的发展将很难超出诗界革命的极限，更不可能有现代白话诗的产生与发展。

胡适们"作诗如作文"的主张背后，蕴含着时代所要求的诗歌观念的深刻变化。胡适在提倡"诗体的解放"的同时，还提出了"诗的经验主义"，其核心就是他所说的"言之有物"，也即"有我"与"有人"，"有我就是要表现著作人的性情见解，有人就是要与一般的人发生交涉"。③前者突出了写作者（知识分子）主体的性情与见解，后者强调了与"一般的人"即平民百姓的沟通与交流，这正是"五四"时期的文化、文学启蒙主义在诗歌观念上的反映。这种诗歌观重视的是"精神、观念"的表达，所谓"有什么题目，做什么诗；诗该怎样做，就怎样做"的要求，诗的口语化、明白易懂的要求，自是题中应有之义。这就是说，"五四"新诗运动的散文化与平民化的目标之间，是存在着深刻的内在联系的。

创造新诗的实验，从一开始就遭到了仍占主导地位的诗词传统与读者

---

① 胡适：《五十年来中国之文学》，《胡适学术文集·新文学运动》，北京：中华书局 1993 年版，第 121 页。

② 胡适：《逼上梁山——文学革命的开始》，《胡适学术文集·新文学运动》，第 198 页。

③ 胡适：《五十年来中国之文学》，《胡适学术文集·新文学运动》，第 134 页。

中的习惯势力的压迫与抵制,早期白话诗人俞平伯就曾谈到"从新诗出世以来,就我个人所听见的和我朋友所听见的社会各方面的批评,大约表示同感的人少怀疑的人多"①。反对最力的是《学衡》诸君子,其中就有胡适在美留学期间酝酿"诗国革命"时即与之论战的梅光迪,他这时写有《评提倡新文化者》,此外,还有吴宓的《论新文化运动》、胡先骕的《评〈尝试集〉》等,或指责"倡之者数典忘祖,自矜创造"(梅光迪),或咒其"必死必朽"(胡先骕),大有不容新诗生存之概。其理论的立足点却是和梁启超一样地强调"诗之有格律,实诗之本能","诗之异于文者,以诗之格律必较文为谨严",从而反对胡适"作诗如作文"的主张,反对把"束缚自由的枷锁镣铐一切打破",他们理想中的诗是"新材料与旧格律"的结合:这样,"学衡派"实际上是在"五四"时期对晚清诗界革命做了一次并不遥远的呼应。

但新诗仍然在"四面八方的反对声中"站住了脚跟:从 1918 年《新青年》第 4 卷第 1 号发表第一批新诗(胡适的《鸽子》、刘半农的《相隔一层纸》、沈尹默的《月夜》等),到 1920 年胡适的《尝试集》出版,不过三年时间;两年后,胡适就不无欣慰地宣布,他的《尝试集》已经"销售到一万部","新诗的讨论时期,渐渐的过去了"②。

二 尝试中的新诗:早期白话诗

在发展初期,新诗主要发表在《新青年》《新潮》《少年中国》《星期评论》《学灯》《觉悟》等"五四"新文化运动的重要阵地上;第一批白话诗人如胡适、刘半农、周作人、沈尹默、俞平伯、康白情都是新文化运动的骨干,连李大钊、陈独秀、鲁迅也写过新诗,这都说明了新诗与"五四"思想革命的密切联系。1922 年,叶绍钧、刘延陵、朱自清等以"中国新诗社"名义创办第一个新诗刊物《诗》。

胡适无疑是第一"白话诗人"。他的第一部诗集取名为《尝试集》是大有深意的。早在 1915 年夏至 1916 年春夏期间,胡适与他的朋友就为是否采用白话文写作展开过激烈争论。最后,反对者也承认小说词曲可以用白

---

① 俞平伯:《社会上对于新诗的各种心理观》,《俞平伯诗全编》,杭州:浙江文艺出版社1992 年版,第 597 页。

② 胡适:《尝试集·四版自序》,《尝试集》,北京:人民文学出版社 1984 年版,第 3 页。

话,但仍坚称"诗文则不可",原因即在中国的传统诗词已有以文言为载体的成熟格式,轻易变动就不成其为"诗"。胡适也因此认识到要推动以白话文代替文言文的文学革命,"现在只剩一座诗的壁垒,还须用全力去抢夺",办法也只有一个:全"在吾辈实地试验"。①

正因为是实验,必然留下许多旧的痕迹,《尝试集》也就充满了矛盾,显示出从传统诗词中脱胎,蜕变,逐渐寻找、实验新诗形态的艰难过程。因此,人们在《尝试集》里发现为数不少的旧体诗词是一点也不奇怪的。《去国集》的一部分诗及《尝试集》第一、第二编《关不住了》以前的诗作,胡适的尝试重点是"以白话入诗",仍然不能摆脱旧诗词语音模式与文法结构法则的支配与制约,结果就写出了半文半白、半新半旧的诗。胡适真正走出以传统反传统的怪圈,是在他翻译了美国意象派诗人莎拉·替斯代尔的《关不住了》(原诗题为《在屋顶上》)以后,胡适自称这是他的"'新诗'成立的新纪元"。可以说,胡适是在美国意象派诗歌的启发下,意识到必须"充分采用白话的字,白话的文法,和白话的自然音节""做长短不一的诗",把"诗的散文化"与"诗的白话化"统一起来,才能跳出旧诗词的范围,实现诗体的大解放。尽管《尝试集》里"真白话的新诗"不过《一颗星儿》《威权》《一颗遭劫的星》等不多的几首(第二、四版《尝试集》又增补了一些),但确实从中国古典诗歌的形式传统中挣脱出来,开始具备现代汉语抒情诗形式法则的雏形,人们因此称《尝试集》为"勾通新旧两个艺术时代的桥梁"②。在另一方面,胡适的诗又具有鲜明的艺术个性,以至后来有"胡适之体"之说。胡适曾把自己的追求概括为"说话要明白清楚""用材料要有剪裁……要抓住最扼要最精采的材料,用最简练的字句表现出来""意境要平实"这几条③,这确实代表了新诗的一路,而与以晦涩难懂为特征的另一路,形成了既对立又互补的关系。

胡适曾经指出,和他一样"从旧式诗词、曲里脱胎出来"的早期白话诗人,还有《新青年》群体中的沈尹默(1883—1971)和新潮社的俞平伯(1900—1990)、康白情(1896—1959)、傅斯年(1896—1950),他们的一些作

① 胡适:《逼上梁山——文学革命的开始》,《胡适学术文集·新文学运动》,北京:中华书局1993年版,第209、211页。

② 康林:《〈尝试集〉的艺术史价值》,《文学评论》1990年第4期。

③ 胡适:《谈谈"胡适之体"的诗》,陈金淦编:《胡适研究资料》,北京:北京十月文艺出版社1989年版,第421页。

品可以说是"词化了的新诗"。沈尹默以后转向写旧体诗,但他的《三弦》《月夜》都是初期新诗的代表作。俞平伯的《冬夜》集及康白情的《草儿》集都是当时最有影响的新诗集。俞平伯的诗里杂糅着旧文学的意象与新思潮的哲理、旧诗词格律的影响与欧化的文法,最能反映早期白话诗的过渡性。胡适与朱自清都看出鲁迅、周作人兄弟是真正打破了旧诗词的镣铐的,代表了早期白话诗中欧化的一路。在形式上,周氏兄弟彻底抛弃了旧诗词旧格律体,而追求自然的节奏,周作人的《小河》因此被胡适评为"新诗中的第一首杰作"①。他们从普通人的平凡生活中去发现诗的眼光也是全新的。朱自清的抒情长诗《毁灭》曾轰动诗坛,诗中真诚地表达了一个愿望:希望摆脱一切纠缠而回归到一个"平平常常的我";追求诗的内容形式、诗风及诗中人格的"平常"。这是颇能显示当时新诗的主要特点与倾向的。

正是在集体的努力中,早期白话诗逐渐形成了自己的特色,实际也是中国现代新诗的最初形态。胡适所说"诗需要用具体的做法,不可用抽象的说法"②是这一时期诗人在艺术上的共同追求。所谓"具体的做法",一是"白描",二是"比喻""象征"。这样,早期白话诗就自然分为两类。一是用白描手法如实摹写具体生活场景或自然景物,显示出客观写实的倾向。如刘半农的《相隔一层纸》《学徒苦》《铁匠》《敲冰》、胡适的《人力车夫》、周作人的《两个扫雪的人》《路上所见》、刘大白的《成虎之死》、朱自清的《小舱里的现代》、康白情的《草儿在前》,都是对民间疾苦、社会人生的实写,可以看到古乐府的影响;俞平伯的《冬夜之公园》、康白情的《江南》、傅斯年的《深秋永定门上晚景》等,都是纯粹的写景诗。另一类则通过托物寄兴,表现诗人对社会人生的感悟与思索,如胡适的《鸽子》《老鸦》、周作人的《小河》、沈尹默的《月夜》等;也有的是直接表现某个抽象意念,如鲁迅的《梦》《人与时》、胡适的《一念》、玄庐的《偶像》、刘大白的《淘汰来了》等。正是在这些新诗里,虚化意象与寓言意象大量出现,并且表现了强烈的主观意志,这都是中国传统诗歌里并不多见的。偏于说理的意义凸现的特征则使人很容易地联想起宋诗。当然,这更是因为"五四"是一个思想解放、重新估定价值的论辩的时代,它们是反映了"五四"启蒙主义的时代特色的。而

———————

① 胡适:《论新诗》,陈金淦编:《胡适研究资料》,北京:北京十月文艺出版社1989年版,第372页。

② 同上书,第385页。

在早期白话诗里，无论是白描，还是比喻、象征，都无不具有明白而平凡的特点；从另一面说，则是缺乏飞腾的艺术想象力。茅盾说早期白话诗大都具有"'历史文件'性质"①：其历史价值与局限都在于此。

在诗的形式上，早期白话诗主要表现出散文化的倾向。基本不用韵，不顾及平仄，随情感的起伏变换长短句式，如同水缓缓地流过，自然形成了舒缓自如的内在节奏；同时，大量运用虚词，采取白话散文的句式与章法，以清晰的语义逻辑联结诗的意象：这都根本有别于传统诗歌。早期白话诗人其实都有一个"重精神轻形式"的倾向。周作人说他的《小河》本来是散文诗，现在却"一行一行的写了"；而朱自清的《毁灭》的原稿是分行写的，抄写时觉得太废纸，就改为散文：诗人们显然更重视诗的精神和情绪表达，而不在乎是否分行这样的外在形式。②

而另一些早期白话诗人则热衷于吸取与借鉴民间歌谣传统。1920 年成立的北京大学歌谣研究会，发起人与参与者大都是早期白话诗人，如周作人、刘半农、沈尹默等，由此而开始了现代新诗"歌谣化"的努力。刘半农在从故乡江阴采风的同时，还用江阴方言写作"四句头山歌"二十余首，编成《瓦釜集》，在随后写作的《扬鞭集》里也有现代山歌的创作。刘大白的《卖布谣》《田主来》等诗也直接借鉴了民间歌谣的体式。这自然也是对传统诗歌的文人化、贵族化倾向的一种反拨，与"五四"文学平民化的思潮是一致的。如俞平伯所说，诗应当"还淳返朴"，"把诗底本来面目，从脂粉堆里显露出来"，以"推翻诗底王国，恢复诗底共和国"③：这样的努力也是开拓了新诗一个方面的传统的。

三　变革中的新诗

1921 年，当新诗基本上站住了脚跟，又面临着新的内部危机与新的突破的内在要求。这一年 6 月，周作人在一篇题为《新诗》的文章里，在指出"现在的新诗坛"的"消沉"现象以后，又恳切地提出"诗的改造，到现在实在只能说到了一半，语体诗的真正长处，还不曾有人将他完全的表示出来，因

---

① 茅盾：《论初期白话诗》，《文学》第 8 卷第 1 号，1937 年 1 月 1 日。

② 参看张洁宇：《〈雪朝〉诗人群诗论初探》，《中国现代文学研究丛刊》1999 年第 4 期。

③ 俞平伯：《诗底进化的还原论》，《俞平伯诗全编》，杭州：浙江文艺出版社 1992 年版，第639 页。

此根基并不十分稳固",他的结论是:"革新的人非有十分坚持的力,不能到底取胜。"①周作人这里提出的是一个关系到新诗发展前途的战略性任务。而响应这一历史召唤的,恰恰是一批青年诗人。从1923年开始,成仿吾、闻一多、穆木天等先后发表文章,从不同的艺术角度,探讨充分发挥"语体诗的真正长处"的各种可能性;他们不约而同地选择了早期白话诗作为批评的目标。如果说胡适一代新诗的创建者对旧诗的批判是一次整体性的摧毁,这一次艺术的反叛,却是对新诗内部进行结构性的调整,中国新诗也从此走上了一条通过自身的艺术否定向前发展的道路。为了叙述的方便,下面将分节做具体介绍与分析。

(一)早期创造社诗人的反叛:"开一代新风"

1923年5月,《创造周报》第1号发表了成仿吾的《诗之防御战》,郭沫若称之为投向诗坛的"爆击弹"。文章对早期白话诗的理性色彩展开了猛烈的抨击,认为"诗也要人去思考,根本上便错了",同时反复强调了文学与诗的抒情本质:"文学始终是以感情为生命的,情感便是它的终始。"②早期白话诗不重想象的平实化倾向也受到了创造社诗人的挑战。当时自视与创造社同调的闻一多,曾撰文尖锐批评早期白话诗"很少浓丽繁密而且具体的意象",陷入了"抽象"与"琐碎",不能"跨在幻想底狂恣的翅膀上遨游"③;郭沫若在《论诗三札》里把"诗的艺术"概括为一个公式:"诗 = (直觉+情调+想象)+(适当的文字)"④。创造社把情感与想象作为诗歌的基本要素加以突出与强调,这对于调整新诗内部艺术结构,自然是一个新的推进。郭沫若的《女神》正是充分体现了创造社诗人的上述理论主张。《女神》在新诗发展上的主要贡献是:它一方面把"五四"新诗运动的诗体解放推向极致;一方面使诗的抒情本质与诗的个性化得到充分重视与发挥,奇特大胆的想象让诗的翅膀真正飞腾起来(详见上一章分析)。这样,不仅"五四"时代的自由精神在新诗里得到更为充分的体现,而且诗人也更加重视诗歌本身的艺术规律:正是在这两个意义上,《女神》成为中国现代新诗的

---

① 周作人:《新诗》,《谈虎集》,上海:上海书店1987年重印本,第39—40页。

② 成仿吾:《诗之防御战》,《成仿吾文集》,山东:山东大学出版社1985年版,第86、75页。

③ 闻一多:《〈冬夜〉评论》,《闻一多全集》第2卷,武汉:湖北人民出版社1993年版,第69、70页。

④ 郭沫若:《郭沫若致宗白华》,《郭沫若全集》文学编第15卷,北京:人民文学出版社1990年版,第16页。

奠基作。

《女神》出版于 1921 年；1922 年，汪静之、冯雪峰、潘漠华、应修人等出版了他们的合集《湖畔》，同年还出版了汪静之的个人诗集《蕙的风》，1923年又有合集《春的歌集》出版，文学史上称这四位诗人为"湖畔诗人"。他们不同于早期白话诗派的新诗先驱者，不是新、旧时代的过渡人物，而是"五四"所唤起的一代新人；他们在写作湖畔诗时，基本上是"五四"高潮时期，还没有"五四"落潮时期的苦闷与彷徨(尽管他们的诗中也出现了眼泪与悲哀)。他们的诗是真正意义上的"五四"的产儿，是"没有沾染旧文章习气老老实实的少年白话新诗"①。他们的爱情诗与自然景物诗都带有历史青春期的特色："赞颂的又只是清新，美丽的自然，而非神秘，伟大的自然；所咏歌的又只是质直，单纯的恋爱，而非缠绵，委屈的恋爱。"②他们的首要贡献是爱情诗的创造："妹妹你是水——/你是清溪里的水,/无愁地镇日流,/率真地长是笑,/自然地引我忘了归路了"(应修人《妹妹你是水》)：如此纯净率真的爱情女主人公形象在现代文学史上并不多见。"伊的眼是温暖的太阳,/不然,何以伊一望着我,/我受了冻的心就热了呢! //伊的眼是解结的剪刀,/不然,何以伊一瞟着我,/我被镣铐的灵魂就自由了呢!" (汪静之《伊底眼》)"我冒犯了人们的指摘,/一步一回头地瞟我意中人;/我怎样欣慰而胆寒呵!" (汪静之《过伊家门外》) 如此大胆坦白，以至后者发表后，竟引来了"有意的挑拨人们的情欲"的指责，周作人还写了《什么是不道德的文学》一文为之辩护。"湖畔诗人"天真、开朗的自我抒情主人公形象对《女神》中叛逆、创造的自我抒情主人公形象是一个很好的补充，同样是时代精神与诗人个性的统一。在诗的形式创造上他们也更自由与自然，以至胡适十分动情地说："我现在看着这些彻底解放的少年诗人，就像一个缠过脚后来放脚的妇人望着那些真正天足的女孩子们跳来跳去，妒在眼里，喜在心头。"③

1923 年，同时出版了冰心的《繁星》与《春水》，以及宗白华的《流云小诗》，引起了人们对"小诗体"的关注与兴趣。"小诗体"是在周作人翻译的日本短歌、俳句和郑振铎翻译的泰戈尔《飞鸟集》影响下产生的，周作人因此说："中国的新诗在各方面都受欧洲的影响，独有小诗仿佛是在例外，因

---

① 冯文炳：《谈新诗》，北京：人民文学出版社 1984 年版，第 126 页。

② 朱自清：《蕙的风·序》，《朱自清全集》第 4 卷，南京：江苏教育出版社 1990 年版，第 52 页。

③ 胡适：《胡序》，汪静之：《蕙的风》，上海：亚东图书馆 1923 年版，第 14 页。

为他的来源是在东方的……"小诗的主要作者除冰心、宗白华外，还有徐玉诺、何植三等人。小诗是一种即兴式的短诗，一般以三五行为一首，表现作者刹那间的感兴，寄寓一种人生哲理或美的情思。周作人说它有两个特点：一是表现"对于平凡的事物之特殊的感兴"达到"平凡的特殊化"，一是表达的"简洁"与"含蓄"。① 如宗白华的《夜》："一时间，/觉得我的微躯，/是一颗小星，/莹然万星里，/随着星流。//一会儿，/又觉得我的心，/是一张明镜，/宇宙的万里，/在里面灿着。"夏夜仰望星空时，人的自我感觉刹那间的微妙变化被诗人敏锐地抓住，并赋予如此灿烂的诗意的表现，引起人们对于人在宇宙中地位的悠长的哲学思索。这样短小的篇幅中包容了如此广阔的空间，这典型地表现了小诗对丰富新诗艺术表现力的贡献；而从外部客观世界的描绘转向内心感受、感觉的表现，自由诗体的句法与章法的趋于简约化，这些在新诗的发展史上都具有过渡的意义。

稍后于"湖畔诗人"而出现于诗坛上的重要抒情诗人是冯至。冯至这一时期写有诗集《昨日之歌》，他自称是在郭沫若的《女神》影响下从事现代抒情诗的创作的，但也有他的独立创造与贡献。鲁迅曾经把冯至誉为"中国最为杰出的抒情诗人"②，这与鲁迅关于"感情正烈的时候，不宜做诗，否则锋芒太露，能将'诗美'杀掉"③的观点是紧密联系在一起的。冯至抒情诗的最大特色正是处处表现出艺术的节制。《女神》式的繁复的、使人眼花缭乱的形象纯化为明净的形象；内心的激情不采取直接倾泻的方式，或外化为客观的形象，或蕴含于简单情节的娓娓叙述中。前者如《蛇》，通过奇特的想象，把炽烈、真挚的情思寄寓在"蛇"冰冷而寂寞的形象中；后者如《雨夜》，深情而又简洁地叙述了一个行人怎样在林中迷路并与幽灵相逢，故事显然带有异域情调，所要披露的却是诗人自己在现实中迷失方向的凄苦心境。诗人并且着意追求诗情的哲理化，使他的抒情诗具有一种沉思的调子，决定了他的创作下一阶段朝"哲理抒情化"发展的方向。在形式上采取了半格律体，诗行大体整齐，大致押韵，追求整饬、有节度的美。这样，冯至的诗，不仅情调充满感伤苦闷，而且诗的节奏舒缓，音韵柔美，形成了"五四"新诗中独具一格的幽婉的风格。冯至对新诗的另一个重要贡献，是他"堪

---

① 以上周作人的评价均见《论小诗》，收入《自己的园地》，北京：晨报社 1923 年版，第 56、61、60、57 页。

② 鲁迅：《〈中国新文学大系〉小说二集序》，《鲁迅全集》第 6 卷，第 251 页。

③ 鲁迅：《两地书·三二》，《鲁迅全集》第 11 卷，第 99 页。

称独步"①的叙事诗。中国传统诗歌本长于抒情,短于叙事,"五四"以来叙事诗仅有朱湘的《王娇》、沈玄庐的《十五娘》、白采的《羸疾者的爱》等可数的几篇。冯至的叙事诗从德国谣曲中直接获取养分,又采用中国民间传统与古代神话故事,虽别有一种不可解脱的神秘气氛,含蓄着中古罗曼的风味,但所表现的对封建婚姻制度的憎恨与对爱情理想的追求,仍然是"五四"时代的。代表作《帷幔》《蚕马》及《吹箫人的故事》,抒情与叙事融为一体,艺术表现十分精致,把现代叙事诗的创作提高到了新的水平。冯至在1927年写有《北游》,创作又有了新的突破:选取组诗的形式,叙写畸形繁荣的现代都市和病态的现代人性,两次用"荒原"来象征现代文明与现代人生的荒芜。这是冯至"独立地拓展他的创作的现代性的自觉尝试",由此转向内心的拷问,提出了自我存在的根本追问:"我生命的火焰可曾有过几次烧焚?""我可曾真正认识/自己是怎样一个人?"这不仅较之1930年代象征派诗人境界更为深沉,格局更大,而且为他自己1940年代的创作高峰做了铺垫与准备。②

(二)新诗的规范化:闻一多、徐志摩为代表的前期新月派

郭沫若的《女神》以"绝端的自由,绝端的自主"的彻底破坏精神,冲决了传统诗词的形式,这是一个还没有确定形式、无可仿效的天才创造,就连郭沫若本人此后也再没有写出《女神》这样的诗作。很显然,在郭沫若的《女神》为新诗的发展开辟了道路以后,迫切需要出现形式与内容严格结合和统一,可供学习、足为范例的新诗作品,确立新的艺术形式与美学原则,使新诗走向规范化的道路。以闻一多、徐志摩为代表的前期新月派在新诗发展史上所担负的正是这样的历史使命。

前期新月派,是1928年以前,以北京《晨报副刊·诗镌》为基本阵地的诗人群。主要诗人有闻一多、徐志摩、朱湘、饶孟侃、杨世恩、孙大雨、刘梦苇、于赓虞等。闻一多曾在《创造周报》上发表《〈女神〉之时代精神》,指出从前期创造社到新月派是一个既继承又否定的历史过程。闻一多在《〈女神〉之地方色彩》中对《女神》的批评集中在两点:一是"过于欧化",因而提

---

① 朱自清:《诗话》,《中国新文学大系·诗集》,上海:上海文艺出版社1981年影印本,第28页。

② 参看严家炎主编:《二十世纪中国文学史》(中),北京:高等教育出版社2010年版,第16章第1节。

出要写"中国的新诗";二是反对郭沫若关于诗只是一种"自然流露","不是'做'出来的,只是'写'出来的"的主张,提出"自然的不都是美的,美不是现成的。其实没有选择便没有艺术,因为那样便无以鉴别美丑了"①,因而强调要"诚心诚意的试验作新诗"②。这就是说,在新诗已经基本上立足以后,新月派所要做的,一是"在旧诗与新诗之间,建立了一架不可少的桥梁"③,二是把创造的重心从早期白话诗人关注的"白话"("非诗化")转向"诗"自身,也即"使新诗成为诗",由此,新月派举起了"使诗的内容及形式双方表现出美的力量,成为一种完美的艺术"④的旗帜,宣称"我们诗底意境与技术不是取法古人,也不是模拟西洋;我们底诗是新诗,是创造的中国之新诗"⑤。中国的新诗创作于是进入了一个"自觉"的时期。

在这面旗帜下,新月派提出了"理性节制情感"的美学原则与诗的形式格律化的主张。新月派的矛头所向,是他们所谓的"感伤主义"与"伪浪漫主义",也即诗歌中情感的过分泛滥,以及不加节制的直抒胸臆的抒情方式。在新月派诗人看来,"如果只是在感情的漩涡里沉浮着,旋转着,而没有一个具体的境遇以作知觉依傍的凭借,结果不是无病呻吟,便是言之无物了"⑥。新月派的这些理论主张,显然受到了同样是力主"无我""不动情感"与倡导艺术形式之工巧的西方唯美的巴那斯主义⑦的影响;但同时也与中国传统的"乐而不淫,哀而不伤"的抒情模式,特别是将情感消解于自然意象之中,追求情景交融、物我合一的唐诗宋词传统暗合:这正是闻一多所提倡的"中西艺术结婚后产生的宁馨儿"⑧。如果说,早期白话诗人是从中国诗传统中处于边缘位置的宋诗那里获得了反叛的历史依据与启示,那么,现在新月派诗人开始与中国诗传统中的主流取得了历史的衔接与联系。可

---

① 闻一多:《〈女神〉之地方色彩》,《闻一多全集》第 2 卷,武汉:湖北人民出版社 1993 年版,第 120 页。

② 梁实秋:《新诗的格调及其他》,《诗刊》第 1 期,1931 年 1 月 20 日。

③ 石灵:《新月诗派》,《文学》第 8 卷第 1 号,1937 年 1 月 1 日。

④ 于赓虞:《志摩的诗》,1931 年 12 月 9 日北京《晨报·学园》。

⑤ 刘梦苇:《中国新诗的昨今明》,转引自刘群:《饭局·书局·时局——新月社研究》,武汉:武汉出版社 2011 年版,第 163 页。

⑥ 邓以蛰:《诗与历史》,1926 年 4 月 8 日《晨报》副刊《诗镌》第 2 号。

⑦ 巴那斯主义,又称高蹈派,是 1860 年代法国诗坛出现的诗歌流派,单纯追求艺术形式的造型美,标榜诗歌"不动情感""取消人格"的"无我"的客观性质。

⑧ 闻一多:《〈女神〉之地方色彩》,《闻一多全集》第 2 卷,第 118 页。

以看得很清楚,新月派诗人所要推崇的"理"是一种自我克制,而并非早期白话诗人及后续者追求的诗的哲理化。

为了实现他们的"理性节制情感"的理论原则,新月派诗人在诗歌艺术上做了有益的尝试。首先是客观抒情诗的创造,即变直抒胸臆的抒情方式为主观情愫的客观对象化。闻一多曾介绍他的作诗经验:在"初得某种感触"、感情正烈时并不作诗,要等到"感触已过,历时数日,甚或数月之后","记得的只是最根本最主要的情绪的轮廓。然后再用想象来装成那模糊影响的轮廓",把主观情绪化为具体形象。① 闻一多著名的诗篇《口供》,抒发的是诗人内心感情的矛盾:既充满爱国的激情,又苦闷、彷徨,以致颓废;然而,在诗的艺术表现里,并没有铺写触发这些情感的具体事件,也没有赤裸裸地倾泻情感,而是经过艺术的想象,幻化为具体可触的客观形象:"青松和大海","鸦背驮着夕阳","黄昏里织满了蝙蝠的翅膀","一壶苦茶","苍蝇"在"垃圾桶里爬"。这种主观情感的客观化,使情感的表现蕴藉而含蓄,具有鲜明的形象性,并且能够激起读者更丰富的联想,积极参加审美再创造过程。这在新诗抒情艺术上是一个发展。

新月派诗人在艺术上的另一尝试,是增强诗歌中的叙事成分。他们进行了现代叙事诗的实验,朱湘的《王娇》《还乡》等就是最初的成果;同时还做了"新诗戏剧化、小说化"的努力。闻一多的《罪过》《天安门》《飞毛腿》、徐志摩的《大帅》《一条金色的光痕》《罪与罚(二)》,把戏剧中的对话与独白引入诗中,诗中的"我"不再是诗人自己,而是戏剧化的人物。诗歌采取了合乎人物身份的土白方言,通过具有一定戏剧性的情节,表现人物的独特命运与感情,以此反映军阀统治下下层人民的不幸。诗人仍然把自己的主观憎恨与同情深藏在人物的自白里,尽可能地表现不露声色的客观态度。以上两个方面努力的结果,减弱了早期白话诗里开始显露、在郭沫若《女神》等诗作里充分展现的诗人主体形象与主观意志,并显示出非个人化的倾向。

与理性节制情感的美学原则相宜,新月派明确地提出以"和谐"与"均齐"为新诗最重要的审美特征。而作为依据的,正是中国的诗歌传统。早在1922年闻一多即写了《律诗底研究》,此为"五四运动"以后,较早用新的

---

① 闻一多 1928 年给左明的信,《闻一多全集》第 12 卷,武汉:湖北人民出版社 1993 年版,第 245—246 页。

方法系统研究中国诗歌的民族传统的论作。文章明确指出，"抒情之作，宜整齐也"，"中国艺术中最大的一个特质是均齐，而这个特质在其建筑与诗中尤为显著。中国底这两种艺术底美可说就是均齐底美——即中国式的美"。① 正是为了创立具有"中国式的美"的新诗，闻一多进一步提出了"新诗格律化"的主张，鼓吹诗的"三美"，即"音乐美，绘画美，建筑美"；耐人寻味的是，当闻一多强调"格律是艺术必须的条件。实在艺术自身便是格律"②时，我们很自然会联想起梁启超与学衡派当年的类似主张。尽管这时梁启超、学衡派的理论已为人们抛弃与忘却，但他们的某些理论原则、思想却隐隐在新的诗歌理论(例如新月派的理论)中重现，也就是说，"新"的探索者实际上(不论他们是否愿意与自觉)是在"遥继着上一轮语言较量中失败者的衣钵"③。当然，重现并非重复，新月派提倡新诗格律化，绝非梁启超式的简单保留旧格律、古风格，闻一多曾这样明确划清新、旧格律的区别："律诗永远只有一个格式，但是新诗的格式是层出不穷的"；"律诗的格律与内容不发生关系，新诗的格式是根据内容的精神制造成的"；"律诗的格式是别人替我们定的，新诗的格式可以由我们自己的意匠来随时构造"。④ 这是借鉴西洋与中国传统格律，根据现代汉语的特点所进行的新的创造:闻一多提出于"音乐美"(强调"有音尺，有平仄，有韵脚")之外，还要有"建筑美"(强调"有节的匀称，有句的均齐")，就是因为"我们的文字是象形的，我们中国人鉴赏文艺的时候，至少有一半的印象是要靠眼睛来传达的"⑤，"绘画美"的强调也是考虑了中国诗画相通的传统。新月派诗人用了很大的力气来进行西方格律诗的转借，其中有得也有失。新月派的重要诗人于赓虞就检讨说，"当时《诗刊》的作者，无可讳言的，只锐意求外形之工整与新奇，而忽略了最重要的内容之充实"⑥，他甚至因此而退出了《诗镌》。但总的说来，新诗格律化的倡导，纠正了早期新诗创作过于散漫自由、创作态度不严肃造成的一定程度的混乱局面，使新诗趋于精练与集中，具有了相对规范的

① 闻一多:《律诗底研究》,《闻一多全集》第10卷,武汉:湖北人民出版社1993年版,第156、159—160页。

② 同上书,第160、158页。

③ 葛兆光:《从宋诗到白话诗》,《文学评论》1990年第4期。

④ 闻一多:《诗的格律》,《闻一多全集》第2卷,第141、142页。

⑤ 同上书,第140—141页。

⑥ 于赓虞:《世纪的脸·序语》,《世纪的脸》,上海:北新书局1934年版,第6页。

形式,巩固了新诗的地位。此后格律体的新诗与自由体的新诗一直作为新诗两种主要诗体,互相竞争,又互相渗透,对新诗的发展起了重要的推动作用。

新月派诗人尽管有着大体相同的追求,但更为重视的却是个人独特的艺术个性,并涌现出了闻一多、徐志摩、朱湘等具有鲜明个人风格,自觉进行新诗实验的诗人,这本身即是新月派对新诗发展的一大贡献。

闻一多(1899—1946)是前期新月派领导文学潮流的代表诗人,却最集中地体现了新月派的内在矛盾。新月派诗人大都是接受了西方(主要是英、美)教育的中国知识分子,他们自觉地沟通东、西方的文化,也同时感受着两种文化的冲突。这种冲突在闻一多这里就显得格外尖锐。他留学美国,热情地学习西方文化,却又强烈地感到民族与文化的压迫。作为一种反抗,他写下了被称为爱国主义的诗篇,倾诉着:流落异国,备受凌辱所感到的"失群的孤客"的痛苦(《孤雁》),对故土焦灼难眠的思念(《太阳吟》),对"如花的祖国"的由衷赞美(《忆菊》)(以上收入《红烛》);回到祖国面对"噩梦挂着悬崖"的"恐怖",痛心疾首的失望与呕心沥血的热爱(《发现》),对中华古国光荣过去的苦苦追寻(《祈祷》),对祖国"春天里一个霹雳"般的觉醒的热切呼唤(《一句话》)(以上收入《死水》)……深邃而炽热,悲怆而又激越,写尽了这位根植在深厚的传统文化土壤中的现代知识分子的内心矛盾与痛苦。正如闻一多自己所说,"我个人同《女神》底作者底态度不同之处是在:我爱中国……尤因他是有他那种可敬爱的文化的国家",而"东方底文化是绝对地美的,是韵雅的……又是人类所有的最彻底的文化"。① 正是这东方主义的文化观,成为闻一多向和谐、均齐的传统美学理想靠拢的内在依据;但他又是一个有着敏锐的现代感受的诗人,一个深受西方文化影响、具有强烈的生命意志力与个性自觉的现代知识分子,就不能不对"物我两忘"的传统美学境界产生怀疑与拒斥。他的诗歌里正充满了矛盾的张力:自然的和谐与社会的不和谐(《春光》),生活的宁静与思想、心灵的不平静(《心跳》),言辞的洒脱与情感的偏执(《你莫怨我》)……巨大而深刻的思想矛盾时时刻刻如汹涌海涛不断撞击着闻一多的心,他的本性又是如此激烈热情,内心的"火山"几欲冲决而出;然而他又自觉追求传统的感情的

---

① 闻一多:《〈女神〉之地方色彩》,《闻一多全集》第 2 卷,武汉:湖北人民出版社 1993 年版,第 121、123 页。

克制,要把过量的"火"压缩在凝定的形式中:这一"冲"与一"压"之间就形成了他的诗所特有的沉郁的风格。在《发现》一诗里,诗人把感情的酝酿、发展过程全都压缩掉,只从感情的爆发点起笔,连声高呼"我来了""我来了""不对""不对",先声夺人地把悲愤、失望的情绪极其强烈地一下子推到读者面前,仿佛郁结已久的火山突然爆发,有一种灼人的美。闻一多与郭沫若一样,有着无羁的自由精神与想象力(这里同时有西方浪漫主义与庄骚传统的影响),他们共同使新诗真正冲出早期白话诗平实、冲淡的狭窄境界,飞腾起想象的翅膀,获得浓烈、繁富的诗的形象;而闻一多又以更大的艺术力量将解放了的新诗诗神收回到诗的规范之中。正是这一"放"一"收",显示了闻一多的诗在新诗发展第一个十年不能为其他诗人所替代的独特作用与贡献。闻一多之于郭沫若,新月派诗人之于创造社诗人,既继承又反叛的关系,是很有意思的。

徐志摩(1897—1931)是贯穿新月派前后期的重镇。他热烈追求"爱""自由"与"美",追求"人"与"自然"的"和谐",与他那活泼好动、潇洒空灵的个性及不受羁绊的才华和谐统一,形成了志摩诗特有的飞动飘逸的艺术风格。因此,有人说他的人与诗都是"古典理想的现代重构"①。请看《雪花的快乐》:雪花在半空中"翩翩的""潇洒","娟娟的飞舞",那"冷寂""凄清""惆怅"的情趣与这"快乐"的精灵全然无关。她有另一种追求,另一个"我的方向":"飞扬,飞扬,飞扬",直奔向"清幽的住处",会见"花园"里的"她","盈盈的,沾住她","贴近她",直到融入"她柔波似的心胸"。这里,雪花的精灵,诗人的精灵,"五四"时代的精灵,竟如此自然天成地融为一体,没有丝毫雕琢的痕迹。诗里的"她"是诗人想象中的情人,这是一种升华了的神圣纯洁的理想爱情;"她"更是一种精神力量、理想境界的人格化。这些都显示了徐志摩诗的特点:他执着地追寻"从性灵暖处来的诗句"②,在诗里真诚地表现内心深处真实的情感与独特的个性,并外射于客观物象,追求主、客体内在神韵及外在形态之间的契合。而徐志摩总是在毫不经意之中,在灵感袭来的刹那就抓住了其中的契合点,并且总有新鲜的发现,既在人们感觉、想象之外,又十分贴切、自然。徐志摩诗中经常出现令人惊叹的

---

① 李怡:《中国现代新诗与古典诗歌传统》,重庆:西南师范大学出版社1994年版,第216页。

② 陈从周著,陈子善编:《徐志摩:年谱与评述》,上海:上海书店出版社2008年版,第75页。

神来之笔，飞跃出除他之外别人不能创造的，只能称作"徐志摩的意象"。例如那只"像是春光，火焰，像是热情"的黄鹂（《黄鹂》），那匹"冲进黑茫茫的荒野"的"拐腿的瞎马"（《为要寻一个明星》），那"恼着我的梦魂"的落叶（《落叶小唱》），那刚"显现"却又"不见了"的虹影（《消息》），那"半夜深巷"的琵琶（《半夜深巷琵琶》）……徐志摩正是用这些显示了活跃的创造力与想象力的新的意象，丰富了新诗的艺术世界。徐志摩对诗的外在形式的美也具有特殊的敏感。试看《雪花的快乐》的第一节："假如我是一朵雪花／翩翩的在半空里潇洒，／我一定认清我的方向——／飞扬，飞扬，飞扬，——／这地面上有我的方向。"在这一节里，一、二行每行三顿，每顿二至四字，形成一种比较舒缓的节奏，并采用了"花""洒"这样开放而又柔和的韵脚，与"雪花"翩翩潇洒的神韵相适应；到第三行就开始换韵，采用了"向""扬"这样更为响亮、上扬的韵脚；第四行又突然转换为跳跃式的节奏："飞扬，飞扬，飞扬"，与飞跃向上的内在精神与内心节奏相适应。徐志摩总是抓住每一首诗特有的"诗感""原动的诗意"，寻找相应的诗律。陈西滢评论说："《志摩的诗》几乎全是体制的输入和试验。经他试验过的有散文诗，自由诗，无韵体诗，骈句韵体诗，奇偶体诗。"[1]徐志摩还做了"新诗戏剧化、小说化"的试验。可以说，徐志摩以其令人叹服的生命活力、创造力和才情，成为中国新文学、新诗历史青春期的"一道生命水"。

朱湘（1904—1933）是新月派又一位重要诗人。他在献出了《夏天》《草莽集》两本薄薄的诗集后，就投江自尽，愤然、凄然弃世，未收集稿又由友人编成《石门集》。尽管朱湘很早就与徐志摩反目，因此有人否认其为新月派诗人，但朱湘却是最认真地实践了新月派"理性节制情感"的美学原则的。沈从文早就指出了这一点，说他"生活一方面，所显出的焦躁，是中国诗人中所没有的焦躁"，诗"却平静到使人吃惊"；"生活使作者性情乖辟，却并不使诗人在作品上显示纷乱"，他诉之于"平静的调子"。[2]尽管在《草莽集》中也有《热情》这样的喷发出诗人内心深处的浪漫主义激情的作品，在《石门集》中更表现了诗人的凄苦与幽愤，但他的主要追求在塑造采莲少女（《采莲曲》）、待嫁新娘（《催妆曲》）、摇篮边吟唱的少妇（《摇篮歌》）这样

①　陈西滢：《新文学运动以来的十部著作》，以《陈西滢谈〈志摩的诗〉和〈女神〉》为题收入邵华强编《徐志摩研究资料》，西安：陕西人民出版社1988年版，第255页。

②　沈从文：《论朱湘的诗》，《沈从文全集》第16卷，太原：北岳文艺出版社2009年版，第140、135页。

的超越时间、具有"东方的静的美丽"的形象,形成"古典的与奢华的"美的风格。沈从文说他是"用东方的声音,唱东方的歌曲","使新诗与旧诗在某一意义上,成为一种'渐变'的联续"①,是有道理的。对诗的形式美的探索,讲究形式的完整与"文学的典则",是朱湘又一追求的中心。《草莽集》表现了诗人向中国古典诗词传统吸取艺术养料的独特眼光与巨大热情,《石门集》则集中了诗人模拟西洋诗体的成果,虽然不尽成功,但试验范围之广、用力之深,为同时代诗人所不及。在诗的章法上,经过多种试验,他倾向于全章各行整齐划一、章与章之间各部对称这两种形式;为探索诗行的规律,他自一字到十一字都尝试过,结论是不宜超过十一字,"以免不连贯,不简洁,不紧凑";在音韵的选择上,他试验根据诗的内容和情绪来安排诗韵,取得了很大成功。《采莲曲》在描写采莲荡舟的诗句中插入"左行,右撑""拍紧,拍轻"这样的短语,"以先重后轻的韵表现出采莲舟过路时随波上下的一种感觉"②,是朱湘的得意创造。在叙事诗的创作上朱湘也颇用功,他宣称要"用叙事诗(现在改成史事诗一名字)的体裁来称述华族民性的各相"③,因此,叙事诗是更能看出诗人与我们古老民族的精神联系的。他的《王娇》通过一个传统故事歌颂了民族刚直不阿、仗义勇为的美德,《猫诰》以荒诞的形式对国民性的弱点进行了辛辣的讽刺。上百行、近千行的长诗却采取了颇为严谨的格律,充分显示了诗人的艺术功力与才情。但朱湘的诗歌艺术的试验却遭到了冷遇,而他那"外形内含那么柔和温暖,却缺少忧郁"④的诗作,于那个时代的青年也是隔膜的,这对于视诗歌创作为生命的"本质性诗人"朱湘都是真正致命的。"诗人之死"也就成了现代诗歌史上的永恒话题。

(三)"纯诗"概念的提出与早期象征派诗歌

新月派诗人关于新诗格律化的主张与实践是对早期白话诗的非格律化的一次历史的反拨;随着新诗自身的发展,胡适"作诗如作文"的理论也受到越来越多的质疑。其实,疑惑是早就产生了的:早期白话诗人康白情在写于1920年的《新诗底我见》里即已提出"打倒文法底偶象"的口号;俞平伯

---

① 沈从文:《论朱湘的诗》,《沈从文全集》第16卷,太原:北岳文艺出版社2009年版,第138—139页。

② "寄赵景深"之五,《朱湘书信集》,上海:上海书店1983年重印本,第51页。

③ "寄罗皑岚"之十六,《朱湘书信集》,第136页。

④ 沈从文:《论朱湘的诗》,《沈从文全集》第16卷,第137页。

也发表过类似的意见："文法这个东西不适宜应用在诗上。中国本没有文法书,那些主词客词谓词的位置更没有规定,我们很可以利用他,把句子造得很变化很活泼。……诗总要层层叠叠话中有话,平直的往前说去做篇散文就完了……"①他们显然已经察觉到,诗歌创作在思维方式上应该与西方文法所表现的科学逻辑思维(也就是散文的思维方式)有所不同。正面向胡适提出挑战的,是1926年早期象征派诗人穆木天《谭诗——寄沫若的一封信》一文:"胡适说:作诗须得如作文。那是他的大错。"穆木天因此提出了自己的主张:"先当散文去思想,然后译成韵文,我以为是诗道之大忌","得先找一种诗的思维术,一个诗的逻辑学","用诗的思考法去思想",用"超越"散文文法规则的"诗的文章构成法去表现"。他于是进而要求"诗与散文的清楚的分界",创作"纯粹的诗歌"。穆木天所谓的"纯诗"包括两个方面。首先,诗与散文有着完全不同的领域,主张"把纯粹的表现的世界给了诗作领域,人间生活则让给散文担任","诗的世界是潜在意识的世界",诗是"内生命的反射","是内生活真实的象征"。其次,诗应有不同于散文的思维方式与表现方式:"诗是要暗示的,诗最忌说明的。说明是散文的世界里的东西。诗的背后要有大的哲学,但诗不能说明哲学","诗不象化学的 $H_2+O=H_2O$ 那样的明白的,诗越不明白越好。明白是概念的世界,诗是最忌概念的"。②穆木天这里强调的是诗的"暗示"与"朦胧"的特质。周作人在同写于1926年的《扬鞭集》序中也提出了类似的意见:他批评以"清楚与明白"为追求的早期白话诗与"浓得化不开"的以徐志摩为代表的前期新月派的作品"像是一个玻璃球,晶莹透彻得太厉害了,没有一点儿朦胧,因此也似乎缺少了一种余香与回味"。③在他看来,这都在不同程度上离开了诗的"精意",而向"象征"发展就是新诗的"正当的道路"。同为早期象征派诗人的王独清在与穆木天的讨论中,又突出了"感觉"的因素,强调"色""音"感觉的交错,主张"作者不要为作而作,须要感觉而作,读者也不要为读而

---

① 俞平伯:《社会上对于新诗的各种心理观》,《俞平伯诗全编》,杭州:浙江文艺出版社1992年版,第606—607页。

② 穆木天:《谭诗——寄沫若的一封信》,《穆木天诗文集》,长春:时代文艺出版社1985年版,第263,266页。

③ 周作人:《扬鞭集·序》,刘半农:《扬鞭集》,北京:中国文联出版公司1998年版,第3页。

读,须要为感觉而读"①。可以看出,早期象征派诗人所提出的"纯诗"的概念,在更深层面上,意味着一种诗歌观念的变化:从强调诗歌的抒情表意的"表达、沟通"功能转向"自我感觉的表现"功能。前者颇类似于"五四"时期"谈话风"的散文,追求"自我(扮演'启蒙者'角色的作者)"与"他者(被启蒙的读者)"间的交流,自然强调哲理、情感因素,强调"明白,易懂,亲切,感人";而后者则类似于"独语",是对内心感觉世界、内在生命中潜意识的自我观照,从根本上是拒斥他者(读者)的,在艺术上也自然以明白、亲切为大忌,而要强调朦胧、新奇,着意破坏习惯的语言规范,追求陌生化的效果。② 如果说前者反映了"诗的平民化"的要求,后者则必然强调"诗的贵族化"。因此,当年康白情在强调诗具有不同于散文的思维时,就同时提出了"诗歌是贵族的"的命题。③ 现在,初期象征派诗人更把它发展到极端,强调诗的领域是"一般人找不着不可知的远的世界,深的大的最高生命",它不可能是"大众(平民)"的,而只能是少数、个人的精神探索、艺术试验的领地。④ 初期象征派诗人诗歌观念与表现的内转,显然受到西方象征派诗人的影响,而且是一种完全自觉的转借:穆木天的主张与以瓦雷里为代表的法国象征主义诗学,李金发的创作与魏尔伦等法国象征派诗人的关系,是人们所熟知的;但同样不可忽视的是,这种内转,同时是向中国传统诗歌的主流,特别是晚唐诗与宋词的靠拢。正是在这一时期,在早期象征派诗人这里,明确提出了将东西方诗歌沟通的理想:李金发在他的诗集《食客与凶年》的"自跋"里,指出"东西作家随处有同一之思想,气息,眼光和取材",应"于他们的根本处","把两家所有,试为沟通,或即调和之意"⑤;周作人在《扬鞭集·序》里也提出以象征作为东、西方诗歌的联结点:"这是外国的新潮流,同时也是中国的旧手法;新诗如往这一路去,融合便可成功……"⑥

---

① 王独清:《再谭诗——寄给木天伯奇》,《创造月刊》创刊号,1926 年 3 月 16 日。

② 参考钱理群、王得后:《鲁迅散文全编·序》,《鲁迅散文全编》,杭州:浙江文艺出版社 1991 年版,第 20—28 页。

③ 康白情:《新诗底我见》,《康白情新诗全编》,广州:花城出版社 1990 年版,第 229 页。

④ 穆木天:《谭诗——寄沫若的一封信》,《穆木天诗文集》,长春:时代文艺出版社 1985 年版,第 263 页。

⑤ 李金发:《食客与凶年·自跋》,《食客与凶年》,上海:北新书局 1927 年版,第 235 页。

⑥ 周作人:《扬鞭集·序》,刘半农:《扬鞭集》,北京:中国文联出版公司 1998 年版,第 3 页。

另一方面,也要看到,无论是"纯诗"概念,还是"沟通(融合)"理想的提出,都只是一种理论的提倡:理论倡导在先,创作实践滞后,这正是中国新诗以至整个现代文学发展的一个特点。因此,在新诗发展史上,早期象征派的理论价值是超过了其创作实践的。但早期象征派诗人的试验仍然为新诗艺术提供了新的东西。如李金发(1900—1976)的诗作(这一时期他出版了《微雨》《为幸福而歌》《食客与凶年》等诗集),正像朱自清后来所总结的,他"多远取喻",即"在普通人以为不同的事物中间看出同来","发现事物间的新关系"①;在诗的组织上常用省略法,即将诗人在构思过程中由一个形象到另一个形象之间的联想过程全部省略,只将最鲜明的感官形象推到最突出的地位,让读者运用自己的想象搭起桥来。如他的《弃妇》"弃妇之隐忧堆积在动作上/夕阳之火不能把时间之烦闷/化成灰烬/从烟突里飞去/长染在游鸦之羽/将同栖止于海啸之石上/静听舟子之歌",把一连串的形象——夕阳、灰烬、烟突、游鸦、海啸、舟子之歌如散落的珠子一个一个地排列在一起,表面看来似乎毫无联系,但细细琢磨,自可发现其内在的联想线索——由"弃妇"生命在烦闷中流逝而联想到"夕阳",由"夕阳"的势力联想到"火",由"火"的焚烧联想到"灰烬",由"灰烬"的飞散联想到"烟突",由"烟突"伸入空中联想到翱翔其间的"游鸦",由"游鸦"联想到"海"与"海啸",由"海"联想到栖于海上的"舟子"及其歌:这确实是一个联类不穷、引而申之的自由联想。然而,所有这些联想而及的形象都有着共同的感情色彩:无论是夕阳、灰烬,还是游鸦、海啸、舟子之歌,都能够激发起人们的一种颓丧、感伤、忧郁的情绪。这样,弃妇微妙的难以名状的"隐忧"就由此而获得了具体的形象的体现。而弃妇的隐忧又引起读者更丰富的联想:难道被这尔虞我诈的社会所抛弃的人们不都会有这样的隐忧吗?这就是诗的由此及彼、由特殊(的"弃妇")到普遍(的"弃妇")的暗示的力量。象征派诗歌强调表现人的内心感觉,在远距离的事物中发现诗的联系,突出暗示在诗歌艺术中的地位,重视读者在欣赏过程中的能动作用,这些都提高了诗的艺术表现力。人们在考察李金发以"意象—象征"为中心的诗学试验时,注意到了他多方面的开掘与贡献,如"在平淡的日常事物中发现诗性的人生哲理,并赋予诗的意象一种哲理的韵味";富有异国情调的意象的创造,城市漂泊

① 朱自清:《新诗的进步》,朱乔森编:《朱自清全集》第2卷,南京:江苏教育出版社1988年版,第320页。

者意象的描写,"为现代都市诗的创造作了最初的准备";审丑意象的大量出现,"引起了新诗创造者与接受者审美心理的一个变革",都为新诗创作拓展了更大的空间。①

尤其值得注意的是,李金发的诗歌里,大量地而且可以说是自觉地选用了文言词语,如"窗外之夜色,染蓝了孤客之心,/更有不可拒之冷气,欲裂碎/一切空间之留存与心头之勇气"(《寒夜之幻觉》),"或一起老死于沟壑,/如落魄之豪士"(《夜之歌》),等等,尽管仍给人以生硬的感觉,但影响却是深远的。正如当年文言诗词成为一种滥调时,白话词语的运用让厌倦了的读者耳目一新;现在当白话也被滥用,如周作人说"晶莹透彻得太厉害了",文言词语的适当引入也会造成陌生化的效果,增加无形的神秘的感觉。早已被抛弃了的学衡派的主张在这里似乎又获得了某种历史的回应;但这仍是有不同意义的,如周作人所说,这是在白话文已经占据了主导地位以后,主动"把古文请进国语文学里来"②,使其成为现代文学语言的有机组成部分。

李金发之外的早期象征派的艺术探索也各有得失。穆木天的《旅心》为了增加诗的朦胧性与暗示性,做了废除诗的标点的试验,并常采用叠字、叠句式回环复沓的办法来强化诗的律动,冯乃超的《红纱灯》增强了诗的色彩感,王独清的《圣母像前》有更多的异域情调与病态感情的渲染,虽没有李金发那样艰涩,但格局都太小,感情世界也过于狭窄;象征派诗歌的发展也要经历一个逐渐成熟的过程。

(四) 早期无产阶级诗歌

1921 年中国共产党成立,1923 年早期共产党员邓中夏在《新诗人的棒喝》《贡献于新诗人面前》等文中就在理论上明确提出新诗必须自觉充当无产阶级领导下的民主革命的"工具","多作能够表现民族伟大精神的作品","多描写实际生活"并"暗示人们的希望",向诗人发出了"从事于革命的实际活动"的号召。③ 在创作实践上体现了这一要求的,是蒋光慈(1901—1931),他的《新梦》集(1925 年出版)开创了无产阶级革命诗歌。

---

① 孙玉石:《论李金发诗歌的意象构建》,《新文学史料》2001 年第 2 期。
② 周作人:《国语文学谈》,《京报副刊》第 394 号,1926 年 1 月 24 日。
③ 邓中夏:《新诗人的棒喝》《贡献于新诗人面前》,《中国青年》第 7、10 期,1923 年 12 月 1、22 日。

无产阶级诗歌把"五四"新诗平民化的趋向发展到极端,纳入了无产阶级革命的轨道。和早期象征派的"内倾于诗人感觉世界"不同,它强调直接从外部世界,即大时代里的人民革命斗争中吸取诗情。"跑入那茫茫的群众里!……歌颂那痛苦的劳动兄弟","从那群众的波涛里,才能涌现出一个真我"(《自题小像》),诗人自觉地把自我消融于无产阶级战斗群体之中,主张革命文学"它的主人翁应当是群众,而不是个人"①。这样,就从另一个角度消解了早期白话诗及抒情诗强烈的主观性与个人性,《女神》式的对自由、独立的个人的肯定与表现转化为对无产阶级战斗的集体主义的歌颂:这显示了抒情诗发展的另一个方向,对以后左翼诗歌的发展有深远的影响。

　　无产阶级诗学的一个重要方面是强调诗歌(文学)必须向读者提供理想。蒋光慈就是最早站在无产阶级的立场,歌咏列宁领导的十月革命,把共产主义理想带进诗歌领域的诗人。他热情地高歌:"十月革命,又如通天火柱一般,/后面燃烧着过去的残物,/前面照耀着将来的新途径。/哎,十月革命,/我将我的心灵献给你罢,/人类因你出世而重生。"(《莫斯科吟》)注重理性理想的灌输,无产阶级诗歌必然加重议论成分,感情的抒发更加直露,想象也趋于平实:这些方面又是与早期白话诗相通的。

附录　本章年表

1918 年

　1 月　胡适《鸽子》、刘半农《相隔一层纸》、沈尹默《月夜》等第一批现代白话新诗发表于《新青年》第 4 卷第 1 号。

1919 年

　2 月　周作人《小河》发表于《新青年》第 6 卷第 2 号。

　10 月　胡适作《谈新诗——八年来一件大事》。

1920 年

　1 月　郭沫若《凤凰涅槃》发表于 30、31 日上海《时事新报·学灯》。

　3 月　胡适《尝试集》由上海亚东图书馆出版。1922 年 10 月刊行经作者增删的增订四版。

　5 月　郭沫若、宗白华、田寿昌《三叶集》由上海亚东图书馆出版。

　本年　《分类白话诗选》(许德邻编)由崇文出版社出版。

---

　①　蒋光慈:《关于革命文学》,《太阳月刊》第 2 期,1928 年 2 月 1 日。

1921 年

8 月　　郭沫若《女神》由上海泰东图书局出版,为"创造社丛书"之一。

1922 年

1 月　　叶圣陶、朱自清、俞平伯、刘延陵等主持《诗》创刊。

同月　　郑振铎《论散文诗》发表于《文学旬刊》第 24 期。

同月　　冰心《繁星》(小诗)连载于 1—26 日《晨报副刊》。

3 月　　俞平伯《冬夜》集由亚东图书馆出版。

同月　　康白情《草儿》集由亚东图书馆出版。

4 月　　汪静之、潘漠华、应修人、冯雪峰《湖畔》集由湖畔诗社出版。

6 月　　文学研究会诗人朱自清、周作人、徐玉诺、郭绍虞、叶绍钧、刘延陵、郑振
　　　　铎合集《雪朝》由商务印书馆出版。

同月　　周作人《论小诗》发表于 21—22 日《晨报副镌》。

8 月　　汪静之《蕙的风》集由亚东图书馆出版。

同月　　北社编《新诗年选》(1919 年)由亚东图书馆出版。

1923 年

1 月　　冰心《繁星》集由商务印书馆出版。

3 月　　朱自清《毁灭》发表于《小说月报》第 14 卷第 3 号。

5 月　　成仿吾《诗之防御战》发表于《创造周报》第 1 号。

同月　　冰心《春水》集由新潮社出版。

6 月　　闻一多《〈女神〉之时代精神》与《〈女神〉之地方色彩》分别发表于《创造
　　　　周报》第 4、5 号。

7 月　　陆志韦《渡河》由亚东图书馆出版,内附自序《我的诗的躯壳》。

9 月　　闻一多《红烛》集由泰东图书局出版。

10 月　　郭沫若《星空》由泰东图书局出版,为"创造社丛书"之一。

12 月　　应修人、潘漠华、冯雪峰合集《春的歌集》由湖畔诗社出版。

同月　　宗白华《流云小诗》由亚东图书馆出版。

同月　　邓中夏《贡献于新诗人之前》发表于《中国青年》第 10 期。

1924 年

3 月　　刘大白《旧梦》集由商务印书馆出版。

11 月　　蒋光慈《哀中国》发表于《民国日报·觉悟》副刊。

12 月　　朱自清《踪迹》(诗歌、散文集)由亚东图书馆出版。

同月　　梁宗岱《晚祷》集由商务印书馆出版。

1925 年

1 月　蒋光慈《新梦》集由上海书店出版。

2 月　王统照《童心》集由商务印书馆出版。

约 9 月　徐志摩《志摩的诗》由中华书局代印，北新书局发行。

11 月　李金发《微雨》集由北新书局出版。

1926 年

1 月　穆木天作《谭诗——寄沫若的一封信》，发表于《创造月刊》创刊号。

3 月　梁实秋《现代中国文学之浪漫的趋势》连载于 25—31 日《晨报副刊》。

4 月　1 日徐志摩主编《晨报副镌·诗刊》创刊，发表徐志摩《诗刊·弁言》。

同月　邓以蛰《诗与历史》发表于《晨报副镌·诗刊》第 2 号。

同月　刘半农《瓦釜集》由北新书局出版。

5 月　闻一多《诗的格律》发表于《晨报副镌·诗刊》第 7 号。

6 月　周作人《〈扬鞭集〉序》发表于《语丝》第 82 期。

同月　刘半农《扬鞭集》(上)由北新书局出版。

7 月　焦菊隐《夜哭》由北新书局出版。

10 月　刘半农《扬鞭集》(中)由北新书局出版。

11 月　李金发《为幸福而歌》由商务印书馆出版。

12 月　王独清《圣母像前》由创造出版部出版，为"创造社丛书"之一。

本年　于赓虞《晨曦之前》由北新书局出版。

1927 年

1 月　蒋光赤(蒋光慈)《哀中国》集由长江书局出版。

3 月　韦丛芜《君山》由未名社出版，为"未名新集"之一。

4 月　冯至《昨日之歌》集由北新书局出版，为"沉钟社丛刊"之二。

5 月　李金发《食客与凶年》集由北新书局出版。

8 月　朱湘《草莽集》由开明书店出版。

9 月　徐志摩《翡冷翠的一夜》集由新月书店出版。

知识点

必读作品与文献

思考题

第七章　散文(一)

　　"五四"时期散文的革故鼎新,如同其他文学形式一样,是相当自觉和彻底的。散文自此成为一种相对独立的艺术形式,实现了从古代形态向现代形态的转变。关于"五四"时期散文创作的状况,鲁迅在 1930 年代曾经这样回顾:

> 到五四运动的时候,才又来了一个展开,散文小品的成功,几乎在小说戏曲和诗歌之上。这之中,自然含着挣扎和战斗,但因为常常取法于英国的随笔(Essay),所以也带一点幽默和雍容;写法也有漂亮和缜密的,这是为了对于旧文学的示威,在表示旧文学之自以为特长者,白话文学也并非做不到。①

不只是鲁迅有这种观点,晚清时期就已成名的小说家曾朴也说过,"新文学成绩,第一是小品文字,含讽刺的,分析心理的,写自然的,往往着墨不多,而余韵曲包"②。可见"五四"时期小品散文的成就是被公认的。由于散文小品是属于更加个人化的创作,也更富于变化,后来编著的文学史对"五四"时期散文成就的评价是远远不够的。若要回顾这一段散文创建与发展的盛况,最好借用朱自清在 1930 年代所写的一段文字。其中谈到"五四"阶段散文创作的派别林立,是这样列数的:

> 有种种的样式,种种的流派,表现着,批评着,解释着人生的各面,迁流曼延,日新月异:有中国名士风,有外国绅士风,有隐士,有叛徒,在思想上是如此。或描写,或讽刺,或委曲,或缜密,或劲健,或绮丽,或洗炼,或流动,或含蓄,在表现上是如此。③

总之,中国文学史上的散文创作从未出现过如此盛况。"五四"时期散文创作数量之大,文体品种之丰,风格之绚烂多彩,名家之多,都异常触目。这时

---

　　① 鲁迅:《小品文的危机》,《鲁迅全集》第 4 卷,第 592 页。
　　② 转引自阿英:《现代十六家小品·序》,阿英编:《现代十六家小品》,上海:光明书局 1935 年版,第 2 页。
　　③ 朱自清:《论现代中国的小品散文》,《文学周报》1928 年第 345 期。

期产生了鲁迅、周作人等散文大家以及冰心、朱自清、郁达夫、林语堂等诸多不同风致的散文名家。散文创作的个性特征与时代特征的扩张,以及由此产生的散文内容、形式风格的独创性,无疑是新文学的重要收获。

"五四"时期散文格外发达,成绩超出其他文体,原因首先在于散文的文体比较自由。因为相对容易掌握,写的人也就比较多,现代文学的第一代作家几乎全都涉足过这个领域,在这方面显过身手。也由于散文一般较简短,一有感触即可成篇,适合于"五四"时期思想启蒙的需要,也有利于开展社会批评和文明批评。尤其是杂文,更成为战斗的"阜利通"①。再者,由于古代文学中散文较发达,新文学若要站住脚,务必打破用白话不能作美文的迷信,因此诸多作家往散文方面努力,也是为了向传统文学示威。第三个原因,似乎和上述第二点有些矛盾,却也是必须承认的,就是散文特别是小品文这种形式更适合表现传统的感性和审美习惯,而且"化传统"也会化得较好。新文学的小说、诗歌、戏剧形式上较多舶来品,借鉴外国从头做起,自然难一些,而散文小品虽然也取法英国的随笔和其他外国散文的笔调体式,但比起其他文学形式来,创作时往往更便于也更自觉地从传统散文中寻找创新的根基。"化传统"不是照搬传统,散文的"体制"可能承用了旧的,然而"精神面目"又颇不相同。特别是那些偏重个人情性的小品文,显然从明人小品中得到过许多借鉴。"化传统"化得好,比较适合民族审美的心理习惯,自然也有利于自身的发展。

一 《新青年》"随感录"作家群

现代文学中率先兴起的散文作品,是议论时政的杂感短论,统称杂文。1918 年 4 月《新青年》第 4 卷第 4 号起设立"随感录"栏目,专门刊发这一类杂文。稍后,李大钊、陈独秀主持的《每周评论》,李辛白主持的《新生活》,瞿秋白、郑振铎主持的《新社会》,邵力子主持的《民国日报》副刊《觉悟》等,都开辟了"随感录"专栏。此外,还有不少报刊的"杂感""评坛""乱谈"等栏目也发

---

① "阜利通"是法语 feuilleton 的中译,指刊登于报纸副刊的小品。瞿秋白提出:"鲁迅的杂感其实是一种'社会论文'——战斗的'阜利通'(feuilleton)。谁要是想一想这将近二十年的情形,他就可以懂得这种文体发生的原因。……杂感这种文体,将要因为鲁迅而变成文艺性的论文(阜利通——feuilleton)的代名词。"何凝(瞿秋白):《鲁迅杂感选集·序言》,何凝编录并制序:《鲁迅杂感选集》,上海:青光书局 1933 年版,第 2 页。

表过很多杂文，各自拥有一批撰稿人，形成颇有声势的杂文创作浪潮。

杂文短小精悍，易于出手，多在报刊上应时刊发，适合做社会批评的武器，所以先驱者最先广泛使用，"对于中国的社会，文明，都毫无忌惮地加以批评"①，而且又都倾注了探求新的社会理想的激情。杂文是最早显示白话文艺术特质的文体之一，社会影响也就格外大。

最引人注意的还是《新青年》"随感录"作家群。他们大都是新文化运动的倡导者，其中有李大钊、陈独秀、刘半农、钱玄同、周作人等，而以鲁迅的杂文最具代表性。这个作家群奠定了杂文在中国现代散文史上的地位，而且影响所及，自《新青年》到《莽原》《语丝》，直至1930年代以后的《萌芽》《太白》《中流》，可以找出一条发展轨迹。而《新青年》《语丝》分化后，在周作人麾下聚集的自由主义作家群，所谓"言志派"散文流派，以后发展到《骆驼草》《水星》《论语》等，与前一派自是路向不同；不过，在"五四"初期，大体上还是取同一创作立场的。《新青年》上的杂文，大都以随感形式对现实做敏锐的反应，不见得如何缜密漂亮，却是充分体现了"五四"的青春精神，而每位作者又都保持着鲜明的个人风格。

李大钊较早发表的《青春》一篇，便发出了时代的振聋发聩之音。他的《今》《新的！旧的！》《新纪元》等，都迸发着昂扬奔放的改革激情，抒发了追求新世界的理想。他还有《政客》《太上政府》《宰猪场式的政治》等短小的随感，燃烧着讽刺的火焰。李大钊将宣传鼓动性与散文诗的艺术两相结合，形成他的特色。陈独秀也是"随感录"文体的开创者之一。作为新文化运动的首倡者，他在"五四"初期写的杂文，几乎每发表一篇都有影响，《新青年》《每周评论》上多有他充满战斗意气的呼声。他的《偶像破坏论》写得气势轩昂，与封建主义思想势不两立；"随感录"《下品的无政府党》《青年底误会》和《反抗舆论的勇气》，鲁迅曾给予"独秀随感究竟爽快"②的赞语。和陈独秀杂文的激烈畅达较相似的是钱玄同，鲁迅也曾以"颇汪洋，而少含蓄"③概括其文风。他是当时提倡白话，批评儒家思想的一员猛将，其《随感录·四十四》《随感录·四十五》，是痛快淋漓的文字，颇适合当时激进的阅读心态。刘半农也是《新青年》里的一个战士，他的《奉答王敬轩先生》《作

---

① 鲁迅：《华盖集·题记》，《鲁迅全集》第3卷，第4页。
② 鲁迅1921年8月25日致周作人信，《鲁迅全集》第11卷，第409页。
③ 鲁迅：《两地书·一二》，《鲁迅全集》第11卷，第47页。

揖主义》《悼"快绝一世の徐树铮将军"》等等,以及稍后所写的一些论争文章,都坦诚爽快,寓庄于谐,嬉笑怒骂皆成文章。他的风格是善夸张,富想象,好用反语,讽喻性强,读起来畅快轻松,对论敌能加以不容置疑的驳难。他的杂文显然要比前几位写得更有艺术气味。

"随感录"作家群的杂文大都是应时的急就章,论战色彩浓厚,只有联系当时特定的时代氛围来阅读,才能更好地理解其价值。

鲁迅是《新青年》作家的主将,又是语丝派的坛主之一。中国的现代杂文,基本上是由这两个前后承接的流派开辟的,鲁迅正是现代杂文的奠基人。鲁迅的杂文植根现实,充满敏锐的观察和峻急的批评,又不时以小说家者流的手法去调适,一扫旧式士大夫文章的沉闷,读来多有一种撼心的痛感或快意。

鲁迅也是现代散文诗的鼻祖。早在1919年8、9月间,他就开始尝试这种以散文体式表现诗意题材的艺术形式。此期间写下的《火的冰》《古城》等篇什,意境深远而美丽,是现代散文诗最早出现的精品。然而引起文坛普遍注意并长久被视为散文诗经典的作品,还是他1920年代写的《野草》。而他写于1926年的《朝花夕拾》则表现出另一种优美余裕的风致。鲁迅不愧为散文巨匠,他对现代散文多种文体的创作都达到了很高的艺术境界。鲁迅这方面的贡献,在"鲁迅"专章里已有详尽论述,此处从略。

二　周作人与"言志派"散文

周作人终生挚爱散文写作,那是他的生活方式,通过写作他可以达到心理调适。若论散文成就,除鲁迅之外,恐无人能与周作人比肩。不过周氏兄弟二人的风格迥然不同,鲁迅写血性文章,萧杀中有浩歌奔涌,周作人则种"自己的园地",昏暗中摇曳思想的闪光。周作人的创作产量极丰,发表过1808篇散文,出过36个集子。[①] 早期的周作人出入新潮,是新文学运动的领军人物之一,也是《新青年》《语丝》的主要作者。他在散文领域所做第一

---

① 此数据系据《周作人散文全集》,钟叔河编订,南宁:广西师范大学出版社2009年版所做的统计。其中比较重要的散文集包括:1928年之前出版的《自己的园地》《雨天的书》《泽泻集》《谈龙集》《谈虎集》,1929—1937年出版的《永日集》《看云集》《夜读抄》《苦茶随笔》《苦竹杂记》《风雨谈》《瓜豆集》,1938—1945年出版的《秉烛谈》《药堂语录》《药味集》《药堂杂文》《书房一角》《秉烛后谈》《苦口甘口》《立春之前》,以及1949年之后出版的《鲁迅的故家》《鲁迅小说里的人物》《鲁迅的青年时代》《知堂回想录》,等等。

件值得称道的事，就是从西方引入"美文"的概念，提倡"记述的""艺术性的"叙事抒情散文，"给新文学开辟出一块新的土地"①。以后，他又形成了一整套的散文理论，中心是强调以自我为中心，提倡"言志"的小品文，认为这种小品文是"个人的文学之尖端"，"他集合叙事说理抒情的分子，都浸在自己的性情里，用了适宜的手法调理起来，所以是近代文学的一个潮头"②。周作人的散文有"浮躁凌厉"与"冲淡平和"两体。前者多收入《谈虎集》《谈龙集》，多为"五四"时期及1920年代的作品，思想意义与社会作用比较积极，常为论者所引述。但真正显示周作人创作个性，并成为他对现代文学独特贡献，而且实际影响更大的，却是"冲淡平和"的后者。周作人的散文很"杂"，内容涉及面极广，最重要的是对传统文化及国民性的反思，以及对中西与中日文化的比较。尽管周作人晚节不保，但也不妨碍对他"五四"时的功绩及其散文思想艺术价值的肯定。

周作人的散文多作"闲谈体"，似乎是在随意地闲聊，所追求的是自然而诚恳，有意与教化或做作拉开距离，读来如好友的促膝而谈，亲切有趣，富有艺术意味。周作人有名士派的凤缘，有"叛徒"与"隐士"的二重性格。作为新文学运动的参与者，他关注现实，反抗黑暗，与思想革命取同一步调；但在人生观与艺术观方面，他又尽可能远离激进，保持平和。他更倾向于把文艺当作"自己的园地"，起"言志"即抒我之情的功用；他更乐于饮苦茶，读杂书，陶醉于"苦雨斋"阴郁如雨的古典的氛围，玄思，冥想，"胡乱作文"，"在文学上寻找慰安"。他写于1920年代的《北京的茶食》《故乡的野菜》《苦雨》《喝茶》《乌篷船》等，都是现代散文的名篇，很能代表周作人"言志"小品的风格。周作人的选材极平凡琐碎，多为地方风物、衣食住行、历史掌故等等，一经过他的笔墨点染，就透露出某种人生滋味。读周作人散文，最让人有所感触的是"情趣"，尽管某些情趣也可能落寞、颓废，适合所谓"中年心态"。

如《喝茶》所沉醉的是"于瓦屋纸窗之下，清泉绿茶，用素雅的陶瓷茶具，同二三人共饮，得半日之闲，可抵十年的尘梦"；《谈酒》中讲"酒的趣味，只是在饮的时候"；《济南道中》向往旅游的乐趣在"新式的整齐清洁之中，却仍能保持着旧日的长闲的风趣"；《北京的茶食》中写看夕阳、观秋河、赏

---

① 周作人：《美文》，《谈虎集》上卷，上海：北新书局1928年版，第41、42页。
② 周作人：《近代散文抄序》，《苦雨斋序跋文》，上海：天马书店1934年版，第165页。

花、听雨、闻香等等，认为这些"无用的"游戏享乐，也是生活的必需。凡是受过中国传统文化熏陶的读者，读了周作人此类描写，对那种情趣都会心领神会。

> 荠菜是浙东人春天常吃的野菜，乡间不必说，就是城里只要有后园的人家都可以随时采食，妇女小儿各拿一把剪刀一只"苗篮"，蹲在地上搜寻，是一种有趣味的游戏的工作。那时小孩们唱道，"荠菜马兰头，姊姊嫁在后门头"。

这是名篇《故乡的野菜》中的一段。周作人的小品很多都这样，无修饰，不做作，用的是极平淡、朴实，甚至有点"拙"的语言，却满盈着趣味，特别是那些容易被庸常的生活所掩盖的趣味。所谓"简单味"的审美效果也就这样形成了。

周作人的小品还喜欢谈论琐屑的事情，从中悟出人情物理，初看散漫支离，有些絮叨，细读却又感觉得到其中所隐含的力度，如胡适所说，是"平淡的谈话"中"包藏着深刻的意味"①。所以在"简单味"之外，又常带有"涩味"。这文章之"涩"可能与不欲言明的心绪之"涩"有关，很多情况下又是一种独特的语言表达方式。他常将口语、文言和欧化语杂糅调和，产生一种若橄榄般很耐人咀嚼的味道。如《雨天的书·自序二》中有这样一段叙说：

> 我从小知道"病从口入祸从口出"的古训，后来又想淊迹于绅士淑女之林，更努力学为周慎，无如旧性难移，燕尾之服终不能掩羊脚，检阅旧作，满口柴胡，殊少敦厚温和之气；呜呼，我其终为"师爷派"矣乎？虽然，此亦属没有法子，我不必因自以为是越人而故意如此，亦不必因其为学士大夫所不喜而故意不如此：我有志为京兆人，而自然乃不容我为浙人，则我亦随便而已耳。②

这是白话文，却又融汇了某些文言和欧化句式，读起来似乎不那么顺畅，却是有意让你慢下来，体味那种古雅而隽永的语感，这也是文章"涩味"的来由。"简单味"与"涩味"似乎矛盾，其实两者在周作人许多散文中往往是糅在一起的。如另一散文家所评说的："他的作风，可用龙井茶来打比，看去

---

① 胡适：《五十年来中国之文学》，《胡适文集》第 3 卷，北京：北京大学出版社 1998 年版，第 263 页。

② 周作人：《雨天的书·自序二》，《雨天的书》，上海：北新书局 1942 年版，第 5—6 页。

全无颜色,喝到口里,一股清香,令人回味无穷。"①

周作人的散文乐于采用谈话的口吻,人称"闲话体"。这一文体有些类似于明人小品,又有英法随笔那种坦诚自然的笔调,有时还有日本俳文的笔墨情味,周作人显然都有所借鉴,又融入自己的性情加以创造,形成平和冲淡、舒徐自如的叙谈风格。

人们也常用"闲适"来概括周作人的散文风格,其间蕴含着丰富的审美内容,一方面是淡而且深的寂寞之苦,另一方面又别有一种淡淡的喜悦,可以说是"苦中作乐"、忧患中的洒脱,也就是周作人所说的"凡人的悲哀"了。

三四十年代周作人的散文仍有不少出产,谈"草木虫鱼"多了,题跋笔记之类多了。他是杂家,喜欢象牙塔里观人间万物,心绪与学识杂糅,往往就出来某些奇思箴言。如讽刺中国的文章"好思想写在书本上,一点儿都未实现过,坏事情在人间全已做了,书本上记着一小部分"(《灯下读书论》),认为"欲了解中国须得研究礼俗,了解日本须得研究宗教"(《我的杂学》)。类似的"闲话"随笔,平和中有犀利的针刺,让人读来有或明或暗的快意。周作人还试验一种"文抄公体"的散文,即笔记体散文之一种,文章主干是精心挑选的或苦涩或华美的古文,连缀其间的周作人的评点则用简明、朴实的现代白话,两者有机糅合,互相调剂,常兼两种文体之美,而总体风格则如郁达夫所说,"一变为枯涩苍老,炉火纯青,归入古雅遒劲的一途了"②。对周作人"文抄公体"散文历来毁誉不一,其中有的确在"掉书袋",比较沉闷,但也有不少透露着睿智的思考。他自己直到晚年仍对其中某些篇什,如写于1930年代的《游山日记》《关于傅青主》与写于1940年代的《无生老母的信息》,表示"敝帚自珍"之意。

作为现代散文创作的巨匠,周作人最大的贡献之一,是于抗争的小品文之外,又分出"言志派"一脉,以闲适、青涩,充满趣味性、知识性的散文著称,影响潜在而久远。俞平伯、钟敬文、废名、沈从文诸人,乃至当代的汪曾祺、张中行等,都是这一派的散文作家。

俞平伯的散文多收在《杂拌儿》《燕知草》等集中,其中,如《陶然亭的雪》《清河坊》《西湖的六月十八夜》等,在1920年代曾受到一部分读者的喜

---

① 此为曹聚仁说法,转引自孙席珍:《论现代中国散文(附录)》,《中国现代散文选》下卷,北平:人文书店1935年版,第681页。

② 郁达夫:《〈中国新文学大系·散文二集〉导言》,《郁达夫文集》第6卷,广州:花城出版社、香港:生活·读书·新知三联书店香港分店1983年版,第272页。

爱。这些作品多构成一种朦胧、空灵的意境，透露出玄妙的哲理与感伤的思绪，是远离现实的。俞平伯初期散文的文笔繁缛晦涩、绵密重滞，这只要拿他与朱自清同名的散文《桨声灯影里的秦淮河》两相对照，便可十分了然。周作人赏识他，说他散文的风致"是那样地旧而又这样地新"①，还说俞平伯代表最有文学意味的一派新散文。此为"夫子自道"，将俞平伯归入自己一流了。俞平伯则自称"逢人说梦之辈"②，他刻意模仿明人小品，甚至干脆用文言撰写小品，名士味也很浓，以旧格调自赏。

师承或者接近周作人一派的散文家还有钟敬文（1903—2002）。他在自己第一本散文集《荔枝小品》的题记里曾承认："我的文章，很与周作人先生的相像。"③他善于写咏物小品，如《荔枝》《茶》《黄叶小谈》；也写出许多情思清朗的游记，如《钱塘江的夜潮》《太湖游记》。他有与周作人相仿的平远清隽的美学追求，以及把当前的景物与往事回忆、读书心得拉杂扯谈的写法。

另一位更是得周作人"真传"、几乎每部集子都由周作人来作序的是废名，即冯文炳（1901—1967），他的作品专写农村乡镇宁静生活里的人事，对小人物寄予同情，初时尚注重社会意义。《竹林的故事》等作品名为小说，实则也是散文，很注重意境的传达，清新素朴，抒情气息浓郁，也喜闲谈琐事，以冲淡为衣，表现出朴讷哀伤的风格。后来将古典诗歌的象征手法与西方现代派技巧引入，追求朦胧的散文意境；但语言修饰得愈发生涩古怪，陷入歧途。鲁迅批评他"有意低徊，顾影自怜"④，即所谓"废名气"。不过时过境迁，这位周作人特别赏识的作家，创作的影响与日俱增。

三　冰心、朱自清与文学研究会作家散文

在"五四"散文创作中，持缜密、漂亮风格的，较冲淡一派人数为众。这几乎可以囊括文学研究会和创造社这两大文学社团的主要作家。

冰心散文的影响不在周作人之下，不过他们的创作路数与所拥有的读者并不相同。冰心的散文总是带有"小诗"味，更容易引起未涉世事的青年

---

① 周作人：《杂拌儿跋》，《苦雨斋序跋文》，上海：天马书店1934年版，第150页。
② 俞平伯：《燕知草·自序》，《燕知草》，北京：开明出版社1994年版，第2页。
③ 钟敬文：《荔枝小品·题记》，《荔枝小品》，北新书局1927年版，第3页。
④ 鲁迅：《〈中国新文学大系〉小说二集序》，《鲁迅全集》第6卷，第252页。

读者的共鸣与模仿。她的《笑》发表于 1920 年革新后的《小说月报》，是现代文学史上较早的引人注目的美文小品。刊载后，学校竞相选入课本，语法学家把它当作语料，做通篇句式读解，可见影响广大。很多人认为，冰心的散文实比她早年的问题小说和小诗成就更高。阿英说："特殊是《往事》（二篇），《山中杂记》（寄小读者），以及《寄小读者》全书，在青年的读者之中，是曾经有过极大的魔力。一直到现在，从许多青年的作品中，我们还可以看到这种'冰心体'的文章……"①所谓"冰心体"的散文，是以行云流水似的文字，说心中要说的话，倾诉自己的真情，满蕴着温柔，微带着忧愁，显示出清丽的风致。和许多"五四"作家不同，冰心几乎从来不写两性之爱，也很少涉及灰暗的人生，她乐于从孩子的视角想象圣洁和谐的世界。冰心"心中要说的话"，简言之是"爱的哲学"，宣扬自然爱、母爱、儿童爱。当然其中也有对下层人民的同情，人生的惆怅，对祖国、故乡、家人、大海的眷念，有时她喜欢把基督教义和泰戈尔哲学等内容融汇其间。《往事（一）·七》细腻地描写了两缸荷花在雨中的变化及作者的心情，当看到红莲在大雨中受大荷叶的庇护时，自然升华到母爱的主题。《山中杂记之七——说几句爱海的孩气的话》，用和儿童亲切谈心的语调，将山与海，从视野、颜色、动态、给人遐想等方面，详加对比，抓住事物特征，描绘得有声有色，处处传诉出作者对大自然的无限眷恋之情。冰心的作品多抒写自己霎时间涌现的感触与自然风景，传达的是一段挚情或一缕幽思，空灵而缠绵，纤细而澄澈。

"冰心体"的形成也得益于这位女作家独特的形式感，她对文体及语言表达有高度的自觉。她曾借自己一篇小说中的人物之口表述这样的观点："我主张'白话文言化'，'中文西文化'，这'化'字大有奥妙，不能道出的，只看作者如何运用罢了！我想如现在的作家能无形中融会古文和西文，拿来应用于新文学，必能为今日中国的文学界，放一异彩。"②冰心的创作语言是白话，却仍浸有旧文学以及文言文的"汁水"，不过经过她的混合调理，已经完全没有陈腐气息，而别具一种清新的韵味。如《往事（二）·八》中的一段描写：

　　　　船身微微的左右欹斜，这两点星光，也徐徐的在两旁隐约起伏。光

① 阿英：《谢冰心小品序》，阿英编：《现代十六家小品》，上海：光明书局 1935 年版，第 135 页。

② 冰心：《遗书》，卓如编：《冰心全集》第 1 卷，福州：海峡文艺出版社 1994 年版，第 431—432 页。

线穿过雾层，莹然，灿然，直射到我的心上来，如招呼，如接引，我无言，久——久，悲哀的心弦，开始策策而动！

这种散文的词汇句式既保留了某些文言文的典雅、凝练，又适当地在词语搭配和语法上"欧化"，使语言更灵活、婉转、流动，有自然跳荡的韵律感。白话文运动刚刚展开几年时间，冰心能将文言文、白话文与西文调和得如此完美，超越了当时比较质直却难免粗糙的文风，难怪能引起普遍的欢迎。冰心对建立与发展现代文学语言是卓有贡献的，不过她的作品读多了也会感到格调偏旧，她终究属于以旧文学为根基的早期新文学作家。又因为冰心作品流利清脆，较适合青春期读者，多选入中小学国文课本，群起模仿，易成套路，流为"新文艺腔"。

朱自清（1898—1948）也是常被选作国文轨范的作者，他的一些名篇脍炙人口。作为庶几可与古典散文名家媲美的散文家，朱自清的重要性已被很多评论家所公认，只要谈到现代散文的语言、文体，朱自清必被提及。他擅长写一种漂亮精致的抒情散文，无论是朴素动人如《背影》，或者明净淡雅如《荷塘月色》、委婉真挚如《儿女》，读者从中都能感受到他的诚挚和正直。他的写作态度严肃不苟，始终执着地表现人生。《桨声灯影里的秦淮河》《温州的踪迹·绿》《荷塘月色》是他写景抒情的名篇，都体现出他对自然景物的精确观察，对声音、色彩的敏锐感觉，通过千姿百态、或动或静的鲜明形象，巧妙的比喻、联想，融入自己的感情色彩，构成细密、幽远、浑圆的意境。他的散文结构缜密，脉络清晰，婉转曲折的思绪中保持着一种温柔敦厚的气氛；文字几乎全用口语，清秀、朴素而又精到。在1920年代，朱自清就被看作娴熟使用白话文字的典范。《背影》只是质朴地叙说父亲送别儿子的一段场景，可他捕捉到一二不可言说的典型细节，注入了对劳碌奔波的老父的至亲深情，表现出小资产者在旧世界一生颠簸挣扎的可悲命运。这样，就很容易打动无数身受飘零之苦的人，也不难解释为什么此篇能那样长久地激起读者的心潮了。不过，读朱自清早期"工笔美文"，在欣赏其语言精妙的同时，有时也会稍感其细腻过甚和着意为文，他后来的散文（如《欧游杂记》和《伦敦杂记》）就转变了笔法，更成熟自然。

丰子恺（1898—1975）从1920年代中期开始写小品，此时期的散文结集有《缘缘堂随笔》。他的特殊之处是以某种源自佛理的眼光观察生活，于俗相中发现事理，能将琐细的事物叙说得娓娓动听，落笔平易朴实，有赤子之心，如他的画一般，透露着心地光明、一无沾染的品格风貌。他在看见人世间的昏暗后,企图逃入儿童的世界,加上佛理的渗入,文章萧疏淡远,带着哲理深味,还不时染有清淡的悲悯之色。

梁遇春(1906—1932)的《春醪集》和《泪与笑》收入他 1920 年代中期以后的随笔。当时人称梁遇春为中国的"伊利亚",是因为梁的作品确受英国 essay,尤其是查尔斯·兰姆①的随笔的影响。梁遇春耽于思索,他的随笔中也有许多对人生哲理的探求和洞明的见解。他喜用絮语笔调,随意而坦诚的谈吐中不乏睿智的思辨。《春醪集》谈论知识,探索人生,或旁征博引,引类取比,或触景生情,浮想联翩;语言机智而有文采,潇洒自如,玲珑剔透;时有思想的火花,却缺乏如炬的目光;在小小题目里开掘微言大义,引用外国的经典、警句,信手拈来,处处切题。梁遇春有股孤傲气,他那懒散的绅士风度,不愿受任何拘束的个性及享尽人生的主张,促使他喜好标新立异,怀着极大的兴趣来谈"人死观""流浪汉",阐发悲哀是最可爱的东西,等等。连睡懒觉这类题目,他都能拉闲扯散,妙语连珠,好像比一般常人更能体味人生的滋味似的。梁遇春的散文,很能反映出"五四"散文品格多姿多彩的一面,待到 1930 年代文坛被政治性战斗性的主潮所占领,像梁遇春这种绅士风的散文也就失去了广大读者,只赖未来的文学史家来品鉴它那小而晶莹的光泽了。

文学研究会重要的散文作家还有许地山。他不仅小说写得别致,散文集《空山灵雨》也另有情调:近似散文诗,渗入宗教气氛,既有对现实的不满,也有对人生哲理的探求。名篇《落花生》质朴短小,有寓意,主张人生"要像花生,因为它是有用的,不是伟大、好看的东西"。这又是他生活态度扎实的一面。写实风格最强的是叶圣陶、郑振铎和茅盾,他们的散文亦有充实的"人生派"内容,社会性较浓。"五卅惨案"期间,这三位文学研究会的中坚作家都发出了愤怒的呼喊。叶圣陶的散文优势在语言和结构,针缕绵密,极少懈笔冗词,因此常被选作国文教材的范文。如《藕与莼菜》抒发对故乡的情思,由物及人,平淡从容,便是他惯常的文风。而《五月卅一日急雨中》一反他平时的淳朴、严谨,爆发出炽热的反帝激愤,全文具有急雨般的节奏和悲愤慷慨之情。郑振铎的《街血洗去后》《六月一日》,都是"五卅"后不久写出的,沉痛的感情以质朴的语言出之。他的《山中杂记》,真率、俊逸,只是视野不够阔大。茅盾写有《五月三十日的下午》《暴风雨》,也是"五

---

① 查尔斯·兰姆(Charles Lamb,1775—1834),英国散文作家,笔名伊利亚。

卅"时产生影响的作品。他旅日时期写的一组散文,收入《宿莽》集,其中的《叩门》《雾》《卖豆腐的哨子》等,反映了他处于革命转换时期的思索和探寻,有时代的苦闷,也有新的期望,是用诗的情绪交织成回荡起伏的怅惘滋味,显露了茅盾文学气质的又一侧面。他作为一位成熟的散文家出现,是抗战以后了。

还有一位较特殊的文学研究会作家是早期共产党人瞿秋白(1899—1935)。他这时有《饿乡纪程》(即《新俄国游记》)和《赤都心史》问世。这两部散文集是作者以《晨报》特约记者的身份赴苏考察的结晶,根据亲身的见闻向国人真实报道十月革命后的苏俄真相,又留下了作者自己的思想印痕。书中并不回避世界上第一个社会主义国家缔造中面临的重重困难,但以深沉的感情表现了苏联人民建设的乐观精神。文章中常回荡着俄罗斯式悲壮、雄浑的格调。尤为值得一提,此为中国报告文学的先声。瞿秋白还擅写杂文,在1930年代,他的许多杂感随笔都是针砭时弊或参与论争的,深烙那个革命年代的精神印记。

此外,文学研究会的散文作家还有擅写哲理性散文诗(如《童心》)的王统照,以凄恻感伤的书信体散文(如《灵海潮汐》《云鸥情书集》)赢得读者的庐隐,以及属于乡土文学派的王鲁彦、蹇先艾等。

四　郁达夫与创造社作家散文

创造社在"五四"时代是狂飙突进的浪漫派,这一派作家的散文,与其小说和诗歌有共同的基色。特别是郁达夫,他率真、坦诚、热情呼号的自剖式文字,无所隐饰地暴露赤裸裸的自己,称得上独树一帜的散文家。郁达夫本时期的散文影响亦大,只不过常和他的小说"混搭"在一起①,被他小说的文名所掩,人们注意作为散文大家的郁达夫,是在他大量创作小品游记的1930年代了。郁达夫有一名言,足以表明他写散文的姿态:他声称比起小说来,"现代的散文,却更是带有自叙传的色彩了"②。他的散文都在直接倾诉自身的遭遇,发出对现代文明带来的龌龊和官僚社会腐败的切齿诅咒,又

---

① 如《茑萝集》(1923)中小说和散文的界限就不太清楚。
② 郁达夫:《〈中国新文学大系·散文二集〉导言》,《郁达夫文集》第6卷,广州:花城出版社、香港:生活·读书·新知三联书店香港分店1983年版,第261页。

常伴随有"时代病"的感伤。《归航》记述他离日返国时的复杂心情,既厌恶给自己带来屈辱、压抑的异国生活,又有某种不忍诀别的心情,想象如何用手枪击杀那得到中国少女青睐的西洋人,那种狂放变态的情绪之流,无所顾忌地在文中迸涌。《还乡记》与《还乡后记》写作者回乡旅途及抵家后所见所感,表达一个穷困潦倒的知识分子对贫富不均社会的强烈不平,也有消极遁世的思想渗透着。《给一个文学青年的公开状》鼓动青年反叛现实社会,语言直露,构想新奇,宣泄感情的冲击力足以惊世骇俗。稍后写作的《一个人在途上》,把作者对亡儿的至情,表达得感人肺腑。

郁达夫写散文大都在畅述自己的生活遭遇,直接抒发感伤情怀,常常像跟亲友诉苦或聊天那样,不拘形式的倾诉使人感动。读他的散文,就如同走进了他的生活。如《日记九种》将自己每日的遭遇包括所思所想都如实向读者倾诉,有点类似当今某些袒露的博客、微博、微信等"自媒体"文字,这样真率自然的写法,不但在传统散文中少见,在新文学中也很独特。郁达夫的散文恣肆放达,靠才情动人,文字似乎随意,其实驾驭的功力颇深,那酣畅的神韵得益于古典文学修养。他那自哀自怜过甚,是消极的一面,却也是当时一部分知识青年的共同心境。文中夹杂的一些情色描写,是他发泄悲抑、郁闷的特殊方式,自然也含有对女性的变态心理。他的散文有时支离散漫,缺少节制,不讲究章法,质量上不平衡。但郁达夫的影响长期存在,说明一种十足个性化的文学,也是能有充沛的时代性的。

郭沫若本质上是一个抒情诗人,他写散文像写诗,其散文之作无一不具诗情。他也曾尝试写小说,写出来的小说和散文实在很难区分。这种文体的"穿越"也带给他创作的某些自由,人们阅读时不必太去苛求,只把他看作抒情诗人就好。他的《月蚀》《卖书》,都是通过个人贫困的遭际,向社会发出悲愤的呼叫;《路畔的蔷薇》等六章小品,牧歌式地抒发青春的欢悦与离乡去国的孤寂。他虽然也如郁达夫,习惯于主观情愫的倾泻,但有更多的社会和政治色彩。他1930年代发表的诸多叙述参加革命历程的自传体作品①,也可归入散文创作之列。

五 语丝派与现代评论派散文

语丝派以1924年创刊的《语丝》杂志为创作集结地,不过作为一个散文

---

① 主要有《我的童年》《反正前后》《初出夔门》《创造十年》《北伐途次》等。

流派,与《新青年》有较明显的渊源关系。鲁迅和周作人都是语丝派的核心作家,在坚持思想启蒙这一点上,语丝派是比较执着的。他们的主要成就仍在于短小犀利的杂感,其批评的文字中富于俏皮的语言和讽刺的意味,是所谓"语丝文体",特色是"任意而谈,无所顾忌,要催促新的产生,对于有害于新的旧物,则竭力加以排击,——但应该产生怎样的'新',却并无明白的表示,而一到觉得有些危急之际,也还是故意隐约其词"①。但这只是就语丝派的大致情形而言,实际上其成员的创作风格也各有不同。他们除了议论性的杂感之外,也有不少抒情小品的佳作,如孙伏园的《伏园游记》、孙福熙的《山野掇拾》《归航》、川岛(章廷谦)的《月夜》等等。

需着重介绍的还有林语堂(1895—1976),他是稿件数量仅次于鲁迅、周作人的《语丝》撰稿人,又是最热心提倡幽默小品的散文家之一。在《语丝》时期,他介绍过许多西方幽默理论,主张以幽默的艺术去揭示生活矛盾,针砭社会文明病。他的散文集《剪拂集》就多以嘲讽之笔,进行社会批评与文明批评,讥刺的盔甲中每每包裹着幽默。他的散文创作产生更大的影响是在1930年代创办《论语》之时。

1920年代中期又有现代评论派出现,多是欧美留学归国的自由主义知识分子,政治倾向与鲁迅和部分语丝派成员相对立,这自然也影响到其散文创作的思想取向。现代评论派最重要的散文作家有徐志摩、陈西滢、吴稚晖等。徐志摩是新月派的"诗圣",天生是一个情感型的人,易冲动,爱自由,加上深受西洋文学的影响,很自然便成就了他那自由而华丽的散文文体。他的散文多属冥想型的小品,即使记述事物,也常抓住刹那的灵感,让感情之流自由地奔放。《北戴河海滨的幻想》《翡冷翠山居闲话》《我所知道的康桥》《"浓得化不开"(星加坡)》,都是他有名的篇章。徐志摩有才情,有灵感,具有快如闪电般的感兴,这确实增加了他的散文的流动性。他表情达意,常常一语嫌不足,又添一语,淡描恐不尽,再用浓抹,自然造成繁复华丽的印象。读他的文字,如春华大地,万卉竞放,又如清泉汩汩,一泻千里。如此自由华丽,也不失为一种美的风致。

陈西滢(1896—1970)思想意识上属于徐志摩一派,是《现代评论》上的"闲话家",创作颇多,后集成《西滢闲话》。他有时确实是站在"五卅运动"之外、学生与民众运动之上,以貌似公允的姿态评说时事,表明一种贵族化

---

① 鲁迅:《我和〈语丝〉的始终》,《鲁迅全集》第4卷,第171页。

的立场。不过陈西滢的散文也不乏佳篇,他的特点是行文流畅,有相当的西方文学修养,议论由事出发,富幽默感,在当时影响不小。特别是那些介绍知识、回忆故旧、讥刺中国封建惰性的散文,值得一读。

附录　本章年表

1916 年

9 月　李大钊《青春》发表于《新青年》第 2 卷第 1 号。

1918 年

3 月　刘半农《复王敬轩的信》发表于《新青年》第 4 卷第 3 号。

4 月　陈独秀《随感录·一》发表于《新青年》第 4 卷第 4 号。

5 月　李大钊《新的! 旧的!》发表于《新青年》第 4 卷第 5 号。

8 月　唐俟(鲁迅)《我之节烈观》发表于《新青年》第 5 卷第 2 号。

同月　陈独秀《偶象破坏论》发表于《新青年》第 5 卷第 2 号。

9 月　鲁迅《随感录·二十五》发表于《新青年》第 5 卷第 3 号。后共在此刊发表"随感录"27 篇,收入《热风》。

10 月　刘半农《作揖主义》发表于《新青年》第 5 卷第 4 号。

12 月　《每周评论》创刊,并设"随感录"栏。

1919 年

1 月　钱玄同《随感录·四十四》《随感录·四十五》发表于《新青年》第 6 卷第 1 号。

同月　李大钊《新纪元》发表于《每周评论》第 3 号。

5 月　李大钊《太上政府》发表于《每周评论》第 23 号。

8 月　李大钊《五峰游记》发表于《新生活》第 2、3 期。

同月　鲁迅《自言自语》(散文诗)等发表于《国民公报》,连载至 9 月。

1920 年

5 月　田寿昌、宗白华、郭沫若合著的书信集《三叶集》由亚东图书馆出版。

同月　《白话文苑》(一、二册,洪北平编)由商务印书馆出版。

9 月　叶圣陶(叶绍钧)《伊和他》发表于《新潮》第 2 卷第 5 号。

1921 年

1 月　冰心《笑》发表于《小说月报》第 12 卷第 1 号。

6 月　陈独秀《下品的无政府党》《青年底误会》《反抗舆论的勇气》发表于《新青年》第 9 卷第 2 号。

同月　周作人《美文》发表于 8 日《晨报副刊》。

10 月　《吴虞文录》由亚东图书馆出版。

12 月　《胡适文存》由亚东图书馆出版。

1922 年

4 月始　许地山《空山灵雨》连载于《小说月报》第 13 卷第 4—8 号。

8 月　落华生(许地山)《落花生》发表于《小说月报》第 13 卷第 8 号。

9 月　瞿秋白《饿乡纪程》(又名《新俄国游记》)由商务印书馆出版。

10 月　冰心《往事》发表于《小说月报》第 13 卷第 10 号。

11 月　《独秀文存》由亚东图书馆出版。

1923 年

7 月始　冰心《寄儿童世界的小读者》一组散文(即《寄小读者》)连载于 7 月 29
日、8 月 2—29 日、11 月 23—28 日《晨报副刊》。

9 月　周作人《自己的园地》集由晨报社出版。

10 月　郁达夫《茑萝集》(散文、小说合集)由泰东图书局出版。

同月　郭沫若《星空》(散文、诗合集)由泰东图书局出版。

1924 年

1 月　朱自清与俞平伯同题作文《桨声灯影里的秦淮河》发表于《东方杂志》第
21 卷第 2 号。

6 月　瞿秋白《赤都心史》由商务印书馆出版。

8 月　川岛《月夜》集由新潮社出版。

11 月　叶圣陶、俞平伯合著《剑鞘》集由霜枫社出版。

同月　《语丝》周刊创刊,前三年由周作人任主编,1927 年 10 月被查禁,12 月迁
沪,由鲁迅接编。

12 月　朱自清《踪迹》(散文、诗合集)由亚东图书馆出版。

1925 年

2 月　孙福熙《山野掇拾》集由新潮社出版。

5 月　鲁迅《灯下漫笔》发表于 1、22 日《莽原》。

6 月　叶圣陶《五月卅一日急雨中》发表于《文学周报》第 179 期。

同月　西谛(郑振铎)《街血洗去后》发表于《文学周报》第 179 期。

同月　落华生(许地山)《空山灵雨》集由商务印书馆出版。

7 月　徐志摩《翡冷翠山居闲话》发表于《现代评论》第 2 卷第 30 期。

10 月　冯文炳(废名)《竹林的故事》由新潮社出版。

11 月　鲁迅《热风》集由北新书局出版。

12 月　周作人《雨天的书》集由北新书局出版。

本年　陈学昭《倦旅》集由上海梁溪书店出版。

1926 年

1 月　鲁迅《论"费厄泼赖"应该缓行》发表于《莽原》半月刊第 1 期。

3 月　朱自清《执政府大屠杀记》发表于《语丝》第 72 期。

4 月　鲁迅《记念刘和珍君》发表于《语丝》第 74 期。

5 月　冰心《寄小读者》集由北新书局出版。

6 月　鲁迅《华盖集》由北新书局出版。

同月　徐志摩《落叶》集由北新书局出版。

7 月　焦菊隐《夜哭》由北新书局出版。

9 月　郭沫若《橄榄》集由创造社出版部出版。

10 月　孙伏园《伏园游记》第一集由北新书局出版。

12 月　鲁迅《藤野先生》发表于《莽原》第 23 期。

1927 年

1 月　郑振铎《山中杂记》由开明书店出版。

3 月　鲁迅《坟》集由未名社出版。

5 月　鲁迅《华盖集续编》由北新书局出版。

7 月　朱自清《荷塘月色》发表于《小说月报》第 18 卷第 7 号。

同月　鲁迅《野草》集由北新书局出版。

8 月　徐志摩《巴黎的鳞爪》集由新月书店出版。

同月　陈学昭《寸草心》集由新月书店出版。

9 月　郁达夫《日记九种》由北新书局出版。

同月　周作人《泽泻集》由北新书局出版。

同月　钟敬文《荔枝小品》由北新书局出版。

12 月　周作人《谈龙集》由北新书局出版。

知识点

必读作品与文献

思考题

第八章　戏剧(一)

一　文明新戏：中国现代话剧的萌芽与诞生

话剧，作为一种西方戏剧形式，是在19世纪末经由西方侨民传入中国的：1866年上海西人业余剧团建立了第一个正规剧院——上海兰心剧院，每年公演数次。以后上海又建立了被称为"东京席"的小剧场，专供日本一些新派剧剧团来华旅行演出。中国人演话剧是从教会学校学生的业余演出开始的。先后上演的剧目有：《官场丑史》(1899，上海圣约翰书院)、《六君子》(1900，上海南洋公学)、《张汶祥刺马》(1903，上海南洋公学)等，都有很强的时事政治性。以后几校学生联合组成业余剧团"文友会"，从校园走向社会演出。

1907年2月，中国留日学生组织的春柳社(主要成员有李叔同、曾孝谷、陆镜若、欧阳予倩等)在东京演出了《茶花女》第三幕，接着又在东京著名的剧场本乡座公演了根据林纾的翻译小说改编而成的五幕剧《黑奴吁天录》，引起了东京戏剧界的轰动。春柳社在公开发表的《春柳社演艺部专章》里宣称"演艺之大别有二：曰新派演艺(以言语动作感人为主，即今欧美所流行者)；曰旧派演艺(如吾国之昆曲、二黄、秦腔、杂调皆是)。本社以研究新派为主"[1]。这就表明，他们所要创造的是不同于中国传统戏曲，适应于现代文明的需要，主要借鉴西方，以言语、动作(而非歌舞)为主要表现手段的新的戏剧形式，当时称之为"文明新戏"。中国现代话剧艺术的自觉探讨与创造正是由春柳社开始的：他们注重演出的布景、道具、服饰、化装、表演的写实性，以建立新的演出方式。虽然他们创作的剧本极少，但注重翻译改编外国的剧作(如《热血》《茶花女》《鸣不平》等)。由于春柳社及以后的新剧同志会(由陆镜若发起)、春阳社(主要成员有王钟声、任天知等)、进化

---

[1]　《春柳社演艺部专章》，徐中玉主编：《中国近代文学大系第1集·第2卷·文学理论集二》，上海：上海书店1995年版，第579页。

团(由任天知主持)的努力,文明新戏从国外演到国内,从上海、广州、天津、香港等沿海口岸城市扩展到东北、苏州、镇江、绍兴、芜湖、福州、重庆、长沙、贵阳、武汉等内地,从而具有了全国性的影响。

特别值得提出的是1910年年底,由任天知发起,聚集了汪仲贤、欧阳予倩、陈大悲等优秀戏剧人才的进化团,这是第一个职业性的新剧团体,他们打着"天知派新戏"的旗帜,以《血蓑衣》(据日本新派剧《血之泪》改译)、《东亚风云》(写朝鲜爱国者安重根刺杀日本首相伊藤博文的事件)、《新茶花》(写知识分子投笔从戎的故事)一炮打响,演遍大江南北。"天知派新剧"事实上创造了中国现代话剧的早期创作与演出模式。他们以宣传革命、攻击封建统治为首要职责,也即把戏剧的教化功能发挥到极致,孙中山因此曾为他们写有"是亦学校也"的题词。由此而产生了戏剧表演上的一些特色:一是追求现场的宣传、鼓动效果,因此专设"言论派小生(老生、正生)",随时离开剧情,直接面对观众,当场演讲,并期待观众的现场反应;二是强调演员的即兴表演,演出采用"幕表制",即没有完整的话剧剧本,只有简单的提纲,包括动作提示、重要片段对话等,一切靠演员的现场发挥。角色也大都类型化,有人曾把早期话剧演员分成老生部、小生部、旦部、滑稽部与能部(能演各种角色的通才),也有分成激烈派、庄严派、寒酸派、潇洒派等的。以上这些方面,实际上已经包含了以后在现代话剧史上不断出现的"广场戏剧"的一些主要特点。"天知派新剧"是开了先河的。

与政治紧密联系的早期话剧随着辛亥革命的失败而落入低潮;但在1914年,却突然出现了所谓"甲寅中兴"。这一次繁荣是以中国第一个现代大都市上海为中心的,以"职业化"与商业性为主要特色:一年之内,上海一地即成立职业剧团数十个,职业演员在千人以上,演出剧目数百个。如果说春柳社以演出社会剧为主,"天知派新剧"带有强烈的政治性,这次新民社等的中兴则是以演出家庭戏为主的,代表作《恶家庭》(郑正秋编导)即创了文明新戏的最高票房。此外还有哀情戏、宫闱戏、武侠戏、侦探戏等等。一个明显的趋向是话剧诞生以来一直占主导地位的戏剧教化功能淡化,突出了戏剧的娱乐性和表现性,题材倾向世俗生活,在欣赏趣味上更是自觉地向市民阶层的审美情趣靠拢。单纯商业性演出的负面影响也是明显的:文明新戏终因迁就小市民的封建落后意识与恶俗趣味,以及艺术上的粗制滥造、某些演员的堕落而失去了观众。

职业文明新戏日趋衰落,但以天津南开学校与北京清华学校为代表的学生业余演剧,却引起了社会的注目。他们自觉地抵制腐败之风,以严肃认真的态度,坚持着话剧艺术的探讨。因此,他们十分注重剧本的创作,并逐步建立了较为健全的演剧体制。张彭春编导、南开新剧团演出的《新村正》,洪深编导、清华学生业余演出的《贫民惨剧》都是早期话剧的代表作。

二 "五四"新文化运动与"建设西洋式新剧"的战略选择

"五四"时期适应新文化运动的要求,话剧运动再次兴起。这次兴起,是以批判为其先导的:《新青年》在 1917、1918 年间曾展开过"旧剧评议",新文化运动的先驱者们对中国传统旧戏发动了猛烈的攻击,批判的锋芒主要指向传统旧戏所包含的充满儒教与道教思想毒素的封建性内容。周作人就认为旧戏"多含原始的宗教的分子",是"野蛮戏",而加以排斥。[①] 先驱者们同时批判了传统旧戏"仅求娱悦耳目"的戏剧观念、非写实的艺术表现形式,即钱玄同所谓"戏子打脸之离奇"[②]以及追求"大团圆"结局的非现实主义创作倾向;批判中所要建立起来的新的戏剧观,主要有两个方面:一是"把戏剧做传播思想,组织社会,改善人生的工具"[③],二是提倡现实主义的戏剧,要求戏剧"在当今社会里"取材,表现"我们每日的生活",描写"平常"的普通人,并打破传统的"大团圆"主义,如实地揭示现实本来面目[④]。应该说这些要求是符合"五四"思想革命、文学革命的需要的,与同一时期现实主义小说的提倡也是一致的。"五四"文学革命的先驱者对于传统旧戏是否应该保留,是有不同意见的。钱玄同主张"全数封闭"[⑤],刘半农则主张不妨改良而加以保留[⑥];但他们又一致地认为,要以传统旧戏表现现代生活,即使不是绝无可能,也是极端困难的,出路只有一个:创造"西洋派"的戏。这就是鲁迅后来所概括的,"要建设西洋式的新剧,要高扬戏剧到真的文学

---

① 周作人:《论中国旧戏之应废》,《新青年》第 5 卷第 5 号,1918 年 11 月 15 日。

② 钱玄同:《寄陈独秀》,《新青年》第 3 卷第 1 号,1917 年 3 月 1 日。

③ 洪深:《〈中国新文学大系·戏剧集〉导言》,《中国新文学大系·戏剧集》,上海:良友图书公司 1935 年版,第 20 页。

④ 傅斯年:《论编制剧本》,《中国新文学大系·建设理论集》,上海:良友图书公司 1935 年版,第 390—391 页。

⑤ 钱玄同:《随感录·十八》,《新青年》第 5 卷第 1 号,1918 年 7 月 15 日。

⑥ 刘半农:《我之文学改良观》,《新青年》第 3 卷第 3 号,1917 年 5 月 1 日。

底地位,要以白话来兴散文剧"①:这是"五四"先驱者们为自己确立的目标,也是他们为发展中国现代戏剧所做出的战略选择。

如何"建设西洋式的新剧"?作为一种战略部署,胡适提出,要"赶紧多多的翻译西洋的文学名著做我们的模范"②;后来傅斯年又做了一点补充:要对西洋剧本做一些改编,以和中国社会情况、中国人情"合拍"③。在此之前,中国早期戏剧理论家与剧作家宋春舫已于1916年在北京大学文科开设了"欧洲戏剧"课程,这是西洋戏剧作为一门科学,正式进入中国高等学校讲坛的开始。1918年《新青年》第4卷第6号又推出了"易卜生号",发表了罗家伦、胡适合译的《傀儡家庭》,陶履恭节译的《国民公敌》和吴若男节译的《小爱友夫》,刊载了胡适的著名论文《易卜生主义》、袁振英的《易卜生传》,集中介绍了被称为"(欧洲)现代戏剧之父"的易卜生。这同样也是一种选择:先驱者们产生共鸣,并引为借鉴的,不仅是易卜生戏剧中的"个性解放思想"、"关注现实生活问题"的现实主义精神,而且是"把现实生活中的人物,连同其生活环境、生活细节都按本来面目逼真地搬上舞台",以"制造现实的幻觉"的戏剧美学观,以"客观的记录"、口语化、生活化的对话为主的散文体戏剧形式④:这些在以后都成为中国现代话剧,特别是下面将要论及的"剧场话剧"的主要追求与基本特点。

以《新青年》"易卜生号"为开端,迅速形成了介绍外国戏剧理论、翻译和改编外国戏剧创作的热潮。据不完全统计,从1917年到1924年全国26种报刊、4家出版社共发表、出版了翻译剧本170余部,涉及17个国家的70多位剧作家,如莎士比亚、易卜生、萧伯纳、泰戈尔、王尔德、高尔斯华绥、斯特林堡、梅特林克、霍普特曼、契诃夫、安特莱夫、果戈理、托尔斯泰、席勒、莫里哀等。西方戏剧史上各种流派,从现实主义、浪漫主义戏剧到现代象征派、未来派、表现派、唯美派、新浪漫派的戏剧几乎同时涌进了中国,带来了不同于中国传统戏曲却又是多元的戏剧观念、戏剧美学、戏剧形式与技巧,

---

① 鲁迅:《〈奔流〉编校后记》,《鲁迅全集》第7卷,第171页。这是鲁迅引用的日本学者青木正儿在《支那文艺论丛》中评论新文学进攻旧剧的一句话。

② 胡适:《建设的文学革命论》,《中国新文学大系·建设理论集》,上海:良友图书公司1935年版,1935年版,第138页。

③ 傅斯年:《戏剧改良各面观》,《中国新文学大系·建设理论集》,第372页。

④ 参看田本相主编:《中国现代比较戏剧史》,北京:文化艺术出版社1993年版,第142、154—155页。

这就为中国现代话剧的作者提供了新的、广阔的戏剧想象空间与戏剧艺术探讨的可能性;不同思想与文学倾向、不同艺术趣味与修养、不同个性的中国剧作家对之做出了不同的吸取,从一开始即形成了现代话剧的多元创造的局面。

在大力引进外国戏剧资源的同时,"五四"先驱者在对中国传统文学"重新估价"时,引人注目地将处于传统文学大格局边缘位置的传统戏曲(以及小说)提到了文学正宗的地位。北京大学在第一次开设"欧洲戏剧"的同时,也破天荒地开设了有关"中国戏曲"的课程,同样引起了社会的极大震动。尽管这一时期"话剧向传统戏曲寻求资源"尚未成为自觉的努力(这将是下一个时期的任务),但"五四"先驱者们对传统戏曲文学史地位的重新评价,对提高戏剧的现实地位仍然是一个积极的推动,这自然也为现代话剧的创造与发展开辟了道路。

《新青年》派对旧戏的批判,以及他们所做的"另起炉灶,创立新话剧"的选择,从一开始就引起了旧剧评论家张厚载(时为北京大学学生)等的不满,他们拒绝对传统戏曲进行任何改革,也从根本上反对话剧的兴起,扬言要"完全保存"旧戏,而"将白话剧一概抹杀"①。这样的态度自然不能被积极进行文学变革的新文化运动的倡导者与支持者所接受。

有意思的是,1925年赵太侔、余上沅等一批留美学生归国后,曾于1926年6—9月在徐志摩主持的北京《晨报副刊》上创办《剧刊》,提倡"国剧运动",提出了与《新青年》派不同的另一种选择。他们主张"从整理并利用旧戏入手"去建立"中国新剧"②:在戏剧观念上,主张发扬传统戏曲"目的在乎娱乐"的"纯粹的艺术"的倾向③,反对"利用艺术去纠正人心,改善生活"的易卜生式的社会问题剧;在戏剧的表现上,受到爱尔兰民族戏剧运动的影响,提出要"探讨人心的深邃,表现生活的原力"④,因而赞赏西方象征主义与表现主义艺术,进而提出要糅合东、西方戏剧的特点,"在'写意的'与'写

---

① 参看谷鬐子:《白话剧评》,原载 1918 年 8 月 18 日《晨钟报》,收入《宋春舫论剧》第 1 集,上海:中华书局 1923 年版,第 265 页。

② 余上沅:《中国戏剧的途径》,《余上沅戏剧论文集》,武汉:长江文艺出版社 1986 年版,第 205 页。

③ 俞宗杰:《旧剧之图画的鉴赏》,余上沅:《旧剧评价》,收入余上沅编:《国剧运动》,上海:上海书店 1992 年重印本,第 216、194 页。

④ 余上沅:《国剧运动·序》,余上沅编:《国剧运动》,第 3 页。

实的'的两峰间,架起一座桥梁",并预言"再过几十年大部分的中国戏剧,将要变成介于散文诗歌之间的一种韵文的形式"①。他们的这一设想,显然带有浓重的理想主义色彩,由于不适应当时社会的需求,终未能实现,成为一个新梦,但仍作为另一种选择的可能性,在现代戏剧思想发展史上留下了自己的印记。

三 业余的、非营业性的"爱美剧"与 "小剧场运动"的倡导

1920 年 10 月,由著名的文明戏演员汪仲贤主持,在上海新舞台剧场演出了一部《新青年》所提倡的西方现代话剧——萧伯纳的名作《华伦夫人之职业》,却遭到了意外的失败。在反省中引发了上海民众剧社的诞生:汪仲贤首先倡议,并联合了陈大悲及新文学界的沈雁冰、郑振铎、熊佛西等人,于1921 年 3 月成立了这"五四"以后第一个新的戏剧团体。同时创办了《戏剧》月刊,这也是最早以新的形式出现的专门性戏剧刊物。同年,又成立了上海戏剧协社,这是中国早期戏剧团体中历史最长的一个,成员最早有应云卫、谷剑尘等,后来欧阳予倩、洪深加入,增添了活力。汪仲贤在总结《华伦夫人之职业》演出的教训时,得出了这样的结论:"西洋底著名剧本,我们对于他只好借来活用,不能拿他照直排演。这不过是我们过渡时代底一种方法,并不是我们创造戏剧底真精神……中国戏剧要想在世界文艺界中寻一个立锥地,应当赶紧造成编剧本底人材,创造几种与西洋有相等或较高的价值底剧本,这才算真正的创造新剧。"②由此而明确提出了创造"适合我们社会的戏剧"、反对"摹仿与复制别人的东西"的主张与目标。这就是说,在此之前,作为新文化运动组成部分的"五四"话剧运动,偏于对旧戏曲的批判、对西洋戏剧的引入,基本上属于理论的倡导;而 1921 年新的戏剧团体与刊物的出现,则标志着进入了话剧建设与实践的新阶段:任务是提出系统的戏剧观念,建立新的组织形式、表演体制、演出方式,并产生自己的剧作家与剧本创作。

---

① 余上沅:《国剧》,原作系英文,林传鼎译,载 1935 年 4 月上海《晨报》"晨曦"栏,转引自洪深:《〈中国新文学大系·戏剧集〉导言》,《中国新文学大系·戏剧集》,上海:良友图书公司1935 年版,第 77 页。

② 明悔(汪仲贤):《与创造新剧诸君商榷》,《戏剧》创刊号,1921 年 5 月 31 日。

民众戏剧社与戏剧协社都宣布自己坚持"五四"传统,强调戏剧必须反映时代、人生,负担社会教育的启蒙任务。《民众戏剧社宣言》里明确提出:"萧伯纳曾说:'戏剧是宣传主义的地方',这句话虽然不能一定是,但我们至少可以说一句:当看戏是消闲的时代现在已经过去了,戏院在现代社会中确是占着重要的地位,是推动社会使前进的一个轮子,又是搜寻社会病根的X光镜……"①他们因此而反对"把外国最新的象征剧,神秘剧,输入到中国戏剧界来",主张"艺术上底功利主义",提倡"写实的社会剧"。② 他们同时又提倡"民众的戏剧",确立面向民众的方针,因而提出"要创造一种高尚的和通俗的戏剧"③;而这"高尚的和通俗的"两项要求的同时提出,正表明他们与文明新戏之间所存在的既是超越也是继承的复杂关系。

针对文明新戏职业化与商业化所产生的种种弊端,于是有了"爱美剧"也即"业余戏剧"("爱美"即 Amateur 的音译)的提倡,有了"以非营业的性质,提倡艺术的新剧为宗旨"的宣言④。正是在这样的背景下,1920 年代初,素有传统的学生业余演剧活动出现了一个高潮,并且成为这一时期话剧运动的中心。北京大学、清华大学、燕京大学、燕京女校、交通大学、民国大学、师范大学、政法专科学校、北京高等师院、女高师等院校纷纷成立业余剧社,每逢校庆、纪念日、游艺会、募捐赈灾都举行演出,吸引了广大师生与社会上的戏剧爱好者。1922 年冬,在蒲伯英、陈大悲主持下,创办了北京人艺戏剧专门学校,鲁迅、周作人、梁启超等均被聘任为校董事。这是第一所培养"预备将来要以戏剧为职业的""专门的戏剧人材"⑤的学校。1925 年在余上沅、赵太侔、闻一多等主持下,恢复了北京国立艺术专门学校,增设了戏剧系,这是第一个国立戏剧教育机构,戏剧艺术由此进入国家高等教育。以后,在田汉的主持下,又在南国社基础上,创立了上海艺术大学与南国艺术学院。这样,爱美剧演出中心就逐渐转移为这些戏剧专业学校学生的实习性演出。

上述演出,从另一个角度看,正是这一时期所提倡的"小剧场运动"的艺术实验。所谓"小剧场运动",起源于 19 世纪末法国"自由剧场"的艺术

① 《民众戏剧社宣言》,《戏剧》创刊号,1921 年 5 月 31 日。
② 蒲伯英:《戏剧要如何适应国情》,《戏剧》第 1 卷第 4 期,1921 年 8 月 31 日。
③ 明悔(汪仲贤):《与创造新剧诸君商榷》,《戏剧》创刊号,1921 年 5 月 31 日。
④ 《民众戏剧社简章》,《戏剧》创刊号,1921 年 5 月 31 日。
⑤ 蒲伯英:《人艺戏剧专门学校第一次公演底意思》,1923 年 5 月 19 日《晨报副镌》。

实验，以后风行于英、德、荷兰、俄、美、日等国，这是一次以易卜生为代表的现实主义、自然主义戏剧，取代在西方剧坛占主导地位的古典主义与浪漫主义戏剧的戏剧革新运动。中国的小剧场运动的倡导，主要集中在两个方面。首先是建立不同于文明新戏的新的话剧体制，使中国的话剧走上正规化、专门化与科学化的道路。其核心是以"导演（当时称为'舞台监督'）制"取代"明星制"，以导演为中心，将剧作家的创作、演员的表演，以及舞台美术的设计，统一成一个有机的整体，完整地体现为"剧场的艺术"。1924 年洪深为戏剧协社改编、执导的《少奶奶的扇子》（据王尔德作品改编）在创建新的排演制度上做出了示范性的努力，从而成为一次经典性的演出。其次，也许更为重要的是提出与建立了一整套新的戏剧美学原则与表演体系和模式：舞台美术（包括布景、灯光、化装等）追求逼真的、生活化的效果，演员的表演要求在舞台创造的特定情境中，不与观众进行感情交流，追求像生活片段那样自然。① 由此而创造出了以后在中国话剧界产生深远影响的"剧场戏剧"的创作与表演模式。

四　小剧场培育的田汉、丁西林等话剧文学的开创者及其创作

　　"爱美剧"的"小剧场运动"十分重视剧本的创作，几乎所有的早期剧作家的代表作都是首先在小剧场演出的，他们的创作不仅可以"在舞台上演出"，而且"也可供人们当做小说诗歌一样捧在书房里诵读，而后戏剧在文学上的地位，才算是固定建立了"②。

　　人们首先注意的，是民众戏剧社作家所创作的"社会问题剧"。胡适虽不是民众戏剧社与上海戏剧协社的成员，但他模仿易卜生《娜拉》创作的《终身大事》，却是起了开风气之先的作用的。陈大悲的《幽兰女士》也是从一个家庭着眼来分析社会问题的，剧本涉及了反对封建婚姻、"新"派的堕落、官僚家庭的丑恶、劳工的苦楚等一系列问题，但把解决问题的关键归结到人性、天良的发现、人的道德的完善上，这都与当时的社会思潮息息相关。

---

　　① 参看焦尚志：《中国现代戏剧美学思想发展史》，北京：东方出版社 1995 年版，第 86 页。
　　② 洪深：《〈中国新文学大系·戏剧集〉导言》，《中国新文学大系·戏剧集》，上海：良友图书公司 1935 年版，第 48 页。

此外还有欧阳予倩的《泼妇》、蒲伯英的《道义之交》等。这些剧本都是着眼于提出社会问题，剧本本身的艺术性并不十分好，但有强烈的社会意义，因而常引起观众热烈的反响，起到了文学的思想启蒙作用。同样着眼于作品的社会意义，但注意写人物复杂性格的，是洪深（1894—1955）的《赵阎王》。据洪深自己介绍，这个剧本是为揭露军阀罪恶，对"受虐害的民众"与"作恶的士兵"表示同情而创作的；剧中主人公赵大具有"做坏事嫌好，做好事又嫌坏"的复杂个性。他原是个破产农民，在军阀部队混了多年，成了一个兵油子，告密、活埋人……什么坏事都干过；可是，他的良心并未泯灭，一边干着坏事，一边内心充满矛盾斗争。剧本后半部分，作者袭用美国现代剧作家奥尼尔《琼斯王》的艺术手法，让赵大在林子里转圈，精神发生错乱，不断产生幻象，把人物的变态心理写得惊心动魄。由于带有明显的仿效的印记，而且不合于当时中国观众的欣赏习惯，这一尝试在当时并没有引起强烈反响。但洪深注意从非现实主义艺术流派中汲取艺术营养，以丰富现实主义艺术的表现力，这样的眼光与努力仍然是具有开创意义的。

创造社虽然主要成就在诗歌与小说方面，但对于戏剧也给予了很大关注：郁达夫写过《戏剧论》，郭沫若是"五四"以后重要的历史剧作家①，成仿吾与郑伯奇也先后创作过《欢迎会》与《抗争》等剧作。而最具有代表性的创造社剧作家无疑是田汉（1898—1968）。作为中国现代话剧的奠基者之一，田汉有着极其丰沛的创造活力：他既是多产的剧作家，仅1920年代就创作了20多部话剧（除5部多幕剧外，均为独幕剧），为现代话剧文学的建立做出了开拓性的贡献，同时又是新文化运动与话剧运动的积极参与者与组织者。"五四"时期，他是少年中国学会的活跃分子，在《少年中国》上发表了不少文章；1921年，他又与郭沫若、成仿吾、郁达夫共同发起组织了创造社；1922年，他与易漱瑜创办《南国》半月刊，1924年又办《南国特刊》；1926年，他与唐槐秋合办南国电影剧社，1927年又将其扩大为南国社。

田汉的第一个剧本是1920年发表的四幕剧《梵峨璘与蔷薇》，题目中的"梵峨璘"（小提琴）是艺术的象征，"蔷薇"则象征着爱情：献身于对"真艺术"与"真爱情"的追求，正是这一时期年轻的田汉的人生选择与艺术思想，同时也可以视为他早期创作的一个总的主题。人们不难从他"用真艺术来改造人生"即"人生艺术化"的理想中看到西方"唯美主义"的影响。在艺术

---

① 关于郭沫若的历史剧创作成就，可参看本书第五章有关分析。

表现上,他自觉地吸取西方现代主义与浪漫主义的艺术资源,显示出"重象征,重哲理,重抒情"①的特色。

于是,在田汉早期剧作中,引人注目地出现了"艺术家"形象系列:从《梵峨嶙与蔷薇》里的大鼓女柳翠、琴师秦信芳,《苏州夜话》里的老画家刘叔康,《名优之死》里的名老生刘振声,到《湖上的悲剧》里的诗人杨梦梅,《古潭的声音》里的诗人,以至《南归》里的流浪诗人,这些艺术家们在面临灵与肉、精神与物质的冲突时,都毫不犹豫地选择了前者,具有浓重的精神至上、艺术神圣的色彩。不仅他们自身都是具有献身精神的殉道者,剧作者还特意在一些男性艺术家周围设置了女性形象,甘愿为他们,也为他们所从事的艺术献出一切。《湖上的悲剧》里的白薇,为了对穷诗人杨梦梅的爱,不惜投江自杀;被救起后隐居西湖,以人作鬼,苦等三年;重逢时却得知诗人以为自己已死,并正在写记录这爱情悲剧的小说,遂慷慨自尽,因为她害怕自己的复活会使创作中的悲剧变为笑剧。这样的情节安排或许有过于离奇之处,但剧作者所要表达的"以牺牲一己肉体的生命,成全艺术(精神)生命的完美"的生命命题,却自有其动人的力量。

而更引人注目的,是剧作家赋予他的艺术家的精神流浪汉气质:《梵峨嶙与蔷薇》里的琴师自称自己如大雁般"飘来泊去"。《苏州夜话》里的画家也说自己是个"四海无家的人"。《南归》里的村女更是这样描述她眼里(心目中)的诗人:"他来,我不知他打哪儿来;他去,我不知他上哪儿去……不管是坐着,或是站着,他的眼睛总是望着遥远遥远的地方,我心里老在想,那遥远的地方该是多么有趣的地方啊,多么充满着美的东西啊";诗人又说自己"是一个永远的流浪者":受着远方的蛊惑,离开了生养自己的家乡,在人生的风浪中撞得遍体鳞伤,"孤鸿似的鼓着残翼飞翔,想觅一个地方把我的伤痕将养。但人间哪有那种地方,哪有那种地方? 我又要向遥远无边的旅途流浪"。这里的感伤情调是相当浓重的,即使戏剧结束时,村女决心跟着诗人"到那遥远的遥远的地方去",但仍不能拂去内心深处的渺茫感。如果说《南归》是一曲"流浪者之歌",《古潭的声音》就是一部神秘的象征诗剧。戏剧开幕前本是一个艺术启蒙的故事:诗人把女主人公美瑛"由尘世的诱惑里救出来了;给一个肉的迷醉的人以灵魂的醒觉",使她懂得了"人生是短促的,艺术是悠久的"的道理,并且自愿地到诗人的家中闭门读书,以求

---

① 陈白尘、董健主编:《中国现代戏剧史稿》,北京:中国戏剧出版社 2008 年版,第150 页。

① 陈白尘、董健主编:《中国现代戏剧史稿》,北京:中国戏剧出版社 2008 年版,第150 页。

157 | 第八章 戏剧(一)

精神的升华。在与女性的交往中,男性常常喜欢扮演启蒙者的角色,而且大半是成功的。但大幕拉开,两个月后,在外流浪的诗人带着最流行的围巾、绸鞋、香水与乐谱,来看望他的美瑛,以创立同时满足灵肉要求的新生活(这正是他真正追求的)时,却意外甚至是惊恐地发现,这位被他唤醒的女性又被"古潭的声音"唤去,并且永远不归了。原来分离期间,美瑛的思想又发生了新的蜕变,如她自己向诗人的母亲所表白的那样:"我是一个漂泊惯了的女孩子……哪里也不曾留过我的灵魂,我的灵魂好象随时随刻望着那山外的山,水外的水,世界外的世界,她刚到这一个世界,心里早又做了到另一个世界去的准备。我本想信先生的话,把艺术做寄托灵魂的地方,可是我的灵魂告诉我连艺术的宫殿她也是住不惯的,她没有一刻子能安,她又要飞了……"这才是真正的精神漂泊者:生命不能有一刻的凝固,灵魂不能有一刻的安宁,远方(山外的山,水外的水)有着永远的诱惑。女性内在生命的骚动一旦被唤起,就会走向彻底,从而将本质上是妥协、中和的男性启蒙老师抛弃:诗人终于失败了。在剧本中,作为永远的诱惑之象征的是古潭的声音:这是一个精心的艺术设计。如田汉自己所说,这一意象取自日本古诗人芭蕉的俳句"古潭蛙跃入,止水起清音",而据日本学者的分析,这古潭的清音乃"具足了人生之真谛与美的福音"。① 剧的结尾,诗人是高喊着"古潭啊,你藏着我恐惧的一切,古潭啊,你藏着我想慕的一切,古潭啊,你是漂泊者的母胎,古潭啊,你是飘泊者的坟墓","万恶的古潭啊,我要捶碎你!"而坠入潭中的。这样,田汉的"古潭的声音",本是很容易让人联想起鲁迅《过客》里的"前面的声音"的,都是表现着一种生命的永远的诱惑,这其实也是现代文学的一个贯穿性的主题;但在剧作家笔下,却增加了几分神秘、感伤的色彩:这恐怕正是田汉的思想、艺术个性的流露吧。

田汉早期剧作的另一个主题是"美(爱情、艺术)的幻灭与毁灭(摧残、扭曲)",这部分作品更具有社会批判性,而且是越来越强烈的。《咖啡店之夜》《苏州夜话》的主人公都经历了爱之梦或艺术之梦的破灭,从而正视了社会的真实:这个爱情变成买卖、整个民族"中了破坏狂,把创造的气力慢慢地给消磨完了"的国家,是不会容纳真美的。也被视为田汉早期代表作

---

① 《〈田汉戏曲集〉第五集自序》,《田汉文集》第 2 卷,北京:中国戏剧出版社 1983 年版,第 417 页。

的《获虎之夜》,更是第一次"接触了婚姻与阶级这一社会问题"①,那深山里的莲姑的一声高喊:"世界上没有人能拆开我们的手!"可以说是呼出了反封建、争取个性解放的时代强音的;而男主人公关于爱情的寂寞的倾诉,则表明剧作者仍没有完全走出感伤。

《名优之死》是田汉前期创作的一个总结,也是艺术上最为完整、相对成熟的剧作。剧中女伶刘凤仙的堕落不仅仅是因为外在的金钱、权势的诱惑,更是由于自身的虚荣、软弱:这就将美的毁灭的主题更深入了一步。一代名优刘振声也不再是一个只会含泪叹息的弱者,而有着铮铮铁骨,敢于反抗恶势力,最后死于舞台,充满了悲壮的色彩:这美学风格的变化,其实是反映了剧作家自身思想的日趋激进的,自然也预示着创作道路的某种变化。

田汉的早期剧作"诗人写剧"的特色是十分鲜明的。像《南归》更是郁达夫这一时期所写的《戏剧论》里所说的"不以事件、性格或观念的展开为目的","专欲暗示一种情念的葛藤,或情调的流动"的抒情剧。② 在这一时期的剧作中,人物常有长篇的独白,或叙事(讲述情节故事),或抒情,以此作为推动戏剧发展的要素。在这个意义上,田汉早期戏剧是更重视语言的艺术的,而此时剧作者的语言风格又是偏于华丽的。或竭力炫耀色彩的绚丽:"那雪山脚下的湖水,还是一样的绿吗?"——"绿得象碧玉似的。""那湖边草场上的草,还是一样的青吗?"——"青得跟绒毡似的。我们又叫它'碧瑠璃'。"(《南归》)或排列奇瑰的物象:"埃及模样的围巾啊,黑色的印度绸啊,南海的绸鞋啊,红帽子啊,丝袜子啊,克里姆啊,天才的乐谱啊,南国奇花制成的香水啊,杨玉环爱吃的荔枝啊,鲛女哭出来的珠子啊,我把你们辛辛苦苦弄到这里来,她走了,你们也没有生命了。"(《古潭的声音》)或运用诡奇的比喻与联想:"鞋,和踏在你上面的脚和腿是怎样的一朵罪恶的花,啊!怎样把人引诱向美的地狱里去啊!"(《古潭的声音》)"翠姑娘!你是火中舞蹈的蔷薇……"(《梵峨嶙与蔷薇》)"我象海底的鱼望着水面上透进来的阳光似的等了你三年了。"(《湖上的悲剧》)这样的语言追求显然有唯美主义的影响,却大大增强了田汉剧作的文学性,对现代戏剧文学语言的创立是有独特的贡献的。

① 《〈田汉戏曲集〉第二集自序》,《田汉文集》第 3 卷,北京:中国戏剧出版社 1983 年版,第 375 页。

② 郁达夫:《戏剧论》,《郁达夫文集》第 5 卷,广州:花城出版社、香港:生活·读书·新知三联书店香港分店 1983 年版,第 61、62 页。

虽不是创造社成员,但与创造社成员十分接近,而且风格也极其相近的,还有此时登上文坛的女剧作家白薇(原名黄彰,1894—1987)。这时期她发表了剧本《琳丽》《苏斐》和《访雯》,这几个剧本都是以妇女为主人公的,其中融进了女作家自己,一个生活在黑暗中国的不屈女性向自己同胞所做的热情的呼喊。她的作品充满浪漫主义气息,侧重表现人物心理,在手法上多借用西方表现主义的艺术手段,剧中人的对话多用诗句。

田汉之外,在戏剧艺术上取得较高成就的是 1922 年开始创作剧本的丁西林(1893—1974)。丁西林在 1920 年代乃至整个中国话剧史上,都是一个独特的存在。他是一个出色的剧作家,又是一个杰出的物理学家,在他身上所体现的"科学(物理)与艺术(戏剧)思维"的相反相成,至今仍是吸引着研究者的饶有兴味的课题。中国现代话剧是以悲剧为主体的,丁西林是为数不多的喜剧家之一;在喜剧领域里他又独创了机智与幽默喜剧。中国现代话剧的主要代表作大多是多幕剧,而他却执着于独幕剧创作的艺术实验,并且创作了堪称典范的作品。他出现在中国现代话剧的初期,可是从起笔就达到了高水准,无论是戏剧的构思、人物、结构,还是语言、风格,都表现出一种艺术上的成熟,在同期大多数的粗糙、幼稚之作中,显得"凤毛麟角一般的可贵"[1]。丁西林的剧作更具有某种超前性,他的作品几乎一出现就遭到了种种误读与隔膜的批评:这都是具有实验意识的自觉的艺术家必须付出的代价。

不同于同时期的大多数剧作家,丁西林创作的出发点不是社会、历史、现实中的问题,他不是以惩恶扬善的伦理道德家的眼光,而是以一个喜剧家的直觉,去发掘生活中的喜剧因素,结构为具有喜剧趣味的戏剧。"欺骗"是他的喜剧观念、艺术上的一个关键词,他终身都对含有欺骗、伪装、戏仿内核的母题、故事、模式感兴趣。他的处女作(也是代表作)《一只马蜂》写的就是一对现代青年男女,一面追求自然的人生与爱情,一面却要以不断说谎(遮盖)的方式来表达爱情,而剧中急于为儿女婚事帮忙的男主人公的母亲吉老太太以及观众却不明白其中的奥秘,处于不自觉地被欺骗以至被捉弄的地位,这就产生出一系列的悬念、误会、出乎剧中人与观众意料的情节的翻转,以及言此意彼的语言的分裂等等喜剧手段,作者正是在这种手段的玩弄中收获喜剧的快感,而读者在最终从扑朔迷离中醒悟过来,明白了真相以

---

[1] 张嘉铸:《评"艺专演习"》,1926 年 6 月 17 日《晨报副刊·剧刊》。

后,也会放声一笑。如果他(她)们再去回味一番,思考欺骗的真义,又会发现其内在的多重意蕴。最容易注意到的是吉先生的这句台词——"我们处在这个不自然的社会里面,不应该问的话,人家要问,可以讲的话,我们不能讲,所以只有说谎的一个方法,可以把许多丑事遮盖起来",由此而引出不能自然、自由地表达爱情的悲哀、无奈的阐释。这或许也有道理;但仔细读剧本,又会发现,与其说男女主人公是被迫说谎,毋宁说他(她)们正是从中获得了某种乐趣。当余小姐与吉先生如此对着话:"这样说,还是不结婚的好。"——"是的,你可以不可以陪我?"——"陪你做什么?"——"陪我不结婚。"他(她)们简直是陶醉在这种说谎(遮盖本事)的语言游戏中的。人们由此似乎懂得了:吉老太太关心的是男女双方找到对象,完成婚姻大事本身,而这对男女青年却注重婚姻中的爱情,在追求过程中体验种种曲折有致的美感与乐趣;正是现实的与审美的两种不同的生活态度与观念,构成了全剧的喜剧冲突。剧作者的目的并不在于一定要将读者的思考引向某个结论性的共识,他是鼓励"方程式"的多解的,而且期待读者(观众)在理性与感性的复杂品味中获取更大的欢娱和满足。后来,丁西林将闹剧与喜剧做了这样的区分:"闹剧是一种感性的感受,喜剧是一种理性的感受;感性的感受可以不假思索,理性的感受必须经过思考……闹剧只要有声有色,而喜剧必须有味……闹剧的笑是哄堂、捧腹,喜剧的笑是会心的微笑。"他特地提醒不要将他的剧"演成一个闹剧"①,这自然不是无的放矢。

作为一个独幕剧艺术家,丁西林特别讲究戏剧的结构:他的喜剧通常采用"二元三人"模式,即将剧中人物压缩到最大限度,通常由三人构成,但不是三足鼎立,而是二元对称对峙格局,第三者则起着结构性的作用,或引发矛盾,或提供解决矛盾的某种契机。如被认为是丁西林戏剧主要代表作的《压迫》,故事是由房东老太太为了安全,只愿租房给有家眷的客人,女儿却根据"同性相斥"的原则只愿要单身的男客人引起的:男主人公在女儿在家的那天,付了房租,搬来这一日,又碰着老太太在家;于是,房东老太太根据"房子是我的,我定下的一定要有家眷"的规矩,非要男客搬走不可,男客则根据"我交了定钱,你应该遵守契约"的道理,非租房不可。双方都认自己的死理,不肯妥协,形成僵局。于是第三个人物女房客登场,作者安排她扮

---

① 丁西林:《孟丽君·前言》,《丁西林剧作全集》(上),北京:中国戏剧出版社1985年版,第308页。

演打开死结的角色。这是一个通达的职业女性，几番周折（其间自然免不了许多喜剧性场面），终于弄清缘由以后，突然灵机一动，想出说谎的办法，即由自己假扮男客的家眷，轻而易举地解开了戏剧的"纽扣"。综观全剧，实际上存在着两种冲突：除房东太太与男客考虑问题的角度不同、观念不同引起的冲突外，还有男客与房东太太共有的非此即彼的绝对思维与女客灵活、变通的思维方式的冲突。女客在剧中除结构功能外，还有了自己的独立价值。丁西林根据凌叔华的同名小说改编的喜剧《酒后》中，"夫"与"妻"原有一个温暖、平静的家庭，彼此文化层次都比较高，感情也不错；只是由于"他"的出现——一位英俊、善良而又不幸的"客人"喝醉了酒，睡在客厅的长沙发上，在戏剧进行过程中，他一直睡着，没有说一句话——却引发小夫妻间的一场对话，揭开了妻的理想主义与夫的满足现状、玩世主义的潜在矛盾，以至妻突发异想，要当着丈夫的面，轻吻睡中的"他"。几经曲折，丈夫勉强同意，妻却临阵退却：这未实现的"一吻之恋"显示了中国上层知识女性微弱、平和、怯懦的爱情追求，荒诞的喜剧背后隐藏着不可言说的悲哀。最后，客人醒来，夫妻感情的微澜也归于平静：这原本是一出"几乎无事的喜剧"。丁西林的戏剧大多"无事"，也就是说，构成戏剧冲突的双方，并不存在正反好坏、高下优劣的价值等级，而仅仅是观念、态度，对事物认识角度的不同所形成的差异，是二元对比、映照，而非二元对立；双方皆有可爱之处，也都有可笑之点，既是笑者，也是被笑者。《一只马蜂》中的吉先生与吉老太太，《压迫》中的房东太太与男客，《酒后》中的妻与夫，无一不是如此。因此，丁西林的喜剧的结局，绝不如讽刺喜剧那样，以正方得福、反方或受惩或归正为结束，而是真正的皆大欢喜。这其实都是反映了剧作家的哲学与美学观的：他追求和谐、互补，相对的而非绝对的合理性。在戏剧结构上，丁西林特别注重结尾的艺术，常有出乎意料的惊人之笔。如《压迫》，一切圆满之后，他让刚刚租到房子的男客忽然转过身来，问刚刚扮演妻子的女客："啊，你姓甚么？"连最会做戏的女客也张口结舌："我……啊……我……"实在令人忍俊不禁。

丁西林的喜剧艺术更以语言著称。他的剧本里常有充满机智、幽默感的警句，以语言自身的喜剧性直接获得效果。如"一个诗人，是人家看不见的东西，他看得见；人家看得见的东西，他看不见；人家想不到的东西，他想得到；人家想得到的东西，他想不到"（《亲爱的丈夫》），"旁人家是主人教听差的应该怎样的小器，他是听差教主人应该怎样的大方"（《北京的空气》），等等。这些话,大都出于情趣优雅的男女知识者主人公(他们是作者心目中的理想人物)之口;而那些非知识阶层的配角,如巡警、仆人、老妈子等,却说的是含义单调的实话,如《压迫》里那位巡警除了"您贵姓?"这样的例行公事的问话之外,就几乎不会说其他的话。而知识者的俏皮话,有时是与剧情游离的,仅仅是为了显示智慧,是一种自我陶醉的思想趣味与语言趣味。在丁西林的观念中,喜剧艺术归根到底是一种语言的艺术,他也因此为现代戏剧文学语言的创立做出了重要的贡献。

附录　本章年表

1907 年

春　　春柳社在日本东京演出小仲马《茶花女》中的两幕,后又演出曾孝谷根据美国斯陀夫人小说改编的《黑奴吁天录》(七幕剧)。

1918 年

6 月　　罗家伦、胡适合译的易卜生《娜拉》发表于《新青年》第 4 卷第 6 号,同期发表胡适的《易卜生主义》(论文)、张厚载的《新文学及中国旧戏》(论文),并发表通信讨论旧戏。

10 月　《新青年》第 5 卷第 4 号出"戏剧改良专号",刊登胡适、傅斯年、欧阳予倩等人讨论改良戏剧的文章(胡适《文学进化观念与戏剧改良》、傅斯年《戏剧改良各面观》、欧阳予倩《予之戏剧改良观》、张厚载《我的中国旧戏观》)。

11 月　周作人《论中国旧戏之应废》发表于《新青年》第 5 卷第 5 号。

1919 年

3 月　　胡适《终身大事》(独幕剧)发表于《新青年》第 6 卷第 3 号。

1920 年

10 月　郭沫若《棠棣之花》(诗剧)发表于《时事新报·学灯》双十增刊,后收入《女神》集,1921 年由泰东图书局出版。

1921 年

2 月　　郭沫若《女神之再生》(诗剧)发表于《民铎》第 2 卷第 5 号,后收入《女神》。

3 月　　沈雁冰、郑振铎、陈大悲、欧阳予倩、汪仲贤、熊佛西等 13 人在上海组织民众戏剧社。5 月,创办《戏剧》月刊。

4 月　　郭沫若《湘累》(诗剧)发表于《学艺》第 2 卷第 10 期。

同月始　陈大悲《爱美的戏剧》(论文)连载于北京《晨报》。

10月　汪仲贤《好儿子》(独幕剧)发表于《戏剧》第1卷第6期。

本年　陈大悲《幽兰女士》(五幕剧)收入现代书局版《幽兰女士》。

同年　陈大悲、李健吾组织北京实验剧社。

同年　应云卫、谷剑尘等组织成立上海戏剧协社。

1922 年

3月　田汉《咖啡店之一夜》(独幕剧)发表于《创造》季刊创刊号。

冬　蒲伯英出资在北平创办人艺戏剧专门学校。

1923 年

1月　洪深《赵阎王》发表于《东方杂志》第20卷第1、2号。

2月　郭沫若《孤竹君之二子》发表于《创造》季刊第1卷第4期。

5月　郭沫若《卓文君》(三幕历史剧)发表于《创造》季刊第2卷第1期。

10月　丁西林《一只马蜂》(独幕剧)发表于《太平洋》第4卷第3期。

1924 年

1月　田汉创办《南国》半月刊。

同月　田汉《获虎之夜》(独幕剧)发表于《南国》半月刊(未登完)。同年收入《咖啡店之一夜》(戏剧集)，由中华书局出版。

同月　熊佛西《青春底悲哀》(戏剧集)由商务印书馆出版。

2月　郭沫若《王昭君》(三幕历史剧)发表于《创造》季刊第2卷第2期。

12月　田汉《咖啡店之一夜》(戏剧集)由中华书局出版。

本年　上海戏剧协社演出洪深根据王尔德《温德米尔夫人的扇子》改编的《少奶奶的扇子》。

1925 年

3月　欧阳予倩《泼妇》(独幕剧)收入《剧本汇刊》第1集，由商务印书馆出版。

5月　丁西林《一只马蜂及其他独幕剧》由北京大学现代评论社出版。

9月　郭沫若《聂嫈》(二幕剧)由光华书局出版。

12月　余上沅《兵变》、熊佛西《洋状元》(三幕剧)发表于《晨报七周年纪念增刊》。

本年　赵太侔、余上沅在北京艺术专门学校增设戏剧系。

1926 年

1月　丁西林《压迫》(独幕剧)发表于《现代评论第一周年增刊》。

4月　郭沫若《三个叛逆的女性》(戏剧集)由光华书局出版。

7月　刘复《译〈茶花女〉剧本序》发表于《语丝》第88期。

8月　杨晦《笑的泪》(独幕剧)发表于《沉钟》第1期。

夏　北京《晨报副刊》创办《剧刊》，倡导"国剧运动"。

1927 年

9 月　王独清《杨贵妃之死》由创造社出版部出版。

12 月　熊佛西《佛西戏剧集》(第 1 集)由北京古城书社出版。

冬　　田汉领导的南国社正式建立,同时创办南国艺术学院。

知识点

必读作品与文献

思考题

第二编　第二个十年

（1928年—1937年6月）

第九章　文学思潮与运动（二）

　　1928年1月，全部由共产党员作家组成的太阳社创办了《太阳》月刊，由蒋光慈、钱杏邨主持，同时，刚从日本回国的创造社新成员李初梨、冯乃超、彭康等主持的《文化批判》创刊，同月出版的创造社的另一刊物《创造月刊》第1卷第8期也显出了"突变"。这些刊物在上海共同倡导"革命文学"，郭沫若在一篇文章中宣称："个人主义的文艺老早过去了"，"代替他们而起的"必定是"无产阶级的文艺"①。同年3月，倾向自由主义的作家胡适、徐志摩、梁实秋等为核心的《新月》月刊创刊，公开表明自己的态度是维护"独立""健康的原则"与"尊严的原则"②。这互相对立的两种倾向之刊物的出版及理论宣言的公布，标志着现代文学在结束了"第一个十年"之后，经过仅一年的思想的酝酿准备、队伍的重新组合，又进入了新的历史发展时期，通常称之为"第二个十年"（1928—1937）。

　　在这一时期，"五四"所开启的有相对思想自由的氛围消失了，文学主潮随着整个社会的变革而变得空前地政治化；无产阶级革命文学运动推进了马克思主义文艺理论的传播与初步的运用，并在相当程度上决定着此后二三十年间文坛的面貌；在左翼文学兴发的同时，自由主义作家的文学及其他多种倾向的文学颉颃互竞，各有千秋，共同丰富着1930年代的文学创作。③

一　1930年代文艺运动发展的基本线索

　　1927年"四一二"事变，国民党大量驱逐和屠杀共产党人，国共合作推

---

①　麦克昂（郭沫若）：《英雄树》，《创造月刊》1927年第1卷第8期。

②　徐志摩：《"新月"的态度》，《新月》1928年创刊号。

③　文学史轮廓的勾勒，可以由不同的视角切入。因为现代文学特别是第二三两个十年的文学正处于一段非常政治化乃至战乱的时期，绝大多数作家不能不受到政治文化的影响，文学思潮与运动更是容易被政治文化所左右，所以从政治分野的角度来考察文学思潮流变，仍然是必要的，当然也不能局限于此。

进的国民革命进程就此中断,历史进入了一段国共相争、战乱频仍的时期。新文学的"第二个十年"就处在这样一个混乱而又非常政治化的时期。国民党掌权的国民政府由建立到相对稳定,在实业建设及改善民生等方面取得了一定的成绩,但思想文化上却几乎毫无建树①,特别是实行所谓"训政时期"的党国体制导致专制独裁,日益引发社会反抗;而共产党转向农村实行土地革命,建立红色政权,在城市则转入地下活动,虽屡遭军事围剿和镇压而严重挫败,却在思想文化上占了上风,以共产主义思想吸引到越来越多的知识分子以及更多青年人。被政治所撕裂的几方面作家,彼此间进行无休止的论争与争夺,无论哪一派都很难做到袖手旁观,文学思潮与创作也就不能不受当时的政治文化制约。整个1930年代的文学,就是在这样的"抗争"状态中存在,并艰难地发展。

国民政府为维持思想统治,曾做过建立党制文化与党制文学的种种努力。1929年9月,国民党中央宣传部召开全国宣传会议,提出"三民主义文艺"的口号,并由宣传部出钱,在南京办起中国文艺社,刊行《文艺月刊》;在上海则有《民国日报》的文艺周刊与《觉悟》副刊,以及《絜茜》杂志,公开宣扬打倒"革命文学"和"无产阶级文学","建设三民主义的新文学"②。但"三民主义文学"口号的提出几乎是一纸空文,既无理论,又没有什么作品,不久也就偃旗息鼓。1930年3月,中国左翼作家联盟(简称"左联")成立,更引起国民党宣传部门的恐慌。于是由潘公展、朱应鹏、王平陵、黄震遐、范争波、傅彦长等发动了"民族主义文艺运动",出版《前锋周报》与《前锋月刊》,在《宣言》里提出要铲除"多型的文艺意识",而统一于"民族主义"的"中心意识"。上述"运动"虽凭借政权的力量,在各地办有十多个刊物,却未能形成核心理论,也未出现比较像样的创作;所谓"民族主义文学"也只有黄震遐的小说《陇海线上》和诗剧《黄人之血》之类思想混乱的宣传品。国民党始终未能靠"国家统制"建立起有效的文学运动。

1930年代的政治、经济、军事与思想文化是不平衡的;尽管掌握着政权

---

① 1926—1936年,中国经济年增长率为8.3%,如将东北三省除外,则增长率为6.4%。数据参考张玉法的历史著作,台北:联经出版公司2011年版,第194页。又及,夏志清在《中国现代小说史》中指出,国民党掌权之后"除了孙中山的著作(特别是'三民主义')之外,就拿不出更具建设性的思想和哲学来"。见该书中译本,刘绍铭等译,香港:香港中文大学出版社2001年版,第99页。

② 1930年11月26日上海《民国日报》。

的国民党在政治、经济、军事上占有绝对优势，但在思想文艺领域却未能形成具有影响力与号召力的独立力量。在 1930 年代决定着文坛基本面貌的是另外三种力量，或者说三种文学潮流，即左翼文学、民主主义文学和自由主义文学。

左翼文学运动以"左联"为中心，拥有一批发表园地，包括"左联"成立以前的《创造月刊》《文化批判》《太阳月刊》和"左联"成立前后的《拓荒者》（蒋光慈主编）、《萌芽》月刊（鲁迅、冯雪峰主编）、《十字街头》（鲁迅主编）、《北斗》（丁玲主编）、《文学月报》（姚蓬子、周起应主编）、《光明》半月刊（洪深、沈起予编辑）等刊物和秘密发行的《文学导报》（创刊号名《前哨》），这些刊物为激进的革命文学创作提供了大量发表园地，并形成浩大的声势。左翼文学在 1930 年代虽然受到当局的压迫，但影响反而愈加扩大，一度成为文坛的绝对主导。站在左翼对立面的评论家苏雪林就这样描述过左翼文学之影响："今日新文化已为左派垄断，宣传共产主义之书报，最得青年之欢迎，一报之出，不胫而走，一书之出，纸贵洛阳。"[①] 这也从反面佐证了当时左翼文学的影响。

这一时期"左联"之外的作家很多，他们大都希望在纷扰的社会保持某些独立性，但这很难，在极端政治化时期，他们不得不受政党政治的左右，本身也就处于不断的分化之中：有部分作家受到革命思潮的影响，与革命接近而又保持距离，左翼阵营把他们称作"民主主义作家"。这是第二种文学潮流。还有第三种，即有自由主义倾向的作家，他们在不同程度上靠拢国民党，但也往往保持距离，不同于专门致力于国民党党制文学的作家。

其实民主主义和自由主义两类作家之间并没有明晰的界限，彼此有交叉或流动，他们不像"左联"那样有严密的组织，也未形成统一的文学运动，甚至也不像"五四"时期那样组成过众多的文学社团。用"主义"来标示他们的分野，是为了论述的简便。他们往往由于文学见解比较一致而出版刊物，编辑丛书，由此集合一批文学好尚相近的作家，共同开展活动。其中著名的刊物有《文学》（傅东华、王统照主编）、《文学季刊》（郑振铎、章靳以主编）、《文学月刊》（巴金、章靳以主编）、《文丛》（巴金、章靳以主编）、《现代》（施蛰存等主编）等等，一般认为是以民主主义作家为主的刊物；而《论语》（林语堂等主编）、《骆驼草》（周作人、冯文炳、冯至等编辑）、《文学杂志》

---

① 苏雪林:《与蔡孑民先生论鲁迅书》,《奔涛》1937 年第 1 卷第 2 期。

（朱光潜主编）、《大公报·文艺》（沈从文、萧乾主编）、《水星》（卞之琳、沈从文、李健吾等主编）、《新月》（徐志摩、闻一多、饶孟侃、罗隆基等编辑）等等，则是偏向自由主义的刊物。此外，开明书店（叶圣陶、夏丏尊等主持）、文化生活出版社（吴朗西、巴金等主持）、生活书店（邹韬奋等主持）等也主要是民主主义作家文学活动的园地；其中开明书店的"开明文学新刊"、生活书店的"创作文库"及文化生活出版社的"文学丛刊"等丛书，都有广泛影响。

左翼文学与民主主义、自由主义文学的各自发展、演变，构成了1930年代现代文学的基本面貌，他们之间文艺思想上有差异和斗争，文学创作上互相竞争，共同活跃着1930年代的文坛。

二 革命文学论争与以"左联"为核心的 无产阶级文学思潮

无产阶级革命文学的倡导发生在1928年初，但其渊源可以追溯到1923年前后。那时，共产党人邓中夏、恽代英、萧楚女、沈泽民、蒋光慈等就提出过无产阶级文学的主张，1924年还出现过有明显革命倾向的文学社团春雷社。1925年"五卅运动"之后，沈雁冰等人已经试图运用马克思主义阶级论来解释文学现象。革命文学运动的发生是马克思主义传播的结果，从"文学革命"到"革命文学"的转变是有迹可寻的。然而无产阶级革命文学作为一种规模浩大的文学运动，在1928年崛起，主要是由政治形势突变推动的：是现实的革命事业的挫败，引发了文化与文学的革命运动。

1927年"四一二"事变后国共合作关系彻底破裂，大批共产党人和革命青年遭到国民党的驱逐和屠杀，他们中有一批原来参加国民革命实际工作的作家和文化人，流落到上海，加上一批从日本等地归国的激进的青年，这两部分人共同倡导了革命文学运动。倡导者们接受了当时共产党内"左"倾路线的影响，认为虽然革命陷于低潮，但无产阶级文学运动的提倡能推动政治上的持续革命。此外，他们的文学观点深受当时苏联和日本等国的无产阶级文学运动中"左"倾机械论的影响，特别是当时日本共产党领导人福本和夫关于通过"理论斗争"扬弃资本主义意识形态、实现组织的"分离结合"的观点①,以及苏联的"无产阶级文化派"及其后的文学组织"拉普",理论家波格丹诺夫的"文艺组织生活"论②,都直接成为革命文学的理论。后期创造社的骨干李初梨的倡导文章《怎样地建设革命文学》③,即明确提出文学的任务就是"反映阶级的实践的意欲",只要将革命的意图加以形象化,就可以"当作组织的革命的工具去使用";据此而认为"五四"以来那些重在描写与揭示生活现实的作品都已经落伍过时,要彻底抛弃,新文学队伍也要按阶级属性重新划线站队。由于这种"左"的思想加上宗派情绪,倡导者们便向"五四"时期已成名的作家开刀,重点批判清算了鲁迅、茅盾、叶圣陶、郁达夫等。他们全盘否定"五四"新文学的传统,认为鲁迅写作的那个"阿 Q 时代是早已死去了",鲁迅的创作大都没有现代意味,只能代表清末及庚子义和团时代的思想④,甚至判定鲁迅是"封建余孽""二重反革命人物",其他资深作家也一律被戴上"有产者与小有产者代表"的帽子,声称要"替他们打包,打发他们去"⑤。

后期创造社与太阳社的攻击引起鲁迅、茅盾对文学理论的深入思考。鲁迅并非反对"革命文学",如何面对国民革命的挫折所形成的新的现实,也是鲁迅感到焦虑和未能解决的问题。鲁迅对革命文学其实没有明确的设想,他只是怀疑和反感革命文学家的"突变"及"唯我独革"。鲁迅在讨论一开始即指出:在革命到来之前,文学大抵都是叫苦鸣不平的文学,渐次变为怒吼的文学,但"到了大革命的时代,文学没有了,没有声音了",因为"大家忙着革命,没有闲空谈文学了"⑥,及至革命成功之后才有可能产生文学。因此,他认为当时中国也没有"革命文学"。在他看来,文学毕竟是"余裕的产物"⑦,不应当夸大其革命的伟力。然而当"革命文学"成为一股潮流并受到国民党政权压迫时,鲁迅从现实的角度又肯定了"革命文学"作为一种反

---

① 参考王野:《"革命文学"论争与福本和夫》,《中国现代文学研究丛刊》1983 年第 1 期;斋藤敏康:《福本主义对李初梨的影响——创造社"革命文学"理论的发展》,刘平译,《中国现代文学研究丛刊》1983 年第 3 期。

② 参见《苏联"无产阶级文化派"论争资料》,郑异凡编译,北京:人民文学出版社 1980 年版,第 89 页。

③ 《文化批判》1928 年第 2 号。

④ 钱杏邨:《死去了的阿 Q 时代》,《太阳》月刊 1928 年 3 月号。

⑤ 成仿吾:《打发他们去》,《文化批判》1928 年第 2 号。

⑥ 鲁迅:《革命时代的文学》,《鲁迅全集》第 3 卷,第 438 页。

⑦ 同上书,第 442 页。

抗性思潮的存在理由,认为这是"势所必至,平平常常,空嚷力禁,两皆无用"①,作为一种应时出现的思潮,用行政和武力来禁是禁不了的。鲁迅同时批评创造社、太阳社不敢正视残酷的现实,光凭纸上写下的:"'打,打''杀,杀',或'血,血'"②,只不过是"空嚷"而已。鲁迅对创造社诸人片面宣扬文学工具论也表示反感,他说"一切文艺固是宣传,而一切宣传却并非全是文艺,这正如一切花皆有色(我将白也算作色),而凡颜色未必都是花一样。革命之所以于口号,标语,布告,电报,教科书……之外,要用文艺者,就是因为它是文艺"③。鲁迅特别不赞同所谓"组织生活论""工具论",在他看来,文艺"不过是一种社会现象,是时代的人生记录"④,"现在的文艺,就在写我们自己的社会"⑤,如果将文艺等同于政治,那就"踏了'文学是宣传'的梯子而爬进唯心的城堡里去了"⑥。

论争还"挤"着双方都去学习原先只是生吞活剥、其实并不了解的马克思主义文论,促进了马克思主义文艺思想的传播。鲁迅翻译过苏联卢那察尔斯基的《艺术论》和普列汉诺夫的《艺术论》,所看重的仍是把文艺作为一种特殊的社会现象,并强调文艺揭示与认识生活的现实主义观点。茅盾比鲁迅更明确赞成革命文学的倡导,但同样也反对文学的工具论。他批评创造社、太阳社某些作者"仅仅根据了一点耳食的社会科学常识或是辩证法,便自负不凡地写他们所谓富有革命情绪的'即兴小说'"⑦,因为忽略文艺本质而不可避免地走上了标语口号化的路。茅盾认为,在严酷的革命低潮时期,更应当坚持现实主义精神去"凝视现实""揭破现实"⑧。他同时严厉批评了创造社、太阳社对"五四"文学传统的全盘否定。

革命文学论争经历了近两年时间,论战双方有些情绪化,"火药味"很浓,所涉及的很多理论问题并未解决,但绝非毫无意义,鲁迅的批评意见也

---

① 鲁迅:《〈现代新兴文学的诸问题〉小引》,《鲁迅全集》第 10 卷,第 322 页。

② 鲁迅:《革命文学》,《鲁迅全集》第 3 卷,第 567 页。

③ 鲁迅:《文艺与革命》,《鲁迅全集》第 4 卷,第 85 页。

④ 同上书,第 83 页。

⑤ 鲁迅:《文艺与政治的歧途》,《鲁迅全集》第 7 卷,第 120 页。

⑥ 鲁迅:《〈壁下译丛〉小引》,《鲁迅全集》第 10 卷,第 307 页。

⑦ 茅盾:《读〈倪焕之〉》,《茅盾全集》第 19 卷,北京:人民文学出版社 1991 年版,第 211 页。

⑧ 茅盾:《写在〈野蔷薇〉的前面》,《茅盾全集》第 9 卷,北京:人民文学出版社 1985 年版,第 523 页。

不等于对论争的盖棺论定。论争的实质是,在历史的突然逆转中感到困惑与迷惘的作家和知识分子,想通过"理论斗争"来整理、思考和寻找自己[①],他们对"五四"时期建立起来的文学观念的颠覆或反颠覆,都是一种"重新寻找",希望能在文学与革命之间建立某种新的联系,以便在文学上恢复和继续他们受挫的革命使命。

革命文学论争引起了国共两党的注意。1929年9月,国民党召开"全国宣传会议",提出以"三民主义的文艺政策"来清理统一文坛,扼杀"革命文学""无产阶级文学"。共产党则指示创造社、太阳社停止攻击鲁迅,让他们与鲁迅以及其他革命的"同路人"联合起来,成立统一的革命文学组织,对抗国民党的文化围剿。这样,历时近两年的论争便停止了。参与论争的各方冷静下来,寻求共识,组成了一个组织——这就是在1930年代文坛起过枢纽作用的"中国左翼作家联盟"(简称"左联")。

"左联"从1929年底开始筹备,1930年3月2日在上海成立。出席成立会议的有鲁迅、冯雪峰、沈端先、冯乃超、柔石、李初梨、蒋光慈、彭康、田汉、钱杏邨、阳翰笙等40余人。当时加盟的有50余人,郭沫若、郁达夫都加入了"左联"。会上通过的理论纲领宣告"我们的艺术是反封建阶级的,反资产阶级的,又反对'失掉了社会地位'的小资产阶级的倾向",并且表明要"援助而且从事无产阶级艺术的产生"。会上选举了沈端先、冯乃超、钱杏邨、鲁迅、田汉、郑伯奇、洪灵菲7人为常务委员。后来,茅盾、周起应(周扬)相继从日本回国,也参加了"左联"。由于共产党的介入,"左联"的成立大致结束了原有革命文学运动那种混乱的、相对封闭的状况,将各种对现政权不满或反对的文学势力也纳入其中,形成了文学界的统一战线。曾被攻击为落后的"人道主义者"的鲁迅,此时也被尊为左翼文学的"领袖"。不过鲁迅总不愿意随波逐流,他和左翼是有距离的。在"左联"成立大会上鲁迅就做了后来题为《对于左翼作家联盟的意见》的讲话,清醒地总结了革命文学倡导过程中的经验教训。他针对某些革命作家盲目乐观的心态,批评那种不明白"革命的实际情形",不明白"革命是痛苦,其中也必然混有污秽和血"的"浪漫"。他指出,如果不正视现实,只抱着浪漫蒂克的幻想,"无论怎样的激烈,'左',都是容易办到的;然而一碰到实际,便即刻要撞碎了",

---

① 参考程凯:《革命的张力——"大革命"前后新文学知识分子的历史处境与思想探求(1924—1930)》,北京:北京大学出版社2014年版,第225—229页。

"'左翼'作家是很容易成为'右翼'作家的"。①

"左联"成立后,先后出版的刊物有《拓荒者》、《萌芽月刊》、《北斗》、《文学周报》、《文学导报》、《文学》半月刊等,另外接办和改组了《大众文艺》《现代小说》《文艺新闻》等期刊。"左联"在国内一些城市设立了小组,在日本东京设有分盟,另在北平有相对独立的"北方左翼作家联盟"与上海的"左联"遥相呼应,吸引了大批追求革命的文学青年。"左联"作为国际革命作家联盟的一个支部,许多活动都与国际上的无产阶级文学运动同步。许多"左联"作家同时又是革命者,从事实际的革命活动,因而也遭到国民党当局的压迫,"左联"的一些刊物和书籍被查禁,成员被通缉、逮捕甚至杀害。为了服从旨在抵抗日本侵略的民族统一战线政策,1936年春"左联"解散,它前后活动存在了六年时间,对1930年代乃至后来的文学发展产生了巨大的影响。

"左联"很有影响的一项工作,就是成立马克思主义文艺理论研究会,加强对马克思主义文艺理论的翻译、介绍和研究工作。马克思主义经典文艺论著早在1920年代中期就介绍到中国,无产阶级革命文学论争更推动了马克思主义文艺理论的翻译与传播。②"左联"成立后,瞿秋白从俄文原文翻译了马克思主义经典作家的主要理论著作,并写了《马克斯、恩格斯和文学上的现实主义》《恩格斯和文学上的机械论》《关于列宁论托尔斯泰两篇文章的注解》等文,对马克思主义经典作家的文艺思想做了系统全面的介绍与阐述。与此同时,初期马克思主义文艺理论家普列汉诺夫、拉法格、梅林、卢那察尔斯基、沃罗夫斯基的论著也都被介绍到中国,对宣传马克思主义文艺思想起了很大的推动作用。1930年代马克思主义理论深入中国社会科学的各个领域,建立起马克思主义的新哲学、新史学、新经济学、新教育学等等,成为强大的历史潮流。用马克思主义的批评方法去观照现存文学的一切,建立马克思主义文艺批评的历史任务正是在这一历史时期提上了日程,并取得了最初的成果。由于鲁迅、瞿秋白、茅盾、冯雪峰、周扬、胡风、钱杏邨等人的努力,在中国第一次出现了建立在唯物史观基础上、"依据社会潮流阐明作者思想与其作品底构成,并批判这社会潮流与作品倾向之真

---

① 鲁迅:《对于左翼作家联盟的意见》,《鲁迅全集》第4卷,第238、239页。

② 如1929年5月到1930年8月,上海水沫书店和光华书店就出版"科学的艺术论丛书"9种,其中包括普列汉诺夫、卢那察尔斯基、波格丹诺夫等的著作,鲁迅、冯雪峰、苏汶等参加翻译。

实否"①的马克思主义文艺批评,这是 1930 年代最新进也最有影响力的批评。瞿秋白《鲁迅杂感选集·序言》、鲁迅《〈中国新文学大系〉小说二集序》《白莽作〈孩儿塔〉序》等序跋,茅盾《徐志摩论》等作家论,胡风《林语堂论》等作家作品评论,周扬、冯雪峰关于革命现实主义理论的探讨,钱杏邨关于现代小品文的研究等,都是用马克思主义文艺思想来总结中国新文学创作实践经验的尝试。"左联"时期译介马克思主义文论,大都是从日文转译,所选择的翻译对象不太纯粹,不全是马克思主义经典作家,加上存在误译与误读,付诸实践时必然产生许多教条主义的幼稚病。尽管如此,马克思主义还是给左翼文学带来强大的理论支撑,他们尝试使用一种大气、明快而有力的批评方法,对这一时期及以后的创作起了很大的指导和制约作用。

与此相关的,是自觉地加强了与世界文学,特别是世界无产阶级文学运动的联系。首先,以极大的努力输入苏联及其他国家的文学作品。据统计,自 1919 年至 1949 年,全国翻译出版外国文学书籍约 1700 种,而"左联"时期翻译出版的就有约 700 种,占 40%。其中苏联作品翻译出版最多,影响最大的有:高尔基的《母亲》、法捷耶夫的《毁灭》、绥拉菲摩维支的《铁流》、肖洛霍夫的《被开垦的处女地》等早期无产阶级文学作品,《十月》等同路人作品,以及西方的进步作家辛克莱的《屠场》《石炭王》《都市》、雷马克的《西线无战事》、巴比塞的《火线上》、德莱塞的《美国的悲剧》、杰克·伦敦的《野性的呼唤》、马克·吐温的《汤姆·莎耶》等等。鲁迅也先后与郁达夫、茅盾等主编过《奔流》与《译文》杂志,主要译介了易卜生、惠特曼、托尔斯泰、莱蒙托夫、密支凯维支(现通译密茨凯维奇)、裴多菲、契诃夫、果戈理等作家的作品。1935 年郑振铎主持编辑的"世界文库",规模宏大,轰动一时。各种西方名著如《死魂灵》(鲁迅译)、《浮士德》(郭沫若译)、《十日谈》(伍光建译)、《吉诃德先生》(傅东华译)、《忏悔录》(张竞生译)、《简爱》(李霁野译)、《贵族之家》(丽尼译)等等,大都于本时期介绍到中国;与此同时,也有一部分中国现代作家的作品翻译介绍到国外,获得世界的读者。

"左联"还积极推动文艺大众化运动。"左联"成立后,即设立文艺大众化研究会,并于 1931 年 11 月在题为《中国无产阶级革命文学的新任务》的

---

① 冯雪峰:《社会的作家论·题引》,《冯雪峰论文集》(上),北京:人民文学出版社 1981 年版,第 12—13 页。

"左联"执委会决议中,明确规定"文学的大众化"是建设无产阶级革命文学的"第一个重大的问题"。① 此后一年多的时间里,《北斗》《文艺新闻》《文学导报》等刊物发表了许多参与大众化问题讨论的文章,大众化问题成为左翼文学理论的焦点之一。针对有些人完全反对利用旧形式或者把利用旧形式只当成迁就群众的权宜之计,鲁迅写了《论"旧形式的采用"》,指出既不能一味搬用旧形式,也不可全盘否定,采用旧形式"必有所删除,既有删除,必有所增益,这结果是新形式的出现,也就是变革"。② 鲁迅在讨论中始终坚持将接受外来文化与继承民族传统相统一的观点,指出:"采用外国的良规,加以发挥,使我们的作品更加丰满是一条路;择取中国的遗产,融合新机,使将来的作品别开生面也是一条路。"③鲁迅将这概括为"拿来主义",强调对于古代、民间与外国文化"我们要拿来","或使用,或存放,或毁灭","没有拿来的,文艺不能自成为新文艺"。④ 鲁迅的"拿来主义"思想在如何对待中外文化遗产这一基本理论与实践问题上是一个重要的理论突破,对于促进文学的现代化与民族化发展有重要意义。

1934 年夏天还发生过大众语和文字拉丁化的讨论。文艺大众化运动鼓励了创作上的探求,"左联"提倡过工农兵通讯员运动,要求作家创作包括报告文学、演义、唱本、壁报文学在内的多种大众文艺作品。文艺大众化运动是对"五四"文学革命以来的"欧化"倾向及革命文学创作中存在的某些"左"的倾向的纠偏,目的在于缩短文学与群众的距离,这本也是无产阶级文学题中应有之义。但由于历史条件的限制,大众化的理论探讨仍比较肤浅,创作中也未能成功地贯彻。

以"左联"为核心的无产阶级文学运动非常重视创作方法的革新,积极推行富于革命意味的新的现实主义,然而其对现实主义的理解和把握却经过曲折的历程。

革命文学倡导初期,曾经在"五四"文坛上极力张扬浪漫主义的创造社成员,此时却激烈地宣布告别浪漫主义。他们将创作方法与政治立场等同起来,独尊现实主义而排斥其他的创作方法。1929 年下半年,太阳社又从日本引进了左翼文学理论家藏原惟人提出的"新写实主义"(又称"普罗列

---

① 《中国无产阶级革命文学的新任务》,《文学导报》1931 年第 1 卷第 8 期。
② 鲁迅:《论"旧形式的采用"》,《鲁迅全集》第 6 卷,第 25 页。
③ 鲁迅:《〈木刻记程〉小引》,《鲁迅全集》第 6 卷,第 50 页。
④ 鲁迅:《拿来主义》,《鲁迅全集》第 6 卷,第 41 页。

塔利亚写实主义""无产阶级现实主义"等等）的口号，比较看重客观的真实性，强调具有无产阶级"前卫"的眼光，既"站在客观的具体的美学上"，又表现革命的理想主义的气度。1932 年 4 月，瞿秋白、茅盾等为华汉（阳翰笙）的小说《地泉》三部曲重版作序，对"革命的罗曼蒂克"进行了清算，否定将人物描写成"时代精神号筒"的简单化写法，以及概念化、公式化的弊病，提出新兴文学应当唾弃这样的创作方法，坚决地走向"唯物辩证法创作方法"；所谓"唯物辩证法创作方法"是由当时苏联的作家组织"拉普"提出，而由 1930 年 11 月国际革命作家联盟代表大会确认的，强调世界观对创作直线式的决定作用，完全用哲学方法或世界观取替艺术方法，认为作品的成功关键在于通过具体的人物和生活的描写将唯物辩证法体现出来，那么图解政治概念也就是合理的。又由于将世界观等同于创作方法，结果在批判"革命的罗曼蒂克"的创作思想情调时，连作为基本创作方法之一的浪漫主义也给否定了，创作上的主体性也不容表现了，这也使得当时众多作家都错误地以为不能再写自我的情感心理，只能写群像，写"我们"，公式化、概念化的弊病还是很普遍。

"唯物辩证法创作方法"的推行也受到了一些作家的抵制。1932 年，原本信仰马克思主义的胡秋原就提出，"我们固然不否认文艺和政治意识之结合，但是……那种政治主张不可主观地过剩，破坏了艺术之形式，因为艺术不是宣传，描写不是议论"，又反对"将艺术堕落到一种政治的留声机"。[1]苏汶也认为创作的标准不只是"正确"，更应该考虑"真实"，如果文学所表现的生活是真实的，那么，就"必然地可以从现实生活的错误和矛盾中引出生活必需另行创造的结论来"[2]，因此，他反对文学上的"干涉主义"，要求给作家充分的创作自由。这些观点本来是针对当时国民党所支持的"民族主义文艺"思潮的，当然对于纠正左翼文学中存在的图解政治的倾向也有实际意义。但在那个政治化的年代，左翼文学家处于受压迫的状态，他们对政治性问题很敏感，而且客观上胡、苏的口号与主张阶级论的革命主潮相抵触，所以"左联"就群起而批判了胡、苏的"文艺自由论"以及"第三种文学论"，不能容忍胡、苏对左翼文学缺陷的指责。这种批判从政治上看是有其

---

① 胡秋原：《勿侵略文艺》，《文化评论》1932 年第 4 期；《艺术非至下》，《文化评论》1932年创刊号。

② 苏汶：《论文学上的干涉主义》，《现代》1932 年第 2 卷第 1 期。

历史缘由的，不过这样一来原本的理论探讨就上升为政治论争，结果在强化创作中的政治性和世界观重要性的同时，也强化了"唯物辩证法创作方法"的消极影响。有些左翼批评家甚至在论争中走向极端，申明文艺"也永远是，到处是政治的'留声机'"①。与所谓"自由人"和"第三种人"的论争，也暴露了左翼文艺理论批评界仍然是贫弱的。

以"左联"为核心的无产阶级文学运动，在其后期又从苏联引入了"社会主义现实主义"的口号，作为一种新的创作方法，其影响比以往其他方法更加深远，甚至一直延续到当代。对这个口号及相关理论比较系统的介绍见于1933年11月周起应（周扬）发表的论文《关于"社会主义的现实主义与革命的浪漫主义"》②。作为无产阶级文学的一种基本创作方法，"社会主义现实主义"是1934年苏联首届作家代表大会确定的。它要求文艺家从现实的革命出发，真实地历史地具体地描写现实，这种艺术描写的真实性与历史具体性还必须与用社会主义精神从思想上改造和教育劳动人民的任务相结合。这个口号的提出，是为了清算"拉普"机械论的文学思想以及"唯物辩证法创作方法"的偏误，所以有强调"写真实"的一面。但周扬介绍这一创作方法时，仍然强调文学的政治性、教育性，强调作家的立场、世界观，不太重视现实主义问题。他当时还没有能力从真实性与倾向性对立统一的角度去解说"写真实"对于创作的重要性，所以这个口号一传入就有些变形。不过，文章还是批评和反省了左翼文学长期存在的一种偏向，即"忽略了艺术的特殊性，把艺术对于政治、对于意识形态的复杂而曲折的关系看成直线的、单纯的"。由于周扬在"左联"的领导地位，他这篇文章几乎给此后左翼文坛对创作方法的探求定下了调子，即既吸收了"社会主义现实主义"中有利于现实主义恢复与发展的因素，又不能从根本上摆脱"左"倾机械论的束缚。

以"左联"为核心的无产阶级革命文学在特定时代产生过巨大的影响，虽然受时代思潮的裹挟出现过某些幼稚的甚至错误的倾向，但作为一种充满理想和斗争激情的革命文学传统，其强大的根须仍然伸展到之后整个现代文学乃至当代文学的发展脉络中。

---

① 易嘉（瞿秋白）：《文艺的自由和文学家的不自由》，《现代》1932年第1卷第6期。

② 周扬：《关于"社会主义的现实主义与革命的浪漫主义"》，《现代》1933年第4卷第1期。

三　自由主义作家文艺观及两大文艺思潮的对立

1930 年代文艺思想领域呈现出极为活跃的状态：第一个十年里纷纷传入中国的各种文艺思潮经过历史的筛选，与本国文艺实践运动相结合，形成了马克思主义与自由主义两大文艺思想对峙的局面。两大思潮之间的论争频繁展开，激烈程度远超第一个十年。这是与这一时期政治斗争尖锐化程度相适应并由其所决定、制约的，由此也决定了这一时期两大思潮论争的特点：论争始终集中在文学艺术发展的外部关系——诸如文艺与阶级的关系，文艺与政治革命的关系，文艺与生活、时代的关系，文艺与人民的关系上，而文学艺术内部关系、美学范畴问题却未能得到全面的探讨；每一个提上日程的争论，都未能充分展开，问题的讨论浮光掠影。马克思主义文艺思想在与自由主义文艺思想论争的过程中，在不断克服自身的"左"倾幼稚病的过程中，不仅成为左翼文学运动的指导思想，而且对众多追求革命的文学家产生了巨大的吸引力，构成 1930 年代文学的主潮；而自由主义文艺思潮在理论和创作实践上也有不可忽视的实绩，并在文学史发展的大的背景下对主流派文学起到某种制约与补充的作用。

这一时期自由主义作家在理论上的主要代表人物梁实秋、朱光潜、沈从文等，他们在理论宣言中都公开地表示反对"为艺术而艺术"。梁实秋认为，"文学而躲避人生，这就是取消了文学本身的任务"，"文学里面是要有思想的骨干，然后才能有意义，要有道德性的描写，然后才有力量"。[①] 朱光潜也明确表示"十九世纪所盛行的'为文艺而文艺'的主张是一种不健全的文艺观"[②]。沈从文则希望自己的作品能给那些"对中国现社会变动有所关心""各在那里很寂寞的从事于民族复兴大业的人"以"一种勇气同信心"。[③] 这反映了半殖民地半封建落后国家的自由主义作家不可能完全无视民族、国家的呼唤，他们也是以自己不同于革命作家的方式，通过也许是更为曲折的道路，与自己的民族、人民以及社会现实生活保持着某一程度的

---

① 梁实秋：《文学与科学》，《偏见集》，上海：上海书店 1988 年版，第 210 页；又见《梁实秋论文学》，台北：时报出版公司 1981 年版，第 373 页。

② 朱光潜：《我对于本刊的希望》，《文学杂志》1937 年创刊号。

③ 沈从文：《边城·题记》，《沈从文全集》第 8 卷，太原：北岳文艺出版社 2009 年版，第 59 页。

联系。他们也在以自己的方式思考社会人生，探求民族复兴的道路。在动荡的 1930 年代，尽管自由主义知识分子处于严重的精神危机之中，但这一时期他们的文学主张却很少受到西方世纪末文学的消极影响，较少颓废、享乐的色彩，而显示出某种严肃性：严肃地内省，严肃地表现、思考社会人生。

朱光潜下述总结性的观点在这一时期自由主义作家对于政治、社会、艺术的思考中带有典型性："我坚信中国社会闹得如此之糟，不完全是制度的问题，是大半由于人心太坏。我坚信情感比理智重要，要洗刷人心，并非几句道德家言所可了事，一定要从'怡情养性'做起……要求人心净化，先要求人生美化。"①他重视与强调文学"洗刷人心"、再造民族灵魂的作用，在这一点上，与"五四"时期的文学启蒙思想是有某种继承关系的。"五四"时期"改造国民性"的文学主题在这一时期某些自由主义作家的文学作品里得到继承与发展，并不是偶然的。只是把社会问题的症结归于"人心太坏"，并与社会制度根本改造对立起来，在当时会显得不合时宜。这些自由主义作家既不满意国民党政权，更对日益发展的工农力量心怀疑惧，尽管保留着反封建的思想革命要求，在一定程度上可以承认文学的思想启蒙、道德进化作用，但对政治斗争（特别是作为政治斗争集中体现的党派斗争）却采取不介入的清高态度（事实上却不可能不介入），不能容忍文艺成为政治斗争的一翼。他们一再申说文艺的超功利性与独立性，正是这种抗拒心理的反映。自由主义文艺理论家们反复强调的"超脱现实"的原则，即所谓"艺术和实际人生的距离"，在美学上自有一定的积极意义，反映了艺术创作的某些规律；但作为一种强调独立的文艺观，又是与当时强调现实批判和社会功利性的文学主潮相对立的。这样，左翼文艺与自由主义文艺在思想理论上的斗争就不可避免。

两种文艺思潮的论争贯穿 1930 年代，比较重要的是左翼作家与新月派的论争。

1927 年左右，原现代评论派的骨干胡适、徐志摩等陆续到了上海。1927 年春创办新月书店，由胡适任董事长，1928 年 3 月又创刊《新月》杂志，主要撰稿人有徐志摩、罗隆基、胡适、梁实秋等。新月派的主要理论家梁实秋并不讳言，他们的聚集是因为不能不正视这种紧迫的事实：无产阶级的运

---

① 朱光潜：《谈美·开场话》，《朱光潜全集》第 2 卷，合肥：安徽教育出版社 1987 年版，第 6 页。

动已"由政治的更进而为文化的运动",要"打倒资产的文学来争夺文学的领域"。因此,这可以说是一场双方都自觉意识到的争夺文艺阵地的斗争。新月派从根本上否定无产阶级文学存在的理论基础,首先打出"人性"的旗帜,抹杀左翼文学家所看重的文学的社会阶级基础,以"永恒的人性的文学"否定"无产阶级的阶级的文学"。争论的焦点不在肯定或否定"人性"的存在,问题在于梁实秋等人是以人性的普遍存在论来反对阶级论。在《文学是有阶级性的吗?》一文中,梁实秋就竭力说明资本家和工人尽管有不同之处,然而在人性方面并没有两样,例如生老病死的无常、爱的要求、企求身心的愉快,而文学就应当表现这基本共通的"人性"。他认为,"人生有许多方面都是超阶级的",文学创作不应受"阶级的约束",这样才能成就伟大的作品。① 显然,梁实秋讲"人性"的普遍性和共通性是针对当时已在主导文坛空气的"阶级论",否定无产阶级文学。这就引起了左翼文坛的反击。鲁迅辛辣地指出问题的实质:"倘以表现最普通的人性的文学为至高,则表现最普遍的动物性——营养,呼吸,运动,生殖——的文学,或者除去'运动',表现生物性的文学,必当更在其上。"②这显然是止于一种义愤的政治性批判。鲁迅其实也并不赞同当时许多左翼文学家把文学阶级功利性绝对化为文学唯一特征的"左"的倾向,指出阶级社会里的文学"都带"着阶级性"而非'只有'";用阶级性代替、抹杀文学的个性及其他特性,是对"唯物史观"的"糟糕透顶"的歪曲。③ 鲁迅在与新月派的论战中,一开始就坚持了与左、右两种倾向做斗争的立场。

新月派第二面理论旗帜是"天才论"。梁实秋认为"一切的文明,都是极少数的天才的创造"④,进而把文明与资本主义制度联系在一起,宣称攻击资产制度即是反抗文明,优胜劣败的定律注定"反文明"的无产阶级势力"早晚还是要被(资产者的)文明的势力所征服的"⑤。在梁实秋的心目中,革命文学也好,左翼文学也好,都不过是"五四"时期浪漫主义文学的延续和发展,所以他有时称左翼文学为"伤感的革命主义"或"浅薄的人道主

---

① 梁实秋:《文学是有阶级性的吗?》,《新月》1929 年第 2 卷第 6 号合刊。
② 鲁迅:《"硬译"与"文学的阶级性"》,《鲁迅全集》第 4 卷,第 208 页。
③ 鲁迅:《文学的阶级性》,《鲁迅全集》第 4 卷,第 128 页。
④ 梁实秋:《文学与革命》,《新月》1928 年第 1 卷第 4 号。
⑤ 梁实秋:《文学是有阶级性的吗?》,《新月》1929 年第 2 卷第 6、7 号合刊。

义"①。梁实秋的"天才论"典型地表现了新月派自由主义作家及其文艺思想的保守倾向和贵族色彩。不过梁实秋也看到了主流派文学存在的公式化、概念化等弊病，看到了革命文学倡导者尽管宣称要割弃"五四"文学的历史联系，宣布突变，其实仍是变形了的浪漫主义。从文学思潮的流脉看，梁实秋的这种批评和判断还是有眼光的，后来左翼文学也反省过"革命的罗曼蒂克"倾向。此外，1934年前后，左翼文坛还与自由主义作家发生过关于小品文、幽默以及所谓"性灵文学"的论争，1936年又与京派作家发生过关于左翼文学是否存在"差不多"现象即公式化、概念化的论辩。这些论争所触及的问题都很现实，也有理论意义，可惜双方都意绪过甚，讨论多停留于政治攻击，很难深入，所得也就寥寥。

这一时期自由主义作家的文学批评活动也十分活跃。早在上一个十年，周作人在《自己的园地·序》里就提出"批评是主观的欣赏不是客观的检察，是抒情的论文不是盛气的指摘"②。周作人的主张曾引起郭沫若的驳难，郭沫若在一篇题为《批评—欣赏—检察》的文章里，指出周作人的批评观与佛郎司（今译法朗士）把批评视为"灵魂的冒险"的"印象批评"如出一辙，他主张"真正的批评家要谋理性与感性的统一，要泯却科学态度与印象主义的畛域"，并且以为"真正的批评的动机除对于美的欣赏以外，同时也还可以有一种对于丑的憎恨"，"所以'盛气的指摘'不必便是假的批评"。③这场未能引起注意的争论实际上是颇能显示左翼作家与自由主义作家批评观的不同的。"印象的批评"与"宽容"的态度，大体上能够概括这一时期自由主义作家文艺批评的基本特点。

这一时期最有影响的批评家刘西渭（李健吾，1906—1982）曾反复申说，批评家"属于社会，然而独立"，应该是"学者和艺术家的化合"；"批评最大的挣扎是公平的追求"，反对把"批评变成一种武器，或者等而下之，一种工具"。④ 在他看来，批评应当往批评里放进批评家自己，"批评是表现"⑤，

---

① 梁实秋：《文学与革命》，《新月》1928年第1卷第4号。

② 周作人：《自己的园地·序》，《自己的园地》，北京：晨报社1923年版，序第1页。

③ 郭沫若：《批评—欣赏—检察》，《创造周报》1923年第25号。

④ 刘西渭：《咀华集·跋》，《咀华集》，上海：上海文化生活出版社1936年版，第1、2、3页。

⑤ 刘西渭：《自我和风格》，《李健吾文学评论选》，银川：宁夏人民出版社1983年版，第216页。

是批评家"叙述他的灵魂在杰作之间的奇遇"①。因此,他在评论时很注重对作品的整体审美体验,注重对阅读中"独有的印象"的把握与传达。他进入批评时主要凭借直观,从整体上去体验与把握作品的基本艺术氛围,然后把最鲜明的印象抓住,加以提炼和简化,提取最突出的成分,形成对作品的评论。这比较接近印象主义批评。李健吾精通中外文学,也有极好的艺术直感,又善于体察作者的创作用心与甘苦,因此,他的批评对批评对象常有深切的理解,尽管是印象式的,却在娓娓道来的行文中,时时跳出中肯、精彩甚至令人叫绝的论断。诸如,评论沈从文《边城》,说是"在画画,不在雕刻","细致,然而绝不琐碎;真实,然而绝不教训;风韵,然而绝不弄姿;美丽,然而绝不做作";评论何其芳《画梦录》,说是"把若干情境揉在一起,仿佛万盏明灯,交相映辉;又像河曲,群流汇注,荡漾回环……一紫一金,无不带有他感情的图记"②;评论芦焚《里门拾记》,说是那乡思对于作者"也许是一块疮伤,然而痂结了,新肉和新皮封住了那溃烂的刀口,于是一阵不期然而然的回忆,痛定思痛,反而把这变做一种依恋"③。类似这样的批评会把读者引入一种感性的氛围中,很自然地把自己的印象和批评家的印象做比较,互为补充生发。这正是李健吾批评的魅力。

李健吾的批评文章本身就是一篇篇精妙的美文,能够显示批评家自己的个性,也能够容纳、理解不同艺术个性的作家。他的批评集《咀华集》所评论的对象中就包含了政治倾向和艺术流派彼此不同的作家:曹禺、卞之琳、朱大枬、沈从文、废名、夏衍、叶紫、萧军等等。

这一时期另一重要的自由主义批评家是沈从文。人们注意小说家沈从文的独特创造,却因此忽视了批评家沈从文的贡献,这是不应该的。沈从文这一时期的批评著作有《沫沫集》,是1930年代初他在武汉大学授课的讲稿,后整理出版。其中虽有某些政治偏见,却有更多的真知灼见。沈从文的批评注重文学"趣味"的纯正和道德感,毫不留情地否定那些只追逐"商品意义"和"低级趣味"的所谓"新海派"作品,把肤浅的"革命的罗曼蒂克"也纳入"新海派"之列。在对作家进行评论时,风格的勾勒和体味成为他文字中最精到的部分,这显然吸收了古典批评中感悟印象的评点方式。沈从文

① 刘西渭:《自我和风格》,《李健吾文学评论选》,银川:宁夏人民出版社1983年版,第214页。

② 刘西渭:《咀华集》,上海:文化生活出版社1936年版,第73、74、201—202页。

③ 刘西渭:《咀华二集》,上海:文化生活出版社1947年版,第14页。

把作家丰富的生活阅历、明锐的艺术感受与学者的历史眼光结合起来,使得他的作品论既能够准确地把握作家的艺术个性,又能够从文学发展的历史线索中断定作家的独特贡献与历史地位。《沫沫集》中对现代小说的研究(《论中国小说创作》)、对新诗的评论(《论闻一多的〈死水〉》《论汪静之的〈蕙的风〉》等)都能显示这一特点。

朱光潜(1897—1986)是京派另一位重要的文学理论家和批评家。他很少评论作家作品,而偏重从美学、心理学角度探究文学原理,写过《文艺心理学》《谈美》《诗论》等专著。朱光潜认为偏于历史社会的批评和偏于形式的批评都把标准定得过于绝对,其实文学创作各式各样,标准不可一概而论。他希望以直觉审美来切入批评(不排除名理分析),强调批评中的美感经验,重视阅读过程中主体的融入,这些观点有些接近后来西方的"接受美学",对于1930年代流行的机械论反映论是有纠偏作用的。

此外,1930年代比较活跃的批评家还有苏雪林(1897—1999)、李长之(1910—1978)。苏雪林的一些作家作品研究如《〈阿Q正传〉及鲁迅创作的艺术》《沈从文论》,都有精到的艺术分析,颇引人注目,但她后来写的鲁迅评论,就陷入政治偏见的谩骂了。李长之的《鲁迅批判》容易被误认为是否定鲁迅的,其实是尝试用心理分析来写鲁迅的评传,属于传记批评。[①] 他认为文学批评不能简单地把文学现象还原为政治或经济原因,还应当重视作家的人格心理如何折射到创作中。该书对鲁迅其人其作都有深入而独到的认识。关于诗歌的批评研究则有梁宗岱(1903—1983)的《诗与真》《诗与真二集》,以"纯诗"的理论观察新诗普遍的"平庸",有一定的理论深度,亦有诗家的眼光。

四 文学创作的潮流与趋向

对于这一时期的文学创作起重大影响的有两个因素。首先,是社会、历史的巨大变动:1930年代的中国,在西方工业文明冲击下,以上海为中心的沿海城市加速了现代化进程,而广大内地农村封建宗法统治(及其生活方式)则在坚守中分崩离析。城乡变动触及中国社会的每一个角落及一切阶层,对从知识分子到民族资本家、工人、农民以至市民阶层的命运和思想、感

---

① 李长之:《鲁迅批判》,北新书局1936年初版。

情、心理产生巨大冲击,引起了从中心城市到一切穷乡僻壤社会生活的急剧震荡。中国已由"五四"时期的思想革命转向这一时期社会变革所引起的社会革命。"中国社会向何处去"成为时代的集体焦虑。其次,如果说"五四"是个性解放的时代,现在就进入社会解放的时代,人的思考中心发生转移,思维方式也相应发生变化:从对人的个人价值、人生意义的思考转向对社会性质、出路、发展趋向的探求。从前者向后者的转变在 1920 年代中后期即已开始,到这一时期后者成了主导方面。从 1920 年代人生观问题大论战到这一时期中国社会性质问题的大论战,正表明了这种转变。正是在这样的社会历史背景下,一大批"新人"涌入文学队伍,导致了作家结构的重大变化:中国的第一代作家大都来自封建旧营垒,是士大夫阶层的逆子,他们以对旧家庭旧传统旧思想的批判开创了现代文学的思想启蒙时期;新一代的作家则来自更广泛的社会阶层,在从事文学活动之前,有着丰富的人生经验,正像鲁迅评论叶紫所说的那样,"作者还是一个青年,但他的经历,却抵得太平天下的顺民的一世纪的经历"①,他们进入文坛必然大大密切文学与现实生活、时代及各阶层人民的联系,带来社会全方位的观察、思考、描写的视野与角度。

1930 年代中国社会的大变动,以及由此产生的现代都市与传统农村的对立、相互冲突与渗透,引发与激化了知识分子在传统农业文明与现代工业文明、东方文明与西方文明之间选择的矛盾与困惑,反映在文学与审美层次上,便形成了这一时期左翼、京派、海派三大文学派别(潮流)之间的对峙与互渗。大体说来,海派是 1930 年代以上海为中心的东南沿海城市商业文化与消费文化畸形繁荣的产物,他们依托于文学市场,既享受着现代都市文明,又感染着都市"文明病"。正是对都市文明既留恋又充满幻灭感的矛盾心境,使他们更接近西方现代派艺术,有着自觉的先锋意识,追求艺术的"变"与"新"。而以北京、天津等北方城市为中心的京派多是学者型的文人,也即非职业化的作家。他们一面陶醉于传统文化的精美博大,又置身于自由、散漫的校园文化氛围之中,天然地追求文学(学术)的独立与自由,既反对文学从属于政治,也反对文学的商业化:这是一群维护文学的理想主义者。而左翼作家则自觉以现代大工业中的产业工人代言人的身份,对封建的传统农业文明与资本主义工业文明以及西方殖民主义同时展开批判,要

---

① 鲁迅:《叶紫作〈丰收〉序》,《鲁迅全集》第 6 卷,第 228 页。

求文学更自觉地成为以夺取政权为中心的无产阶级阶级斗争的工具。三大文学派别(潮流)创造了不同的文学景观,但又统一生存于1930年代社会、思想、文化的大背景之下,因而在整体文学的张力场上又显示出某些共同的趋向,在整个现代文学历史发展中展现出一种时代文学的特征。这可以从四方面来看。

一是文学题材和表现角度的新开拓。

在第二个十年的最初阶段,出现了一大批表现个人走向社会历程的作品,茅盾的《蚀》《虹》、叶圣陶的《倪焕之》、丁玲的《一九三〇年春上海》等作品,着重反映这一过程的艰难和痛苦;殷夫的《一九二九年的五月一日》等诗歌则充满激情地抒发了"个人"融合在"集体"之中的幸福、自豪和充实。正像茅盾早已注意到的那样,这时期"甚至写恋爱时也从礼教与恋爱的冲突到革命与恋爱的冲突了"①。所谓"革命与恋爱的冲突",实质上也是从个人感情生活的角度反映个人在走向社会过程中的矛盾与抉择。

在文学随之"从家庭到十字街头"以后,"中国社会半殖民地化"成为作家关注的焦点。围绕这一中心,展开了多方面的题材与主题,其中,最重要的是关于中国城乡资本主义化的过程中社会各个阶层(农民、工人、城市小资产阶级、小市民、民族资本家……)的历史命运及心理、道德、情感变迁的题材与主题。这一时期最杰出的作家茅盾、巴金、老舍、沈从文、曹禺、田汉、洪深、艾青、丁玲、张天翼、李劼人、沙汀等等,都为这一时代中心主题与题材所吸引,并在此基础上建造了各自独特的"艺术世界"。如茅盾的飘摇中的民族资本家家族与老舍的破产中的市民社会等等,就连沈从文这样的与时代拉开距离的作家,也并不讳言自己的创作动机出自农村"变动中的忧患"。沈从文苦心经营的供奉着"人性"的"希腊小庙",那古朴的田园式的艺术世界仍然是对1930年代农村社会变动的曲折反映。

1931年"九一八"事变之后面临殖民地化威胁的中华民族的命运,又成为作家关注的焦点,产生了新的题材和主题,为下一阶段文学的发展做了准备。这一时期文学表现领域的开拓是全面的,艾芜、周文、马子华、蔡希陶把被社会与文学遗忘了的"时代潮流冲击圈外"的边地人民的命运、性格、心理,以及与人的命运织为一体的大自然带进了现代文学领域;沈从文笔下的

---

① 茅盾:《关于"差不多"》,《茅盾全集》第21卷,北京:人民文学出版社1991年版,第311页。

内地家乡少数民族富有原始魅力的生活情趣、心理状态与情感方式，也是首次为现代文学所关注。文学摆脱了相对狭隘的视野之后得到的是生活本身那样的丰富性——不仅有"五四"时期作家最为注意的普通人平凡的人生，也有特殊境遇下的特殊的人生；作家的创造个性得到了充分的发挥。每一个作家所能涉猎的领域自然还是有限度的（在这一时期也出现了一些同时涉及许多领域的"全景式"的作家），但各个不同的作家的创作汇合起来，就构成了 1930 年代社会全貌的百科全书式的反映，组成了具有深广历史内容的时代史诗。

二是从抒情为主到偏重叙事。

文学内容的变化必然引起文学形式的变化，如果说注重个性解放与思想解放的"五四"是抒情的时代，着重社会解放的现代文学第二个十年就是叙事的时代。"五四"时代最便于表现作者个性的"散文小品文的成功，几乎在小说戏曲和诗歌之上"；而到 1930 年代，能够容纳较为广阔的社会历史内容的小说，特别是中长篇小说成为最有成就的文学样式，与中长篇小说具有类似功能的多幕戏剧也获得了引人注目的成就。这一时期涌现出来的最具有文学才华的作家，如茅盾、巴金、老舍、沈从文、曹禺，所产生的最杰出的代表作品，如《子夜》《家》《骆驼祥子》《边城》《雷雨》《日出》，都集中于这两个领域，绝不是偶然的。

就每个文学样式的内部结构而言，1930 年代散文领域得到最充分发展的是着重于社会批评的杂文和叙事体的报告文学，抒情散文小品的成就则逊于"五四"时期。"五四"时期曾拥有众多读者的郭沫若、田汉创造的诗体戏剧，此时已风光不再，以曹禺、夏衍为代表的通过时代性戏剧冲突表现具有重大意义的社会主题的散文体戏剧，代表着这一时期戏剧的最高成就。这一时期诗歌领域着重于表现时代社会内容的革命现实主义创作，出现了从抒情到叙事、从短到长的新的倾向。茅盾解释说："这是新诗人们和现实密切拥抱之必然的结果；主观的生活的体验和客观的社会的要求，都迫使新诗人们觉得抒情的短章不够适应时代的节奏，不能把新诗从'书房'和'客厅'扩展到十字街头和田野了。"[1]坚持抒情诗写作的后期新月派与现代派诗人也在"现代都市病"的抒发中收获了新的诗情与诗的艺术。在小说领

---

[1]　茅盾:《叙事诗的前途》,《茅盾全集》第 21 卷,北京:人民文学出版社 1991 年版,第 261 页。

域,尽管短篇小说的进步也是惊人的,但作为这一时期小说艺术的代表和标志的,仍然是长篇小说。其他文体向小说的渗透仍在发展:"五四"时期由鲁迅开创的诗体小说、散文体小说,这一时期在沈从文、艾芜、萧红等作家那里得到了发展;而小说的戏剧化也是这一时期新的文学现象,许多作家都在追求把尖锐的戏剧性冲突集中在同一场景中,通过富于动作性的对话描写来展示人物性格。

三是艺术表现上的新特点。

茅盾在这一时期初回顾"五四"时期的创作时,曾经抱怨"这时期的作品并没表现出'彷徨'的广阔深入的背景……而只描写了一些表面的苦闷。也就是因为了这个原因,所以此一时期的作品缺乏浓郁的社会性"①。在那自我意识刚刚被唤醒的时代,作家们热衷于个人主观感受、情绪的抒发,而相对忽略时代背景、社会环境的描写是完全可以理解的。而这一时期的作家,置身于剧烈变动的现实中,努力想了解这些变化的实质,认识其趋向,慢慢从自己的小天地探出头来,要看整个的时代与社会,因而从个人自传式的写法和集中于个人,改变为描写社会背景。诚然,在开始阶段,发生了将时代、社会与个人对立,只注意时代气氛的渲染、社会背景环境的描写,而忽视个人性格刻画的偏差,丁玲的《水》即是这样的作品。经过一段曲折,作家(主要是左翼作家)对时代、环境与个人性格的关系终于有了辩证的把握。一方面,个人命运,特别是个人性格的描写受到重视(真正意义上的"性格小说"是从这一时期开始的);另一方面,从"人是社会关系的总和"的历史唯物主义观点出发,注意从时代、环境、社会关系的影响上去把握与描写人的个性的形成与发展,描写"典型环境"的"典型性格",成为第二个十年中后期左翼作家创作的普遍追求,成为这一时期左翼作家革命现实主义艺术水平的重要标志。在这一时期,京派作家的创作中,强调文学的独立性与创作个性,在表现有关"人性"的某些普遍性的主题以及对文化变迁与转型的思考等方面显示了特色,艺术上也更讲求独创性;而海派作家的笔下,出现了环境(都市)与人的对立而导致人的异化的主题,并产生了相应的艺术形式上的特点。

这一时期的叙事体作品中,心理刻画艺术得到了特别的重视与发展。这自然是与前述作家对社会大动荡过程中各阶级心态的特殊关注联系在一

---

① 茅盾:《读〈倪焕之〉》,《茅盾全集》第 19 卷,北京:人民文学出版社 1991 年版,第 201 页。

起的。因此,社会结构剖析与心理结构剖析的统一,成为这一时期心理刻画的重要特色。作家明确地揭示了心理活动的历史背景与社会阶级基础,同时注意从社会历史的运动中去把握和显示人的心理活动的发展动势,避免了静止的心理描写,并达到了一定的历史深度。茅盾、丁玲、吴组缃是这一时期这类心理小说最杰出的代表。京派、海派作家在心理分析,特别是潜意识的开掘上也取得了引人注目的成绩。在戏剧艺术中,也努力挖掘与显示丰富的心理内涵,曹禺、夏衍的戏剧是其中最足称道的成果。讽刺艺术在这一时期得到了发展,形成了尖锐的社会政治讽刺与温厚的世态嘲讽两大派别,并且出现了张天翼、老舍等杰出的讽刺作家。

题材不断扩大,丰富复杂的现实生活尽收作家眼底,作家个人的艺术创作有更多选择与发挥的余地,这一时期许多作家的创作都经历了一个"不断寻找自己"的过程。成熟的作家大抵都有适合自己的独特表现对象、观察和评价生活的独特角度与有利于自己发挥的艺术手段和艺术风格,从而形成了属于自己的"艺术世界",如茅盾的"都市生活世界"、老舍的"北京小市民世界"、巴金的"热情忧郁的青年世界"、沈从文的"湘西边城世界"等等。

四是民族风格与时代审美特征的结合。

和前一个十年比较,这一时期继承传统、批判地吸收传统文学的营养以发展新文学的自觉程度有了很大提高。作家对民族生活、民族性格与民族心理的把握日益准确,对民族语言的运用逐渐圆熟,加上对民族传统表现手段的有意识借鉴,开始出现了一批具有鲜明的民族风格与个人风格,同时又有现代品格的代表作品,如鲁迅《二心集》《伪自由书》中的杂文与《故事新编》、茅盾的《子夜》、巴金的《家》、老舍的《骆驼祥子》、沈从文的《边城》、曹禺的《日出》《原野》、艾青的《大堰河,我的保姆》、戴望舒的《乐园鸟》等等。这些都表明中国现代文学正趋于成熟。

个人风格、民族风格与时代审美特征的形成几乎是同时的。鲁迅在《小品文的危机》里曾经谈到"五四"时期与1930年代散文小品所显示的时代审美特征的变化。他指出,在"五四"时代,散文小品"自然含着挣扎和战斗",但"也带一点幽默和雍容;写法也有漂亮和缜密的",这固然是因为"取法于英国的随笔(Essay)","是为了对于旧文学的示威",同时也是"五四"个性解放时代所要求的;而他强调,在"风沙扑面,狼虎成群"、社会矛盾空前尖锐的1930年代,"雍容、漂亮、缜密"风格的作品必然成为"供雅人的摩掔"的"小摆设",失去了时代的意义,时代所要求的是"耸立于风沙中的大建筑,要坚固而伟大""锋利而切实",正是一种壮阔、厚实的力的美。① 在思想与文学倾向上不同于鲁迅的京派批评家刘西渭同样注意到了这一时代的审美特征,他指出:"没有比我们这个时代更其需要力的。假如中国新文学有什么高贵所在,假如艺术的价值有什么标志,我们相信力是五四运动以来最中心的表征。"②这一时期另一位重要的文艺批评家茅盾也对文学的"力"的表现做了补充说明,指出"力的表现"不限于"剑拔弩张""咄咄逼人的作品",更有意义的是"温醇的愈咀嚼愈有力的作品",后者是以"丰富的生活经验和真挚深湛的感情"为后盾的。③ 应该说,这一时期既产生了大量尖锐、锋利的"咄咄逼人"之作,也不乏底蕴厚实的"愈咀嚼愈有力"的力透纸背之作。

尽管处在一个很政治化的多难的时期,中国现代文学在它的第二个十年还是取得了相当不俗的成绩,并逐渐形成了自己的历史特点:广阔的社会历史内容、对民族灵魂开掘的历史深度,以及从沸腾的历史潮流中所吸取的战斗激情与壮阔、厚实的力的美。虽然具体到作家的创作,其艺术趋向不同,所表现的风格也会有差异,但作为一个时代的文学流向及某些标志性的特点,仍然在证明着现代文学的日趋成熟。

附录　本章年表

1928 年

　　1 月　郭沫若《英雄树》发表于《创造月刊》第 1 卷第 8 期。

　　同月　由蒋光慈、钱杏邨、洪灵菲、孟超等组成太阳社,创办《太阳月刊》,创刊号发表蒋光慈《现代中国文学与社会生活》。

　　同月　创造社后期重要理论刊物《文化批判》创刊,发表冯乃超《艺术与社会生活》。

　　2 月　成仿吾《从文学革命到革命文学》发表于《创造月刊》第 1 卷第 9 期。

　　同月　蒋光慈《关于革命文学》发表于《太阳月刊》第 2 号。

---

① 鲁迅:《小品文的危机》,《鲁迅全集》第 4 卷,第 592、591 页。

② 刘西渭:《叶紫的小说》,《李健吾文学评论选》,银川:宁夏人民出版社 1983 年版,第 159 页。

③ 茅盾:《力的表现》,《茅盾全集》第 19 卷,北京:人民文学出版社 1991 年版,第 570、571 页。

同月　李初梨《怎样地建设革命文学》发表于《文化批判》第 2 号。

3 月　《新月》月刊创刊,发表徐志摩执笔的《〈新月〉的态度》及梁实秋《文学的纪律》。

同月　钱杏邨《死去了的阿 Q 时代》发表于《太阳月刊》第 3 期,指责鲁迅是"阴险刻毒的文艺表现者""没有政治思想的作家",宣称鲁迅的时代已经过去。

同月　鲁迅《"醉眼"中的朦胧》发表于《语丝》第 4 卷第 11 期,回应创造社的攻击,从此开始了无产阶级革命文学论争。

6 月　梁实秋《文学与革命》发表于《新月》第 1 卷第 4 期。

同月　鲁迅译《苏俄的文艺政策》发表于《奔流》(鲁迅、郁达夫主编)创刊号。

7 月　彭康《什么是"健康"与"尊严"?》发表于《创造月刊》第 1 卷第 12 期。

8 月　杜荃(郭沫若)《文艺战线上的封建余孽》发表于《创造月刊》第 2 卷第 1 期。

10 月　茅盾《从牯岭到东京》发表于《小说月报》第 19 卷第 10 号。

12 月　"文艺理论小丛书"开始出版,包括苏联弗里契及日本左翼作家论著,共 6 册,由鲁迅、陈望道等翻译。

1929 年

1 月　20 日国民党制定宣传品审查条例,加强对革命文化的围剿审查。

2 月　7 日创造社及其出版部被当局查封。

5 月　茅盾《读〈倪焕之〉》发表于《文学周报》第 8 卷第 20 号。

同月　"科学的艺术论丛书"开始陆续出版,包括普列汉诺夫、卢那察尔斯基等人的论著,共 8 种,由冯雪峰、柔石等翻译。

12 月　梁实秋《文学是有阶级性的吗?》《论鲁迅先生的硬译》分别发表于《新月》第 2 卷第 6、7 号合刊。

1930 年

1 月　鲁迅与冯雪峰等合编的《萌芽》月刊创刊。

2 月　成文英(冯雪峰)译《论新兴文学》(即列宁《党的组织和党的出版物》节译)发表于《拓荒者》第 1 卷第 2 期。

同月　沈端先(夏衍)、鲁迅、柔石、华汉(阳翰笙)、画室(冯雪峰)等 12 人召开"左联"筹备会。

3 月　鲁迅《"硬译"与"文学的阶级性"》发表于《萌芽》月刊第 1 卷第 3 期。

同月　《大众文艺》第 2 卷第 3 期发表编辑部召开的"文艺大众化座谈会"记录及沈端先、郭沫若、冯乃超、郑伯奇、鲁迅等关于大众化的应征文章。

同月　2 日中国左翼作家联盟召开成立大会,鲁迅做题为《对于左翼作家联盟的意见》的著名讲话。

5月　周作人、俞平伯等主持的《骆驼草》半月刊创刊。

6月　王平陵、邵洵美、黄震遐、朱应鹏等署名的《民族主义文学运动宣言》发表于《前锋周报》第2、3期。

7月　王平陵、钟天心、左恭等主持的中国文艺社成立。

8月　中国文艺社主办的《文艺月刊》创刊。

9月　30日国民党政府签发取缔"左联"、自由运动大同盟、革命互济会等组织的命令，并通缉鲁迅。

11月　世界革命作家第二次会议在苏联哈尔科夫召开，萧三代表"左联"参加，并加入普罗作家国际联盟。

12月　国民党政府颁布《国民政府出版法》。

1931年

1月　17日李伟森、柔石、胡也频、冯铿、殷夫五位"左联"成员被捕，并于2月7日被秘密处死。

同月　国民党政府颁布《危害民国紧急治罪法》。

3月　4日国民党政府以出售反动书籍为由，查封北新书局、乐群书店等一批书店。

4月　巴金《家》(长篇小说)于18日开始在上海《时报》连载，题为《激流》，单行本1933年由开明书店出版。

8月　《革命作家国际联盟为国民党屠杀中国革命作家宣言》发表于《文学导报》第1卷第3期。

9月　丁玲主编的"左联"机关刊物《北斗》创刊。

10月　晏敖(鲁迅)《"民族主义文学"的任务和运命》发表于《文学导报》第1卷第6、7期合刊。

11月　"左联"执委会通过《中国无产阶级革命文学的新任务》决议。

12月　胡秋原《阿狗文艺论》发表于《文化评论》创刊号。

1932年

4月　史铁儿(瞿秋白)《普洛大众文艺的现实问题》发表于"左联"机关刊物《文学》半月刊创刊号。

5月　施蛰存主编《现代》月刊创刊。

6月　宋阳(瞿秋白)《大众文艺的问题》发表于"左联"机关刊物《文学月报》创刊号。

同月　洛扬(冯雪峰)《"阿狗文艺"论者的丑脸谱》发表于《文艺新闻》第58号。

7月　苏汶(杜衡)《关于〈文新〉与胡秋原的文艺论辩》发表于《现代》第1卷第3期。

同月　《北斗》第2卷第3、4期合刊发表周起应(周扬)、何大白(郑伯奇)、田汉等讨论文艺大众化问题的文章。

同月　华汉(阳翰笙)《地泉》再版,易嘉(瞿秋白)、茅盾、郑伯奇、钱杏邨和阳翰笙分别作序,总结"革命文学第一期"创作的经验教训。

9月　林语堂创办《论语》半月刊。

同月　中国诗歌会在上海成立。

10月　易嘉(瞿秋白)《文艺的自由和文学家的不自由》发表于《现代》第1卷第6期。

同月　全苏作家同盟组织委员会在莫斯科召开第一次代表大会,批判"拉普"的"唯物辩证法创作方法",并提出社会主义现实主义创作方法。

同月　鲁迅《二心集》由上海合众书店出版。

11月　鲁迅《论"第三种人"》发表于《现代》第2卷第1期。

同月　哥特(张闻天)《文艺战线上的关门主义》发表于中共中央刊物《斗争》第30期。

12月　黎烈文接编《申报》副刊《自由谈》,鲁迅、茅盾、郁达夫等为主要撰稿人。

1933 年

1月　丹仁(冯雪峰)《关于"第三种文学"的倾向与理论》发表于《现代》第2卷第3期。

同月　茅盾《子夜》由开明书店出版。

2月　英国作家萧伯纳抵上海,会见宋庆龄、鲁迅、林语堂等。

4月　瞿秋白为其所编《鲁迅杂感选集》作序,此选集于本年7月由青光书局出版。

7月　傅东华、郑振铎、王统照等先后主编的《文学》杂志创刊,发表鲁迅《又论"第三种人"》。

10月　鲁迅《伪自由书》由青光书局出版。

同月　沈从文《文学者的态度》发表于天津《大公报》。

同月　鲁迅《小品文的危机》发表于《现代》第3卷第6期。

11月　周起应(周扬)《关于社会主义的现实主义与革命的浪漫主义》发表于《现代》第4卷第1期。

1934 年

1月　郑振铎、靳以主编《文学季刊》在北平创刊。

同月　沈从文《论"海派"》发表于 10 日天津《大公报》。

同月　沈从文《边城》连载于《国闻周报》第 11 卷第 1—4、10—16 期,单行本本年 10 月由上海生活书店出版。

2 月　鲁迅《论京派与海派》发表于 3 日《申报》。

4 月　林语堂主持的《人间世》创刊。

5 月　汪懋祖发表《禁习文言与强令读经》,提倡读经,反对白话。

同月　国民党政府在上海设立图书杂志审查委员会。

6 月　陈望道、胡愈之、夏丏尊、傅东华、黎烈文、陈子展、曹聚仁、赵元任、沈雁冰等集会,决定掀起反对文言、保卫白话的运动,展开关于大众语的讨论。

7 月　曹禺《雷雨》(四幕话剧)发表于《文学季刊》第 1 卷第 3 期。

同月　未明(茅盾)《庐隐论》发表于《文学》第 3 卷第 1 号,以后陆续写有《冰心论》《徐志摩论》等。

9 月　鲁迅、茅盾、黄源等编辑的《译文》创刊。

同月　陈望道主编《太白》半月刊创刊。

10 月　卞之琳、巴金、沈从文、靳以、郑振铎主编《水星》半月刊创刊。

同月　周扬以"企"为笔名在 2 日《大晚报》发表《国防文学》,首次提出"国防文学"口号。

同月　伍蠡甫编《世界文学》创刊。

1935 年

5 月　郑振铎主编《世界文库》由生活书店出版。

6 月　18 日瞿秋白在福建长汀被国民党杀害。

9 月　林语堂、陶亢德主编《宇宙风》半月刊创刊。

秋　　赵家璧主持的《中国新文学大系》由良友图书公司分册出版。

12 月　巴金主编、文化生活出版社出版的"文学丛刊"开始出版。

本年　梁实秋主编《自由评论》创刊。

1936 年

1 月　鲁迅《故事新编》由上海文化生活出版社出版。

同月　周扬和胡风就现实主义"典型"问题展开论争。

2 月　周立波《"国防文学"与民族性》发表于《大晚报·火炬》副刊。

春　　中国左翼作家联盟解散。

4 月　孟十还编辑《作家》文艺月刊创刊。

6 月　巴金、靳以主编《文季月刊》创刊,开始连载曹禺《日出》,至第 1 卷第 4 期载完,单行本本年 11 月由上海文化生活出版社出版。

同月 胡风《人民大众向文学要求什么?》发表于《文学丛报》第 3 期,提出"民族革命战争的大众文学"的口号。

同月 周扬《关于国防文学》发表于《文学界》创刊号。

同月 中国文艺家协会在上海召开成立大会。

同月 洪深、沈起予主编《光明》半月刊创刊。

7 月 鲁迅《论现在我们的文学运动》发表于《现实文学》月刊第 1 期与《文学界》第 1 卷第 2 号。

8 月 茅盾《关于引起纠纷的两个口号》发表于《文学界》第 1 卷第 3 号。

同月 鲁迅《答徐懋庸并关于抗日统一战线问题》发表于《作家》月刊第 1 卷第 5 号。

9 月 老舍《骆驼祥子》开始在《宇宙风》连载,至次年 10 月载完。

同月 鲁迅、郭沫若、茅盾、巴金、王统照、夏丏尊、叶绍钧、谢冰心、包天笑、周瘦鹃等 21 人在《文艺界同人为团结御侮与言论自由宣言》上签名。

10 月 19 日鲁迅于上午 5 时 25 分逝世。

12 月 刘西渭批评论集《咀华集》由文化生活出版社出版。

本年 埃德加·斯诺编辑的《活的中国——现代中国短篇小说选》在伦敦出版。入选作者有鲁迅、柔石、茅盾、丁玲、巴金、沈从文等。

1937 年

3 月 巴金、靳以主编《文丛》月刊创刊。

5 月 朱光潜主编《文学杂志》创刊。

同月 《大公报·文艺》公布文艺评奖结果,芦焚《谷》、曹禺《日出》、何其芳《画梦录》获奖。

知识点

必读作品与文献

思考题

第十章　茅盾

一　茅盾的历史贡献

茅盾(1896—1981)原名沈德鸿,字雁冰,出生于浙江桐乡一个古老的文化气息浓厚的水乡——乌镇。此地处于杭嘉湖平原,距上海仅半天的路程,稻桑兼作,颇得近代经济发展的风气之先。"茅盾"是他1927年发表第一篇小说《幻灭》时开始使用的,后来成为他最主要的笔名。

茅盾是现代文学第二个十年里极具代表性的作家。

茅盾在本时期初所写的《读〈倪焕之〉》一文中曾说道:"《呐喊》所表现者,确是现代中国的人生",不过只是"受不着新思潮的冲激""难得变动"的"老中国的暗陬的乡村,以及生活在这些暗陬的老中国的儿女们,但是没有都市,没有都市中青年们的心的跳动";《彷徨》里的《幸福的家庭》与《伤逝》"也只能表现了'五四'时代青年生活的一角;因而也不能不使人犹感到不满足"。① 正是这"不满足",传递了一个时代与文学的重要信息:随着中国工业化和半殖民地模式的现代化进程的加速,都市越来越成为国家政治、经济、文化的中心,也就向文学提出了反映都市生活和各阶层人"心的跳动"的历史要求。如果说以鲁迅为代表的乡土文学体现了第一个十年文学发展的主要成就,那么都市文学就必然成为第二个十年文学发展的新的生长点,茅盾因此和老舍、巴金一起成为继鲁迅、周作人之后影响最大的作家。

更重要的是,茅盾还创造了都市文学的新模式。茅盾在《读〈倪焕之〉》里曾经批评第一个十年郁达夫等的创作虽然写到了都市青年,但"所反映的人生还是极狭小的,局部的","没表现出'彷徨'的广阔深入的背景"。② 他因此而发挥自己的优势,进行新的创作实验。许多人都注意到,茅盾是一

---

① 茅盾:《读〈倪焕之〉》,《茅盾全集》第19卷,北京:人民文学出版社1991年版,第199、198、200页。

② 同上书,第200、201页。

位具有社会科学家气质的小说家，又是中国最早接受马克思主义的现代作家，并有较高的理论修养和较为丰富的革命实践经验，这都在他的创作中打下深刻的烙印。如叶圣陶所说，"他写《子夜》是兼具文艺家写作品与科学家写论文的精神的"①，由此形成了他所创造的文学范式的两大特点：一是重视题材的社会性、主题的重大性，创作与历史尽量同步，反映时代全貌及其发展的史诗性，追求巨大的思想深度与广阔的历史内容；二是着重从经济生活的变动反映都市社会的演变，用阶级及阶级斗争的观念来观察、分析、表现处于复杂的社会关系中的人物典型，并且表现出鲜明的政治倾向性。这样的小说艺术与社会科学的结合，就创生了"社会剖析小说"模式，而根本有别于新感觉派，以及张爱玲式、老舍式的都市文学。

1930 年代社会经济结构逐渐为现代生产、现代商业所代替的巨大而复杂的生活内容，也提供了文学形式相应改变的可能性。茅盾的贡献之一便是适应了 1930 年代生活内容的变化，对鲁迅所开创的中国现代短篇小说文体做了新的拓展，向中长篇延伸，大大提高了中国现代小说反映生活和人的心灵深广度的可能性。茅盾是作为一位开创性的长篇小说艺术家而存在于现代文学史上的。

茅盾是由"五四"育成的一代具有世界眼光的作家。他借鉴、译介外国文学的范围十分广泛，古希腊、古罗马、文艺复兴时代各大师，19 世纪的批判现实主义文学是他尤为喜欢的。他说过："我更喜欢大仲马，甚于莫泊三和狄更斯，也喜欢斯各德"，"我也读过不少的巴尔扎克的作品，可是我更喜欢托尔斯泰"。②他盛赞托尔斯泰的作品，认为托尔斯泰"以惊人的艺术力量概括了极其纷繁的社会现象，并且揭示出各种复杂现象之间的内在联系，提出许多重大的社会问题。托尔斯泰作品的宏伟的规模、复杂的结构、细腻的心理分析、表现心理活动的丰富手法以及他的无情地撕毁一切假面具的独特手法，都大大提高了艺术作品反映现实的可能性，丰富和发展了现实主义的艺术创作方法"③，这实际上正是茅盾小说所追求的目标。一直到写出《霜叶红似二月花》，他虽然注意减弱自己小说的欧化成分，但也只是更将法国、俄国的小说形式与中国固有的世态伦理小说相结合而已，始终坚持

① 叶圣陶：《略谈雁冰兄的文学工作》，《叶圣陶散文》（甲集），成都：四川人民出版社1983 年版，第 496 页。

② 转引自庄钟庆：《永不消失的怀念》，《新文学史料》总第 12 期，1981 年 8 月。

③ 茅盾：《激烈的抗议者，愤怒的揭发者，伟大的批判者》，1960 年 11 月 26 日《人民日报》。

"中国文艺形式一定也得循着世界文艺形式发展的道路而向前发展"①。茅盾就是这样以自觉创造革命文学的理论和实践来建立、发展、完善中国现代小说,而且绝不割断它与世界文学的联系,从而显示出他的独特的文学史地位和作用。

二　茅盾的小说成就

茅盾独特的小说艺术探索,首先表现在题材的选择与主题的开掘上。这就是前文所说的,他的小说注重题材和主题的时代性与重大性,要求创作与历史事变尽量地同步。这与鲁迅努力发掘平凡的日常生活的悲剧性与喜剧性显然不同。茅盾从一开始写小说,构思的容量就偏大。他说:"一九二八年以前那几年里震动全世界、全中国的几次大事件,我都是熟悉的,而这些'历史的事件'都还没有鲜明力强的文艺上的表现"②,于是写了《蚀》。后来,在谈到《子夜》的创作意图时他又说:"我有了大规模地描写中国社会现象的企图"③,"打算通过农村(那里的革命力量正在蓬勃发展)与城市(那里敌人力量比较集中因而也是比较强大的)两者革命发展的对比,反映出这个时期中国革命的整个面貌"④。

这种意图在完成的《子夜》中虽没有得到完全的体现,但从茅盾创作的整体进行考察,却是基本上实现了的。如果把他的作品按反映的历史时代先后排列起来看,从"五四运动"前后到 1940 年代末几十年现代中国社会的历史风云及其变化、各个阶层的生活动向及彼此间的冲突,都得到了充分的艺术反映。可以说,茅盾为我们提供了一部 20 世纪上半时段中国社会的编年史。

写于 1942 年初的《霜叶红似二月花》揭开了 20 世纪初、"五四运动"前夕中国社会的一角:中国早期民族资产阶级代表惠利轮船公司经理王伯申、封建没落地主代表赵守义之间的钩心斗角,青年地主钱良材改良主义的努力及失败,以及围绕着他们的家庭生活的变迁及各成员感情世界的微妙变

---

① 茅盾:《旧形式、民间形式与民族形式》,《茅盾全集》第 22 卷,北京:人民文学出版社1993 年版,第 149 页。

② 茅盾:《我的回顾》,《茅盾全集》第 19 卷,北京:人民文学出版社 1991 年版,第 408 页。

③ 茅盾:《子夜·后记》,《茅盾全集》第 3 卷,北京:人民文学出版社 1984 年版,第 553 页。

④ 茅盾:《再来补充几句》,《茅盾全集》第 3 卷,第 561 页。

化,都显示出了中国社会巨大变化之前的种种征兆。这部"本来打算写从'五四'到一九二七这一时期的政治、社会和思想的大变动"[①]的作品,1940年代只写出了第一部,成为残稿。直至 1974 年由作者续写,保留了张婉卿形象的重要地位,表现中国旧式女性的现代蜕变,完整地表现了北伐战争中国共合作以及国民党左派青年的矛盾、斗争的历史性情景。续稿继续发挥第一部原有的对浙江富裕家庭内部琐屑事故的如实描写和对男女两性婚姻关系的细致刻画风格,于宏大布局中融进了中国言情小说描写人物服饰、环境场面的纤细笔调。[②] 写于 1929 年的《虹》,通过时代女性——梅行素从"五四"到"五卅"在时代大波澜中的种种挣扎、反抗,写出了中国知识青年从单纯反抗封建婚姻对个人的压迫到投身群众斗争行列的曲折历程。写于1927—1928 年的《蚀》,以广阔的场面、宏大的气势,迅速、真实地反映了刚刚过去的大革命的历史和正在发生着的大革命失败后的社会心理,正像叶圣陶所说,在此之前,中国的"小说哪有写那样大场面的,镜头也很少对准他所涉及的那些境域"[③]。

从写成于 1931—1932 年的《子夜》开始,茅盾更自觉地展开了对于自己所处的时代全方位的正面描绘。其中有:帝国主义侵略下 1930 年代经济大崩溃中的买办资产阶级、民族资产阶级之间的生死搏斗,农民的破产与暴动,中小城镇商业的凋残,市民阶层的破产,知识分子的苦闷与毫无出路,以及面临日本帝国主义侵略所引发的民族意识的初步觉醒与爱国抗日运动的最初发动。通过民族资本家吴荪甫的悲剧命运,作家准确地把握了 1930 年代社会各阶级、各阶层的思想、性格、心理、命运及其历史纠葛和流动,力求完整地反映出整个大时代的全部丰富性与复杂性。《子夜》发表后引起轰动,三个月内重版四次,成为革命现实主义的里程碑式作品。瞿秋白说:"这是中国第一部写实主义的成功的长篇小说","一九三三年在将来的文学史上,没有疑问的要记录《子夜》的出版"[④]。不久后写出的重要短篇小说

① 茅盾:《霜叶红似二月花·新版后记》,《茅盾全集》第 6 卷,北京:人民文学出版社1984 年版,第 250 页。

② 茅盾:《霜叶红似二月花(续稿)》,《收获》1996 年第 3 期。

③ 叶圣陶:《略谈雁冰兄的文学工作》,《叶圣陶散文》(甲集),成都:四川人民出版社1983 年版,第 495 页。

④ 瞿秋白:《〈子夜〉和国货年》,《瞿秋白文集》文学编第 2 卷,北京:人民文学出版社1986 年版,第 71 页。

《春蚕》(与另两部短篇小说《秋收》《残冬》一起被合称为"农村三部曲")、《林家铺子》等,正面反映农村经济破产和社会大变动,创造了与"五四"时期鲁迅代表的乡土小说完全不同的另一种农村文学。

抗日战争全面爆发不久,茅盾即创作了他的长篇"急就章"《第一阶段的故事》,1943—1944 年又在重庆《文艺先锋》连载中篇《走上岗位》,1948年在此基础上创作了长篇小说《锻炼》第一部。上述作品以上海"八一三"事变至上海陷落时期的社会生活为背景,广阔地反映了抗日战争初期各阶层人民生活和思想的剧烈变化与复杂动向:全民族抗日情绪的普遍高涨;工人阶级和人民群众的自觉反抗力量;民族资本家的犹豫、动摇,最后在人民(尤其是工人)斗争的推动下加入爱国抗日的行列;国民党政府的消极抗战态度。在抗日战争中期,随着战争进入相持阶段,国内阶级关系发生局部变化,国民党政权与人民群众的矛盾日趋尖锐,1941 年茅盾又以特有的胆识,发表了长篇小说《腐蚀》,以一个失足女特务的日记的形式,暴露国民党政府大后方酷烈的特务统治。茅盾由于丰厚的生活积累,以及对人物(特别是女性)内心隐秘世界的敏锐观察力、充沛的艺术表现力,即使是处理这样一个具有尖锐政治性和即时性的题材与主题,仍然显得充裕自如,并达到了相当高的艺术水平。1945 年,茅盾创作了他唯一的剧作《清明前后》。在这个小说化的戏剧作品里,通过女性民族资本家赵自芳和丈夫林永清兴办民族工业过程中的种种艰辛曲折,形象地展现了抗日战争后期中国民族资产阶级的苦斗。剧本最后写出了林永清、赵自芳夫妇的初步觉醒,指出民族资产阶级只有加入争取建立民主、自由、独立的新中国的斗争才有出路。实际上这也是对茅盾在其全部作品中所展现的 20 世纪前半世纪中国社会历史的艺术总结。

同时,我们可以看到,茅盾小说以社会斗争为故事的轴心,必然显示出题材的强烈政治性。他的爱情描写,也是从属于青年知识分子阶层的表现,是作为社会生活的一个方面。小说叙述者,与"五四"时期大部分的叙事作品以个人立场叙述不同,所持的是社会化、集体化的立足点。这样,茅盾的小说叙述人显出个人化体验的缺乏,更多以历史代言者的面目亮相。

其次,适应以长篇小说为主的小说艺术发展的需要,在小说人物形象的塑造上,茅盾也有着与鲁迅不同的艺术追求。不同于鲁迅抓住人物性格主要特征予以传神勾勒的白描手法,茅盾更注重表现人物性格的核心面与其复杂性,他将人物的行为、情感、心理、个性诸点加以展开,追求立体化的油画效果。对于茅盾来说,人物是小说的中心,他相信人是一切社会关系的总和,是历史客观条件、客观环境造成的,所以,总是从多方面错综复杂的社会关系及其变化中来突出人物性格及其发展。在错综复杂的社会关系中又特别注重人物的经济关系及经济地位的变化,这也有别于鲁迅往往着重从人物思想精神状态去展现人物的性格、命运。而这种着重点的转移,与当时的主流演变——第一个十年强调文学与思想革命的关系,第二个十年更强调文学与无产阶级政治、经济革命的关系——有着内在的联系。在这个意义上,茅盾的性格塑造是更能显示现代文学第二个十年的文学时代特征的。而最能体现茅盾上述艺术追求,并且最能代表其艺术成就的,无疑是《子夜》中吴荪甫形象的塑造。

吴荪甫是第二次国内革命战争时期的民族资本家的典型形象。而作者是十分自觉地把他置于多方面错综复杂的社会关系中来加以刻画的,主要有吴荪甫与官僚资本家赵伯韬的关系、与工人的关系、与中小资本家朱吟秋等的关系。围绕着上述三方面主要的社会关系,又展开了更为错综复杂的关系:吴荪甫与作为没落地主阶级象征的吴老太爷的关系、与其亲属的关系、与其精干的亲自提拔的下属屠维岳的关系、与同伙王和甫等的关系、与双桥镇农民的关系等等。所有这些不同的社会关系如同一面面镜子,从各个侧面照出了吴荪甫多方面复杂的性格。茅盾笔下的吴荪甫性格的基本特征是似强实弱、外强中干。随着小说情节的发展,吴荪甫性格中强与弱两个方面不断进行搏斗,其发展趋势是前者不断地让位于后者。吴荪甫是中国现代社会出现的"新人"——与旧的封建地主阶级完全不同的民族资产阶级,在精神上无疑是西方资产阶级的兄弟。茅盾称他为"二十世纪机械工业时代的英雄、骑士和王子"(《子夜》),他有着发展中国独立的民族工业的雄才大略,有着活跃的生命力,刚毅、顽强、果断的铁腕与魄力,更有现代科学管理的经营之才,确实应该是时代英雄传奇理所当然的主角。然而茅盾通过小说告诉我们:他生不逢时。他是半殖民地半封建中国社会,而且是世界经济危机冲击下,帝国主义经济大肆侵入中国的 1930 年代中国社会的民族资本家,有着种种不可克服的矛盾:他自身所具有的封建性(这突出地表现在他在家庭生活及与部下以至工人的关系中的封建专断性质,以及他以剥削农民作为积累资金的手段)使他在包括妻子在内的周围人的关系中经常处于孤立地位;作为民族资产阶级,他在与背后有帝国主义撑腰的厚颜无耻的买办资产阶级的搏斗中,不能不感到自己政治、经济上的软弱无力。这种软弱性投影在他的心灵、性格上，就形成了他本质上软弱的一面，在表面的果决善断背后是狐疑惶惑，在充满自信的背后是悲观绝望，在遇事胸有成竹的背后是张皇失措，最后导致了精神上的崩溃。吴荪甫性格的复杂性，主要集中于他所包含的极其深刻的社会内容，表现了中国民族资产阶级的两面性。而吴荪甫的悲剧命运正说明了：在帝国主义统治下，中国民族工业是永远得不到发展的，半殖民地半封建的中国是永远不可能走上资本主义道路的。这是《子夜》的主旨所在。读者对吴荪甫这个人物的感情也会是复杂的：他的自私、贪婪、专断与残酷，以及他内心深处的平庸面，都会引起读者的反感；然而，他那强悍的生命力量却是我们柔弱的民族性格中所缺乏的，我们的民族可以说自20世纪以来就在不断呼唤着吴荪甫这样的"铁腕人物"出现，以他的雄才大略、经营之才与大刀阔斧的魄力打破沉滞不前的局面，实现中国工业的现代化，因此，吴荪甫落入中国现代政治、经济、社会关系网中，困兽般挣扎，终不免失败的结局，能够引起读者（包括今天的读者）的同情。吴荪甫的悲剧中是带有某些悲壮性的。茅盾对吴荪甫等人物复杂性格的刻画相对于以往文学单一化的性格描写无疑是一个新的突破，但对这个人物性格复杂性的过于明确化与理性化的把握与表现，却仍然未能摆脱把无限丰富的人物与生活简单化的历史局限。这表明，茅盾对于人物塑造立体化的努力及成就，只是现代小说人物刻画艺术所能历史地达到的一个阶段，但其积极意义及影响仍是不可低估的。

　　茅盾人物刻画的另一个重要贡献，是他进行了"人物形象系列"的自觉创造。作为一个有着鲜明的艺术个性自觉的长篇小说艺术家，茅盾创造了自己的艺术世界。他对于进入自己艺术视野的人物的性格与命运保持着持久的热情与关注，这些人物在他写于不同历史时期的小说中不断出现，形成了形象系列，各自构成了某一类型人物思想性格的发展历史。茅盾在作品中主要创造了民族资本家与时代新女性两个形象系列。从20世纪初与地主阶级顽固派对抗的轮船老板王伯申（《霜叶红似二月花》），到1930年代既与帝国主义支持下的买办资产阶级斗法，又疯狂镇压工人运动的吴荪甫（《子夜》），处于各种矛盾关系之中的二老板唐子嘉（《多角关系》），到抗战初期被人民斗争所推动，终于加入爱国斗争行列的何耀先（《第一阶段的故事》）、严仲平（《锻炼》），直到抗战中后期在人民民主运动中找到出路的林永清夫妇（《清明前后》），十分清晰地勾勒出20世纪前半叶中国民族资产阶级所走过的历史道路，既写出了中国民族资产阶级的总体历史特点与发展趋向,又展示了现代史发展不同阶段的不同特点,具有了历史的具体性。中国民族资本家是颇能显示中国现代社会与革命的历史特点的新的阶级、新的人,本应成为中国现代文学的重要角色,但由于种种原因,在现代文学的人物画廊里始终是一个薄弱的环节。茅盾的独特创造在一定程度上弥补了这一缺陷,具有特殊的历史的、美学的价值。

茅盾笔下的时代新女性形象系列较之民族资本家形象系列更少理念化的痕迹,取得了更大的成功。这显然与作家对时代新女性更为熟悉,并倾注了更多的主观情感有关。茅盾说过,他的作品中的"女子虽然很多,我所着力描写的,却只有二型:静女士,方太太,属于同型;慧女士,孙舞阳,章秋柳,属于又一的同型"①。前者和谐、匀称,与传统的东方女性有更多的精神联系;后者代表热烈、狂欢,则从道德伦理观念、生活追求到性格、气质都迥异于传统东方女性,是受欧风美雨的新思潮直接影响而生的西方型女性,也是中国现代社会出现的"新人"。她们声称"既定的道德标准是没有的,能够使自己愉快的便是道德"(《蚀》);她们是真正的现代人,"既不依恋感伤于'过去',亦不冥想'未来'"②,反对克己的清教徒生活,崇尚享乐,厌恶灰色的平庸,追求刺激,有着活跃的生命力、强悍的泼辣个性,在精神实质上与作为民族资本家的男性英雄是相通的。她们本来都不是革命者,但是,"只要环境转变,这样的女子是能够革命的"③。在茅盾二三十年代的作品里,显然对于这一类现代女性有所偏爱,无论是《蚀》里的慧女士、孙舞阳、章秋柳,《虹》里的梅行素,还是《子夜》里的张素素,他虽对她们趋于极端、易于动摇有所批评,但主要着力点却在肯定她们思想、性格的反封建的叛逆方面,真实地写出了她们尽管有动摇,却可能并终于走上了革命道路。茅盾反复强调:"如果读者并不觉得她们可爱可同情,那便是作者描写的失败。"④但在《子夜》里的林佩瑶身上,已经透露出了这些时代新女性的悲剧性结局,作者的笔调中批判性因素逐渐增加。茅盾写于1940年代的《腐蚀》的女主人公赵惠明,就其不断追索的性格来看,应该是1930年代梅行素们的精神姐妹,但她已不再是作家倾心的英雄,同情中含有更多更严峻的批判。赵

---

① 茅盾:《从牯岭到东京》,《茅盾全集》第19卷,北京:人民文学出版社1991年版,第179页。

② 茅盾:《写在〈野蔷薇〉的前面》,《茅盾全集》第9卷,北京:人民文学出版社1985年版,第522页。

③ 同上书,第524页。

④ 茅盾:《从牯岭到东京》,《茅盾全集》第19卷,第179页。

惠明的利己主义、追求享乐、刺激,不再具有反封建的意义,而成为她堕落为国民党特务的内在原因。对于西方型时代新女性的政治、道德、审美评价的上述转变,与对东方型女性的传统美德的再发掘、再肯定(主要表现在《霜叶红似二月花》中张婉卿的塑造上)的文学潮流是同时发生的,它深刻地反映了1940年代民族解放运动热潮中社会文化心理、观念的变化。

作为一位自觉的长篇小说艺术家,茅盾对小说结构极为注意,这也是他的显著特点。他追求宏大而严谨的布局,作品中总是人物众多,情节复杂,线索纷繁交错而又严密完整。这种结构方式是更适合于长篇小说的,不同于鲁迅短篇小说对单纯而严正的布局的追求。从鲁迅到茅盾,可以看到我国现代小说结构艺术的发展。

茅盾小说的结构方式本身也有一个发展过程。茅盾的第一部作品《蚀》即采取了"三部曲"的形式:各部的结构自行独立,而章法各异,连贯起来,反映一段时期的生活。这在现代文学史上是一个新的开创。"三部曲"的每一部结构也各不相同:《幻灭》所取的就是一种单线结构,以静的经历为主线,人物和事件都随着静的故事或出现或消失。第二部《动摇》则是以胡国光和方罗兰为中心形成两条并行线索,虽时有交叉,但并未纠缠为一体。第三部《追求》又是以王仲昭、张曼青、章秋柳对生活的两种不同追求为主体,形成虽有联系却又独立的三条平行发展线索。以后的《虹》则是按女主人公梅行素"成都—泸州—上海"三大段生活,以时间、空间的转移为发展线索。以上的结构形式都比较简单,是中国早期现代小说,特别是长篇小说共同采用的结构方式。从《子夜》开始,茅盾把小说结构的精心构制作为艺术构思中的重要一环,追求与纷繁复杂的生活更加适应的蛛网式的密集结构:"把好几个线索的头,同时提出然后来交错地发展下去……在结构技巧上要竭力避免平淡……"①小说匠心独运地以吴老太爷"因为土匪实在太嚣张,而且邻省的共产党红军也有燎原之势"而来到上海起笔,不仅巧妙地将小说即将开始的1930年代民族资本家的故事置于中国共产党的土地革命背景下,而且以吴老太爷的猝死象征封建地主阶级旧的一章已经结束,开始了中国新兴资产阶级新的历史悲喜剧。这一章实际起了序幕的作用。第二、三章通过吴老太爷的丧事,小说的主要人物全部出场,各种矛盾全面

---

① 茅盾:《〈子夜〉是怎样写成的》,《茅盾全集》第22卷,北京:人民文学出版社1993年版,第56页。

铺开。第五章到第八章写吴荪甫三条战线同时作战,最后以胜利告终,出现了情节上的一个松弛。第九章到第十二章写吴、赵斗法,第十三章到第十六章写工人运动,把吴荪甫置于两面作战的困境之中,充满了外在的紧张,逐渐推向高潮。第十七章到第十九章,写吴荪甫背水一战,着重写吴荪甫的内心活动,充满内在的紧张,最后以吴荪甫失败结束。小说情节安排有张有弛,很有节奏,多种矛盾的同时出现、互相纠缠,既有利于多侧面地展开主人公的多重性格,又便于揭示生活中各种矛盾的内在联系和相互影响,使小说的结构形式与所要反映的纷繁复杂的内容取得了某种一致性。在《子夜》之后,茅盾对结构艺术的创新始终保持着热情,他的部分短篇小说就采取了一种开放性结构,即作者并不交代事件的最后结果,留下更多的空白让读者进行艺术的再创造。

在小说艺术表现上,茅盾特别注重细腻的心理刻画,追求社会历史的剖析与人的心理剖析的统一。他在艺术创造中,不仅努力挖掘与揭示人物心理活动深刻的社会历史的内容,而且注意把人物置于广阔的社会历史运动中,展现人物心理发展的历史。同时,他又十分注意调动一切心理描写的手段,加以综合地运用,以表现人物心理活动的丰富性与复杂性。茅盾的创作实践提高了心理刻画在我国现代长篇小说艺术中的地位,具有重要意义。

在认定茅盾小说社会历史性质的主要方面之后,我们也不应忽略他的特异侧面。如《霜叶红似二月花》中描写婉卿对待性无能丈夫的那些场景,流露出母性的温柔胸怀,是很能揭示人性的美好的。短篇《烟云》所写的家庭关系,女人对丈夫的一次无意背离,与社会阶级无涉,更多的是把笔触伸向纯伦理的层面。这一类小说,显然都有作者的城乡生活见闻做基础,有体验,有实感,对人物的刻画往往突破社会剖析的思想意识依据,更趋向生活原型,人性的挖掘更深。从这里,可以看到革命小说家茅盾不拘一格的阔大风格,看到他的艺术的丰富多样性。

三 茅盾的理论批评与其他方面贡献

茅盾是中国现代文学批评的开创者之一。他主持的《小说月报》首先把文艺批评与文艺创作置于同样重要的地位,强调"必先有批评家,然后有真文学家"①。茅盾发表于《小说月报》上的《春季创作坛漫评》《评四、五、六月的创作》，是最早对一个时期的创作潮流、倾向进行综合批评的文章，不仅对当时的创作起了直接指导作用，而且在现代文艺批评的建立上具有开拓性的意义。以后茅盾为"五四"时代他的同辈作家所写的《鲁迅论》《冰心论》《徐志摩论》《落华生论》等作家论，其他评价叶圣陶、王统照、庐隐等的文字，以及《〈中国新文学大系·小说一集〉导言》，更是用历史唯物主义观点进行作家作品评论和文学史研究的最早的成功尝试，为中国马克思主义文艺批评的建立以及扩大马克思主义批评的影响做出了杰出贡献。茅盾还是最早认识鲁迅的意义并给予正确评价的批评家之一。茅盾充分发挥自己理论批评家兼作家的特殊优势，以强大的思想穿透力、艺术感受力和对文学新创造的特殊敏感，及时发现文学新人，从理论上总结经验，指明方向，对建立和培养现代文学队伍尽到了先驱者的责任。沙汀、吴组缃、萧红、臧克家、田间、姚雪垠、郁茹、碧野等一大批三四十年代成长的作家在自己的文学道路上都得到过茅盾的支持鼓励，受到茅盾的影响。据统计，茅盾一生评介过的作家达 300 多人，加上他通过编辑《小说月报》《文学》《译文》《文艺阵地》《立报·言林》《笔谈》等期刊、副刊来起到作为文艺运动组织者的巨大作用，使得他成为中国现代文学史上继鲁迅之后具有最广泛影响的文艺理论家与批评家。

茅盾也是一位散文家。他在流亡日本期间所写的散文都是抒情性的，很能在从事客观叙事的小说家之外，表露他敏感、细腻的内心世界和运用情感型文字的才能。《卖豆腐的哨子》《雾》《虹》等的哨音、浓雾、泥雨、彩虹为象征性投诉感情的对象，表达了他在大革命失败后一个时期苦闷、孤寂和不甘沉溺的个人心态，风格是沉潜、惆怅的。"左联"时期的散文，以《雷雨前》为代表，这是一篇类似高尔基《海燕》式的文字，通过寓意表达出迎接革命风暴到来的昂扬情绪。茅盾最为成熟的散文作品产生于抗战时期，著名的《白杨礼赞》《风景谈》都是精心结构而成，象征体式依然，心境却大为开阔，风格变为明朗、雄壮、激越。茅盾散文的精致蕴藉，理与情、议论与具象互相融合的特色到这个时候基本形成。这类散文大都属于叙事类的社会生活速写，如《故乡杂记》《交易所速写》《兰州杂碎》《苏联见闻录》等，实际上记述

---

① 茅盾：《〈小说月报〉改革宣言》，《茅盾全集》第 18 卷，北京：人民文学出版社 1989 年版，第 57 页。

下许多三四十年代国内外社会的图景,有些近乎他的小说素材原型,可以与小说参照阅读。茅盾的散文语言与小说语言是在"五四"后偏于欧化的白话基础上形成的,三四十年代后更趋精致而摇曳多姿,是文人书面语的典范。茅盾描写环境、服饰、体态的语言,本来就保留有中国古典白话小说的优秀成分,到了《霜叶红似二月花》发表,人们更可感受到他的文字的民族特色:典丽、细密,活用成语和诗词,显得从容委婉。

茅盾在他漫长的文学生活中,曾数次形成创作的高峰。他的艺术气质精细沉稳,是具有开放的中国民族心理的现代作家,一个不知疲倦地创造时代典型与宏伟叙事体式的左翼文学大师。以他为首,构成 1930 年代之后的革命文学传统,与从"五四"发源的"鲁迅传统"既有联系,又有区别。而这一区别,正是茅盾的独创性和他更能代表正宗的中国左翼文学之所在。

附录 本章年表

1896 年

7 月　4 日生于浙江省桐乡县乌镇。原名沈德鸿,字雁冰。

1913 年

夏　中学毕业后考入北京大学预科第一类。

1916 年

8 月　北京大学预科毕业后到上海商务印书馆编译所工作。

1920 年

1 月　主持《小说月报》的"小说新潮"栏。

1921 年

1 月　参与发起组织文学研究会,接编并改革《小说月报》。

7 月　中国共产党成立,由上海共产主义小组成员转为正式党员。

1923 年

1 月　调离《小说月报》,至商务印书馆国文部工作。

1925 年

12 月　被选为广州国民党第二次全国代表大会代表。

1926 年

1 月　离沪去粤,后任国民党中央宣传部秘书。

3 月　返沪。

1927 年

1 月　赴武汉,在中央军事政治学校任教官。

约 4 月　任汉口《民国日报》主编。

7 月　离武汉拟去南昌,阻于牯岭。

8 月　回上海。脱去与中国共产党的联系。

9 月始　《幻灭》连载于《小说月报》第 18 卷第 9—10 号,署名"茅盾",收入1930 年 5 月开明书店版《蚀》。

1928 年

1 月始　《动摇》连载于《小说月报》第 19 卷第 1—3 号,收入《蚀》。

6 月始　《追求》连载于《小说月报》第 19 卷第 6—9 号,收入《蚀》。

7 月　离沪去日本。

10 月　论文《从牯岭到东京》发表于《小说月报》第 19 卷第 10 号。

1929 年

5 月　论文《读〈倪焕之〉》发表于《文学周报》第 8 卷第 20 号。

6 月始　《虹》连载于《小说月报》第 20 卷第 6—7 号。1930 年 3 月由开明书店出版。

1930 年

4 月　返沪。不久加入中国左翼作家联盟。

1931 年

10 月　开始创作《子夜》。

1932 年

7 月　《林家铺子》发表于《申报月刊》第 1 卷第 1 期,收入 1933 年 5 月开明书店版《春蚕》。

11 月　《春蚕》发表于《现代》第 2 卷第 1 期,收入《春蚕》。

1933 年

1 月　《子夜》由开明书店出版。

4 月　《秋收》发表于《申报月刊》第 2 卷第 4—5 期,收入《春蚕》。

7 月　《残冬》发表于《文学》创刊号,收入 1939 年 8 月开明书店版《茅盾短篇小说集》第 2 集。

1935 年

5 月　论文《〈中国新文学大系·小说一集〉导言》收入良友图书公司版《中国新文学大系·小说一集》。

1937 年

8 月　参与编辑《救亡日报》《呐喊》分别在上海创刊。

9 月　与巴金共同主编《烽火》在上海创刊。

年底　离沪抵长沙。

1938 年

1—2 月　活动于香港、广州、武汉等地。

3 月　中华全国文艺界抗敌协会在汉口成立，被选为理事。

4 月　主编的《文艺阵地》在广州创刊。同时，编香港《立报·言林》。

12 月　受杜重远邀请赴新疆。

1939 年

3 月　抵新疆，在新疆学院任教。后任新疆文化协会委员长、中苏文化协会新疆分会理事。

1940 年

1 月　被选为陕甘宁边区文协代表大会名誉主席。

5 月　冒险脱离新疆抵达延安。后曾在边区"文协"和"鲁艺"讲演、讲学。

10 月　离延安抵重庆。

1941 年

1 月　散文《风景谈》发表于《文艺阵地》第 6 卷第 1 期，收入 1945 年 7 月良友复兴图书印刷公司版《时间的记录》。

2 月　离重庆抵香港。

5 月始　《腐蚀》连载于 17 日至 9 月底《大众生活》。同年 10 月由华夏书店出版。

6 月　散文《白杨礼赞》发表于《文艺阵地》第 6 卷第 3 期，收入 1943 年 2 月柔草社版《白杨礼赞》。

9 月　主编的《笔谈》在香港创刊。

1942 年

1 月　离香港到桂林。

8 月始　《霜叶红似二月花》连载于《文艺阵地》第 7 卷第 1—4 期。1943 年 5 月由桂林华华书店出版。

年底　赴重庆。

1945 年

4 月始　剧本《清明前后》连载于 14 日至 10 月 1 日重庆《大公晚报》(有间断)。同年 10 月由重庆开明书店出版。

6 月　参加纪念茅盾五十寿辰和创作二十五周年活动。

1946 年

3 月　去广州。后经香港于 5 月抵上海。

12 月　应苏联对外文化协会邀请访苏。

1947 年

4 月　自苏返国。

年底　自上海赴香港。

1948 年

9 月始　《锻炼》连载于 9 日至 12 月 29 日香港《文汇报》。

年底　离港抵解放区。

1949 年

2 月　抵北平。

7 月　出席全国文代会,当选为全国文联副主席和全国文协(中国作协前身)主席。

9 月　任政协常务委员。

10 月　任中央政府文化部部长。

本年　主编的《人民文学》创刊。

1951 年

1 月　被选为世界和平理事会理事。

1958 年

1 月始　《夜读偶记——关于社会主义现实主义及其他》连载于《文艺报》第1—2、8—10 期。同年 8 月由百花文艺出版社出版。

3 月始　《茅盾文集》(第 1 卷)由人民文学出版社出版,至 1961 年 11 月出齐 10 卷本。

1964 年

本年　被选为政协全国委员会副主席。

1965 年

1 月　辞去文化部部长职务。

1978 年

9 月始　回忆录《我走过的道路》连载于《新文学史料》1978 年第 1 期至 1986 年第 4 期。

1981 年

3 月　27 日逝世。

同月　31 日中共中央决定恢复茅盾的党籍,党龄从 1921 年算起。

1984 年

本年　《茅盾全集》第 1 卷由人民文学出版社出版,至 2001 年出齐共 40 卷。2006 年又有《茅盾全集·补遗》上下卷出版。

知识点

必读作品与文献

思考题

第十一章　老舍

老舍(1899—1966),原名舒庆春,字舍予,笔名老舍,满族人。他生于北京城的一个贫民家庭,在大杂院里度过艰难的幼年和少年时代。他非常熟悉社会底层的市民生活,喜爱流传于市井巷里的戏曲和民间说唱艺术,这种阅历有利于他日后创作的平民化与"京味"风格的形成。他没有直接参与激进的新文化运动,甚至对"五四运动"也采取旁观的态度,在二三十年代,他始终与时代主流保持一些距离,在创作上也常表现出不苟时尚的自足心态。他常常试图在创作中超越一般感时忧国的范畴,去探索现代文明的病源。1924年之后五年旅居英国的生活,打开了他的眼界,也激发了他的创作兴趣。1926年写成长篇小说《老张的哲学》,接着又创作了另两部长篇《赵子曰》(1926)与《二马》(1929),1930年回国,到1930年代中期,创作进入鼎盛时期。此间他最出色的作品是《骆驼祥子》(1936),这也是现代文学史上最优秀的长篇小说之一。此外,他还贡献了《猫城记》(1932)、《离婚》(1933)、《牛天赐传》(1936)等长篇巨制,《我这一辈子》等中篇小说,以及《断魂枪》《月牙儿》《柳家大院》《微神》等短篇小说。抗日战争把老舍卷进了时代的洪流,1938年中华全国文艺界抗敌协会成立后,他曾任总务部主任,积极投身抗战文艺工作。1940年代他最主要的长篇小说是《四世同堂》。五六十年代他仍继续写作,最成功的作品有话剧《茶馆》(1957)和小说《正红旗下》(1961—1962,未完成)。老舍是多产作家,一生共写了一千多篇(部)作品,约七八百万字。

老舍在中国现代文学史上的独特地位与价值在于他对文化批判与民族性问题的格外关注,他的作品表现了对转型期中国文化尤其是俗文化的冷静审视,其中既有批判,又有眷恋,而这一切又都是通过对北京市民日常生活全景式的风俗描写来达到的。他第一个把"乡土"中国社会现代性变革过程中小市民阶层的命运、思想与心理通过文学表现出来,并获得了巨大成功。老舍的作品注重文化,铺写世态,是那么真实而又有世俗的品位,加上其表现形式也适应并能提高市民阶层的欣赏趣味,所以能为现代文学赢得知识分子之外的众多读者。北京文化孕育了老舍的创作,而老舍笔下的市民世界又是最能体现北京文化的人文景观，甚至成为一种文化史的象征，一说到北京文化，就不能不联想到老舍的文学世界。

老舍的作品在中国现代小说艺术发展中有十分突出的地位，与茅盾、巴金的长篇创作一起，构成现代长篇小说艺术的三大高峰。老舍的贡献不在于长篇小说的结构方面，而在于其独特的文体风格。老舍远离二三十年代的"新文艺腔"，他的作品的"北京味儿"、幽默风，以及以北京话为基础的俗白、凝练、纯净的语言，在现代作家中独具一格。老舍是"京味小说"的源头。老舍创作的成功，标志着我国现代小说（主要是长篇小说）在民族化与个性化的追求中已经取得重要的突破。

一 文化批判视野中的"市民世界"

在现代文学史上，很少有作家像老舍这样执着地描写"城与人"的关系，他用众多小说构筑了一个广大的"市民世界"，几乎包罗了现代市民阶层生活的所有方面，显示了他对这一阶层百科全书式的知识。而老舍在观察和表现市民社会时，所采取的角度是独特的。与二三十年代主流文学通常对现实社会做阶级剖析的方法不同，老舍始终用"文化"来分割人的世界，他关注特定"文化"背景下"人"的命运，以及在"文化"制约中的世态人情、作为"城"的生活方式与精神因素的"文化"的蜕变。对老舍来说，市民社会中阶级的划分或者上流下层的划分都不是最重要的，重要的是"文化"对于人性以及人伦关系的影响。这个视点决定了老舍的作品在二三十年代不能得到主流派文学首肯，但这并不妨碍老舍艺术上的成就：在文化批判视野中所展开的市民世界的图卷是富有独创性的；对中国传统文化的反思以及对国民性的探讨也是独特的；在他的那些最优秀的作品中，还格外注重为现代文明探索病源，更是发人深省的。

在老舍的市民世界中，活跃着老派市民、新派市民以及正派市民等几种不同的人物系列，各式人物的性格构成往往都在阐释着某种文化内涵，老舍写"人"的关节点是写"文化"。

老舍写得最好的是老派市民形象，他们虽然是城里人，但仍是"乡土"中国的子民。他们身上负载着沉重的封建宗法思想的包袱，人生态度与生活方式都是很"旧派"，很保守、闭塞的。老舍常常通过戏剧性的夸张，揭示这些人物的精神病态，从而实践他对北京文化乃至传统文化中消极落后方面的批判。

早在 1929 年于英国写成的长篇《二马》中，老舍就塑造了一个迷信、中庸、马虎、懒散的奴才式人物老马，他的生活信条就是得过且过，这样一个角色容易使人联想到鲁迅笔下的阿 Q，因为都是为落后的国民勾画灵魂。阿Q 生活在"老中国"的乡村，老马则是华侨，旅居国外。老舍有意把老马放到异国情景中去刻画，试图在中西文化比较的背景下更明显地突显落后国民性的悖谬之处，却也有某种悲凉从中透出。另一部写于 1932 年的长篇《猫城记》反映了老舍当时反主流的思想情绪，作为一部寓言体小说，其所构设的荒诞世界中，那些"猫民"的种种保守、愚昧、非人性的性格，分明也影射着"老中国儿女"落后的国民性。这两部小说艺术上都比较粗糙，而且并非直接写市民生活，但其写作旨意很能代表老舍创作中所显示的"文化批判"的思想。

老舍非常注重对市民生活方式中所体现的人生观及其文化根底加以展示。在他塑造的老派市民形象系列中，除了《二马》中的老马，还有《牛天赐传》中的牛老四，《四世同堂》中的祁老人、祁天佑，《离婚》中的张大哥，等等。最引人注目的还是《离婚》中的张大哥。这是一个知足认命、墨守成规的市民，他小心翼翼地要保住自己的小康生活，害怕一切"变"。小说一开头就用夸张的笔墨介绍："张大哥一生所要完成的神圣使命：作媒人和反对离婚。"对张大哥来说，"离婚"意味着对既成秩序的破坏，而他一生的"事业"正是要调和矛盾，"凑合"着过日子。张大哥这一套以婚嫁观念为基点的人生哲学，体现了传统文化封闭、自足的一面。《离婚》所描写的张大哥的家庭纷争及其危机，可视为传统的民族生存方式的危机。小说辛辣地揭示了张大哥的"哲学困境"。这位张大哥待人处事的准则是："凡事经小筛子一筛，永不会走到极端上去；走极端是使生命失去平衡，而要平地摔跟头的。张大哥最不喜欢摔跟头。他的衣裳，帽子，手套，烟斗，手杖，全是摩登人用过半年多，而顽固佬还要再思索三两个月才敢用的时候的样式和风格。"连小说中另一位"马虎"先生都嘲笑张大哥的生活态度就是敷衍，而且是郑重其事的敷衍。作者以现实主义的严峻态度，写出了这类老派小市民在"乡土"中国向现代性转换的历史过程中所受到的巨大冲击。在遭到不幸时张大哥竟至毫无所为，因为他的"硬气只限于狠命的请客，骂一句人他都觉得有负于社会的规法"。张大哥成了悲剧角色，只会绝望地哀叹："我得罪过谁？招惹过谁？"老舍以幽默的笔法，真实地写出了张大哥这类市民社会"老中国的儿女"因循保守的庸人哲学的破产,以及他们欲顺应天命而不可得的悲剧。

《四世同堂》里的祁家老太爷也是北京老派市民的典型,在他身上集中了北京市民文化的"精髓"。他怯懦地回避政治与一切纷争,甚至当日本人打到北京时,在他看来只消准备一些粮食与咸菜,堵上自家院门,就可以万事大吉。都快当亡国奴了,他还想着自己的生日:"别管天下怎么乱,咱们北平人绝不能忘了礼节!"虽然自己不过是平头百姓,可心里总忘不了把人严格地分为尊卑贵贱,忠实而真诚地按照祖传的礼教习俗办事,处处讲究体面与排场。他奉行着"和气生财"的人生哲学,"善良"到了逆来顺受的地步。他向抄家的便衣微笑、鞠躬,"和蔼"地领受"训示";他非常同情邻居钱默吟受日军凌辱的遭遇,又怕连累自己而不敢去探望这位老友。老舍在批判祁老太爷保守苟安的生活哲学的同时,没有忘记时代环境的变化。当祁老人发现自己的一套行不通,被逼到"想作奴隶而不得"的绝境时,也终于勇敢地起来捍卫人的尊严、民族的尊严。祁老人的孙子祁瑞宣大致也属于老派市民系列,不过他是比较年轻的一代,集中了更加深刻尖锐的矛盾。他受过现代的教育,有爱国心,甚至也不无某些现代意识,但他毕竟又是北京文化熏陶出来的祁氏大家族的长孙,身上体现着衰老的北京文化在现代新思潮冲击下产生的矛盾与困扰。在民族危难的时刻,祁瑞宣虽然终于"找到了自己在战争的地位",然而小说所着力表现的是他的性格矛盾和无穷的精神苦恼,其中显然也在表现传统文化的负面影响。小说正是通过祁老人、祁瑞宣的思想、性格的刻画,深刻地反映了北京市民乃至整个民族的"国民性弱点",以及这些弱点在社会变革中悖谬的、不适应的状态。

老舍和许多同时代的作家不同的是,在批判传统文明落后面的同时,对外来的西方资本主义文明持非常谨慎以至排拒的态度。这种态度表现在他对新派市民形象的漫画式描写上。在《离婚》《牛天赐传》和《四世同堂》等作品中,都出现过那种一味逐"新"、一味追求"洋式"的生活情调而丧失了人格的堕落人物,其中既有蓝小山、丁约翰之类西崽,也有张天真、祁瑞丰、冠招弟等一类胡同纨绔子弟。老舍一写到此类角色就使用几乎是刻薄的手法,不忘给他们描画可笑的漫画式肖像。《离婚》里的张天真就是这种"德性":"高身量,细腰,长腿,穿西装。爱'看'跳舞,假装有理想,皱着眉照镜子,整天吃蜜柑。拿着冰鞋上东安市场,穿上运动衣睡觉。每天看三份小报,不知道国事,专记影戏园的广告。"总之,是一种新潮而又浅薄的角色。

《四世同堂》里的祁瑞丰也是这一类被嘲讽的"洋派青年",不过更令人恶心的是其"洋"味中又带有汉奸味。老舍笔下的这些角色因为嘲讽的意味太浓,刻画并不算深入,有类型化的倾向。这和写老派市民显然不同。老舍对老派市民是既批判又同情的,较能揭示老派市民形象的性格心理矛盾,有的带着悲剧意味;而在给新派市民画粗俗的漫画时,鄙夷不屑之情便溢于言表。老舍慨叹:"这些男女就是社会的中坚人物,也要生儿养女,为民族谋发展?笑话!一定有个总毛病……"(《离婚》)这里说的"总毛病",就是社会出了大问题,整个社会道德失范、价值混乱了。就小说所描写的道德失范、价值混乱而言,老舍的批判是有其现实针对性的,然而这种比较肤浅的嘲讽或批评里头,又包含着对于西方资本主义文明的反思。批判传统文明时的失落感和对"新潮"的愤激之情常常交织在一起,并贯穿在老舍的小说中。

值得注意的是,在一些表现底层市民命运的作品里,也贯穿着批判、排拒资本主义文明的主题。短篇小说《月牙儿》写母女两代烟花女子的故事,在两代人生活道路的分离与相聚背后,隐伏着精神上的分离与合一。小说展示了母亲从生活中得来的"肚子饿是最大的真理"这一带有原始残酷性的生活经验,与女儿从"新潮"中接受的"恋爱神圣""婚姻自由"等新观念之间的矛盾。耐人寻味的是,在老舍的笔下,矛盾的解决方式不是母亲的生活真理向女儿的新思潮靠拢,而是相反;老舍力图向读者指明:正是母亲的生活真理能够通向真正的觉醒。这样,老舍就对西方资产阶级个性解放思潮做出了自己的独特判断。他站在挣扎在饥饿线上的下层城市贫民的立场上,尖锐地指出:在大多数穷人连基本的生存权都没有,处于饥饿状态的时候,爱情就只能是买卖,"自由婚姻""爱情神圣"云云不过是骗人的"空梦"(老舍在《骆驼祥子》里也说过类似的话:"爱与不爱,穷人得在金钱上决定,'情种'只生在大富之家")。老舍对于西方个性解放思潮的质疑与批判,在《月牙儿》所描写的范围内,无疑是深刻的;然而,在老舍全部作品的描写中,这种批判就或多或少地表现出为避免西方资本主义文明的弊病而将封建宗法社会东方文明美化的民粹主义倾向。这种民粹主义的思潮,在中国这样具有悠久的文化传统、小农生产方式与生活方式占优势的文明古国,是有着特别深厚的土壤的。

与老派和新派市民形象系列相对照,老舍的笔下又出现了正派或理想市民形象。显然,老舍在描绘城市资本主义化过程所产生的文化变异与分裂的图景时,没有放弃对理想的追求;况且老舍的创作很注重道义的教化功能,他写理想的市民是为了探索文化转型的出路,使作品变得更有思想启蒙意义。不过,老舍常常带着比较传统的道德观去构思他的理想市民性格。老舍早期作品中的理想市民——无论是《老张的哲学》里的赵四、《赵子曰》里的李景纯,还是《二马》里的李子荣、《离婚》里的丁二爷,都是侠客兼实干家,这自然是反映了中国传统小市民的理想的。这些小说大都以"理想市民"的侠义行动为善良的平民百姓锄奸,从而获得"大团圆"式的戏剧结局。这不仅显示出老舍的真诚、天真,也暴露了老舍思想的平庸面:中国现代作家在对现实的批判方面时时显示出思想的深刻性,而一写到理想,却常常表现出思想的贫弱,这一现象颇发人深省。

随着社会的发展,老舍的创作也在深化。特别是他抗战时期所写的《四世同堂》,自觉地从对传统文化、民族性格潜在力量的挖掘中,去寻找民族振兴的理想之路。老舍在小说中明确地指出,传统文化"是应当用筛子筛一下的",筛去了"灰土","剩下的是几块真金",这种"真金",就是"真正中国的文化的真实力量",虽然也是"旧的",但"正是一种可以革新的基础"。在小说中,天佑太太、韵梅这两个普通的家庭主妇,平时成天操心老人孩子、油盐酱醋,可民族危难一旦降临,她们就挺身而出,坚毅沉着而又忘我地成为独立支撑的大柱。在与全民族共同经历战时生活的艰难磨难过程中,她们看到了四面是墙的院子外面的世界,把自己无私的关怀与爱由家庭扩展到整个国家与民族。诗人钱默吟战前"闭门饮酒栽花","以苟安懒散为和平",残酷的战争打破了他生活的平静,儿子的壮烈牺牲与自己的被捕使他成了另外一个人,他身上爆发出了中国传统文化中的道德力量:杀身成仁的民族骨气与操守。在老舍看来,为神圣的民族解放战争所唤起的这种坚韧不屈、勇于自我牺牲的民族精神是可以成为建设新民族、新国家的精神力量的。

但类似的亮色,在老舍作品中毕竟比较罕见,他所描写的世界,总是灰暗而且有些悲凉的。出现在老舍作品里的人物很多都是愚昧、自私、妥协、敷衍、虚伪、丑陋、病态和无特操的,他们差不多都被作者给予了讽刺,因为在他们那里看不到生活的希望。老舍笔下的北京也似乎永远都是灰蒙蒙、阴沉沉的,胡同、大街、四合院、商铺、学校、教堂、妓院、茶馆……全都死气沉沉,极少温情和梦幻的颜色。这些未免让人沮丧的气氛与色调,构成所谓"京味"的一部分。但不能不承认老舍写作的真诚,他对北京的"城"与"人"

的爱恨交织,固然是他的创作心态的表现,也是他的文化观念的反映:他总在质疑现代城市"文明病"带给人类的弊害。这种质疑和思考在《骆驼祥子》这部杰作中表现得尤为突出。

二 《骆驼祥子》:对城市文明病与人性关系的探讨

《骆驼祥子》是老舍写城市贫民悲剧命运的代表作,这部小说在老舍全部创作中是一座高峰。通常认为这部小说的成功在于其真实地反映了旧中国城市底层人民的苦难生活,揭示了一个破产了的农民如何市民化,又如何被社会抛入流氓无产者行列,以及这一过程中所经历的精神毁灭的悲剧。就作品描写的生活情状及主要人物的典型性而言,这部作品的确有助于人们认识二三十年代中国城市社会的黑暗图景。然而如果更进一步探究,会发现这部小说还有更深入的意蕴,那就是对城市文明病与人性关系的思考。这部作品所写的,主要是一个来自农村的纯朴的农民与现代城市文明相对立所产生的道德堕落与心灵腐蚀的故事。

祥子从农村来到城市谋生,"带着乡间小伙子的足壮与诚实,凡是以卖力气就能吃饭的事他几乎全作过了"。他把买一辆自己的车作为生活目标,幻想着有了车就如同在乡间有了地一样,能凭着自己的勤劳换取安稳的生活。经过三年的艰辛,祥子终于买下一辆新车,不料才半年就被匪兵抢去。他虎口逃生,路上"捡"到三匹骆驼,卖了三十五元钱,准备积攒着买第二部车,不久又被孙侦探抢走。车厂老板刘四爷的女儿虎妞喜欢祥子,祥子虽然讨厌她又老又丑,却也防不住性诱惑的陷阱,不得不与她结婚,并用她的私房钱买下第三部车。不久虎妞因难产死去,祥子只得卖掉车子料理丧事。老舍以极大的同情描写祥子的不幸遭遇:"一个拉车的吞的是粗粮,冒出来的是血;他要卖最大的力气,得最低的报酬;要立在人间的最低处,等着一切人一切法一切困苦的击打。"祥子"作一个独立的劳动者"的善良愿望的毁灭,是有社会原因的,小说所写的"逃匪""侦探"等的欺压,都映现出二三十年代动荡的社会背景,使得祥子的悲剧有了社会批判的内涵。但作家同时揭示和批判了祥子自身固有的缺陷。他不合群,别扭,自私,死命要赚钱,"不得哥儿们","在没有公道的世界里,穷人仗着狠心维持个人的自由,那很小很小的一点自由",这就决定了他的孤独、脆弱,最终完全向命运屈服,一步步走向堕落的深渊。小说最后写祥子完全变了个人,变得懒惰、贪婪、麻木、缺德,他打架,使坏,逛窑子……"为个人努力的也知道怎样毁灭个人",他真正成了"个人主义的末路鬼"。这正是对祥子小生产者个人奋斗的思想、性格悲剧的深刻概括。老舍在祥子等下层城市贫民身上所发现的不敢正视现实、自欺欺人的幻想,以及人与人之间的冷漠、个人奋斗道路破灭以后的苟且忍让,与他在其他一些小说中常写到的"老中国的儿女"之间显然存在着某种共同点,这是同一经济文化的产物,在一定程度上也反映了中国国民性格中的某些弱点。这样,《骆驼祥子》中对城市贫民性格弱点的批判,就纳入了老舍小说"批判国民性弱点"这一总主题中。

但对这部小说的理解还可以从"批评国民性"再深入一步,那就是对城市文明病与人性关系的探讨。

祥子似乎注定被腐败的环境锁住而不得不堕落,他想同命运搏斗而最终向命运屈服,一切幻想和努力都成为泡影,恶劣的社会毁灭了一个人的全部人性。这种表现是悲观的,因为老舍不止于批判现实社会,也不止于批判传统文明和落后的国民性,他显然在思考城市文明病如何与人性冲突的问题。老舍说他写《骆驼祥子》很重要的一点便是"由车夫的内心状态观察到地狱究竟是什么样子"。这个"地狱"是在城市化过程中道德沦落的社会,也是为金钱所腐蚀了的畸形的人伦关系。像虎妞的变态情欲、二强子逼女卖淫的病态行为,以及小福子自杀的悲剧等等,对祥子来说,都是锁住他的"心狱"。小说写祥子的一个个不幸遭遇,蕴含着一个不断向自我和人类的内心探究的旅程结构。祥子从农村来到城市,幻想当一个有稳固生活的劳动者,可是他的人生旅途每经过一站,他都更沉沦堕落一层,也愈来愈接近最黑暗的地狱层。无论是祥子初来乍到就看到的那个无恶不作的人和车厂,还是他结婚后搬进去的杂乱肮脏的大杂院,或者他最后走向的那如同"无底的深坑"的妓院白房子,小说都是通过祥子内心的感觉来写丑恶的环境如何扭曲人性,写他在环境的驱促下如何层层给自己的灵魂泼上污水,从洁身自好到心中的"污秽仿佛永远也洗不掉",最后破罐子破摔,彻底沉沦。祥子被物欲横流的城市所吞噬,自己也成为那城市丑恶风景的一部分。

小说直接解剖构成环境的各式人的心灵,揭示文明失范如何引发"人心所藏的污浊与兽性"。老舍对城市中"欲"(情欲、财产贪欲等)的嫌恶,对城市人伦关系中"丑"的反感,主要出于道德的审视。人们从《骆驼祥子》阴暗龌龊的图景中,能感觉到老舍对病态的城市文明给人性带来伤害的深深忧虑。在1930年代,像《骆驼祥子》这样在批判现实的同时又试图探索现代文明病源的作品是独树一帜的。

小说结尾描写祥子彻底堕落，抽烟、逛窑子、染上梅毒，拉不动车了，靠给人家出殡时打挽联过日子，行尸走肉般地走在末路上；对照一下小说开头写的那个精壮、挺拔、向上的小伙子，判若两人。读毕掩卷，读者可能会感到老舍内心强烈的脉动，不只是因为其所展示的底层苦难，也因为无法从中拔身的惆怅，以及面对芸芸众生的无尽悲悯。这正是老舍小说最感人之处。

三　老舍作品的"京味"与幽默

老舍作品中最引人注目的是"京味"。"京味"作为一种风格现象，包括作家对北京特有的风韵、特具的人文景观的展示及展示中所注入的文化趣味。因此"京味"首先表现为取材的特色。老舍聚集其北京的生活经验写大小杂院、四合院和胡同，写市民凡俗生活中所呈现的场景风致，写已经斑驳破败仍不失雍容气度的文化情趣，还有那构成古城景观的各种职业活动和寻常世相，为读者描绘了丰富多彩的北京风俗画卷。这画卷所充溢着的北京味儿有浓郁的地域文化特色，具有很高的民俗学价值。

"京味"作为小说的风格氛围，也体现在作家描写北京市民庸常人生时对北京文化心理结构的揭示。北京长期作为皇都，形成了帝辇之下特有的传统生活方式和文化心理、习惯，以及与之相应的审美追求，迥异于有更浓厚的商业气息的"上海文化"。老舍用"官样"一语来概括北京文化的特征，包括讲究体面、排场、气派，追求精巧的"生活艺术"；讲究礼仪，固守养老抚幼的老"规矩"；性格上懒散、苟安、谦和、温厚与懦弱；等等。这类"北京文化"的"精魂"渗透于老舍作品的人物刻画、习俗描绘、气氛渲染之中。老舍作品处处写到礼仪，礼仪既是北京人的风习，亦是北京人的气质，"连走卒小贩全另有风度"。北京人多礼，《二马》中老马赔本送礼，《离婚》中老李的家眷从乡下来同事们要送礼，张大哥儿子从监狱里放出来也得送礼，《骆驼祥子》中虎妞要祥子讨好刘四爷更需送礼，《四世同堂》则直接详尽描写祁老人"自幼长在北京，耳习目染的向旗籍人学习了许多规矩礼路"。这不仅是一种习俗，更表现了一种"文化性格"。《四世同堂》第一章就写到：无论战事如何紧张，祁家人也不能不为祁老人祝寿："别管天下怎么乱，咱们北平人绝不能忘了礼节！"就连没有一点文化的车夫小崔也熏染了这种北京"礼节"：他敢于打一个不给车钱的日本兵，可是在女流氓大赤包打了他一记耳光时,却不敢还手,因为不能违反"好男不与女斗"的"礼"。这种"北京文化"甚至影响到中国的市民知识分子。《四世同堂》里的祁瑞宣就是这样一种衰老的北京文化在新思潮冲击下产生的矛盾性格。小说写了一个细节,当台儿庄大捷的消息传到北京后,作为一个"当代中国人",他十分振奋,但并没有"高呼狂喊":"即使有机会,他也不会去高呼狂喊,他是北平人。他的声音似乎专为吟咏用的。北平的庄严肃静不允许狂喊乱闹,所以他的声音必须温柔和善,好去配合北平的静穆与雍容。"祁瑞宣因此而感叹自己缺乏那种新兴民族的英武好动,说打就打,说笑就笑,敢为一件事,不论是保护国家还是试验飞机或汽车的速度而去牺牲性命。

老舍对"北京文化"的描写,是牵动了他的全部复杂情感的:既充满了对"北京文化"所蕴含的特有的高雅、舒展、含蓄、精致的美不由自主的欣赏、陶醉,以至因这种美的丧失、毁灭油然而生的感伤、悲哀,以及若有所失的怅惘,同时也时时为"文化过熟"导致的柔弱、无用而叹惋不已。对北京文化的沉痛批判和由其现代命运引发的挽歌情调交织在一起,使老舍作品呈现出比同时代许多主流派创作更复杂的审美特征。老舍作品中的"京味"正是这种主观情愫与对北京市民社会文化心理结构的客观描绘的统一。

老舍性情温厚,写作姿态也比较平和,常常处于非激情状态,更像是中年的艺术。他的作品追求幽默,一方面来自狄更斯等英国文学的影响,同时也深深地打上了"北京市民文化"的烙印,形成了更内蕴的"京味"。老舍说:"北平人,正像别处的中国人,只会吵闹,而不懂得什么叫严肃","北平人,不论是看着一个绿脸的大王打跑一个白脸的大王,还是八国联军把皇帝赶出去,都只会咪嘻咪嘻的假笑,而不会落真的眼泪"。老舍的幽默带有北京市民特有的"打哈哈"性质,既是对现实不满的一种以"笑"代"愤"的发泄,又是对自身不满的一种自我解嘲,总之,是借笑声来使艰辛的人生变得好过一些,用老舍自己的话来说,就是把幽默看成生命的润滑剂。

这样,老舍作品中的幽默就具有了两重性:当过分迎合小市民的趣味时,就流入了为幽默而幽默的"油滑"(说得严重一点,有点类似北京"京油子"的"要贫嘴")——这主要表现在老舍的早期创作中,老舍曾为此而深深苦恼,以致一度"故意的停止幽默";经过反复思索、总结,从《离婚》开始,老舍为得之于北京市民趣味的幽默找到了健康的发展方向:追求更加生活化,在庸常的人性矛盾中领略喜剧意味,谑而不虐,使幽默"出自事实本身的可笑,而不是由文字里硬挤出来的";追求更高的视点、更深厚的思想底蕴,使幽默成为含有温情的自我批判;追求艺术表现上的节制与分寸感,逐渐克服原有的单纯性质,产生了喜剧与悲剧、讽刺与抒情的渗透、结合,获得了一种丰厚的内在艺术力量。读他的小说,往往使人忍俊不禁,又会掩卷深思。

老舍的语言不见旧式文人的气息,也没有"新文艺腔",他有意用北京市民俗白浅易的口语来传达市井生活的韵味,满带着"京腔京调",读者好像能体味到其响亮顿挫乃至说话的神态。例如《赵子曰》第十六章写北京端午节的热闹劲儿:

> 拉车的舍着命跑,讨债的汗流浃背,卖粽子的扯着脖子吆喝,卖樱桃桑椹的一个赛着一个的嚷嚷。毒花花的太阳,把路上的黑土晒得滚热,一阵旱风吹过,粽子,樱桃,桑椹全盖上一层含有马粪的灰尘。作买卖的脸上的灰土被汗冲得黑一条白一条,好像城隍庙的小鬼。

老舍显然是做了提炼加工的。用他自己的话来说,就是"把顶平凡的话调动得生动有力",烧出白话的"原味儿"来;同时又在俗白中追求讲究、精致的美(这也是北京文化的特征),写出"简单的、有力的、可读的而且美好的文章"。① 老舍成功地把语言的通俗性与文学性统一起来,做到了干净利落、鲜活纯熟,平易而不粗俗,精致而不雕琢。其所使用的语词、句式、语气以至说话的神态气韵,都有独特的体味和创造,又隐约渗透着北京文化的"温度"。这也是"京味"的重要表现。老舍称得上"语言大师",他发掘并传扬了北京话蕴含的内在之美,在现代白话文学语言的创造与发展上有突出的贡献。

不过需要补充的是,老舍小说中的"京白"有时也过于铺张,油腔滑调,特别是人物的对话。举《离婚》中的一段来看看。张大嫂问二妹妹"二兄弟一月也抓几十块呀",回答是:

> 哪摸准去! 亲友大半是不给钱,到节啦年啦的送点茶叶什么的;家里时常的茶叶比白面多,可是光喝不吃还不行! 干什么也别当大夫:看好了病,不定给钱不给;看错了,得,砸匾! 我一天到晚提心吊胆,有时候真觉得活着和死了都不大吃劲!

用这样的语言表现人物的脾气性情倒是适切,也是作品艺术表现的需要,但

---

① 老舍的《骆驼祥子》用字极为简易,据统计,该书一共107360个字,不同的字仅有2413个,只要认识621个字,就能懂95%,大概小学四五年级就可以读懂。

即使是北京人,也会指责这样的"耍贫嘴"让人腻味。所以对"京白京味"的
欣赏,还须有所辨析。

附录　本章年表

1899 年

2 月 3 日生于北京。原名舒庆春,字舍予,满族正红旗人。

1913 年

夏　考入北京师范学校。

1918 年

本年　毕业后被派任方家胡同小学校长。

1920 年

12 月　被任命为教育部通俗教育研究会会员。

1922 年

上半年　受洗礼加入基督教。

9 月　在南开中学教国文。

1923 年

1 月　第一篇短篇小说《小铃儿》发表于《南开季刊》第 2、3 期合刊,署名"舍
予"。

1924 年

9 月　赴英国,任伦敦大学东方学院汉语教师。

1926 年

7 月始　《老张的哲学》(长篇)连载于《小说月报》第 17 卷第 7—12 号。1928
年由商务印书馆出版。

1927 年

3 月始　《赵子曰》连载于《小说月报》第 18 卷第 3—8、10—11 号。1928 年 4 月
由商务印书馆出版。

1929 年

5 月始　《二马》连载于《小说月报》第 20 卷第 5—12 号。1931 年 4 月由商务印
书馆出版。

夏　离英回国,途中在新加坡滞留半年,任中学教员。

1930 年

春　离开新加坡回国。

7 月　任山东齐鲁大学国学研究所文学主任,兼文学院教授。主办《齐大月
刊》。

1931 年

年初　与胡絜青女士结婚。

1 月始　《小坡的生日》连载于《小说月报》第 22 卷第 1—4 号。1934 年 7 月由生活书店出版。

1932 年

8 月始　《猫城记》连载于《现代》第 1 卷第 4 期至第 2 卷第 6 期。1933 年 8 月由现代书局出版。

1933 年

8 月　《离婚》由良友图书公司出版。

10 月　短篇小说《微神》发表于《文学》第 1 卷第 4 号。

1934 年

9 月　受聘青岛山东大学中国文学系讲师(1935 年转聘教授)。

同月　《赶集》(短篇集)由良友图书公司出版。

1935 年

春　酝酿写《骆驼祥子》。

4 月　短篇小说《月牙儿》发表于天津《国闻周报》第 12 卷第 12—14 期。

8 月　《樱海集》(短篇集)由人间书屋出版。

1936 年

6 月　散文《想北平》发表于《宇宙风》第 19 期。

7 月　辞去山东大学教职,从事专业写作。

9 月始　《骆驼祥子》连载于《宇宙风》第 25—48 期。1939 年 3 月由人间书屋出版。

11 月　《蛤藻集》(短篇集)由开明书店出版。

1937 年

8 月　因战事和经济困难所迫,重回济南齐鲁大学任教。

11 月　济南失陷前夕,只身奔赴武汉。

1938 年

3 月　27 日被选为中华全国文艺界抗敌协会常务理事兼总务部主任。

7 月　随"文协"迁往重庆。

1939 年

6 月　随慰劳总会北路慰问团去西北,曾到陕甘宁抗日根据地。

1944 年

4 月　"文协"为老舍创作二十周年举行了纪念会,《新华日报》发表短评《作家的创作生命——贺老舍先生创作廿周年》。

11 月始　《惶惑》(《四世同堂》第一部)连载于 11 月 10 日至 1945 年 9 月 2 日
　　　　《扫荡报》。1946 年 1 月由良友复兴图书印刷公司出版。

1946 年

3 月　接受美国国务院邀请,与曹禺赴美讲学一年,期满继续留美。

11 月　《偷生》(《四世同堂》第二部)由晨光出版公司出版。

1947 年

1 月　《我这一辈子》由惠群出版社出版。

4 月　《微神集》由晨光出版公司出版。

1948 年

9 月　《月牙集》由晨光出版公司出版。

12 月　《老舍戏剧集》由晨光出版公司出版。

1949 年

12 月　接国内郭沫若等三十多位文坛友人信后决定回国,10 月 13 日离美,12
　　　　月 9 日抵天津。

本年　在美国完成《鼓书艺人》。

1950 年

3 月　中国民间文学研究会成立,当选为副理事长。

5 月　北京市文联成立,当选为市文联主席。

同月始　《饥荒》(《四世同堂》第三部)连载于《小说》第 4 卷第 1—6 期。

9 月始　《龙须沟》(三幕话剧)连载于《北京文艺》第 1 卷第 1—3 期。1951 年 1
　　　　月由大众书店出版。

1951 年

12 月　被北京市人民政府授予"人民艺术家"荣誉奖状。

1953 年

10 月　当选为全国文联副主席和中国作家协会副主席。

1957 年

7 月　《茶馆》(三幕话剧)发表于《收获》第 1 期。1958 年 6 月由中国戏剧出版
　　　　社出版。

1966 年

8 月　24 日"文革"中受迫害,自沉于北京太平湖。

知识点

必读作品与文献

思考题

第十二章　巴金

　　巴金(1904—2005)出生于四川成都一个旧式大家庭,原名李尧棠,字芾甘,"巴金"是他的笔名。"五四运动"后,巴金受新思潮影响,积极参加一些反封建的社会活动,1923年离家到上海、南京求学,1927年赴法国留学。年轻的巴金最初的志向并非当作家,而是要献身社会革命事业。他被无政府主义激进的思想所吸引,曾经翻译克鲁泡特金等无政府主义者的著作①,仰慕波兰和俄国的"民粹派"英雄,还直接参与过无政府主义运动,渴望通过革命斗争改变不合理的现实,建立公平、正义、自由的新社会。作为一种政治信仰与道德人格的追求,巴金在很长的时间里狂热地追崇无政府主义,并身体力行②,他其实是一个真诚的理想主义者。但无政府主义在1920年代的中国很快就风流云散,巴金参与的政治活动均告失败,理想的失落使他陷入痛苦和迷惘,转向以文学来宣泄感情,于是产生了1928年的处女作《灭亡》(1929年发表)。后来连续发表的作品也大都带有这种反抗和失落的情绪。巴金是带着理想以战士的姿态从事创作的,他的小说大都是写旧家庭的崩溃以及青年一代的精神探求,有强烈的无政府主义的色彩,但更引人注目的并非"主义"本身,而是那种叛逆与追求的躁动情绪。在1920年代末1930年代初那种战乱和政治高压的氛围中,这种躁动的反抗的作品特别能赢得共鸣。

　　作为一个敏感、单纯、热情而富于诗人气质的小说家,巴金以创作作为自己生活的有机部分,坦诚地记录和描写自己的生活经验,表达自己对生活

---

　　①　1925—1929年,巴金就翻译过克鲁泡特金的5部著作,包括《面包与自由》(初版译为《面包略取》)、《蒲鲁东底人生哲学》、《伦理学的起源和发展》(初版译为《人生哲学:其起源及其发展》)等。

　　②　在《答诬我者书》(1927)中,巴金宣称:"无政府主义是我的生命,我的一切,假若我一生中有一点安慰,这就是我至爱的无政府主义。在我的苦痛与绝望的生活中,在这残酷的世界里,鼓励着我的勇气使我不时向前进的,也是我所至爱的、能够体现出无政府主义之美的无政府主义的先驱者们。对于我,这美丽的无政府主义理想就是我的唯一光明,为了它,我虽然受尽一切的人间的痛苦,受尽世人的侮辱我也甘愿的。"见《巴金全集》第18卷,北京:人民文学出版社1993年版,第179页。

的独特理解和追求。在他那里,生活与艺术、人品与文品是二而一的。他总是"笔锋常带感情"地描写和讴歌青春,表达青春的爱恨情仇、对正义与自由的渴望、面对黑暗现实的绝望的挣扎,抒发青春的也是时代的苦闷。他有点像 1920 年代的郁达夫,首先被广大青年读者所欢迎,成为年轻人信赖的朋友,一度是非常流行的青春偶像型作家。青春是文学的"永恒主题",即使时过境迁,后世的年轻读者依然能从巴金的作品中读到青春的激情与伤感,为他的真诚所感动。

　　巴金是极勤奋的热情奔涌的多产作家,从 1928 年 9 月写《灭亡》起,到 1949 年新中国成立,前后二十一年时间,写了 18 部中、长篇小说,70 多篇短篇小说,以及 16 本散文随笔集,还有 30 多种外国文学译作。但他影响最大的还是小说创作,特别是中、长篇小说创作。巴金的中长篇小说按题材大致可以分为两类,一类是表现社会革命和青年精神困境的,主要有《灭亡》(1929)、《新生》(1933)、《爱情的三部曲》(即《雾》,1931;《雨》,1932;《电》,1934)、《火》(第一部,1940;第二部,1941;第三部,1945);另一类是写家庭伦理困扰、人性弱点,特别是旧家族制度性罪恶的,包括《春天里的秋天》(1932)、《激流三部曲》(即《家》,1931;《春》,1938;《秋》,1940)、《憩园》(1944)、《第四病室》(1946)、《寒夜》(1946)等等。巴金这些带有强烈主观性和抒情性的中、长篇小说,与茅盾、老舍相对客观性和写实性的中、长篇小说一起,构成了现代文学第二个十年中长篇小说的艺术高峰;而巴金小说所创造的"青年世界",是 1930 年代艺术画廊中最具有吸引力的一部分。巴金也因此为扩大现代文学的影响做出了不可替代的卓越贡献。

一　青春的赞歌:巴金前期小说创作

　　巴金的处女作《灭亡》是 1928 年在法国写成的。当时巴金对国内革命屡遭摧残甚感失望与悲愤,正拼命翻译无政府主义者克鲁泡特金的著作,以寻求精神支柱,《灭亡》写的就是无政府主义运动中知识分子的活动,表现一群抱有理想信仰的青年如何献身于反抗军阀专制统治的暴动。作者通过小说里人物的悲剧性行动和遭遇来发泄对当时社会的不满和抗议。这部长篇小说背景比较模糊,着力表现和赞颂的主要人物是从俄国民粹派英雄衍化而来的。巴金以一种充满浪漫激情甚至有点浮夸的笔调来写他的青年革命者,不加节制地将自己的观念、情感和心理体验灌注到这些人物身上。在

《灭亡》中，巴金赞美殉道者杜大心而又为他惋惜，这位主人公得了严重的肺结核病（当时巴金也得了这种病，在那个时代是很难医治的重病），却忍住极大的痛苦为反抗专制制度而拼命工作；他对自己个人的前途不抱希望，对黑暗压迫下的人类前途也感到绝望，然而还是要拼死一搏，尽力奋斗。他也有过爱情，但那种绝望、虚无而又要拼死抗争的心态，最终使他丧失了爱情，他甘愿消耗生命以殉事业，求取良心的安宁。杜大心富于正义感和献身精神，狂热而脆弱，终于在偏激思想的引导下，在狂想、盲目、幼稚的斗争中牺牲了自己。作品实际上是把杜大心作为一个悲剧英雄来处理的，感人至深的并不是宣扬了什么主义，而是那种绝望而又抗争的精神，其中某些甜软而又抒情的恋爱情节，与悲愤、压抑、暴烈的场景互相穿插，形成一种狂躁的气氛。

"五四"以来的新文学大都充溢着伤感情调，很少英雄至上的气象，巴金的《灭亡》终于让读者有了自己的英雄，尽管是一个在暗夜里绝望呼号的英雄。在二三十年代那种压抑的气氛中，《灭亡》的绝唱打动了广大青年的心，一面世就大受欢迎，成为一版再版的畅销书。

《灭亡》出版之后数年间，巴金进入了如痴如醉的创作高峰期。他把写作当成一种宣泄痛苦的方式，几乎不太考虑写作的形式，靠的就是倾诉和抒情，以求从信仰失落的困境中超拔出来，也因此而赢得了读者的亲近。《爱情的三部曲》便是在这种宣泄中生长起来的作品。这个三部曲由《雾》《雨》《电》三部中篇合成，类似三重唱，但又可以独立成篇。和《灭亡》《新生》一样，这里写了革命、恋爱，写了青年的反抗、追求和苦闷，可以说是《灭亡》《新生》主题的延续。不同的是，《爱情的三部曲》更注重写群像，展现一群性格各异的知识青年形象。巴金大概是想围绕"性格即命运"，来比较探究几种不同的生活道路，展现他们的心路历程。人物略微有点图式化，但突出的性格特征，加上浓烈的情绪氛围，能给精神以冲击。如《雾》中柔弱、寡断，近似"雾"一样性格的"多余人"周如水，以及身患重病、痛苦绝望，却全力以赴献身革命活动的陈真；《雨》中势利堕落的洋派青年张小川，以及不满现实却又动摇不定、找不出出路的吴仁民；等等。值得注意的是，这些人物大都有些病态，又处在躁动不安的空气中，那就是"时代病"的映照吧。

到了写《电》的时候，巴金有了一些改变，他更有力地塑造另两个不同的青年形象。一个是敏，他本来也是柔弱、内向、平和的青年，在无政府主义运动中却锻炼成了另一种人，变成使命感强烈、绝望而愤激的战士，要去炸一个镇守厦门的旅长，最终以生命来殉他所崇仰的事业。作者赞佩其精神，但并不赞同以暴易暴的恐怖行为。为此，巴金又特意写了另外一个"近乎健全的女性"，即李佩珠。这是一位纯洁、美丽、坚强的女子，有革命的胆识，又有冷静的头脑，不主张激进主义的盲动和轻易牺牲，认为"痛快地交出生命，那是英雄的事业，我们似乎更需要平凡的人"。在《电》里，作者用了与往昔不同的明快调子和诗意笔触，多方面展示李佩珠的优秀品质。作者在这个人物身上倾注了理想和爱，试图把她塑造成一个健康成熟的女革命家，以升华人生境界。《电》中的两个激进青年形象，仍然是以法、俄某些女革命党人为模特，混合了巴金的政治理想和激情，他显然把自己参加无政府主义活动的失意寄植到创作中，转化成一种英雄主义的想象。大概因为背景模糊、人物过于透明简单，艺术上的确比较粗糙，又带有无政府主义的色彩，文学史普遍对《爱情的三部曲》评价较低，而巴金自己对《爱情的三部曲》特别是《电》，是情有独钟的①。《爱情的三部曲》中写到了各种不同类型的青年，使当时的年轻读者从中读出他们同一代人的种种心境，也来思考生活的意义和不同的人生道路。特别是《电》这部小说，比较完整地再现了当年无政府主义的理想与活动，有特别的历史认识价值。

1920年代末1930年代初，文坛上"革命文学"刚刚勃兴，正经历着一个不成熟的阶段，许多作品都脱不了"革命+恋爱"的幼稚的公式。巴金并不是有意跟这股潮流，他只是不约而同也写了许多革命和恋爱的作品。相比之下，巴金不像一般左翼作者那样满足于凭某种概念构思披着革命外衣的浪漫故事，而比较注重展示二三十年代青年复杂变幻的思想情绪，充满了渴望变革的亢奋焦灼的激情；虽然所构思的故事不那么实在，有模仿外国革命党人传奇的痕迹，但其如火一般的艺术情境很容易被当时的进步青年引为同调，给他们激励的力量。

几乎与此同时，巴金还用另一副笔墨，创作了另一类描写封建家庭腐败与衰落的家族小说，并逐渐把创作着力点转到这方面。1931年写的《激流三部曲》之一——《家》，就是他的家族小说中最有代表性的作品。

---

① 巴金在《〈爱情的三部曲〉总序》中说："我不曾写过一本叫自己满意的小说。但在我的二十几部文学作品里面却也有我个人喜欢的东西，例如《爱情的三部曲》。""这部小说（指《电》——引者）是我的全部作品里面我自己比较喜欢的一本，在《爱情的三部曲》里面，我也最喜欢它。"《巴金全集》第6卷，北京：人民文学出版社1988年版，第3—4、37页。

二 《家》的杰出成就

巴金的《家》写成于 1931 年，同年在上海《时报》上连载，最初题名为《激流》，后来以单行本发行时才改名为《家》。1938 年和 1940 年，巴金又继续顺着《家》的情节发展线索，陆续写成了《春》和《秋》，并将这三部长篇合称为《激流三部曲》。这三部小说一开始并没有总体构思，写作时间间隔很长，每部作品各有其独立的结构，可以分开来读；但写作过程中又兼顾到各部间的相互关照，是整体统一的长篇系列小说。巴金构思这类家族题材小说，受到法国作家左拉的影响，他也试图以《卢贡-马卡尔家族的命运》那样的长篇形式，写一个家族的衰变过程，揭示人性的堕落。所不同的是巴金更注重表现社会革命背景下的家庭变化，以及青年的希望和新生革命力量的成长。新文学问世以来，以揭露旧家庭旧礼教为题材的创作很多，但以长篇系列小说形式和如此浩大的规模（《激流三部曲》系列长篇小说长达 104 万字），对封建家庭崩溃过程做系统深入描写的，还是第一次。

《激流三部曲》中，《家》成就最高，影响最大，是现代最畅销的小说之一①。巴金原打算把《家》写成一个旧式大家庭的衰败史，写了六章之后，他所挚爱的长兄自杀，这给巴金极大的刺激，他把自己对兄长的感情与对家庭、社会的思考融合起来，咀嚼自己所感受到的社会黑暗与残酷，并把这些情绪集中向旧家庭发泄，虚构了一桩桩血案，要呼号，要控诉，要义无反顾地向旧的家族制度宣战。他认为旧家庭所代表的专制制度，扼杀了包括他长兄在内的一切青年的幸福。这种反抗与破坏的情绪转化为《家》激进的风格。与巴金其他早期创作的小说相比，《家》有比较厚实的生活基础，作家回到了自己熟悉的生活中，找到了自己感同身受而又最能打动同代青年的题材与主人公。《家》表明巴金在更大程度上接受了现实主义的创作方法，独具的艺术风格也开始步入成熟的阶段。

《家》是以爱情故事为情节发展的主干的。作品写了觉慧与鸣凤，觉新与钱梅芬、李瑞珏，觉民与琴等几对青年爱情上的不同遭遇，以及他们所选择的不同生活道路，在思想上比"五四"以后许多同类题材作品显得深刻。

---

① 从 1933 年到 1951 年，开明书店版《家》就印刷了 33 次。迄今为止，各种版本的《家》不计其数。

它不再是人们熟悉的那种自由恋爱和反抗旧礼教的故事，矛头不仅针对旧礼教，而且更集中指向作为封建统治核心的专制主义；它的意义也不只是主张自由恋爱，而是号召青年投入社会革命洪流，把自身的命运和社会的变革结合起来。《家》在三四十年代之所以能产生积极而巨大的影响，与其批判性的激进主题和青春的热情风格是分不开的。巴金不是左翼作家，然而许多青年正是读着巴金的《家》等书而走向革命的。

《家》中写到的人物众多，有六七十个，最主要的是高老太爷、觉慧和觉新这三个典型人物。高老太爷是这个封建大家族的最高统治者，他的专横、衰老和腐朽，象征着旧家庭和专制制度走向崩溃的历史命运。高老太爷是这个家族的至尊，掌握着全家人的命运，按照封建社会"君君臣臣，父父子子"的等级制度，他就是整个家族的"君主"，全公馆上下无不敬畏的"神"。《家》直接写高老太爷的章节并不多，但给人很深的印象。他就像幽灵似的无处不在，贯穿全书，给高公馆笼罩上一层森严压抑的气氛。《家》里发生的一系列悲剧事件，直接间接都与高老太爷有关。在高公馆，几乎所有的年轻人，特别是年轻女子，全都不被当作独立的人而受尊重。所谓尊卑长幼有序的伦理秩序，是旧礼教和家长制的核心，其实都是"非人"的，是以牺牲弱小为代价的。小说中的高老太爷本身并不多么可恶，可恶的是人人都已经本能地接受并沉湎其中的旧礼教和家长制。小说用许多血淋淋的事实，控诉了家长制和旧礼教对于青春、爱情、生命的漠视与摧残；而封建压迫者在扼杀他人幸福的同时也丧失了自己的人性。封建的"家长专制"戴上了一层合乎礼教的面纱，千百年来人们已经习以为常，视作当然，而《家》却毅然决然揭去这层面纱，露出其狰狞的一面，让读者有震惊的发现。"高公馆"是旧的家族制的象征。小说写高老太爷死前是那样绝望，仿佛看到他家中的那些纨绔子弟的荒淫无耻，正在蛀空高公馆，而他的孙子觉慧等又都在骄傲地从家中出走。"家"的崩析，象征着一个时代的巨变。

作为封建专制的叛逆者，从"家"中出走的觉慧，是一个充满朝气与希望的新人典型。他对旧家庭的叛逆，以至最终的"出走"，是"五四"新思潮的招牌性"动作"，从中可以见到一代青年领受了民主意识之后的姿态与力量。巴金在觉慧身上寄托着对青春的赞美和生活的信念，自然也有他自己的影子与感情。觉慧是《家》的主角，是前所未有的最能拨动青年心弦的"新人"形象。

在"五四"思潮的冲击下，觉慧这个少爷在高家最早觉醒过来，痛苦地感到家是一个"狭小的笼","是埋葬青年理想和幸福的坟墓"。他下决心不再去做高老太爷们所期望的"绅士",也不愿像大哥觉新那样忍受下去,而是要做"自己的主人","自己把幸福争过来"。他敢于对抗高老太爷的旨意,以极大的热情投入社会革命活动,编进步刊物,撰写讨伐封建主义的檄文;他蔑视封建等级制度和旧礼教,支持和帮助觉民逃婚,大胆向婢女鸣凤表示纯洁的爱情;他不怕冒犯尊长,公然揭穿他们"捉鬼"行孝的丑剧;最后,他又毅然从这腐败的家庭出走。小说突出了觉慧热情、叛逆和追求的精神,这正是"五四"时期受新思潮冲击的激进青年的特征,也是觉慧这个形象所以能给人巨大鼓舞的魅力所在。

然而,作品也并非就把觉慧写得怎么"高大上",他虽大胆但毕竟还是幼稚单纯的"叛徒",身上既有热情、叛逆、追求的"五四"精神,又有"五四"青年难免的偏激的弱点。他从封建家庭中蜕化出来,不能不带有一些封建思想影响的痕迹,小说并没有回避他的缺点,有的章节还很细致地刻画他思想的复杂性。这个形象深刻地反映出"五四"新思潮所唤醒的一代青年的历史性特点。作品写出了新青年的成长过程,最后"安排"觉慧"出走"了。去往何处?目标是什么?并不明确,但这就够了,这个大胆而幼稚的"叛徒"已经跨出了奔向光明的第一步。

不过,就性格描写的生动与完整而言,最见艺术功力的还不是觉慧,而是觉新。这是一个能清醒认识到自己的悲剧命运,却又怯于行动、无力改变的"多余的人",是封建家庭和旧礼教毒害下人格分裂的悲剧典型。觉新也受过"五四"新思潮的影响,对旧家庭和旧礼教扼杀青春的罪恶也是心知肚明的。但封建主义伦理道德特别是所谓"孝"的毒害,还有长房长孙特殊地位的约束,等于是沉重的十字架,已经将他的生命活力和棱角消磨殆尽,造成了他委曲求全的懦弱性格。悲剧在于,"家"对于他来说,是精神炼狱,却又同时意味着一种神圣的血缘关系与难以割舍的生活情调。他在观念上接受了一些新的东西,而感情上、行动上却仍然留恋旧家庭,以致在家族专制的压迫面前妥协屈从。他每一次向旧势力退让都以牺牲别人(包括他所爱的人)为代价,而他自己又是清醒的,无奈地听凭自己在罪恶的泥沼中越陷越深。作者对觉新充满同情,同情之中又不无惋惜与批评。《家》的结尾,妻子瑞珏的惨死,如当头一棒,终于使觉新有所醒悟,他痛苦地感到"我们这个家需要一个叛徒",并表示支持觉慧出走。在《春》和《秋》中,觉新思想上产生明显的转变,逐渐抛弃了他的"作揖主义"。

觉新这个窝囊的角色的确遭人恨，却又惹人同情，人同此心，大概很多人都会从觉新这里看到一点自己的影子。觉新是善良的弱者，思想与行动的矛盾使他经常陷于类似哈姆莱特的灵魂拷问中，清醒而又懦弱使他不能摆脱严酷的自我谴责，这些矛盾都写得很真实，大大增强了人物的悲剧性，以至"觉新式性格"成为某种共名，已经超出角色原本的含义。

如果说觉慧是引导青年"应当这样走"的形象，觉新就是"不该那么做"的典型。从《家》的构思来看，作者是有意将觉慧与觉新两种不同的思想性格和人生道路做鲜明对照，以更完满地表达《家》的思想主题的。他们身上体现着现代知识分子不同的人生追求。

除了重点塑造的高老太爷、觉慧和觉新这三个典型外，《家》还刻画了其他一些生动而富于特征的人物形象，如纯洁、刚烈、敢于以死向封建专制抗议的丫头鸣凤，温顺驯良地吞咽着旧礼教恶果的小姐梅芬，善良厚道的弱女子瑞珏，勇敢地争取个性解放的青年觉民与琴，以及荒淫残忍的假道学冯乐山，腐化堕落的败家子五老爷克定，狡猾贪婪的四老爷克安，阴险奸诈的四太太王氏，专横愚顽的土豪周伯涛，等等。这些不同阶级、地位、思想和性格的人物，一起在高公馆这个黑暗的王国里演着腐朽或新生的戏剧。《家》所揭露的旧家庭的腐朽使人憎恶、愤怒，激起人们反封建的决心；《家》所揭示的抗争之路则使人得到勇气和希望，鼓舞人们去探求未来。这部小说聚焦于"家"，在最能触动年轻人敏感神经的爱情、自由、出路等"穴位"上做文章，满足了1930年代不满现实与渴望变革的社会心理需求，所产生的精神效应是巨大的。

《家》在结构艺术上借鉴《红楼梦》的写法，以觉慧和鸣凤的恋爱以及觉新与瑞珏、梅芬之间的纠葛作为情节发展主线，全面交织从而展示了高公馆的衰亡过程。全书人物众多，事件繁复，但始终围绕基本线索展开描写，有条不紊，紧凑周密，波澜起伏，跌宕有致，显示了作者精于构思的能力。所塑造的人物，都各自有思想性格特征，内心世界的刻画比较突出。如鸣凤投湖前痛苦、怨愤的内心独白，梅芬与瑞珏谈心时彼此灵魂的剥露，觉新婚后遇见梅芬时的无限追悔和怜爱，等等，都是善于抓住人物斯时斯地复杂变化的心境来写的，给人印象特别深。为了纾解苦闷、愤激的情绪，作者常常通过他的人物或直接由作者自己做滂沱倾泻的抒情，所用的常是热情澎湃的诗的笔调。

《家》基本上仍然属于"青春型"的创作，那由真诚热烈的心里唱出的青春之歌，是特别能唤起青年人共鸣的。《家》很能代表巴金前期创作的风格:只求与青年读者情绪沟通,不求深刻隽永,倾向单纯、热情、坦率,以情动人,情感汪洋恣肆,语言流水行云,虽然有时少锤炼,不耐咀嚼,整体上却有一种冲击力,能渗透读者的内心。这种风格自然与巴金激情化的写作状态有关。巴金写作时通常是非常冲动,全身心投入,忘情地参与他所构设的文学世界,他的作品总是能煽起大悲大喜的恣肆的感情。

《家》问世后又过了七八年,巴金才断断续续写完《春》和《秋》。这两部续篇的构思仍然回到四川那个破败的高家大院,旧家庭的衰落与新一代的反抗仍然是他要表现的主题,但昔日那种激情的风格已趋向平实,戏剧性的激烈的冲突少了,生活琐事的描写多了,作品的基调由高扬转为弘深。作者用更多的笔墨展示了高家崩溃前青年知识分子与"家"复杂的感情纠葛:他们对旧家庭的守护者们糜烂堕落的愤恨、对"家"的高墙外的社会动荡感到的不安,以及与"家"的深刻精神联系。这就展现了新旧转换的艰难。特别是《秋》,在揭露病态的封建社会造成的病态心理方面,是取得了相当大的成就的。但是通观整个《激流三部曲》,后两部情节展开迂缓,结构比较散乱,新生力量形象的性格也比较模糊,彼此大同小异,因此也妨碍了《家》中已经展开的矛盾的深化。

巴金的主要精力用于写《家》《新生》等长篇,但他热情迸发,不可抑止,又穿插写过不少中、短篇。如《春天里的秋天》《砂丁》《还魂草》,以及收在《光明集》《将军》和《神・鬼・人》诸集中的短篇,也有不少是为人传诵一时的佳作。比起长篇,巴金写起中、短篇来,有时似乎更加放手,也更充分发抒其艺术个性,结构体式多姿多彩。给人印象尤深的是《春天里的秋天》这样诗意化的中篇,其语言是诗化的,用词的表情性很强,浸透了情感的液汁,语气轻重、句式长短乃至章节段行的安排,都充分依循情感抒发的起伏,抑扬有致,张弛交错,犹如节奏优美的乐曲。这种诗意化的中、短篇小说适合于朗诵,尤其受青年读者的欢迎。巴金是写长篇的大手笔,同时对现代中、短篇小说文体和结构艺术的探寻也有不可忽视的独特贡献。

三 深沉的悲剧艺术:巴金后期小说创作

1940 年代中期,是巴金创作的又一个高峰期,不过他的创作风格变了,开始写没有英雄色彩的小人小事,写社会重压下人们司空见惯的"委顿生命",写"血和痰",调子也变得悲哀、忧郁,由热情奔放的抒情咏叹,转向深刻冷静的人生世相的揭示。他这时期的翻译也由俄国无政府主义者的英雄故事转向斯托姆的爱情小说与王尔德的童话。巴金风格的衍变固然跟当时令人窒息的现实社会气氛和他在战时生活中所经历的磨难有关,更是由于他摆脱了青春时期的浪漫而趋向中年人的沉稳。

巴金后期的小说创作,从题材上分为两大类:一类是继续顺着《家》的路子写旧家庭没落的,除了《春》和《秋》外,还有《憩园》;另一类是反映抗战时期现实生活的,主要有《火》三部曲、《第四病室》和《寒夜》。这些作品中,中篇《憩园》和长篇《寒夜》最见艺术功力,是巴金小说中内涵最丰厚、最富感染力的佳作。

《憩园》写成于1944年5月,但1941年初就开始酝酿。当时,巴金曾回到四川老家,听到久违的乡音,看到熟悉的风俗,特别是目睹故居的颓败,"被一种奇异的感情抓住了",又仿佛找到了已失落的"遥远的旧梦"(《爱尔克的灯光》)。于是他开始构思《冬》,也就是后来的中篇小说《憩园》。所以这部作品中有归家寻梦的哀伤情调,有对人世变迁莫测的感慨,这在巴金以往的小说中是少见的。但这部小说写的是一个封建大家庭崩溃后,那些纨绔子弟的结局。所以其显在的主题与《激流三部曲》仍有连续性,即揭露封建地主阶级的寄生生活对人的腐蚀,批判福荫后代、长宜子孙的封建思想。但既有批判性,又充溢着人道主义的温情,作家所寄植于作品中的感情是复杂的。

小说通过一位作家重归故土,寄居憩园时的所见、所闻、所感,展示了一所大公馆新旧两代主人共同的悲剧命运。旧主人杨老三在嫖赌饮吹中荡尽了祖传的遗产,被儿子赶出家门,沦落为乞丐;长期寄生虫式的生活使他丧失了最起码的谋生能力,根深蒂固的封建等级观念又使他不屑于自食其力,只好靠偷窃为生,结果在监狱中默默死去。新主人姚国栋又重蹈覆辙,靠父辈的遗产过着庸俗、懒散、奢侈的寄生生活,在他们的娇纵和金钱的腐蚀下,儿子小虎也变成蛮横邪恶的纨绔子弟。姚家虽然是"新式"家庭,但那种腐朽的寄生生活以及长宜子孙的封建意识,和"憩园"旧主人是没有什么两样的。作者把姚家小虎作为杨老三的对应人物来写,让读者思考他们的共同命运和造成这种命运的罪恶根源。

如果说《激流三部曲》在反映青年反抗的同时,着重揭露的是封建制度对年轻一代青春、爱情和身心的残害,《憩园》则集中揭示封建阶级本身所经历的人格的堕落及人性的扭曲过程。因此,《憩园》的构思是企图更全面地揭示封建制度及其伦理观念的罪恶本质,补充并拓展《激流三部曲》(特别是《秋》)原有的主题。从《家》到《憩园》,可以看到20世纪以来中国旧家庭变迁的较为完整的图景。

巴金不再满足于对封建阶级的抨击,他意识到了人性与人世变迁的复杂性。在现实批评的同时,他又夹带着对人性弱点的理解与同情,这使得《憩园》中的形象也比较复杂。如主角杨老三使人厌恶,同时也容易让人产生怜悯。这跟作品着力表现他怀旧与追悔的情绪有关。这种描写有其真实性,客观上也是对封建的长宜子孙观点的批判。作者立意把这样一个已经彻底堕落的浪子当成一个悲剧形象处理,笔墨中处处透露着悲天悯人的感情。《憩园》不再像巴金早期作品那样鲜明痛快,有一种悲凉的挽歌的调子,有一种追怀旧梦的遥深感慨。

《憩园》在艺术上很有特色。作家大胆吸收了外国文学的某些构思手法(受契诃夫《樱桃园》及《未婚夫》影响很明显),又借鉴了我国古典文学(特别是古典诗词艺术)构设意境的美学追求,形成了有浓厚抒情气氛又带象征意味的结构形式。《憩园》新旧两代主人和他们家庭的遭遇变迁颇带传奇色彩,故事曲折有致,引人入胜,却采用哀怨婉约的文字和舒缓自如的笔调,别有一种诗的韵味。《憩园》由几个人物追述的历史片断组接而成,每种追述都有各自的道德评判,彼此辩驳并呈,形成复调的关系。而故事的总叙述者"我"是客居杨家的局外人,他对这个家庭的衰落的观察与评说时时警醒着读者,不是沉浸于故事,而是取一种"感情间隔"的思考。这种处理强化了小说阅读中的时空体验,有一种"穿越"的沧桑之感。《憩园》标志着巴金以往那种"青春型"的热情倾泻的创作风格开始朝比较深蕴细腻的方向转变,到《寒夜》更是达到圆熟的艺术境界。

《寒夜》写成于1946年年底,是最能代表巴金后期创作风格与水平的一部长篇力作。和巴金以往那些小说不同的是,《寒夜》的构思原型不是作家自己的生活经历,他是在新婚燕尔时,纯粹靠想象构思了这个家庭破裂的辛酸故事的。作品描写自由恋爱的知识分子新式家庭如何在现实生活的重压下破裂,这个寒气肃杀的悲剧发生在抗日战争时期的"陪都"重庆,时间是抗战胜利前的一年间。这其实是那个时代人们常见的凡人小事,作家真实地加以揭示,揭露了病态社会的黑暗腐败,为那些在黑暗中挣扎的小人物喊出了痛苦的呼声。青春的消失,理想的破灭,人性的扭曲,还有中年成熟背后的悲哀……这部作品所展示的一切都了无生气,读来令人心情沉重。

小说的主人公汪文宣和曾树生是一对大学毕业的夫妇。他们曾经受过西方现代新思潮的熏陶与启迪，在个性解放的信念下结合，又共同追求过"教育救国"的理想。但汪文宣很快就在艰难的生活中消退了锐气，变成一个善良、胆小、软弱的小公务员。他卑微的愿望不过是挣一碗饭吃，一家子能平安和睦地生活下去。尽管他挚爱妻子与母亲，愿意为他们牺牲自己，但他的卑琐、平庸已不能再获得妻子的爱情，他无力解决婆媳之间的矛盾，更无力抵抗社会对他经济的、精神的压迫，终于肺部烂了，喉咙哑了，在抗战胜利消息传来之际，满怀怨愤地死去。小说写汪文宣面对婆媳间无休止的争吵，那种左右不是的精神煎熬，以及对家庭破裂和自己的生命逼近尽头的清醒预见，读来让人有一种厌倦感和窒息感。《寒夜》写的是凡人小事的悲剧，是当年的生活中人们熟视无睹的黯淡风景。

曾树生是小说中刻画得最有深度的人物，她的性格有复杂的多维性，巴金深刻地把握住其性格层次的构成动因。与汪文宣不同的是，曾树生年轻漂亮，活力充沛，思想开放，然而内心藏着孤独与苦闷。这苦闷除了社会环境的压迫，和她的身心要求得不到满足也有关。她爱自己的丈夫，也曾经想遵循传统道德的规范，做安分守己的妻子，但一回到家，面对病入膏肓的丈夫，内心便控制不住地恐惧和压抑。所以面对年轻、富有而又健壮的陈主任的引诱，她惶惑而无法抗拒，本来潜隐于内心的苦闷浮现出来，并终于驱使她决定离开丈夫而随陈主任去兰州。小说注意发掘她的潜意识，如写她虽然想努力唤起对儿子小宣的亲近感，但又很难控制内心的冷漠。这是由于小宣那未老先衰的病态模样总引起她对丈夫潜在的烦恼与恐惧，生理和心理上的压抑感使她在儿子面前也表现出排他和自恋的深层人格特征。这位多少有些自私的新型知识女性内心充满矛盾，但巴金无意给她过多的谴责，反而有所体谅，尽量写出她的难处和精神上的彷徨，其中也有对个性解放观念以及新道德新家庭的某种反思。巴金显然不是按既定性格心理类型去拼接他的人物，而是忠于自己对生活的感受和体验，包括非逻辑性的审美感受，对人物性格心理的不同层面做整体的随机性的跟踪表现，使曾树生这样的人物形象具有很丰厚的审美内涵。

汪文宣、曾树生的悲剧，固然跟他们本身的思想性格弱点有关，但归根结底还是社会的悲剧。一切不幸、贫穷、失业、疾病都与万恶的战争和黑暗的社会分不开。小说在这一点上，显示了它尖锐的批判力量。但如果做更深入的体味，会发现巴金这部现实感很强的小说中又蕴含着对人性、对家庭伦理关系的深层思索。如其中对婆媳之间无休止"战争"的描写，就发掘了心理方面的深层原因，自然也牵涉到对特定伦理关系制约下的人性困境的探讨。

《寒夜》特别感人肺腑，是因为它真实。这是平民的史诗，是战争年代普通知识分子苦难生活的实录，是发自小人物内心的带血的愤慨。和巴金以往许多作品不同的是，用笔更为冷静，很少由作者直接出来替主人公呼喊，注意在发掘人物内心冲突方面下功夫。小说的构思匠心独运，整部作品都围绕"寒夜"这象征性的氛围做文章，意境凄凉，增强了悲剧感染力，又使人很自然地延展开去，联想到当时那个黑暗冷酷的社会，联想到一些关于人性困境的话题。《寒夜》是巴金继《家》《憩园》之后小说艺术的又一高水准发挥。

巴金是一位使命感很强的作家，文学创作对他来说既是个人情思的寄植，更是一种事业，一种有益于社会进步，促进旧制度灭亡、新制度诞生的崇高的事业。他始终以战士的姿态从事创作，敢于坚持向旧事物开战，敢于喊出真实的声音，他的作品与时代的脉搏紧密呼应，在读者中有很大的感召力。巴金 1930 年代的创作热烈、酣畅，1940 年代的作品转向深沉但同样充溢着激情，以情动人是其一贯的风格。巴金的文体不算精美圆熟，也许还不属于那种可供反复推敲咀嚼的创作，但却单纯、朴素、流畅，能有声有色地表现鲜明的感情，能以整体审美氛围的营造抓住读者的灵魂。这跟他喜用充满感情色彩的词汇、动势强烈的句式和富于抑扬力度的语调也有关系。巴金在现代中、长篇小说的创作方面显然自成一家，有其杰出的不可替代的位置。

附录　本章年表

1904 年

11 月　25 日生于成都。本名李尧棠，字芾甘。

1920 年

本年　考入成都外语专门学校。读书期间，在"五四"新思潮影响下，参加《半月》《平民之声》等进步刊物编辑工作，加入进步青年组织"均社"。

1923 年

5 月　离开成都去上海、南京求学。

1925 年

8 月　毕业于南京东南大学附中，赴北京，准备投考北京大学，后又返回上海养病。

9 月　参与发起无政府主义组织上海民众社并出版《民众》半月刊。本时期发表一些新诗和关于社会政治问题的文章，翻译克鲁泡特金等无政府主义者的著作。

1927 年

1 月　15 日离上海赴法国。旅法一年多时间里,大量阅读有关法国大革命和俄国"民粹派"的书,接触到欧洲一些国家的革命家,并和当时受美国政府迫害的意大利工人运动活动家凡塞蒂通信。其间开始写作《灭亡》。

1928 年

12 月初　回到上海。从事文学编辑与创作。

1929 年

1 月始　《灭亡》连载于《小说月报》第 20 卷第 1—4 号。同年 10 月由开明书店出版。

1931 年

4 月始　长篇小说《家》连载于 18 日至 1932 年 5 月 22 日上海《时报》,题为《激流》。1933 年 5 月由开明书店出版。

8 月　《复仇集》(短篇集)由新中国书局出版。

夏　作《雾》,连载于《东方杂志》第 28 卷第 20—23 号。1932 年 5 月由新中国书局出版。

年底　作《雨》,1932 年连载于南京《文艺月刊》第 3 卷第 1—6 期。

1932 年

5 月　作《春天里的秋天》,连载于 23 日至 8 月 3 日上海《时报》。同年 10 月由开明书店出版。

同月　《光明集》(短篇集)由新中国书局出版。

6 月　作《砂丁》,连载于《申报月刊》第 1 卷第 1—2 号。次年 1 月由开明书店出版。

7 月　重作《新生》,1933 年连载于《东方杂志》第 30 卷第 3—11 号。同年 9 月由开明书店出版。

1933 年

1 月　长篇小说《雨》由良友图书公司出版。

12 月　作《电》,1934 年连载于《文学季刊》第 1 卷第 2—3 期。

年底　任《文学季刊》编委。

1934 年

8 月　《将军》(短篇集)由生活书店出版,署名"余一"。

10 月　与卞之琳等编《水星》月刊。

11 月　赴日本旅行。

1935 年

8 月　从日本回国。主持上海文化生活出版社编务,主编"文化生活丛刊""文学丛刊""文学小丛刊"等。

11 月　《神·鬼·人》(短篇集)由文化生活出版社出版。

1936 年

4 月　《爱情的三部曲》由良友图书公司出版。

6 月　参与创办《文季月刊》。

同月　《春》第一部第一至十章发表于《文季月刊》创刊号、第 2 卷第 1 期。

1937 年

1 月　《长生塔》(童话集)由文化生活出版社出版。

3 月　参与编辑《文丛》月刊。

8 月　参与编辑《呐喊》周刊(第 3 期改名为《烽火》周刊)和《救亡日报》。

1938 年

2 月　写完《春》,3 月由开明书店出版。

3 月　参加"文协",被选为理事。

5 月　开始作《火》第一部,1940 年 9 月写完。同年 12 月由开明书店出版。

1939 年

10 月　开始作《秋》。1940 年 4 月由开明书店出版。

1940 年

7 月始　辗转于昆明、重庆、成都、桂林、贵阳等地,从事抗日文化宣传活动。

1941 年

1 月　《火》第二部由开明书店出版。

12 月　4 日作《还魂草》,1942 年发表于桂林《文艺杂志》创刊号。

1943 年

4 月至 9 月底　作《火》第三部。1945 年 7 月由开明书店出版。

1944 年

5 月　8 日与萧珊在贵阳花溪结婚。

5—7 月　作《憩园》。同年 10 月由文化生活出版社出版。

冬　始作《寒夜》,1946 年年底写完。连载于 1946 年《文艺复兴》第 2 卷第 1—6 期。1947 年 3 月由晨光出版公司出版。

1945 年

5—7 月　作《第四病室》。1946 年 1 月由良友图书公司出版。

11 月　从重庆到上海。

1947 年

本年　在文化生活出版社从事编辑工作,主编"现代长篇小说丛书"等。

1949 年

7 月　参加第一次全国文代会,当选为文联委员。

1950 年

7 月　当选为上海市文联副主席。

1957 年

7 月　任《收获》主编。

本年始　编《巴金文集》14 卷本,至 1961 年编定后出版。

知识点

必读作品与文献

思考题

第十三章　沈从文

一　"湘西文学世界"的创造者

　　京派代表作家沈从文（1902—1988），原名沈岳焕，生于荒僻而风光如画、富有传奇性的湘西凤凰县。他身上流着苗、汉、土家各族的血液，这给他带来特殊的气质，带来多彩的幻想和少数民族在长期受压的历史中积淀的沉忧隐痛。从少年时期起，他就熟读社会这本大书，生命的智慧多半直接从生活中得来。高小毕业14岁即按当地风习进入地方行伍，先后当过卫兵、班长、司书、文件收发员、书记，看惯了湘兵的雄武，以及各种迫害和杀戮的黑暗（在芷江的乡下四个月看杀人一千，在怀化镇一年多看杀人七百）。过早面对社会的残酷和周围生活的愚昧，使他以后将"残酷""愚昧"写入作品时消除了任何炫耀猎奇的可能，反形成了一种追求美好人生、善良德性的品格。他自小谙熟川、湘、鄂、黔四省交界的那块土地，谙熟延绵千里的沅水流域及这一带人民爱恶哀乐的鲜明生活样式和吊脚楼淳朴的乡俗民风，因此对民间的、世俗的东西具有特殊敏感的审美情趣。以后接触了"五四"新文学，发生憧憬，1923年独自跑到北京，读书不成，决心学习写作。其生活的窘困景况，一如郁达夫在《给一个文学青年的公开状》中所描述的。自此，他开始用"休芸芸"等笔名，在《晨报副刊》《现代评论》《小说月报》《新月》上发表作品，渐渐知名。沈从文这种少有的经历，如少年流浪，自学而达到能在大学任教席，拥有一段无可替代的乡土生活，使他走上文学之路也充满了传奇色彩。1930年代起沈从文写出了他的"湘西"主题的代表作，并执编天津《大公报·文艺》，成为北方京派作家群体的组织者之一。他的创作终于走上一条独特的道路。

　　沈从文的主要文学贡献是用小说、散文建造起他特异的"湘西文学世界"。而这一文学世界是用"湘西人"这个主体来叙述、观照的。沈从文一生都自命为"乡下人"，他一再地说："我实在是个乡下人。说乡下人我毫无骄傲，也不在自贬，乡下人照例有根深蒂固永远是乡巴老的性情，爱憎和哀乐自有它独特的式样,与城市中人截然不同！他保守,顽固,爱土地,也不缺少机警却不甚懂诡诈。他对一切事照例十分认真,似乎太认真了,这认真处某一时就不免成为'傻头傻脑'。这乡下人又因为从小飘江湖,各处奔跑,挨饿,受寒,身体发育受了障碍,另外却发育了想象,而且储蓄了一点点人生经验。"①

　　沈从文当然不可能是个原生态的"乡下人",实际上自从进入北京城之后,他就以一个具"乡下人"眼光的都市知识者身份,时时来看待中国的"常"与"变"了。人们注意到,沈从文的"湘西文学世界"不是在湘西,而是在远离本土的现代都市构造的。具体地说,是在北京、上海、青岛、昆明完成的,其中最重要的自然是北京与上海。于是就有了一个乡下人与两个都市的相遇和相撞,湘西乡土文化与北京、上海都市文化的相遇和相撞:沈从文所创造的"湘西文学世界"是他的都市体验和乡土记忆相互融合的产物。而构成沈从文"湘西文学世界"的这三大空间——湘西、北京、上海——又各具特殊的文化形态:作为中国边地的湘西,相对完整地保留了乡土中国的文化;作为明清皇城的北京,在向现代都市艰难转化中依然保留着某种乡土性;只有上海才是按照西方模式建立起来的现代都市。可以说,湘西、北京、上海几乎概括了所谓转型期的中国的主要文化形态,现在都凝聚于沈从文一身:这是历史对沈从文的特殊照顾,并且选择他来做这转型期的中国的观察者、批判者与描述者。他不是从党派政治的角度来写农村的凋敝和都市的罪恶,也不是从现代商业文化的角度来表现物质的进步和道德的颓下,他处于左翼文学和海派文学之外,取的是地域的、民族的文化历史态度,由城乡对峙的整体结构来批判现代文明在其进入中国的初始阶段所显露的全部丑陋之处,并表达了他的文化理想,提出了他的人与自然和谐共存,本于自然、回归自然的哲学。"湘西"所代表的健康、完善的人性,一种"优美,健康,自然,而又不悖乎人性的人生形式"②,正是他的全部创作所要负载的内容。如他所说:"我只想造希腊小庙","这神庙供奉的是'人性'"。③

　　他作为湘西人的文学才能也在这里得到最好不过的体现,好像天然是艺术型的:关切俗世的情趣,情绪记忆的高度发达,把握生活的细节,"时时

　　① 沈从文:《习作选集代序》,《沈从文全集》第 9 卷,太原:北岳文艺出版社 2009 年版,第3 页。

　　② 同上书,第 5 页。

　　③ 同上书,第 2 页。

刻刻为人生现象自然现象所神往倾心"①,将生命形式和生活形式高度统一。这就是"抒情"。沈从文有一篇未完稿的题目叫《抽象的抒情》,其中说到可把文字、语言的表现"当作一种'抒情'看待","因为其实本质不过是一种抒情"。②沈从文充满了湘西精神的文学,也就是抒情的文学。湘西这块神奇的土地,因有了沈从文而以一个无比淳朴、自由、满溢着生命力的王国出现在世人面前。沈从文成为湘西人民情绪的表达者,他本人即是湘西的魂魄所在。

二　乡村叙述总体及其对照的世界

沈从文的创作以小说的成就为最高。在 1930 年代繁盛的创作潮流中,他是京派小说的领衔者。沈从文笔下的湘西世界,最引人注目之处,在于他对湘西下层人民特异生命形式的倾心描述。他对故乡的农民、兵士、终生漂泊的水手船工、吊脚楼的下等娼妓以及童养媳、小店伙计等等,都一律怀有不可言说的同情和关注。这里自然有血有泪,但更多的是追求琐屑生活的企望的破灭,是人格习以为常的被践踏。《萧萧》中的童养媳萧萧的悲凉命运,正在于人对自身可怜生命的毫无意识。萧萧终于没有被发卖、被沉潭,她抱着新生儿,在自己的私生子娶进童养媳的唢呐声中,也即又一个"萧萧"诞生的时候仍懵懵懂懂。以写妓女和水手蛮强的性爱闻名的《柏子》,字里行间透出的也是哀婉的艺术效果。叫作柏子的水手,每月一次花尽用性命换来的金钱去与相好的妓女会面,他倒觉得满足,像一条随时可以掀翻的船在无所顾忌地前行而不自觉;便是有一天受到严重的挫折,有所悟了,还是脱离不掉生命的自在状态。《丈夫》在反映边地农民忍受屈辱让妻子出外卖身的严酷现实时,写了初时的无意识,和一次探望在河船上为娼的女人的过程中,所引起的混合了原始男性主义的人性醒悟,第一次想到业已丧失的做丈夫的权利,具体感受到地位低下的痛楚。他们的隐忍态度,促成作者对其坚韧生活能力的赞美,以及对人的命运不可知的深重哀叹,如《石子船》里那个偶然被河石"啃"住手的年轻人,生死只在一发之间。这里没有

① 沈从文:《从文自传》,《沈从文全集》第 13 卷,太原:北岳文艺出版社 2009 年版,第 361 页。

② 刘洪涛、杨瑞仁编:《沈从文研究资料》(上),天津:天津人民出版社 2006 年版,第 136 页。

尖锐的阶级斗争的图画,沈从文不具有那样的政治意识,他只用看似轻淡的笔墨,点出令人心灵颤抖的故事,他的目标仅仅专注于那些历经磨难而又能倔强地生存下去的底层人民的本性。

这类人事的表达,在沈从文1934年出版的代表作——中篇小说《边城》里,推向了极致。《边城》描写撑渡船的老人与他的孙女翠翠相依为命的淳朴生活,以及当地掌水码头团总的两个儿子同爱翠翠造成的悲剧结局。小说达到了乡情风俗、人事命运、下层人物形象三者描写完美和谐、浑然一体的境地,像一颗晶莹剔透的珠玉。风习描写注重本色,充满诗情画意,与故事、人物的情调合一。悲剧的明线暗线贯穿始终,包括老船夫、翠翠母女、傩送两弟兄的命运。至于人物,主要是翠翠这样的纯美少女形象所提供的典型的湘西人生样式;这种人生是美丽善良的,但却被引向了毁灭。翠翠的天真纯洁在小说中都表现在她毫无心机的、超出一切世俗利害关系的爱情之中。而作品写翠翠之爱,是十分含蓄、朦朦胧胧的。她对二老的感情像是一直处于少女期的梦境状态。作者细致地写翠翠接触男性不多但在少有的接触中对二老的微妙印象,写她很少听周围闲言但也听到了团总欲与有碾房陪嫁的人家打亲家,而二老偏不要碾房的传言,写二老为翠翠唱夜歌而歌声径直进入姑娘的梦里,层层入扣。到了祖父老船夫死后,她才将事情始末串联起来,明了了自己的不幸。如果探讨翠翠不幸的原因,其中有人的、社会性的各种因素,而沈从文写来平实,把一个生活、浸染在古老风俗环境中,长久将自己的爱情心思埋藏极深的小女子写得极有诗意,就是沈从文常说起的"美丽总令人忧愁"的那种境界。翠翠,和沈从文其他小说中所写的小女人如《三三》里的三三、《长河》里的夭夭,都是作者美的理想的化身:恬静、温柔、纯净、忠贞,从外表到内心皆姣好无比。围绕翠翠描述的宁静自足的生活,淳厚的人情美、人性美、人心向善,正直、朴素、信仰简单而执着的地方民族性格,加上乡村风俗自然美的渲染,托出了作者心向往之的那块人类童年期的湘西神土。汪曾祺称:"《边城》的生活是真实的,同时又是理想化了的,这是一种理想化了的现实";"《边城》是一个温暖的作品,但是后面隐伏着作者的很深的悲剧感";"《边城》是一个怀旧的作品,一种带着痛惜情绪的怀旧"。[①]《边城》作为一部带"牧歌"情味的乡土小说,是与"五四"以来

---

① 汪曾祺:《又读〈边城〉》,《汪曾祺文集·文论卷》,南京:江苏文艺出版社1993年版,第100页。

形成的表现压迫和不平，或者批判愚昧、落后，挖掘民族精神创伤的乡土文学传统不同的。它也有文化批判的倾向，却是用"梦"与"真"构成的文学图景，同文本外的现实丑陋相比照，让人们从这样的图景中去认识"这个民族的过去伟大处与目前堕落处"①。这是沈从文的诗体乡土故事的主旨。

沈从文的《边城》写于北京，人们因此注意到其内在的都市体验。沈从文来到北京，很快就融入了这个城市，这显然是出于对北京文化中的乡土性的体认，当然他也同时保留了某种陌生感。他因湘西文化体验而发现了北京文化的美，又因北京文化的发现而重新发现、扩大、深化了对湘西文化的美的体认与想象。于是他的乡土记忆与描写就因渗透了北京文化精神而显示出一种阔大、庄严、敦厚的气象，这就是他产生于北京的《边城》与一般的乡土文学，包括他自己写的其他湘西文学世界不同之处。但沈从文也在北京目睹了让他如此醉心的博大而精致的美，正在历史的变迁中逐渐消失，他也不能不联想到，他的湘西，同样让他醉心的淳朴而自然的美也无可避免地处在消失的过程中。这样的生命体认，就使得他的乡土牧歌渗入了哀歌的调子，尽管他仍然保留了对人性与生命存在的信心。

沈从文笔下的女性形象柔美如水，这种生命形式可以用"恬淡自守"来加以概括。但故乡的男性又教会他神往于"雄强进取"，如十万大山般矗立，表现了原始的蛮性力量。所以在他的湘西人物序列里，男性军人往往是诚实、勇武、不驯服、有血性的。《虎雏》里的少年勤务兵，在上海未被"我"驯化过来。这个短篇用"我"与军官六弟等人的对话贯穿，始终在论辩湘西人的野性能不能改、要不要改的问题，最终用勤务兵在城市里杀人潜逃的事实来回答。《会明》《灯》写军队里三十年的伙夫老兵，外表皆雄壮、固执，实际天真、憨痴如儿童一般，几乎是将雄强和柔顺集于一身了。关于此种湘西精神的表现，早就有人提出作者是"想借文字的力量，把野蛮人的血液注射到老迈龙钟颓废腐败的中华民族身体里去使他兴奋起来，年青起来，好在廿世纪舞台上与别个民族争生存权利"②。这是有些道理的。

这中间同样融入了沈从文的都市体验。与北京不同，沈从文与上海这座城市及其都市文化始终有一种紧张关系。他自称是上海滩上的"文化工

---

① 沈从文：《〈边城〉题记》，《沈从文全集》第 8 卷，太原：北岳文艺出版社 2009 年版，第59 页。

② 刘洪涛、杨瑞仁编：《沈从文研究资料》（上），天津：天津人民出版社 2006 年版，第189—190 页。

人",以此身份与眼光审视上海,就发现了一个"腐烂"的现代都市(这是他的一篇都市小说的题目),不仅是上流社会的糜烂、下层社会生机的被剥夺,更是人的生命的畸形。他可以说是怀着一种"为城市生活所吞噬"的恐惧感与自我生命危机感,而激发起对充满无羁的野性、"圆满健全"的生命力与出自本性的诚实的湘西原初文化的想象,他要以存在于自然状态的生命形态来医治现代都市病,同时也是一种自我救赎。

在沈从文的美学观念里,除了"人性",还有"神性"的概念。他说:"一个人过于爱有生一切时,必因为在一切有生中发现了'美',亦即发现了'神'。""美固无所不在,凡属造形,如用泛神情感去接近,即无不可见出其精巧处和完整处。生命之最高意义,即此种'神在生命中'的认识。"①有人说他具有泛神论的思想,其实也就是美、爱、神三者一体的思想,瞩目于"一种美和爱的新的宗教"②。既然爱与美即神性,不妨说在沈从文的心目里神性便是最高的人性。于是,经过他改写的佛经故事或民间传说,就特别地运用浪漫的手法来宣扬这种生命的哲学。《龙朱》写过去年代白耳族王子龙朱爱上黄牛寨寨主女儿的故事,龙朱被赋予了高贵的性格,热情、勇敢、诚实,"美丽强壮像狮子,温和谦顺如小羊",他的爱是美丽的。爱得刚烈以致酿成悲剧的,如《媚金·豹子·与那羊》里民间的英雄豹子与美人媚金约会,却因寻找避邪的白羊发生误会,先后拔刀自尽;《月下小景》的男女主人公,为反抗女人只同第一个男人恋而与第二个男人结婚的习俗,在不能自禁中发生两性关系又无法在现实中与相爱者结合,便双双服毒而死。这些小说都是沈从文写得最美的文字,而所赞颂的爱和美都上升到人性的极致。它们一般采自少数民族中长期流传的情爱故事,加以渲染,贯穿了人类已有的纯真爱情、纯洁性爱的种种表现,无不符合"神性"的主题。这类题材即便与民间传说无关,在沈从文笔下也都写得自然舒展、虚幻浪漫。像《阿黑小史》各篇叙述乡间少男少女的婚前性关系,虽无神性的光环,但至少不虚伪,符合自然人性。而《神巫之爱》由巫师经不住爱的诱惑也是说人间的爱不可抗拒。

关于宗教压制人性的文化解析,多表现在沈从文对《法苑珠林》里面佛

---

① 沈从文:《美与爱》,《沈从文全集》第17卷,太原:北岳文艺出版社2009年版,第359、360页。

② 同上书,第362页。

经故事的改写中。这就是"来把佛经中小故事放大翻新,注入我生命中属于抑压的种种纤细感觉和荒唐想象"①。《医生》是写善,写牺牲的精神、良善的用心,即便保护的只是一只白鹅。《弹筝者的爱》是赞美爱,寡妇因热爱艺术而夜投弹筝人,遭拒而自缢。本来寡妇并不缺乏求爱者,而弹筝者又是一个奇丑无比的人,但艺术的美胜过了一切。其余类似的故事还有《被刖刑者的爱》《一匹母鹿所生的女孩的爱》《扇陀》等,从各个侧面写女性之爱的不可逆反性。这些故事算不上他的优秀之作,当年多半是为训练调遣材料的能力,并发挥其讲述、阅读时的愉悦作用,而有意将原佛经中的宣示作用降低,然而在显示作者憧憬神性的题旨上,倒是更为直接显豁了。

　　沈从文仿佛有两套笔墨,能描绘出两种截然不同的现实。当他以乡下人的眼光,掉转过来观察商业化都市的时候,便不禁露出讽刺的尖刺来。描写都市人生的小说,实际上对于沈从文并没有完全独立的意义,它们总是作为他整个乡村叙述体的陪衬物或补充而存在的。《都市一妇人》乍看也有他的佛经故事里描写女性变态恋情的因素,但显然更现实、更残酷了:一个一生坎坷的贵妇,为了不再被所爱的男人抛弃,竟下手将小自己十岁的英俊军官丈夫的眼睛毒瞎。作者对这个人物显然抱了复杂的心理,同情她的处境、她的情感受伤害的历史,但批判她的自私的手段,将这种批判引向作者所认为的首要的"罪人":都市社会。他对都市两性关系虚假性的揭示最不遗余力,与他赞美湘西少女的纯美,乡村性爱形式的大胆、自然、无机心,民间历史上爱情悲剧的壮美几乎是同时出现在笔端的(乡村作品里经常被提到的《三三》,除了描述三三那种纯净的朦胧的感情之外,另一个主题便是从乡下"生"的一面暗示城市生命的"死"和"萎缩")。直接反映都市人的爱情和家庭道德面貌的,如《有学问的人》《或人的太太》等篇。到《绅士的太太》,刻写几个城市上层家庭的日常生活状态,尽意而穷相,夫妻间的互相欺瞒、交际的无聊、乱伦的糜烂,讥讽调侃的调子十分畅快,因这究竟是叙述作者身份以外的人群,只是为"高等人""设一面镜子"而已(同时也把一支笔写得流利,写得平滑)。待轮到讽刺作者身份以内的知识分子,像专写"作家"的小说《焕乎先生》《一日的故事》,便用力在解剖人物的灵魂上面。1935 年发表的《八骏图》可说是这一类小说的力作。作家达士先生在青岛

---

① 　沈从文:《水云》,《沈从文全集》第 12 卷,太原:北岳文艺出版社 2009 年版,第 104 页。

的大学生活期间，发现"七个同事中有六个心灵皆不健全"，都患了性压抑、性变态的病症，便在给未婚妻的信中一一刻画了他们的虚假处。作者在此篇提出的都市"阉寺性"问题，是他对中国文化批判最有力的一点。沈从文从人性的缺欠、人性的冲突入手，指出一种广泛的文化现象：自认深得现代文明真谛的高等知识者，也和一个普通湘西乡民一样，阻挡不住性爱的或隐或显的涌动。所不同者，是乡下人能返璞归真，求得人性的谐和；而都市的智者却用由"文明"制造的种种绳索无形地捆绑住自己，拘束与压制自己，以至于失态，跌入更加不文明的轮回圈中。沈从文在这里是把性爱当作人的生命存在、生命意识的符号来看待的，所肯定的是人自然、和谐、健康的生命，反对在人类文明进程中的某种倒退，反对生命被戕害而变得营养不足、睡眠不足、生殖力不足，形成近于被阉过的寺宦观念。这种寺宦观念表现为都市病、知识病、文明病等违反人性的病象，他在这篇小说中就议论道："应当由人类那个习惯负一点责。应当由那个拘束人类行为，不许向高尚纯洁发展，制止人类幻想，不许超越实际世界，一个有势力的名辞负点责。"这就是虚伪的道德吧。这段话点出沈从文经由讽刺所寄托的高远的人性理想。它可能在今天仍属于人类的幻想之一，但确实是美的。

城市文明的侵入乡村，当然不是那么简单。我们从沈从文社会实感更强的一类作品中，可以看到乡村统治者的颟顸可笑（《顾问官》），他们如何不经意地剥夺了乡民的幸福幻影（《贵生》）。湘西民国前的化外景象，人与人之间和融的情境开始发生变化；由于这里文明的脚步来得慢，与整个沿海地区的不平衡依然突出。这就是他抗战后的主要作品——长篇《长河》（第一卷）与以前不同之处。这部小说仍是写他熟悉的辰河流域盛产橘柚的地方，虽然不如《边城》完整，却显示了较为广阔的历史视角。它再现了湘西社会在现代物质文明、现代政治的入侵下，"这个地方一些平凡人物生活上的'常'与'变'"，这"变"，即"农村社会所保有那点正直朴素人情美，几几乎快要消失无余，代替而来的却是近二十年实际社会培养成功的一种唯实唯利庸俗人生观"（《〈长河〉题记》）。枫树坳看祠堂的老水手满满，是个饱尝艰辛、洞悉世情、坚韧达观的善良老人，他比《边城》的摆渡爷爷更富阅历，最早感受到政府的"新生活运动"将会给这里带来的骚扰。滕家橘园主人的小女夭夭，聪慧而纯真，她这时所面对的人生显然要比《边城》翠翠的世界龌龊：保安队向商会摊派枪款，保安队长强要橘子以及对夭夭动了邪念等事情，反映了新的历史动向。当然这里还有"牧歌的谐趣""取得人事上的调和",但沈从文对明日夭夭们的朦胧期望,被隐藏在深切的忧虑之中。从"边城"到"长河",沈从文的小说经历了变化,但不构成大的演变,总的来说,一个动态的乡村叙述体,以湘西的下层为主,以城市的上层为辅,再加上都市乡村的各色人等,组成了他文化意味浓厚的人生形式图景。

沈从文被人称为"文体作家",首先是因他创造性地运用和发展了一种特殊的小说体式,可称为文化小说、诗小说或抒情小说。这是指小说显著的文化历史指向、浓厚的文化意蕴以及具有独特人情风俗的乡土内容。这种小说,不重情节与人物,强调叙述主体的感觉、情绪在创作中的重要作用。沈从文简洁地将其归纳为"情绪的体操""情绪的散步",便是这个意思。他有一篇文章的题目即为《情绪的体操》,说自己在运用文字叙事时,"习惯于应用一切官觉","必需懂得'五官并用'不是一句空话"①,使直觉得以印入物象,做到灵动而富生气,便是写实也呈内面型。比如《八骏图》意象丰满,用各种颜色代表女性,像紫色、红色,特别是自始至终贯穿那撩人的黄色,全凭视觉发生对人物的联想。《边城》《三三》柔和清丽,感情平缓而深远,如自然生命之流注。沈从文的抒情小说除了注意人生体验的感情投射,还有抒情主人公的确立、纯情人物的设置、自然景物的描绘与人事的调和等等。对于抒情体式来说,营造气氛和描述人事几乎同等重要,它把环境认作人物的外化、人物的衍生物,在一定程度上,景物即人。所以沈从文的许多小说都从交代环境开始,如《边城》由描写"茶峒"始,自河(酉水)、河街到吊脚楼、妓女,写了长长的几节,为翠翠出场做背景;《柏子》从写如何泊船、如何爬桅杆入题;《丈夫》开头写黄庄的男人为何让女人到县城河滩的烟船、妓船做生意,竟不惜用去上千字。抒情小说的主要手段既然不一定是刻画人事,"造境"的成功与否就成了最高的目标。沈从文就是用水一般流动的抒情笔致,通过描摹、暗示、象征甚至穿插议论,来开拓叙事作品的情念、意念,加深小说文化内涵的纵深度,制造现实与梦幻水乳交融的意境的。他有的小说结构散漫,如《渔》,但情境美不胜收,弥补了不足。这种讲究诗的意境的小说特别具有民族的韵味。

---

① 沈从文:《情绪的体操》,《沈从文选集》第 5 卷,成都:四川人民出版社 1983 年版,第42、41 页。

沈从文的文学语言较为奇特,有真意,去伪饰,具个性,追求纯和真的美文效果。他在生机勃勃的湘西口语基础上,吸取了书面语、文言语的特长。沈从文说他自己的文字"一部分充满泥土气息,一部分又文白杂糅,故事在写实中依旧浸透一种抒情幻想成分"①。他反对文字的意气浮露,行文不倚仗附加的辞藻,但不等于不锻造琢磨,所谓"扭屈文字试验它的韧性,重捶文字试验它的硬性"②,务必拷问出语言的本色方才罢休。他的文笔任意识的流动纵情写去,多暗示,富情感美、色彩美。不过早期的语言有些拗曲,到了《边城》,则明净澄澈,完全成熟了。他曾经长期在大学里讲授习作课程,又有意试用不同的叙述方式进行练习,这使他拥有了多样的小说形式和语言。其中以诗、散文融入写实的乡土小说,质朴、自然、蕴藉;描写都市的讽喻小说便琐细,文字从容、幽默,有时嫌技巧略过;以苗族传说和佛经故事铺叙的浪漫小说,又较华丽、夸张。体制也不拘常例,有的如《记一大学生》全无人物对话,纯用分析性的讲述来代替;有的通篇对话到底,如《某夫妇》(《雨后》的对话成分也极多);有的采用日记、书信的穿插;有的是寓言、传奇或民间故事体。沈从文惯有的写法是在自然素朴的叙述中,注入诗的节奏,实现物我浑一的形象的流动。他用抒情笔调写乡村题材受到废名的影响,这点他在《〈夫妇〉篇附记》里承认过。正是沈从文,大大发展了1930年代的此类小说,使它得到长足的进步,以至于如今仍有许多当代的青年作家继起模仿,发展了它,但无法抹去沈从文的印记。

三 散文艺术与"沈从文的寂寞"

沈从文的散文成就不低,他也有理论阐释的文字,用的也是散文笔法。尤其是抗战时期在大后方的西南联大,他的文论结集为《烛虚》《云南看云集》等,里面所收的《水云》《绿魇》《潜渊》各篇,简直就是一篇篇散文诗,谈的都是美学、哲学。在那个时候,沈从文越发向"纯"生命的文学的思路发展,即不断探讨文学和生命的关系,而不是强化文学和社会、和时代的关系。他明确表示文学的意义不仅仅在"社会道德一方面",而要使"读者从作品

---

① 沈从文:《〈沈从文小说选集〉题记》,《沈从文小说选集》,北京:人民文学出版社 1957 年版,第 4 页。

② 沈从文:《情绪的体操》,《沈从文选集》第 5 卷,成都:四川人民出版社 1983 年版,第 39 页。

中接触了另外一种人生,从这种人生景象中有所启示。对人生或生命能作更深一层的理解"。至于通过文学达到对"生命的明悟",他又分成两层:"使一个人消极的从肉体理解人的神性和魔性如何相互为缘,并明白人生各种型式,扩大到个人生活经验以外"(这似乎是他一部分作品的功用);而更"积极"的是,"激发生命离开一个动物人生观,向抽象发展与追求的欲望或意志,恰恰是人类一切进步的象征"。"我认为推动或执行这个工作,文学作品实在比较别的东西更其相宜。"①

沈从文的散文比起他的小说来,更能表现他这个"乡下人"自闯入文坛以来执拗走过的个人道路以及所遭遇的孤独感。他的自传体散文《从文自传》,从出生叙述至离开湘西为止近二十年的人生经历,但家庭和生平的许多情况语焉不详,而只是他艰难历程中的一段心和梦的历史。这当然比《记丁玲》《记胡也频》这些记述性文字更能表现和解剖他自己的灵魂。更重要的散文精品当数《湘行散记》《湘西》二书。这是他抗战前后两次还乡的产物,等于是他的自传,尤其是关于他与故乡的文学感情生活的一个传记性的延长。这又如一个山水长卷,画出一条包括五条支流、十个县份、百个河码头的湘西之源:沅水流域。《湘行散记》是循了由下游至上游的回乡路程,边回忆、边对照地写下来的;《湘西》是按代表性的地方和事物,并插入抗战期间发生的对故乡的议论合成的。两书的共同特点是:第一,将湘西的人生方式,通过景物印象与人事哀乐一一传诉,比小说更集中。如写常德的船,实写湘西的人情、物产、风习;写辰河小船上的水手,便是曾经当过土匪的,也是那样憨厚,把嫖妓的钱买了橘子飨客;对沅陵的描写穿插了神话传说,对凤凰女子放蛊、行巫、落洞的风俗加以现代的解释;表现湘西人生活的严酷,及对待如此严酷生活的自在态度,写被激流带走的水手一刹那间交代"遗嘱"的情景,写老年纤夫长相如同托尔斯泰,"看他那数钱神气,人快到八十了,对于生存还那么努力执着"②。而作者又有意无意地将散文的描写和他的小说相关联,点出他的人物在湘西活生生地存在着:《鸭窠围的夜》里像"柏子"的水上人;《一九三四年一月十八》里"我"想象自己如"柏子"一样上岸,走向有吊脚楼人家的河街,同时遇到了五年行踪不明的"虎雏",

① 沈从文:《小说作者和读者》,《沈从文全集》第 12 卷,太原:北岳文艺出版社 2009 年版,第 66 页。

② 沈从文:《一九三四年一月十八》,《沈从文全集》第 11 卷,太原:北岳文艺出版社 2009 年版,第 251 页。

后来索性写了篇《虎雏再遇记》;《老伴》交代了泸溪县城绒线铺女孩是《边城》翠翠的原型;《一个多情水手与一个多情妇人》里观音般的妓女居然叫夭夭;《沅陵的人》讲述周家菜园的四女儿,人称夭(幺)妹或周家夭夭。正如沈从文经常说的,人物和地方都美丽得使人悲伤,"我心中似乎毫无渣滓,透明烛照,对万汇百物,对拉船人与小小船只,皆那么爱着,十分温暖的爱着!"①他写作小说时的感情,在散文里找得到实实在在的线索。

第二,比小说有更直接的历史感受,因此有更多的感慨和议论。沈从文在散文里说过"'时间'这个东西十分古怪。一切人一切事皆会在时间下被改变"②。而他实际重返湘西所看到的,往往与此相反,时间仿佛凝滞了,不动了。绒线铺女孩的女儿和妈妈当年一样出现在作者眼前,"十七年前那小女孩就成天站在铺柜里一堵棉纱边,两手反复交换动作挽她的棉线,目前我所见到的,还是那么一个样子"③。这就是沈从文关于历史的变数和常数的观点。对于湘西,似乎这种"常数",这种历史的循环形态,更具典型意义。这是"落后",然而是谁使得他们"落后"?这是美,又是谁使得他们长久保持如此美的生命形式?

沈从文的散文进而提出了两种历史——统治阶级的书面历史和人民的无言历史的观念。尤其是湘西人被排除在正统的历史之外,几千年过着原始自足的生活,所以,"从他们应付生存的方法与排泄感情的娱乐上看来,竟好像古今相同,不分彼此"④。"百年前或百年后皆仿佛同目前一样。他们那么忠实庄严的生活,担负了自己那分命运,为自己,为儿女,继续在这世界中活下去。不问所过的是如何贫贱艰难的日子,却从不逃避为了求生而应有的一切努力。在他们生活爱憎得失里,也依然摊派了哭,笑,吃,喝。对于寒暑的来临,他们便更比其他世界上人感到四时交替的严肃。历史对于他们俨然毫无意义,然而提到他们这点千年不变无可记载的历史,却使人引起无言的哀戚。"⑤沈从文的小说凡是挖掘湘西的"常"态的,都能通过这段话来加深认识,体会其深度。而关于衰败、保守的一面,散文中对湘西的批

① 沈从文:《一九三四年一月十八》,《沈从文全集》第 11 卷,太原:北岳文艺出版社 2009 年版,第 252 页。
② 沈从文:《一个爱惜鼻子的朋友》,《沈从文全集》第 11 卷,第 309—310 页。
③ 沈从文:《老伴》,《沈从文全集》第 11 卷,第 296 页。
④ 沈从文:《箱子岩》,《沈从文全集》第 11 卷,第 278 页。
⑤ 沈从文:《一九三四年一月十八》,《沈从文全集》第 11 卷,第 253 页。

评又要比小说触目得多。他批评"湘西人负气与自弃"①,甚至发问:"浦市地方屠户也那么瘦了,是谁的责任?"②因湘西的屠户历来都是胖子,民族败落、人种萎缩到如此程度,作者要问个究竟。

沈从文没有从社会革命和阶级解放的途径来追寻原因,却从改造民族的角度寄托他的文学理想。他要人们由他的小说、散文等全部作品去认识我们这个民族。那种向善和向美的文学理想,使他对城乡世界的美丽和丑陋特别敏感,企图用湘西世界保存的那种自然生命形式作为参照,来探求"民族品德的消失与重造"③,探求人的重造这一过于沉重的题旨。对都市的批判也属于一种使文明趋于健康的文学警示。正是对中国社会现代文明的历史进程中"民族品德的消失"、"人性"的堕落、人类"不可知的命运"的忧患意识,及"重造"民族的不懈追寻,构成了沈从文创作的内在动力与思想内核。这可以上溯到"五四"文化运动中关于"人的文学"和"国民性改造"以至"美育代替宗教"的传统,两者的合流,即沈从文的文学的人性立场:不进入革命性改造中国的一途,而主张经由文化改造人、改造生命、改造民族。沈从文离开1930年代主流文学的道路,就是这样形成的。此种文化理想面对当时中国的现实生活不得兑现,因它主要是从乡村中国产生,是由世俗的世界、由沉落的地区来观察世界的。它能从一个角度说明民族沉沦的根由,却无法化为实际的文化改革行为。沈从文的文学不属于当时中国的城市文化,也不属于革命文学,因此难以被当时的现实所理解是自然的。所以他是寂寞的。

沈从文的弟子汪曾祺曾提出"沈从文的寂寞"的概念,以此概括沈从文的人生与文学命运。总结起来,大概有五个层面的意思。其一,是沈从文描写、表现的是一种处于地理与文化边缘位置的寂寞人生。其二,这更是创作主体刻骨铭心的寂寞感。沈从文自己说:"我作品能够在市场上流行,实际上近于买椟还珠,你们能欣赏我故事的清新,照例那作品背后蕴藏的热情却忽略了,你们能欣赏我文字的朴实,照例那作品背后隐伏的悲痛也忽略了。"④其三,由此产生了准备接受寂寞命运,"尽时间来陶冶"的

---

① 沈从文:《〈湘西〉题记》,《沈从文全集》第11卷,太原:北岳文艺出版社2009年版,第330页。

② 沈从文:《辰河小船上的水手》,《沈从文全集》第11卷,第276页。

③ 沈从文:《〈长河〉题记》,《沈从文全集》第10卷,第5页。

④ 沈从文:《习作选集代序》,《沈从文全集》第9卷,第4页。

历史长时段的写作目标与期待："永远不放下我一点狂妄的想象，以为在另外一时，你们少数的少数，会越过那条间隔城乡的深沟，从一个乡下人的作品中，发现一种燃烧的感情，对于人类智慧与美丽永远的倾心，康健诚实的赞颂，以及对愚蠢自私极端憎恶的感情。这种感情且居然能刺激你们，引起你们对人生向上的憧憬，对当前一切的怀疑。"①其四，这也就决定了沈从文期待的读者是那些"认识这个民族的过去伟大处与目前堕落处，各在那里很寂寞的从事于民族复兴大业的人"②。其五，在沈从文作品里，寂寞已成为一种审美境界。如汪曾祺所说，沈从文"笔下的湘西，总是那么安安静静的"，而且"静中有动，静中有人"，他最"擅长用一些颜色，一些声音来描绘这种安静的诗意"。③ 我们也因此懂得，沈从文为什么要自称 20 世纪"最后一个浪漫派"。

附录　本章年表

1902 年

　　12 月　28 日生于湖南省西部的凤凰县，原名沈岳焕。

1917 年

　　秋　　自县第一小学高小毕业。这是他最后学历。

　　8 月　入地方军队当兵。

1923 年

　　夏　　只身抵北京，住西酉会馆。半年后迁银闸胡同一公寓"窄而霉小斋"，进
　　　　　行自学。

1924 年

　　12 月　《一封未曾付邮的信》发表于《晨报副刊》。

1926 年

　　11 月　《鸭子》(散文、小说、戏剧、诗歌合集)由北新书局出版。

1927 年

　　9 月　《蜜柑》(短篇小说集)由新月书店出版。

1928 年

　　1 月　赴上海。

---

① 沈从文：《习作选集代序》，《沈从文全集》第 9 卷，太原：北岳文艺出版社 2009 年版，第 6 页。
② 沈从文：《〈边城〉题记》，《沈从文全集》第 8 卷，第 59 页。
③ 汪曾祺：《沈从文的寂寞——浅谈他的散文》，《晚翠文谈》，杭州：浙江文艺出版社 1988 年版，第 160—161 页。

7月 《阿丽思中国游记》(长篇小说)第一卷由新月书店出版。

10月 《雨后及其他》由春潮书局出版。

12月 《阿丽思中国游记》第二卷由新月书店出版。

1929年

1月 《红黑》《人间》两杂志创刊,与胡也频、丁玲合编。

7月 《神巫之爱》(中篇小说)由光华书局出版。

9月初 被胡适聘为上海中国公学讲师。

1930年

6月 《沈从文甲集》(短篇小说集)由神州国光社出版。

1931年

1月 《石子船》(短篇小说集)由中华书局出版。

同月 胡也频被捕,不久被枪杀于上海龙华。

4月 陪同丁玲及其孩子回湖南常德。

5月 《沈从文子集》(短篇小说集)由新月书店出版。

秋 应杨振声之邀赴山东青岛大学任教。

8月 《龙朱》(短篇小说集)由晓星书店出版。

1932年

1月 《虎雏》(短篇小说集)由新中国书局出版。

5月 《记胡也频》(长篇传记)由光华书局出版。

7月 《泥涂》(中篇小说)由星云堂书店出版。

秋 应杨振声之邀赴北京参加中小学教材编选委员会的工作。

11月 《都市一妇人》(短篇小说集)由新中国书局出版。

1933年

3月 《阿黑小史》(中篇小说)由新时代书局出版。

5月 丁玲被捕失踪。

7月 发表《记丁玲女士》,于《国闻周报》连载,后集为《记丁玲》。

同月 《凤子》由苍山书店出版。

9月 与张兆和结婚。开始主编《大公报·文艺》。

10月 发表《文学者的态度》,引起"京海论争"。

同月 《一个母亲》(中篇小说)由合成书局出版。

11月 《月下小景》(短篇小说集)由现代书局出版。

1934年

1月 返湘西探母病。

7月 《从文自传》由第一出版社出版。

9 月　《记丁玲》(散文集)由良友图书公司出版。

10 月　《边城》(中篇小说)由生活书店出版。

1935 年

12 月　《八骏图》(短篇小说集)由文化生活出版社出版。

1936 年

1 月　《从文小说集》(短篇小说集)由大光书局出版。

3 月　《湘行散记》(散文集)由商务印书馆出版。

4 月　《沈从文选集》(短篇小说集)由万象书屋出版。

5 月　《从文小说习作选》(短篇小说集)由良友图书公司出版。

6 月　《沈从文小说选》(短篇集)由仿古书店出版。

10 月　发表《作家间需要一种新运动》,引起关于当前创作、关于反"差不多"运动的争论。

11 月　《新与旧》(短篇小说集)由良友图书公司出版。

1937 年

1 月　《废邮存底》(散文集,与萧乾合集)由文化生活出版社出版。

8 月　离京转道天津、烟台、济南、南京、武汉、长沙,到大后方。后又回湘西。

1938 年

4 月　离沅陵,经贵州到达云南昆明,任西南联大师范学院副教授。后任西南联大北京大学教授。

1939 年

1 月　发表《一般或特殊》,引起关于"反对作家从政"的讨论。

8 月　《湘西》(散文集)由长沙商务印书馆出版。

9 月　《昆明冬景》(散文集)由文化生活出版社出版。

同月　《记丁玲》(续集)由良友图书公司出版。

12 月　《主妇集》(短篇小说集)由商务印书馆出版。

1940 年

本年　《绅士的太太》(短篇小说集)由三通书局出版。

1941 年

1 月　《如蕤》(短篇小说集)由艺流书店盗编出版(与生活书店出版之同名小说集篇目不同)。

8 月　《烛虚》(散文集)由文化生活出版社出版。

1943 年

6 月　《云南看云集》(杂文集)由国民图书出版社出版。

7 月　《黑凤集》(短篇小说集)由桂林开明书店出版。

9 月　《长河》(长篇小说)由桂林开明书店出版。

1945 年

1 月　《长河》出昆明文聚社版。

1946 年

夏　离昆明返京,时任北京大学教授,兼编《大公报》《益世报》等四种报纸副刊。

10 月　《沈从文杰作选》(短篇小说集)由新象书店出版。

1948 年

8 月　《长河》出上海开明书店版。

1949 年

秋　入中央革命大学研究班学习。后改行于历史博物馆工作。

1963 年

本年　周恩来提议其参与《中国历史图谱》的编写。

1964 年

本年　《中国古代服饰研究》初稿完成。

1969 年

本年　赴湖北咸宁干校,在双溪看菜园子。

1972 年

本年　获准回京。

1978 年

本年　调中国社会科学院历史研究所工作。

1980 年

本年　赴美国访问、讲学。

1981 年

本年　《中国古代服饰研究》由香港商务印书馆出版。

1988 年

5 月　10 日于北京逝世。

知识点

必读作品与文献

思考题

第十四章　小说(二)

1930 年代的中国小说可称繁盛一时。在广大农村破产的同时,东南沿海一带的局部资本主义化、现代都市上海的勃兴以及相应的出版业的发达、城市阅读现代小说的新读者群的形成,无不给小说带来契机。1927 年大革命失败后,社会矛盾加剧,随着阶级斗争的风起云涌,文学直接表现社会生活的可能性增加,也刺激了以叙事为己任的小说。这样,"五四"小说在完成其重大的现代性转折之后,渐渐走向部分的整合,并于规范中发生多方面的变化。到了 1930 年代中期,一个高峰状态的显然有别于"五四"的小说阶段出现了。

这时期的小说大家除鲁迅外,茅盾、老舍、巴金等先后发表了他们的长篇代表作,青年小说家充满锐意地登上文坛。政治和商业对小说的介入十分明显,以至造成了上一时期的写实小说和抒情小说流派,分别被以"左联"为核心的左翼、远离文学党派性和商业性的京派与最接近读书市场的海派所分割。1930 年代的小说按照不同的意识形态和文体的各种组成关系,表现出自己独特的面貌。

一　"左联"与左翼小说

成立于 1930 年的"左翼作家联盟"(简称"左联")并不是一个纯文学流派。它是文学与政治兼有的社团。由此形成的革命现实主义的小说,从幼嫩到相对成熟,产生了很大的影响。以茅盾为首,包括沙汀、吴组缃、叶紫等青年作家所创作的社会剖析小说,是其中的一支,却是对整个 20 世纪中国现实主义小说起到举足轻重作用的。此外的左翼小说各有特色,如张天翼犀利明快的讽刺,艾芜、萧红的浪漫抒情精神对现实主义的多方渗透,都显示了当时的小说观念和体式的多样进步。

"左联"准备期间的小说,主要是以蒋光慈为代表的。蒋光慈所在的太阳社,成员有洪灵菲、戴平万、楼适夷、孟超、钱杏邨等,这时非常活跃,以革命家兼作家的身份,几乎每人都写过小说(除去不幸早逝者外,之后又大都停下了写小说的笔）。后期创造社这时写小说的有郭沫若、郑伯奇等，也不是纯粹的小说家。自觉地运用文学来为革命呐喊，在急剧的变革年代里，以特殊的热情，写出"思想大于艺术"的具有重大社会效果的作品，是他们共同的特点。由于对革命生活与工农群众缺乏实感，必然导致公式化、概念化的倾向。加之当时中国共产党党内"左"倾路线的影响，正面描写革命的作品，有的往往盲目地歌颂城乡暴动、飞行集会，画面变得粗暴、怪厉。"革命加恋爱"的流行主题，一方面反映了大革命前后的青年知识分子面临个人与革命冲突的普遍问题，其中孕育着 1930 年代知识新人的最初形象，另一方面也暴露出某种对生活的片面理解与表达。但正是此类小说曾积极影响一代青年走上革命的道路，这说明它们确实和着时代的节拍，即便是带有浓重理念痕迹的故事与人物，也能投合当时一部分知识青年兴奋地追索光明的共同心理。革命激变时期总要产生一批宣传性文学作品，这类作品的社会效益往往是得到历史承认的。而且，也确乎产生过一些拥有读者的佳作。除蒋光慈的某些作品外，还有钱杏邨的《义冢》集、楼适夷的《烟》（以后有《盐场》）、孟超的《盐务局长》、刘一梦的《失业以后》等。洪灵菲的《流亡》，写小资产阶级知识分子型的革命者，描写他们在革命流亡中的困顿、爱情与不屈，有浓厚的自叙传色彩。正因为是作者亲自体验过的生活，写来才能这样有血有肉。而情调上的自哀自怜，又与对革命的不懈追求结合在一起，以至凄婉与刚烈、感伤主义与英雄主义统一成洪灵菲特有的小说情调。洪灵菲以后又写有表现农民斗争的《在洪流中》，描写工人悲惨境遇的《气力出卖者》，反映潮汕地区农民运动的长篇《大海》，转向真正的工农题材，但是，他仍然是以这种充满浪漫气息的流亡小说和刻画革命流亡者形象而闻名的。华汉（阳翰笙）的长篇《地泉》（包括《深入》《转换》《复兴》三部曲），社会画面广阔，反映了大革命后，从农村到城市，从农民、知识分子到工人的激烈变化，基本上是从政治观念生发故事，缺乏文学的描述，人物又很少活的个性，革命与反革命的双方都变得神经质似的。所以，到 1932 年该书重版时，由瞿秋白、郑伯奇、茅盾、钱杏邨与作者自己，分别写了五个序言，对这种充满"革命的浪漫蒂克"的文学，从各自的角度进行了历史批判性的总结，从而显示了革命作家认识上的长足进步。

蒋光慈早期的小说创作都是与自身的生活同步的：1925 年"五卅运动"后，即写出第一部中篇《少年漂泊者》，通过少年汪中的流浪历程，展现了"五四"到"五卅"的社会矛盾与斗争。1927 年 4 月，上海工人武装起义后不到半个月,他就完成了《短裤党》,较早地描写了工人运动中的共产党员与先进工人;大革命失败后,又写了《野祭》《冲出云围的月亮》,迅速反映了青年知识分子的分化,企图指明他们应走的道路。其中《冲出云围的月亮》中的王曼英作为大革命失败后的"时代女性"形象,是可以与茅盾、丁玲笔下的同类形象相比较的。由于强调对重大历史事件做及时反映,蒋光慈的作品就具有了强烈的宣传鼓动性,并特具一种历史沸腾时期昂扬的激情与艺术追求力,但因为缺乏对生活从容的观察思索与充分的形象化而流于浮面。《丽莎的哀怨》即是作家企图纠正这种简单化的描写,写出人物思想性格复杂性的一个艺术尝试,却遭到了左翼批评家政治判决式的过于严厉的批评,甚至受到组织处理,留下了深刻的历史教训。读蒋光慈的作品应有历史的眼光,还要有发展的眼光。他在把笔伸向工农题材的同时,也在逐渐克服自身的标语口号式倾向。最后写成的长篇《咆哮了的土地》(后改名为《田野的风》),是他的代表作。小说在广阔的大革命背景下,反映了共产党领导下的早期农民武装运动的风暴。矿工张进德和革命知识分子李杰(地主李敬斋叛逆了的儿子)来到家乡,成立起农会,点燃了火种。张进德耿直、冷静,有长期的斗争经历,善于联系群众,懂得策略,处处显出比旁人高出一筹。这个工人形象有一点个性刻画,基本是真实可信的。另一个人物李杰,在同地主家庭展开激战、与张进德发生工作关系以及爱情纠葛之中,都能深一层地显示出内心世界的复杂矛盾。青年知识分子在群众斗争中不断完善自身的线索,贯穿这个人物的始终,残酷境遇下的感情发展也入情入理。这对蒋光慈过去作品中常见的概念化是有力的校正。爱情的穿插,以及结尾的光明处理,也并非完全是牵强附会。艺术上,由过去主观、空洞的感情宣泄,一变为客观细致的描写手法,生活实感大大加强,长篇结构也略具匠心。应当说,这是一部有一定深度、开创了农村革命题材与新人形象的作品。对于蒋光慈自己来说,也是一个不小的突破,是革命现实主义对"革命浪漫蒂克"的一次攻克。如若不是作者早逝,以此为转机,写出更为成功的革命文学力作来,也是有可能的。

如果把蒋光慈、洪灵菲等作家的创作道路,与稍后的"左联"五烈士中的小说家柔石、胡也频相对照,便会发现他们无一例外地都是转换中的初期革命文学家:由早期的知识分子革命与恋爱的故事,转换成直接表现革命风云的题材;由塑造小资产阶级革命家的形象,到赞颂觉醒后的工农领袖。而他们的代表作往往是在创作的后期才跃出的。柔石(1902—1931)早期的

《疯人》集、长篇《旧时代之死》、中篇《三姊妹》等,便清一色以青年婚姻恋爱为题材,以浪漫的笔致描绘他们的苦闷;后期的代表性作品如著名的中篇《二月》、短篇《人鬼和他底妻的故事》《为奴隶的母亲》,就能纯熟地表现青年知识者的追求,以及开掘下层劳动人民悲苦的命运了。《二月》是柔石对中国知识分子道路思考的结晶,从"五四"退潮下来的萧涧秋在芙蓉镇的短短经历,表明了在强大的中国封建主义习惯势力面前,个人奋斗、人道主义理想的碰壁。小说中陶岚的个性解放主义、陶慕侃的人才教育主义、方谋的三民主义、钱正兴的资本主义,各个人物纠葛在萧涧秋、文嫂的事件之中,写来都很生动,正能从一个侧面表现大时代下知识者徘徊、倒退的思想面貌。《为奴隶的母亲》写的是一个"典妻"的故事。作品深沉之处,便在于对春宝娘这样忍辱负重的中国普通农妇灵魂的如实表现。她默默地去充当为别人生子的工具,又默默地想念自己亲生的每一个孩子。她的悲剧,是对自身命运的习以为常,欲有所动,又无处表述。这对读者的感情冲击是相当深切的。《二月》细腻的心理笔触,描写人物与渲染环境的深沉抒情风格,《为奴隶的母亲》朴素、平易、内在的笔力,都颇具特色。柔石后期写他熟知的家乡生活的作品,是完全超离于当时概念化的创作风气的。胡也频(1903—1931)所写《圣徒》《诗稿》等早期短篇集里的作品,与他的诗歌纯是个人抒发不尽相同,虽然一部分也表现爱情,但另一部分则多方展示了劳苦群众与自己的不幸。《北风里》显然取自个人穷愁潦倒的生活,对典当自己心爱的雪莱放大照片时所受的社会鄙薄与侮辱,发出愤懑的呼喊。胡也频的转换也在后期。他在1929年和1930年分别写出最后的代表作中篇《到莫斯科去》、长篇《光明在我们的前面》,虽然还是以知识者的爱情、革命为故事,但已把这一切都放置在壮伟的历史图景之中。《到莫斯科去》中的共产党员施洵白的形象还很薄弱。《光明在我们的前面》截取了中国知识分子思想历程的一段真实生活,表现白华在"五卅运动"的教育下,终于由无政府主义倒向她的爱人刘希坚所信仰的共产主义,是很有历史认识价值的。可惜这些初期的无产阶级文学先驱者们英才早逝,没来得及写出更成熟、更壮美的篇章。他们的政治激情影响文学性表达的局限,以后一直延续下来。但他们为"左联"宏大的革命现实主义创作的形成,确实做了不可或缺的历史准备。

"左联"青年作家的涌现,标志着现代文学在创作上真正结束了"革命文学"的时代而向前迈进了。丁玲显示出横跨两个时期的特色。她的

《水》，以及张天翼的《二十一个》、沙汀的《法律外的航线》发表后，给当年的文坛吹入一股劲风，曾被人称为"新写实主义"的势头。而他们的出现之所以令人瞩目，主要原因正在于努力扫除概念化地描写身边琐事的创作风气，奠定了"左联"文学的崭新地位。以后，这批"左联"新人的小说创作逐渐摆脱了初期的"唯物辩证法创作方法"，力图把政治倾向性与艺术真实性较好地结合起来，以革命现实主义的创作方法，努力塑造人物典型，也注意环境描写的典型化，开始在作品中体现出独特的生活积累、语言储备与艺术个性，形成小说风格的多样化。

丁玲（1904—1986）是"五四"以后第二代善写女性并始终持女性立场的作家。她以第一个革命女作家的姿态，打破了冰心、庐隐等因思想创作上的某种停滞所带来的沉寂。丁玲在 1920 年代末期，自身便是在一个冲破旧家庭的牢笼、坚忍地追求光明的伟大母亲影响下，在"五四"民主革命的感召下得以觉醒，进而接近社会主义，又在大革命失败后一度陷入苦闷的时代女性。从 1927 年发表《梦珂》始，到 1929 年末，共有十几篇短篇小说，分别收在《在黑暗中》《自杀日记》《一个女人》三个集子里面。《梦珂》写一个败落的封建家庭女儿闯入社会后陷入绝境的故事，在《小说月报》卷首发表时，便引起读者的注意。《莎菲女士的日记》给丁玲带来更大的声名，塑造了莎菲的形象，这是她早期作品里一系列"五四"退潮后小资产阶级叛逆、苦闷的知识女性中最重要的典型。在莎菲身上，有对封建礼教的背叛，对追求"真的爱情"、个性解放的无限憧憬。但她毕竟已经不是生活在"五四"时代了。大革命失败后的特殊环境，小资产阶级在追求幻灭后的内心骚乱，决定了莎菲执拗地寻觅人生的意义而又无出路，鄙视世俗又不时感到有沉入纵情声色中的危险，重感情更爱幻想、狂想。这就具体反映出历史投射在一部分知识青年身上的时代阴影——使反抗带有病态但仍是反抗——表现出莎菲形象的全部矛盾性。一个青年女作家，居然能把握与描摹出如此复杂的人物内涵，并用越轨的笔致加以披露，这本身便够令人注目的了。莎菲的苦闷，是"五四"时期获得个性解放的急进青年，在革命低潮中陷入彷徨无主的真实写照，其中包含着深刻的历史批判性，也对当时青年的时代苦闷起到聚光一照发人深省的作用。丁玲塑造的莎菲、梦珂与茅盾笔下的慧女士、孙舞阳、章秋柳等时代女性一样，无疑是会占据现代小说人物画廊的重要位置的。而丁玲一步入文坛，便带来一种细腻、大胆而又富有饱满感情的刻画人物复杂心理的特色，她受到一些法国现实主义作家的影响，在某些地方又不禁使人想起刚写出《沉沦》时的郁达夫。一定意义上可以说丁玲的《莎菲女士的日记》是郁达夫所开创的描写知识分子"时代病"的自我伤感小说的总结与结束。莎菲的心理描写,在这方面也代表了丁玲的主要艺术成就。总之,认识了丁玲的《莎菲女士的日记》后再来理解她的早期作品《小火轮上》《自杀日记》《一个男人和一个女人》等,探求她全部的创作风格、人物形象体系的经络,便能把握住一根中心的线索了。

在进入"左联"时期以前,丁玲的创作思想已经开始发生变化。中篇小说《韦护》在流行的"革命加恋爱"公式中,表现了作家独特的观察与发现:中国士大夫家庭出身的觉醒了的新知识分子,一面为时代潮流所推动,成为新兴无产阶级运动的先驱,一面却在灵魂深处保留着充满浓重士大夫气息的"旧我"的一角。丁玲敏锐地捕捉到这一过渡时代的过渡性历史人物的特殊矛盾,使作品具有了深刻的认识价值。以后的《一九三〇年春上海》(之一)与《一九三〇年春上海》(之二),展开的是知识分子从个人主义走向集体主义的道路。这时的丁玲,处在急剧走向左翼文学的途中。她已经参加了"左联",正在努力脱出主要描写知识阶层的老路,开始试写表现工农大众的作品。但即便是转向农村题材,也依然显示出丁玲的特色,她以其特有的女性的敏锐观察力和思想穿透力,"写出平常人所着眼不到处"①:《阿毛姑娘》写资本主义现代都市文明对在封闭的封建宗法社会长大的农村姑娘的心理投影,《田家冲》写革命者(三小姐)把革命思想带到农村,在农民心灵深处激起的感情微澜,都从一个十分独特的角度,写出了处于激变中的1930年代中国农村社会农民心理的变化。这都为1940年代丁玲在《太阳照在桑干河上》中更大规模地把握与表现农民于历史巨变中的心理,奠定了基础。1931年发表的《水》,又以新的开拓震动了当时的整个文坛。《水》以1931年在全国发生的波及十六省的特大水灾为题材,用丁玲前所未有的粗大笔触,展开场面,农民觉醒、反抗的群像描写如一组组雕像凸现着。冯雪峰在当年发表的《关于新的小说的诞生》一文中,曾总结过《水》等左翼小说的创作实践,提出了"左联"现实主义小说的三条标准:"第一,作者取用了重要的巨大的现实的题材","第二,在现象的分析上,显示作者对于阶级斗争的正确的坚定的理解","第三,作者有了新的描写方法……不是个人

---

① 沈从文:《论中国创作小说》,《沈从文全集》第 16 卷,太原:北岳文艺出版社 2009 年版,第 219 页。

的心理的分析,而是集体的行动的开展"。① 这些分析,自然都带有理论上的局限。丁玲在《水》里间接描写了自己缺乏真切感受的生活,放弃了对个别典型的刻画,又不讲究结构形式,这在以后,也是被她自己与其他"左联"作家修正了的。但是,冯雪峰的概括还是非常合乎"左联"早期一批革命小说的基本特点。而离开这些,也就很难理解《水》成为"普罗文学"重大突破这一文学现象。接着,丁玲沿着《水》的道路,写了《消息》《法网》《奔》《夜会》等,描写工农的笔法逐渐熟练。"左联"时期丁玲发表的另一部重要作品,是长篇《母亲》,这是她计划大规模描写辛亥革命前后中国社会的一部分,可惜与茅盾的《霜叶红似二月花》一样,没有终篇。不过,《母亲》已能独立成卷,以作者母亲为原型,写出了封建大家庭的日益崩溃没落,写出了辛亥革命时期第一代放开小脚的新型女性,如何叛逆地走过坎坷不平的路程。这里,保留了许多珍贵的历史社会画面,从一个家庭的小小侧面表现了整个时代的变迁。作者一贯独立思考女性的生活遭遇,一支善于描写女性的笔,又回到了她触摸得到的人物身上。她这方面的才能,到了抗战根据地时期,得到进一步的发挥,并与新的生活、新的人物结合在一起。

张天翼(1906—1985)是"左联"优秀的讽刺小说家,这一时期少有的文体家。最早认识他的价值的,是鲁迅、茅盾、瞿秋白等。他早期的作品《三天半的梦》就是经鲁迅之手在《奔流》上发表的。在这之前,张天翼中学时代曾向上海《礼拜六》投稿,写过滑稽和侦探小说,后又在《晨报副刊》上发表过散文,有过多样的创作实践。他尤其熟悉都市的中流社会和下层市民的生活,具有敏锐的感受力。他自发表描写兵士的小说《二十一个》以后崭露头角,后在1930年代中期的讽刺潮中逐渐走向成熟。1938年,他的代表作《华威先生》问世,由此引起长达数年的关于抗战文学要不要排斥暴露的论争,为整个1940年代国统区的讽刺文学开了先河。张天翼在现代文学史上几次率先打破左翼创作的僵化局面,功绩不可低估。

张天翼早期的小说,较快地摆脱了短篇集《从空虚到充实》的感伤情绪,致力于初期的革命文学创作,"移行到集体的世界里去"②。底层人民的挣扎和抗争,呻吟着,号叫着,跃入了他的作品。对于当时的读者来说,一接

① 丹仁(冯雪峰):《关于新的小说的诞生》,《北斗》第2卷第1期,1932年1月。

② 张天翼:《创作不振之原因及其出路》,《张天翼文集》第9卷,上海:上海文艺出版社1991年版,第5页。

触到这种硬朗的血泪画面，顿觉耳目一新；此外，也被张天翼那种新鲜流动的口语描写所折服。与同时代一些作家相比，他更了解城镇市民的生活，小说更具当代性。不过，这时期张天翼讽刺小知识者的题材刚刚浮出水面，大都显得浅露，甚至如鲁迅批判的有点"油滑"。

从 1934 年到全面抗战前，张天翼的短篇《包氏父子》《笑》《脊背与奶子》《出走以后》《同乡们》，中篇《万仞约》《清明时节》等一大批讽刺小说的诞生，标志着他的创作的大转机，即讽刺艺术个性的形成。他由此提出了反虚伪、反庸俗、反彷徨的基本讽刺主题，以及三类讽刺性人物：虚伪、狡诈的地主官僚形象（如《笑》里的九爷、《脊背与奶子》里的长太爷、《蛇太爷的失败》里的地主蛇太爷），动摇、庸俗的小知识分子、小公务员、小市民形象（这是他的特长，如《畸人手记》里的七哥思齐、《陆宝田》里的小录事陆宝田），愚昧不幸的城乡底层人民形象（如《同乡们》里的长丰大叔、《善女人》里的长生奶奶）。《包氏父子》是张天翼这时期最突出的一篇作品。小说中的门房老包是当时城乡底层的人物，他希图通过拼命供儿子小包读洋学校的途径，摆脱穷困低贱的社会地位。两代人的心理和性格差别是如此之大：小包一心想要挤进花花公子一类同学的行列中去，但那里至多只能给他一个"走狗"的位置；老包往上爬的愿望注定碰壁，甚至还没等他挤到上面去，连他自己在家里的生存空间也被儿子挤掉了。这是使人发笑的悲剧。

除了还未及创造出如华威先生这样重大的典型外，张天翼创作的独特价值这时已大体具备。他是一个极有创造活力的作家，不仅致力于题材的多方面开拓，而且进行了短篇小说体式的多种试验，以及糅合各类方言（杭州、南京、上海、苏北、东北、湖南语）创造新鲜流动的口语化文学语言的尝试。他那样广泛地讽刺了 1930 年代社会的种种矛盾。如果说老舍是旧中国北方市民社会的同情者与批判者，张天翼则是当时东南沿海一带市镇社会的揭发者。他的小说注重写人，在人生一瞬中透视出丰厚的人物性格史，勾勒人物的线条明净而不驳杂，善于狄更斯式地提炼习惯动作与用语，抓住人物的灵魂廓大其细小特点，写出大的性格。他的短篇小说，重视叙述角度的灵活多变，以动作、情绪作为叙述结构的内在依据，淡化故事情节，在有所省略中传达出叙述的节奏、动势和力度，形成横向结构的片断性、速写性很强的富有戏剧张力的小说形式。他确实能按自己活跃的感觉、意识所能捕捉到的样子来创造小说文体。张天翼的讽刺没有鲁迅那样博大精深，也没有老舍那样温婉，但自有其锋利劲捷处，他的泼辣豪放的夸张风格十分鲜明,而意气浮露的缺陷在以后也得到很大的克服。

与张天翼有朋辈乡谊,受其影响较大的作家有蒋牧良(1901—1973)。蒋牧良有一部分写农村、旧军队与城市公务员生活的小说,如短篇《赈米》《伙食尾子》《生死朋友》《懒捐》,中篇《旱》等,与张天翼取材颇接近。他在湖南乡间做过"游学先生",以后当过兵,也任过下级职员,生活面宽,作品能抓住尖锐的社会弊端,在军饷、赈米、收租、出丧、升官等典型事件中刻写讽刺性人物。但喜剧色彩远不如张天翼浓烈,情节也不那么奇崛,偏于冷静,针脚密实,语言质朴。他较优秀的讽刺作有《雷》《集成四公》等。

"左联"后期的作家周文(1907—1952)也长于社会暴露。他有一个时期在西康的旧军队里任过文书,所以《雪地》一篇以描写川康边地风情和军阀倾轧、丑恶的吏治为特色。后来的短篇《红丸》,中长篇《烟苗季》《在白森镇》等,都是沿着这条路子走下来,同时露出讽刺,摆脱了单纯揭发反面人物的写法,掺入了喜剧的因素。此外,写出《达生篇》的万迪鹤(1906—1943),也可归入具有讽刺叙事风格的一类作家。

沙汀(1904—1992)与张天翼一样,作为"左联"新人而登上文坛。他早年接近与参加革命,流落上海时与成都省立第一师范的同学艾芜相遇,开始练习写作,并向鲁迅请教。这便有了著名的《关于小说题材的通信》。鲁迅说的"选材要严,开掘要深"①,成为沙汀创作的座右铭。他这时期的小说,反映了左翼文学的深化过程。成名作《法律外的航线》,剪辑了长江航线上一艘外国商船上的一连串镜头,既写出了帝国主义分子对中国人民的欺凌,又从侧面展示了两岸农村燎原的烈火。此篇与直接取材于第二次国内革命战争时期苏区生活的《老人》《战后》,"创作上的主要意图是:反映当时的土地革命运动"②。但由于"左联"初期创作倾向的影响,多凭间接的生活经验写劳动人民题材,又不着重于单个人物形象的刻画,致使他的一部分作品较为概念化。以后沙汀接受了茅盾的建议,放弃了这种"印象式的写法",采用接近茅盾的叙述体式,把笔锋转到极为熟悉的四川农村社会上去,且展露出讽刺的光彩。虽然沙汀更大的创作成就是在下一个文学时期,但这阶段写出的《丁跛公》等,已经表现出沙汀是一个最能刻写旧中国农村黑暗生

① 《关于小说题材的通信》,《鲁迅全集》第4卷,第377页。
② 沙汀:《〈沙汀短篇小说集〉后记》,《沙汀文集》第7卷,上海:上海文艺出版社1992年版,第21页。

活,有着农民幽默气质的小说家。这些作品散发出泥土的气味,沉闷、闭塞、阴暗,不是一抹轻淡凄婉的田园颜色,而是从四川农民饱受军阀中世纪式的暴政之苦里浓缩出来的,具有时代、阶级烙印的黑色基调。这里有灾区里每日自提米、肉,临时借锅灶做饭吃,却不忘在濒于死亡的灾民身上刮油的代理县长(《代理县长》);有迫使被抓壮丁的哥哥去枪毙当逃兵的弟弟的惨剧(《凶手》);有军阀士兵强奸月子里的妇女,造成其婆母发疯的情景(《兽道》);有争自由的弱女子,在"五四运动"发生十几年后的内地,被活活钉死在棺材里的故事(《在祠堂里》)。每一篇小说都是骇人听闻的,由四川特殊的黑暗返照了旧中国普遍的黑暗。与抗战时期沙汀最富喜剧色彩、讽刺最泼辣的小说相比,这时的暴露小说的特色之一是仍颇具诗意。这是指那种不露声色的文韵,感情内涵凝重,以及精选艺术细节,擅长气氛、场景的渲染等等。《在祠堂里》通过邻人们的敏锐听觉,烘托出茫茫夜色中各种令人颤栗的声响,交织成如磐黑暗的诗的意境。沙汀的小说,在这时期已经显出刻画人物的深厚功力。他特别能写出一批四川农村基层政权中的反动角色:流氓市侩型的《代理县长》里的县长,昏庸官僚型的《龚老法团》里的旧派绅士……用的是白描手法,抓住反面人物充满丑与恶的性格要害,如伪善、凶狠、颟顸而又不自知等,精选细节,从深处挖掘人物带有心理内容的谈吐与动作细节,重复地深化人物,加上一点点适量的人物历史回叙,结尾又添一笔余味深长的点染,这便是沙汀式的刻写人物的技法。沙汀小说又以浓厚的地方色彩闻名,出奇的是他主要不靠画出川西北风俗图卷的办法,而是从人物、环境的复杂关联中,处处描摹四川的世态人情。应当说,他的讽刺艺术与鲜明的民族风格,到1940年代更为成熟。

另一位并非"左联"成员,但创作上与以茅盾小说为代表的左翼倾向接近的作家是吴组缃(1908—1994)。他坚持用现实主义创作方法反映1930年代破败的农村,作品不多,结集的小说主要收入《西柳集》,但每篇都很精当、有分量。吴组缃的农村小说是用知识分子经过锤炼的"白话"写成,观察冷静、细腻,不动声色,写平凡的人、事,偏能高度集中,深入开掘。他受到茅盾的影响后,开始重视用先进的社会科学理论来认识生活,解剖社会,所以被称为善于进行社会分析的小说家。《樊家铺》反映了安徽农村残破的现实,在丰收的年景里逼迫线子嫂为搭救入狱的丈夫,在一种特殊的情境里,亲手杀死了吝啬成性的放高利贷的母亲。作者选取了伦理道德的角度,从母女关系的变态方面,反射了中国农村惊人魂魄的经济压迫,由平实的题材提炼出富有戏剧性的小说故事。代表作《一千八百担》，数万字的作品，副题为"七月十五日宋氏大宗祠速写"，没有什么情节，从头至尾着眼于宋家各房十几个人物为争夺宗祠积谷，在会前的丑恶表演。由于众多的人物在作者笔下个个活灵活现，小说通过地主阶级内部的钩心斗角，反映出当时农村经济全面崩溃的深刻背景。这篇小说以全部"白描"工笔式的对话组成，是很奇特的。就像《菉竹山房》写那个守寡终身，为旧礼教殉葬，但在内心藏有爱火的二姑的诡秘行为，传达出一种阴森的气氛，也表现出吴组缃小说能从平凡中见奇崛，于细密凝练中透出曲折与不凡。作者是很有古典文学修养的作家，他的小说讲究细节描写，讲究人物的个性化，讲究浓郁的地方色彩，表现出一种取精用宏、文字精密而又流动的叙事风格。

最能掺和着自己的血泪，从正面表现农民的苦难、觉醒与对生活的期冀，叙事风格也近似茅盾的，是"左联"后期的青年作家叶紫（1910—1939）。叶紫虽只活了29岁，仅有短短六年的创作生涯，却为革命文学留下了分量不轻的遗产。他写有短篇集《丰收》《山村一夜》和中篇《星》。酝酿多年的长篇《太阳从西边出来》以及中篇《菱》，都没来得及完稿。他的生命与他的作品一样，都在一种极严酷的环境下显得更加坚实。叶紫属于那种来自生活底层，在暴风雨的年代里，有着传奇般生平的作家，一生贫病交加。他有雄厚的生活积累，蕴蓄着对旧世界的仇恨，一旦投身文学，便迸发出旺盛的创作力。

叶紫的大部分小说都是真实表现大革命失败前后洞庭湖畔农民的生活和斗争的。在"左联"和1930年代众多的农村小说中，叶紫以能揭露农村阶级压迫的尖锐性著称。他写的是火和血的事实。他以土地革命风暴、工农红军的"反围剿"为重大背景，描写几代农民的性格及其成长，这在现代文学史上尚属少见。《丰收》和茅盾的《春蚕》、叶圣陶的《多收了三五斗》，同样是写"丰收成灾"，但画面何等严酷、逼真。云普叔这个勤劳、守旧的老农，在无情的现实面前，终于清算了自己在抗租前后的糊涂思想。类似这种觉醒的老一代农民，还有《电网外》里的王伯伯、《乡导》中的刘嫂妈等。他们都是在中国一场波澜壮阔的农民运动里挺立起来的。而《山村一夜》中受小生产者眼界的严重束缚，麻木到将参加农运的儿子送给官家，还希求生还的汉生爹，便是一个愚昧的悲剧。全力描写这种站在时代潮流内外的新旧农民，是叶紫创作的一大贡献。其中包括在父子两代的思想矛盾中凸显出来的青年农民形象，如《丰收》与它的续篇《火》中的立秋、《杨七公公过年》中的福生。《星》里的梅春姐由一个饱受摧残的普通青年妇女,成长为农民运动的中坚力量。这里写的妇女解放,比起"五四"时期的文学来有了新的现实作为生活基础。叶紫的小说提供给人们的是"黑白分明的铅画":他的故事总是描写地主与农民之间不可调和的阶级对立,他的人物也只是具有强烈的爱与憎两种感情,他把生活强化了,也简化了,这种"两分法"的人物设置、结构方式,对以后的农村题材小说有重要影响。叶紫的小说同时洋溢着理想的光辉,充满昂扬的音调,又不回避斗争的残酷,自有一种悲壮的美;笔触阔大,有时不免粗疏,却是在那个时代的风雨中孕育而成。"这就是作者已经尽了当前的任务,也是对于压迫者的答复:文学是战斗的!"①

沙汀、吴组缃、叶紫等的左翼小说所具备的与茅盾类似的小说文体,都是用二元对立的因果关系来表现复杂的社会斗争。作者和叙述者对作品的干预,主要不是靠情感因素的突入,而是将这种运用社会分析方法之后构成的故事模式,貌似客观地烘托出来。它主题清晰,戏剧性冲突集中撼人,运用细节刻画人物雕镂性强,但情节结构呈封闭型,中国读者易接受,一般作者易模仿,所以在左翼文学内部成为主流的小说体式。而到了主观情绪型的作者手里,便会发生变形,比如艾芜、萧红皆是。

艾芜(1904—1992)曾怀着"劳工神圣"的信仰,孑然一身,流浪在我国西南边境,以及缅甸、马来亚、新加坡等地,从事过杂役、马店伙计、僧人伙夫、报馆校对、小学教师等各式职业,亲身获得了《南行记》集里的那些特异的生活素材,体验了社会下层人民的思想感情。他因为参加革命活动,被缅甸当局驱逐出境回国,不久成为"左联"青年作家之一。《南行记》是艾芜最突出的短篇集,以一个漂泊知识者的眼光观察并叙述边疆异域特殊的下层生活,刻画出各式各样具有特殊命运的流民形象,包括偷马贼、烟贩子、滑竿夫、强盗、流浪汉等等。这些人被社会抛出了正常的生活轨道,被迫采取各种奇特的谋生手段,表现出性格上的特异色彩。与沙汀不同的是,艾芜笔下很少写反面人物,但他也不回避劳动人民身上被苦难生活扭曲成的畸形和被统治者的思想毒化了的那一部分污垢,并没有为赞美他的人物而人为地"净化"其灵魂。由于艾芜艺术个性中对人民的美和善的品格的特殊敏感,他总是能在怪戾的言行中挖掘出下层人民的灵魂美,在渣滓堆里发现闪光的金子。成名作《人生哲学的一课》,描写流浪知识青年"我"在昆明走投无

---

① 鲁迅:《叶紫作〈丰收〉序》,《鲁迅全集》第6卷,第228页。

路的窘困生活,读来并不觉得低沉,字里行间充溢着一股对生活执着的力量。他还有一些小说暴露帝国主义分子对殖民地人民,尤其是妇女的任意所为,感情色彩颇强烈。《山峡中》被公认为艾芜早期的代表作品,写一群被生活逼迫铤而走险的流浪者的生活。他们走私、行窃,甚至杀人越货,以恶对恶,但不乏爱憎分明与憧憬美好生活的感情。外号叫"野猫子"的姑娘,生活使她变得强悍不羁,她的机灵、泼辣与正直,给人很深的印象。而小黑牛由懦弱走向死路的不幸命运,正是作者对旧世界的愤怒控诉。这篇小说很能体现艾芜这时期的特色:以特异的边地人民传奇生活为题材,开拓了现代文学反映现实的新领域。并且,在左翼革命现实主义流派之内,发展起一种充满明丽清新的浪漫主义色调与感情、主观抒情因素很强的小说。艾芜 1940 年代的创作向纯写实回归,影响却减小了许多。

作品也如叶紫一般充溢着深沉力,从东北流亡到上海、北平等地的一些青年作者,如萧红、萧军、端木蕻良、舒群、骆宾基、罗烽、白朗、李辉英等人,习惯上被称为"东北作家群",形成于 1930 年代中期。他们有的未正式加入"左联",但其创作实际上构成"左联"文学的一部分。正是他们,开了抗日文学的先声,第一次把作家的心血,与东北广袤的黑土,铁蹄下不屈的人民、茂草、高粱,搅成一团,以一种浓郁的眷恋乡土的爱国主义情绪和粗犷的地方风格,令读者感奋。这批青年作家富于激情,尤其以萧红受人瞩目。

萧红(1911—1942)是一个文学创造力特出的天才女作家。这位女性一生的坎坷遭遇本身,便是一部小说。她的创作活动仅仅九年,31 岁在香港寂寞地早逝。由于得到鲁迅的关怀,萧红的《生死场》,与叶紫的《丰收》、萧军的《八月的乡村》,都作为"奴隶丛书"出版,产生了影响。《生死场》展示"九一八"事变前后东北北部农村市镇的生活图景,其间坚韧地挣扎着的有王婆、金枝、月英等农村妇女,小说描述了她们如牲畜一样的生活和命运,并不从正面写抗日斗争,也不精心结构故事,却以萧红纤细敏锐的艺术感受写出了北中国农村生活的沉滞、闭塞,以及由此造成的对民族活力的窒息。其中也包含了作家更深层面的思考:这一方浸润着血污的黑土,乃是人的永劫轮回的"生死场",于是,在精致的描写中,也就有了某种"寓意"(象征)。后来,她的短篇收入《牛车上》《旷野的呼喊》等集,还有讽刺长篇《马伯乐》,及后期代表作长篇《呼兰河传》、短篇《小城三月》等。《呼兰河传》以更加成熟的艺术笔触,写出作者记忆中的家乡,一个北方小城镇单调的美丽、人民的善良与愚昧。萧红小说的风俗画面并不仅仅为了增加一点地方色彩,其本身包蕴着巨大的文化含量与深刻的生命体验。"呼兰河这小城里住着我的祖父",这一句几乎可以看作全篇的主题词。从她的作品视界所能看到的故乡人民的生活方式,几乎便是无生活方式:吃、睡、劳作,像动物一般生生死死,冷漠死灭到失去一切生活目标,失去过去和未来。在这样的停滞的生活中是必然会产生小团圆媳妇的悲剧的。但这里的"城与人,少女与老人,生者与逝者"的关系中,也存在着生命的永恒。

萧红小说的文化形态因为本真,因为原始,所以在表现传统的落后文化对人的戕害及对中国社会滞后发展的作用上,在展现关于生与死、关于空间的永存、关于时间的永动等生命体验方面,提供了形象的文学样品。

从创造小说文体的角度看,萧红深具冲破已有格局的魄力。她说过这样的话:"有一种小说学,小说有一定的写法,一定要具备某几种东西,一定写得象巴尔扎克或契诃甫的作品那样。我不相信这一套,有各式各样的作者,有各式各样的小说。"①她注重打开小说和其他非小说之间的厚障壁,创造出一种介于小说与散文及诗之间的新型小说样式,自由地出入于现时与回忆、现实与梦幻、成年与童年之间,善于捕捉人、景的细节,并融进作者强烈的感情气质,风格明丽、凄婉,又内含英武之气。萧红的忧郁感伤可以与郁达夫的小说联系起来看,但她没有那种病态、驳杂,更有女性的纯净美。她的文体是中国诗化小说的精品,对后世的影响越来越大。

萧军(1907—1988)与萧红合称"二萧",是东北作家群的重要小说家之一。他青年时当过士兵、下级军官,长期生活在社会底层,具有刚猛的反抗精神。其代表作《八月的乡村》描写一支抗日游击队伍的成长,与萧红从侧面表现帝国主义侵略下人民的缓慢觉醒不同,写得尖锐、雄浑、遒劲。小说正面刻画了陈柱司令、铁鹰队长、游击队员李三弟和崔长胜等新的农民形象。画面少修饰,结构是短篇连缀式的,更接近生活的原型。全书响彻英雄主义的音调。他还有《羊》《江上》等短篇集,塑造了东北下层人民质朴而坚韧的灵魂。以后又用近二十年之力,写出宏大的《过去的年代》(1936年以《第三代》为名出版第一、二部,到1955年以《过去的年代》为题修改出版全书),展现了20世纪初东北人民由农村自发反抗到城市有组织斗争的历史道路。作者在作品中对在东北特异环境中形成的"胡子"的特异性格做了精心的刻画,并展开了对各种类型的农民、妇女、知识分子不同性格的广阔

---

① 聂绀弩:《萧红选集·序》,《萧红选集》,北京:人民文学出版社1981年版,第2—3页。

描绘，企图对东北地区的"民魂"做有历史深度、广度的开掘。小说以题材的独创性、地方色彩的浓郁、生活画面的广阔、人物性格刻画的历史深度，对现代长篇小说艺术发展做出了贡献，理应受到更多的重视。

东北作家群里，以《鹭鸶湖的忧郁》走上文坛的端木蕻良（1912—1996）也是典型地表现出大地深情的流亡者文人，文学成就仅次于萧红。他的主要作品在抗战前都已酝酿成型，只是因长篇《科尔沁旗草原》的发表受挫，才使后收入《憎恨》集的各篇融和了粗犷与柔意的短篇小说先期登台亮相，而实际上它们都是东北荒原一系列的呼号。《鹭鸶湖的忧郁》是他的成名作，用诗情的笔法写出人民难以想象的贫穷，悲愤郁怒之情回荡在平静的叙述中，传达出遭受压抑的凄厉感。他还善于在抗日的题材下表现东北特殊的风情，《遥远的风砂》《浑河的急流》都有磅礴的气势，民族意识通过地方的豪放性格表露，野性的汉子与柔媚未驯的女性构成他小说雄浑的世界。端木蕻良的大部分作品因民族情绪和乡情双重地受到压抑，而在作品中用一种突出画面，突出有意味的瞬间景物、人事的方式，采用广阔的时代视角来表现大地与东北农民的血肉关系。后来发表的《大地的海》，除了面对民族敌人自我力量的觉醒，也有面对自然大地倾泻而出的强悍的人性。长篇《科尔沁旗草原》更是一个鸿篇巨制，史诗性的结构、气势和画面的急剧变换，把近代至"九一八"前夕东北草原首富丁府由盛而衰的历史纠葛，其后代丁宁作为旧家族制度的忏悔者、畸零者，大山作为反抗者的故事，用叙事诗的方式加以表现。端木蕻良的小说有英雄情绪，善于营造意象和气氛，注重方言的运用，叙述带跳跃性，用笔举重若轻，讲究力度，在小说体式上有新的创造。抗战时期他还出版了《大江》等长篇。另外的东北作家，舒群的名篇是《没有祖国的孩子》，骆宾基的长篇处女作是《边陲线上》。骆宾基（1917—1994）发表作品比上述作家略迟，跨抗战爆发前后的作品《边陲线上》叙事虽然芜杂，但故事充满史诗性，地主、农民的矛盾和一支抗日队伍包含的内外矛盾，被作者用大的手笔组织起来。这部小说预示了作者的未来，他到1940年代更有力作问世。

包括东北作家群在内的"左联"青年作家群是一支力量雄厚的队伍。小说家还有葛琴（1907—1995）、草明（1913—2002）、欧阳山（1908—2000）、荒煤（1913—1996）、奚如（1906—1985）等。"左联"外的罗淑（1903—1938），写有《生人妻》，被认为是左翼文学的成果。左翼小说继承"五四"传统将社会小说文体加以强化，以其阶级性、民族性的活力，吸引了当时激进文学青年中的英才,不仅有表现农村破产的乡土小说问世,也产生了将城市作为政治斗争舞台来看的都市小说。左翼小说家对小说文体也做了多方面的探索。社会剖析小说之所以成为当时现实主义小说中的"正格",是由于它概括社会生活的历史深广度,如前所述。在此大势之下,左翼文学在深化中又有变异,主导性的小说人物、环境的典型论和创作方法论,并没有束缚萧红、张天翼、丁玲、端木蕻良等一大批有才情的作家,他们在小说的抒情性质、讽刺性质和心理性质方面做出了细微而大胆的试验。萧红甚至把诗体小说推向"象征"层面。张天翼尝试过各种小说叙述"话语",认为模拟纯客观叙述可以用更多的对话,直视人物心理可以采用独白,述事话语与表意话语有各种搭配,口语叙述和文人语叙述也各有其长处。这样,左翼小说的各种"正格"的"变体"也经常出现,并不为怪。相对来说,左翼小说在形式方面偏于向外国小说学习,虽然提倡大众化,但在化解中国传统文学和民间文学以适应民众阅读方面,只能到 1940 年代的根据地乡村环境下才有所觉醒,这也是意味深长的。

二 京派小说与其他独立作家的小说

1930 年代远离当时的政治中心南京和文化中心上海而活跃于北方的京派作家,基础是文学研究会未南下的成员。文学研究会不在北方的小说家,有的成为左翼作家的台柱如茅盾;还有相当一部分思想进步、与左翼保持良好关系,但仍独立地坚持自己的人生派立场和现实主义风格,如叶圣陶、王鲁彦、王统照、许地山等。后者虽缺少左翼文学那种巨大的历史力量,却也受到时代潮的拍击,面对动荡不定的社会生活,加强了小说的现实表现深广度。

叶圣陶于 1930 年出版了他的《倪焕之》,与茅盾的《子夜》一道,成为现代长篇小说的真正开端。茅盾称誉《倪焕之》为"扛鼎之作",称赞它从一个广阔的背景来展现中国知识分子的历史道路。小说还塑造了倪焕之这一不可重复的"五四"理想主义者的典型形象,他的"理想主义"不仅内容(建设理想的学校和家庭)是"五四"式的,而且连精神特征都那样的纯洁、天真,一味沉溺于美好无邪的幻想,而绝不考虑社会环境与实现理想的现实可能性,都反映了"五四"历史青春期的特点。《倪焕之》仿佛是一个"五四"小说的小结,同时开启了下一阶段。在以后表现 1930 年代的作品里,叶圣陶在悲哀的平淡中,加进了饱含深意的讽刺性,《多收了三五斗》《李太太的头发》《英文教授》是其中的名篇。另外的作家王鲁彦更专注地描写最初感受到都市气息的浙江乡镇市民。短篇《桥上》《屋顶下》《李妈》等,都能将笔触深入农民在经济生活中表现出的民族性弱点上。他抗战前夕写出的《野火》是描绘农民逐步走向反抗的长篇。王统照1933年出版的《山雨》,通过自耕农奚大有被迫离开土地的遭遇,展现破产农民流入城市前后所发生的思想意识和心理变化过程。许地山除了《春桃》,这时期的重要作品是《铁鱼底鳃》,着力挖掘民族性格坚忍不屈的一面。这些自1920年代开始执笔的小说家与其后的京派,文学上的联系包括共同承继着"五四"时期"乡土文学"的传统,在表现中国农民的民族性格和南北方乡镇生活的解体上做出了开拓等等。但这时,京派开始全面地超出它的前辈了。

1930年代的京派以小说创作最显实绩,在沈从文前后涌现出一批具有相当活力的小说家。其中有前述以田园牧歌风著称的废名(冯文炳),有早期用本名王长简写出小说集《谷》而获《大公报》文艺奖金的芦焚。还有资深作家杨振声,其时主要精力虽已不再用于小说,但其文学教育和文学组织作用使得他的创作精神远播,起到不断凝聚京派内部的作用。加上林徽因、朱光潜组织的两个京派文学沙龙,把北京大学、清华大学、燕京大学几个大学的作者松散地组合起来,几代京派文人活跃在《现代评论》《水星》《骆驼草》《大公报·文艺》《文学杂志》这些重要的北方文学报刊上。于是,京派虽未明确发表宣言或结社,却实实在在地成为有别于左翼,又与海派对峙的一个鲜明的小说流派。

这个小说流派所显现的是乡村中国的文学形态。他们在工业文明缓慢侵入长江以北广袤、衰颓的宗法农业社会,近代的激进政治急剧地冲刷着传统文化堤岸的时候,从中国相对沉落的地区,由"常"观"变",提出其乡村叙述的总体。这些小说家虽然不乏学院派的文化精英,却热衷于发现各自的平民世界,除了沈从文的湘西世界,还有废名的黄梅故乡和京西城郊世界、芦焚的河南果园城世界、萧乾的北京城根的篱下世界等等。而城市的描写,则作为与乡村世界对立的人生,被纳入京派宏大的叙述总体之中。

京派小说统一的审美感情是诚实、从容、宽厚的。林徽因在《大公报文艺丛刊小说选》的"题记"中归纳了这一派别的创作特征,认为他们"趋向农村或少受教育分子或劳力者的生活描写",而"诚实的重要还在题材的新鲜,结构的完整,文字的流丽之上"。① 这种态度使他们善于发掘普通人生命的庄重和坚忍,特别能写出女性包括少女的纯良。在新旧变革的旋流里,由追寻逝去的美而表现出一种积极的怀旧气息。文化的保守主义使其避开当年激烈的政治斗争和直接的文学功利目的,以间离现实斗争为代价,取得某种文化批评的自由立场。京派主张个人的、充分个性化的文学,不是感情的狂放宣泄,而是情绪的内敛、理性的节制。

京派为现代小说提供了比较成熟的抒情体和讽刺体样式。关于小说的抒情性,包括作家主观体验的融入、纯情主人公的塑造、自然背景及象征的运用、散文化的笔调等等,小说注意自然生命之流注,注意气氛之营造。至于讽刺体,一般认为不是京派的特长。实际上,沈从文的《八骏图》《顾问官》、废名的《莫须有先生传》、芦焚的《百顺街》,均在政治讽刺之外,开辟出一条哀伤的、寓意的世态讽刺和风俗讽刺的路子来。京派小说还是一种意蕴深厚的文化小说。京派针对现代社会的道德沦丧,在作品里加强了对民族性格心理探求的深度,持久地将"民族品德的消失与重造"②这样严肃的"五四"国民性主题继承下来,不断对传统文化和民间文化发出呼唤,寻求回应。小说注重"回忆",忆及逝去的美,与眼前的现实进行对照;对平凡的人生命运投入极大的兴趣和审美的眼光,使得美由绚烂归于平静无奇,归于自然调和的形式。这样,京派小说经由稳重开放的学院文化,整合了传统与现代、雅与俗等各种因素,成为特具中国文化风貌的文学。

废名 1929 年从北京大学英文系毕业并留校教书时,已经出版了他的第一部短篇小说集《竹林的故事》,这属于他的早期乡土作品,如前所述。随后他开始陆续发表长篇代表作《桥》的一些篇章。1930 年创办《骆驼草》,刊物体现了周作人平淡隐逸的文艺思想,遂成为京派作家的一个阵地。这期间,他每年都卜居京郊西山,于是写出另一部重要长篇《莫须有先生传》。此时期出版的文学书籍,几乎由周作人包写序文。抗战胜利后写出自传性更鲜明的《莫须有先生坐飞机以后》。朱光潜肯定他"撇开浮面动作的平铺直叙而着重内心生活的揭露","偏重人物对于自然景物的反应","充满的

① 林徽因:《文艺丛刊小说选题记》,《林徽因全集》第 2 卷,北京:新世界出版社 2012 年版,第 44、46 页。

② 沈从文:《〈长河〉题记》,《沈从文全集》第 10 卷,太原:北岳文艺出版社 2009 年版,第 5 页。

是诗境,是画境,是禅趣"①,进而认定他的艺术个性与独特尝试的文学史意义。到了"莫须有先生"时代,废名由小说的诗化表现,进一步加入荒诞和讥刺。抗战之后关于"莫须有先生"的续写,由于现实的影响,审美情趣从探求人性的抽象存在又稍稍向社会人生偏斜。

理解废名,首先要读懂他所虚构的世界。与一般的乡土小说相比,《桥》不仅反映了乡村风景、风俗之美和人情之美,而且更透露出一种独有的人生态度和体悟生命的方式。在这里,废名早先对乡村小人物不幸的同情,已让位于对人间的"真"与"梦"的编织。县城里小林天真的乡塾生活及他与史家庄琴子两小无猜的岁月,长大后小林辍学还乡同未婚妻琴子和堂妹细竹三人的微妙感情关系,皆构成一个化外的牧歌世界,宁静、谐和、波澜不兴。并非乡村式的社会就没有冲突,单举书中的史家奶奶和长工三哑叔来说,他们都是饱经沧桑的人,但作者写来却只突出其自重、自爱、自然适意、返璞归真的性情和生活的形态。而茂林修竹仿佛也懂得这种纯真的境界,天人合一,物理和人情达到完美的和谐。这种对人生丑陋一面的有意规避,正反映了作者对人间纯美的向往,于乱世中有意采取执拗的童心视点。从人生困窘到乐天知命,所谓冲淡为衣,悲哀其内,已经不是纯粹的童心,却很容易与主张虚静的任机随缘的禅宗观念合拍,更何况废名是真正读经参禅打坐的。至于莫须有先生的形象,显然是作者自己与中国式堂·吉诃德的混合,隐逸的气息颇浓;其中又包含对乡下民性的观察、对禅化世俗的认同,以及运用貌似放浪的人物,来表现知识分子内心的忧郁。

相对来说,废名的小说样式恐怕要比他提供的对于人生的文学性阐释更为重要。他的"作为抒情诗的散文化小说"②总是尽量淡化戏剧型的故事,重在以简僻的留有涩味的词句来托出诗境。废名说:"旧诗的内容是散文的,其文字则是诗的","新诗要别于旧诗而能成立,一定要这个内容是诗的,其文字则要是散文的"。③ 这里谈的虽是诗歌,实质也是他把小说的灵魂理解成"诗",而将小说的文字写成散文的"夫子自道"。所以废名的小说与散文可以互换,无严格界限。这种小说在情绪上、炼句的讲究上、结构的片断性与留白上,都与传统文学有千丝万缕的联系。这就是废名一再申明

---

① 孟实(朱光潜):《桥》,《文学杂志》第1卷第3期,1937年7月。
② 汪曾祺:《作为抒情诗的散文化小说》,《上海文学》1988年第4期。
③ 废名:《新诗问答》,《人间世》第15期,1934年11月。

的用唐绝句的方法写小说的意思,它一方面造成了对小说成规的部分颠覆,另一方面创造了那种随叙述者的意识流动转换视角,插入心理性的跳跃词语,分解情节却扩散出多方面含义的文化味浓厚的小说样式。它还极富理趣,能将西方的现代哲学思想与东方的禅宗思想两相调和,反映了京派面对中西文化的特殊立场。

废名的散文化小说对京派文学的渗透力极大。正是他把周作人的文艺观念引至散文以外的领域加以实践。沈从文、何其芳、芦焚等比他稍晚的作家,都从他那里吸收过养料。像沈从文,以后成为更重要的京派小说坛主,克服了废名晦涩与狭小的局限,标志着京派的进步。1930年代中期继续效仿他的,有王坟(1911—1994)、李同愈(生卒年不详)等,1940年代有汪曾祺,显示了废名小说深远的文学价值。

萧乾(1910—1999)生于北京东直门里城墙根一带的贫民区,父母先后早逝使这个蒙古族后裔沦为了孤儿。这些经历,日后成为他全部小说创作的诱因。自1933年写出第一篇小说《蚕》,进入当时京派的文学圈,之后陆续发表小说,成为京派后起的青年作家。1935年于燕京大学毕业后,进入《大公报》社,接替沈从文编《文艺》副刊,出版了短篇《篱下集》《栗子》《落日》及自叙传长篇小说《梦之谷》。

萧乾早期的小说,都包含着"城中两个世界"的结构。虽然他没有沈从文、废名那种乡村经历,但他的第一步确实是从京派的文化氛围中走出来的。他是凭着一个城市中的"乡下人"的独特身份,从童年视角出发,写下了《篱下》《矮檐》等一系列短篇。单以这些中国语汇里人们熟知的"寄人篱下""在人屋檐下,怎敢不低头"所能暗示的意象和主题,就可以理解作者所要抒写的人间炎凉和不平等的遭遇了。而小说中无一例外的坚忍的"妈妈"形象(寡母或者弃妇),自然包含着作者对自己母亲的追忆。《印子车的命运》《花子与老黄》《邓山东》诸篇,显示出萧乾的人物描写功夫。这些城市下层的引车卖浆者流,一律典型地具有京派小说人物自爱、自重的性格。这里重要的是审美的距离。萧乾此类自传色彩很强的小说,都是"忧郁者的自白"①。自白,是主观感受很浓的文体,但经过作者的过滤、陶冶,设计了独立的叙述人,好像是在讲述别人的故事。忧郁者的感伤是强烈的,

---

① 萧乾写有《忧郁者的自由》,为《栗子》集的"代跋",见《栗子》,上海:文化生活出版社1936年版,第149—177页。

但又是健朗的、充满生气的。这样就加深了他小说的诗味。

一组宗教题材小说的出现，标志着萧乾批判社会的笔力的加强，这是指《皈依》《昙》《鹏程》《参商》各篇。他在北新书局当小伙计时读过的社会科学书籍，以及当时左翼的存在，固然是他的文化批判的锋芒偏离纯京派的一个原因，但他自小屈辱地接受基督教"恩惠"的具体经验终究是决定性的。沈从文和废名的小说也不乏宗教文化的渗透，尤其是废名，禅的参悟可直接发散为对文学、对人生的领会。而萧乾的"反宗教"的姿态，并不涉及宗教本身，只是他的贫富世界形象化的延长罢了：暴露中外"吃教者"的伪善面目，替和自己一样的"遭侮辱者"大鸣不平。此外的介入社会斗争的小说，还有表现"一二·九"运动中青年思想变化的《栗子》，以及以东北救亡运动为背景的《邮票》。这些作品离京派的味道最远，不过仍留下了作者思想动荡不拘的自叙的面影。

萧乾的爱情小说，从处女作《蚕》到他唯一的长篇《梦之谷》，显然都是他的经历的写照。他对爱情的体验，几乎构成他一切小说的感情基础，绝不仅仅对爱情题材起作用。萧乾表明了京派发展本身的多样性。晚出的京派作家，承接了京派传统和时代新意这样两个方面的促进力，京派的松散和宽大也允许每个作家独立地向前。

芦焚（1910—1988），1946年后使用另一重要笔名——师陀。他的创作的基本倾向属于京派，第一个短篇小说集《谷》以能深切表现北方农村的衰败，善于描写场景见长，具有悲哀的抒情气质。后来又有《里门拾记》《落日光》《野鸟集》等小说集。1936年赴上海，继而陷入"孤岛"长期蛰居。芦焚与沈从文、废名一样，突出自己的乡村文化背景。他也以"乡下人""土人"自居，说："我是从乡下来的人，说来可怜，除却一点泥土气息，带到身边的真亦可谓空空如也。"①当然，这不过是一个滞留城市却未能忘情于乡村出身的"叙述人"的自况而已。这叙述人看到一片北方的"废园"世界，为我们创造出"大野上的村落，和大野后面的荒烟"等特定的中原文学意象。对于芦焚，"知识者的还乡"就不仅是《春梦》里的青年尤楚和《掠影记》里的大学教师西方楚②，这些人物真有一次回乡的过程，实际上，他的全部作品都有

---

① 芦焚：《黄花苔·序》，《黄花苔》，上海：良友图书公司1937年版，第1页。
② 见《掠影记》之一《灵异》、之二《还乡》、之三《苦役》，连载于《文丛》第1卷第2—4号，1937年4—6月。《掠影记》似未入集。

这样一种潜在的"精神还乡"的结构。芦焚的小说又与沈从文、废名一样，擅长印象式的素描，写风景和写人，而自然界的荒凉与人事的辛酸是紧密交织的，在他身上已闻不到纯粹的牧歌气味了。那是一种中国箫笛的绵长的悲音，充满诗意，"诗意是他的第一个特征"①。由此，他的小说同散文也大都无截然的区分，可自然汇入京派的乡土抒情体而毫无愧色。

但芦焚在京派中也是有他的艺术个性的。第一，是芦焚的农村人物贫富的清晰度很明显。上等人就是上等人，下等人就是下等人，下等人里面贫苦的、愚昧的、朴素的、狡黠的，各占据自己的位置。《人下人》写叉头老叔，一个忠于主人却被全村人嘲弄仇视的农村长工形象，描写他痛苦的心理，在芦焚小说里是最像小说的一篇。第二，是讽刺的加重。由于芦焚的抒情性与讽刺的掺和，就增添了奇幻、神秘的气氛。像《无言者》(收入《无名氏》集)，写一个倒在战场上死去的士兵，想象家乡的保长如何派捐抢他家的羊，欺辱他的妻女。《百顺街》描写一条半现实半虚构的中国乡镇街市，讥刺统治者的跋扈与百姓的愚昧，环境及人物都使人想到整个民族的历史。所以，凡经作者点染的荒村、弃园、废宅，都是极具寓意的。某种程度的寓言化、象征暗示性、对现实的荒诞感受，正是他的世态讽刺的特色。第三，是小说的叙述更讲究。这里包括总体的"回叙"的品格、风俗的旁观叙述人的确立，以及多样的叙述角度的熟练运用。芦焚(师陀)沉思默想的叙事风格，是他作为京派小说家审美风格的具体体现，这一风格到 1940 年代有更进一步的展示。

其他的京派小说家如杨振声早期为新潮社成员，写有长篇《玉君》，表现渔民人性美好的短篇有《报复》《抢亲》《抛锚》等。

李健吾在话剧、评论、翻译和法国文学研究方面有许多成就，小说文名反而被掩。他的《终条山的传说》被鲁迅收入《中国新文学大系·小说二集》。1930 年代有《陷阱》《坛子》，显示出京派的特色在于平民化。长篇《心病》转换叙述角度，交叉运用意识流和日记体，富有现代性。

林徽因是一代才女，《九十九度中》为其小说代表作，写一个酷暑天北京胡同里形形色色的人生，被评论家认为受英国现代小说的影响，"把人生

---

① 刘西渭(李健吾):《〈里门拾记〉——芦焚先生作》,《李健吾创作评论选集》,北京:人民文学出版社 1984 年版,第 491 页。

看做一根合抱不来的木料"①。林徽因主张扩大短篇小说的表现功能,勿使其过于狭窄。京派文学的开放性,以及对平凡生活样式的重视,在林徽因这类名门闺秀型的文人身上体现得分外鲜明。她的《模影零篇》所含的《钟绿》《吉公》《文珍》《绣绣》诸篇,寄托着独特的生命体验,由命运不佳的人们反转到自身,感悟到年华易逝、美的短暂。

京派到 1940 年代,随抗战而风流云散了。但在大后方如西南联大,它的文学精神又在慢慢聚集、传播,最富代表性的便是汪曾祺等更年轻一代京派的出现。

此外,因小说《编辑室的风波》发表在文学研究会的刊物上而被收入《中国新文学大系·小说一集》,在此时期于四川一隅不懈耕耘,艺术上保持很大独立性的作家是李劼人(1891—1962)。他的创作也是人生派的延续,但未参与任何文学社团。李劼人亲历辛亥"保路运动"的全过程,"五四"时加入少年中国学会,后赴法勤工俭学。早在 1920 年代,即从事文学创作与法国 19 世纪名著的翻译。他在 1935—1937 年间,写了著名的连续性历史长篇小说《死水微澜》《暴风雨前》和《大波》,以四川为背景,描写自甲午战争到辛亥革命前后二十年间广阔的社会图画,具有宏伟的构架与深广度,被人称为"大河小说"。这三部作品中,《死水微澜》有突出的生活和艺术魅力。它描写甲午战争到《辛丑条约》签订期间,成都北郊一个小乡镇天回镇上,袍哥与教民两股力量的消长,表现帝国主义入侵中国后一潭死水似的现实如何掀起了微波,突现了封建主义与殖民主义两者对于中国社会的钳制。时代风云、地方习俗和人物的个人命运结合紧密,罗歪嘴、顾天成、蔡大嫂三个人物的刻画细致入微,对四川的风土人情与乡镇各阶层人物心理状态的描摹颇具匠心。尤其是蔡大嫂(邓幺姑)这个女性人物,由普通的农家出身,为挣脱穷困命运而嫁到乡镇,富幻想,知风情,爱上了男子汉气十足的袍哥罗歪嘴,且爱得泼辣大胆,显示出蔑视乡间礼教成规的生命活力。袍哥败于教会和官府的两面夹击,为了救丈夫、情人,她果断改嫁大粮户顾天成,表现出敢作敢为、不守成法又不甘心失掉浮华世界的复杂人格心理。李劼人的长篇,在结构、人物、语言各方面都得力于传统与地域文化知识修养的丰足,以及对左拉、莫泊桑的借鉴,但笔法较为琐屑。《暴风雨前》

---

① 刘西渭:《〈九十九度中〉——林徽因女士作》,《李健吾创作评论选集》,北京:人民文学出版社 1984 年版,第 454 页。

《大波》因生活积累不足以支持宏大的创作意图，读来便觉沉闷，显出艺术细节粗略的缺欠。但李劼人小说的史诗性质与世态描写的高度结合，是异常突出的。

三　海派小说

中国现代消费文化环境的形成，集中表现在1930年代的上海。在这之前，上海外滩的改造，工商经贸的世界化、现代化带动了以南京路为代表的四大公司百货业、游乐业、影院、舞厅的消费方式，四马路的现代书报业、出版业的发达，现代印刷厂的滚筒飞转给海派文学带来新的契机。最初的具有"现代质"的海派小说是由操新文学体而向市民读者倾斜的作家来写的。从接近市民这点来看，它们是接续着鸳鸯蝴蝶派的文学商业性传统再来突围，白话小说度过了其先锋时期，开始向通俗层面回落。于是，原先的纯文学作家如张资平、叶灵凤等，嗅到这种气息，便脱离社会小说的轨道，带头"下海"，成为新的海派作家。

初期的海派小说有下列特点：第一，是新文学的世俗化和商业化。它们受市民审美趣味的牵动，与政治性、社会性强烈的主流文学拉开距离，表现市民的衣食住行、人际关系，相当地生活化。小说注重可读性，迎合大众口味，是一种"轻文学"。第二，是过渡性地描写都市。这是指海派后来的发展，能在城市罪恶之中发现美，但初期对城市的认识是肤浅的。一支笔虽然已经伸进了新式饭店、赌窟、跑狗场等消费场所，可现代文明的体验不足，显露狂放颓荡有余，这样，沉醉于物质享乐又感到负罪，心理上是扭曲变态的。第三，是首次提出"都市男女"这一海派常写常新的主题。性爱小说成为海派表现现代人性的试验场，也是其归宿。由于西方唯美主义的影响，增添了当时理解的"性自由"的色泽，遂造成一种"新式的肉欲小说"。第四，是重视小说形式的创新。因为要表现的上海业已是一派洋气，也因为上海追新猎奇的风貌，在较快较早地输入20世纪各种外国文学新潮（尤其是唯美派和象征主义）的过程中，改变叙事切入的角度，尝试心理的、象征的、新鲜大胆的小说用语和多种多样的表达式，便成为这批作家的时尚。这当然就为以后的"新感觉派"的登场，准备好了条件。

张资平（1893—1959），在写出《苔莉》后与创造社闹翻，独自向海派发展。1928年后的四五年内，他以平均每年四部长篇的速度出书（一生写有长篇小说 24 部,短篇小说集 5 部),几乎清一色充满肉的气息,被鲁迅等冠以"三角多角恋爱小说家"的称号。较值得一看的作品是《最后的幸福》《长途》《上帝的儿女们》等。

张资平的海派性爱小说,是将创造社本来就有的青年苦闷源于经济和性的双重压抑的主题用滥,彻底地媚俗化。他有反映现代青年婚恋的一面,不过逐渐消退,而为了商业目的,公式化地利用色情因素"制造"小说的恶俗的一面,却日益增长。再看他的"性爱"内容,比起旧的市民言情体所增加的广泛的性心理描写,包括性烦闷、性病态、性怪癖、性猜疑、性虐待,以及各种婚外性恋心理的揭示,是对现代小说描写手段的增进。他对"性爱"本质的探寻,比如天赋性爱的权利、性爱的自然属性与社会道德的关系,构成对人的现代认识的一部分。但是,后来也差不多淹没在大量的低级趣味之中了。像无所不在的男性中心主义,要求女性坚守"处女宝"的封建残余思想,刻意描写性欲旺盛、专等男性来蹂躏的女人,滥用肺病、梅毒、乱伦等来加强作品的肉欲感,多角的两性故事的雷同,自己抄袭自己,都是张资平恶劣的地方。沈从文批评他造成了"新出版物"的"商业的竞卖","张资平的作品,得到的'大众',比鲁迅作品为多。然而使作品同海派文学混淆,使中国新芽初生的文学,态度与倾向,皆由热诚的崇高的企望,转入低级的趣味的培养,影响到读者与作者,也便是这一个人"①,措辞相当严厉。只有李长之肯定张资平提出中国现代青年婚姻问题并加以表现的正面意义,还从小说语言的变化上肯定他"是开始运用流利的国语写新小说的人"②。张资平反射出海派的驳杂,使新文学堕落和让商业文学获得某种新文学性同时并存,显示了海派的一条基本线索。

另一个色调复杂的海派作家叶灵凤(1905—1975),因发表《女娲氏之遗孽》成名。以后编辑过多种期刊,具有鲜明的都市先锋意识。主要的小说集有《菊子夫人》《鸠绿媚》《红的天使》《紫丁香》等。在报刊上连载过《时代姑娘》等三部通俗长篇。

叶灵凤是以感伤的恋情小说作为创作起点的,如《浪淘沙》等。这些作品一般都打着反禁欲主义和批判封建道德的旗子,那种流行的"后五四"色

---

① 沈从文:《论中国创作小说》,《沈从文全集》第 16 卷,太原:北岳文艺出版社 2009 年版,第 206 页。

② 李长之:《张资平恋爱小说的考察——〈最后的幸福〉之新评价》,《清华周刊》第 41 卷第 3、4 号合刊,1934 年 4 月。

彩是同张资平的早期情调相接近的。而且于两情描写之间,不时有性暴露、性挑逗的文字出现,也是两人的相似之处。不过,叶灵凤写作之初的幻美色调胜于张,《鸠绿媚》《落雁》是两篇现实、历史与梦境相混合的作品,浪漫主义与神秘主义兼而有之。张资平只有心理描写,叶灵凤却已经试用了心理分析,像《姊嫁之夜》《内疚》《摩伽的试探》,都是运用了弗洛伊德主义的。可以说,在新感觉派没有形成以前,叶灵凤是中国心理分析小说最早的推行者之一。1931年之后,叶灵凤追逐新的浪潮,大幅度地改变自己,伤感的悲情故事迅即被对都会时髦女性的动态刻画所代替,《紫丁香》《流行性感冒》《第七号女性》《忧郁解剖学》《朱古律的回忆》等,用跳动不定的充满感官刺激的意象,新奇的借喻,对话的暗示性、多义性,甚至分镜头剧本的直接插入等最现代的文体来写最现代的都市男女。其中极端开放型的女性形象,有《七颗心的人》里男人根本无法驾驭的典型——家里挂着七次叠印的全身 X 光摄影照片,自称"有七匹猫的温柔的性格"和"七颗最不可靠的女人的心"[1]的主人公。叶灵凤凭他的都市敏感,知道上海已出现了新的"族类",便发挥自己了解英法文学的特长,吸收西方现代派表现城市人的艺术经验,来开发新的小说品种。这类小说与新感觉派是相当接近的。当然,在叶灵凤的都市灵魂身上,现代狂放颓丧的背后,仍潜藏着一种旧式的温婉。所以当时就有人评论叶灵凤,说他是"用极骚杂的现代主义的形式来歌咏中世纪风的轻微的感伤"[2]。无论是新还是旧,他的性爱小说都是世纪病态的标本,拥有一部分城市白领阶层的读者。好像要把他的市场扩大到无边的大,叶灵凤又将上海的下层市民读者纳入视野,还写过通俗长篇小说《时代姑娘》《未完的忏悔录》《永久的女性》等。这些长篇基本上回到感伤爱情故事的路子,并无出色的文学表现。有人觉得他写这类东西是浪费精力,他回答说,为了那些"与纯正的文艺作品隔绝了的广大新闻纸读者","我的这一点牺牲是值得的"。[3] 可见他是有意为之。以一个不乏才情的海派作家,操"先锋文学"和"通俗文学"两端,齐头并进,他还真有其代表性。

其他写性爱小说的海派作品有曾虚白(1895—1994)的《三棱》,林微音

---

① 叶灵凤:《七颗心的人》,《六艺》创刊号,1936年2月。

② 江兼霞(杜衡):《一九三五年度中国文学的倾向·流派·与人物》,《六艺》创刊号,1936年2月。

③ 叶灵凤:《未完的忏悔录·前记》,《时代姑娘 未完的忏悔录》,北京:人民文学出版社1988年版,第138页。

（1899—1982）的长篇《花厅夫人》，章克标（1900—2007）的短篇《蜃楼》、长篇《银蛇》，曾今可（1899—1982）的短篇《法公园之夜》、长篇《多情的魏珊夫人》（即《死》），徐蔚南（1900—1952）的《都市的男女》等，都"喋谈性欲"，表明了海派的特色。从张资平到徐蔚南，从《真美善》到《狮吼》《金屋》等刊物，所集合的这群作家及其所创作的"性爱小说"，生逢其时。因那个年代正是上海这个中国现代情爱"试验场"初步成型的时候，以往的传统婚姻观念在"五四"时得到了一次瓦解，在形成浪漫主义的情结之后，现在又面临第二次的破坏。我们应当看到，左翼的"蒋光慈时代"，以及风行一时的"革命+恋爱"的文学描写公式，也是发生在此刻。中国爱情文化的现代滋生，是一个大环境，在这之下文学多肉的气息浅薄而具冲击力，就不奇怪了。相对而言，左翼小说里的人物在享受性爱的同时，深感有负革命，于是便产生了灵肉冲突。海派在享受现代物质文明和男女的性爱禁果时，有狂喜，有感官刺激的解放，又有精神的分裂和迷惘。其初期性爱小说突破了旧的言情体，给爱情小说增加了世纪末的颓废色彩，由唯美派接近世界文学的现代潮，从而为新感觉派写"性"提供了借鉴。

1930 年代在上海都市读者群中风靡一时的新感觉派，是第二代海派。新感觉派小说是中国最完整的一支现代派小说。它的登场，清楚地表明西方现代主义文学在中国的引入已然越过了初期，进而问鼎于独立的地位。对于海派自身来说，由于它与世界新潮文学携手，同步发展，也就终于冲出了旧文学、旧小说的藩篱，让市民文学越过仅仅是通俗文学的界线，攀上某种先锋文学的位置。

"新感觉派"的帽子，是当时的左翼文人给戴上的。1931 年，在施蛰存发表了他类似意识流和魔幻小说的《在巴黎大戏院》与《魔道》之后，楼适夷写文章批评说："比较涉猎了些日本文学的我，在这儿很清晰地窥见了新感觉主义文学的面影……"[1]他说的日本新感觉派，是指大约 1924 年兴起，围绕着东京的《文艺时代》杂志而聚集起一部分作家如横光利一、片冈铁兵、池谷信三郎、川端康成等，到 1927 年就基本消散了的文学流派。日本的这个派别是有组织有宣言有理论的。而中国的新感觉派小说仿效者，正是在1928 年后，于《文学工场》《无轨列车》《新文艺》《现代》这些刊物上活跃，发

---

[1] 适夷（楼适夷）：《施蛰存的新感觉主义——读了〈在巴黎大戏院〉与〈魔道〉之后》，《文艺新闻》第 33 期，1931 年 10 月。

挥他们的才情,好像是接续了外国文学流派的生命似的。应当注意的是,施蛰存本人从来不承认自己的新感觉派属性,他总是说刘呐鸥、穆时英两人确实是摄取了横光利一们的新感觉主义因素的,而他个人,"不过是应用了一些 Freudism 的心理小说而已"①。尽管如此,施蛰存从他的小说集《将军底头》《梅雨之夕》开始,创作风格确乎有了鲜明的现代派倾向,接受了弗洛伊德、霭理斯、施尼茨勒(施蛰存旧译为显尼志勒)的影响却是不争的事实。日本的新感觉派源于法国保罗·穆杭(现通译保罗·莫朗)的《不夜天》的激发,弗洛伊德的精神分析学更是现代派的理论基石,可见施蛰存的现代派根子是可与新感觉主义相通的。

这个新感觉派小说时期,上接 1920 年代末张资平、叶灵凤等的性爱小说的余续,下联 1940 年代以张爱玲为代表的沪港市民传奇,是海派承上启下极重要的一个阶段。新感觉派小说之"新"在于其第一次用现代人的眼光来打量上海,用一种新异的现代的形式来表达这个东方大都会"城与人"的神韵。

刘呐鸥(1905—1940)唯一的小说集是《都市风景线》,其中的短篇采用"新感觉体",把当时上海刚形成的现代生活和男女社交情爱场景尽情摄入。有人指出他"是一位敏感的都市人,操着他的特殊的手腕,他把这飞机、电影、JAZZ、摩天楼、色情(狂)、长型汽车的高速度大量生产的现代生活,下着锐利的解剖刀"②。这大体上是反映了他的小说面貌的。

《都市风景线》因能将本来植根于西方都会文化的现代派文学神形兼备地移入东方大都会,才审美地发现了上海的"现代性"。作者将叙述者的"感觉"上升到最显著的层面,推出了意识跳跃、流动的小说文体,使人耳目一新。刘呐鸥小说的意义在于说明:现代都市要用现代情绪来感受,都市男女的故事也不单单是猎取一点病态心理夸张地予以表现,而在于对城市人的生存处境细加体验。几篇写得有特点的小说,如《残留》运用内心独白,全篇意识流化,表明城市对人造成的极度压抑;《风景》写现代机械的直线和角度的压力,竟迫使人们逃离城市,企图去寻找赤裸裸的人间真实。这些作品都在证明,对于现代都市,再不能用鸳蝴派的陈旧暴露眼光来识别了。刘呐鸥所"感觉"到的上海,是五光十色的,又是混沌不清的,是充满活力

---

① 施蛰存:《我的创作生活之历程》,《创作的经验》,上海:天马书店 1935 年版,第 82 页。
② 此是刊物编者的评语,见《文坛消息》,《新文艺》第 2 卷第 1 号,1930 年 3 月。

的,也是冷漠、孤独、荒凉无边的。当然,这可能更接近现代物质文明下的都市本体。刘呐鸥的芜杂,以及在批判城市中迷失而缺少了真正的批判能力,差不多是他这一派的共同限制。至于刘本人,杜衡把他与穆时英做了区分,说"他的作品还有着'非中国的'即'非现实的'缺点。能够避免这缺点而继续努力的,这是时英"①,主要指他与中国现实结合得不够,洋味太浓。

穆时英(1912—1940),人称新感觉派的"圣手""鬼才"等,是风行一时的海派作家。他初期的作品收入《南北极》集,反映都市下层流浪汉的生活状态,叙述笔调虽短促别致,仍属于写实。从1932年起,写作新感觉主义的小说,有了《公墓》《上海的狐步舞》《黑牡丹》《白金的女体塑像》等作品,才完全显示出他的现代派品格。

穆时英是真正意义上的新式洋场小说家。因为充足的才气、无顾忌的描写,会让人觉得他有点"文字暴发户"的味道。他把新感觉派的文体发挥得淋漓尽致。他创造了心理型的小说流行用语和特殊的修辞,用有色彩的象征、动态的结构、时空的交错以及充满速率和曲折度的表达式,来表现上海的繁华,表现上海由金钱、性所构成的众声喧哗。穆时英等人的新感觉派小说,在现代文学史上第一次使都市成为独立的审美对象,可供品赏,同时进行一定的文化思索。《上海的狐步舞》是未完成长篇的一节,整篇的旨意是"上海,造在地狱上的天堂",却由无数条线索、无数个互不相干的故事构成,彼此没有直接的连续性,用的是"蒙太奇的语法"组接。《黑牡丹》写从都市逃离,其中关于动态的舞女生活的段落,表现了穆时英独特的感受。《夜总会里的五个人》好像是五个"声部"的回旋、汇聚。穆时英的小说,确实可说是现代的"有意味的形式"。他的城市意味比较复杂,总体还是批判性的,但一个个的局部,如夜总会、舞厅、饭店等,又呈迷醉状。这是他对物质文明、商业文明的一种双重的姿态,也是一种现代的姿态。

实际上,除了批判—迷恋,穆时英现代派十足的作品内面,始终还有第三重的审美意味,就是潜在的哀婉抒情气息。这是他作为中国文化传接者无法摆脱的。"抒情"不仅被他赋予了回忆往昔的题材如《公墓》《莲花落》,也贯穿在他的纯都市小说中。而且他随时又能把"抒情"一反,做激烈的动作性描写,讲究节奏,快速组接,像《上海的狐步舞》《红色的女猎神》那样,特别富于刺激。所以有人说他是"技巧派",沈从文说他"邪僻","所长在创

①　杜衡:《关于穆时英的创作》,《现代出版界》第9期,1933年2月。

新句,新腔,新境,短处在做作",同时推崇他的《五月》,说是"特具穆时英风,铺排不俗"。① 他的影响当时就十分显著,所谓"穆时英笔调",所谓"穆时英作风",一时风靡上海滩,从先锋型的大牌刊物,到商业性的画报、小报,都可见模仿他的文字。穆时英连同他的文字,都是带有传奇性质的。

施蛰存(1905—2003)第一个公开出版的短篇集是《上元灯》,其中大部分小说都是用怀旧情绪来表达少男少女初恋的诗意和小市民生活,出版后获得好评。1932年他主编《现代》,以写作《鸠摩罗什》为契机,之后有意识地运用精神分析学说来创作心理分析小说,遂同穆时英的新感觉派部分地合流。

施蛰存的心理分析小说在1930年代堪称独步。有历史题材的故事新编在前,如《将军底头》《石秀》《李师师》等,用精神分析来重新解释历史人物和事件。而《梅雨之夕》《狮子座流星》《春阳》这些篇什,心理分析更从尘封的故纸堆一直深入现代都市,深入女性的世界中去。应当说,现代环境下的男女发生的矛盾,是更适于窥视人性经久不息的涌动层面的。由人的内在生命来表现人性,表现男女情爱,就这样成了施蛰存小说的母题。这时期的作品主要收入《梅雨之夕》集、《善女人行品》集。这种文学要推行到市民群中去,势必要以新奇的趣味来取胜,所以,他的小说又不断改变手法,尝试新技巧,显得十分"不安分"。他写潜意识,写出了《夜叉》,写出了《魔道》;受爱伦·坡的影响写了《凶宅》,类似一种心理探秘,自己也跌进"魔道"吃了一惊,很快开始转向。他的《小珍集》里的一些优秀之作,就显示了某种回归写实、探索心理现实主义的新路途。

作为一个海派都市小说家,施蛰存还有一个特点,即根深蒂固的城乡二元倾向。他栖身于上海,但松江有老屋存焉,这是他的文学"后院"。他的早期小说有赖于对江南乡镇的回溯,已经显出与穆时英、刘呐鸥的差异。后来的心理分析小说脱去模仿的痕迹,成熟的代表作一律是由乡镇进入城市的那种"文化碰撞"的结构。《春阳》写为旧式婚姻牺牲了青春的中年乡镇富婆,在春天的阳光和商业大都会气息的诱发下,萌动的一次注定要失败的性爱心理。一个弗洛伊德心理小说的框架,却把社会变迁隐约地包含在人物心理变迁之中。十几年里上海的畸形繁荣,与其周边保守城镇的关系,就

---

① 沈从文:《论穆时英》,《沈从文全集》第16卷,太原:北岳文艺出版社2009年版,第233、235页。

包含在这春阳一日的变化之内。其他如《雾》《鸥》等,也是这样的结构。到他写集外的《黄心大师》等作品,乡村和民间的影响便再一次浮现出来。可以说,施蛰存城乡共有的"情结",贯穿了他的文学全程,并保证了他的创作拥有一贯的气息。他是最早认识到现代派需有中国特色的一个作家,并付诸实践。他评价自己给中国小说带来什么新的东西时说,他是"把心理分析、意识流、蒙太奇等各种新兴的创作方法,纳入了现实主义的轨道"①。这是公允的说法。

真正称得上"新感觉派"后续作家的,是黑婴、禾金。黑婴(1915—1992)生于印度尼西亚,只身来到上海,入暨南大学外语系,不久开始创作,发表《五月的支那》等小说。起初他并无"新感觉派"的性质,收在《帝国的女儿》集子里的作品都是忧郁地叙述海外游子对破败故地的忆念,不过已能看出内部有感伤诗质的存在。此类浪漫性,是很容易通向现代主义的。以后,他的流离感就蔓延到他寄寓的上海来了。这部分新感觉体的小说,几乎未及入集。1933年的《一○○○尺卡通》,及以后的《雷梦娜》《伞·香水·女人》《咖啡色的忧郁》等,叙述的文体明显发生了转换,频繁出现跳动的节奏,连题目都越来越都市化,其中的不幸男女,尤其是女人中的舞女、妓女、侍女,均变成了故事的主角。他本来就擅长写上海的"流浪族",写都市遭欺侮、遗弃的一群,这时候更加进新的分子,即出现了适应都市、报复都市的摩登女郎,如《女性嫌恶症患者》《回力线》里所写的。② 黑婴的新感觉主义倾向,使他的都市流浪女形象终于演变成了都市的女主人。他的这部分小说的影响,比早期作品要大。

禾金的生平不明。他的小说发表于1930年代中期,属新感觉派的余光。其《副型爱郁症》发表以后,受本派同人赏识,被认为"足以使一般徒负虚名的老大作家吃惊并惭愧"③。禾金的现代性非常显著,他的主题是"一切现代的都是病态的",由此引发全部的冲突。他具有十足的穆时英风,也是一种感伤的现代主义的品格。《造形动力学》《副型爱郁症》里的女性,或开放或"左"倾或忧郁而亡,显示了都市的某种生存环境。有趣的是这一环

---

① 施蛰存:《关于"现代派"一席谈》,1983年10月18日《文汇报》。

② 黑婴的这些小说先后发表于1933—1935年的《新时代》《文艺月刊》《小说》《文艺画报》各刊物上。

③ 江兼霞(杜衡):《一九三五年度中国文学的倾向·流派·与人物》,《六艺》创刊号,1936年2月。

境里的人所读的文学作品正是《都市风景线》(刘呐鸥)、《公墓》(穆时英)、《紫丁香》(叶灵凤),划定的是海派的自足圆圈。《蝶蝶样》揭示都市之子的叛逆心理,一方面是对凶狠社会的可怕的仇视,一方面依然不能摆脱有闲者所创立的生活情趣。这造成都市人的复杂性格。禾金的作品虽然不多,但文体形式颇讲究,包括感觉型句子的排列、浓冽的低回调子的酝酿、电影镜头式的不断切割,都用得极娴熟。不过他的缺欠也在这里,他太像穆时英,便很难超出穆时英了。

新感觉派的小说,是海派发展中的重要一支,是它把文学中"都市"的地位提高了。小说里不仅有都市中的人,还有人心目中的都市。用外国的现代派文学来调适中国小说的现代性,受到上海的大学生和写字间职员读者群的青睐,这样才把现代话语传播到一部分市民当中去。海派经过新感觉派的这次加入,得以提高、重塑,先锋意识和由来已久的通俗意识有可能找到一些聚合点,于是向 1940 年代的新市民小说迤逦流去。

1930 年代是中国现代小说确立后进一步深化并求得发展的时期。历史品格浓厚的长篇占主导,诗体长篇也同时出现,无论哪一种都突破了单线条的传统长篇体制。短篇在"横截面"体完善的同时,又追求片段的完整性、印象的统一性及无限开放地摄取人生和内心的深广性。写实小说有散文化变体,也有人物高度典型化、集中化的佳作。抒情小说由直抒胸臆向创造诗的意境进而向 1940 年代小说的哲理诗情方向发展。讽刺小说有严正的政治抨击、批判,也有更喜剧化的风俗讽刺、幽默讽刺。历史小说更是门类齐备,流派纷呈,社会派、浪漫派和心理分析派俱全,也从一个角度反映出 1930 年代小说主流体式明显,且多样变化、不拘成规,这成为繁盛发展期的总体特点。

附录　本章年表

1928 年

1 月始　叶圣陶(叶绍钧)《倪焕之》(长篇)连载于《教育杂志》第 20 卷第 1—12 号。

同月　方璧(茅盾)《王鲁彦论》发表于《小说月报》第 19 卷第 1 号。在这前后他还发表过《鲁迅论》《读〈倪焕之〉》《女作家丁玲》《庐隐论》《冰心论》《落华生论》等一系列小说作家作品论。

2 月　废名《桃园》集由古城书社出版。

同月　丁玲《莎菲女士的日记》发表于《小说月报》第 19 卷第 2 号。

4 月　洪灵菲《流亡》(长篇)由现代书局出版。

5 月　鲁彦《黄金》集由人间书店出版。

9 月　钱杏邨《义冢》集由亚东图书馆出版。

同月始　龚冰庐《炭矿夫》连载于《创造月刊》第 2 卷第 2—4 期。

10 月　丁玲《在黑暗中》集由开明书店出版。

1929 年

1 月始　巴金《灭亡》(长篇)连载于《小说月报》第 20 卷第 1—4 号。

4 月　张天翼《三天半的梦》发表于《奔流》第 1 卷第 10 期。

同月　左翼文艺界批评蒋光慈《丽莎的哀怨》。

5 月始　老舍《二马》(长篇)连载于《小说月报》第 20 卷第 5—12 号。

7 月　茅盾《野蔷薇》集由大江书铺出版。

8 月　胡云翼编《西泠桥畔》集由北新书局出版。

11 月　柔石《二月》(中篇)由春潮书局出版。

1930 年

1 月始　丁玲《韦护》(长篇)连载于《小说月报》第 21 卷第 1—5 号。

2 月　建南(楼适夷)《盐场》发表于《拓荒者》第 1 卷第 2 期。

3 月　柔石《为奴隶的母亲》发表于《萌芽月刊》第 1 卷第 3 期。

同月始　蒋光慈《咆哮了的土地》(长篇前十三章,后改名《田野的风》)连载于《拓荒者》第 1 卷第 3 期和第 4、5 期合刊。

4 月　沈从文《丈夫》发表于《小说月报》第 21 卷第 4 号。

同月　刘呐鸥《都市风景线》集由水沫书店出版。

5 月　茅盾《蚀》(《幻灭》《动摇》《追求》三部曲)由开明书店出版。

同月　华汉(阳翰笙)《读了冯宪章的批评之后》发表于《拓荒者》第 4、5 期合刊,批评蒋光慈《丽莎的哀怨》和《冲出云围的月亮》。

6 月　胡也频《到莫斯科去》(中篇)由光华书局出版。

10 月　胡也频《光明在我们的前面》(长篇)由春秋书店出版。

同月　施蛰存《将军底头》发表于《小说月报》第 21 卷第 10 号。

同月　华汉(阳翰笙)《地泉》(《深入》《转换》《复兴》三部曲)由平凡书局出版。

1931 年

1 月　穆时英《南北极》发表于《小说月报》第 22 卷第 1 号。

3 月　张天翼《二十一个》发表于《文学生活》创刊号。

4 月始　巴金《家》(长篇)连载于 18 日至 1932 年 5 月 22 日上海《时报》。

同月　冯铿《红的日记》发表于《前哨》创刊号。

6月　鲁彦《童年的悲哀》集由亚东图书馆出版。

9月始　丁玲《水》连载于《北斗》第1卷第1—3期。

10月始　巴金《雾》(中篇)连载于《东方杂志》第28卷第20—23号。

1932年

1月　穆时英《南北极》集由湖风书局出版。

5月　丹仁(冯雪峰)《关于新的小说的诞生——评丁玲的〈水〉》发表于《北斗》
第2卷第1期。

同月　葛琴《总退却》发表于《北斗》第2卷第2期。

同月始　巴金《春天里的秋天》(中篇)连载于23日至8月3日上海《时报》。

7月　茅盾《林家铺子》发表于《申报月刊》创刊号。

同月　华汉(阳翰笙)《地泉》由湖风书局再版,瞿秋白、郑伯奇、茅盾、钱杏邨、
阳翰笙分别写序,总结"革命文学第一期"创作的经验教训。

10月　沙汀《法律外的航线》集由辛垦书局出版。

11月　茅盾《春蚕》发表于《现代》第2卷第1期。

12月　艾芜《人生哲学的一课》发表于《文学月报》第1卷第5、6期。

同月　郁达夫《迟桂花》发表于《现代》第2卷第2期。

1933年

1月　茅盾《子夜》(长篇)由开明书局出版。

3月　施蛰存《梅雨之夕》集由新中国书局出版。

4月　落华生(许地山)《解放者》集由星云堂书店出版。

5月　萧红《王阿嫂的死》发表于哈尔滨《国际协报·副刊》。

6月　叶紫《丰收》发表于《无名文艺月刊》创刊号。

同月　穆时英《公墓》集由现代书局出版。

7月　叶圣陶《多收了三五斗》发表于《文学》创刊号。

同月　艾芜《咆哮的许家屯》发表于《文学》创刊号。

8月　老舍《离婚》(长篇)由良友图书公司出版。

9月　何谷天(周文)《雪地》发表于《文学》第1卷第3号。

同月　杨镜英(叶紫)《王伯伯》(后更名《电网外》)发表于《文学新地》创刊号。

同月　王统照《山雨》(长篇)由开明书店出版。

10月　靳以《圣型》集由现代书局出版。

同月　萧军、萧红《跋涉》集由哈尔滨五画印刷社出版(自费刊印)。

同月　鲁彦《屋顶下》发表于《文学》第1卷第4号。

11月　沈从文《月下小景》集由现代书局出版。

1934 年

1 月　吴组缃《一千八百担》发表于《文学季刊》创刊号。

3 月　艾芜《山峡中》发表于《青年界》第 5 卷第 3 号。

4 月　郭源新(郑振铎)《桂公塘》发表于《文学》第 2 卷第 4 号。

同月　张天翼《包氏父子》发表于《文学》第 2 卷第 4 号。

同月　吴组缃《天下太平》发表于《文学》第 2 卷第 4 号。

同月　吴组缃《樊家铺》发表于《文学季刊》第 1 卷第 2 期。

7 月　落华生(许地山)《春桃》发表于《文学》第 3 卷第 1 号。

同月　吴组缃《西柳集》由生活书店出版。

同月　穆时英《白金的女体塑像》集由现代书局出版。

10 月　沈从文《边城》(中篇)由生活书店出版。

同月　老向《庶务日记》由时代图书公司出版。

11 月　欧阳山《七年忌》发表于《文学》第 3 卷第 5 号。

1935 年

3 月　叶紫《丰收》集由容光书局出版,为"奴隶丛书"之一。

5 月　茅盾《〈中国新文学大系·小说一集〉导言》收入《中国新文学大系·小说一集》,由良友图书公司出版。

7 月　鲁迅《〈中国新文学大系·小说二集〉导言》收入《中国新文学大系·小说二集》,由良友图书公司出版。

同月　张天翼《清明时节》(中篇)发表于《文学》第 5 卷第 1 号。

8 月　萧军《八月的乡村》(长篇)由容光书局出版,为"奴隶丛书"之一。

9 月　丘东平《沉郁的梅冷城》集由天马书店出版。

11 月　郁达夫《出奔》发表于《文学》第 5 卷第 5 号。

12 月　艾芜《南行记》集由文化生活出版社出版。

同月　萧红《生死场》(长篇)由容光书局出版,为"奴隶丛书"之一。

1936 年

1 月　鲁迅《故事新编》集由文化生活出版社出版。

3 月　萧乾《篱下集》由商务印书馆出版。

4 月　萧红《手》发表于《作家》创刊号。

5 月　舒群《没有祖国的孩子》发表于《文学》第 6 卷第 5 号。

同月　芦焚(师陀)《谷》集由文化生活出版社出版。

6 月　沙汀《兽道》发表于《光明》创刊号。

同月　老向《黄土泥》集由人间书屋出版。

7 月　沙汀《土饼》集由文化生活出版社出版。

同月　李劼人《死水微澜》(长篇)由中华书局出版。

8月　端木蕻良《鹭鸶湖的忧郁》发表于《文学》第7卷第2号。

9月始　老舍《骆驼祥子》(长篇)连载于《宇宙风》第25—48期。

同月　罗淑《生人妻》发表于《文季月刊》第1卷第4期。

10月　萧红《牛车上》发表于《文季月刊》第1卷第5期。

11月　万迪鹤《达生篇》集由文化生活出版社出版。

12月　李劼人《暴风雨前》(长篇)由中华书局出版。

1937年

1月　周文《烟苗季》(长篇)由文化生活出版社出版。

同月　周文《在白森镇》(长篇)由良友图书公司出版。

同月　芦焚(师陀)《里门拾记》集由文化生活出版社出版。

同月　李劼人《大波》(上)(长篇)由中华书局出版。

2月　萧军《第三代》(长篇之第一部,后改名《过去的年代》)由文化生活出版
　　　社出版。

4月　李劼人《大波》(中)由中华书局出版。

5月　鲁彦《野火》(长篇)由良友图书公司出版。

7月　李劼人《大波》(下)由中华书局出版。

同月　沙汀《苦难》集由文化生活出版社出版。

知识点

必读作品与文献

思考题

第十五章　市民通俗小说（二）

　　1920 年代末到 1930 年代的市民通俗文学,处于一个全新的时期。"五四"精英文学这时已经完全站住了脚跟,并进而成为真正的文学主流,已不把旧通俗文学看作自己的主要竞争对手。新文学的眼光开始向内,它自身内部的流派社团间的斗争、左翼与非左翼的斗争、京派与海派的斗争、新进与守成的斗争,遂成为发展的动力。大规模地批判旧派小说和鸳蝴派文学的高潮已然过去。但这并不意味着精英文学掌握了全部读者和文学市场。

　　事实是,无论是上海还是北平、天津这样的城市,旧派小说仍然拥有一定的市民读者,而且市民读者也在发生变化。晚清入新式学堂读书的少年,一批一批成了有文学阅读能力的成年人,实实在在地刺激了市民文学的新生长。市民中老派、新派的比重也不会一成不变。在此情境下,市民通俗小说不会安于现状,它经过一段时间在许多大小报刊有了自己的地盘之后,具有全国影响力的通俗文学大家崛起了,那便是张恨水在这一阶段的出现。而且四大通俗小说类型中,社会言情和武侠两类也已占有绝对的上升地位,北派在这些领域里都有不小的成绩。

一　雅俗互动的文学态势

　　现在我们很难提供一份准确的统计资料,来揭示 1930 年代新文学的先锋小说和市民通俗小说,在出版种类、发行总数方面的比重的真面目。据现有的几种工具书所登录的小说出版数字大致测算,大概是三比一或二比一的样子。① 按这样的比例,说旧体和鸳蝴作品偃旗息鼓已经是想当然了。不过这数字肯定误差仍大,因以往对通俗文学存在偏见,一般公共图书馆馆藏的此类书籍缺漏较多。如《中国现代文学总书目》1930 年所登录的通俗

---

　　① 根据《民国时期总书目:1911—1949》(文学理论·世界文学·中国文学,书目文献出版社 1992 年版)、《中国现代文学总书目》(福建教育出版社 1993 年版)、《中国现代文学词典》(小说卷,广西人民出版社 1989 年版)这三种工具书,对 1927—1937 年新文学体小说和章回体、笔记体小说的数量做抽样调查,结果为三比一或二比一。

小说(包括武侠小说)总共才40余种,大大低于先锋类作品的数目。而茅盾作为当事人在当时便说:"一九三〇年,中国的'武侠小说'盛极一时。自《江湖奇侠传》以下,摹仿因袭的武侠小说,少说也有百来种罢。"①可见通俗文学的涵盖面是相当大的。而新文学作家这时也开始认识到自己远没有掌握大众读者。

先是左翼文学因政治的需要,对"五四"文学进行反省,认为自己没能掌握下层读者是绝大的缺失,一再地进行"大众化"的讨论。瞿秋白写了《普洛大众文艺的现实问题》《大众文艺的问题》,鲁迅写了《文艺的大众化》《门外文谈》,茅盾写了《问题中的大众文艺》《"连环图画小说"》等,提出要运用"旧形式"和"大众语",以便将革命文学伸向群众。不过提倡归提倡,真正拿得出来的通俗作品不多,如欧阳山(罗西)对"大众小说""方言小说"的尝试,瞿秋白仿通俗歌谣体写的《东洋人出兵(乱来腔)》《上海打仗景致》等。这些作品实际都有一定的市民性,但是否能被市民大众接受是值得怀疑的。它们毫无市民通俗文学应具备的娱乐功能,倒是很有形式探索的性质。它们是"虚拟"的大众精神食粮,并不能占领通俗文学的市场,也构不成对已有市民通俗文学的"威胁"。这仅仅是1930年代政治型的"雅"文学自觉向"俗"移动的一种愿望罢了。

真正具备由"雅"向"俗"移动的实践性的,是先锋文学内部产生的海派。其中,像张资平、叶灵凤等所做的,是大名鼎鼎的创造社成员"下海"直接从事通俗小说的实际写作,一直到这一时期末写出《鬼恋》的徐訏。他们代表着先锋文学为争得知识者以外的读书市场而创作都市通俗读物的倾向,这与章回小说作家(经常也被称作"海派",准确地说是"老海派")发生了竞争关系。海派中还有新感觉派小说出现,证明市民读者群在1930年代有了变化。随着上海等现代都市市民文化消费水平的提高,一部分读者已不完全满足于旧派通俗文学,才在城市里酿成"穆时英风"的读书市场效应。这在本书第十四章"海派小说"一节已有详述。"新海派"占去了市民通俗文学的部分领地,但也为新文学拓宽了原先就已经不小的大众文学市场,让自己伸向更广阔的天地。

于是,这种由"雅"及"俗"的形势,必然刺激市民通俗文学。随着新文

---

① 茅盾:《封建的小市民文艺》,《茅盾全集》第19卷,北京:人民文学出版社1991年版,第368页。

学部分地"俗"化,通俗文学在向新文学和外国文学学习的过程中,不断提高自身的品位,反过来由"俗"及"雅"。张恨水、刘云若等便是其中的佼佼者。雅俗互动的过程并不平衡:通俗的"雅化"是悄然进行的;新文学争夺大众的声势在抗战以前"雷声大,雨点小";张资平等的"俗化"受到严厉斥责,被认为是新文学的"堕落";而当时北方的京派文学却我行我素,不受市场牵制,执着于其纯文学化的努力。就在这样的形势下,市民通俗小说进入它缓慢的却也是有效的新旧转换阶段。

二　张恨水等言情写实小说的俗雅融合

市民通俗文学取得"现代性"的过程是一种渐变。这与1930年代中叶以上海为标志的现代性都市的基本成型,有着不可分割的关系。如果从旧派文学里面是否出现一星半点的"现代"因素去考察,当然可以由晚清小说谈起,或由民国小说谈起。但是,真正的"现代通俗性"若要占取优势,至少要等现代通俗文化环境在中国个别的发达都市先期形成(还不要说内地大量的农业性城镇仍然存在),现代的以城市公务员、职员、店员、新式市民为主体的通俗文学读者群出现。因此不能过早地估计旧派通俗文学大规模取得新的"现代质"的时间。1930年代也只是"社会言情小说"一枝独秀,带头进入现代小说的行列罢了。

张恨水其时发展成为社会言情小说的集大成者。经过自觉改革,他创立了现代性的章回小说体式,也就成了现代通俗文学的大家。这是由张恨水的独特立场所造成的。一方面,他的文学观念里始终不放弃章回小说的形式和通俗文学的娱乐性,他说:"我一贯主张,写章回小说,向通俗路上走,决不写出人家看不懂的文字。"认为"中国的小说,还很难脱掉消闲的作用"。而另一方面,他又发问道:"我们是否愿意以供人消遣为已足?"他认为大多数的作者"决不能打肿了脸装胖子,而能说他的小说,是能负得起文艺所给予的使命的"。① 他立足章回体而不断拓宽其功能,追求新的潮流,不甘落伍。他让章回小说能容纳不同时代的题材内容,注意章回的回目格式的变化,尝试过言情以外的武侠、侦探、历史、讽刺、幻想、荒诞等各种写法,以把章回体小说调适成一种富于弹性的新旧皆宜的文体,并不是只能用

---

① 张恨水:《我的写作生涯》,成都:四川人民出版社1981年版,第109、101页。

来写鸳蝴式的故事。《金粉世家》便是他试图调适鸳蝴派章回小说的起始。

《金粉世家》从1927年边写边在《世界日报》连载，到1932年历时五年写毕，是张恨水第一部具有现代意义的通俗巨制。更早的《春明外史》还有融化各种独立的故事将其合成长篇的显著痕迹；《金粉世家》则是有先一步的统一构思。过去的连载通俗长篇都是边登、边写、边想，有时写到后面忘掉前面，把前后人物搞错的事时有发生。张恨水自述写《金粉世家》："在整个小说布局之后，我列有一个人物表，不时的查阅表格，以免错误。同时，关于每个人物所发生的故事，也都极简单的注明在表格下。这是我写小说以来，第一次这样做的。"①这是新文学作家惯用的写作方法，可以保证长篇结构的完整划一。《金粉世家》写京城三世同堂的国务总理金家，以其七少爷金燕西和出身寒门的女子冷清秋的婚姻悲剧为主线，穿插与金家有关的百十个人物，写出巨宦豪门一朝崩溃，整个家族便"树倒猢狲散"的结局。所写故事并非纪实，"《金粉世家》，是指着当年北京豪门哪一家？'袁'？'唐'？'孙'？'梁'？全有些像，却又不全像"②。作者的自述已经道出，小说纯是虚构，已经具有一定的典型性。可见这部小说从构思的阶段开始，就不是为言情而言情了，它着眼于大家庭腐朽过程的描绘，既不是单纯的暴露，也不沉醉于富丽生活的渲染（金、冷结婚的铺张还是有这种影子，但全书的中心点并不俗气），而与一般市民通俗小说不同，在故事中尽力开掘对社会、对人生的认识。它对金家家族内部的刻画，主要不是放在昏聩保守方面。因近代官僚是封建性和资产阶级性兼有的，家长甚至还有开明的成分，但子弟的不肖，根深蒂固的封建纨绔性，促成了家族的迅速衰落。这种分析虽不够彻底，终究已使故事不至于浮在表面。冷清秋的悲惨命运，书中解释为"齐大非偶"，流露出通俗作者常有的陈腐小市民见解，但是，全书对平民女子才艺、诗情、操守的由衷赞美，寄托了对东方式玉洁冰清的女性传统风范的倾心。小说充溢着一种道德理想，以及这种道德理想受到现实无情摧残后引发的伤痛感慨。至于书中人物描写的细致入微，由倒叙开头的结构，百万字小说的结尾呈半开放式的状态，都超出了一般章回小说的格局，而与新文学作品打通了。所以，作为表现大家族的小说，《金粉世家》不仅常被论者拿来与《红楼梦》相比，还被平行地与巴金的《家》做比较。《家》和《金

---

① 张恨水：《我的写作生涯》，成都：四川人民出版社1981年版，第42页。
② 同上书，第40页。

粉世家》写旧家族的溃败，显然有激烈与温良之分，有雅俗之别，但都是经典的现代小说巨制之一。

到发表《啼笑因缘》，这个北方的故事却在 1930 年的上海《新闻报》上一气呵成地连载完毕，在南方市民层引起轰动，奠定了张恨水作为全国性市民通俗小说大家的名声，就毫不奇怪了。《啼笑因缘》能打入老牌的上海鸳鸯蝴蝶小说市场是因为它超越了鸳蝴。作者自己分析过这部代表作成功的原因："在那几年间，上海洋场章回小说，走着两条路子，一条是肉感的，一条是武侠而神怪的。《啼笑因缘》，完全和这两种不同。又除了新文艺外，那些长篇运用的对话，并不是纯粹白话。而《啼笑因缘》是以国语姿态出现的，这也不同。"①此作的整体情调仍是通俗叙事，为广大市民读者所接受且能令人耳目一新正是它的高明处。于是《啼笑因缘》创了市民读物畅销的纪录，在作者生前就印行了二十多版，达十几万册。续作也迭出，有《续啼笑因缘》《新啼笑因缘》《啼笑因缘三集》《反啼笑因缘》等，以致迫使作者违背初衷也续写了十回。

综观《啼笑因缘》全书，小说写的是平民少爷樊家树与天桥唱大鼓书的少女沈凤喜的爱情悲剧。除了主要的情节线索，摩登女郎何丽娜、侠女关秀姑的插入，使故事平添了都市的富丽场景和乡间的传奇色彩。刘将军强夺沈凤喜，及沈凤喜禁不住诱迫背叛樊家树的描写，是最重要的一笔。一般这种小说的"谴责"笔墨，总是廉价地同情女主人公的命运，将过错罪恶推向恶社会和恶人就完了。张恨水一反通俗写法，将笔伸入女主人公的心灵深处，对沈凤喜柔弱虚荣的性格、天真薄弱的意志、反反复复的心理进行了深入描写。这就必然胀破旧章回小说的框架、容量，在体式内提出张恨水小说特有的中国现代都市生活与传统道德心理相互冲突的主题。唯其表现的现代都市属于北方封建残余力量较强的地区，这种冲突的"中国特色"尤其鲜明。对官、商两类加在平民身上的都市邪恶势力的表达，作者总是偏于官的一方，如军阀势力对沈凤喜的残害，属于通俗式的解释。作者的同情心当然在弱女子一面，而沈凤喜受到樊家树的喜爱，能胜过充满"洋化"气味的何丽娜，而何丽娜一旦抛弃繁华尘世、归隐学佛，反倒有了与樊家树结合的可能，这都蕴含了作者对传统文化在现代之失落的一种惋惜、回顾的复杂心态。沈凤喜的陷身，与城市环境对她的戕害有关，但她的出身、职业、教养造

---

① 张恨水:《我的写作生涯》，成都:四川人民出版社 1981 年版，第 45 页。

成她可悲的性格,这又是市井文化的阴暗面。作者能看到这一点,便也保持了对传统的清醒态度。

《啼笑因缘》在社会言情外,又渗进了"武侠"因素。虽然起初是应南方报纸编辑的要求而加写关寿峰、关秀姑父女的,但这不是一个无意的试验。张恨水以一个南方文人身份久居京华古都,其通俗文学的北方气质被南方文化接受并加以调理后所形成的特色,也是他的魅力之一。所以他的文字也像"言情"掺和了"侠义",细腻中挟带了豪爽。他所操的文学形式,质和体都属于章回,但慢慢越来越不像原先的章回:结构不再是一段一段的,而按照原意有一个全开放的不交代主人公结局的非鸳蝴式结尾;人物心理描写复杂了;风俗描写、风景描写、环境描写,以书中的天桥景致为代表,可直逼西方小说的笔法,但全书细细叙事的传统声口和文化气味仍是浓厚的。

抗战时期的张恨水,对章回体小说的改良和完善又有了新的进展。以《丹凤街》《八十一梦》为代表的写实精神高扬的作品,表现出张恨水更进一步的雅俗结合(两部小说都只有拟白话的简短章名)。《丹凤街》又名《负贩列传》,是专门为下层的肩挑小贩们立传的。它写以菜贩子童老五为首的一群民间义士,如何救助被卖给赵次长做姨太太而跌入火坑的秀姐。他们虽然失败了,但那一点正义的疾恶如仇与重许诺、轻生死的品质和传统美德,却保留了下来。此书言情的成分大大压缩,不是武侠题材,却用民间的"侠义"思想贯穿。《丹凤街》于1940年开始陆续发表,在抗战环境下把这类经过调适的"侠义"精神提高了加以表现,显然是有积极的现实意义的。这是张恨水爱国主义分外高涨的时期,他使章回体贴近现实,反映现实的作用也发挥得淋漓尽致。《八十一梦》是一部社会讽刺幻想小说,1943年成书,实际只写了十四个梦,对国难期间大后方的种种丑陋现象做了奇特的观照。它有"谴责小说"的暴露意味,想象的依据不出神话传说、历史典故、古代文学的范围(个别的外国人物也有出现)。"寓言十九,托之于梦",是古小说中已有的写法,但它应用于张恨水之手有暴露也有反省,对当政的腐败和丑陋民族性的批判皆不留情面。比起后来《虎贲万岁》的纯纪实和《五子登科》的纯谴责,《八十一梦》的梦幻结构的每一个单元似乎又回到旧小说的范畴,仿佛是散乱的,但梦幻的意念实有内在的统一思路、理路,又是现代的。我们甚至觉得现代主义的一些荒诞表现方法,在这位章回小说家的笔下也出现了。这样,张恨水完成了他实现章回小说体制现代化的文学使命。

稍后跃出,但在北方社会言情小说家中可与张恨水相抗衡的是天津的刘云若(1903—1950)。在总体上,刘云若的成就自然次于张恨水,但有人认为"他的造诣之深,远在张恨水之上"①。这应该是指他的通俗小说艺术所达到的现代性的程度。刘云若一生都在天津度过,以表现北方市民社会为己任,早年编辑过画报和报纸副刊。自1930年发表第一部长篇《春风回梦记》起,受到市民读者欢迎而成为职业通俗小说家。

他1940年代出版的《红杏出墙记》,我们为了叙述的方便,也像分析张恨水的后期小说一样,把它提前了。此作被人评价为"这一类小说中最出色的作品"②。这部长篇也是言情体,写外出的铁路职员林白萍深夜回家,故意要给妻子黎芷华惊喜而潜入,却意外发现妻子和自己的好友边仲膺同床共寝。事发后,林白萍远离,黎芷华追寻丈夫,引出女友房淑敏、房淑敏之兄房式欧、丑女龙珍、名妓柳如眉、官宦小姐余丽莲等一系列人物。这些男女之间发生错综的恋情,集巧合、误会、忏悔之大成,互相勾连在一个大情网之中无法自拔。而每每发生矛盾时,几方又都采取情场相让的行动,越是相让越是纠缠,成为死结。最后以龙珍失误毒杀了房淑敏、边仲膺打仗负伤而死、林白萍跳水自杀、黎芷华坠楼殉身,形成大悲剧的结尾。《红杏出墙记》情节之曲折、戏剧性之强,在通俗婚恋小说里罕有先例。有的时候读着会感觉它太刻意为曲折而曲折了。它在人物性格的搭配和映衬上也极富匠心,似乎是吸取了中国戏剧的特点,有"生""旦""丑"各类角色。以上都显示了《红杏出墙记》通俗性和非通俗性的两面。而在对人性的表现上,作者也是超乎以往任何一部通俗小说(包括张恨水的),充分开掘出人的情感心理层面,尤其是解剖男女主人公的两性心理——精神之爱与生理欲望的矛盾,清醒的理智与无可救药的沉沦的冲突,恩爱、悔恨和善恶的生死交战,都极富探索性。连文字也按照情感的起伏,适时地喷发热情。可以说,这是一部相当现代的不让于新文学的长篇通俗作品。

到1940年代,刘云若创作仍丰。著名的如《小扬州志》《旧巷斜阳》《粉墨筝琶》等,其中表现天津沦陷时期的世态人情,有正义感,写地痞混混儿如何走向汉奸道路,了了分明。小说的回目越写越大,不再刻板地按回目形式分割高潮,而是按情节发展的需要来设置回目,但基本没能超越《红杏出

① 郑振铎1949年对徐铸成谈刘云若语,转引自张赣生:《民国通俗小说论稿》,重庆:重庆出版社1991年版,第227页。
② 同上。

墙记》的模式。如果说张恨水的特点是不断求新,每有新作必出新招,终生探索不止,那么,刘云若起点甚高,却比较定型。他在47岁创作的旺盛期突然逝世,殊为可惜。

这一时期的南派言情小说、社会小说进入低谷:李涵秋、毕倚虹已经逝世;李定夷、叶小凤、严独鹤等相继停笔;包天笑是创作生命最长的多面手通俗作家,但这时也少佳作。滑稽社会小说家徐卓呆的《甚为佳妙》、程瞻庐的《唐祝文周四杰传》,社会历史小说家张恂子、张恂九父子的《红羊豪侠传》《神秘的上海》,都是有一定影响的作品,但究竟难挑南派的大梁。张恨水和刘云若的崛起,标志着北派社会言情小说的高峰,是市民通俗文学取得一定现代性的重要样本。北派社会言情体同南派的区别是:北派作家并不直接承续晚清小说,较少负担,所以容易同"五四"文学沟通。北方的现代经济转型没有东南沿海一带快,文学中的道德关注沉稳而不浮躁,世俗化、生活化的描写反比南派显得深入。而南方通俗文学的"文人化"趣味却十分浓重。北派的小说介入社会力避锋芒,表现出游刃有余的市民精神。对于妇女解放、男女婚恋、城市日常生活的现代演变,取改良的开明姿态。凡大大游离了普通市民价值观念的"西化"言行,则用传统道德为武器加以针砭。张恨水、刘云若衡量情谊的尺度正是如此,与刘呐鸥、穆时英等海派的都市男女社交观念相比,就显出通俗文学渐进的现代性是怎样地同传统难分难舍了。

三 武侠想象世界的现代拓展

南派社会言情小说虽衰落,但武侠小说在1930年代却并不示弱。平江不肖生的《江湖奇侠传》影响深远,顾明道、姚民哀各有各的路数;而北派经过赵焕亭的过渡,出现了还珠楼主。于是南北辉映,成熟的武侠小说大家和长篇巨作带动了整个"武侠热"。在市民通俗文学的诸多品种中,言情小说最接近现实,与当时新文学的现实主义潮流容易汇合,小说的描写和结构技术的现代化也比较易学。武侠小说比较远离现实,一方面对中国主流政治社会外的亚社会,即民间社会、江湖社会的武术技击世界加以表现,另一方面醉心于创造一个超现实的剑仙神魔世界,而侠义精神始终在传统文化的范畴内运行,这就给武侠小说的新旧过渡带来更加慢半拍但并非不精彩的奇特景象。

《江湖奇侠传》连载不久继之而出的，是顾明道（1897—1944）1929—1940年写毕的《荒江女侠》，堪称一部大作品。顾明道从小残疾，是位奇人。他最初写的是言情小说，早期的《啼鹃录》1922年出版，内收18个短篇，多为婚恋哀情题材。1929年后陆续发表长篇悲情小说《美人碧血记》《红蚕织恨记》《哀鹣记》，或取材现实，或取材历史，其中已经有侠客存身。正因为顾明道是由言情写到武侠的，这就给《荒江女侠》带来侠情两相结合的特点，开了言情武侠小说之端。

《荒江女侠》写方玉琴为父报仇学成剑术，在寻找仇人过程中遇同门师兄岳剑秋，构成了"剑"胆"琴"心、相偕锄奸的基本故事。中间铺叙男女侠客之间的恩怨和武林流派之间的恩怨，为写情创造条件。因顾明道缺乏武术的知识，在设计"武"的打斗场面和技巧套路时常力不从心，就在出生入死的场景之间多安插情意缠绵的细节，加以弥补，反而为此书增加了亮点。《荒江女侠》受长期连载和市场的拖累影响，结构松散；但值得一提的是它采用了武侠小说此前从来没有的第一人称限制叙事，使得依靠想象交织成的武侠世界具备了真实感、可信性，便于调动读者与书中人物的感情。后来的武侠小说为增加"情"的因素，而用书中人物的视角或口吻来进行叙述，就都是借鉴了《荒江女侠》。顾明道还写有《胭脂盗》，写北地女强人英武而多情，仍发挥了侠情融合的长处，十分可读。

武侠除了与"情"结合产生了顾明道一路，还与其他因素结合，使此种类型的通俗小说有了多方面的拓展。与"史"结合的，有文公直（1898—？）的历史武侠小说。小说中所写历史只是个背景，为的是虚构侠客们的活动。代表作是"碧血丹心"系列，包括1930年出版的《碧血丹心大侠传》、1933年分别出版的《碧血丹心于公传》《碧血丹心平藩传》等。本来计划里还有《碧血丹心卫国传》，未能完成。三书以明朝于谦的事迹为背景来写为国尽忠的众侠客，同时抒发作者自己的郁结。另外，将武侠与江湖帮会秘史结合的，有姚民哀（1893—1938）写的党会武侠小说。因作者本人参加过清末的帮会，又是职业说书人，笔笔写来都是行家里手。姚民哀1929—1930年写的《四海群龙记》讲的是帮会复仇的故事，1930—1931年写的《箬帽山王》讲的是"四海群龙"里的"一龙"如何组党的故事，交代内幕、叙述行规黑话都很到位，很能满足读者的知识欲和探秘心理。他由一小说再引出另一小说的"连环式"写作形式，是后来长套的武侠小说惯用的结构。

1932年，还珠楼主的《蜀山剑侠传》在天津的《天风报》连载，刚开始并不十分出色,谁也没有想到这竟是一部集武侠小说之大成的奇作。小说一集连着一集地写下去,到1949年,出到55集。虽然它不免带有通俗文学共有的因长期连载所生的拖沓毛病,但基本部分的题旨与容量是相配的。除了市民通俗小说,无法相信一部长篇可以有这样宏大的规模。

还珠楼主(1902—1961)本名李善基,后名李寿民。幼有"神童"之称,三上佛教名山峨眉,四登道教圣地青城山,从小熟习武术气功。成年后做过幕僚和家庭教师,历经坎坷,始写武侠。他的创作时间将近二十年,写有40部左右的作品,可分为"入世"的现实技击武侠和"出世"的仙魔神怪武侠两大类,但以气魄宏大、容量深广、充满瑰丽想象的仙魔神怪武侠最著名。代表性作品便是《蜀山剑侠传》和《青城十九侠》。

《蜀山剑侠传》的神侠世界是一个超现实的世界。它由人间社会、神话幻想、自然胜境、哲理诗情交织组成。表面的故事是正道的剑仙同邪恶的怪魔间的斗争,就是说有一般剑侠小说共有的表现善恶的主旨。剑仙、怪魔都要逃脱"道家四九天劫",即每四百九十年一次的劫难。不同者,剑仙以行善来避劫,怪魔用行恶来逃遁。两方面寓示了一种共同的形而上意义,就是人对自身命运的不懈抗争。有人指出:"只要翻阅一下宝相夫人抗劫故事(《蜀山剑侠传》总一三四回),忍大师'情关'破化故事(同上总二〇九回),以至于作为穿插小段的'灵狐'无罪被杀,其'内丹'激射缓飞,聚散明灭,久久飘舞不已的凄艳描绘(《青城十九侠》第八集第二回),当即能够获得强大的心灵震撼……"[1]这就是生命"抗争"命题的集中表现。小说表现力的丰富也为从前的通俗小说所未有。其中"关于自然现象者,海可煮之沸,地可掀之翻,山可役之走,人可化为兽,天可隐灭无迹,陆可沉落无形,以及其他等等;关于故事的境界者,天外还有天,地底还有地,水下还有湖沼,石心还有精舍,以及其他等等;对于生命的看法,灵魂可以离体,身外可以化身,借尸可以复活,自杀可以逃命,修炼可以长生,仙家却有死劫,以及其他等等;关于生活方面者,不食可以无饥,不衣可以无寒,行路可缩万里成尺寸,谈笑可由地室送天庭,以及其他等等;关于战斗方面者,风霜水雪冰,日月星气云,金木水火土,雷电声光磁,都有精英可以收摄,练成功各种凶杀利器,相

---

[1] 徐斯年:《侠的踪迹——中国武侠小说史论》,北京:人民文学出版社1995年版,第118页。

生相克,以攻以守,藏可纳之于怀,发而威力大到不可思议"①。这种天马行空,把一切"人情物理"统化为"会心"的绚烂意象,是还珠楼主对世界的文学诠释。

还珠楼主的神怪武侠小说建立在中国传统文化的基础之上,文化内容也十分丰饶。举凡道、释、儒,经史子集,医卜星象,天文地理,诗词书画,风俗民情,无不与武侠的表现融会贯通。这些内容投射到故事和人物身上,或模塑性格,或烘托氛围,或引起事件,或梳理渊源,使得小说的情节不仅曲折有致,而且内涵厚重;人物情感表达的民族性分外鲜明,突出一个"孽"字,恩怨纠结,生死同心。他的创作总字数近两千万,长篇拉长和结构松散的通俗文学弊病自不能免除,但其全部武侠小说可说是对中国文化的一种现代综合阐释,也近乎一奇迹。

还珠楼主与另一位早出的平江不肖生(向恺然,1890—1957)相较,有前后的承接关系。还珠楼主后来居上,更能显示武侠小说的现代意义。不肖生虽介入人世,侠已经重于武;还珠楼主横空出世,气度恢宏,谈玄述异皆超妙奇绝,武与侠都不过是作者生命感受的一种外化方式。武侠世界、武林中的仙或魔,都成了人类生命的表现,标志着武侠文学新旧转换的成功(虽比言情小说慢些,但所获不小)。还珠楼主首先直接作用于1940年代北派武侠大家宫白羽、郑证因、王度庐、朱贞木,带动北派武侠超过南派;同时在观念和技术上给后人以启示,一直影响到港台新武侠的出现。总之,这一时代的市民通俗小说在社会言情和武侠两个方面都有向新文学渗透,又足与之抗衡的成绩出现;而新文学因向市民通俗文学倾斜,竟产生了海派。究其原因,即两者的互动,在这时已经成为大势。

附录　本章年表

1928 年

5 月　娑婆生(毕倚虹)《人间地狱》由自由杂志社出版。

1929 年

4 月　程瞻庐《葫芦》由世界书局出版。

同月　孙侠夫《湖丝阿姐》由南强书局出版。

6 月　赵苕狂《弄堂博士》由世界书局出版。

---

① 徐国桢:《还珠楼主论》,上海:正气书局 1949 年版,第 12—13 页。

同月　姚民哀《江湖豪侠传》由世界书局出版。

12月　根据《江湖奇侠传》改编，由郑正秋编剧、张石川导演的电影《火烧红莲寺》上映，引起轰动。

本年　平江不肖生《近代侠义英雄传》由世界书局出版1—12册，1933年出齐。

1930年

2月　张恂子《红羊豪侠传》由民强书局出版。

5月　顾明道《荒江女侠》(初集)由大益图书局出版，至1940年4月，六集由文业书局出齐。

6月　姚民哀《四海群龙记》由世界书局出版。

12月　张恨水《啼笑因缘》由三友书社出版。

1931年

7月始　鲁迅《上海文艺之一瞥》连载于《文艺新闻》第20—21期。

8月　张恂九《神秘的上海》(一名《最近百年上海历史演义》)由南星书店出版。

1932年

7月　程小青《霍桑探案外集》由大众书局出版。

10月　程瞻庐《唐祝文周四杰传》由大众书局出版。

1933年

1月　程小青《父与女》由文华美术图书公司出版。

1934年

12月　予且《如意珠》由中华书局出版。

同月　王小逸《神秘之窟》由中央书店出版。

1935年

5月　蔡东藩《古今通俗演义》改版本由会文堂新记书局出版，共44册。

本年　张恨水《金粉世家》由世界书局出版。

1936年

3月　德龄著、秦瘦鸥译述《御香缥缈录》由申报馆出版。

1937年

5月　予且《凤》由良友图书公司出版。

第十六章 新诗（二）

中国现代新诗在第一个十年里，开创了新诗的传统，在艺术形式上进行了多方面的探讨，到 1930 年代就进入了一个"以多元取向为特征的艺术开拓和成果丰硕的建设时期"，"各个诗人群体，或诗人独立个人，都能在深刻思索与自觉实践中，形成了相互差异而又吸收互补，相互竞争而又同生共存，相互批评而又各自自由发展的一种多元共生的艺术创造局面"。① 其中影响最大的，是以殷夫为前驱、蒲风为代表的中国诗歌会诗人群，和以徐志摩、陈梦家为代表的后期新月派，以戴望舒、卞之琳为代表的现代派诗人群，被认为给新诗带来了一个"黄金时期"。

一 中国诗歌会诗人群的创作

本时期中国诗歌会的创作直接承续了上一时期蒋光慈等早期无产阶级诗歌的传统，又是本时期所产生的无产阶级革命文学的一部分。中国诗歌会成立于 1932 年 9 月，本身就是"左联"领导下的一个群众性诗歌团体。作为其前驱诗人的殷夫（1910—1931），把自己的生命献给了革命与诗歌，正显示了中国诗歌会诗人创作的一个基本特点：与中国共产党领导的革命斗争有着直接的、自觉的血肉联系。中国新诗尽管从早期白话诗开始，就有强烈的时代性与现实性，但与革命政党政治的这种思想与组织领导上的密切联系，则是以此为启端的，其影响自是十分深远。

中国诗歌会除了在上海建立总会外，还在北平、广州以及日本东京等地设有分会。上海总会有机关刊物《新诗歌》旬刊（后改为半月刊、月刊），各分会也有自己的刊物或副刊。中国诗歌会的发起人有穆木天、蒲风、杨骚、任钧（卢森堡）等人。他们在《中国诗歌会缘起》中说："在次殖民地的中国，一切都浴在急风狂雨里，许许多多的诗歌的材料，正赖我们去摄取，去表现。

---

① 孙玉石：《我思想，故我是蝴蝶……》，《中国新诗总系（1927—1937）》，北京：人民文学出版社 2010 年版，第 2 页。

但是,中国的诗坛还是这么的沉寂;一般人在闹着洋化,一般人又还只是沉醉在风花雪月里。……把诗歌写得和大众距离十万八千里,是不能适应这伟大的时代的。"①这表明,中国诗歌会诗人一开始即自觉与同一时期的后期新月派、现代派诗人相对立,要求诗歌自觉地表现大时代阶级斗争的"急风狂雨",而不是趋向诗人的内心世界,要求诗歌缩短(而不是拉大)与大众的距离。据此,他们提出了如下创作口号:"捉住现实","歌唱新世纪的意识","要使我们的诗歌成为大众歌调,我们自己也成为大众中的一个"。②这里所显示的诗歌观包含了两个方面的要求,一是要求诗人站在"(无产)阶级的意识形态"(即"新世纪的意识")的立场上去把握与反映现实,也即实现诗的意识形态化;二是要求诗与诗人的大众化。这一时期中国诗歌会的创作由此而产生了以下特点:

第一,及时、迅速地反映时代重大事件,表现工农大众及其斗争,强调诗歌对实际革命运动的直接鼓动作用。殷夫的《一九二九年的五月一日》是诗歌正面反映工人阶级自觉斗争的最初尝试。反映农村的苦难与觉醒是中国诗歌会诗人创作的共同主题,蒲风(1911—1942)是这方面的代表诗人。他创作极为丰富,先后出版了十多册诗集。代表作《茫茫夜》以母子对话的形式正面揭示了农村苦难的根源,塑造了一个为人民解放而斗争的战士形象。长篇叙事诗《六月流火》通过农民反对建筑公路的斗争,反映了国民党对苏区的围剿与共产党领导的农村革命的深入。蒲风的诗以题材的尖锐性、重要性、及时性取胜,善于渲染革命情绪,铺写大规模的群众斗争场面,气魄雄壮,情调高昂,采用自由诗的形式,常取得直接的鼓动效果。在反抗日本帝国主义侵略斗争成为时代中心以后,中国诗歌会又及时提出了"国防诗歌"的口号,创作了大量的鼓动抗日爱国热情的诗歌。蒲风的《我迎着狂风和暴雨》《钢铁的海岸线》、柳倩的《震撼大地的一月间》、穆木天的《在哈拉巴岭上》、温流的《青纱帐》、焕平的《一二八周年祭曲》等,就是其中的力作。中国诗歌会诗人的上述努力,扩大了诗歌的表现领域,并表现了强烈的理想主义与英雄主义色彩,别具一种刚健、粗犷、壮阔的力的美,以及历史沸腾时期的昂扬的激情。即使在经过历史的冲刷后,人们重读这些作品,"仍觉得心怦怦然,惊叹他在写

---

① 转引自任钧:《关于中国诗歌会》,《月刊》1946 年第 1 卷第 4 期。
② 穆木天:《〈新诗歌〉发刊诗》,《新诗歌》创刊号,1933 年 2 月 11 日。

作时的气魄与情感"①。这样的美学风格是传统文人诗歌里所缺乏的;鲁迅高度评价说它是"对于前驱者的爱的大纛,也是对于摧残者的憎的丰碑。一切所谓圆熟简练,静穆幽远之作,都无须来作比方,因为这诗属于别一世界"②。这对于中国新诗美学及风格无疑是一个新的开拓与发展。但中国诗歌会诗人的创作也存在明显的不足:把诗歌的作用归结为直接的宣传与鼓动,容易忽视诗歌本身的艺术特质。他们创作于阶级斗争与民族斗争疾风暴雨中的时代战歌,大都是急就之章,艺术上比较粗糙;把反映现实生活重大题材推于极端,完全否定与抹杀了非重大题材的作品,也导致了诗歌的单一化。中国诗歌会的创作,一开始扩大了新诗的表现领域,后来由于思想、艺术观念的片面、绝对,却导致了另一种形式的狭隘化:我们所面临的正是这样复杂的文学现象。

第二,强调"诗的意识形态化",这自然大大加强了诗的理性化色彩与主观性;但作为诗歌主体的,却并非诗人自己,而是奉行战斗集体主义的群体即革命队伍及其领导者革命政党,因此必定要强调自我在集体、"小我"在"大我"中的融合。殷夫的诗歌发展道路是一个典型。收在殷夫《孩儿塔》诗集中的早期诗歌大都沉溺于对爱情与自然的咏歌中:"呵,我的爱是一朵玫瑰,/五月的蓓蕾开放于自然的胸怀"(《呵,我爱的》)。那"河中最先的野花"就是浸透了殷夫个性的艺术形象:"远星的微光死灭,/勇敢的灵魂孤单,/她忍受冷风的吹刮,/坚定的心把重责负担,/问何时死漠重苏苏?"(《祝——》)既勇敢、坚定地呼唤"死漠重苏苏"的春天到来,又难以排遣内心的孤寂,这时候殷夫的自我于人民革命的时代主潮是既向往而又隔离的。而当殷夫与他出身的阶级"告别"(《别了,哥哥》),投身于革命洪流,"自己也成为大众的一个"时,他就感到了个人融合于无产阶级集体中的喜悦与幸福。这在他的代表作《一九二九年的五月一日》里有着十分真切动人的描写:

> 我突入人群,高呼
> "我们……我们……我们……"
> 白的红的五彩纸片,

① 丁玲:《一个真实的人的一生》,《丁玲选集》第 3 卷,成都:四川人民出版社 1984 年版,第 217 页。
② 鲁迅:《白莽作〈孩儿塔〉序》,《鲁迅全集》第 6 卷,第 512 页。

在晨曦中翻飞象队鸽群。

呵,响应,响应,响应,
满街上是我们的呼声!

我融入于一个声音的洪流,
我们是伟大的一个心灵。

满街都是喜悦的笑叫,
满街都是工人,同志,我们,
满街都是粗暴的呼声,
夜的沉寂扫荡净尽。
…………
一个巡捕拿住我的衣领,
但我还狂叫,狂叫,狂叫,
我已不是我,
我的心合着大群燃烧。

诗中的"我"所代表的已经不是孤立的渺小的个人,而是想象中的整个无产阶级——一个自觉意识到自己历史使命的阶级,而且是自认为唯一能够掌握未来与人类命运的阶级。诗人的一首诗,题目就叫《我们》:"我们的意志如烟囱般高挺,/我们的团结如皮带般坚韧,/我们转动着地球,/我们抚育着人类的运命!……/我们是谁?/我们是十二万五千万的工人农民!"殷夫这里所表现的是一部分知识分子的心灵历程:摆脱了知识个体的孤独、寂寞与彷徨,在革命集体中找到了自己的归宿,感到了生命的充实、喜悦与自豪。这也是典型的时代情绪。从郭沫若的《女神》大胆宣称"我……崇拜我"(《我是个偶像的崇拜者》),到殷夫自豪宣布"我们是十二万五千万的工人农民"(《我们》),表现了时代精神中心的转移、诗歌主调的转移。但这却预伏着危险:"我已不是我",可能导致群体中"我"的感情与个性的消失、诗歌创作中诗人主观世界的消失与对艺术个性的忽略。

第三,在艺术表现上大都采取直接描摹现实的方式。殷夫的《一九二九年的五月一日》就详尽地再现了1929年五一游行的全过程。这就导致了抒情性因素减弱与叙事性因素加强的趋势,诗人们似乎觉得非如此难以表现人民斗争丰富而壮阔的生活内容。叙事诗也在同一背景下得到了重视与发展,产生了蒲风的《六月流火》、田间的《中国农村的故事》、杨骚的《乡曲》、王亚平的《十二月的风》、穆木天的《守堤者》等叙事诗代表作。即使是感情的抒发,也大都采取直抒胸臆的方式:"哦,/哦哦! 热血的中华男女健儿! /来吧,我们不能没有坚强的勇气;/我们站立着,/我们被铁链贯通着,/我们都来吧,/我们来永远看守海岸"(蒲风《钢铁的海岸线》)。这类面对读者的大声呐喊,与对诗歌鼓动功能的强调直接相关,也是适应那个慷慨悲歌的时代要求的。

在诗歌形式上,中国诗歌会诗人提出了"歌谣化"的主张,强调"诗歌是应当同音乐结合一起,而成为民众所歌唱的东西"①。他们还专门出版"歌谣专号""创作专号",希望"借着普遍的歌谣,时调诸类的形态,接受他们普及,通俗,朗读,讽诵的长处,引渡到未来的诗歌"②。他们的目的是明确的:要使诗歌成为"群体的听觉艺术",以便普及到识字不多(甚至不识字)的工农大众中去。这是这一时期"左联"所领导的"文艺大众化"运动的一个组成部分。为了促进诗歌的大众化,中国诗歌会的诗人还做了创造诗歌新形式的各种试验。如创作"大众合唱诗"(蒲风的《六月流火》中穿插了合唱诗《土地赞歌》)、"诗剧"(柳倩的《防守》),提倡新诗朗诵运动,吸收方言土语入诗,等等。尽管未尽如人意,但却表明,中国诗歌会的诗人并非仅仅关心诗的内容的革新、新意识的灌输,对诗的形式上的变革也同样采取了激进的态度。在历史的承接上,他们在拒斥文人传统的同时,热心于向民间歌谣吸取资源:不仅是歌谣体的形式,更包括关注现实与民间疾苦,表达平民百姓的呼声,朴素、刚健的诗风等精神传统。

1930 年代在中国诗歌会之外,始终关注现实的诗人,还有臧克家(1905—2004)。臧克家的诗歌创作,在形式上受到新月派的很大影响;尽管他并不直接表现工农革命斗争,但对下层人民却表示了极大的同情,在坚持现实主义精神这一点上,与中国诗歌会的诗人确有相通之处。1933 年,臧克家第一本诗集《烙印》(闻一多作序)出版,立刻引起文坛注目,茅盾甚至断言:"我相信在目今青年诗人中,《烙印》的作者也许是最优秀中间的一个

---

① 穆木天:《关于歌谣之制作》,《新诗歌》第 2 卷第 1 期,1934 年 6 月 1 日。
② 穆木天:《我们底话》,《新诗歌》第 2 卷第 1 期,1934 年 6 月 1 日。

了……"①人们首先注意到并引起争论的，是臧克家在他的诗中为苦闷、彷徨中的中国青年提供了与新月派、现代派诗人以及中国诗歌会诗人都不同的另一种人生态度，那就是诗人自称的"坚忍主义"：严肃地正对现实生活中的险恶苦难，"从棘针尖上去认识人生"；带着倔强的精神，沉着而有锋棱地去迎接磨难，它是"你的对手，运尽气力去与它苦斗"，"苦死了也不抱怨"。这种"坚忍主义"显示了臧克家在精神上与中国农民的深刻联系，由此形成了"不肯粉饰现实，也不肯逃避现实"的清醒现实主义精神："没有一首不具有一种极顶真的生活的意义"②。当新月派、现代派诗人唱着"对于天的怀乡病"时，臧克家始终眼光向下，注视着苦难中的中国大地与挣扎在死亡和饥饿线上的底层人民。他写《难民》《炭鬼》《当炉女》《神女》《贩鱼郎》《洋车夫》《歇午工》，写他们生活的不幸、精神上的苦恼——那"老马"："背上的压力往肉里扣，它把头沉重地垂下"；那"洋车夫"："雨从他鼻尖上大起来了"，"夜深了，还等什么呢？"；那战乱中恐怖的村民："强撑住万斤的眼皮，/把心和耳朵连起，/机警地听狗的动静"（《村夜》）。也写他们内在的力量，把未来的希望寄托在"炭鬼"们的身上："别看他们现在这么蠢，/有那一天，心上迸出个突然的勇敢，/捣碎这黑暗的囚牢，/头顶落下一个光天。"（《炭鬼》）臧克家甚至在写诗态度上也是农民式的：认真而执着地提倡"苦吟"，老老实实、苦心孤诣地去捕捉每一个形象，寻找、锤炼每一个字句，顽强地追求着"深刻到家，深刻到浅易的程度"的艺术境界。如"日头坠到鸟巢里，/黄昏还没溶尽归鸦的翅膀"，"铁门的响声截断了最后一人的脚步，/这时，黑夜爬过了古镇的围墙"（《难民》），"暗夜的长翼底下，/伏着一个光亮的晨曦"（《不久有那么一天》），都是"以暗示代替说明"③，把感情和倾向性凝聚、隐藏在诗的形象里，经得起咀嚼与回味，并且讲究诗的形式的凝练、整齐，讲究诗的节奏、韵律：在臧克家这里，是可以更清楚地看到中国传统诗歌（特别是苦吟派）的影响的。

---

① 茅盾：《一个青年诗人的"烙印"》，《茅盾全集》第 19 卷，北京：人民文学出版社 1991 年版，第 541 页。

② 闻一多：《〈烙印〉序》，《闻一多全集》第 2 卷，武汉：湖北人民出版社 1994 年版，第 174 页。

③ 朱自清：《新诗杂话·新诗的进步》，《朱自清全集》第 2 卷，南京：江苏教育出版社 1988 年版，第 320 页。

二　后期新月派的创作

后期新月派是前期新月派的继续与发展。它以 1928 年创刊的《新月》月刊"新诗"栏及 1931 年创刊的《诗刊》季刊为主要阵地;基本成员除前期新月派的徐志摩、饶孟侃、林徽因等"老"诗人外,主要包括以陈梦家、方玮德等南京中央大学学生为主干的南京青年诗人群。他们大部分是徐志摩的学生或晚辈,后期新月派可以说是以徐志摩为主要旗帜的。

早在 1926 年 6 月 10 日《晨报》的《诗镌》停刊,徐志摩宣告"放假"时,即已承认"发见了我们所标榜的'格律'的可怕的流弊"及"危险":"单讲外表的结果只是无意义乃至无意识的形式主义。"他由此得出结论:"一首诗的字句是身体的外形,音节是血脉,'诗感'或原动的诗意是心脏的跳动,有它才有血脉的流转。"①这里,仍然采用了内容与形式的二分法,其重心的转移是明显的。这同时就意味着对闻一多所坚持的(可以上溯到学衡派以至梁启超)"格律是艺术的必须的条件"立场的一种松动。因此,1931 年陈梦家编选《新月诗选》(选入前后期新月派主要诗人 18 家、代表作 80 首),在序言(一般被视为后期新月派的诗歌宣言书)里就做了理论上的调整,在宣称"主张本质的醇正技巧的周密和格律的谨严"的同时,又申明:"我们决不坚持非格律不可的论调,因为情绪的空气不容许格律来应用时,还是得听诗的意义不受拘束的自由发展。"②后期新月派年轻诗人的创作中,也出现了向自由诗发展的趋向。当时就有人揭示了这一现象:新月派"前期诗人的作品,大半是初期作品形式自由,后来慢慢走上字句整齐的路;后期诗人则大半是初期作品字句整齐,后来慢慢走上形式自由的路"③。另一方面,陈梦家在《新月诗选》序言里又反复强调要"始终忠实于自己,诚实表现自己渺小的一掬情感,不做夸大的梦",我们"只为着诗才写诗",只"因为有着不克忍受的激动,灵感的跳跃挑拨我们的心,原不计较这诗所给与人的究竟是

---

① 徐志摩:《〈诗刊〉放假》,邵华强编:《徐志摩研究资料》,西安:陕西人民出版社 1988 年版,第 173、172 页。

② 陈梦家:《〈新月诗选〉序》,《陈梦家诗全编》,杭州:浙江文艺出版社 1995 年版,第 225、224 页。

③ 石灵:《新月诗派》,《文学》第 8 卷第 1 期,1937 年 1 月 1 日。

什么"。① "不做夸大的梦"云云，自然是针对中国诗歌会的左翼诗人的，后期新月派坚持的仍是超功利的、自我表现的、贵族化的"纯诗"立场。在这一基本点上，前、后期新月派是一致的。问题在于前、后期新月派诗人"自己"的诗感发生了变化：如果把徐志摩本人前期的《志摩的诗》与后期的《猛虎集》《云游集》相比较，可以明显看出他从单纯的信仰"流入怀疑的颓废"②。其实，在1927年9月出版的《翡冷翠的一夜》序里，徐志摩已经谈到了"都市的生活"压死了他的"诗的本能"，他现在写诗只是一种"性灵"的"挣扎"。他因此用"向瘦小里耗"③来概括他后期对自我生命的体悟，这也是他后期的诗的基本"诗感"。他哀叹着"群山的苍老"（《渺小》），惊叫着"阴沉，黑暗，毒蛇似的蜿蜒，/生活逼成了一条甬道"（《生活》），低吟着"我不知道风/是在那一个方向吹——/我是在梦中，/在梦的轻波里依洄"（《我不知道风是在那一个方向吹》）。另一位后期新月派的代表诗人陈梦家在他的成名作《一朵野花》里写道："一朵野花在荒原里开了又落了，/他看见青天，看不见自己的渺小，/听惯风的温柔，听惯风的怒号，/就连他自己的梦也容易忘掉。"字里行间流露出幻灭的空虚感、迷茫的感伤情绪，这正是后期新月派的典型诗感与诗绪。而这恰恰是"时代"造成的，尽管后期新月派诗人在理论上并不承认诗与时代的联系。正像卞之琳说的那样，"大约在1927年左右或稍后几年初露头角的一批诚实和敏感的诗人，所走道路不同，可以说是根植于同一个缘由——普遍的幻灭。面对狰狞的现实，投入积极的斗争，使他们中大多数没有工夫多作艺术上的考虑，而回避现实，使他们中其余人在讲求艺术中寻找了出路"④。这很好地说明了，这一时期中国诗歌会诗人与后期新月派、现代派诗人相互对立的诗歌观与相应的诗艺追求，其实是产生于同一现实背景：大革命失败以后，社会现实的黑暗与知识分子精神的幻灭。如果说中国诗歌会的诗人投身于现实反抗斗争中，摆脱了个人精神危机，并进而用自己的诗歌服务于革命的需要；后期新月派、现代派诗人则"从乌烟瘴气的现实社会中逃避过来"⑤，回到自我内心

---

① 陈梦家：《〈新月诗选〉序》，《陈梦家诗全编》，杭州：浙江文艺出版社1995年版，第225页。
② 徐志摩：《〈猛虎集〉序》，邵华强编：《徐志摩研究资料》，西安：陕西人民出版社1988年版，第231页。
③ 同上。
④ 卞之琳：《戴望舒诗集·序》，《戴望舒诗集》，成都：四川人民出版社1981年版，第2页。
⑤ 杜衡：《〈望舒草〉序》，《戴望舒诗全编》，杭州：浙江文艺出版社1989年版，第54页。

世界,回到诗的艺术世界中,并且失之于彼,收之于此,在这两方面都达到了一种新的深入。

正因为回到内心世界,后期新月派特别强调抒情诗的创造,而有别于同时期中国诗歌会诗人对外部世界的叙事的偏重。徐志摩这一时期写出了他的抒情名篇《再别康桥》,写"别愁"这类普通人的寻常情绪,却写得那样超脱:"轻轻的我走了,/正如我轻轻的来;/我轻轻的招手,/作别西天的云彩。"这"柔丽清爽的诗句"、"澄清"的感情,能给人以"舒快的感悟"①。但这里表现的诗情仍是前一时期的余绪;后期新月派诗人如陈梦家所说,抒情的重心在揭示"灵魂的战栗"。于是,在后期新月派的诗歌里,引人注目地出现了大都市的病态、现代人的精神异化。如陈梦家的《都市的颂歌》:"你睁开/眼睛,看见纵不是青天,也是烟灰/积成厚绒,铺开一张博大的幕,/不许透进一丝一毫真纯的光波,/关住了这一座大都市的魔鬼。"于是又有了都市里被窒息的年轻生命的《自己的歌》:"我捣碎了我的心胸掏出一串歌——/血红的酒里渗着深毒的花朵","生命原是点燃了不永明的火,/还要套上那铜钱的枷,肉的迷阵","在世界的谜里做了上帝的玩偶,/最痛恨自己知道是一条刍狗"。而孙大雨的《自己的写照》也被认为是"用整个纽约的城的风光形态来托出一个现代人的错综的意识"②,可以说是为中国新诗后来的现代化倾向做了最早的预言。

这里已经说到了后期新月派在诗的题材、诗感上与现代派的趋近。而在诗的艺术表现、诗的抒情方式上的这种趋近,更是越来越明显的。通过暗示和象征构成隐晦的艺术境界,这是许多诗人都在追求的。徐志摩《两个月亮》中一个"老爱向瘦小里耗",最后消失在满天星点里;另一"完美的明月",尽管"永不残缺",却难以把握,一闭眼,就"婷婷的升上了天":这正是徐志摩内心矛盾的某种暗示,其意义是要在读者的联想与体味中完成的。

后期新月派的诗人同样以极大的热情从事诗的形式试验,其中影响最为深远的是"十四行诗体"的转借与创造。十四行诗体在 16 世纪中叶从意大利传入英、法等国以后,就逐渐在世界很多国家流行,成为跨越众多国度与语种的诗体。早在 1920 年代闻一多即已在《诗的音节的研究》与《律诗

---

① 陈梦家:《〈新月诗选〉序》,《陈梦家诗全编》,杭州:浙江文艺出版社 1995 年版,第 227 页。

② 徐志摩:《〈诗刊〉前言》,邵华强编:《徐志摩研究资料》,西安:陕西人民出版社 1988 年版,第 235 页。

的研究》里推崇十四行诗,将其译为"商籁体"。在此前后,则有郑伯奇的《赠台湾的朋友》(1920年8月)、孙大雨的《爱》(1926年4月)、闻一多的《你指着太阳起誓》(1927年12月)等尝试之作。到了本时期就有了更为自觉的试验。先是闻一多在《新月》上发表了与陈梦家《谈商籁体》的通信,接着1931年《诗刊》创刊号上集中发表了孙大雨、饶孟侃、李惟建的6首十四行诗,以后又连续发表了徐志摩、梁宗岱的讨论文章及陈梦家、卞之琳、林徽因、方玮德的试验作品。正是在后期新月派诗人的带动下,《现代》《文学》《文艺杂志》《申报·自由谈》《晨报·文艺周刊》《人间世》等报刊纷纷发表十四行诗,形成形式试验的热潮。针对有人提出的"用中文写十四行"是否"写得像"的疑问,徐志摩认为,转借十四行诗,正是"我们钩寻中国语言的柔韧性乃至探检语体文的浑成,致密,以及别一种单纯'字的音乐'(Word music)的可能性的较为方便的一条路"[1]。在此之前,闻一多已经注意到中国传统的律诗与西方十四行诗的相似,后者内部结构中也存在着"起、承、转、合"的关系,"一首理想的商籁体,应该是个三百六十度的圆形"[2]。也就是说,后期新月派诗人正是在十四行诗体里发现了中、西诗歌诗体形式的某种契合点,从而为新诗的形式创造提供了新的经验。新月派诗人曾试图引入多种西方诗体,如三叠令、四环调、巴俚曲、栾兜儿等,但都未能立住脚;转借十四行诗的试验,却产生了一批成果,如孙大雨的《诀绝》、饶孟侃的《弃儿》、卞之琳的《一个和尚》、朱湘的《十四行英体》之十二、陈梦家的《太湖之夜》、李惟建的《祈祷》等,这些作品为绵延至今的汉语十四行诗的写作开辟了道路。此外,孙毓棠的《宝马》,仿西方无韵"素体"史诗,"气势宏大,描绘细腻,驰想中求近史,敷衍中讲典据,当时即被称之为'史诗','诗中少见的佳作'"[3]。

三 戴望舒、卞之琳等现代派诗人的创作

1930年代的现代派是由后期新月派与1920年代末的象征诗派演变而

---

[1] 徐志摩:《〈诗刊〉前言》,邵华强编:《徐志摩研究资料》,西安:陕西人民出版社1988年版,第236页。

[2] 闻一多:《谈商籁体》,《闻一多全集》第2卷,武汉:湖北人民出版社1994年版,第168页。

[3] 孙玉石:《我思想,故我是蝴蝶……》,《中国新诗总系(1927—1937)》,北京:人民文学出版社2010年版,第15—16页。

成的。被称为现代诗派"诗坛的首领"的戴望舒(1905—1950),1927年所写《雨巷》,虽然被叶圣陶盛赞为"替新诗底音节开了一个新纪元",但明显受到了新月派的影响,直到1929年创作的《我的记忆》,才"完成了'为自己制最合自己的脚的鞋子'(《零札》七)的工作"①。后来戴望舒编选《望舒草》时,特意删去了《雨巷》,就是要提醒读者,《我的记忆》才是他的现代派诗歌创作的起点。1932年5月《现代》杂志创刊(1935年5月终刊),成为刊载现代派诗歌并使之独立与成熟的重要园地,"现代派诗"也因《现代》杂志而得名。以后,戴望舒主持的《现代诗风》(1935年10月出版,仅一期),戴望舒、卞之琳、梁宗岱、冯至主编的《新诗》月刊(1936年10月—1937年7月)先后出版,进一步扩大了现代派诗的影响,这一诗派约在1936、1937年间达到了创作的极盛期。当时标榜"纯艺术"的新诗刊物之多,是一个令人瞩目的现象。正如孙望在其所编的《战前中国新诗选》初版后记里所说,"上海的《新诗》和《诗屋》,广东的《诗叶》和《诗之页》,苏州的《诗志》,北平的《小雅》,南京的《诗帆》等等,相继刊行……那真有如'雨后春笋'一样地蓬勃,一样地有生气"②。代表诗人除戴望舒外,还有施蛰存、何其芳、卞之琳、废名、林庚、李白凤、金克木等。

《现代》主编施蛰存在《现代》第4卷第1期上发表的《又关于本刊中的诗》几乎可以看作是现代派诗歌的一个宣言:"《现代》中的诗是诗。而且是纯然的现代的诗。它们是现代人在现代生活中所感受的现代的情绪,用现代的词藻排列成的现代的诗形。"③这里所强调的,一是要写纯然的"诗",这就表明了新诗谱系上与早期象征诗派的"纯诗——贵族化的诗"传统的承接;二是写"现代"的诗。正是这两个侧面构成了1930年代的现代派诗的主要特征。

关于诗的现代性的追求,按施蛰存的分析,又分为对"现代生活"的"现代(感受与)情绪"及"现代词藻(语言)"所决定的"现代诗形"两个方面。关于"现代生活",施蛰存也有明确的界说:"这里面包含着各式各样独特的形态:汇集着大船舶的港湾,轰响着噪音的工场,深入地下的矿坑,奏着Jazz乐的舞场,摩天楼的百货店,飞机的空中战,广大的竞马场——甚至连自然

①　杜衡:《〈望舒草〉序》,《戴望舒诗全编》,杭州:浙江文艺出版社1989年版,第53页。
②　孙望选辑:《战前中国新诗选》,成都:绿洲出版社1944年版,第126页。
③　施蛰存:《又关于本刊的诗》,《现代》第4卷第1期,1933年11月1日。

景物也与前代的不同了。"①和同在《现代》杂志上登场的新感觉派小说一样，现代派诗也为中国新诗坛提供了"现代都市风景线"："散乱在天蓝，朱，黑，惨绿，媚黄，衣饰幻成的几何形体，/若万花镜的拥聚惊散在眼的网膜上"，"飘动地有大飞船感觉的夜舞会哪"（郁琪《夜的舞会》），"在夕暮的残照里，/从烟囱林中升上来的大朵的桃色的云"（施蛰存《桃色的云》）。而且这样走来了现代都市青年："我来了，二十岁人，青年，年轻，明亮又健康。从植着杉树的路上，我来了哪，挟着网球拍子，哼着歌：G调小步舞；F调罗曼司。我来了，穿着雪白的衬衣，#与 b 爬在我的背上，印地安弦的网影子，在胸上"（徐迟《二十岁人》）。但诗人们很快就发现了自我与这现代都市的不和谐。就连刚刚唱过"衔在土耳其的烟味上，是年轻人轻松松的幻梦"（《年轻人的咖啡座》）的徐迟也唱出了"春烂了时，野花想起了广阔的田野"（《春烂了时》）的乡愁。因此，1930 年代的现代派诗人典型的"现代情绪（诗情）"是"都市怀乡病"。这些中国的现代诗人原本从农村（或小城镇）中来到大都市，寻求理想的梦，但他们并未被都市所接受，成了都市中的流浪汉；作为生存于都市与乡土、传统与现代夹缝中的边缘人，他们既感受着古老的农业文明向工业文明转型期的历史阵痛，又体验着波德莱尔笔下的都市文明的沉沦与绝望，以及魏尔伦诗行中的颓废的世纪末情绪，理想与现实的矛盾使他们回到内心世界。但他们又无力像波德莱尔（或者如中国的鲁迅）那样严酷地、激烈地自我拷问与分裂，他们中的大多数也无法进入形而上层面的思考，于是就转向微茫的"乡愁"（既是对自己出生的田园、传统文化的皈依，也是对精神家园的追慕），对"现代都市青春病"的体味与自恋——"回来啊，来一抚我伤痕，/用盈盈的微笑或轻轻的一吻"（戴望舒《回了心儿吧》），从而形成了一种感伤的情调与思绪。

最典型地表现了这种诗情的，自然是被视为现代派诗人代表的戴望舒。在他的诗里，出现了"攀九年的冰山""航九年的旱海"的"寻梦者"，当"梦开出花来"时，他已经"鬓发斑斑""眼睛朦胧"（《寻梦者》）：这追求的执着与精神耗尽的苍老，是具有更大的概括性的。诗人自称"夜行者"，"走在黑夜里：/戴着黑色的毡帽，/迈着夜一样静的步子"（《夜行者》）；他在"寻找什么"、在"单恋着"，但只会说"不是你"，并且"不知道"是恋着谁（《单恋者》）：这找不到目标与归宿的永远的行走，交织着绝望与对绝望的抗争。

---

① 施蛰存：《又关于本刊的诗》，《现代》第 4 卷第 1 期，1933 年 11 月 1 日。

于是诗人自化为"乐园鸟":"飞着,飞着,春,夏,秋,冬,/昼,夜,没有休止,/华羽的乐园鸟,/这是幸福的云游呢,/还是永恒的苦役?"并且问道:"假使你是从乐园里来的/可以对我们说吗,/华羽的乐园鸟,/自从亚当,夏娃被逐后,/那天上的花园已荒芜到怎样了?"(《乐园鸟》)明知是"永恒的苦役",也要"没有休止"地追求;既清醒于"天上的花园"已经"荒芜",仍然念念不忘:这都写出了中国现代诗人身处理想失落的现代社会,不愿舍弃却又无力追回的挣扎的无奈与哀伤。这诗情是现代的,也是中国的。

现代派在诗歌艺术上的追求,是建立在对他们所认为的此前新诗创作弊端的反思基础上的,即"反思'五四'之后新诗发展中写实与浪漫主义诗歌的过分直白与袒露,反思象征主义的过分晦涩难懂,反思新诗为自身生存对于古典诗歌艺术传统的过分隔膜和距离"①,由此而形成了现代派诗歌艺术的三个特点。

其一,在诗的表达上,强调适度地把握真实与想象、表现与隐藏、隐与显的关系。就像戴望舒所说,"诗是由真实经过想象而出来的,不单是真实,亦不单是想象"②,他的朋友杜衡则说,诗人写诗的动机也在"既不是隐藏自己,也不是表现自己"③。实际上是要完成"由过分隐晦到隐藏适度的美学转折"④。

其二,施蛰存对他所说的"现代词藻"与"现代诗形"曾做过这样的解释:"《现代》中有许多诗的作者曾在他们的诗篇中采用一些比较生疏的古字,或甚至是所谓'文言文'中的虚字,但他们并不是有意地在'搜扬古董'。对于这些字,他们没有'古'的或'文言'的观念。只要适宜于表达一个意义,一种情绪,或甚至是完成一个音节,他们就采用了这些字。所以我说它们是现代的词藻。"⑤正像施蛰存所说,1930年代现代派诗创作中,"文言语词入诗"是一个相当引人注目的语言现象,可以随便举些例子:"于是遂有了家乡小园的神往"(戴望舒《小病》),"如不胜你低抑之脚步"(何其芳《脚步》),"乃自慰于一壁灯光之温柔"(李广田《灯下》),等等。这都使人联想

---

① 孙玉石:《我思想,故我是蝴蝶……》,《中国新诗总系(1927—1937)》,北京:人民文学出版社2010年版,第17页。

② 戴望舒:《论诗零札》,《戴望舒诗全编》,杭州:浙江文学出版社1989年版,第692页。

③ 杜衡:《〈望舒草〉序》,《戴望舒诗全编》,第51—52页。

④ 孙玉石:《我思想,故我是蝴蝶……》,《中国新诗总系(1927—1937)》,第18页。

⑤ 施蛰存:《又关于本刊的诗》,《现代》第4卷第1期,1933年11月1日。

起当年李金发的语言试验，但也如施蛰存所说，文言词语已逐渐融入现代诗的语言中，这自然是影响深远的。

其三，更值得注意的是，戴望舒在发表于《现代》上的《望舒诗论》里对"诗的音乐性"的观念提出了挑战："诗不能借重音乐，它应该去了音乐的成分。诗的韵律不在字的抑扬顿挫上，而在诗的情绪的抑扬顿挫上，即在诗情的程度上。""韵和整齐的字句会妨碍诗情，或使诗情成为畸形的。倘把诗的情绪去适应呆滞的，表面的旧规律，就和把自己的足去穿别人的鞋子一样。"①这样，现代诗派在 1930 年代重又举起了"诗的散文化"的旗帜。强调打破诗的格律，这似乎是对提倡"作诗如作文"的早期白话诗的一个回应，但却有着不同的意义：早期白话诗主张诗的思维与形式的彻底散文化，从而达到"非诗化"，并追求明白、易懂，实现诗的平民化；而现代诗派仍然坚持"纯诗"的观念，强调"（现代）诗是诗"，因此，仍然重视诗的思维、诗的情绪，并在此基础上建立诗的韵律，追求诗的朦胧美，走的还是诗的贵族化那一路。也许我们正可以从这一角度去理解废名对现代新诗的评价：它们的内容是诗的，形式则是散文的②。

卞之琳对戴望舒的诗歌语言、形式、风格追求做过这样的概括："在亲切的日常生活调子里舒卷自如，锐敏、精确，而又不失它的风姿，有节制的潇洒和有工力的淳朴。"③今人则以"自由大气，亲切自然"来概括戴望舒的风格。④ 试以戴望舒的代表作《我的记忆》为例。尽管所要表达的是对残忍、虚伪的生活永远摆脱不掉的"记忆"，根底上是一个流血的受伤的灵魂的痛苦歌唱，但在转化为诗的艺术时，却将残酷的主观"记忆"外化为一个人格化了的存在于我之外，却又为我而存在的客体，它的形象是"忠实得甚于我最好的友人"。服从于这样的诗的构思，全诗纯用日常生活中的口语，选取了大量生活中最常见的意象如烟卷、笔杆、酒瓶等等，从而形成了亲切感；全诗的语调也是平静、不动声色的，确实是一种"有节制的潇洒"。不妨再来品赏戴望舒的这首《印象》："是飘落深谷去的／幽微的铃声吧"——倾听自然的深幽的搏动吗？"是航到烟水去的／小小的渔船吧"——还是眺望宇宙

① 戴望舒：《望舒诗论》，《现代》第 2 卷第 1 期，1932 年 11 月 1 日。
② 冯文炳：《谈新诗》，北京：人民文学出版社 1984 年版，第 24 页。
③ 卞之琳：《戴望舒诗集·序》，《戴望舒诗集》，成都：四川人民出版社 1981 年版，第 5 页。
④ 孙玉石：《我思想，故我是蝴蝶……》，《中国新诗总系（1927—1937）》，北京：人民文学出版社 2010 年版，第 21 页。

的空远？"如果是青色的真珠；/它已堕到古井的暗水里"——或者凝视生命向古老灰暗的过去沉落？既是听觉意象、视觉意象的叠加，又是具象的直观与抽象的暗示（联想）的融合。"林梢闪着的颓唐的残阳，/它轻轻地敛去了/跟着脸上浅浅的微笑"——是"人"感觉中的"自然"（"颓唐的残阳"），是追随"自然"的"人"（"跟着"残阳敛去的"微笑"）。所有的意象最后都定格在"人"的意象上。这"意"与"象"的浑然一体、"人"与"自然"的浑然一体，正是 1930 年代现代派诗歌的主要追求与特征。这就意味着，戴望舒代表的现代诗派又完成了"由重诗形到重意象"①的美学转折。

人们由此发现的是 1930 年代现代派诗歌与中国传统诗歌主流的深刻联系。这里，无论是对主客体交融的意象的注重、意象原型的选用（深谷、铃声、烟水、渔船、真珠、古井、残阳等等），以及意象叠加的诗的组合方式，还是人与自然和谐与交融的追求，贯注于人与自然意象中的感伤情调都显示出对传统的回归，这也正是 1930 年代典型的现代诗情。杜衡在《〈望舒草〉序》里就明确谈到了以"真挚的感情做骨子"，"铺张而不虚伪，华美而有法度"，把"象征派的形式，古典派的内容"统一起来的企望。② 所谓"古典的内容"，即是针对早期象征派对异域情调的炫弄，要求真实地表现中国深厚的历史文化背景，真切地传达处于传统的重负与现实的动荡夹击中的中国读书人的心境、情绪，从中获得真实的诗情。作为现代中国的读者，特别是知识分子读着戴望舒的诗句，如"你的梦开出花来了，/你的梦开出娇妍的花来了，/在你已衰老了的时候"（《寻梦者》），是不能不悄然动容的。因为它既传达了大时代里个人命运的忧伤，又几乎概括了一个世纪中国民族奋斗者的心灵的历史。追求"华美而有法度"，更表现了现代派诗人把西方象征派诗歌的新美学与中国传统诗学结合的意图。卞之琳在《新月》第 4 卷第 4 期上曾发表一篇题为《魏尔伦与象征主义》的译文，在前言中特意强调，西方象征派注重"亲切与暗示"，这也正是中国"旧诗词底长处"。像戴望舒的《我的记忆》那样的诗，将灵魂受伤的"记忆"外化为一个"忠实的友人"，这艺术表现上的亲切、温和、含蓄，既吸收了魏尔伦诗的特点，又与中国"哀而不伤"的诗歌传统相通。

---

① 孙玉石：《我思想，故我是蝴蝶……》，《中国新诗总系（1927—1937）》，北京：人民文学出版社 2010 年版，第 18 页。

② 杜衡：《〈望舒草〉序》，《戴望舒诗全编》，杭州：浙江文艺出版社 1989 年版，第 52 页。

沿着戴望舒开辟的道路继续摸索，并形成了自己独特风格的，是《汉园集》诗人。《汉园集》是 1936 年出版的三位青年诗人的合集，内收何其芳的《燕泥集》、李广田的《行云集》与卞之琳的《数行集》。这是更加注重将东、西方诗学融合的新一代诗人。何其芳（1912—1977）在追述写作《燕泥集》的艺术汲取时就说："这时我读着晚唐五代时期的那些精致的冶艳的诗词，蛊惑于那些憔悴的红颜上的妩媚，又在几位班纳斯派以后的法兰西诗人的篇什中找到了一种同样的迷醉。"①因此，何其芳收在《预言》里的早期诗歌中冷艳的色彩、青春的感伤、精致的艺术，是同时交汇着东西方诗歌的影响的。"成天梦着一些美丽的温柔的东西"的诗人，他的心理、情感，以至美学的选择，都偏向中国古典的"佳人芳草"。最抽象的情思在他的笔端都变成可观、可触、可闻、可嗅的声色而流芳溢彩。这是"欢乐"的颜色，"象白鸽的羽翅""鹦鹉的红嘴"；这是"欢乐"的声音，"象一声芦笛"；而且是"可握住的，如温情的手"，"可看见的，如亮着爱怜的眼光"（《欢乐》）。"南方的爱情"沉沉地睡着，"它醒来的扑翅声也催人入睡"；"北方的爱情"却是警醒着的，"而且有轻趑的残忍的脚步"（《爱情》）。"思念"如"一夜的虫声使我头白"（《砌虫》），而"梦想"也如少女，"裙带卷着满空的微风与轻云"，"樱唇吹起深邃的箫声"（《梦歌》）。这是真正"美丽"的诗，永远天真而自得其乐的诗人，"往往叫你感到，他之诉苦，只因为他太愉快了，需要换换口味"②。因此，诗人说，"我的忧郁"，也是"可爱的"（《欢乐》），"我将忘记快来的是冰与雪的冬天，／永远不信你甜蜜的声音是欺骗"（《罗衫》）。研究者因此认为，"何其芳对于语言的选择与锤炼达到了前所未有的境界"，他也成为"由言语的提炼进而揉成意象创新探索的杰出代表"。③

　　《汉园集》三诗人中最引人注目的是卞之琳（1910—2000），他这一时期的诗集除《数行集》外，还有《音尘集》《鱼目集》等。卞之琳曾用"小处敏感，大处茫然"来概括这一时期的自己，他确实"茫然"于时代风云，对艺术却高度敏感而热情，被人们称作最醉心于新诗技巧与形式试验的艺术家。他自己说他写白话新体诗，是最着力于诗的"欧化""古化"或"化欧""化

---

　　① 何其芳：《梦中道路》，《何其芳文集》第 2 卷，北京：人民文学出版社 1982 年版，第 65 页。

　　② 沙汀：《何其芳选集·题记》，《何其芳选集》第 1 卷，成都：四川人民出版社 1997 年版，第 26 页。

　　③ 孙玉石：《我思想，故我是蝴蝶……》，《中国新诗总系（1927—1937）》，北京：人民文学出版社 2010 年版，第 26 页。

古”的。① 为此，他做了极其广泛的汲取，自己点名的即有西方的波德莱尔、T. S. 艾略特、叶慈、里尔克、瓦雷里、魏尔伦、奥顿、阿拉贡，中国古代的李商隐、姜白石、温庭筠，足见其自觉程度。② 验之于创作实践，卞之琳也许更多地是受到瓦雷里、T. S. 艾略特等后期象征派的影响，因此而成为三四十年代中国现代派诗歌的一座桥梁。他既受到徐志摩为代表的后期新月派及戴望舒为代表的现代派诗人的深刻影响，同时也提供了一些新的东西。主要有二：一是由“主情”向“主智”的转变。在新诗史上卞之琳是一位具有自觉的哲学意识的诗人，人们说他的诗常于平淡中出奇，就是因为善于对日常生活现象进行哲学的穿透与开掘。如由小孩的扔石头，而思及“人”被自己不能把握的力量“好玩的捡起”，“向尘世一投”的命运（《投》）；由衣襟的“空”眼插入爱的小花，悟及世界上“无之以为用”（《无题五》）；从村头路边的问道，展现“行人”与“树下人”生命的“倦”与“闲”的对照与互讽（《道旁》），等等。而他的代表作《断章》——“你站在桥上看风景，/看风景人在楼上看你。//明月装饰了你的窗子，/你装饰了别人的梦”，就是通过对常见的“风景”的刹那感悟，讨论了主客体关系的相对性。与这样的感性和智性的交融相联系，卞之琳做了具象词与抽象词相嵌合的语言实验。如“我喝了一口街上的朦胧”（《记录》），“友人带来了雪意和五点钟”（《距离的组织》），“伸向黄昏的道路像一段灰心”（《归》），“穿进了黄昏的寂寞”（《远行》），等等。卞之琳等人所做的这些试验，当时就被称作“新的智慧诗”③，其受到西方后期象征派的影响是明显的。但同样明显的是，卞之琳接触到了许多现代哲学命题，却无意究，他所表现的是一些智慧的闪光，是哲理的趣味；也正是在这一点上，他的诗可以视为对早期白话诗，以至更遥远的宋诗对“理趣”之追求的一个隔代回应与发展。卞之琳的另一个贡献是“诗的非个人化”，人们说他的诗“用冷淡掩深挚，从玩笑出辛酸”也就是指这一方面的特点。用他自己的说法，他是将西方小说化、典型化、戏拟化的戏剧性处境与中国旧小说的意境融会，达到个人的隐匿：“这时期绝大多数诗里的‘我’

---

① 卞之琳：《雕虫纪历·自序》，《雕虫纪历（1930—1958）》（增订版），北京：人民文学出版社 1984 年版，第 15 页。

② 同上书，第 16 页。

③ 柯可：《论中国新诗的新途径》，《新诗》第 4 期，1937 年 1 月 10 日。

也可以和'你'或'他'('她')互换。"①诗人真的像他所写的那样,站在楼上"看风景":看"一个手叉在背后的闲人"捏着核桃在散步(《一个闲人》),看遥远的大山里,和尚撞过了白天的丧钟(《一个和尚》),看卖酸梅汤的摊儿旁,在茶馆门口,人们在聊天(《酸梅汤》),看小镇上深夜里"敲梆的过桥,敲锣的又过桥"(《古镇的梦》),是一种冷眼旁观的姿态。有时候"我"也出现,或"想在天井里盛一只玻璃杯,/明朝看天下雨今夜落几寸"(《雨同我》),或幻想"捞到了一只圆宝盒"(《圆宝盒》),或感觉"空灵的白螺壳""漏到了我的手里/却有一千种感情"(《白螺壳》),但也都似我非我,而且不让别人明白"我"的真正所思,以至连刘西渭、朱自清这样的行家都解不透。这诗人主体的退出与模糊,尽管也可以看作新月派提倡的"抒情客观化"的发展,但更是对早期白话诗开始的"高扬诗人主观意志(情感)"的新诗潮的一个历史的反拨,也是向传统的回归。卞之琳说1930年代现代派诗歌是"倾向于把侧重西方诗风的吸取倒过来为侧重中国旧诗风的继承"②,其实真正代表了这一倾向的,正是他自己。

1930年代现代派诗人中,另一位"新的智慧诗"的作者是废名。他更是一位东方化的现代诗人,融入其诗灵魂的是佛道精义,是诗禅传统,是晚唐李(商隐)、温(庭筠)的"驰骋想象""上天下地,东跳西跳"的诗境③,是六朝文的风致。他的诗不仅有禅理禅趣,连诗的思维也深受禅的影响。他的代表作《十二月十九夜》写面壁对灯,打坐入定:"深夜一枝灯,/若高山流水,/有身外之海。/星之空是鸟林,/是花,是鱼,/是天上的梦,/海是夜的镜子"——这是空灵的自我内心的无限外射;"思想是一个美人,/家,/是日,/是月,/是灯,/是炉火……"——这是大千世界万象内聚、包容于心。"射""聚"之间,思接万仞千里,全凭瞬间顿悟,超越了逻辑,抽去了中介,又在一定程度上与西方现代主义诗歌的某些艺术表达方式暗合或相通。这就形成了废名的"联想的突然性",由此又造成了他的诗的"离奇"与"晦涩",而"诗的新鲜往往就在这种联想的突然性"。④ 废名毕竟是现代诗人,他在解释《掐花》一诗时说自己既想"餐霞饮露",又"忠于人生","害怕"成仙,

---

① 卞之琳:《雕虫纪历·自序》,《雕虫纪历(1930—1958)》(增订版),北京:人民文学出版社1984年版,第3页。

② 卞之琳:《戴望舒诗集·序》,《戴望舒诗集》,成都:四川人民出版社1981年版,第3页。

③ 冯文炳:《谈新诗》,北京:人民文学出版社1984年版,第35、34页。

④ 朱光潜:《谈晦涩》,《新诗》第2卷第2期,1937年5月10日。

只有投入明澈的水中，"躲在那里很是美丽"。① 他的诗在"深玄的背景"下透露出的孤洁感②仍是现代人的。——请读他的《街头》，且看他如何在喧闹中领悟无所不在的寂寞："行到街头乃有汽车驰过，/乃有邮筒寂寞。/邮筒 PO/乃记不起汽车的号码 X，/乃有阿拉伯数字寂寞，/汽车寂寞，/大街寂寞，/人类寂寞。"

1930 年代现代诗派诗人大多数采用自由诗体，也有进行新的格律诗试验的，这就是林庚（1910—2006）。他的《夜》与《春野与窗》集里多为自由诗，诗人自己后来回忆说："自由诗使我从旧诗词中得到一种全新的解放"，"我觉得我是在用最原始的语言捕捉了生活中最直接的感受"③。但诗人很快就敏锐地感觉到新诗在"五四"散文解放的浪潮中获得了自由以后，还需要再一次解放，即"为了使诗歌语言利于摆脱散文中与生俱来的逻辑习性，还有待于进一步找到自己更完美的形式"④。于是有了《北平情歌》时代的林庚：离开了自由诗，而从现代生活语言全新节奏的把握与中国民族诗歌形式发展的历史经验、规律的探讨中去寻找新诗的新的格律。林庚的努力，显示出新诗的形式探索由着重外来形式的引入，转向对传统诗歌形式发展道路的历史借鉴，自有"史"的意义。而他自己的诗作，如废名所说，则"给新诗送来了'一份晚唐的美丽'"⑤。但由于与时代的自由诗潮流不相适应，林庚的理论与试验未能引起更大的注意，而且很快由于抗战的爆发，更被淹没在时代的歌唱中了。

附录　本章年表

1928 年

1 月　闻一多《死水》集由新月书店出版。

2 月　郭沫若《前茅》集由创造社出版部出版，为"创造社丛书"之一。

3 月　郭沫若《恢复》集由创造社出版部出版，为"创造社丛书"之一。

4 月　冯乃超《红纱灯》集由创造社出版部出版，为"创造社丛书"之一。

8 月　戴望舒《雨巷》发表于《小说月报》第 19 卷第 8 号。

---

① 冯文炳：《谈新诗》，北京：人民文学出版社 1984 年版，第 222 页。
② 参看朱光潜：《编者后记》，《文学杂志》第 1 卷第 2 期，1937 年 6 月。
③ 林康：《问路集·自序》，《问路集》，北京：北京大学出版社 1984 年版，自序第 1 页。
④ 林庚：《问路集·自序》，《问路集》，自序第 2 页。
⑤ 冯文炳：《谈新诗》，第 185 页。

同月　王独清《威尼市》集由创造社出版部出版,为"创造社丛书"之一。

12 月　徐志摩《再别康桥》发表于《新月》第 1 卷第 10 期。

1929 年

1 月　胡也频《也频诗选》由红黑出版社出版。

4 月　戴望舒《我的记忆》集由水沫书店出版。

8 月　冯至《北游及其他》由沉钟社出版。

10 月　金发(李金发)《艺术之本原与其命运》发表于《美育》第 3 卷。

11 月　刘大白《卖布谣》由开明书店出版。

1931 年

1 月　徐志摩主编《诗刊》创刊(三期之后交陈梦家主编),创刊号发表梁实秋《新诗的格调及其他》。

同月　陈梦家《梦家诗集》由新月书店出版。

8 月　徐志摩《猛虎集》由新月书店出版,附《自序》。

9 月　陈梦家编《新月诗选》由新月书店出版,附陈梦家长篇序言。

1932 年

5 月　施蛰存主编《现代》杂志创刊。

9 月　中国诗歌会在上海成立,负责人有蒲风、穆木天、任钧、杨骚等。

11 月　戴望舒《望舒诗论》(后收入《望舒草》时更名《诗论零札》)发表于《现代》第 2 卷第 1 期。

1933 年

2 月　茅盾《徐志摩论》发表于《现代》第 2 卷第 4 期。

同月　中国诗歌会机关刊物《新诗歌》旬刊创刊(后改为半月刊、月刊)。

6 月　林庚《夜》由开明书店出版。

7 月　臧克家《烙印》集自印出版,闻一多作序。

8 月　戴望舒《望舒草》由现代书局出版,附杜衡序言。

本年　刘半农《初期白话诗稿》由星云堂书店影印出版,刘半农作序。

1934 年

1 月　臧克家《罪恶的黑手》(长诗)发表于《文学》第 2 卷第 1 号。同年 10 月由生活书店出版。

4 月　蒲风《茫茫夜》集由国际编译馆出版。

5 月　艾青《大堰河——我的保姆》发表于《春光》月刊第 1 卷第 3 期。

6 月　朱湘《石门集》由商务印书馆出版。

1935 年

8 月　朱自清作《〈中国新文学大系·诗集〉导言》,收入《中国新文学大系·诗集》,由良友图书公司出版。

10 月　戴望舒主编《现代诗风》创刊。

12 月　蒲风《六月流火》(长篇叙事诗)在日本东京出版。

同月　卞之琳《鱼目集》由文化生活出版社出版。

本年　田间《未明集》由群众杂志公司出版。

1936 年

3 月　卞之琳、何其芳、李广田的合集《汉园集》由商务印书馆出版,为"文学研究会创作丛书"之一。内收何其芳《燕泥集》、李广田《行云集》、卞之琳《数行集》。

4 月　鲁迅《白莽作〈孩儿塔〉序》以《白莽遗诗序》为题发表于《文学丛报》第 1 期。

7 月　田间《中国农村的故事》(长篇叙事诗)由诗人社出版。

10 月　全国 14 个诗歌团体组成的中国诗歌作者协会机关刊物《诗歌杂志》创刊。

同月　卞之琳、孙大雨、梁宗岱、冯至、戴望舒等为编委的《新诗》月刊创刊。

同月　蒲风《钢铁的歌唱》集由诗歌出版社出版,为"国防诗歌丛书"之一。

同月　徐迟《二十岁人》集由时代图书公司出版。

11 月　艾青《大堰河》集自印出版。

1937 年

1 月　戴望舒《望舒诗稿》自印出版。

同月　佩弦(朱自清)《新诗杂话》、茅盾《论早期白话诗》发表于《文学》"新诗专号"。

本年　蒲风主编(后由雷石榆主编)《中国诗坛》创刊。

知识点

必读作品与文献

思考题

第十七章　鲁迅(二)

一　鲁迅杂文的重大意义

鲁迅在他的一生中,特别是后期思想最成熟的年月里,倾注了大部分生命与心血于杂文创作中。事实上,鲁迅的名字是与杂文紧紧联系在一起的;但引起最大争议的,也是鲁迅的杂文。从鲁迅生前,直到现在,对杂文,特别是鲁迅杂文的否定与嘲讽,从未停止过。尽管人们无数次地宣布:鲁迅杂文的时代已经过去,尽管鲁迅自己也一再表示希望他的攻击时弊的杂文"与时弊同时灭亡",但一个无情的事实却是,鲁迅的杂文始终为一切关心与思考社会、历史、思想、文化、人生、人性等问题的中国人尤其是中国青年所钟爱,任何时候都是中国现实中活生生的存在,对正在进行、发展的中国思想、文化、文学发生作用,对现实的中国人心产生影响。它们可以不断地重新发表,仍然给读者以仿佛针对当前的现实而写的感觉;它们可以一遍又一遍地阅读,每读一次都会有新的感受、新的发现,常读而常新。对以上似乎矛盾的阅读现象进一步思考,可以发现鲁迅杂文的如下意义。

第一,作为一种报刊文体,杂文与现代传播有着血肉般的联系。人们说起杂文,特别是鲁迅的杂文,总是要联想到"五四"时期的《新青年》《语丝》《莽原》《京报副刊》《晨报副刊》,1930年代的《萌芽》《太白》《文学》《申报·自由谈》等等,这大概不是偶然的。在这个意义上,杂文是富于现代性的文体;或者说,它是现代作家、知识分子通过现代传播媒介与他所处的时代、中国以及世界的社会、思想、文化现实发生有机联系的一个重要、有效的方式。鲁迅正是通过杂文这种形式,自由地伸入现代生活的各个领域,迅速地接纳、反映瞬息万变的时代信息,做出政治的、社会历史的、伦理道德的、审美的评价与判断,并及时地得到生活的回响与社会的反馈。随着现代传播对人的现代生活日益深刻的影响,杂文(包括鲁迅的杂文)也就真正深入现代生活中,并成为其中一个有机组成部分。这样的作用与价值是其他非报刊文体不可能具有的。正因为杂文与正在进行时的生活有着如此密切的互动关系,用鲁迅的说法"是感应的神经,是攻守的手足"①,它也就能够成为一个时代的忠实记录。鲁迅对此有着相当的自觉与自信,他说:"我的杂文,所写的常是一鼻,一嘴,一毛,但合起来,已几乎是或一形象的全体"②,"'中国的大众的灵魂',现在是反映在我的杂文里了"③。鲁迅曾经"想到可以择历来极其特别,而其实是代表着中国人性质之一种的人物,作一部中国的'人史'"④;在一定的意义上,可以说鲁迅的杂文不仅是现代中国社会、政治、历史、法律、宗教、哲学、道德、文学、艺术,乃至经济、军事等等的百科全书,而且以其对中国现代国民的文化心理、行为准则、价值取向,以及民性、民情、民俗、民魂的真实、生动而深刻的描绘,成为一部活的现代中国人的"人史"。人们说,要了解中国的特别国情,就要了解创造这特别国情的中国人;而要了解中国人,莫过于细心阅读鲁迅杂文这一文献;这是有道理的。

第二,鲁迅曾这样说:"我们试去查一通美国的'文学概论'或中国什么大学的讲义,的确,总不能发见一种叫作 Tsa-wen 的东西";但他又说:"我知道中国的这几年的杂文作者,他的作文,却没有一个想到'文学概论'的规定,或者希图文学史上的位置的,他以为非这样写不可,他就这样写……"⑤这就是说,杂文是一个未经规范化的文体,在这个意义上,它是一种无体之文。"无体"固然会给它的学习、推广、再生产造成困难,却同时提供了特别大的自由创造的空间。"以为非这样写不可,他就这样写",一切出于内心自由欲念的驱动,最方便地表达自己。可以说,正是杂文这种"无体的自由体式"使鲁迅天马行空的思想艺术得到淋漓尽致的发挥。我们看到鲁迅是那样自由地飞翔于杂文这块广阔的天地里,进行着既是现实的又是超越性的思考,无忌地出入于文学、历史、地理、哲学、心理、民俗、人类学、政治学、文化学,以至自然科学等各门学科,无拘地表现自己的大愤怒、大憎恶、大轻蔑与大欢喜,将各种艺术形式——诗的、戏剧的、小说的、散文的、绘画的以至音乐的等等熔为一炉。鲁迅正是利用杂文的形式,发挥他不拘一格的创造力与想象力,进行他的文体试验的;在这个意义上,"杂文"又确实是具有

---

① 鲁迅:《〈且介亭杂文〉序言》,《鲁迅全集》第6卷,第3页。
② 鲁迅:《〈准风月谈〉后记》,《鲁迅全集》第5卷,第402页。
③ 同上书,第423页。
④ 鲁迅:《晨凉漫记》,《鲁迅全集》第5卷,第248页。
⑤ 鲁迅:《徐懋庸作〈打杂集〉序》,《鲁迅全集》第6卷,第300页。

某种先锋性的。这是鲁迅终于找到的最足以发挥他的创造天才,也可以说最适合他的文体。正因为如此,鲁迅的杂文就具有了某种不可重复性。鲁迅杂文的这种个人性其实倒是体现了文学的现代性的基本特征的,从而具有某种典范意义。

二 鲁迅杂文的思想、艺术特质

(一)批判性、否定性的特色

鲁迅说,杂文作者的任务,“是在对于有害的事物,立刻给以反响或抗争”①。鲁迅曾把杂文分为“社会批评”与“文明批评”两类,所强调的正是杂文的批评(批判)内涵与功能。顺次翻开鲁迅 16 本杂文集,就可以看到一部不停息地批判、论战、反击等等的思想文化斗争的编年史:“五四”时期对封建旧礼教、旧传统的批判,与复古派的论争(《热风》);“五四”后对中国历史、国民性的解剖(《坟》);“五卅运动”与“三一八”惨案后对残杀中国人民与青年学生的帝国主义、封建军阀的揭露与抗争,与现代评论派的论战(《华盖集》《华盖集续编》);大革命失败后对国民党杀戮革命青年的抗击(《而已集》);1920 年代末与创造社、太阳社关于革命文学的论争(《三闲集》);1930 年代初对国民党政府支持的民族主义文学的斗争,与新月派的论辩(《二心集》);与“第三种人”、论语派等的诘难(《南腔北调集》《伪自由书》);对以上海为中心的 1930 年代中国半殖民地的商业社会的透视与批判(《花边文学》《伪自由书》《准风月谈》);对明清思想、文化、学术,以及儒、道各家的重新审视与清理(《且介亭杂文》《且介亭杂文二集》);对国民党政府的法西斯专政的抗议,对中国共产党内“左”倾路线的反击(《且介亭杂文末编》及《附集》)……鲁迅杂文所显示的这种“不克厥敌,战则不止”的不屈不挠的批判精神,从根本上有违于中国文化与中国士大夫知识分子的恕道、中庸传统,集中地体现了鲁迅其人其文的反叛性、异质性。

但鲁迅从不后悔自己的选择,他说:“我自己也知道,在中国,我的笔要算较为尖刻的,说话有时也不留情面。但我又知道人们怎样地用了公理正义的美名,正人君子的徽号,温良敦厚的假脸,流言公论的武器,吞吐曲折的文字,行私利己,使无刀无笔的弱者不得喘息。倘使我没有这笔,也就是被

---

① 鲁迅:《〈且介亭杂文〉序言》,《鲁迅全集》第 6 卷,第 3 页。

欺侮到赴诉无门的一个;我觉悟了,所以要常用……"①鲁迅是因为感同身受着中国社会的弱者(无地位者、不被承认者、受压迫者)的痛苦,而自觉地进行他的反抗的。鲁迅以不断地批判来体现自身(包括自己的文学)的价值,他也许是有着更为充分的理由的:在他看来,"真的知识阶级"(也可以说是区别于传统士大夫知识阶层的现代知识分子)"他们对于社会永不会满意的,所感受的永远是痛苦,所看到的永远是缺点,他们预备着将来的牺牲","要是发表意见,就要想到什么就说什么。真的知识阶级是不顾利害的"。② 鲁迅在他的杂文中所达到的难以置信的批判广度,以及为人(包括形形色色、林林总总的奴役他人者、被他人奴役者)所难以接受的批判的深刻性与尖锐性,正是根源于他的"立人"的理想与彼岸关怀。看不到鲁迅杂文里的批判背后的理想、否定中的肯定,也同样难以真正理解鲁迅杂文的否定性特质。

(二)在反常规的多疑思维烛照下批判的犀利与刻毒

鲁迅的批判,不同于一般的思想评论,他把自己的批判锋芒始终对准人,人的心理与灵魂:这就是一种文学家的观照。而且正如鲁迅自己所说:"我的习性不大好,每不肯相信表面上的事情",常有"疑心"。③ 因此,他最为关注并且要全力揭示的,正是人们隐蔽的,甚至自身也未必有完全自觉意识的心理状态。鲁迅有一篇著名的杂文《论"他妈的!"》,就是从中国人习以为常、见怪不怪的"国骂"的背后,看出了封建等级、门第制度所造成的扭曲而不免卑劣的反抗心理,并做出如下判断:"中国人至今还有无数'等',还是依赖门第,还是倚仗祖宗。倘不改造,即永远有无声的或有声的'国骂'。"④今天的有良知的中国人读到这段话,大概仍不免脸红心跳:鲁迅实在是把我们国人的心理弱点看透了。许多戏迷都喜欢看"男人扮女人",鲁迅却做了这样的分析:"男人看见'扮女人'","女人看见'男人扮'",这似男非男、似女非女的艺术正是"中国的最伟大最永久,而且最普遍的艺术"⑤,它不仅表现了中庸之道下的中国民族病态心理,而且反映了封建性压抑下的性变态。此种心理是人们所不想说、不便说的,鲁迅一说,就成了

---

① 鲁迅:《我还不能"带住"》,《鲁迅全集》第 3 卷,第 260 页。
② 鲁迅:《关于知识阶级》,《鲁迅全集》第 8 卷,第 227、226 页。
③ 鲁迅:《两地书·十》,《鲁迅全集》第 11 卷,第 40 页。
④ 鲁迅:《论"他妈的!"》,《鲁迅全集》第 1 卷,第 248 页。
⑤ 鲁迅:《论照相之类》,《鲁迅全集》第 1 卷,第 196 页。

"刻毒"。鲁迅还提出了"推背式"的思考方法,即"正面文章反面看",据此而写出一些杂文,例如《小杂感》中说"自称盗贼的无须防,得其反倒是好人;自称正人君子的必须防,得其反则是盗贼"①;以此方法去读报:"例如近几天报章上记载着的要闻罢:一、××军在××血战,杀敌××××人。二、××谈话:决不与日本直接交涉,仍然不改初衷,抵抗到底。……倘使都当反面文章看,可就太骇人了。"②这都是深刻到了令人毛骨悚然的地步,自然也是"刻毒"。

应该说鲁迅的杂文思维也是非规范化的,他常在常规思维路线之外另辟蹊径,别出心裁,就打开了全新的思路。例如在《魏晋风度及文章与药及酒之关系》这篇著名的学术随笔里,谈到嵇康、阮籍,学术史、思想史上"一向说他们毁坏礼教",这几乎已成定论;但鲁迅却依据当时人所谓"崇奉礼教",其实是借以自利,提出了另一种独到的心理分析——真正信奉礼教的老实人对此"不平之极,无计可施,激而变成不谈礼教,不信礼教",于是得出了不同于前人的结论:嵇、阮之毁坏礼教只是表面现象,实际上(潜意识里)却是爱之过深的表现。③ 还有一例:袁世凯在辛亥革命后,大杀革命党人,于是有人著文大加谴责,认为他不该"错杀党人"。鲁迅却提出"异议",说"从袁世凯那方面看来,是一点没有杀错的,因为他正是一个假革命的反革命者",由此得出了一个事关重大的结论:"中国革命的闹成这模样,并不是因为他们'杀错了人',倒是因为我们看错了人。"④鲁迅杂文的这些分析、论断,常对读者的习惯性思维构成一种挑战;但细加体味,却不能不承认其内在的深刻性与说服力。由于鲁迅的杂文往往具有某种实验性与先锋性,读者对鲁迅杂文的接受,必有一个从陌生到逐渐熟悉以至由衷地叹服的过程。鲁迅杂文之难懂,大概就在于此。

鲁迅杂文的犀利、刻毒,令人难以接受,还在于他同样违反常规的联想力。人们最感惊异的是,鲁迅能够把外观形式上距离最远,似乎不可能有任何联系的人和事联结在一起:他总是在"形"的巨大反差中发现"神"的相通。这在鲁迅的杂文中几乎俯拾皆是,构成了鲁迅杂文的基本联想模式。例如,文人雅士的小品文"遍满小报的摊子上",与"烟花女子,已经不能在

---

① 鲁迅:《小杂感》,《鲁迅全集》第3卷,第555页。
② 鲁迅:《推背图》,《鲁迅全集》第5卷,第97—98页。
③ 鲁迅:《魏晋风度及文章与药及酒之关系》,《鲁迅全集》第3卷,第535—537页。
④ 鲁迅:《〈杀错了人〉异议》,《鲁迅全集》第5卷,第100、101页。

弄堂里拉扯她的生意,只好涂脂抹粉,在夜里蹩到马路上来"(《小品文的危机》);"批评家"砍杀杂文的高论,与孔雀翘尾巴露出的屁眼(《商贾的批评》);失势的党国元老,与宫女泄欲余下的"药渣"(《新药》);文坛高士的"归隐",与官场俗子的"啖饭之道"(《隐士》);庄严的"现代史",与骗人的"变戏法"(《现代史》);等等。在鲁迅的联想的两端,一端是高贵者及其殿堂,一端全是地上"最不干净的地方",经鲁迅妙笔牵连,就达到了神圣(之人、之物)的戏谑化、高雅的恶俗化,这其实是揭示了更大的真实的;被嘲弄者(也即自命的高贵者)一方越不齿于此,越是仿佛被追慑其魂一般,摆脱不掉,自然视为刻毒之极。

鲁迅联想力的另一个重要方面是他对"历史(过去)"与"现实(现在)"的联系的独特感受与发现。他一再谈到,"历史上都写着中国的灵魂,指示着将来的命运"①,"祖母的模样,就预示着那娃儿的将来。所以倘有谁要预知令夫人后日的丰姿,也只要看丈母"②,"试将记五代,南宋,明末的事情的,和现今的状况一比较,就当惊心动魄于何其相似之甚,仿佛时间的流驶,独与我们中国无关"③。尽管在理性层面,鲁迅和他同时代的许多知识分子一样,信奉着历史进化论,但他直接感受到的,他的心理与情感体验到因而真正刻骨铭心的,却是这老中国时间的停滞,历史的循环,与过去的重来。正是这历史的鬼魂与现实的活人的循环叠合构成了鲁迅杂文的另一个基本的联想模式。在我们前已引述的杂文里,历史上杀党人的袁世凯与现实中屠戮革命青年的蒋介石之间,魏晋时代爱礼教而反礼教的嵇、阮与国民党清党后避不谈三民主义的孙中山的真正信徒之间,引起种种联想是十分自然的。而鲁迅在打着"新艺术"旗号的北大学生中看到了"旧道德"的重现时,就找到了最好的杂文题材。④ 以后,在他的笔下,不断地出现"新式青年"与"'桐城谬种'或'选学妖孽'的喽罗"(《重三感旧》)、"提倡白话"的战士与"拿出古字来嘲笑后进的青年"的教授(《"感旧"以后[下]》)、"洋服青年""拜佛"这一类的意象重叠。如果说前一类把彼此不相干的事情牵连在一起的联想给人以荒诞之感,那么,这类新与旧、历史与现实重合的联想,就让人感到绝望。这与人们所喜好的种种乐观主义的豪言相比,自然显得不合

---

① 鲁迅:《忽然想到·四》,《鲁迅全集》第 3 卷,第 17 页。
② 鲁迅:《这个与那个》,《鲁迅全集》第 3 卷,第 149 页。
③ 鲁迅:《忽然想到·四》,《鲁迅全集》第 3 卷,第 17 页。
④ 鲁迅:《看了魏建功君〈不敢盲从〉以后的几句声明》,《鲁迅全集》第 8 卷,第141 页。

时宜,也是一种"怪"(不符合大多数人的信念规范)。

(三)杂文思维中的"个"与"类"

鲁迅曾经说过:"我的坏处,是……砭锢弊常取类型","盖写类型者,于坏处,恰如病理学上的图,假如是疮疽,则这图便是一切某疮某疽的标本"。①这就是说,鲁迅的思维的起点总是具体的、个别的人与事("这一个");他具有一种特殊的敏感,能够从所接触到的纷繁的事物中,发现、区别出具有广阔思想内涵、可供开发的人与事,以此作为他的杂文的材料;然后将其置于时代、社会、历史的更大时空下进行剖析与开掘,以一种非凡的思想穿透力,竭力排除其个别性、具体性、特殊性,快刀斩乱麻地迅速切入本质,做出具有普遍意义的整体概括,并赋予简括的名称,将"这一个"提升为"这一类"的"标本",同时又保留着形象、具体的特征,成为"个"与"类"的统一。举鲁迅的一篇著名杂文《论"费厄泼赖"应该缓行》来说,文章是由林语堂、周作人提倡"费厄泼赖"精神,主张"不打落水狗"引起的,有具体的针对性;但鲁迅却由此概括出"叭儿狗"的类型形象:"它却虽然是狗,又很像猫,折中,公允,调和,平正之状可掬,悠悠然摆出别个无不偏激,惟独自己得了'中庸之道'似的脸来。"②"叭儿狗"这一概括,既十分形象,又"神情毕肖"地概括了中国社会某一类人的内在精神气质,迅速地在中国社会流传,成为这一类人的"共名",就像是取了一个绰号(诨名),"跑到天涯海角,它也要跟着你走"③。鲁迅又说:"我的杂文,所写的常是一鼻,一嘴,一毛,但合起来,已几乎是或一形象的全体……画上一条尾巴,却见得更加完全。"④鲁迅以他特有的韧性精神,每抓住一种类型形象,即跟踪追摄,及时画出其新的形态,如"每一个破衣服人走过……就叫起来,其实并非都是狗主人的意旨或使嗾""比它的主人更严厉"的"叭儿狗"(《小杂感》);"即使无人豢养,饿的精瘦,变成野狗了,但还是遇见所有的阔人都驯良,遇见所有的穷人都狂吠"的"丧家犬"(《"丧家的""资本家的乏走狗"》);曾经是激烈的狼,现已被驯服,"失去了野性的狗"(《上海文艺之一瞥》);"地位虽在主人之下,但总在别的被统治者之上的""殖民地上的洋大人"的"宠犬"(《"民族

---

① 鲁迅:《〈伪自由书〉前记》,《鲁迅全集》第 5 卷,第 4 页。

② 鲁迅:《论"费厄泼赖"应该缓行》,《鲁迅全集》第 1 卷,第 287 页。

③ 鲁迅:《五论"文人相轻"——明术》,《鲁迅全集》第 6 卷,第 394 页。

④ 鲁迅:《〈准风月谈〉后记》,《鲁迅全集》第 5 卷,第 402—403 页。

主义文学"的任务和运命》);"岌岌不可终日""一有变化,它们就另换一副面目"的"不忠实"的狗(《书信 340603》)等等。将鲁迅随着中国社会历史的演变,陆续勾勒下的"狗相"合起来看,就构成了中国"走狗"类型的性格(命运)发展史。

勾画"个"与"类"统一的类型形象("社会相""共名"),可以说是鲁迅杂文基本的艺术手段。"叭儿狗"之外,还有:"当受着豢养,分着余炙的时候,也得装着和这贵公子并非一伙"的"二丑"(《二丑艺术》);"脖子上还挂着一个小铃铎,作为智识阶级的徽章",把羊群领入屠场的"带头羊"(《一点比喻》);虽背叛革命,但从反革命那一面来看"门面太小"的"革命小贩"(《答杨邨人先生公开信的公开信》);"倚徙华洋之间,往来主奴之界"的"西崽"(《"题未定"草·二》);以及"革命工头"(《书信 360515》)、"奴隶总管"(《答徐懋庸并关于抗日统一战线问题》)、"洋场恶少"(《扑空》)等等。这些杂文里的类型"共名"与鲁迅小说里的形象(如阿 Q、祥林嫂、闰土、爱姑、狂人、孔乙己、魏连殳、吕纬甫等等)一样,具有长远的艺术生命力:鲁迅早已预言,"杂文这东西"是迟早要"侵入高尚的文学楼台去的"①。

这也是鲁迅进行论战时所采取的基本方法,正是最容易引起争议的。一旦成为论战的对手,特别是成为杂文的题材,鲁迅给自己规定的任务,就不是对某人做出全面评价,而是将某人一时一地的言行作为一种典型现象来加以解剖,所采取的方法是"攻其一点,不及其余",只抓住具有普遍意义的某一点,而有意排除了为这一点所不能包容的其他个别性、特殊性,从中提炼出一种社会类型。这样,在鲁迅杂文里被指名道姓的人与事(陈源、梁实秋、林语堂等等),实际上只是一种社会类型的"代名词",并不是对个人的"盖棺论定"(至多只是对所争论的具体问题的是非判断);鲁迅说他的论战杂文里"没有私敌,只有公仇",所强调的也正是这一点。读者每每不察,总视为意气之争,或以为鲁迅的批评"言过其实":这都是一种可悲的隔膜。今天的读者,既已时过境迁,倒是可以不顾及当年论争的具体情况与是非,而集中关注鲁迅从中概括出来的社会"类型"("共名")的普遍意义;在这个意义上,读者不熟悉文章的时代背景材料,反而有助于对其实质性内容的把握与理解。

---

① 鲁迅:《徐懋庸作〈打杂集〉序》,《鲁迅全集》第 6 卷,第 300—301 页。

（四）主观性与诗性特征

鲁迅宣称，他的杂文"不过是，将我所遇到的，所想到的，所要说的，一任它怎样浅薄，怎样偏激，有时便都用笔写了下来……就如悲喜时节的歌哭一般，那时无非借此来释愤抒情"①。这就是说，鲁迅杂文确是由某一外在客观人事引发的，但它所关注与表现的，却是作者自己的主观反应。一切客观人事都要通过鲁迅主观心灵（思维、感情、心理等等）的过滤、折射，才成为他的杂文的题材；因此，出现在鲁迅杂文里的人事，已不再具有纯粹的客观性，而是在过滤、折射过程中发生了变异（甚至变形）而主观化了的，是主客体的一种新的融合。读者能够透过杂文里的描述与抒写，看到（触摸到）活生生的鲁迅：他的所见，所思，所感，也即他的困惑的思想，他的被损害的心理，他的激荡的情感——他的心灵的"歌哭"。这才是鲁迅杂文的真正内核，鲁迅的杂文在根底上是"诗"的。鲁迅确实说过，他的杂文里有"中国大众的灵魂"；但如果看不到与"大众灵魂"叠合在一起的"鲁迅的灵魂"，至少没有完全读懂鲁迅的杂文。即以早被读熟了的《记念刘和珍君》一文为例，人们通常注意到这篇杂文对烈士的悼念，对反动军阀与帮凶文人的揭露，这都没有错；但却有意无意地忽略了文章或隐或显的感情线索：作者始终在"说话"（"写一点东西"）与"不说"（"沉默"）中犹豫、徘徊。"'先生可曾为刘和珍写了一点什么没有？'"我说'没有'。——"'先生还是写一点罢……'""我也早觉得有写一点东西的必要了……"——"可是我实在无话可说"，"还能有什么言语？"——"……（要）显示于非人间"，"我正有写一点东西的必要了"。——"我还有什么话可说呢？""沉默呵，沉默呵！不在沉默中爆发，就在沉默中灭亡。"——"但是，我还有要说的话。"——"呜呼，我说不出话……"②正是这贯穿全文的肯定与否定的往返起伏，淋漓尽致地写出了鲁迅在沉默与开口两者间选择的困惑：这是面对屠杀应做出怎样的反应（默受与抗争）的困惑，更是人的根本生命选择的困惑（也即他在《〈野草〉题辞》里所说的"当我沉默着的时候，我觉得充实；我将开口，同时感到空虚"③）。这里所显示的由"三一八"惨案引起的内心的困惑与痛苦，或许构成了《记念刘和珍君》这篇杂文更深层次的内蕴；其实鲁迅的许多杂文，

---

① 鲁迅：《〈华盖集续编〉小引》，《鲁迅全集》第 3 卷，第 195 页。
② 鲁迅：《记念刘和珍君》，《鲁迅全集》第 3 卷，第 289—294 页。
③ 鲁迅：《〈野草〉题辞》，《鲁迅全集》第 2 卷，第 163 页。

都是包含有这样更为内在的作家的主观精神与情感的。读者如果不能进入鲁迅的精神世界,恐怕很难领悟鲁迅杂文的神韵,这需要读者自身生命的投入,通过体味、感同身受而达到心灵的沟通。

(五)自由创造的杂文语言

与思想的天马行空相适应,鲁迅杂文的语言也是自由无拘而极富创造力的。这是从《记念刘和珍君》中随意拈来的句子:"四十多个青年的血,洋溢在我的周围,使我艰于呼吸视听,那里还能有什么言语";"惨象,已使我目不忍视了;流言,尤使我耳不忍闻。我还有什么话可说呢? 我懂得衰亡民族之所以默无声息的缘由了。沉默呵,沉默呵! 不在沉默中爆发,就在沉默中灭亡";"始终微笑的和蔼的刘和珍君确是死掉了,这是真的,有她自己的尸骸为证;沉勇而友爱的杨德群君也死掉了,有她自己的尸骸为证;只有一样沉勇而友爱的张静淑君还在医院里呻吟"。——鲁迅是那样自如地驱遣着中国汉语的各种句式:或口语与文言句式交杂,或排比、重复句式交叉运用,或长句与短句、陈述句与反问句相互交错,混合着散文的朴实与骈文的华美和气势,真可谓"声情并茂"。鲁迅的杂文可以说把汉语的表意、抒情功能发挥到了极致。另一方面,鲁迅杂文的语言又是反规范的,他仿佛故意破坏语法规则,违反常规用法,制造一种不和谐的"拗体",以打破语言对思想的束缚,同时取得荒诞、奇峻的美学效果:这都是鲁迅表达自己对外部事物的独特反应、内心世界的"离奇和芜杂"①所需要的。比如他有时将含义相反或不相容的词组织在一起,于不合逻辑中显示深刻:"有理的压迫""豪语的折扣""跪着造反""在嫩苗的地上驰马"等等。有时他又随意乱用词语,如女士们"勒令"脚尖"小起来",用"一支细黑柱子"将脚跟支起,叫它"离开地球"(《由中国女人的脚,推定中国人之非中庸,又由此推定孔夫子有胃病》),这是大词小用;君子远离庖厨而大嚼,"于是他心安理得,天趣盎然,剔剔牙齿,摸摸肚子,'万物皆备于我矣'了"(《病后杂谈》),这是庄词谐用;"雄兵解甲而密斯托枪,是富于戏剧性的"(《新的"女将"》),这是中(汉语)、外(英语),文(言)、白(话)词语对用;"高人……遇有不合自意的,便一气呵成屎橛,而世界上蛆虫也委实太多"(《"碰壁"之余》),这是雅、俗杂用;"诗人"坐在"金的坦克车"上"凯旋","教育家"在"酒杯间""谋害"学生,"杀人者"于"微笑"后"屠戮"百姓,老鼠"飘忽"地走着,那态度比"名

---

① 鲁迅:《〈朝花夕拾〉小引》,《鲁迅全集》第 2 卷,第 235 页。

人名教授"还"轩昂",这都是有意的词语配合不当;"好像失了东三省,党国倒愈像一个国……可以博得'友邦人士'的夸奖,永远'国'下去一样"(《"友邦惊诧"论》),以名词作动词用,这自然是"明知故犯";"曰'唉'乎?予蔑闻之。何也?噫嘻吗呢为之障也","这确是一条熹微翠朴的硬汉!王九妈妈的崚嶒小提囊,杜鹃叫道'行不得也哥哥'儿。瀚然'哀哈'之蓝缕的蒺藜,劣马样儿。这口风一滑溜,凡有绯刚的评论都要逼得翘犟儿了"(《评心雕龙》),这更是一种"戏仿",将对手语言的偏颇推于极端。所有这一切,又非事先的精心设计,而是笔到之处自然流出;待写到兴会淋漓时,就更是无拘无忌地将诸多不相谐的语言顺手拈来,为"我"所用。请看:"即使连中国都不见了,也何必大惊小怪呢,君不闻迦勒底与马基顿乎?——外国也有的!"(《外国也有》);"今年,我竟发见了公理之所在了……北京中央公园里不是有一座白石牌坊,上面刻着四个大字道:'公理战胜'么?——Yes,就是这个"(《"公理"之所在》);"原来'中国第一流作家'……不过是要给人'……破颜一笑'……那么,我也来'破颜一笑'吧——哈!"(《奇怪[三]》)。这真是"嬉笑怒骂皆成文章":人们所看到的是对现存秩序(社会、文化的秩序,思维逻辑的秩序,以及语言的秩序)的大不敬与随意戏弄,以及明知戴着镣铐,仍渴望自由地思想与自由地表达自己的挣扎。鲁迅的杂文,正是集中地体现了始终没有走出奴隶时代的鲁迅的叛逆性与异质性。

三 《故事新编》:鲁迅最后的创新之作

鲁迅在1930年代集中精力于杂文创作时,并没有忘却小说的创作。他不仅有过写作中、长篇小说的种种计划,而且在1934—1935年连续写了5篇从历史与传说中取材的小说(其中4篇写于1935年11、12月两个月),与1920年代所写的《不周山》(后改为《补天》)等3篇合辑为《故事新编》。鲁迅在序言里特地申明,自己新写的这本书"不足称为'文学概论'之所谓小说"①;这与几个月前,他强调写杂文时从不曾考虑"'文学概论'的规定"②是同一个意思。这表明,即使在生命的最后阶段,鲁迅仍然坚持自己艺术上的非正统性,仍然保持着强大的艺术创造力与活跃的想象力:他要对在《呐

---

① 鲁迅:《〈故事新编〉序言》,《鲁迅全集》第2卷,第354页。
② 鲁迅:《徐懋庸作〈打杂集〉序》,《鲁迅全集》第6卷,第300页。

喊》《彷徨》中为他自己与中国现代小说所建立的规范,进行新的冲击,寻找新的突破。在这个意义上,可以把鲁迅的《故事新编》看作一部实验性的作品。

《故事新编》的最后一篇是《起死》,是讲庄子使生活在过去时空的人(死于五百年前的"汉子")复生,让他与现在时空中的自我对话,然后发生了种种饶有兴味的冲突。在某种意义上,整本《故事新编》都是"起死":是身处20世纪二三十年代的鲁迅对记载在"故事"(古代神话、传说与史实)里的古人,进行新的激活("新编",也即新的阐释)。人们很容易就注意到,鲁迅关注的古人,全是中国古代神话英雄与圣贤人物,他们在传统文本中,都是居于高堂圣殿,神圣不可触犯的。而鲁迅的《故事新编》恰恰把他们拉回到日常生活情景中,抹去了英雄主义、浪漫主义的神光,还原于常人、凡人的本相。因此,《补天》的描写重心,不是女娲创人、补天的英雄行为本身,而是其创造过程中的心理状态,尤其着力渲染的是当她发现辛苦创造的产物竟是这样一群只知相互伤害的丑陋的"人类"时,禁不住"倒抽了一口冷气",感到从未有过的"无聊":人类始母的创世精神,在鲁迅的笔下,就这样同时伴随着精神的苦闷。而女娲胯间出现的"古衣冠的小丈夫",表明无耻的破坏总与伟大的创造共生,自然是前述主旨的深化。《奔月》里鲁迅也不写射日英雄后羿当年的赫赫战功,而竭力铺写其功成名就,由英雄变为凡人以后的遭遇与心境:不仅是外在的冷落、遗忘,弟子的背叛与亲人的离弃,更是昔日的战士失去了对手的倦怠与无可着落,以及纠缠于琐屑的日常生活,自身精神的平庸化。这两篇小说实际上展开的是关于先驱者命运的思考,这显然渗入了鲁迅自身的生命体验,能引起当代读者的共鸣。

鲁迅所要追寻与表现的,正是这古与今之间的深刻联系,他在序言中宣称自己"并没有将古人写得更死"①。为了揭示古人与今人在精神气质、性格、思想上的相通,他在小说艺术上进行了大胆的试验,有意打破时空界限,采取了古今杂糅的手法:小说中除主要人物(如女娲、弈、禹、墨子、老子、庄子等)大都有典籍记载的根据外,还创造了一些次要的喜剧性的穿插人物,他(她)们的言行中,加入了大量的现代语言、情节与细节,如《理水》"文化山"上的许多学者既以古人身份出现,又开口"OK",闭口"莎士比亚",显然将古与今、中与外熔为一炉。中国传统戏剧里的丑角在插科打诨中,经常突

---

① 鲁迅:《〈故事新编〉序言》,《鲁迅全集》第2卷,第354页。

然脱离剧中的身份与剧情，用现代语言做自由发挥，以油滑的姿态对现实进行揭露或嘲讽，鲁迅显然于此有所借鉴，也称自己创造的古今杂糅的手法为"油滑"①。他的目的是要在古今相通之中，以现代照亮古代，更有力地揭示古代人与事中某些被掩盖了的真相。例如在《采薇》中，作者写了两类"先王之道"的信徒：小说主人公伯夷、叔齐真心实意地身体力行，却处处不合时宜；与他们相对立的周武王，其伐纣明明违反了先王之道，却打着"恭行天罚"的旗号，因而博得"王道的祖师而且专家"②的美名。为了强化这种对比，鲁迅创造了两个与周武王类似的穿插人物：小穷奇与小丙君。据说小丙君原先自称纣王亲戚，武王伐纣后又投奔新的明主，打出的旗号依然是维护先王之道。华山大王小穷奇在动手抢劫伯夷们时，居然如此宣言："小人们也遵先王遗教，非常敬老，所以要请您老留下一点纪念品……（否则）小人们只好恭行天搜，瞻仰一下您老的贵体了！"这类从古至今都存在的"假借美名"的信徒，其实是更能显示先王之道的本相的。在《出关》里，鲁迅也是有意将老子置于账房、巡警、探子这一类具有现代特征的喜剧性人物之中，他们在听老子讲学时，或"七倒八歪"，或"显出苦脸"；这里真正出尽洋相的，倒是"呆木头"般坐着念念有词"道可道，非常道"的老子。而老子走后，这些专谈生意经恋爱故事的闲人，在轻薄的议论中，说到老子想"无不为"就只有"不为"，谈及"交卸了的关官和还没有做关官的隐士"都会看老子的书，却又歪打正着地道破了老子哲学的某些实质。在《起死》里，玄学家庄子与乡下汉子围绕"赤条条"展开的论战，就已经让庄子的"相对主义"哲学赤条条地当场出丑；鲁迅还在小说后半部创造出一个现代巡警，让他说破巡警局长都是庄子的崇拜者，最后庄子也是在巡警保护下落荒而逃的；如此放肆地将已经被神圣化与神秘化的古代哲学戏谑化，本身就显示了鲁迅的一种眼光与胆识。人们从这类戏谑化的描写中，看到了鲁迅杂文的锋芒：包括杂文的眼光、思维、手法，以至语言。在这个意义上，《故事新编》又是鲁迅打破文体界限，以杂文入小说的一次有益的尝试。

在《故事新编》的许多篇什中，都可以发现或显或隐、或浓或淡地存在着庄严与荒诞两种色彩与语调，互相补充、渗透与消解。例如《补天》开篇那造人、补天的宏大与瑰丽是那样令人神往；以后女娲的无聊感，特别是胯

---

① 鲁迅：《〈故事新编〉序言》，《鲁迅全集》第 2 卷，第 354 页。
② 鲁迅：《关于中国的两三件事》，《鲁迅全集》第 6 卷，第 10 页。

间"古衣冠的小丈夫"的出现,就逐渐显现出荒诞的色调;到小说结尾,后人打着"女娲的嫡派"的旗帜,在死尸的肚皮上扎寨,就达到了荒诞的极致,而将前文的伟大感消释殆尽,并转化为一种历史的悲凉。《理水》的前半部分,作者以光怪陆离的色调,写出了一个由考察大员、官场学者与小民奴才组成的荒诞上层世界,又用黑色的笔触,描绘了一个由夏禹和他的同事组成的坚毅卓苦的平民世界:这两者是尖锐对立的,前者甚至根本不承认后者的存在。小说的后半部分出现了百姓倾城出动"看"夏禹凯旋的场面:这显然是"看/被看"的鲁迅小说模式的再现。夏禹一切真实的奋斗都被故事化、神话化,成为无稽的谈资而失去了意义。到最后"终于太平到连百兽都会跳舞,凤凰也飞来凑热闹"时,前面两个对立的世界已合一为同一荒诞的世界:这样的结局是善良的人们所不曾想到也不愿看到的,但却是从古至今一直重现的真实,鲁迅唯有如实地写出。《铸剑》的前半部分也是一个悲壮、崇高的复仇故事,小说结尾复仇完成"以后",也出现了"万民观瞻"的"狂欢节"场面:复仇者与暴君的头骨混在一起,同被展览,复仇的神圣也被消解为无。尽管鲁迅在感情上始终倾心于复仇,但他仍以怀疑的眼光,将在看客面前复仇必然的无效、无意义揭示给人们看。这里似乎存在着一个小说结构的模式:小说前、后部分(或尾端)的对比与对立,以及后面部分对前面部分的翻转与颠覆。《非攻》也是这样一篇小说,全篇的要紧处也在最后的一转:墨子在完成了止楚伐宋的历史业绩以后,并没有成为英雄,却遇到了一系列的倒霉事,被搜检了两回,募去了破包袱不说,"又遭着大雨,到城门下想避避雨,被两个执戈的巡兵赶开了,淋得一身湿,从此鼻子塞了十多天"。这最后一笔苦涩的幽默才是真正令人难忘的。

《故事新编》8 篇中有 5 篇写于鲁迅生命的最后时期。面临死亡的威胁,处于内外交困、身心交瘁之中,《故事新编》的总体风格却显示出从未有过的从容、充裕、幽默与洒脱。尽管骨子里仍藏着鲁迅固有的悲凉,却出之以诙谐的游戏笔墨。这表明鲁迅的思想与艺术都达到了一个新的境界,具有某种超前性。同时,《故事新编》的实验性也决定了其在艺术上的某种不成熟性,鲁迅在序言中就曾说到《补天》"后半"的"草率"①。这本是留下了发展的余地;但鲁迅的早逝,终于造成了艺术上永远的遗憾。

---

① 鲁迅:《〈故事新编〉序言》,《鲁迅全集》第 2 卷,第 354 页。

附录　本章年表

1908 年

2 月始　《摩罗诗力说》连载于《河南》月刊第 2—3 号,收入《坟》。

8 月　《文化偏至论》发表于《河南》月刊第 7 号,收入《坟》。

1918 年

8 月　《我之节烈观》发表于《新青年》第 5 卷第 2 号,收入《坟》。

9 月　《随感录·二十五》发表于《新青年》第 5 卷第 3 号,收入《热风》。

1919 年

5 月　《随感录·五十七·现在的屠杀者》发表于《新青年》第 6 卷第 5 号,收入《热风》。

11 月　《我们现在怎样做父亲》发表于《新青年》第 6 卷第 6 号,收入《坟》。

1925 年

4 月　《春末闲谈》发表于《莽原》周刊第 1 期,收入《坟》。

同月　《夏三虫》发表于《京报》副刊《民众文艺周刊》第 16 号,收入《华盖集》。

5 月　《灯下漫笔》发表于《莽原》周刊第 2、5 期,收入《坟》。

8 月　《论睁了眼看》发表于《语丝》第 38 期,收入《坟》。

11 月　《热风》集由北新书局出版。

1926 年

1 月　《论"费厄泼赖"应该缓行》发表于《莽原》半月刊第 1 期,收入《坟》。

2 月　《一点比喻》发表于《莽原》半月刊第 4 期,收入《华盖集续编》。

4 月　《记念刘和珍君》发表于《语丝》第 74 期,收入《华盖集续编》。

6 月　《华盖集》由北新书局出版。

1927 年

3 月　《坟》由未名社出版。

4 月　作《庆祝沪宁克复的那一边》,发表于 5 月 5 日《国民新报》副刊《新出路》第 11 号。

同月始　《眉间尺》连载于《莽原》第 2 卷第 8—9 期。1933 年《鲁迅自选集》出版时易名为《铸剑》,收入《故事新编》。

5 月　《华盖集续编》由北新书局出版。

8 月　《魏晋风度及文章与药及酒之关系》发表于 11—13、15—17 日广州《民国日报》副刊《现代青年》,收入《而已集》。

11 月　《略论中国人的脸》发表于《莽原》半月刊第 2 卷第 21、22 期合刊,收入《而已集》。

1928 年

10 月　《而已集》由北新书局出版。

1930 年

3 月　《"硬译"与"文学的阶级性"》发表于《萌芽》月刊第 1 卷第 3 期,收入《二心集》。

同月　出席中国左翼作家联盟成立大会。《对于左翼作家联盟的意见》发表于 4 月出版的《萌芽》第 1 卷第 4 期,收入《二心集》。

5 月　《"丧家的""资本家的乏走狗"》发表于《萌芽》第 1 卷第 5 期,收入《二心集》。

1931 年

12 月　《"友邦惊诧"论》发表于《十字街头》第 2 期,收入《二心集》。

1932 年

9 月　《三闲集》由北新书局出版。

10 月　《二心集》由合众书店出版。

1933 年

4 月　《两地书》由青光书局出版。

同月　《为了忘却的记念》发表于《现代》第 2 卷第 6 期,收入《南腔北调集》。

同月　《现代史》发表于 8 日《申报·自由谈》,收入《伪自由书》。

5 月　《文章与题目》发表于 5 日《申报·自由谈》,收入《伪自由书》。

6 月　《二丑艺术》发表于 18 日《申报·自由谈》,收入《准风月谈》。

10 月　《伪自由书》由北新书局化名青光书局出版。

1934 年

3 月　《南腔北调集》由同文书店出版。

12 月　《准风月谈》由联华书局化名兴中书局出版。

1935 年

2 月　《病后杂谈》发表于《文学》月刊第 4 卷第 2 号,收入《且介亭杂文》。

5 月　《弄堂生意古今谈》发表于《漫画生活》月刊第 9 期,收入《且介亭杂文》。

同月　《集外集》由群众图书公司出版。

12 月　作《采薇》《起死》,收入《故事新编》。

1936 年

1 月　《故事新编》由文化生活出版社印行,为"文学丛刊"第 1 集之二。

2 月　《阿金》发表于《海燕》月刊第 2 期,收入《且介亭杂文》。

6 月　《花边文学》由联华书局出版。

9 月　《死》发表于《中流》半月刊第 1 卷第 2 期,收入《且介亭杂文末编》。

10月　《半夏小集》发表于《作家》月刊第 2 卷第 1 期,收入《且介亭杂文末编》。

同月　《女吊》发表于《中流》半月刊第 1 卷第 3 期,收入《且介亭杂文末编》。

同月　17 日作《因太炎先生而想起的二三事》,这是鲁迅最后一篇未完成文稿。

同月　19 日上午 5 时 25 分逝世。

知识点

必读作品与文献

思考题

第十八章　散文(二)

　　1927 年国共两党合作破裂,大革命失败之后,全社会变得空前政治化,社会对抗气氛紧迫,各种文学思潮的竞争染上浓重的政治与党派的色彩,散文创作也不可能不受此影响:无论强调贴近现实政治还是主张远离政治,其实都是社会政治化所导致的结果。因此,第二个十年散文创作的派系,大抵可以划分为三,即以林语堂为代表的幽默闲适小品,左翼作家的"鲁迅风"杂文,以及京派与开明同人的散文。如果顺着散文发展的脉络来考察,会发现第二个十年散文创作的文体意识比前一时期大为加强,不同创作理路的追求往往不只是反映着政治倾向的分野,在更大程度上还体现为对散文的社会功能与文体要求的不同理解。不同派系的作家朝着散文创作的不同路向探求,都各有收获,散文发展走上了更加宽阔的道路。第二个十年的散文并没有因为政治化和诸多论争而走向危机,相反,由于多方面的艺术探求而获得了生机,杂文、小品文和抒情性散文都各有长足的发展。

一　林语堂与幽默闲适小品

　　1930 年代前期,文坛上曾风行过幽默小品与闲适小品,活跃了散文创作,拓宽了散文文体探索的路子,是现代散文发展史上引人注目的现象。推动这一风气的是后来被称为"幽默大师"的林语堂(1895—1976)。1932 年9 月,林语堂创办了《论语》半月刊,1934 年和 1935 年又先后创办了《人间世》与《宇宙风》两刊,都以发表小品文为主,提倡幽默、闲适和独抒性灵的创作。几种刊物都很畅销①,并一度吸引过众多作家写稿。经常为《论语》等刊撰稿的就有林语堂、周作人、俞平伯、老舍、郁达夫、丰子恺、简又文、老向、陶亢德、邵洵美等。鲁迅、茅盾也曾在该刊发表文章。在《论语》《人间世》的影响下,还出现过《逸经》《谈风》《西风》以及《文饭小品》《天地人》等

---

　　① 《论语》每期印数约 2 万份,销量在当时文学刊物中居于首位。

一批同类性质的杂志,更助长了闲适小品的创作风气。一时间幽默之风盛行文坛。林语堂还和周作人同声相应,为小品文这一文体寻根问祖,从明代公安竟陵派那里获取资源。在他们的推动下,《袁中郎全集》以及所谓"独抒性灵"的小品尺牍纷纷标点出版,历来为正统古文家所轻视的"信腕信口"的晚明小品,成了争相模仿的范文。

林语堂的贡献,首先在"幽默"的提倡。早在 1920 年代,林语堂就曾撰文将西方的 humour 译成"幽默"并大加张扬。① 当时他在《语丝》上发表的某些杂文,就有幽默味。到 1930 年代创办《论语》等刊物,他重新大力提倡幽默,既是一种美学追求,更是一种写作立场、一种人生姿态。林语堂显然要与当时重视革命使命、干预现实的文学潮流拉开距离,以保持文学的相对独立性。他也讲要面对现实,不过并非直接去干预和批判现实,也不攻击任何对象,而企图站在比较超远的立场上,以戏剧"看客"的姿态,"看这偌大国家扮春香闹学的把戏"②,并将文化劣根上的滑稽可笑之处写出。其中也会有讽刺批评,但更多的是"幽默"中的领悟。林语堂解释"幽默"的含义时,很注重其与讽刺的区别,在他看来,将讽刺去其酸辣,而后达到冲淡心境,便成幽默。因此,幽默必须先有深远之心境,而带一点类似"我佛慈悲"的念头,然后文章火气不太盛,读者得淡然之味。林语堂所追求的是对现实做冷静超远的旁观,是除去讽刺的心灵启悟,显然不同于当时左翼作家所主张的直面现实和战斗的批判的文风。

林语堂又主张小品文应"以自我为中心,以闲适为格调","宇宙之大,苍蝇之微,皆可取材"。③ 他对《人间世》的定位是:其提倡小品,"不能兴国,亦不能亡国,只想办一好好的杂志而已,最多亦只是提倡一种散文笔调而已"④。显然,这也是针对当时主流派文艺家强调意识形态,强调文艺的社会使命的观点的。不过,林语堂的确在创造一种散文笔调,闲适是这种笔调所形成的文体特征。林语堂指明闲适笔调的小品"认读者为'亲爱的'(familiar)故交,作文时略如良朋话旧,私房娓语。此种笔调,笔墨上极轻松,真情易于吐露,或者谈得畅快忘形,出辞乖戾,达到如西文所谓'衣不纽扣之

---

① 参见林玉堂(林语堂):《征译散文并提倡幽默》《幽默杂话》,分别载 1924 年 5 月 23 日和 6 月 9 日《晨报副刊》。
② 林语堂:《我们的态度》,《论语》1932 年第 3 期。
③ 林语堂:《发刊词》,《人间世》1934 年第 1 期。
④ 语堂:《小品文之遗绪》,《人间世》1935 年第 22 期。

心境(unbuttoned moods)'"①。林语堂认为幽默也好,闲适也好,最终都为了解脱性灵而广达自喜、潇洒自在,这容易陷于游戏人生的享乐主义,不过他认为这才是小品文应有的本色。

当时政治的党派对抗形成紧迫气氛,林语堂及其所代表的"林派刊物"刻意提倡"超远"的立场,与现实拉开距离,去追求幽默、闲适与独抒性灵,很自然就站到了文学的主流圈外,并引起左翼文坛的反向批评。1934年9月创刊的《太白》和1935年创刊的《芒种》,是两份左翼倾向的文学杂志,就有意与"林派刊物"唱对台戏,彼此间还发生过论争。左翼作家不满意林语堂将幽默、闲适作为散文的中心格调,指责其专讲闲适、性灵导致与时代脱节。在《论语》创刊周年时,鲁迅应林语堂之邀,写了《"论语一年"》,其中肯定了《论语》发表过许多讲真话的文章,同时认为在那个"皇帝不肯笑,奴隶是不准笑"的时代,是难以"幽默"起来的,应当警惕"幽默"的沦落,以免"将屠户的凶残,使大家化为一笑,收场大吉"。② 这并非对林语堂及其刊物的论定,却也是一种规劝。在稍后发表的《小品文的危机》中,鲁迅更是指出不该把小品文当成"小摆设",因为"在风沙扑面,狼虎成群的时候,谁还有这许多闲工夫,来赏玩琥珀扇坠,翡翠戒指呢",还说,"小品文的生存,也只仗着挣扎和战斗"。③ 林语堂并没有听鲁迅的规劝,他选择的毕竟是和左翼作家不同的道路:与现实拉开距离,以自由主义立场写"畅快自喜"的幽默文章。

但也不能就此论断林语堂已经完全"退隐"和"颓唐",在1930年代,即使办《论语》、提倡"幽默"之时,他的一些小品文依然带有"五四"时期那种"披荆斩棘的余绪",发抒现实关怀,带有批判的"火气",不全是"幽默"。④

1930年代是林语堂散文创作的高峰期,从1932年《论语》创刊,到1936年去美国,他发表了各种文章(多为散文)近300篇,其中一部分收在《大荒

---

① 林语堂:《叙〈人间世〉及小品文笔调》,《林语堂文选》(下),北京:广播电视出版社1990年版,第22—23页。

② 鲁迅:《"论语一年"》,《鲁迅全集》第4卷,第585、582页。

③ 鲁迅:《小品文的危机》,《鲁迅全集》第4卷,第591页。

④ 如揭露专制统治的"政治病"(《论政治病》)、批评搜刮百姓的"治绩"(《梳、篦、剃、剥及其他》)、指斥以"人治"代替"法治"的弊害(《半部韩非治天下》)、嘲讽"不抵抗主义"(《诵经却倭寇》)等等。

集》和《我的话》二集①中。如林语堂自作联语所言,他是"两脚踏东西文化,一心评宇宙文章",他的散文题材非常庞杂,"宇宙之大,苍蝇之微",皆可入其毫颠,几乎无所不谈。林语堂国学和西学的底子都比较厚实,熟悉中西文化,惯用中西比较的眼光看问题。他的小品文常常是从一件具体事物谈开去,引发对传统文化与外来文明比较的许多联想。对国民性改造以及传统文化转型的思考,贯穿在他许多小品文的写作中。如《谈中西文化》通过三人谈话,讨论中西文化的差异,以及文化与人生的关系,把论文的内容用小品的形式表达,既通俗生动,又深入精辟。林语堂的小品文读来饶有趣味,又可以获得许多知识,文化含量是比较高的。

林语堂还是"双语作家",他从1930年代中期开始把部分精力用于英文写作,以文化评论为主,致力于中西文化比较及中国文化的对外介绍。1934年他用英文撰写了《吾国与吾民》(*My Country and My People*),经美国著名作家赛珍珠(Pearl Sydenstricker Buck,1892—1973)介绍,翌年在美国出版,成为畅销书。② 这部书以他惯用的谈话体笔法,深入浅出地介绍中国社会、历史与文化生活,包括中国民族的"德性"、老庄孔孟学说、佛教与中国社会的关系、官僚体制的恶习、封建时代的妇女生活,以及中国语言、诗歌、戏曲、书法、绘画、建筑等等,文字生动幽默,是"对外传输"中国文化的成功范例。后来林语堂在《吾国与吾民》部分内容基础上,又用英文撰写了《生活的艺术》③,书中谈人生态度、家庭、日常生活、宗教、自然观念和思想艺术等等,是又一部用"娓语式笔调"写成的书,可读性很强。林语堂对西方文化及生活了如指掌,叙说中国的人物或观念时总是穿行中外,左右取譬,能让西方读者就其所知推其未知,从而大受欢迎。这些英文作品"出口转内销",翻译成中文,中国读者读来也常有比较中的惊奇。

---

① 《大荒集》收林语堂1920年代末及1930年代初的散文。《我的话》收林语堂主编《论语》时期的散文。

② 1933年,美国作家赛珍珠约林语堂用英文写一本向西方介绍中国历史文化和社会的书,这就是《吾国与吾民》。该书写于1934年,翌年由美国纽约约翰·黛出版公司初版,后译成多种文字。郑陀翻译的中文本1938年由上海世界新闻出版社出版。赛珍珠曾长期在中国生活工作,1931年创作以中国农村生活为题材的长篇小说《大地》,1938年获诺贝尔文学奖。

③ 写于1937年,用英文写作,同年由美国纽约约翰·黛出版公司出版。有多种文字译本。黄嘉德的中译本1938年由《西风》杂志出版。

林语堂这个名字已经紧紧地和"幽默"连在一起,他的多数散文小品都追求幽默的情味。他提倡的幽默,不只是文字风格,也是写作姿态,包含对"道学"与"正统"的叛逆。如果比照"五四"以来现代散文较多存在的感伤浪漫或教化的色彩,以及过分的政治干预所带来的概念化、宣传味,林语堂的幽默便显得从容睿智得多,行文结构也化板滞为轻松,诙谐闲适,从另一个方面拓展了现代散文的审美疆域。不过,林语堂的小品尽管有意超离现实,却未能达到他所提倡的涵养性灵的高度,其幽默也往往止于表达的快感,缺乏现实批判的力度。林语堂在当时和后来能拥有众多读者,很大一部分原因是他作品的可读性,以及融汇东西方的智慧,从学养文化方面另辟一途。

二　左翼作家的"鲁迅风"杂文和风格多样的散文

左翼作家当时处于国民党文化围剿的压迫中,当然更看重散文的现实批判性与论战效果,作为"匕首与投枪"的杂文很自然成为他们首选的文体,1930年代又出现一个杂文创作的繁荣期。许多"左联"的与进步的文学刊物,如《萌芽月刊》《前哨》《北斗》《十字街头》《文学》《海燕》《芒种》《杂文》,甚至连《申报·自由谈》《东方杂志》等,在一个时期内,都刊登左翼杂文。又一批新的杂文作者涌现出来,影响较大的有瞿秋白、茅盾、唐弢、徐懋庸、聂绀弩。一个有趣的现象是:瞿秋白的杂文风格类似鲁迅,他的十几篇杂文被鲁迅收入自己的集子《伪自由书》《南腔北调集》和《准风月谈》中,读者竟不能加以区分。唐弢的《新脸谱》一文,也被误认为是鲁迅所作而受到攻击。这证明了鲁迅对这一时期左翼作家杂文创作影响之巨大,用"鲁迅风"来概括和命名这一散文流派是合适的。

瞿秋白的散文创作始于"五四"时期,1930年代前期则主要写杂文。他的《〈鲁迅杂感选集〉序言》是一篇较早运用马克思主义阶级分析观点研究鲁迅的经典文献,对杂文的见解也表露其间。他的杂文多是社会批评和文艺杂感,用阶级分析观点抨击政敌,批判各种腐败的文艺现象,具有尖锐的政论色彩。《民族的灵魂》《流氓尼德》《财神的神通》《美国的真正悲剧》,都是产生过较大反响的篇目。他的杂文善于抓住本质,勾勒典型,但对自由主义作家的某些苛刻评断,以及对唯物辩证法创作方法的倡导等,留有"左"倾路线的余痕,某些篇章未免失之褊急。瞿秋白的杂文多收在《乱弹及其他》一书中。

1930 年代前期涌现了一些师法鲁迅的青年杂文家，佼佼者有唐弢和徐懋庸。唐弢（1913—1992）有《乡音》等叙事、抒情散文及《落帆集》中的散文诗，但使其成名的，还是杂文。他的杂文简明而有文采，是政论与艺术散文笔调的结合。《谈礼教》《看到想到》《东南琐谈》《〈周报〉休刊词》等篇，揭发旧社会与旧意识、旧文化的恶浊，文笔锋利，鞭辟入里。他往往借现实与历史的一点因由，生发开来加以剖析，学到一些鲁迅的风致，但不及鲁迅深广。他这时期主要的杂文集有《推背集》《海天集》。

徐懋庸（1910—1977）的《打杂集》曾由鲁迅作序，鲁迅说徐的杂文贴切、泼辣，能移人情，是有益的。他的杂文主要也是针砭旧物，不过与鲁迅比，视野和力度较小。收入《不惊人集》中的《"揣"》《"泼臭料"》《过年》《赏月》《上帝的心》，收入《打杂集》中的《神奇的四川》《秋风偶感》《苍蝇之灭亡》，都能较有深度地触及时事，摘取生活的片段与中外掌故加以述说，别具一格。这与他来自生活的底层，经历过人世的磨难，因此思想较为沉实有关。他的文风是拙直、质朴的。

其他杂文作家还有巴人、柯灵、聂绀弩、曹聚仁等，主要成就均在抗战之后。

杂文是左翼作家最拿手的文体，但他们也同样钟爱小品散文，在这方面有丰硕的收获。茅盾便是善写小品的重要散文家。他在进入 1930 年代以后，摆脱了早期《宿莽》中的低沉格调，转而采用与《子夜》相一致的视角和笔法，力图在精短的小品中也做到全景式地反映广阔的社会生活，思想性和时代性都是极为鲜明的。郁达夫说他："唯其阅世深了，所以行文每不忘社会。他的观察的周到，分析的清楚，是现代散文中最有实用的一种写法，然而抒情练句，妙语谈玄，不是他的所长。"[1]这结论大体贴切。不过郁达夫没能读到茅盾以后写出的《白杨礼赞》《风景谈》等，对茅盾抒情才能的评估偏低了。

以小说闻名的艾芜，同样善于写散文。他的《漂泊杂记》《山中牧歌》，与其小说集《南行记》一样，多描写西南边陲的浪漫风情，但更朴素清新。叶紫有《古渡头》《夜雨飘流的回忆》，善于刻镂人物，烘托气氛。

---

① 郁达夫：《〈中国新文学大系·散文二集〉导言》，《中国新文学大系·散文二集》，上海：良友图书公司 1935 年版，第 18 页。

在 1930 年代的女性散文作家中,萧红是极有才华的一位。这位《生死场》的作者,也在散文中写自己经历的漂泊生活,写童年的回忆,写与旧生活的决裂,及逆境中的乐观奋发。《商市街》《桥》等集子中的作品,如《过夜》《蹲在洋车上》,写得明丽、亲切、哀婉,毫无雕琢,其魅力主要来自天籁之美。她还把自己也写进文章里去,如同配上雪白的衬景,烘托出一切人的活性情来。萧红的散文似乎不讲章法,也多用絮语笔调,顺着情感流泻的节拍自然成篇。她的小说散文化,散文则是充分诗化的。

接近"左联"的吴组缃以小说成名,写起散文来也有小说化的倾向,大都从人物着眼,也刻画环境,笔法冷静、精致。《黄昏》等表现了农村破产的暗淡,《泰山风光》展示旧社会奇形怪状的世态,描绘丝丝入扣。萧红、吴组缃的创造表明,不同文体的互相渗透,有可能产生特异的艺术效果。

曾经一度加入"左联"的小说大家郁达夫,在 1930 年代却是以山水游记名世。《屐痕处处》《达夫游记》集里的作品,如《钓台的春昼》等名篇,脍炙人口。郁达夫移居杭州,寄情山水,但始终未能忘情于社会和民众的现状,他一无隐饰的忧虑心境还是在凭吊之中透露出来。他自己说要追求"情景兼到,既细且清,而又真切灵活的小品文字"①。郁达夫特有一种生活的"吟味力",以自身体验乃至个性、气质去咀嚼漱涤万物,真个是揽物会心,将大自然斟到自己的酒杯里。和小说那种随意放达不同,郁达夫的游记更讲求构思,有更丰富的比喻与联想,艺术上也更完整。在将自然美转化为艺术美的过程中,郁达夫发挥了极高的才气,以摇曳多彩的文笔和谐地编织着大自然秀美的画幅,显得那样跌宕多姿、潇洒自如。② 他大量的游记确实是清新秀美、才情纵横、极富神韵的。不过有时也易受情绪驱使,文字不够洗练。郁达夫还写过不少小品、杂文与旧体诗,有不少也称得上美文佳构。

巴金并非"左联"作家,但思想激进,他的散文充溢着时代色彩,燃烧着爱与恨,在追求光明的同时,对黑暗事物的激愤又带一点忧郁。语言朴素酣畅,常因直面剖白自己而一泻无余。他的散文结集颇多,本时期有《旅途随笔》《忆》《短简》《点滴》《控诉》等。写旅途见闻,表现对社会生活和人性的

① 郁达夫:《清新的小品文字》,《郁达夫文集》第 6 卷,广州:花城出版社、香港:生活·读书·新知三联书店香港分店 1983 年版,第 190 页。

② 本段论述部分参考温儒敏的《郁达夫名作欣赏》前言,见温儒敏主编《郁达夫名作欣赏》,北京:中国和平出版社 1998 年版。

见解的,有《一千三百元》;写自然风光,又渗透着对人间的美好愿望的,有《鸟的天堂》;充满着对鲁迅悼念之情的,有《一点不能忘却的记忆》;用白描的手法写人,寄托着对弱者及其反抗的无限关注的,有《一个女佣》《一个车夫》等。巴金写散文总是在唱一支心之歌,他是来不及修饰他的文字的,好像不玩弄任何技巧,而自有其技巧。和小说一样,巴金散文的叙说对象永远是青年。他的文章也许不够精致,但都是发自心底,总是能和读者发生感情上的交流,尤其得到当时青年一代的喜爱。

三 京派与开明同人的散文

1930年代形成于北方的京派,散文成就也不小。何其芳、李广田、吴伯箫、师陀、沈从文、萧乾,都是京派卓有建树的散文家。何其芳(1912—1977)是著名的散文集《画梦录》的作者。他在《我和散文》(《还乡杂记》代序)中,宣布了自己独立的散文创作意识:"我愿意以微薄的努力来证明每篇散文应该是一种纯粹的独立的创作,不是一段未完篇的小说,也不是一首短诗的放大。"他不满意"五四"以来散文的状况,认为除了说理、讽刺的作品之外,抒情多半流于身边琐事的叙述和个人遭遇的感伤的告白,散文创作的形式感不强。他给自己提出的任务是"为抒情的散文发现一个新的园地"。他这样表达自己的追求:"我企图以很少的文字制造出一种情调:有时叙述着一个可以引起许多想像的小故事,有时是一阵伴着深思的情感的波动。……我追求着纯粹的柔和,纯粹的美丽。"[1]在各种文体互相渗透,而散文日益朝"叙事化"和"说理化"方向发展的1930年代,何其芳的上述自觉追求具有独树一帜的意义。他的《画梦录》就因对现代艺术散文体裁的独特的制作,于1937年被授予《大公报》文艺奖金;其中的《梦后》《岩》《黄昏》《雨前》等篇,都是精致的美文。

何其芳的散文常采用"独语"的调式,爱在黄昏的灯光下吟哦孤独与寂寞,探索内心的矛盾冲突。类似这样带有"梦中道路的迷离"感觉的美丽叙说,自然是年轻人所喜欢的:

> 温柔的独语,悲哀的独语,或者狂暴的独语。黑色的门紧闭

---

[1] 何其芳:《我和散文(代序)》,《还乡杂记》,上海:文化生活出版社1949年版,第iii、vii页。

着：一个永远期待的灵魂死在门内，一个永远找寻的灵魂死在门外。每一个灵魂是一个世界，没有窗户。而可爱的灵魂都是倔强的独语者。①

"独语"不只是何其芳所追求的阅读状态，也是他心仪的写作状态。在他的散文中，这种"独语"又多表现为一种感觉结构，将浸透着感觉汁液的朦胧的意象拼贴与组合，组成美丽的心灵感验世界。所以他的散文多有冥思，意象扑朔迷离，想象奇特，诗情洋溢。"他用一切来装潢，然而一紫一金，无不带有他情感的图记。这恰似一块浮雕，光影匀停，凹凸得宜，由他的智慧安排成功一种特殊的境界。"②作者不满社会，又不愿画出现实的丑恶形体，便到艺术的形式美中去寻找颜色、图案、梦幻、暗示、想象、比喻、典故，堆砌起思想和哲理的碎片。纤弱的感情、雾般的朦胧、绚丽而缠绵的文字，集合了晚唐五代诗词及外国印象派的艺术之美。何其芳努力使散文成为精致的艺术品，力矫散漫浅露的流弊，但有时雕琢过分，文弱自怜，感伤煽情，也有伤自然。他在与故乡现实有了较多接触后，闯出了个人的圈子，思想与艺术见解发生了剧变。《还乡杂记》集里的《老人》《街》，记录了人民的深重苦难。作家自己也不无惊讶地发现："我的情感粗起来了……"③从此再没有了精致之作。抗战以后，他与沙汀、卞之琳一起奔赴延安，走上了革命道路。其后何其芳的散文虽不再有雕琢的痕迹，日趋朴素自然，却也不像《画梦录》那样富有艺术的独创性了。

李广田（1906—1968）是和何其芳、卞之琳合出过《汉园集》的诗人，更突出的成就在散文上。他有过类似何其芳的思想和文学历程，但两人风格迥异。他写于全面抗战前的《画廊集》《银狐集》《雀蓑集》等，追求朴野无奇的境界，"使人在平庸的事物里，找出美与真实"④。他熟识山东故乡的野花和草叶，十分珍爱童年的梦幻小天地，善于结构故事，而且总不忘描绘村俗的画廊。《桃园杂记》《山水》《山之子》等，抒写故乡风物人情，文笔浑厚，素淡中渗出情思。李广田给英国散文家玛尔廷的评语恰好可用来说明自己："在他的书里，没有什末戏剧的气氛，却只使人意味到醇朴的人生，他的文

---

① 何其芳：《独语》，《画梦录》，上海：文化生活出版社 1936 年版，第 21 页。
② 李健吾：《画梦录》，《李健吾文学评论选》，银川：宁夏人民出版社 1983 年版，第 128 页。
③ 何其芳：《我和散文（代序）》，《还乡杂记》，上海：文化生活出版社 1949 年版，第 xiii 页。
④ 李广田：《道旁的智慧》，《画廊集》，上海：商务印书馆 1936 年版，第 153 页。

章也没有什末雕琢的词藻,却有着素朴的诗的静美。"①李广田这一时期的散文颇得周作人的赏识,不是偶然的。抗战发生,他来到大后方,思想与文风均发生变化,但在艺术上没能超过前期。

与李广田的风格也有相近之处的,还有吴伯箫(1906—1982)。他这一时期所写的散文多收入《羽书》。吴伯箫的散文亦多乡土味,生活内容充实,文字沉着,笔力壮阔。《山屋》《马》《羽书》是他的名篇。吴伯箫写散文讲求炼句,句式的长短偶奇错落有致,形成特有的节律韵调。他曾想创造一种文体:小说的生活题材,诗的语言感情,散文的篇幅结构。这一追求自然不同于何其芳,但热衷于文体的完备与创造,却是颇能反映北方青年散文作者群的创作意识的。

师陀主要以小说名世,他早期的小说集《谷》也得到过《大公报》文艺奖。同时他写出了散文集《黄花苔》《江湖集》,哀叹北方山野的凋零。对接触到的社会问题,虽不能明晰地加以反映,却构成哀婉的田园诗风味。作者对各式小人物的同情,使人在灰暗中感到些许的温热。

京派代表作家沈从文的散文和他的小说一样,有独特的成就。《湘行散记》这部散文集,记录了他的故乡湘西特异的山水景致和风土人情。他以乡村中国的眼光表现普通人的命运和质朴的生命形式,较多地继承了中国古代游记与笔记的传统,能够简练流畅地写景叙事,穿插着对往昔的追忆,平和之中自有其动人处。名篇有《箱子岩》《桃园与沅州》等。他还有《记胡也频》《记丁玲》《从文自传》等回忆性散文,具有一定的史的价值。他的散文写作的道路是很长的。

尽管京派散文作家各有不同的风格,但对纯正的散文艺术趣味都抱有虔诚的态度,也比较注重对散文文体创造的追求,他们在现代抒情散文探索方面的建树是尤为突出的。

与京派一样,在抒情小品的创作上有突出建树的,还有缪崇群、丽尼和陆蠡等人。缪崇群(1907—1945)从1928年开始发表作品,此后十余年间出版了《晞露集》《寄健康人》《废墟集》《夏虫集》《石屏随笔》和《眷眷草》6部集子。缪崇群也多写自己所体验过的凡人琐事,特别是那些对亡母、情人和师友的追怀之作,在婉曲的叙述中咀嚼人生的真味,情感纤细而又真切动人。缪崇群有些写景即物的小品,文笔婉约精细,显然吸收了日本小品文的

---

① 李广田:《道旁的智慧》,《画廊集》,上海:商务印书馆1936年版,第150页。

抒情艺术,在 1930 年代散文家中也别具一格。另有一部分纪实性随笔(如《南行杂记》《北南西东》等)真实地记录了社会百态,同时也渗入了怅惘与忧郁的切身感受。缪崇群散文所取的是平实的路数,但平实中蕴含真挚的情感,靠的是以情动人。

丽尼(1909—1968)是专心写散文的作家,他的第一个散文诗集《黄昏之献》,多写青春梦幻消逝之后的空虚与怅惘,读者可以感到他的文字中弥漫的那种忧郁而美丽的黄昏气氛,那里交织着黑暗与光明、失意与企望。稍后所出的《鹰之歌》(1936),开始淡化了"黄昏情绪",在不断做自我解剖时,也观照周围人生,但大部分笔墨仍用于展示自我心理历程。丽尼十分注重文字之美,喜用象征与暗示,以传达奇妙的感觉和意识。作品讲求节奏和韵律,无论是独语式、对话式还是诗剧式,都富于音乐感。丽尼的作品尽管没有鲁迅《野草》那样的深邃博大,也不同于何其芳《画梦录》的典丽,但在探索和展现灵魂世界以及讲求文体之美方面,又与《野草》《画梦录》有异曲同工之妙。

陆蠡(1908—1942)在 1930 年代前期写有《海星》和《竹刀》,其中不少是以青春回忆为题材的散文诗,感情厚实,文字浓重,景物描写有若油画,细腻真切。

1930 年代前期涌现的这几位对抒情散文格外关心的作者,和京派的作者何其芳等人一样,都在用他们的才华证明散文是一种纯粹独立的艺术创造。

散文小品因适于传授写作技能,为学生学习写文章提供范文,在中、小学语文教学中历来受重视。文学教育也历来是文化素质教育的重要方面,有相当多的现代作家都当过中、小学教员,很自觉地把文学教育作为写作的目标之一。可称为"开明派"的一支散文作家队伍,便在这方面显得突出。他们大都是上海立达学园的同事,1930 年代又聚集在上海开明书店周围,包括丰子恺、夏丏尊、叶圣陶等人。

丰子恺写散文始于 1920 年代中期,如前所述。全面抗战前,他的作品转而接触社会,写灾难性的现实,如《肉腿》《半篇莫干山游记》等。风格仍属体物入微,在真朴琐屑之中饱含情理,于细微处发现宏旨精义,而且处处浸润着作者那疏淡隽逸的人格调子。他只用平常的字词,务求明白,不喜欢装修粉饰,文字有一种朴讷而又明亮的味道。丰子恺是独具一格的漫画家,其漫画寥寥几笔就勾画出一种意境。比如《人散后,一钩新月天如水》,几个茶杯,一卷帘笼,便得十分清心。画风渗透到文风,其散文总是写意的、参悟的、豁达的,多给人精神的滋润。这时期他著名的散文集,除《缘缘堂随笔》外,还有《车厢社会》《缘缘堂再笔》。

夏丏尊(1886—1946)是丰子恺的老师,散文只一本《平屋杂文》,多写身边琐事,素淡的文笔中常溢出遐想与情思,也很注重篇章结构,常用得缜密完整,属于功力派一路。著名作品有《白马湖之冬》《钢铁假山》《猫》等。

叶圣陶主要写小说,偶尔也写散文,本时期的散文多收在《未厌居习作》中。散文抒写保持了他一贯的平实,状物写人都针缕绵密,无一冗词。他的一些作品常被作为中学生习作的轨范。

开明同人散文家是积极的人生派、热切的爱国者,讲究品格、气节和操守,但与政治往往保持一定的距离。他们几乎都乐于把写散文作为一种思索方式,因此多重理念,讲究结构,采用叙事与议论结合的语式,许多作品的拟想读者就是青少年学生。他们的作品平淡如水,明白如话,却善于在平凡中开掘生活的哲理,追求高远的情境,严谨而有韵致。

开明书店出版的影响很大的《中学生》杂志,曾提倡"科学小品文",刘薰宇的数学小品、贾祖璋的生物小品,都很受青年学生的欢迎。这是科学与文学的一种互相渗透,对于散文小品体式,无疑是开了一个新生面。

四　报告文学与游记

报告文学作品始见于"五四"时代。1919年《每周评论》上刊载的《旅中杂感》(署名明生,为欧游通讯)、《一周中北京的公民大活动》(署名亿万,报道"五四运动"的始末),1920年《劳动者》周刊上刊载的《唐山煤矿葬送工人大惨剧》,都已经初步具备报告文学的特征。1920年代初期,周恩来写有长达20万字的《旅欧通信》(大部分刊载于1921—1922年的天津《益世报》)。瞿秋白的《饿乡纪程》和《赤都心史》则是以《晨报》记者的身份访苏后完成的。后来,在"五卅运动"、"三一八"惨案、和"四一二"事变中,茅盾、叶圣陶、郑振铎、朱自清、陆定一、郭沫若等都写过类似报告文学的散文。但是,正式由外国传入"报告文学"这个名称(从英语"reportage"译出),并有意识地提倡这种文体,是和1930年代的"左联"分不开的。在"左联"的刊物上,早就介绍过著名的捷克报告文学作家基希(Kisch),《光明》《中流》

《文学界》也成为当时重要的刊载报告文学的刊物。东北"九一八"事变与上海"一·二八"事变发生后，形成了第一次报告文学热潮。较早的报告文学结集是阿英所编《上海事变与报告文学》一书。到了 1936 年，抗战形势危急，阶级与民族矛盾在日寇压境下更趋尖锐，这时，夏衍的《包身工》、宋之的的《一九三六年春在太原》、周立波译基希的《秘密的中国》、阿雪译爱狄密勒的《上海——冒险家的乐园》先后发表，推动了报告文学的创作风气。茅盾主编《中国的一日》，以 1936 年 5 月 21 日这一天发生在全国的事件为题，从征得的 3000 多篇稿件中，选编出 500 篇文章出版。这一年形成了报告文学的热流，并引发了 1940 年代报告文学创作的高潮。

夏衍（1900—1995）的《包身工》①被公认为早期报告文学的代表作。作者亲自到上海杨树浦的工厂调查了两个月，搜集了许多素材。他以阶级分析的眼光，鲜明地表现这完全真实的新闻故事，用细致的描写，揭露了东洋纱厂这个人间地狱里包身工惨绝人寰的生活真相。《包身工》的文学与政治影响都很深远，像李乔的《锡是如何炼成的》，描写工人的非人处境，明显地与《包身工》一脉相承。

报告文学以其新闻性、纪实性吸引了大批读者，许多新闻界和报界作者都注重与文学联手，报刊上登载报告通讯一类的文字日见增多。著名的期刊《生活》《大众生活》的主编邹韬奋（1895—1944）是这时期最有成就的出版家和新闻作家。他把 1933 年后流亡欧洲，访问苏联及欧美诸国的见闻，写成《萍踪寄语》（有初集、二集、三集）和《萍踪忆语》。这些作品有爱国主义激情，有对西方民主的清醒认识和对社会主义的衷心向往，属于政治性、社会性强的报告文学；其特点是材料翔实可靠，叙述和分析多于描写，又涉及如何看待欧美资本主义与苏联社会主义这个敏感的题目，所以格外引人注意。新闻体游记因及时传播时事和描写风光互相结合，也拥有众多读者。

萧乾从 1932 年开始便给《大公报》写旅行通讯，后收入《人生采访》集的《流民图》（更名为《鲁西流民图》）、《平绥琐记》（更名为《平绥道上》），写北方难民与塞外风光，都是较有名的。后来，他在二次世界大战中成为活跃的国际记者。另一位著名的新闻记者、作家范长江（1909—1970），1935 年后以《大公报》记者身份赴西北数省考察，对西安事变、长征和陕北解放区

---

① 发表于 1936 年 6 月《光明》创刊号。

的报道曾激动了众多读者的心。汇成的集子有《中国的西北角》、《塞上行》、《西线风云》(与人合写),注重事实,分析客观,文笔简朴苍凉,夹叙夹议,间或以古今事例类比。报告文学与它的时代同命运,共呼吸,所引起的轰动性阅读效应,往往不是一般的文学作品能达到的。

此外,这一时期作家们还写了不少国际题材的游记,其中引起读者较大反响的有朱自清的《欧游杂记》《伦敦杂记》、李健吾的《意大利游简》、郑振铎的《欧行日记》,以及小默(刘思慕)的《欧游漫忆》、胡愈之的《莫斯科印象记》等。这些游记多采用类似随笔的比较自由的写法,虽写的是异域风光,却颇能显示游记作者的个性。朱自清写得较为纪实,在语言的洗练上颇下功夫;李健吾在历史文物的描述中显示了自己的博学与机智;郑振铎则热衷于研究资料的搜集与记录,表现了学者的勤奋与专注;作为国际问题专家的小默、胡愈之则带有更多的政论色彩。1930 年代散文的功能多向发挥,散文创作五光十色,流派纷呈,将"五四"时期所开创的现代散文推进到了成熟的阶段。

附录　本章年表

1928 年

1 月　周作人《谈虎集》由北新书局出版。

同月　庐隐《曼丽》(散文、小说合集)由古城书社出版。

6 月　陈西滢《西滢闲话》由新月书店出版。

8 月　俞平伯《杂拌儿》由开明书店出版。

9 月　鲁迅《朝花夕拾》由未名社出版。

10 月　鲁迅《而已集》由北新书局出版。

同月　朱自清《背影》集由开明书店出版。

12 月　林语堂《剪拂集》由北新书局出版。

年末　俞平伯《燕知草》由开明书店出版。

1929 年

5 月　周作人《永日集》由北新书局出版。

8 月　钟敬文《西湖漫拾》由北新书局出版。

1930 年

3 月　梁遇春《春醪集》由北新书局出版。

4 月　徐志摩《轮盘》由中华书局出版。

7 月　于庚虞《孤灵》由北新书局出版。

9 月　刘志清(柔石)《一个伟大的印象》发表于《世界文化》第 1 期。

1931 年

1 月　丰子恺《缘缘堂随笔》由开明书店出版。

同月　庐隐《灵海潮汐》(散文、小说合集)由开明书店出版。

5 月　茅盾《宿莽》(散文、小说合集)由大江书铺出版。

9 月　叶绍钧《脚步集》由中国书店出版。

1932 年

4 月　阿英编《上海事变与报告文学》由南强书局出版。

9 月　鲁迅《三闲集》由北新书局出版。

同月　林语堂等主办《论语》半月刊在上海创刊。自第 27 期之后,先后由陶亢德、郁达夫和邵洵美主编。抗战时期停刊,抗战胜利后复刊,1949 年 5 月出至第 177 期终刊。

10 月　鲁迅《二心集》由合众书店出版。

同月　周作人《看云集》由开明书店出版。

1933 年

2 月　缪崇群《晞露集》由星云堂书店出版。

同月　俞平伯《杂拌儿之二》由开明书店出版。

3 月　周作人《知堂文集》由天马书店出版。

4 月　叶灵凤《灵凤小品集》由现代书局出版。

同月　鲁迅、景宋(许广平)《两地书》由青光书局出版。

7 月　何凝(瞿秋白)《〈鲁迅杂感选集〉序言》收入《鲁迅杂感选集》,由青光书局出版。

8 月　孙福熙《庐山避暑》由女子书店出版。

9 月　鲁迅《"论语一年"》发表于《论语》第 25 期。

10 月　鲁迅《伪自由书》由青光书局出版。

同月　鲁迅《小品文的危机》发表于《现代》第 3 卷第 6 期。

11 月　缪崇群《寄健康人》由良友图书公司出版。

1934 年

2 月　茅盾《话匣子》由良友图书公司出版。

3 月　鲁迅《南腔北调集》由同文书店出版。

4 月　林语堂等主办《人间世》半月刊在上海创刊。1935 年 12 月出至第 42 期终刊。

同月　郑逸梅《逸梅小品》由中孚书局出版。

6 月　郁达夫《屐痕处处》由现代书局出版。

同月　林语堂《大荒集》由生活书店出版。

同月　梁遇春《泪与笑》集由开明书店出版。

同月　邹韬奋《萍踪寄语初集》由生活书店出版。

同月　刘复《半农杂文》由星云堂书店出版。

9月　陈望道主编《太白》半月刊创刊。

同月　朱自清《欧游杂记》由开明书店出版。

同月　邹韬奋《萍踪寄语二集》由生活书店出版。

10月　卞之琳等主编《水星》月刊在北平创刊。

12月　鲁迅《准风月谈》由兴中书局出版。

本年　林语堂《吾国吾民》用英文写成,1935年由美国纽约约翰·黛出版公司初版,后译成多种文字出版。郑陀翻译的中文本1938年由上海世界新闻出版社出版。

1935年

1月　曹聚仁《笔端》由天马书店出版。

3月　陈望道编《小品文和漫画》由生活书店出版。

同月　阿英编《现代十六家小品》并作序,由光明书局出版。

同月　阿英《夜航集》由良友图书公司出版。

4月　郁达夫写《〈中国新文学大系·散文二集〉导言》,收入《中国新文学大系·散文二集》,同年8月由良友图书公司出版。

同月　艾芜《飘泊杂记》由生活书店出版。

5月　鲁迅《集外集》由群众图书公司出版。

6月　徐懋庸《打杂集》由生活书店出版。

同月　邹韬奋《萍踪寄语三集》由生活书店出版。

7月　刘半农《半农杂文二集》由良友图书公司出版。

同月　丰子恺《车厢社会》集由良友图书公司出版。

同月　茅盾《速写与随笔》由开明书店出版。

8月　周作人写《〈中国新文学大系·散文一集〉导言》,收入《中国新文学大系·散文一集》,同月由良友图书公司出版。

9月　林语堂、陶亢德主编《宇宙风》半月刊在上海创刊,1947年8月出至第152期终刊。

10月　周作人《苦茶随笔》由北新书局出版。

12月　丽尼《黄昏之献》集由文化生活出版社出版。

同月　夏丏尊《平屋杂文》由开明书店出版。

同月　叶圣陶《未厌居习作》由开明书店出版。

1936 年

1 月　贾祖璋《生物素描》由开明书店出版。

3 月　沈从文《湘行散记》由商务印书馆出版。

同月　朱自清《你我》集由商务印书馆出版。

同月　唐弢《推背集》由天马书店出版。

同月　李广田《画廊集》由商务印书馆出版。

4 月　蹇先艾《城下集》由开明书店出版。

同月　郁达夫《达夫散文集》由北新书局出版。

5 月　唐弢《海天集》由新钟书局出版。

6 月　鲁迅《花边文学》集由联华书局出版。

同月　夏衍《包身工》发表于《光明》创刊号。

同月　周立波译基希《秘密的中国》选载于《文学界》月刊。

7 月　何其芳《画梦录》由文化生活出版社出版。

8 月　悄吟（萧红）《商市街》由文化生活出版社出版。

同月　陆蠡《海星》由文化生活出版社出版。

同月　丽尼《鹰之歌》由文化生活出版社出版。

9 月　茅盾主编《中国的一日》由生活书店出版。

10 月　茅盾《印象·感想·回忆》由文化生活出版社出版。

11 月　李广田《银狐集》由文化生活出版社出版。

同月　萧红《桥》由文化生活出版社出版。

本年　范长江《中国的西北角》由大公报馆出版。

1937 年

1 月　丰子恺《缘缘堂再笔》由开明书店出版。

3 月　周作人《瓜豆集》由宇宙风出版社出版。

同月　丽尼《白夜》由文化生活出版社出版。

同月　芦焚《黄花苔》由良友图书公司出版。

4 月　王鲁彦《旅人的心》由文化生活出版社出版。

5 月　何其芳《画梦录》获《大公报》文艺奖金。

同月　邹韬奋《萍踪忆语》由生活书店出版。

7 月　鲁迅《且介亭杂文》《且介亭杂文二集》《且介亭杂文末编》由三闲书屋出版。

同月　徐懋庸《不惊人集》由千秋出版社出版。

同月　范长江《塞上行》由大公报馆出版。

同月　林语堂《生活的艺术》用英语写成,同年由美国纽约约翰·黛出版公司出版。有多种文字译本。黄嘉德的中译本 1938 年开始在《西风》杂志连载,1941 年由西风社出版全本。

知识点　　　必读作品与文献　　　思考题

第十九章 曹禺

1930 年代,中国现代话剧史上终于出现了一位大师级的剧作家:曹禺
(1910—1996)。他原名万家宝,出身于一个官僚家庭。仿佛是天生的戏剧
家,他从小就有机会欣赏中国的传统戏曲,在被称为"中国话剧运动摇篮"
的南开中学又获得了丰富的舞台实践经验,在清华大学西洋文学系就读时,
更是广泛接触了从莎士比亚、易卜生到契诃夫、奥尼尔的西方戏剧,不倦地
探讨着戏剧艺术。可以说,正是这两个方面的诱惑,使他与中国现代话剧运
动结下了不解之缘。他所创作的《雷雨》《日出》《原野》《北京人》《家》等经
典剧作,使中国现代话剧剧场艺术得以确立,并在中国的观众中扎根,中国
的现代话剧由此走向成熟。曹禺的剧作影响、培养了几代中国剧作者、导
演、演员,在中国现代话剧整体面貌上打上了自己的印记。

一 从《雷雨》到《原野》

《雷雨》是曹禺的第一个戏剧生命,也是现代话剧成熟的标志。和一切
经典性作品一样,《雷雨》也是说不尽的:人们可以从不同角度、不同方面去
开掘与阐释。

虽然曹禺一再声明,他在创作开始时"并没有显明地意识着我是要匡
正讽刺或攻击些什么",但他同时又承认"也许写到末了,隐隐仿佛有一种
情感的汹涌的流来推动我,我在发泄着被抑压的愤懑,毁谤着中国的家庭和
社会"。① 以后人们基本上就按照这一作家的追认来阐释《雷雨》,于是注意
到,剧本在一天的时间(上午到午夜两点钟)、两个场景(周家客厅和鲁家住
房)内集中展开了周、鲁两家前后三十年复杂的矛盾纠葛,全剧交织着"过
去的戏剧"(周朴园对侍萍始乱终弃的故事,作为后母的繁漪与周家长子周
萍恋爱的故事)与"现在的戏剧"(繁漪与周朴园的冲撞,繁漪、周萍以及四
凤、周冲之间的情感纠葛,周朴园与侍萍的相逢,周朴园与大海的冲突),同

---

① 曹禺:《〈雷雨〉序》,《曹禺文集》第 1 卷,北京:中国戏剧出版社 1988 年版,第 211 页。

时展现着下层妇女(侍萍)被离弃的悲剧,上层妇女(蘩漪)个性受压抑的悲剧,青年男女(周萍、四凤)得不到正常的爱情的悲剧,青春幻梦(周冲)破灭的悲剧,以及劳动者(大海)反抗失败的悲剧,血缘的关系与阶级的矛盾相互纠缠,所有的悲剧最后都归结于"罪恶的渊薮"——作为具有浓厚封建色彩的资产阶级家庭家长象征的周朴园。而戏剧的结尾,无辜的年轻的一代都死了,只留下了与悲剧性的历史有着牵连的年老的一代:这就更加强化了对"不公平"的社会与命运的控诉力量。

人们当然不会忘记作者的申明:他所写的是"一首诗",而不是"社会问题剧"①,《雷雨》对我是个诱惑。与《雷雨》俱来的情绪蕴成我对宇宙间许多神秘的事物一种不可言喻的憧憬"②。于是,出现了对《雷雨》的还原性的阐释:人们发现与抓住了剧作家在《雷雨》中所揭示的生命编码,即戏剧意象中所内含的人的生存困境。

首先是"郁热"。这不仅是戏剧发生的自然背景(剧本中一再出现的蝉鸣、蛙噪、雷响,无不在渲染郁热的苦夏氛围),同时暗示着一种情绪、心理、性格,以至生命的存在方式。在《雷雨》里,几乎每一个人都陷入一种"情热"——欲望与追求之中:周冲充满着"向着天边飞"的生命冲动,沉溺在永远不能实现的生命自由、健全发展的绝对理想境界的精神幻梦里;蘩漪、周萍、四凤则充分表现了人的非理性的情欲渴求,尤其是作者倾心刻画的蘩漪,更有原始的一点野性,更充分地发展了人的魔性;鲁大海也同样满蓄着反抗的、破坏的、野性的力;即使是侍萍,以至周朴园,他们对充满痛苦的(侍萍是一种屈辱之苦,周朴园则是忏悔之苦)初恋极其矛盾、复杂的情感反应,正表明了对于曾经有过的情爱的难以摆脱。但所有人物所有这一切"情热"(欲望与追求)都被一种人所不能把握的强大的力量所压抑着,剧本中几乎每一个人出场时都嚷着"闷",蘩漪更是高喊:"我简直有点喘不过气来。"这象征着生命热力的郁结:超常态的欲望与对欲望的超常态的压抑,造成了人巨大的精神痛苦。由此而引发的,是"极端"的"交织着最残酷的爱和最不忍的恨"的"'雷雨'式的性格",与近乎疯狂的"白热、短促"的"'雷雨'式的"感情力量。③ 当听到蘩漪那"失去了母性"的一声大叫——

① 曹禺:《〈雷雨〉的写作》,《杂文》月刊第 2 期,1935 年 7 月。

② 曹禺:《〈雷雨〉序》,《曹禺文集》第 1 卷,北京:中国戏剧出版社 1988 年版,第 211 页。

③ 同上书,第 9 页。

"我没有孩子，我没有丈夫，我没有家，我什么都没有，我只要你说：我——我是你的"，人们会感到这是人被逼到走投无路地步的病态挣扎，从而受到心灵的震撼。

于是又有了"挣扎"与"残酷"的发现。曹禺说："……这堆在下面蠕动的生物。他们怎样盲目地争执着，泥鳅似地在情感的火坑里打着昏迷的滚，用尽心力来拯救自己……"①但这又是怎样一种挣扎与拯救呵：周萍抓住了四凤不放手，想由一个新的灵感来洗涤自己；繁漪又抓住周萍不放手，想重拾起一堆破碎的梦而救出自己；侍萍（鲁妈）也抓住四凤，希望她不要重走自己当年走过的路，以永远地摆脱发生在昨天、今日又被唤起的梦；周朴园又抓住侍萍，希望借助她的"明智"，既结束旧梦，又维护周公馆的既成秩序；甚至天真的周冲也在抓住四凤，想仰仗她的帮助，走入理想的境界。这样一个抓住一个，揪成一团，"正如一匹跌在泽沼里的羸马，愈挣扎，愈深沉地陷在死亡的泥沼里"②。由此产生了曹禺式的观念、命题："残酷"。他说："在《雷雨》里，宇宙正象一口残酷的井，落在里面，怎样呼号也难逃脱这黑暗的坑。"③这里，既包含了对人（特别是中国人）无论怎样挣扎终不免失败的生存状态的发现，同时又表明了作者对宇宙间压抑着人的本性、人又不可能把握的某种不可知的力量的无名恐惧。

耐人寻味的是，剧作家在戏剧本事之外，又精心设置了"序幕"与"尾声"：十年后，周公馆变成了教会医院，楼上、楼下分别住着两位疯了的老妇——繁漪与侍萍；这一天，一位孤寂的老人（周朴园）来到医院，看望她们，彼此却没有一句话。偶尔撞进医院的年幼的姐弟俩目击了这一切，又像听"古老的故事"一般听人们谈起了十年前的往事。有了这样的序幕与尾声的框架，就造成了欣赏的距离，将戏剧本事中的郁热、愤懑与恐惧消解殆尽，而达到类似宗教的效果：在悲悯的俯视中，剧中人之间的一切矛盾、冲突、争斗也都消解，无论是处于情热中的繁漪、周萍、四凤与侍萍，还是在梦想中的周冲，在计算里的周朴园、鲁贵，都同是在尘世中煎熬而找不到出路的可怜虫。悲悯作为一种审美情感，自然是对充溢剧作中的激情的净化、升华与超越；而这种站在更高角度、更远距离的理性审视，也

---

① 曹禺：《〈雷雨〉序》，《曹禺文集》第 1 卷，北京：中国戏剧出版社 1988 年版，第 213 页。
② 同上。
③ 同上。

是更高意义上的清醒。

对《雷雨》的多重解释，正显示出了曹禺戏剧创作的一个重要特色：既是关注现实的，同时又超越现实，追索着隐藏于现实背后深处的人生、人性、人的生命存在的奥秘。研究者因此注意到曹禺"思想者"的特质：曹禺铺写现实生活的故事，更注重"生活的背后"，"努力探索是什么原因造成了这样的世界"，"曹禺在作品中所体现的绝不是生活的表象，绝不仅仅是一种社会意识，而是高出于现实的、具有形而上意义的人类意识、宇宙意识乃至宗教意识"，这就使曹禺"比常人更有深度，更具智慧，因而他的作品也就更有感染力和生命力"。①

但具有无羁的创造力的剧作家本人却对《雷雨》产生了不满，反省说："我很讨厌它的结构，我觉出有些'太象戏'了。技巧上，我用的过分。"②他于是"试探一次新路"：不再追求精心构制的故事，而注重展现日常生活，即将关注与表现的重心由传奇转向平凡，由变态转向常态；在戏剧结构上，也不再集中于几个人身上，而借鉴印象派绘画的散点技法，用片段的方法、用多少人生的零碎来阐明一个观念。于是，又有了一个全新的戏剧生命：《日出》。戏剧的场景由家庭移向社会，同时展现着现代大都市的两个典型的环境：高级大旅馆与三等妓院。剧作家用极其简洁的笔法勾勒了出入于其间的众生相，并且把他（她）们分为"不足者"与"有余者"两个对立的世界，以表达他对现代都市所奉行的"损不足以奉有余"的"人之道"的抗争。因此，剧本中作者最为动情的，无疑是写到"不足者"悲剧命运的部分。无论是沦落风尘，却有一颗金子般的心的翠喜，最终不免一死的"小东西"，还是那善良到无用地步的都市小人物黄省三，都引起观众巨大的同情。作家笔下的"有余者"却都是可笑的，这是曹禺喜剧才能的最初显露。剧作者用近乎漫画的手法，刻画了一群"生活在狭的笼里面洋洋地骄傲着"的"可怜的动物"③，他们自认为有钱有势，有本事，有手腕，在这个社会上混得不错，自我感觉极端良好，于是就处处忸怩作态：或作娇小可喜之态（顾八奶奶），或作黯然销魂之态（胡四），或故作聪明之状（潘月亭），或时显"西崽"之相（乔治张），这都令观众鄙视与厌恶。他们仿佛主宰着自己的命运，却被一

---

① 孙庆升：《我的曹禺观》，《孙庆升文集》（上），北京：人民日报出版社 2014 年版，第 342 页。

② 曹禺：《〈日出〉跋》，《曹禺文集》第 1 卷，北京：中国戏剧出版社 1988 年版，第 456 页。

③ 曹禺：《〈雷雨〉序》，《曹禺文集》第 1 卷，第 212 页。

种更大的、连自己也弄不清楚的力量支配着(在剧本中,作者是以"金八爷"作为这种冥冥中力量的代表与象征的)。用李石清的话说,他(她)们是被"耍了",也就是处于被捉弄的地位。正是这一点,使作者与观众对这些"有余者"的审美感情趋于复杂化,在鄙弃的同时,不能不多几分悲悯——他们的这一命运一定程度上也是属于人自身的:当人陷入了不自知的盲目状态时,就实际上处于被捉弄的地位。这样,曹禺在发现了"人的挣扎"的困境(《雷雨》)以后,现在在《日出》里又开掘出"人的被捉弄"的困境。这也是一种"宇宙的残酷",而且连挣扎的悲壮之美都不配享有,只剩下了人的愚蠢与卑琐的喜剧性。

从另一个角度看,以上趋于两个极端("有余者"与"不足者")的人物都是充分强化与简化了的;而居于两者之间的李石清却显出了性格的复杂性:他为了从不足者的悲惨地位中挣扎出来,不惜把灵魂出卖给这个现代大都市的魔鬼,获得的不是人应该有的生命的魔力,而是它的异化物——狡黠、狠毒与卑琐。因此,他的戏剧性的命运中,无论是短暂的幻想中的得势,还是最终的失败,都在观众的欣赏心理中,大大强化了前述被捉弄感与残酷感。

《日出》中最令人难忘的人物,自然是作为现代大都市的产物与象征的高级交际花陈白露。她年轻时的朋友方达生的来访,唤醒了"过去的我"及对"我的过去的故事"的回忆:当年的"喜欢太阳,喜欢春天,喜欢年青"的竹筠,怀着"飞"的欲望(就像《雷雨》里的周冲那样),离开农村、家乡(就像鲁迅小说中的知识者那样),孤身来到了现代大都市。但她并没有找到自己理想的精神家园,而是永远地卖给了这大都市里的大旅馆,再也回不去了:不仅是外在的环境不允许,更是自己所习惯的种种生活方式桎梏了自己,她已经倦怠于飞翔了。这是人的自由生命的自我剥夺,曹禺称这类"习惯的桎梏"为生活的"自来的残忍"①,与繁漪们的挣扎、潘月亭们的被捉弄同样令人惊心动魄。

剧作家在第二幕的开头与全剧结束时,都精心设置了打夯的小工和他们的歌声,作为"日出"(或拥有与创造"日出"的力量)的象征。剧作家显然从劳动者身上"浩浩荡荡"的"大生命"中看到了希望;而全剧也为"日出"的意象所笼罩,显示出整体的象征性,如同《雷雨》一样:从《雷雨》到《日出》也

---

① 曹禺:《日出》,《曹禺文集》第1卷,北京:中国戏剧出版社1988年版,第234页。

就保持着内在的一致性。

于是,1937年4月,曹禺的《原野》开始连载,至7月载完——人们称其为曹禺"生命三部曲"之最。

在《雷雨》里已经显露峥嵘的"生命的蛮性"与"复仇"的命题,现在在"原野"(和"雷雨""日出"一样,已经成为剧中独立的生命存在)里,终于得到了淋漓尽致的发挥。几十年后,曹禺谈到《原野》时,强调它"是讲人与人的极爱和极恨的感情,它是抒发一个青年作者情感的一首诗"①,与当年说《雷雨》是"一首诗"竟然惊人地一致。

读者与观众大概都很难忘记第一幕开始金子与仇虎调情、捡花那场戏:这一对被情欲燃烧得几乎疯狂的男女,竟会爱得如此痛苦,情人间如仇敌般互相折磨,在对方筋肉的抽动中享受着爱的快感,在丑的变形中发现美的极致。焦母对于她的儿子焦大星的爱又何尝不是强烈而刻骨铭心的,正是为了独占对方的感情,疯狂的爱竟转化为对媳妇疯狂的恨,并得到了金子同样疯狂的反击,陷入了无休止的嫉妒、怨恨的感情折磨中,自身也发生了情感的毒化、性格的扭曲。发生在焦家的悲剧与周朴园的家庭悲剧相比,也许更普遍,它根源于人的感情欲望本身,几乎不可解脱,也带来永久的困惑。

《原野》里,与"爱"交织在一起的是"复仇"。戏剧以仇虎"从地狱里逃回来复仇"为开端,"阎王,我回来了"一声高叫,就把"复仇"的主题推向了顶点。但剧作家却出人意料地安排了焦阎王的突然去世,只剩下瞎了眼的焦母、性格懦弱的焦大星,以及尚在摇篮中的小黑子。这不但使仇虎的复仇失去了对象,连复仇的合理性都受到了挑战。于是发生了戏剧重心(以及剧作家对于人的命运探讨的重心)的转移:由外部的复仇行为(人与外在社会力量的关系)转向由复仇引发的内心矛盾(人与自身的关系,人的灵魂世界的揭示),由外在命运的挣扎转向自身灵魂的挣扎。于是,当仇虎依照"父仇子报""父债子还""断子绝孙"的传统,真的实现了残酷的复仇(杀死焦大星,并借焦母之手击杀了无辜的小黑子),却无法摆脱内心深处的有罪感,陷入了灵魂的分裂与挣扎。仇杀故事的路线由此发生陡转:不是仇虎追杀焦家人,而是焦母把仇虎追赶到了原始森林;仇虎也出现了精神幻觉。戏

---

① 曹禺:《给蒋牧丛的信》,转引自田本相:《曹禺传》,北京:北京十月文艺出版社1988年版,第464页。

剧结束时,观众看到"大地轻轻地呼息着,巨树还那样严肃,险恶地矗立当中,仍是一个反抗的魂灵"——尽管最终肯定了复仇,却依然没有也不试图解决它的内在矛盾与困惑。

二 《北京人》与《家》

1940年,曹禺创作了他的第四部杰作:《北京人》。此时的剧作家已经走出了生命的郁热期,进入了生命的沉静状态。《北京人》也就有了另一种氛围、另一番情调:没有"雷雨"前的苦热,也不如"日出"般炫目、"原野"似的阴森、恐怖;有"秋风吹下一片冷冷的鸽哨响","卖凉货的小贩,敲着'冰盏'……丁铃有声,清圆而浏亮","在苍茫的尘雾里传来城墙上还未归营的号手吹着的号声","随着风在空中寂寞的振抖"……这是曹禺追求已久的由"戏剧化的戏剧"生命向"生活化(散文化)的戏剧"生命的转变:不仅是对人的日常生活表面形态的关注,更是对人的日常生活内在神韵与诗意的开掘,是普通人的精神世界的升华。只有在《北京人》里,曹禺才实现了他"走向契诃夫"的夙愿。

在北平曾氏大家庭里,他首先发现的是"孤独",是对人与人之间不相通的悲哀的体味与思索。这是一次层层深入的开掘:开始,剧作家在他的男女主人公曾文清与愫方身上发现了自觉于心灵的隔绝,又渴望着心灵沟通的两个灵魂的接近,当他写到这一对"知己"尽管"在相对无言的沉默中互相获得了哀惜和慰藉,却又生怕泄露出一丝消息,不忍互通款曲"时,是一定会想到在《雷雨》《日出》与《原野》里一再提到的人不能掌握自己命运的悲哀与无奈的。但曹禺作为一个真正的灵魂的探险者,又向自己(以及读者和观众)提出了一个严峻的问题:这两个生命真的"同声同气"吗?他终于发现,在静默的表象背后,隐藏着两个不同的灵魂:一个(愫方)像真正的人那样活着,拥有博大而丰厚的爱与坚韧的精神;一个(曾文清)作为人早已死去,只剩下生命的空壳。心灵本就相隔"天涯","若比邻"云云只是自欺欺人的虚词,这是不能不引起透骨的悲凉之感的。而愫方竟是为着这样无用的生命做出无私的奉献,更使人感到,人的美好的感情、追求是多么容易被无端地扭曲和捉弄。曹禺式的"残忍"观念因此而得到更深刻的阐发。但在愫方的感受里,这梦幻般的追求的破灭是既悲凉又能给人以温馨的:因为这是毕竟有过的真诚的追求。因此,当愫方述说着"我们活着就是这么一大段又凄凉又甜蜜的日子啊！叫你想想忍不住要哭，想想又忍不住要笑啊"时，她是在表达对日常生活中真正诗意的深切体验。在这个意义上，我们可以把《北京人》称为曹禺"生命的诗"。

当曹禺进一步追问"曾文清怎样从'人'变成'生命的空壳'"时，他就转向了对中国传统文化的历史观照，这也正是抗日战争所提出的时代命题。曹禺显然认为，这是一个士大夫家庭的子弟，染受了过度腐烂的北平士大夫文化的结果。作为一种没落的贵族文化，它悠闲、雅致，却带有浓厚的寄生性，最能消磨人的生存意志。像曾文清竟陷入了无可救药的怯懦、颓废与沉滞、懒散之中："懒于动作，懒于思想，懒于用心，懒于说话，懒于举步，懒于起床，懒于见人，懒于做任何严重费力的事情"，甚至"懒于宣泄心中的苦痛"，"懒到他不想感觉自己还有感觉"。这是人的真正堕落：人的生命的彻底浪费，人的个人与社会价值的彻底丧失。曹禺就这样从一个相当独特的角度对没落的北平士大夫文化进行了历史的否定。曹禺又突发奇思异想，让人类的祖先"远古北京人"（中国猿人）从天而降，同时又精心设置了人类学者袁任敢和他的女儿袁圆这样的"明日北京人"的形象：他（她）们代表了同样发源于北京的科学、民主的"五四"新文化。这样，曹禺就创造了一个舞台奇观：三种不同时代的"北京人"，代表三种截然不同的文化，同时出现在《北京人》同一个舞台空间里，在历史的参照与对比中，更显出"今日北京人"的生存方式及其所代表的封建士大夫文化的全部荒谬性，同时将读者、观众推到一定的距离之外，达到某种超越，"以一种悲悯的眼来俯视这群地上的人们"①。《北京人》在更高的层面上又回到了《雷雨》"序幕"与"尾声"的追求，但于悲悯之外，又增加了几分嘲讽，由悲剧转向了喜剧。

写于1942年的《家》是一次极富创造力的再创作。从巴金的小说《家》到曹禺的《家》，人们发现了表现重心的转移，不仅从以觉慧的反抗为中心转向以觉新、瑞珏、梅小姐三个人物的关系为主要发展线索，而且剧作家对他（她）们爱情生活的关注与描写的重点，已经主要不是悲剧性内容的揭示，而是努力开掘其内含的生命力量与美。瑞珏可以说是曹禺塑造的全新的女性形象，显然已经将繁漪、陈白露、花金子因残忍的压抑而导致的心灵的扭曲，情感、心理、性格的病态荡涤干净，也不像愫方那样"整日笼罩在一片迷离离秋雾里"，而更是晶莹剔透的，充溢着纯真之气。剧作家写到觉新

---

① 曹禺：《〈雷雨〉序》，《曹禺文集》第1卷，北京：中国戏剧出版社1988年版，第212页。

时,也给予了更多的理解与同情,使他的形象具有某种明朗的色彩;对鸣凤与觉慧的爱情,更是投入了巨大的激情。这是一曲青春的赞歌,也是创作诗剧的自觉尝试。剧作家唤出了"杜鹃声声",让生命中的青春力量彻底释放,青春的诗意美得到淋漓尽致的发挥与展开。与此相适应,他又创造了诗化的戏剧语言:曹禺戏剧生命创造的原动力,不仅是思想、情感的内在要求与冲动,也来自语言的诱惑。

人们从 1940 年代的《北京人》与《家》,或许还可以上溯到 1930 年代的《原野》里,发现了作为"诗人"的曹禺,这是与思想者的曹禺,以及学者的曹禺相辅相成的;评论者因此称曹禺的戏剧为"诗化现实主义"或"诗化戏剧"①,都是有道理的。

三　曹禺剧作的命运

1933—1942 年十年间,曹禺为中国现代话剧奉献了《雷雨》《日出》《原野》《北京人》《家》5 部堪称经典的杰作;而且每一部新作都在现实人生与人性的开掘及戏剧形式上有新的试验与创造,这最能显示曹禺最为可贵的"强烈的超越自我的自觉意识"②。可以看出,曹禺执着追求的,是一种大融合的戏剧境界。这是人类戏剧宝库中的精华——从希腊悲剧与喜剧、莎士比亚,到易卜生、契诃夫、奥尼尔等的大融合。这是中国传统戏剧艺术与西方戏剧艺术的融合,是中国传统诗学与西方象征主义的融合。这是戏剧与哲学、具体与抽象、形而下与形而上的融合。这是追求生活幻觉效果与舞台假定性效果的融合。这是情节剧、佳构剧与心理剧的融合,是戏剧与诗、戏剧与散文、戏剧化的戏剧与生活化的戏剧的融合,是写实与写意、写实与非写实的融合。这是喜剧与悲剧的融合。……因此,曹禺对于中国现代话剧的意义,不仅在于他的戏剧创作标志着并促进了中国现代话剧的成熟,更重要的是,他极富想象力与创造力的实验性的创作,为中国现代话剧的发展开拓了广阔的领域,提供了无限丰富的可能性,展示了多元的、自由创造的发展前景。但曹禺的创造对于现代中国话剧而言又是超前的,也就是说,他的

---

①　参看孙庆升:《我的曹禺观》,《孙庆升文集》(上),北京:人民日报出版社 2014 年版,第 343 页。

②　孙庆升:《借鉴他人,超越自我——略论剧作家曹禺的成功之路》,《孙庆升文集》(上),第 349 页。

创造力与想象力都大大超过了时代接受水平。最能说明这一点的是曹禺接受史上的矛盾现象：曹禺既是拥有最多读者、导演、演员与观众的现代剧作家，又是最不被理解的现代剧作家；人们空前热情地读着、演着、欣赏着、赞叹着他的戏剧，又肆无忌惮地肢解着、曲解着、误解着他的戏剧，以致他的戏剧上演了千百次，却没有一次是完整的、按原貌演出的（无论作家本人如何抗议，《日出》的第三幕、《北京人》里有关"远古北京人"的描写总是被删削，《雷雨》的序幕与尾声很多年都未被搬上舞台）。长期以来，读者、导演、演员、观众、研究者们只能、只愿接受曹禺戏剧中为时代主流思潮所能容忍的部分，例如他的剧作中社会的、现实的、政治的内容，写实的、戏剧化的、悲剧性的艺术形式因素，而对与上述方面交融为一体的另一侧面，例如对人的生存困境的形而上的探索，非写实的、非戏剧性的等等因素，特别是打破常规、突破传统的个人的天才创造，则不理解，不接受，却又颇为大胆地轻率地视之为局限性而大加讨伐。在某种意义上，曹禺这位天才的剧作家正是被落后于他的时代所骂杀与捧杀的。这是中国现代文学史、戏剧史上最为沉重也最发人深省的一页。

附录　本章年表

1910 年

9 月　24 日生于天津。原名万家宝。

1922 年

秋　　进南开中学读书。在学期间，积极参加南开新剧团的演出活动。

1925 年

5—6 月　参加"南开中学五卅后援会"，演出戏剧，宣传反帝爱国思想。

1928 年

3 月　　担任《南开双周》戏剧编辑。在该刊第 1 期和第 4 期先后发表新诗《四月梢，我送别一个美丽的行人》与《南风曲》。

秋　　中学毕业，进南开大学读书。开始酝酿《雷雨》。

1930 年

本年　转入清华大学西洋文学系读书。

1933 年

夏秋之间　作《雷雨》（四幕剧），1934 年 7 月 1 日发表于《文学季刊》第 1 卷第 3 期。1936 年 1 月由文化生活出版社出版。

1935 年

春　　完成《日出》(四幕剧)初稿,1936 年 6 月 1 日始连载于《文季月刊》第 1 卷第 1—4 期。1936 年 11 月由文化生活出版社出版。

1936 年

秋　　作《原野》(三幕剧),1937 年发表于《文丛》第 1 卷第 2—5 期。1937 年 8 月由文化生活出版社出版。

1938 年

夏秋间　与宋之的合作改编《全民总动员》(四幕剧,原由宋之的执笔),1938 年 10 月上演。1940 年 3 月由重庆正中书局出版时更名为《黑字二十八》。

1940 年

夏秋　作《蜕变》(四幕剧)。同年 10 月由商务印书馆出版。

上半年　作《正在想》(独幕剧)。同年 10 月由重庆文化生活出版社出版。

秋冬　作《北京人》(三幕剧)。1941 年 11 月由重庆文化生活出版社出版。

1942 年

初　　辞去南京剧专教职赴重庆。

夏始　根据《迷眼的沙子》改编为《镀金》(独幕剧),1943 年发表于《戏剧时代》创刊号。

夏　　根据巴金小说《家》改编为四幕话剧《家》。同年 12 月由重庆文化生活出版社出版。

1943 年

本年　改译莎士比亚《柔密欧与幽丽叶》,1944 年 3、6 月连载于重庆《文学修养》。1944 年 3 月由重庆文化生活出版社出版。

1946 年

年初　作《桥》(四幕剧)。前半部分(2—3 场)1946 年 4—6 月连载于《文艺复兴》第 1 卷第 3—5 期。

3 月　5 日(一说 4 日)与老舍应邀去美国讲学。

1947 年

2 月　由美国返抵上海。同年夏被上海文华影业公司聘为编导。

年底　作电影剧本《艳阳天》。1948 年春拍成上映。同年 5 月由文化生活出版社出版。

1949 年

年初　离上海经香港去解放区烟台。

4 月　参加以郭沫若为首的中国代表团,出席在捷克斯洛伐克召开的第一次世界和平大会。

7 月　出席全国文艺工作者第一次代表大会,当选为文联常务委员。

本年　任国立戏剧学院(1950 年更名为中央戏剧学院)副院长。

1952 年

本年　任北京人民艺术剧院院长。

1954 年

9 月　《明朗的天》(三幕剧)同时发表于《剧本》第 9—10 期与《人民文学》第 9—10 期。1956 年由人民文学出版社出版。

1961 年

7 月　《胆剑篇》(五幕剧)发表于《人民文学》第 7、8 期合刊。1962 年由中国戏剧出版社出版。

1978 年

11 月　《王昭君》(五幕剧)发表于《人民文学》第 11 期。1979 年由四川人民出版社出版。

1996 年

12 月　13 日逝世。

知识点

必读作品与文献

思考题

第二十章　戏剧(二)

中国话剧第二个十年的最大特点,是在早期文明戏与"五四"时期话剧发展中已经孕育的两种戏剧形态——广场戏剧与剧场戏剧,到了这一时期,都得到充分的发展,形成双峰并立,同时在工人、农民与城市市民中获得了自己的观众。在这一基础上,出现了以曹禺、夏衍为代表的一批成熟的剧作家。现代话剧这门外来艺术开始在中国扎根,尽管还有许多路要走。这是意义重大的。

一　走向广场:无产阶级戏剧、红色戏剧、国防戏剧与农民戏剧的倡导

大革命失败以后,大量追求革命的知识分子被实际斗争排挤出来,集中到上海,他们苦闷彷徨,又不甘心于沉沦,希望在文艺中寄托和发泄自己的苦闷。于是,在政治形势逆转的低气压下,以上海为中心,再一次掀起了话剧运动的热潮。当时在上海同时活跃着五大剧社:田汉领导的南国社,洪深领导的复旦剧社,应云卫领导的上海戏剧协社,朱穰丞、罗鸣凤领导的辛酉剧社,陈白尘等领导的摩登剧社。这些剧团都已经有一定的舞台经验,都是不满于社会现状,又找不到出路,而表现出较浓厚的感伤情调。正是在这样的政治与文化背景下,沈端先、郑伯奇、冯乃超、钱杏邨等于1929年共同发起组织了上海艺术剧社,出版《艺术》和《沙仑》等戏剧刊物及《戏剧论文集》,旗帜鲜明地提出了发展新兴戏剧即"无产阶级戏剧"的口号,并先后组织了两次公演,介绍了外国左翼剧作家如法国罗曼·罗兰的《爱与死之角逐》、德国米尔顿的《炭坑夫》、美国辛克莱的《梁上君子》等具有革命倾向的剧目。1930年,田汉在《南国月刊》上发表《我们的自己批判》,指出"以明确的意识看戏的观众一天天多了的今日,认识不彻底或者简直不过是动于个人的情热与朦胧的倾向底戏剧是必然地要走向没落之路了"[①],因而宣布

---

① 田汉:《我们的自己批判》,《南国月刊》1930年第2卷第1期。

了南国社的"转变":由社会运动与艺术运动的"二元"态度转向一元化的"左"倾。1930年8月,以上海艺术剧社为基础,集合了辛酉、南国、摩登等进步戏剧团体,成立了中国左翼剧团联盟(简称"剧联"),以后又改组为中国左翼戏剧家联盟,在"演剧大众化"的口号下,努力把戏剧这种形式向大众普及。"剧联"成立后以各种方式在学校与工厂积极开展群众性戏剧活动,发动和团结各地的戏剧工作者,除了主要剧团大道剧社的演出外,在"九一八"以后,还在工厂建立了许多工人剧团——蓝衣剧团等,以后又提出"戏剧走向农村",在上海郊区组织流动演出。在加强戏剧与实际革命运动和工农群众的密切联系的要求下,这一时期左翼剧作家创作的作品大都以工人、农民为主人公,着重表现他们的革命斗争,及时、直接地反映现实生活中的重大政治事件。例如反映人民困苦生活的,有田汉的《洪水》、尤兢的《江南三唱》、袁殊的《工场夜景》、冯乃超的《阿珍》、欧阳予倩的《同住的三家人》;表现人民抗日反帝斗争的,有楼适夷的《S.O.S》《活路》等。这些剧作都以其强烈的现实性与及时性,发挥了巨大的宣传鼓动作用,并初步突破了话剧只能在都市剧院演出的狭小圈子,开始走向工厂农村。

如果说在国民党统治区进行的无产阶级戏剧活动受到当局的限制与压迫,那么在中国共产党领导下的"红色戏剧运动"则是为"巩固红军,巩固红色政权"服务的,因而受到了鼓励与保护。所谓"红色戏剧",开始是红军中的宣传队演出,带有官兵自我娱乐与自我教育的性质,以后成立了专业性的八一剧团,又扩建为工农剧社,在中央苏区各县、区,各红军部队建立分社、支社,并开办了高尔基戏剧学校,形成专业与业余结合,部队、农村与机关结合的演出系统,除节日庆祝演出带有较强的娱乐性外,着重于对党的方针政策的宣传与现场鼓动,是政府与军队政治工作的一部分。在演出形式上常与歌舞结合,强调现场的即兴发挥,并重视观众的参与,演出地点、布置都以简便、灵活为原则,具有鲜明的广场戏剧的特色。比如1933年除夕之夜,战士剧社为正在准备迎战国民党第四次围剿的红军一军团演出四幕话剧《庐山之雪》,就是在古庙里搭起戏台,四周点燃篝火,并且实行"兵演兵,将演将",军团主要领导如林彪、罗荣桓、罗瑞卿等都和士兵一起登台,演出采用"幕表制",台词由演员在排演中临时创作,这样的演出引起极大轰动,台上台下融成一片。经苏区政府教育部与工农剧社编审推荐,油印出版的剧本数以百计,代表剧作有《我——红军》(沙可夫等作)、《战斗的夏天》(李伯钊作)、《松鼠》(胡底作)等。

在"九一八"事变后,适应建立抗日统一战线的需要,又有"国防戏剧运动"的提倡与发动。所谓"国防戏剧",除了强调"反帝抗日反汉奸,争取中华民族的解放"的主题外,还有充分发挥戏剧的宣传以至现场鼓动功能的要求,在艺术形式上则"提倡'通俗化''大众化'和方言话剧"。① 这同样也是向着广场戏剧的方向发展的。这一时期国防戏剧的代表作大多为集体创作,如《走私》《咸鱼主义》(洪深执笔)、《汉奸的子孙》(于伶执笔)、《我们的故乡》(章泯执笔)、《放下你的鞭子》(崔嵬等改编)等,都曾是演遍各大中城市(上海、汉口、广州、桂林、长沙、南昌等),以及工厂、农村、前线战地的。

在无产阶级戏剧与国防戏剧运动中涌现出了一大批剧作家和戏剧运动的组织者、活动家,田汉与洪深即是其中最有影响的代表人物。田汉在发表了著名的《我们的自己批判》之后,紧跟时代,努力运用现实主义创作方法,创作出一系列的剧本,如《梅雨》《顾正红之死》《洪水》《乱钟》《暴风雨中的七个女性》等,这些剧本明显的特点是现实性加强了,有的甚至是对现实重大历史事件直接的及时的反映,却失去了田汉剧本所特有的抒情性和传奇性。直到 1930 年代中后期,田汉的创作出现了新的转机:1935 年创作了话剧《回春之曲》,全剧将抗日救亡的主线与男女主人公高维汉、梅娘始终不渝的爱情线索交织在一起,描写爱国青年高维汉从南洋回来参加抗日,在"一·二八"战争中受伤失去记忆,每日只喊"杀呀,前进",梅娘离开家庭来到受伤的爱人身旁精心护理三年,在过年的鞭炮声中,高维汉的病奇迹般地好转,并依然保持着战斗的勇气。这个剧本成功的很大原因在于它保持并发展了田汉创作的艺术个性。剧中梅娘一曲高歌,当时就不知使多少观众为之倾倒,传诵一时,至今仍然保持着强烈的艺术魅力。

这时期,一直活跃在话剧界的洪深显示了更为激进的创作倾向。他最重要的作品是《农村三部曲》,包括《五奎桥》《香稻米》《青龙潭》三个剧本,都是描写农村生活的。其中以《五奎桥》影响最大。"五奎桥"象征封建地主阶级的权威和利益,围绕桥的拆毁集中地反映了江南农村广大农民和豪绅地主之间的矛盾与斗争。这是现代戏剧史上较早地用比较明确的阶级观点来反映农民斗争的剧作,在观众中曾引起强烈反应。据剧作家自己说明,《农村三部曲》是在"左联"影响下,"对政治的认识,开始有若干转变"以后

---

① 周钢鸣:《民族危机与国防戏剧》,《生活知识》第 1 卷第 10 期"国防戏剧特刊",1936 年 2 月。

的"新思想"的产物。① 由于对农村生活并不熟悉,所依据的主要是第二手材料,"在入手编制的时候,我总是将所希望的最后效果预先决定了,而后谨守范围地细心耐气地再去寻取具体的方法"②。洪深的这种创作方式当时就受到了批评。剧评家张庚尖锐地指出,《农村三部曲》反映生活的方式和它在观众中间所得的反应,和一篇农村问题的论文没有途径上的差异,因此,剧本的基本弱点是"形象化的不够,是太机械地处理了题材",表现出一种"机械的现实主义"的倾向。③

如果说无产阶级戏剧、红色戏剧与国防戏剧都是中国共产党所领导、发动的无产阶级文艺运动的有机组成部分,那么,1932—1936 年间,熊佛西主持下的河北定县农民戏剧实验(又称"戏剧大众化实验")就有着更为复杂的思想文化背景。熊佛西在 1920 年代作为北京国立艺术专门学校戏剧系的主任,曾被认为是"北方剧坛的泰斗",有"南田(汉)北熊(佛西)"之说④。作为"小剧场运动"的积极组织者,他在 1930 年代的社会大动荡中,很快就发现小剧场的观众圈子越来越小,从而引出了对现代话剧发展历史的全面反思:他认为,早期文明新戏固然拥有众多的市民观众,但最后落入封建恶趣,"不能适应这新时代的需要";"五四"以后新兴戏剧的勃起满足了新时代的要求,却限于以学生为主体的知识分子圈子,"毫不曾与大众发生过实际的联系"。他的结论是,新兴的现代话剧为了自身的发展,必须走出知识分子的"象牙塔",到大众中去寻找观念,寻找"寓教于乐"的接受对象;而在他看来,中国的农民占全国人口总额的百分之八十五以上,"农民是今日中国的大众",于是提出了"在农民当中,创造一种新的农民戏剧"的任务。⑤这就与同时期的左翼戏剧界在"面向大众,特别是中国的农民观众"这一点上,达到了一种时代的共识,也可以说反映了中国现代话剧要在中国这块土地上扎根的客观需要。

熊佛西的农民戏剧实验是中华平民教育促进会总干事晏阳初所领导的"定县乡村建设实验"的一个有机组成部分。据熊佛西介绍,中华平民教育促进会的宗旨是要消灭他们所认为的"愚穷弱私"四大民族病源,为此,定

① 洪深:《洪深选集·自序》,《洪深选集》,北京:开明出版社 2023 年版,第 13 页。
② 张庚:《洪深与〈农村三部曲〉》,《光明》第 1 卷第 5 期,1936 年 8 月 10 日。
③ 同上。
④ 欧阳予倩:《近代戏剧选·序》,《近代戏剧选》,上海:一流书店 1942 年版,第 2 页。
⑤ 熊佛西:《戏剧大众化之实验》,南京:正中书局 1937 年版,第 8、14、16、17 页。

县平民教育实验就"由单纯的识字教育,进到以文艺教育救愚,以生计教育救穷,以卫生教育救弱,以公民教育救私,期使我们的全民族,尤其是大多数的农民,人人都有知识力,生产力,强健力及团结力",进而"达到农村建设乃至民族再造,民族复兴的最大企图"。① 熊佛西所要创造的"农民戏剧"正是作为"社会教育中最直接,最具体,最有力的一种"②手段而受到了重视。

熊佛西的农民戏剧实验主要包括以下几个方面:首先是提供农民能够接受与欣赏的剧本。熊佛西和他的学生、朋友在定县先后根据传统故事、诗歌改编了《卧薪尝胆》《兰芝与仲卿》,改译了果戈理的《巡按》、爱尔兰女作家葛瑞格雷的《月亮上升》,创作了《屠夫》《过渡》《锄头健儿》(熊佛西作)、《龙王渠》(杨村彬作)、《鸟国》(陈治策作)等剧作。其次是培养农民演员,以后又发展为"农民自己演剧给自己看"。到1934年,训练了13个农民剧团。演出剧目有《四个乞丐》《牛》《狐仙庙》等。最后是建立适应农民戏剧要求的以"跳出镜框,与观众握手;揭开屋顶,打破围墙,与自然同化"为特色的"露天剧场",并探讨观众与演员混合的新式演出方式。在追求演员与观众的新关系背后,显然包含着戏剧观念上的深刻变化。如熊佛西所说,戏剧的最初形态是观众与演员不分的;直到19世纪的镜框式舞台,舞台与观众席才被截为两个全无联系的世界;发展到1930年代,呼应着由分析走入综合的哲学潮流的变化,沟通演员与观众已成为世界剧坛新潮流。而在中国农村民间的会戏的流动表演中,从来都是追求"狂放""自由","在直觉上使观者感到与演者的混合"。③ 因此,熊佛西的农村戏剧实验追求观众的参与,"观众与演员,整个的融化为一体"④。这自然是一种新的戏剧美学观;但确实是既符合世界戏剧发展的潮流,又有中国民间农民传统的依据,即使与现代话剧也是有渊源的:农民戏剧正是文明新戏时期即已开始的广场戏剧的完备与发展,因而与前述无产阶级戏剧、红色戏剧与国防戏剧相通。

二 职业化、营业性剧场戏剧的确立与夏衍、李健吾的创作

1929年11月,正是中国现代文学(当然包括现代话剧)由第一个十年

---

① 熊佛西:《戏剧大众化之实验》,南京:正中书局1937年版,第20页。
② 同上书,第20页。
③ 同上书,第96—97页。
④ 同上书,第90页。

的开创期向第二个十年的发展期转变的时刻,作为话剧运动创始人之一的欧阳予倩发表了一篇总结过去、展望未来的文章,强调"爱美剧团往往不能持久",戏剧发展必须走"职业化"的道路,并且规划了实现职业化的具体蓝图:"鼓励创作",促进"戏剧文学"的发展;训练"舞台艺术家",培养"自由的""职业的"导演、演员、舞台美术工作者;建设专业的"剧场";发展"健全的剧评";等等。① 其实其中的关键还是话剧剧本的创作:中国的话剧要在中国观众中立足(职业化只是它的外在表现形态),必须要有本民族自己的、能够与世界及传统戏剧大师并肩而立的现代剧作家,创造出能够打动亿万人心灵的高质量的剧作。这一历史的呼唤,很快就得到了回应:1934年7月曹禺的《雷雨》在巴金、靳以主持的《文学季刊》上发表,批评家即指出,它"在质与量上,都是中国剧坛上空前的收获",中国的话剧"只靠着翻译和改编外国剧本到底不能独立发展,回顾十几年来的国产剧本还是那些形式简短内容贫乏的几本,不能给观众以大量的满足。《雷雨》便是适应这种需要而产生的"②。《雷雨》的特殊贡献正在于它达到了文学性与舞台性的高度统一:将题材、主题的现实性与超越性,戏剧结构的严谨(基本符合"三一律"),情节的曲折、动人,戏剧冲突(包括性格冲突)的尖锐、紧张,人物性格的鲜明,潜台词与细节的丰富,人物语言的个性化,舞台美术、灯光、声响、道具等和谐的整体感,诗的意境的精心营造等合为一体,既是精美的戏剧艺术,又可以取得商业性的演出效果。正是曹禺的剧作给中国的职业话剧带来了生机,这当然绝非偶然:1936年5月,中国旅行剧团在上海卡尔登剧院公演《雷雨》,全场轰动,连演三个月,场场客满。9月再度公演,上座率仍不减,观众连夜排队,甚至有人从外地赶来观看。据统计,至1936年底,全国上演了五六百场。③ 一时间,"各阶层的小市民……从老妪到少女,都在替这群不幸的孩子们流泪"④。夏衍曾指出,话剧职业化的必备条件是:"话剧一方面已经被承认为艺术的一种,他方面也已经被娱乐商人认为是一种可以营利的演出。"⑤应该说直到曹禺的出现才使这两个条件得到真正的满足,戏剧商人们纷纷从长江中下游的大中城市赶来,按照当时聘请京剧名伶

① 欧阳予倩:《戏剧运动之今后》,《戏剧》第1卷第4期,1929年11月15日。
② 白梅:《〈雷雨〉批判(一)》,1935年8月20日《大公报》。
③ 据1937年1月24日《大公报》报道。
④ 曹聚仁:《文坛五十年》,北京:生活·读书·新知三联书店2010年版,第287页。
⑤ 夏衍:《人·演员·剧团》,《天下文章》第2卷第1期,1944年1月。

的条件,争相邀请中国旅行剧团演出话剧;上海著名的卡尔登剧场也公开声明改为专业话剧剧场。欧阳予倩的中国话剧职业化的规划终于得到了初步的实现。如茅盾所说,"职业剧团的成立,常常公演话剧的固定剧场的出现,大演出的号召,旧戏和文明戏观众之被吸引",这是中国话剧"由幼稚期进入成年期"的标志。[①]

也就是在 1935 年春节以后,中国共产党领导的左翼戏剧家联盟总结了历史与现实的经验,明确提出:"在战略上要开展建立剧场艺术的运动,扩大我们的影响,显示我们的力量。"[②]于是,在 1935—1937 年间,以上海为中心,出现了"大剧场"演出的热潮,先后上演的剧目有:《娜拉》(易卜生作,1935 年 6 月 27 日由上海业余剧人协会在金城大剧院演出,万籁天、徐韬等导演,章泯舞台监督,金山、赵丹、蓝苹等主演),《赛金花》(夏衍作,1936 年 11 月由四十年代剧社在金城大剧院首演,洪深、欧阳予倩、应云卫、史东山等导演,金山、王莹等主演),《大雷雨》(俄国作家奥斯特洛夫斯基作,1936 年 11 月下旬由上海业余剧人协会在卡尔登大剧院首演,章泯导演,蓝苹、赵丹、舒绣文主演),《日出》(曹禺作,1937 年 2 月由戏剧工作社在卡尔登大剧院公演,欧阳予倩导演,凤子等主演)。三大演出,"哄动了上海从文化界一直到最落后的小商人"[③]。1937 年 3 月,上海话剧集团又组织春季联合公演,在卡尔登大剧院举行了二十天的连续演出,更是为话剧争取了众多观众。在此基础上,上海最有影响的业余剧人协会得到商人的投资,改组成中国业余实验剧团,这是继中国旅行剧团之后第二个更具规模的职业剧团。成立不久就推出《罗米欧与朱丽叶》(莎士比亚作,章泯导演)、《武则天》(宋之的作,沈西苓导演)、《太平天国》第一部《金田村》(陈白尘作,贺孟斧导演)、《原野》(曹禺作,应云卫导演)四大剧目,把大剧场演出推向了高潮。与此同时,在上海之外的大城市,如南京,也有《回春之曲》(田汉作,1935 年 7 月由中国舞台协会演出)、《复活》(田汉改编,1936 年 4 月由中国舞台协会演出)、《雷雨》(1937 年 1 月由中国戏剧学会演出)、《日出》(1937 年 3 月由中国戏剧学会演出)、《群莺乱飞》(阿英作,1937 年 5 月由中国戏剧学会[6 月改为职业剧团]演出)等大规模演出。1930 年代中期中国话剧的大剧

---

①　茅盾:《剧运平议》,《茅盾全集》第 21 卷,北京:人民文学出版社 1991 年版,第 324、323 页。

②　于伶:《战斗的一生》,《人民戏剧》第 8 期,1982 年 8 月。

③　张庚:《一九三六年的戏剧》,《光明》第 2 卷第 2 期,1936 年 12 月 25 日。

场演出开始实行导演负责制,演员的表演艺术达到了新的水平,有了对"完备的舞台艺术体系"的自觉追求,话剧舞台艺术(装置、灯光、化妆、服装、音乐设计等)由此走向正规化。这就意味着中国话剧走出了"用不着特殊训练和教养,只要有感情就可以在舞台上获得成功"的"野生的艺术"状态。①在中国戏剧文学逐渐走向成熟的同时,中国戏剧的舞台艺术也趋向成熟。

由大剧场培育的这一代剧作家中,曹禺之外,最重要的剧作家是夏衍。夏衍在回顾他的创作道路时曾经说到,他早期创作的独幕剧《都会的一角》、多幕剧《赛金花》与《秋瑾传》,都"很简单地把艺术看作宣传的手段"②,创作是为了"在那种政治环境下表达一点自己对政治的看法",写《赛金花》"是为了骂国民党的媚外求和",写《秋瑾传》"也不过是所谓'忧时愤世'"③,因此,这些剧作虽然已经显示出他的剧作才能及戏剧风格的某些特点,但不同程度地存在着将剧中人物作为时代传声筒的"席勒化"倾向;直到学习了曹禺的《雷雨》与《原野》,他才懂得"必须写人物、性格、环境"④。从1937年创作《上海屋檐下》开始,夏衍实现了创作的根本转变:把剧本创作的焦点集中于"人物性格"的刻画、"内心活动"的描绘上,"将当时的时代特征反映到剧中人物的身上"⑤。这正是从"席勒化"到"莎士比亚化"的根本转变,但又有着明确区别于曹禺的独立创造,形成了独特的艺术风格。

夏衍不像曹禺那样在雷雨般的激烈冲突中去展开人物性格,他善于写普通知识分子与小市民平凡的人生,从"几乎无事"的日常生活中发掘内在的悲剧性与喜剧性。在现代文学史上,老舍主要以北京市民为题材进行小说创作,夏衍则把上海小市民的生活搬上了戏剧的舞台。他的《上海屋檐下》所展开的就是上海弄堂里普通的两层楼房每天都在静悄悄地发生着的人生世界:琐碎的争吵,隐忧,痛苦,窘困,悔恨,不平,牢骚,企望……剧作家却在这市民家庭司空见惯的感情摩擦和人事纠纷中有了痛苦的发现:在这黄梅天气里,不仅生活发着霉,连人们的灵魂深处也长着霉。同时也产生了

---

① 马俊山:《演剧职业化运动研究》,北京:人民文学出版社2007年版,第137页。

② 夏衍:《〈上海屋檐下〉后记》,《夏衍剧作集》(一),北京:中国戏剧出版社1984年版,第257页。

③ 夏衍:《谈〈上海屋檐下〉的创作》,《夏衍剧作集》(一),第260页。

④ 同上。

⑤ 同上书,第261页。

冲破这沉重的阴霾，走向光明的热望。这种取材的平凡性、构思的朴素性与内在的深刻性，构成了夏衍创作的鲜明特色。《上海屋檐下》在同一舞台空间里，同时展开五家人的悲喜剧，同时写出命运、性格各不相同的十几个人物，充分显示了夏衍简约、谨严、含蓄的艺术风格。他匠心独具地正确处理了结构主线与副线的关系，不平均使用力量，以林志成、匡复、杨彩玉三人之间的家庭悲剧为主线，将其余四家人的悲喜剧穿插其间，全剧主线突出，结构单纯，又保持了生活本身的复杂性与丰富性。他巧妙地处理了共性与个性的关系：对每一家命运的揭示，每一个人物性格的刻画，都抓住其主要特征，加以准确、传神的勾勒，做到了用笔的极端简洁与鲜明，留下了大量的艺术空白让观众去想象、补充；同时又赋予"黄梅天气"以多层的象征意义，让五户人家各有个性的十多个人物统一在忽阴忽晴、随时可能爆发的自然的、政治的、心理的、气候的氛围与色调之下，形成一幅浑然一体的艺术图景。剧作家对待剧中人物的态度是微温而含蓄的：对黑暗势力的控诉是不动声色的，对小市民及知识分子身上的弱点的鞭挞又是含着眼泪的。剧作家带着浓厚的人道主义的观点去看待人生，就连《上海屋檐下》里那唯一的阳光——剧本结尾用葆珍的歌声来象征未来属于孩子，也带有人道主义的色彩。人道主义并没有使夏衍泯灭是非善恶的界限，他的人道主义是与民主主义立场结合在一起的；这种人道主义精神使夏衍更关注大时代中人的命运，特别是人的心灵、微妙的精神世界，使他的作品充满了人情味，产生了类似契诃夫"含泪的微笑"的艺术风格，这构成了夏衍剧作的一个鲜明特色与优点。

这一时期在剧坛上产生过较大影响而创作倾向、风格不同于曹禺、夏衍的剧作家是李健吾。多幕剧《这不过是春天》是他的代表作。从剧本表面情节来看，这是一出追捕革命者的革命题材的戏剧。但是实际上戏剧中的主人公不是革命者，而是革命者昔日的情人——警察厅长夫人。作者并不关注情节中包含的革命与反革命的冲突，而倾心于厅长夫人及剧中其他人物内心的矛盾冲突。正像柯灵在《〈李健吾剧作选〉序言》中所分析的，厅长夫人身上充满着"理想和现实的矛盾，纯情挚爱和世俗利益的矛盾，物质享受和精神空虚的矛盾，青春不再和似水流年的矛盾，强烈的虚荣心和隐蔽的自卑感的矛盾"①。其他人也同样如此，秘书为保住自己的职业而斗争，侦

---

① 柯灵：《李健吾剧作选·序言》，《李健吾剧作选》，北京：中国戏剧出版社 1982 年版，第4页。

探利用夫人与旧情人的矛盾来为自己谋利,等等,这些都构成了戏剧的矛盾冲突,但并不像曹禺剧作那样引起观众心灵的震撼,而是让观众在得到愉悦的同时感受剧本的魅力和进行认真的思考。李健吾的剧作时代性都不太强,但有较高的艺术价值,对话俏皮利落,结构严密紧凑,构思奇巧而追求趣味性,形成了独特的风格。

宋之的与陈白尘都是这一时期初显锋芒的年轻剧作家,在 1940 年代还有更大的发展。宋之的的《武则天》是一部着重心理分析的历史剧,作者说他所要集中描写的是"在传统的封建社会下——也就是男性中心的社会下,一个女性的反抗及挣扎"[①]。作者在刻画女主人公的变态心理与行为时所流露出的同情,在批评家茅盾看来,就是"迎和了小市民的趣味"[②]。那时人们因为戏剧演出的营业化,对所谓"小市民趣味"都有一种特别的警惕与敏感。陈白尘的《太平天国》第一部《金田村》的写作与演出有极强的现实感,作者说"演员们隔着一道历史的幕子和台下观众们心心相印地爆发出要求抗战的呼声"[③],是开了 1940 年代太平天国题材历史剧的先河的。

附录　本章年表

1928 年

1 月　郑伯奇《抗争》(独幕剧)发表于《创造月刊》第 1 卷第 8 期。

7 月　徐志摩、陆小曼《卞昆冈》(五幕剧)由新月书店出版。

10 月　欧阳予倩《潘金莲》(五幕剧)由新东方书店出版。

11 月　林语堂《子见南子》(独幕剧)发表于《奔流》第 1 卷第 6 期。

冬　　田汉《湖上的悲剧》发表于《南国半月刊》第 5 期,收入 1931 年 4 月现代书局版《田汉戏剧集》第 4 集。

冬　　田汉《苏州夜话》(独幕剧)发表于《南国半月刊》第 6 期。

1929 年

1 月　马彦祥《母亲的遗像》发表于《白露月刊》创刊号。

同月　田汉《名优之死》(三幕剧)连载于《南国月刊》第 1—2 期。

7 月　田汉《南归》发表于《南国月刊》第 3 期。

11 月　郑伯奇、夏衍等组织成立上海艺术剧社。

---

① 宋之的:《写作〈武则天〉的自白》,《光明》第 3 卷第 1 期,1937 年 6 月 10 日。

② 茅盾:《关于〈武则天〉》,《中流》第 2 卷第 9 期,1937 年 7 月 20 日。

③ 陈白尘:《〈岁寒集〉后记》,《陈白尘专集》,南京:江苏人民出版社 1983 年版,第 159 页。

1930 年

3 月　田汉《我们的自己批判》(论文)发表于《南国月刊》第 2 卷第 1 期。

4 月　艺术剧社被国民党上海特别市公安局查封。

5 月　冯乃超等《阿珍》(独幕剧)发表于《大众文艺》第 2 卷第 4 期。

6 月　沈端先(夏衍)编《沙仑》月刊在上海创刊,仅出一期。

8 月　中国左翼剧团联盟更名为中国左翼戏剧家联盟。

12 月　"剧联"领导的大道剧社成立。

本年　陈楚淮《骷髅的迷恋者》发表于《新月》第 3 卷第 1 期特大号。

1931 年

1 月　袁牧之《两个角色演底戏》(戏剧集)由新月书店出版。

12 月　苏区八一剧团成立。

同月　白薇《打出幽灵塔》由春光书店出版。

1932 年

1 月　适夷《S. O. S》(独幕剧)发表于《北斗》第 2 卷第 1 期。

同月　熊佛西带领学生赴河北定县从事农民戏剧实验。

同月　田汉《梅雨》(独幕剧)发表于《读书杂志》第 2 卷第 1 期。

7 月　王文显《委曲求全》(三幕剧)由人文书店出版。

10 月　田汉《一九三二年的月光曲》(简称《月光曲》,独幕剧)发表于《文学月报》第 1 卷第 3 期。

11 月始　洪深《五奎桥》连载于《文学月报》第 1 卷第 4 期和第 5、6 期合刊。

同月　田汉《乱钟》(独幕剧)收入湖风书局版《暴风雨中的七个女性》(剧本集)。

1933 年

1 月　蓝衣剧社、三三剧社在上海成立。

同月　袁牧之《一个女人和一条狗》(独幕剧)发表于《现代》第 2 卷第 3 期。

3 月　熊佛西《佛西戏剧》(1—4)由商务印书馆出版。

1934 年

2 月　苏区创立高尔基戏剧学校。

4 月　李健吾《梁允达》(三幕剧)发表于《文学》第 2 卷第 4 期。

6 月　田汉《扬子江的暴风雨》公演,1938 年 1 月收入上海杂志公司版《大众剧选》。

7 月　曹禺《雷雨》(四幕剧)发表于《文学季刊》第 1 卷第 3 期。

同月　李健吾《这不过是春天》(三幕剧)发表于《文学季刊》第 1 卷第 3 期。1937 年由商务印书馆出版。

1935 年

4 月　《雷雨》首次在日本东京演出。

5月　田汉《回春之曲》(三幕剧)收入普通书店版《回春之曲》(戏剧集)。

12月　田汉《洪水》(一幕两场剧)连载于18—30日南京《新民报》。1937年3月收入北新书局版《黎明之前》(剧本集)。

同月　徐佩韦(夏衍)《都会的一角》(独幕剧)发表于《文学》第5卷第6期。

同月　熊佛西编导《过渡》在定县农村露天剧场演出,获得成功。

1936年

4月　夏衍《赛金花》发表于《文学》第6卷第4期。

6月　沈起予等集体创作、洪深执笔的《走私》(独幕剧)发表于《光明》创刊号。

同月　陈白尘《石达开的末路》(四幕历史剧)由生活书店出版。

同月　洪深《农村三部曲》(戏剧集)由上海杂志公司出版。

同月始　曹禺《日出》(四幕剧)连载于《文季月刊》第1卷第1—4期。

7月　洪深等集体创作、尤兢执笔《汉奸的子孙》(独幕剧)发表于《光明》第1卷第3期。

12月　夏衍《自由魂》(后改名《秋瑾传》)连载于《光明》第2卷第1—2期。

1937年

1月　尤兢等集体创作、洪深执笔《咸鱼主义》(独幕剧)发表于《光明》第2卷第3期。

2月　阿英《春风秋雨》(四幕话剧)由一般书店出版。

3月始　陈白尘《金田村》(七幕历史剧)连载于《文学》第8卷第3—4期。

4月　熊佛西《戏剧大众化之实验》由正中书局出版。

5月　李健吾《一个没有登记的同志》(即《十三年》)发表于《文学杂志》创刊号。

同月　欧阳予倩、马彦祥主编《戏剧时代》在上海创刊。

同月　曹禺《日出》获得《大公报》文艺奖金。

6月　上海《大晚报》学生部举行《罗米欧与朱丽叶》座谈会。

同月　章泯、葛一虹编《新演剧》半月刊在上海创刊。

11月　夏衍《上海屋檐下》由戏剧时代出版社出版。

知识点

必读作品与文献

思考题

第三编 第三个十年

（1937 年 7 月—1949 年 9 月）

第二十一章　文学思潮与运动(三)

一　战争制约下不同政治地域的文学分割并存

1937 年 7 月 7 日,"卢沟桥事变"爆发,伟大的全民族抗日战争由此展开。经过八年浴血奋战,终于取得了胜利。但随后三年,国共两大势力分别卷入美苏两大阵营,又发生了全国内战,战火一直燃烧到 1949 年中华人民共和国成立。十二年连绵的战争使中国处于一个非常动荡的时期,又是中华民族从血与火中走向新生的历史大转折时期。特殊的历史环境,要求文学担负起民族救亡的使命。从"五四"以来发展着的新文学运动不能不调整步履,适应战时的形势,形成了不同于二三十年代的另一种文学史景观。

现代文学的第三个十年(这是概略的说法,实际是十二年,通常又称 1940 年代文学)最显著的特征就是与战争和救亡发生了紧密的联系。战时特殊的政治文化氛围,包括思维方式与审美心态,促成了许多唯战时所特有的文学现象;战争直接影响到作家的写作心理、姿态、方式以及题材、风格。即使是某些远离战争现实的创作,也会不自觉地打上战时的烙印。而且由于战争局势的变化发展,不同阶段有不同的时代审美倾向,这又决定着不同的创作潮流与趋势,文学发展的时段性显得很明晰。与其他历史时期不同,战时形成的地缘政治文化,对文学的发展、风貌形成了强有力的制约。

这一时期全国划分为几个不同的政治区域:国统区(国民党统治的地区)、解放区(共产党领导的抗日敌后根据地)、沦陷区(日本侵略军占领的地区)及上海"孤岛"(指 1937 年 11 月日军占据上海后,租界处于被包围之中的特殊地区,直到 1941 年 12 月珍珠港事件发生,日军进入租界为止)。文学史家通常便以不同的政治区域为文学分割命名,如国统区文学、解放区文学、上海"孤岛"文学和沦陷区文学等等。几个区域的文学都受战争环境(乱世)的影响,又共同承接着"五四"以来新文学的传统,有着同属于 1940 年代文学的共性的方面;但要比较具体地考察这一时期的文学发展历史,就必须注意到:不同区域社会制度与政治文化背景直接影响和制约着文坛的状态,各个区域的文学面貌也有所不同。下面分述之。

(一)国统区文学概况

由于国统区在全国所占面积最大,拥有作家最多,而且有不同的流派倾向,文学思潮与创作都比较活跃,所以比起其他区域文学来,更能代表1940年代文学的主潮。然而在战争的不同阶段,文坛变化巨大,也呈现不同的风貌。

从1937年7月7日"卢沟桥事变"到1938年10月武汉失守,是全面抗战初期,整个国统区文学的基调表现为昂扬激奋的英雄主义。"救亡"压倒了一切,文学活动也就转向以"救亡"的宣传动员为轴心。"五四"以来新文学作家始终关注的启蒙的主题,包括"个性解放"或"社会革命"的主题,在国难当头的时刻,都暂时退出了中心位置。"救亡"焕发了巨大的民族凝聚力,昔日因政治或文学观点的不同而彼此对立各家各派作家,此时也都捐弃前嫌,在民族解放的旗帜下实现了统一。1938年3月27日中华全国文艺界抗敌协会(简称"文协")在武汉成立,发起人包括国共两党及其他各方面的代表97人,选出周恩来、孙科、陈立夫为名誉理事。理事45人,其中有郭沫若、茅盾、冯乃超、夏衍、胡风、田汉、丁玲、老舍、巴金、郑振铎、朱自清、郁达夫、朱光潜、张道藩、姚蓬子、陈西滢、王平陵等。老舍主持"文协"的日常工作。"文协"在全国各地组设了数十个分会,出版了会刊《抗战文艺》,自1938年5月4日创刊,至1946年5月终刊,先后出版了71期,是贯通抗战时期的唯一刊物。"文协"的成立标志着1930年代无产阶级革命文学、自由主义文学,以及国民党民族主义文学等几种文学运动的汇流,组成了文艺界的抗日民族统一战线,是现代文学史上第一次,也是唯一的一次包括国共两党作家在内的大联合。

"文协"成立时提出了"文章下乡,文章入伍"的口号,鼓励作家深入战争现实生活,毫不勉强地为众多不同派别的作家所接受。过去聚集在上海、北京等大都市的作家,这时都走出亭子间和书斋,分散到各地,或投笔从戎,或参加战地群众工作。作家们的生活环境从根本上改变了,真正接触和体验了民众的现实生活,思想情感和创作观念都发生了巨大的变化,文艺创作活动在非常实际的意义上与广大民众结合,这种结合的广度与深度又是空前的。文学必须充当时代的号角,必须直接反映现实,必须为普通民众所接受,这些观念都成为众多作家的共识。在国难当头、炮火连天的时刻,作家们没有情绪去咀嚼和争辩文学性呀、审美呀等等似乎显得不合时宜的问题。

文学创作有了共同的爱国主义的主题和共同的思想追求:表现民族解放战争中新人的诞生、新的民族性格的孕育与形成。甚至情绪与风格上也彼此相同,无不在热诚地渲染昂奋的民族心理与时代气氛,英雄主义的调子贯穿一切创作,表现出来的统一的色彩鲜明而单纯。

从文体看,首先,是战前并不发达的报告文学和通讯此时成了最热门的体裁,战地通讯或有关抗战英雄业绩的报告在各种报刊上大量发表,新闻性、纪实性显得比文学性更受作家的重视,也更能得到瞬息万变的战争环境中的读者欢迎。其次,是诗歌朝"广场艺术"的方向发展,发表量猛增。各种诗歌体式都有往"广场艺术"靠拢的倾向,普遍追求通俗、鲜明、昂扬,还出现了墙头诗、传单诗、枪杆诗等便于鼓动宣传的形式。最后,是各种大众化的小型轻便的文艺形式在文坛唱了主角。如解说宣传抗战的故事、鼓词、唱本、街头剧、戏曲,还有活跃在各基层的壁报文学,都以通俗易懂、有鼓动性为目标,紧密配合了抗战的宣传工作。一种独特的现象是,作家们大都真诚地放弃了自己的个性追求,希望和广大民众一起高唱时代的进行曲:

> 新的年岁带给我们新的力量。
> 祝福!我们的人民,
> 坚苦的人民,英勇的人民,
> 苦难会带来自由解放。(戴望舒《元日祝福》)

在这大合唱里人们很难听出这就是那位"雨巷"诗人戴望舒的声音。历来所讨论的"大众化"问题,此时都成为作家们自觉的行动。许多著名的作家,如老舍、田汉,这期间都丢开自己原来所熟悉的形式而迁随民众,写大鼓词、街头剧之类的通俗宣传作品。

抗战初期文学强调服从于"救亡"这一时代中心,强调的是文学的功利性宣传性,表现了现代文学与民族命运血肉联系的特质,这正是现代文学作为落后国家振兴过程中的民族文学所特具的优越性与生命活力。但是"文章下乡,文章入伍"这一普遍的认同及昂扬乐观的爱国主义文学潮流下面,又潜伏着一些不利于文学健全发展的问题,那就是文学战斗性、时代性的获取,是以文学多样化、个性化的部分丧失为代价,而作家们又大都为此陶醉在廉价的乐观主义中,这表明了现代文学的不成熟。如一位评论家当时所说,抗战初期文学存在"公式化概念化的倾向",作家们满足于"廉价地发泄感情或传达政治任务",这是新文学运动中的顽症,由于战争以来"政治任务底过于急迫,也由于作家自己的过于兴奋,不但延续,而且更加滋长了"。①

1938年10月武汉失守之后,抗日战争进入相持阶段,特别是以1941年"皖南事变"为标志,国内政治形势发生急剧逆转,社会心理与时代气氛、情绪也为之一变。初期受"速战论"鼓动的昂扬激奋的社会心理,已经慢慢沉静下来,人们开始正视战争的残酷性和取得胜利的艰巨性,正视由于战争而沉渣泛起的各种封建文化的积垢及现实中的腐败现象。作家们随着这种时代心理的变化而转为沉郁苦闷。"热情凝固了,幻想破灭了,光明晃远了,代替了这些的是新的苦闷和郁抑。"②这是当时一位诗人所言,很能代表文坛的普遍情绪。

这种"新的苦闷和郁抑"不仅仅是个人的,更是民族的、时代的,是抛掉廉价乐观之后的清醒,是对战争前途、民族命运的忧虑。具体来说,则又包含着对于战争中暴露出来的中国社会痼疾的正视与思考,本质上反映了一种民族精神的觉醒。评论家胡风当时就指出:这里既"没有了战争初期的那一种兴奋,但也不同于战前的忧伤的低诉,而是将要成焰的浓烟,蒙着灰皮的火炭"③。幻想消失之后,作家们更要面对现实中的痼疾和一切阻碍抗战、阻碍改革的不良现象,认识到不进行根本的社会制度的改造、人的改造,我们的民族难以获得新生。这样,作家们在苦闷和抑郁中开始了痛苦的思索——出于一种对民族命运、祖国前途的责任感和使命感,重新认识我们的民族,重新认识自己,为民族的振兴寻找新的出路。这意味着在作家的观察与描写视野中,"民族命运"仍然处于前景地位,但"社会"与"个人"都从不被注目的后景成为前景中不可或缺的层次。这是向多层次思维、全方位观察的一个重要转变;文学的艺术表现也必然要追求其应有的丰富性、复杂性与深刻性。

首先是爱国主义主题的扩展与深入,同时意味着题材纵深、立体的开拓与发掘。

作家一方面面对现实,不是唱表面的廉价颂歌,而是深入民族生活的底蕴,深入揭露阻碍抗战、阻碍民族更新的黑暗势力,解剖民族痼疾;一方面转向历史,或者从民族历史中寻找民族脊梁,发掘民族美德,总结历史经验教

---

① 胡风:《民族革命战争与文艺》,《胡风评论集》(中),北京:人民文学出版社1984年版,第78页。

② 臧克家:《我的诗生活》,上海:读书出版社1945年版,第73页。

③ 胡风:《关于创作发展的二三感想》,《胡风评论集》(中),第292页。

训,作为现实的借鉴,由此形成了以郭沫若的《屈原》为代表的历史剧创作热潮,或者从生活的再现中去探讨民族文化传统、民族性格的优劣得失,如萧红的《呼兰河传》、老舍的《四世同堂》、曹禺的《北京人》《家》、钱锺书的《围城》等,都是这样的代表作;另一方面则面向自己,在抗日战争的广阔背景下,描写爱国知识分子的苦难历程,探讨知识分子的历史道路,深入探究诸如战争与人、生与死、永恒与偶然等形而上的问题,于是,出现了以"反思"为特征的一批知识分子题材作品,产生了小说《财主底儿女们》(路翎)、《困兽记》(沙汀)、《引力》(李广田)、《春寒》(夏衍),戏剧《法西斯细菌》(夏衍)、《雾重庆》(宋之的)、《岁寒图》(陈白尘)、《万世师表》(袁俊),长诗《火把》(艾青)以及《十四行集》(冯至)等力作。

作家们在对上述三方面的主题、题材的开掘中,由于有了探讨民族命运这样一个总的思想背景,因此,都自觉地追求历史感,这就给上述题材创作带来了新的文学风貌:现实的黑暗、民族的痼疾,在"历史"的俯视下既显出其全部荒诞性,又以其滞后的历史惰性力量给人以重压,这样,揭露现实的作品就往往交织着冷峻苦涩的喜剧感,沙汀的作品就是一个典型代表。回顾历史则从对这古老而伟大的民族传统的历史沉思中获取了或是感伤、凄婉(如萧红的《呼兰河传》、曹禺的《家》)或是崇高(如郭沫若的历史剧)的诗情,同时也自觉不自觉地将所谓"传统美德"(其中可能又掺杂着封建性因素)诗意化,在民族情绪的高扬中现代文学所具有的反封建的思想锋芒反而有所削弱。探索知识分子道路的作品突破了传统现实主义的朴素性和单纯性,向更注重人物内心开掘的现代心理现实主义发展;作家笔下的中国知识分子,既为寻求民族振兴之路而苦苦求索,又为挣脱传统因袭重担而苦苦挣扎,充满了历史的沉重感,他们的历史道路被涂抹上浓重的悲凉色彩。

综观这一时期的创作,可以看到现代文学一面向民族现实与历史土壤的深层深入,一面重又获得了前一时期曾经失去(至少是部分失去)的文学品格,无论文学内容还是美学风格都呈现出了多样化趋向,显示出特定的历史时代所特具的沉郁、凝重而博大的风采。

与这样的内容、风格相适应,这一时期最重要的文学形式就是长篇小说、多幕剧、长篇叙事诗与抒情诗。这跟当时普遍追求"史诗格调"的创作倾向有关。这是民族经历巨大痛楚而奔向解放的时代,是英雄业绩层出不穷的时代,同时也是腐朽与新生激烈搏杀的时代,作家们为这样的大时代所振奋,憬悟到只有史诗格调才足以表现这个伟大的年代。许多作家都不约而同搞"大体裁"，力图以史诗的规模去记录大时代的面影，以更为宽广的历史视角去展示复杂的社会生活变迁。全面抗战初期那些取材重大战役和历史事件的多幕剧，如《保卫卢沟桥》《台儿庄》等等，题材本身就有壮怀激烈的史诗性，但由于只注重英雄气氛的渲染与煽动宣传效果，未能成为真正的史诗。到了抗战中后期，作家们的心态由昂扬愤激转为冷静沉郁，创作也开始从浮面的渲染转向深层的发掘，不满足于鸟瞰式写大场面，而往往通过一个或几个人的生活历程，或一个村落、一条胡同的变迁，去映现一个大时代的历史动向。如茅盾的《霜叶红似二月花》《锻炼》、巴金的《火》、老舍的《四世同堂》、靳以的《前夕》、吴组缃的《山洪》、路翎的《财主底儿女们》等等，都从具体的生活一角架起历史的长镜头，力求展示广阔丰厚的社会生活内容，使作品尽可能具有史诗的内涵。

抗战结束，国共两党激烈争夺地盘，在美国的调停下，国共曾进行和谈，共产党要求国民党放弃一党专政，容纳共产党建立新体制，但国民党不愿放弃执政的优势，最后乃走向决战一途。全国内战就此爆发。惨烈的战争历经三年半，结果国民党失败，最终于1949年12月退守台湾。在1946年6月内战爆发前后，执政的国民党几乎已经无力回天，官僚贪污腐化，经济恶化，民生凋敝，民心丧失，这也是国民党失败的原因。恶劣的政局引起普遍的反抗，共产党借此在国统区掀起了民主运动的热潮。这一运动从抗战后期已开始，一直延续到整个全国内战时期。这是"五四"以后规模最大的全国性民主运动，文学再一次因为与民主运动的血肉联系而获得了活力。

文学的主题与题材大体上沿着前一时期的开拓继续发展，而又更集中于两个领域：对黑暗的诅咒与对腐朽的现实政治的否定，以及知识分子在新旧时代交接之前的反思与内省。创作的时代烙印也越发鲜明，各类题材、体裁的作品几乎都笼罩着时代大转折时期所特有的氛围：紧张、愤激、嘲谑与痛苦，希望、期待、焦躁与不安，从而呈现出繁复的音响（与同一时期解放区文艺的明朗、单纯形成鲜明对比）；但仍然可以看出讽刺的主调。突出的现象是讽刺暴露性的喜剧增多，如丁西林的《三块钱国币》、陈白尘的《乱世男女》《结婚进行曲》《升官图》、宋之的的《群猴》、吴祖光的《捉鬼传》，或揭示战争中的人情世道，或概括乱世中的丑恶社会现象，或讽刺官僚制度的腐朽，都以不同的风致给话剧创作带来新的气象。其他文学体裁也大都突出显示了以讽刺为主要手段的喜剧性色彩，如小说中的《围城》（钱锺书）、《八十一梦》（张恨水），诗歌中的《马凡陀山歌》（袁水拍）、《宝贝儿》（臧克家）、

《追赶时间的人》(杜运燮)，以及冯雪峰、聂绀弩的杂文，等等，都是明显的喜剧性作品。旧中国已走到如马克思所说的"把陈旧的形态送进坟墓"的阶段，这种"历史形态的最后一个阶段是它的喜剧"。① 行将就木的旧制度、旧角色表现出空前未有的历史谬误，这在敏锐地感受到历史曙光并真诚地期望着新社会的作家心灵上所激起的感情，就表现为讽刺性的喜剧主调，他们希望用这种方式揭露和鞭挞濒死的制度，让它们彻底显露可鄙与可笑，使耻辱更加耻辱。

影响着这一时期国统区文学面貌的，当然不止于历史、时代的因素，还有文学的因素。最引人注目的是在解放区文学的影响下，一部分作家力求向民族形式与大众化方向发展。不可忽视的还有外国文学的影响。从抗战文学发展的上一时期开始，作家们在苦闷彷徨中探索文学深入发展的道路时，又大大加强了与世界文学的联系。在上海以《时代》杂志、《苏联文艺》与时代书报出版社为中心，及时输入了《青年近卫军》(法捷耶夫)、《日日夜夜》(西蒙诺夫)、《虹》(瓦西列夫斯卡娅)、《前线》(考涅楚克)等苏联反法西斯文学。在国统区则出现了介绍俄国及西方经典文学作品、现代作品的热潮，雨果《巴黎圣母院》(陈敬容译)、屠格涅夫《处女地》(巴金译)、巴尔扎克《高老头》(傅雷译)、司汤达《红与黑》(赵瑞蕻译)、《莎士比亚戏剧全集》(朱生豪译)、托尔斯泰《战争与和平》(高地译)、陀思妥耶夫斯基《卡拉马佐夫兄弟》(耿济之译)等俄罗斯及西方文学的里程碑著作，以及西方现代诗人里尔克、艾略特、艾吕雅、奥登的作品，都是上一时期及本时期陆续介绍到中国来的。这是继"五四"以后又一次大规模的艺术引进。仅仅根据最粗略的观察，至少可以说，这一时期国统区文学的两个重要流派——"七月派"(特别是以路翎为代表的小说家)与"九叶集"诗人从托尔斯泰、陀思妥耶夫斯基、罗曼·罗兰以及西方现代派诗人那里汲取了有益的养料，在小说与诗歌中糅进了现代的手法，使其更适合表达现代人的情思与复杂、快速的生活节奏。这一时期国统区作家所表现出来的与世界文学接近的趋势，以及关于文学群众化与现代化的努力，是对"五四"以来中国现代文学发展道路很好的综合、总结，他们的创作水平也因此得到很大的提升。

---

① 卡尔·马克思：《〈黑格尔法哲学批判〉导言》，《马克思恩格斯全集》第 3 卷，北京：人民出版社 2002 年版，第 203—204 页。

(二)解放区文学概况

如果说抗战及其后国统区的创作基调是沉郁凝重,或间有喜剧性的批判色彩,那么解放区创作的基调则是明朗、素朴,两者形成鲜明的比照。中国共产党领导下的以陕甘宁边区为中心的抗日根据地(在解放战争中扩大为解放区)实行新民主主义社会的"红色政权",废除封建土地制度,摧毁地主阶级统治,在政治、经济、文化方面发生了前所未有的巨大的变革。在这种历史巨变中,几千万在政治上翻身的农民提出了文化翻身的历史要求。这是解放区文学产生的前提。但构成解放区文学创作主体的不是农民,而是新文学作家。"卢沟桥事变"以后,许多带着政治理想的作家陆续从上海、北平等都市来到延安和各抗日民主根据地,与当地的文艺工作者及群众性的文艺活动相结合,使延安及各民主根据地的文艺运动蓬勃开展起来。文艺性的刊物纷纷创办,如《文艺战线》《战地》《诗建设》《文艺突击》《草叶》《谷雨》《文艺月报》等等,并先后出现了许多文艺社团。1939 年前后,多数作家和文艺家都参加了各种文化工作团体,如西北战地服务团、抗敌剧社、太行山剧团、冀中火线剧社等等,除了创作、演出,还协助广大农村开展群众文艺运动。据统计,仅华北太行山区 1940 年就有村剧团一百多个,而冀中和北岳的剧团、文工团到 1942 年 5 月就有一千个以上,它们在活跃农村文化生活、鼓舞抗战斗志方面起了积极的作用。群众性文艺运动中还涌现了一批农民诗人、农民作家,他们用纯粹的民间文艺形式来写作和演唱,许多专业作家也从他们的创作中获得启发,学习运用民间文艺形式来创作。特别是1942 年毛泽东《在延安文艺座谈会上的讲话》发表之后,专业作家与群众文艺运动结合,中国传统民间文艺在现代新文艺的启迪下得以蓬勃复兴,反过来,民间文艺的创造活力又补充丰富了现代新文艺。对于自诞生以来就主要受外国文学影响的新文学来说,这种来自民族传统和民间文化的推动力,是具有特殊的意义与价值的。

作为一种崭新的文学现象,解放区文学在处理作品题材、主题以及人物描写方面有其鲜明的特点。作家们很少再写以往新文学中常见的知识分子个人的情感生活,甚至也很少注意对现实生活的矛盾和黑暗的揭露,所取替的是对新社会新制度的赞美以及对人民群众斗争生活的热情描绘,普通的农民、士兵、干部成为作品中重点表现的对象,翻身解放了的"新人"成为文学的主角。这一切,对多数作家来说又都是真诚的,他们为自己能够带着与人民群众血肉相连的感情来表现这些新题材、新主题、新人物而骄傲。以

"中国人民文艺丛书"所收的 177 部作品为例,其中写抗日战争、解放战争与军队生活的 101 部;写农村土地改革、减租、复仇清算等各类阶级斗争,以及反对迷信、文盲、不卫生、婚姻不自主等封建现象的 41 部;写工农业生产的 16 部;写陕北土地革命时期革命历史故事的 7 部;其他如写干部作风等 12 部。这一题材分布可以看出解放区文学集中于写民族斗争、阶级斗争和劳动生产,现实性、政治性和政策性都很强,其所表现的新的生活形态风貌,也是文学史上独有的。

解放区文学的特色还在于对文学民族化大众化的自觉探求上。"五四"以来新文学的读者对象主要是市民与知识分子,而解放区读者的主体是农民,这一根本的变化,使新文学诞生以来一直在讨论追求的大众化问题落实为一种非常实际的要求。众多作家开始把目光转向农民,并且真诚地既要表现农民的思想、心理、命运,又要通过作品与他们沟通,这就不能不考虑采用农民喜闻乐见的传统的民间文艺形式。解放区创作在充分吸收改造民间艺术传统形式的基础上,形成了一些新的文体,如新评书体小说、新章回体小说、民歌体叙事诗、新歌剧等等。其中有得有失,关键在于对民间艺术传统的运用有无经过现代性的革新。解放区有些新章回体小说虽然也摒弃了旧章回小说的一些俗套,但较少融进利于表现现代人思想感情的新的手法与格式,甚至还会有新的内容被旧形式所牵制或削弱的情况。而赵树理虽然也吸收章回小说、评书等传统形式的某些因素,却又经过比较明显的改造,糅进了"五四"以来新文学小说创作的某些新的手法,如叙事中插入描写等等,加上他对北方农民口语的文学化处理,既保存了鲜活的乡土气息,为农民所喜闻乐见,又是现代小说艺术格式的一种新的发展,所以获得了巨大的成功。同样,解放区盛行过的民歌体叙事诗,在现代诗歌发展中也别树一帜。而其成功的关键也在于对民间形式的革新。例如《漳河水》(阮章竞),既吸收了许多民间小调的手法、句式,同时又保存了新诗的基本特点,其艺术创造性就比基本上挪用民间小调"信天游"写成的《王贵与李香香》(李季)更强,更富有艺术表现力。运用民间艺术形式最成功的还是新歌剧。其代表作《白毛女》(贺敬之、丁毅执笔)、《赤叶河》(阮章竞)等,既融会了西洋歌剧的基本表现形式,如歌剧结构、框架及以唱为主等等,又吸收了秧歌和地方戏曲的调式与唱法,是完全新型的歌剧品种,使这种本来在西方也是很高雅的艺术形式"中国化",变成一般农民也能欣赏的新的剧种。

若把解放区文学看作新文学作家与中国农民的广泛的"对话"，也许能更准确而深入地理解这种文学现象的历史本质：解放区文学赋予新文学以特殊的"寻根"意义。在解放区这场"寻根"的"对话"中，新文学作家不管以往有怎样的艺术个性，这时都将目光转向曾作为中华民族摇篮的黄河流域的"黄土地"，以及生活在这土地上作为民族主体的广大农民。作家们以前所未有的热情认真体味研究中国农民的思想、情感、心理与审美情趣，刻苦发掘钻研民族文艺和传统民间艺术形式，力图创造出为农民所喜闻乐见的艺术形式，充分反映与表达农民的生活、命运和思想、情感。所有这些努力与成就都显示出一种文学发展趋向：新文学在解放区发生了最重大的变化，那就是试图把"根"深深地扎到民族文化土壤和人民的生活中。

解放区作家与农民"对话"，各自从对方吸收了思想和文学的新的因子，从而引起自身部分的质变。农民从新文学中得到了现代文明、民主科学的新思想、新文化、新伦理观念及新审美趣味的启蒙与影响，促成了自身新的觉醒。农民的觉悟带来了解放区群众性文艺创作的热潮，以及中国民族民间传统文艺的复兴，而民族传统与民间传统反过来又有力地推动与影响着新文学的发展。

但这场历史性的"对话"，并非只有收获，没有缺失。由于强调的是作家到农民中去接受改造，作家们不可避免地受到农民及农民身上积淀的某些传统文化道德中的封建性因素，包括保守狭隘的小生产意识的影响。反映在文学观念上，则形成了一种文学发展的片面性。解放区文学运动基本上是一种在政治的直接推动下单向突进式发展的文学运动，强调了配合和服务于政治，相对忽视了文学自身的艺术规律；强调了工农兵方向，却又出现了轻视知识分子的倾向；强调了对农民的传统艺术形式的继承，却放松了对艺术形式手法现代化的要求；强调了作品通俗易懂，却忽视了文艺发展格局中也应有高雅优美的部分。从特定的历史环境要求来看，这种单向突进的文学发展形态有适应时代的一面，而且也因此而独具特色，从一些侧面弥补和充实了新文学的某些缺失；但随着政治变迁和新中国成立，解放区这种单向突进的文学发展形态向全国性的文学发展格局扩展和强化，就难免产生一些狭隘的负面的影响。

作为一种革命文学传统，解放区文学与后起的共和国文学有着血肉的联系，其影响是强大而深远的。

(三)上海"孤岛"与沦陷区文学概况

1937 年 11 月上海沦陷后,有一部分留在上海租界这一类似"孤岛"的特殊环境中的作家仍然坚持创作,并利用各种艺术形式配合抗日救亡活动,史称"孤岛文学"。"孤岛文学"中戏剧运动最活跃,包括由上海戏剧界救亡协会组织的上海剧艺社在内的各种专业和业余的剧团,最多时达 120 余个。这些剧团常组织联合演出,除了配合抗日的剧目,也上演较有艺术水准的翻译剧和历史剧。这时一些比较优秀的剧作,如于伶的《夜上海》《长夜行》、阿英的《碧血花》、李健吾的《草莽》以及他改编的一些外国剧作,都代表了"孤岛文学"时期戏剧创作艺术的水准。

1941 年 12 月太平洋战争爆发,上海"孤岛文学"的时代结束,被纳入了沦陷区文学的轨道。在此之前,已经有了 1931 年"九一八"事变后的东北沦陷区文学,1937 年"七七"事变后以北平为中心的华北沦陷区文学,统称为沦陷区文学。日伪统治的文化政策的核心是要禁绝一切"激发民族意识对立""对时局具有逆反倾向"的作品,为此而实行大规模"焚书坑儒",仅东北地区 1931—1936 年被查禁的书刊即达 800 万册。另一方面,又千方百计强迫与诱使作家为"建设大东亚新秩序"而写作。这样,沦陷区作家于"言"与"不言"两方面都处于不自由的状态,他们只能在夹缝中艰苦地挣扎,坚守着文学的阵地。

一些作家努力坚持"五四"新文学的传统:在东北沦陷区与华北沦陷区都曾有过"乡土文学"的倡导与论争;而如华北沦陷区的评论家楚天阔的解释,"乡土文学"至少含有"民族""国民""现实""时代"这些意义在内,因此,在"乡土文学"旗帜下产生了一批揭示沦陷区人民真实的生存困境与不屈不挠的民族生存意志而又富于乡土气息的现实主义的作品,如山丁的长篇小说《绿色的谷》、秋萤的《河流的底层》、疑迟的短篇小说《雪岭之祭》、袁犀的小说集《森林的寂寞》等等。另一些作家则从个体的战争体验出发,转向对作家(知识者)自我的平凡性、对于"软弱的凡人"的历史价值、对于人的日常平凡生活的重新发现与肯定。由此而形成了以张爱玲为代表的新的美学追求,如张爱玲在《自己的文章》里所说,从注重人生斗争、飞扬的一面转向注重人生的和谐与安稳;从用"斩钉截铁"的"强烈的对照"写"极端的人"转而用"参差的对照"写"不彻底的人物";从追求"力的成份大于美的成份"的"悲壮"转向追求"苍凉"的人生与审美境界。① 这样的从时代中心主题向"日常生活"与"永久的人性"的转向，所形成的"反英雄、反浪漫"的倾向，与前述"乡土文学"坚持的英雄主义、浪漫主义的文学传统，形成互相对立又互相补充制约的文学潮流。这一时期沦陷区文学正是在二者的张力中得到发展的。

沦陷区文学的另一个引人注目的文学现象是雅文学与俗文学两大文学潮流在对立中的接近趋向。由于政治的限制，几乎被迫失去了表达与激发民族救亡热情的文学启蒙功能以后，文学市场的需求就成为沦陷区文学发展更为直接的动因。沦陷区作家正是徘徊于"作家内在精神追求"与"文学市场需求"之间，艰难地、煞费苦心地寻求二者的契合点。1941—1942年东北沦陷区围绕通俗小说创作的讨论、1942年北平《国民杂志》关于"小说的内容和形式"问题的笔谈，以及同年上海《万象》推出的"通俗文学讨论特辑"，都显示出对通俗文学的重新认识，以及"雅文学"（新文学）与"俗文学"由绝对对立到相互理解与接近的趋向。于是，沦陷区文学中最引人注目的文学景观与文学成就即通俗小说的空前繁荣及"通俗小说现代化"的努力，出现了还珠楼主、白羽、郑证因、王度庐等武侠小说大家与刘云若、予且、秦瘦鸥等新言情小说代表作家；与此相映生辉的还有以上海为中心的职业化、商业化的剧场戏剧的空前繁荣与早期文明戏的隔代呼应，也同样涌现出了李健吾、师陀、周贻白等一大批剧作家。在"雅文学"方面也有了重要的收获，战后出版的钱锺书的《围城》、师陀的《果园城记》《结婚》等均写作于这一时期。正是在这样的基础上，出现了张爱玲这样的出入于"雅"与"俗"、"传统"与"现代"之间的作家，标志着沦陷区文学（以至整个中国现代文学）"雅俗共赏"的时代美学追求所达到的最高水平。

二 毛泽东《在延安文艺座谈会上的讲话》

毛泽东《在延安文艺座谈会上的讲话》（以下简称《讲话》），是"二战"以来马克思主义文论中最有体系色彩且影响最大的论作之一。《讲话》是1940年代延安整风的产物。1942年5月2—23日，中共中央在党内整风的基础上召开了延安文艺工作座谈会。会上，毛泽东以党的最高领导人身份做了发言，后题为《在延安文艺座谈会上的讲话》，整理成文后正式发表于

---

① 张爱玲：《自己的文章》，《新东方》第9卷第4、5期，1944年5月15日。

1943 年 10 月 19 日《解放日报》,1944 年 5 月由晋察冀日报社编印的《毛泽东选集》中收入了这篇《讲话》,1951 年人民出版社出版的《毛泽东选集》再次收入《讲话》,并对一些字句提法和部分内容做了修改。《讲话》论及了延安整风中提出的许多问题,就当时当地的文艺运动而言有现实针对性,对革命文艺历来关注并需要重点解决的诸多理论问题也做了系统的论述,是马克思主义文艺理论"中国化"的重要成果。《讲话》不应仅仅看作毛泽东个人的理论发现,它是中国共产党领导中国革命文艺运动历史经验的总结。《讲话》发表后,无论在解放区时期还是中华人民共和国成立之后,一直是中共制定文艺政策指导文艺运动的根本方针,具有无可怀疑的权威性。《讲话》试图解决这样一个新的课题,即在无产阶级政党执政、有条件推进大规模的群众运动的历史阶段,应当如何领导文艺工作,怎样才能创造出适合本阶级要求的新型的文艺。只有理解了《讲话》,方能理解半个多世纪以来的中国文学。《讲话》的理论辐射甚至远远超出文艺运动的范围,在思想史上也具有重要的意义。

《讲话》不同于纯粹的文艺论著,毛泽东是以党的领导者身份谈文艺问题的,政治策略性很强,主要考虑的是一些有关党如何领导文艺的根本性的政策问题,包括文艺与生活、文艺与政治、内容与形式、普及与提高、世界观与创作方法、文学批评标准、对文化遗产的批判继承以及文艺队伍的建设、统一战线等问题,多属于所谓文艺的"外部关系"问题,而对文艺本身规律的细节讨论较少。毛泽东高屋建瓴,提纲挈领,从诸多纷繁的问题中先抽出一个核心命题,那就是革命文艺"为群众"以及"如何为群众"。他说:"什么是我们的问题的中心呢? 我以为,我们的问题基本上是一个为群众的问题和一个如何为群众的问题。"①其实这也是新文学自诞生以来一直关注和试图解决的问题,只不过由于历史条件不同,对"群众"内涵的解释有所不同,"如何为"的目标与途径也不同。"五四"时期就提倡过"人的文学""平民文学",目标是个性解放、人的解放;所谓"平民文学"主要指突破贵族化圈子而表现普通人的文学,"平民"主要指城市小资产阶级及其知识分子。到"左联"时期又推行过文艺大众化运动,这"大众"就比较具体了,指的是广大的普通的民众,特别是下层民众,但关注点往往局限于语言和表现形式的

---

① 毛泽东:《在延安文艺座谈会上的讲话》,《毛泽东选集》第 3 卷,北京:人民出版社 1991 年版,第 853 页。

通俗化。抗战时期又有过关于"民族形式"问题的论争,也还是较多注意到如何以比较能为一般民众接受的文艺方式来宣传动员群众。新文学占主导地位的文学思潮始终企求与民众发生密切关联,让文学能超越少数文化人玩赏的范围,成为多数普通人共同的精神财富。但在二三十年代,文艺向民众靠拢,是受到历史条件限制的,只能是作家、艺术家自上而下的启蒙式的文学变革,而不可能成为作家、艺术家真正与民众结合,并以民众为文学主体的文学运动。只有在解放区这种环境中,读者主体已经从一般文化人和小市民的相对狭小的范围,扩大为广大的普通民众(主要是农民),而且作家也有条件真正到群众中去,熟悉和了解普通群众的生活。正是在这样的新的历史条件下,毛泽东把"为什么人的问题"说成一个"根本的问题,原则的问题",明确提出了文艺"首先是为工农兵服务",然后才是为城市小资产阶级劳动群众和知识分子服务。这就提出了"工农兵方向",比一般讲大众化、平民化要具体得多,而且政治内涵非常突出,完全是就解放区的特殊历史条件而言,推而广之,也是考虑在无产阶级政党执政的环境中的文艺发展方向。

毛泽东主要是从政治的层面提出"如何为群众"的,他不认为这些只是一般的写作形式、方法问题,而主要指作家、艺术家的政治立场如何转变、思想感情如何朝工农兵靠拢的问题,也就是世界观和思想情感改造的问题。《讲话》在解决"如何为群众"的问题时突出了作家、艺术家的"思想改造"这一关键。"五四"新文化运动以来,知识分子一直是作为民众的先觉者与社会革命的先导而站在时代前列的,同时也是文学描写的中心。《讲话》却突出指明了知识分子的种种"劣根性",强调被划为"小资产阶级"范畴的作家、艺术家思想感情向工农兵方向转变的必要性,这种阶级性的分析显然也是出于政治上的考虑。因为在解放区的年代,残酷的战争环境强调的是集中统一,不容许过多的个人自由,而新加入到革命行列的众多作家、艺术家又的确存在着不能适应革命的自由主义倾向,所以为了实现思想高度统一,毛泽东对知识分子种种不适于革命环境的表现进行尖锐的批评,在知识分子与工农兵两者的比较中,对前者做了低调的评估,而对于农民作为一个群体,在指出其革命性的同时,却又忽略了他们中间存在的小生产者的落后意识及封建思想影响的积淀,于是"如何为群众"的问题,就首先落实到作家、艺术家通过与工农兵结合而首先转变思想情感这一措施上。毛泽东特别从作家思想情感转变这一关键问题上去解释新文学历来关注的"大众化"的含义。在他看来，所谓"大众化"，首先就"化"在"文艺工作者的思想情感和工农兵大众的思想情感打成一片"。毛泽东号召："中国的革命的文学家艺术家，有出息的文学家艺术家，必须到群众中去，必须长期地无条件地全心全意地到工农兵群众中去，到火热的斗争中去，到唯一的最广大最丰富的源泉中去，观察、体验、研究、分析一切人，一切阶级，一切群众，一切生动的生活形式和斗争形式，一切文学和艺术的原始材料，然后才有可能进入创作过程。"①毛泽东主要是从政治家的角度要求文艺家思想的统一、立场的转变，途径就是与工农兵结合。这种"结合"既解决了思想统一的问题，又解决了创作源泉的问题。因此，这可以说是毛泽东文艺思想的一个总纲，《讲话》整个理论体系的核心即在于此。

确定文艺的工农兵方向，需要对文艺性质、功能做新的理解，因此《讲话》又把文艺与政治的关系问题作为其阐释的重点。毛泽东指出："在现在世界上，一切文化或文学艺术都是属于一定的阶级，属于一定的政治路线的。为艺术的艺术，超阶级的艺术，和政治并行或互相独立的艺术，实际上是不存在的。无产阶级的文学艺术是无产阶级整个革命事业的一部分，如同列宁所说，是整个革命机器中的'齿轮和螺丝钉'。"②强调文艺从属于政治，要求文艺工作者自觉地为无产阶级政治服务，这是毛泽东理论的基本出发点；同时在此前提下要求"政治和艺术的统一"，指出"缺乏艺术性的艺术品，无论政治上怎样进步，也是没有力量的"③，对文学的艺术性的要求仅仅是为了更好地为政治服务。这是毛泽东作为无产阶级政治家，在特定的以政治为中心的历史条件下，对文艺问题思考的结论，也是《讲话》的特色。但关于文艺为政治服务的提法，以及在文艺批评中实行政治标准第一、艺术标准第二的提法，实际上还是将两者割裂开来。因为不能在艺术的表现之外去要求社会的政治的价值，而单纯强调文艺服务于政治，也容易导致公式化、概念化，导致"写中心""唱中心"的狭隘的偏向。

《讲话》的理论创建还体现在其他一些方面，例如认为文艺源于生活却"应该比普通的实际生活更高，更强烈，更有集中性，更典型，更理想，因此

---

① 毛泽东：《在延安文艺座谈会上的讲话》，《毛泽东选集》第3卷，北京：人民出版社1991年版，第851、860—861页。

② 同上书，第865—866页。

③ 同上书，第869、870页。

就更带普遍性",认为文艺"必须继承一切优秀的文学艺术遗产"①,要批判地继承和革新,等等,都发展了马克思主义文艺理论。

尽管《讲话》也涉及文艺理论上的一些重要问题,但它所要解决的现实问题却是战争环境中党领导文艺运动的指导思想、基本政策。在当时的社会环境和历史条件下,它无疑具有正确性、权威性,并且起到了统一思想的作用;但毕竟来不及也没有可能充分考虑共产党统一全中国、变成执政党以后条件的变化,以及在变化了的条件之下,应该如何看待文艺、领导文艺,如何对待文艺创作的主体——知识分子阶层等一系列重大问题。因此,在新中国成立以后,《讲话》的一些本来只适于特殊历史条件的结论被任意引申推广,就难免产生了某些偏颇。

三 文学思潮、论争与胡风等的理论批评

1940 年代由于战争带来历史的大变动、大转折,文艺思潮也随之呈现出纷繁复杂的状况,文学论争比以往更为频繁和激烈。论争难免有文坛宗派的纠纷,或受特定政治因素的左右,甚至有一些负面的影响,但总的来说,还是促进了对一些重大文学问题的探讨,促成了一些批评家的诞生。这里评述的是几次比较重要的论争。

首先是关于"民族形式"问题的论争。

"民族形式"问题是与"大众化"问题联系在一起的。早在"左联"时期,就有过多次关于"大众文艺"的讨论,限于历史条件,"大众化"还不可能真正付诸实践,有关理论探讨也未能深入。到了抗战时期,由于抗战宣传的需要,利用旧形式的通俗化的作品大量出现,"大众化"问题又重新引起重视。由于民族意识的高扬,人们也就更多地考虑如何在文化领域突出民族特色。所以,"民族化"也成为这一时期文学论争的重要焦点和理论建设、创作实践的主要追求之一。

"民族形式"作为一个口号,是 1938 年毛泽东在党的六届六中全会上做《中国共产党在民族战争中的地位》②报告时提出的。这是一个强调马列主

---

① 毛泽东:《在延安文艺座谈会上的讲话》,《毛泽东选集》第 3 卷,北京:人民出版社 1991 年版,第 861、860 页。

② 发表于 1938 年 11 月 25 日延安《解放》周刊第 57 期,题目改为《论新阶段》,后收入《毛泽东选集》时(1953 年)又恢复了原来的题目。

义中国化、反对教条主义的口号。毛泽东指出:要把"国际主义的内容和民族形式"结合起来,创造"新鲜活泼的、为中国老百姓所喜闻乐见的中国作风和中国气派"。① 1940 年初,毛泽东又在《新民主主义论》中指出:"民族的形式,新民主主义的内容——这就是我们今天的新文化。"②毛泽东的号召直接指导和推进了"民族形式"问题的讨论。1939 年,延安等抗日根据地的文化工作者在党的组织下,学习、领会毛泽东关于"民族形式"问题的讨论,周扬、艾思奇、萧三、何其芳等人都在边区报刊上发表了文章。这些文章多数都局限于研讨运用民间形式问题,而且都以正面阐述学习体会为主,讨论并未充分展开。到 1940 年,国统区也开展了"民族形式"问题的讨论,就出现了意见的分歧。

当时论争的焦点是如何看待"民族形式"的来源。论争一方以向林冰为代表,比较重视民间旧形式。他在《论"民族形式"的中心源泉》③等文中,一再强调创造新民族形式的途径就是运用民间形式。从这种褊狭的观点出发,又错误地否定"五四"以来新文学借鉴外国的成功经验,甚至指斥新文学是"以欧化东洋化的移植性形式代替中国作风与中国气派的畸形发展形势"④。这种显然错误的论点,遭到多数论争参加者的反对。然而在反对向林冰片面的观点时,又出现了另一种片面的观点,代表是葛一虹。他在《民族形式的中心源泉是在所谓"民间形式"吗?》⑤等文中完全否定民间形式有可以批判继承的合理成分,认为旧形式都是封建"没落文化",同时又全盘肯定"五四"新文学,无视新文学确实存在的与人民大众脱节的弱点。到 1940 年下半年,《新华日报》社举办"民族形式"问题座谈会后,论争不再停留在"中心源泉"上,而更深入地接触到形式与内容的关系以及如何对待中外文化遗产等更实质的问题,理论水平也有所提高。如郭沫若的《"民族形式"商兑》⑥、茅盾的《旧形式、民间形式与民族

① 毛泽东:《中国共产党在民族战争中的地位》,《毛泽东选集》第 2 卷,北京,人民出版社1991 年版,第 534 页。

② 毛泽东:《新民主主义论》,《毛泽东选集》第 2 卷,第 707 页。

③ 向林冰:《论"民族形式"的中心源泉》,1940 年 3 月 24 日重庆《大公报》副刊《战线》。

④ 向林冰:《新兴文艺的发展与民间文艺的高扬》,1940 年 6 月 3 日重庆《新蜀报》副刊《蜀道》。

⑤ 葛一虹:《民族形式的中心源泉是在所谓"民间形式"吗?》,1940 年 4 月 10 日重庆《新蜀报》副刊《蜀道》。

⑥ 郭沫若:《"民族形式"商兑》,1940 年 6 月 9—10 日重庆《大公报》。

形式》①、胡风的《论民族形式问题底提出和争点》②，都是影响比较大的文章。在如何造成新的"民族的形式"问题上，郭沫若认为要植根于"现实生活"，因为"民族形式的中心源泉，毫无可议的，是现实生活"；胡风则认为不能离开内容去独立把握形式，民族形式应该是"从生活里面出来的"，是"反映民族现实的新民主主义的内容所要求的、所包含的形式"。这较之论争初期就形式论形式的种种片面观点，认识上有了突破。胡风有一个观点曾引起广泛的批评，即认为"五四"文学革命运动"正是市民社会突起了以后的、累积了几百年的、世界进步文艺传统底一个新拓的支流"③。他所说的世界进步文艺指反封建的"现实主义（以及浪漫主义）文艺""弱小民族文艺"和劳动人民的"新兴文艺"。他认为"五四"新文艺是在"民主革命的实践要求里"接受了"世界进步文艺"的"思想、方法、形式"，从而获得了"和封建文艺截然异质的、崭新的姿态"，因此"五四"新文学传统之一，就是特别重视并大胆吸取国际革命文艺的经验；今天创造新的民族形式，同样不能排斥外来经验。在胡风看来，"反映'新民主主义的内容'的'民族的形式'，原来是国际的东西和民族的东西的矛盾和统一的、现实主义的合理的艺术表现"。④ 这些观点尽管有不够准确之处，但总的来说比较有辩证的、历史的眼光，不但纠正了论争中那些偏颇的观点，也切中时弊，有现实的针对性。但胡风在正确地强调了"五四"文学与世界文学的联系的同时，对"五四"文学与传统文学的历史联系却未能给予足够的重视，而他在考察新文学与世界文学的联系时，视野中仅有世界进步文艺，也表现了某种偏窄性。

其次是关于文艺与政治、文艺与生活关系问题的论争。

这是现代文学史上敏感的理论问题，又常常引申为政治问题，在1940年代曾屡次引起论争与批判运动。比较突出的就有两次。

第一次是1942年延安整风初期关于文艺与政治、文艺与生活的关系等问题的讨论以及由此引发的对王实味等人的政治性批判。在整风之前，延

---

① 茅盾：《旧形式、民间形式与民族形式》，延安《中国文化》第2卷第1期，1940年9月25日。

② 胡风：《论民族形式问题底提出和争点》，重庆《中苏文艺》第7卷第5期，1940年10月25日。

③ 胡风：《论民族形式问题》，《胡风评论集》（中），北京：人民文学出版社1984年版，第234页。

④ 同上书，第234—235、258页。

安文艺界曾经出现过一股革命现实主义的思潮,其特点是强调文学的真实性与独立性,重视文学的特殊功能,强调更有力地发挥文学认识生活和批判现实的积极作用。当时担任中共宣传领导职务的周扬,通常发表文章都是从文学工作的政治性政策性方面立论的,较少谈文学的内部规律。但他在1941年7月发表了《文学与生活漫谈》,就比较重视创作规律,提出了一些精到的见解。比如他认为创作过程"就是一个作家与生活格斗的过程",通过主观"融化了客观",热情"突入了对象",达到"物我一体"的创作的最高境界。因此关键是作家要怀抱"对于人的深挚的热爱"去正视生活,理解生活。对于延安的革命的现实生活,应当唱赞歌,同时也可以批评缺陷,要"写出它的多方面来"。他主张延安应当有"创作自由",欢迎作家的批评,"努力祛除那引起苦闷的生活上的原因",从而增添生活的勇气,拥有更广阔的胸襟。① 周扬的这篇论文一方面阐发了毛泽东当时在《改造我们的学习》中所强调的实事求是精神,另一方面又结合了延安的具体情况,所以在延安产生了重大的影响。随后,丁玲、王实味、罗烽、艾青等人也相继提出了类似的观点,主张文学的真实性与独立性,强调以文学为武器进行批评与自我批评。丁玲先是写了小说《在医院中》②,通过一个向往革命的年轻医生在延安某基层医院的所见所闻,批评了官僚主义和小生产者的思想习气;又陆续发表了《我们需要杂文》③、《三八节有感》④等杂文,揭露延安生活中的阴暗面与缺点,主张发扬鲁迅"为真理而敢说,不怕一切"的精神,铲除"根深蒂固的封建恶习"。与丁玲相呼应的,还有罗烽的《还是杂文的时代》⑤,认为"光明的边区"也存在"黑白莫辨的云雾"和"脓疮",因此,作家有责任用杂文的武器来清除现实中陈腐的思想行为。艾青则发表《了解作家,尊重作家》⑥一文,从文学特殊的社会功用角度,指出作家不是专门唱歌娱乐人的"歌妓"或"百灵鸟",而是"阶级的感觉器官,思想神经,或是智慧的瞳孔","作家的工作是保卫人类精神的健康",因此,要求领导者"了解文艺",

---

① 周扬:《文学与生活漫谈》,《周扬文集》第1卷,北京:人民文学出版社1984年版,第326、329、333、335页。

② 原名《在医院中时》,发表于1941年11月延安《谷雨》第1期,1942年8月重庆《文艺阵地》转载时改题为《在医院中》。

③ 丁玲:《我们需要杂文》,1941年10月23日延安《解放日报》。

④ 丁玲:《三八节有感》,1942年3月9日延安《解放日报》。

⑤ 罗烽:《还是杂文的时代》,1942年3月12日延安《解放日报》。

⑥ 艾青:《了解作家,尊重作家》,1942年3月11日延安《解放日报》。

"尊重作家","给艺术创作以自由独立的精神",使文艺能对社会改革的事业起到推进作用。紧接着,王实味发表了《政治家·艺术家》①和《野百合花》②两篇杂文,引起更大的反响。王实味论述了艺术家不同于政治家的社会职能和两者的关系,认为政治家的任务"偏于改造社会制度",而艺术家"偏于改造人的灵魂"。他指出:

> 人灵魂中的肮脏黑暗,乃是社会制度底不合理所产生;在社会制度没有根本改造以前,人底灵魂的改造是不可能的。社会制度底改造过程,也就是人底灵魂的改造过程,前者为后者扩展领域,后者使前者加速完成。政治家底工作与文艺家底工作是相辅相依的。

王实味还认为,旧中国是一个包脓裹血的黑暗社会,即使是革命战士也难免受其肮脏所沾染,因为我们的革命不能不携带许多落后的阶级阶层一路走。这就决定了艺术家改造灵魂的工作更重要、更艰苦也更迫切。他提出"大胆地但适当地揭破一切肮脏和黑暗,清洗它们,这与歌颂光明同样重要,甚至更重要";呼吁艺术家们更自觉地意识到自己在担负"改造灵魂的伟大任务",应当"首先针对着我们自己和我们底阵营进行工作"。而在《野百合花》这一组杂文中,王实味就很具体而且尖利地批评了延安革命队伍中存在的问题。1941年到1942年初在延安发表的上述杂文、小说所主张和体现的文学理论倾向,汇成了一股革命现实主义潮流,其对文学与政治、文学与生活等诸多命题的讨论,既坚持了革命的追求,又重视发挥文学的独特的作用,有比较清醒的实事求是的眼光。可是在当时残酷的战争年代,在极其政治化的环境中,这些有意义的探讨被看作出格的"异端邪说",文艺问题的论争很快被政治斗争粗暴地取替。王实味在1942年的整风运动中被清算,戴上了"反革命托派奸细分子"、暗藏的"特务""探子"和"反党集团成员"等莫须有的罪名与帽子,受到不容置辩的严酷的批判,后来又随意地被处决。王实味、丁玲、艾青、罗烽等人的上述讨论文章也长期被视为"毒草",一再受到政治审判式的批判。这是一场比较大的文艺思想斗争,由于特殊的历史条件限制,更由于政策上的失误,出现了无端上纲上线以及以不适当的组织措施解决思想理论问题的偏误,对后来产生了消极的影响。

有关文学与政治关系等问题的论争,在国统区重庆也发生过一次。

---

① 王实味:《政治家·艺术家》,1942年4月15日延安《谷雨》第1卷第4期。
② 王实味:《野百合花》,1942年3月13、23日延安《解放日报》。

1945年11月,茅盾的话剧《清明前后》与夏衍的话剧《芳草天涯》在重庆上演,引起了很大的反响。在周恩来领导下,《新华日报》组织了对这两个剧本的讨论。《清明前后》的题材与主题都有强烈的现实政治意义,但艺术上有明显的欠缺;而《芳草天涯》则在艺术上颇有特色,但与现实政治有一定距离。在座谈会上有人因此发言,认为后者存在着"有害的非政治的倾向",说"有一些人正在用反公式主义掩盖反政治主义,用反客观主义掩盖反理性主义,用反教条主义掩盖反马克思主义",并有马克思主义"此调不弹久矣"的说法。① 这样的观点,自然引出了不同的看法,时为中国青年艺术剧社演员的王戎首先著文,批评《清明前后》,并将大后方文学创作中的公式化倾向产生的原因归于"唯政治倾向",显然是针对前述有关"非政治倾向"的批评。后来又有何其芳的《关于现实主义》②、邵荃麟的《略论文艺的政治倾向》③等文发表,批评了王戎等人的观点,力图从政治性与艺术性的统一上说明问题,基本上坚持的是毛泽东《在延安文艺座谈会上的讲话》有关文艺与政治关系的观点。在讨论中,冯雪峰曾以"画室"的笔名发表《题外的话》一文,反对将作品的"政治性"与"艺术性"割裂开来,强调"对于作品不仅不要将它的艺术价值和它的社会的政治的意义分开,并且更不能从艺术的体现之外去求社会的政治的价值"。④ 冯文实际上是对《讲话》的有关观点提出了不同的意见;何其芳在《关于现实主义》中也根据《讲话》的观点对冯文提出了驳难。但在以后的政治运动中,冯雪峰的不同意见却被当作"反毛泽东文艺思想"的"罪证"。

比较值得重视的,还有关于现实主义和"主观"问题的论争。其发生背景是当毛泽东的《讲话》传到国统区后,引发文艺界重新认真思考文坛的现状及文学理论上亟待解决的一些基本问题,其中有关现实主义和"主观"问题格外引起争议。这场论争的焦点人物胡风从1930年代起就坚持批评文学创作中的公式主义与客观主义倾向。他认为概念化、公式化的平庸作品的产生,根本上是由于教条主义扼杀了创作个性与创造精神。他指出,客观主义是"左联"时期从苏联传入的"唯物辩证法创作方法"影响的恶果,即把唯物主义作为"宿命式的达观的生活态度",当作教条,去看待世界人生和

---

① 《〈清明前后〉与〈芳草天涯〉两个话剧的座谈》,1945年11月28日重庆《新华时报》。
② 何其芳:《关于现实主义》,1946年2月13日重庆《新华日报》。
③ 邵荃麟:《略论文艺的政治倾向》,1945年12月26日重庆《新华日报》。
④ 画室(冯雪峰):《题外的话》,1946年1月23日《新华日报》。

创作,其间没有作家自己痛切的体验和感受。1930年代中期,"社会主义现实主义"口号传入后,又出现另一种现象,那就是只注重写出生活的趋向,以增加作品的理想性和激励作用,同样也忽略了创作中主体性因素的发挥,没有作家本人用真实的爱憎去深入观察并反映生活的过程。因此,胡风认为要强调作家的"主观战斗精神",提倡重体验的现实主义。胡风文学理论的关注点始终是从生活到作品的"中介",特别是作者的主体因素在创作中的决定作用,他坚持的是一种能动的"反映论"。

胡风强调"主观战斗精神"的理论受到普遍的怀疑和批评。批评胡风的论者主要认为胡风及其支持者舒芜等人将"主观"提到了决定性位置,背离了辩证唯物论的基本原则,陷入了唯心论、唯生论的陷阱;强调决定创作的最重要的因素是作家的思想认识,不应当将体验、感觉之类感性的作用夸大到比思想认识还重要,更不能离开阶级分析谈主观精神问题。论争促使胡风愈加系统地深入思考,并且也吸收了对立观点中的某些合理成分,于是有了1948年写作的《论现实主义的路》等专著,提出了对于现实主义独创性的理论阐释。胡风认为现实总是主观体验过的现实,为作家所耳闻目睹,可称为"感受世界";另外在作者心目中还有一个"理应如此"的世界,胡风称之为"观念世界"。现实主义创作过程就是这两个世界"相生相克"的过程。其间作家扩张"观念世界"中与感受到的现实世界相适应的因素,而克服其不相符合的因素,这就使自身的"观念世界"得到改造和重建。另一方面,作家所感受到的世界经过这样的"扩张"和"克服",也不再是原来所感受到的现实,而是经过作家头脑的坩埚熔铸和提炼的新的世界。即是说,创作主体需要在客观对象的活的表现中熔铸自己同感的肯定或反感的否定,而客观对象也会以其真实性来促成修改,甚至推翻作家的上述认识。这个"相生相克"的动态过程的结果就是新的艺术世界的诞生。而能够促成这一过程深入进行的动力则是作家认识世界的思想力、体验现实的感受力、投身于现实的热情,合而称之,即为"主观战斗精神"。

胡风以"主观战斗精神"说为基础构筑他的文学理论体系,同时又有现实针对性地提出了三个重要观点,作为支撑其理论体系的三个支柱。其一是"到处都有生活"说,即主张在题材的问题上让作家有充分选择的自由,不加任何限制,作家应根据所熟悉的生活范围和适于自己艺术创造力发挥的条件去确定写作的题材。他说:"哪里有人民,哪里就有历史。哪里有生活,哪里就有斗争,有生活有斗争的地方,就应该也能够有诗。"①其二是"精神奴役创伤"说。他认为应当继承"五四"提倡过的"改造国民性"主题,应当看到人民群众的"精神要求虽然伸向着解放,但随时随地都潜伏着或扩展着几千年的精神奴役底创伤"②。他还认为三四十年代存在一种将人民抽象化、理想化,同时贬低知识分子历史作用的倾向,并把这种倾向称为"民粹主义底死尸"复活③。因此,他很反感那种将知识分子从人民中间抽离出来另眼看待的做法。他认为知识分子有"游离性""二重人格"等弱点,应当"长期甚至痛苦的磨炼",去改造,但不一定是被动地接受人民的教育,而要发挥"主观精神"主动搏击生活,在正视人民身上"奴役创伤"的同时改造自己。其三是"世界进步文艺支流"说。这最后一点,前文在评述关于"民族形式"问题的论争时,已有涉及。

胡风的理论引起广泛的批评。与胡风"到处都有生活"说不同的是,多数批评胡风的文章都在反复阐明当时流行的主导性的观点,即认为生活应当依政治标准划分为主流与支流、本质与非本质、光明与黑暗等等,并要求革命作家以体现主流、本质、光明的生活面为主要写作对象。他们认为"精神奴役创伤"说也是背离了"人民是历史发展动力"的马克思主义观点的;人民的缺点是可以批评,但不是靠什么"主观精神"或"人格力量",而是要真正熟悉了解人民生活,"用人民主体的健康精神,来批评人民'奴役底创伤'"④,因此,作家必须长期无条件地全心全意地到工农兵群众中去,改造自己的主观世界。

关于现实主义和主观问题的论争从 1940 年代前期开始,到 1948 年结束,持续的时间较长,探讨也比较深入。这场论争中最值得注意的是胡风的理论探求。胡风的理论也可以看作对新文学某些局限的一次反思,一次还不很成熟但非常有价值的反思。不只是胡风理论本身的不成熟,而且容许这种反思的时机和条件也不成熟,所以胡风那些虽然可能有些片面却又是富有建设性的思考,才引起那么普遍的批评,被认为是出格的、难于理解的。作为一个坚毅而又执着地构筑了自己文学理论体系的批评家,胡风的理论

① 胡风:《给为人民而歌的歌手们》,《胡风评论集》(下),北京:人民文学出版社 1984 年版,第 237 页。

② 胡风:《置身在为民主的斗争里面》,《胡风评论集》(下),第 21 页。

③ 胡风:《大众底"欣赏力"从哪里来,向哪里去?》,《胡风评论集》(中),北京:人民文学出版社 1984 年版,第 254 页。

④ 乔木:《文艺创作与主观》,《大众文艺丛刊》第 2 辑,1948 年 5 月 1 日。

价值在 1940 年代没有被重视,到 1980 年代以后才得到人们应有的客观的
评价。

附录　本章年表

1937 年

7 月　15 日中国剧作者协会在上海成立。

同月　28 日上海文艺界救亡协会成立。

8 月　由中国剧作者协会组织、集体创作的抗战话剧《保卫卢沟桥》在上海
公演。

同月　上海戏剧界救亡协会主持成立了 13 个救亡演剧队到各地开展抗日救亡
宣传活动。

同月　24 日《救亡日报》创刊。郭沫若任报社社长,夏衍任主笔。

同月　25 日茅盾、巴金主编《呐喊》在上海创刊。第 2 期起易名为《烽火》(《文
学·中流·文季·译文》战时联合刊物)。

同月　延安成立以丁玲为团长的西北战地服务团。

9 月　11 日胡风主编《七月》在上海创刊。10 月 16 日迁武汉出版,并由月刊改
半月刊。

本年　街头剧《放下你的鞭子》在各地演出。

1938 年

1 月　11 日《新华日报》在武汉创刊,10 月 25 日迁重庆继续出版。

2 月　国民党军事委员会“政训处”改为政治部,周恩来出任副部长。其下属第
三厅于同年 4 月设立,负责抗战宣传工作,郭沫若任厅长。

3 月　27 日中华全国文艺界抗敌协会(“文协”)在汉口成立。“文协”《宣言》
发表于《文艺月刊·战时特刊》第 9 期。

4 月　10 日鲁迅艺术学院在延安成立。

同月　16 日茅盾主编《文艺阵地》在广州创刊。

同月　张天翼《华威先生》发表于《文艺阵地》创刊号。此后,引起关于抗战文
学暴露问题的长期讨论。

5 月　4 日《抗战文艺》在武汉创刊,初为三日刊,自第 1 卷第 5 期起改为周刊,
第 2 卷第 5 期起迁重庆出版,第 4 卷第 1 期起改半月刊,第 6 卷第 1 期起
改月刊。

8 月　延安战歌社和西北战地服务团在延安发起街头诗运动。

同月　“文协”总会自武汉迁重庆。

12 月　梁实秋在《中央日报》副刊发表《编者的话》,提出文学创作“与抗战无

关"论,由此引起对"与抗战无关"论的批判。

1939 年

年初　延安展开民族形式问题的学习讨论,周扬、艾思奇、何其芳等先后发表文章。

2 月　周扬主编《文艺战线》月刊在延安创刊。

6 月　作家战地访问团从重庆出发前往华北。12 月归重庆。

1940 年

1 月　陕甘宁边区文协代表大会开幕。

同月　罗荪编辑《文学月报》在重庆创刊。

2 月　陕甘宁边区文化协会主办的《中国文化》月刊在延安创刊。创刊号发表毛泽东《新民主主义论》(当时题为《新民主主义的政治与新民主主义的文化》)。

春夏　晋察冀根据地掀起群众性文艺活动,建立了大批农村剧团,其他解放区也在这前后广泛开展了群众文艺活动。

3 月　向林冰在重庆《大公报》副刊《战线》发表《论"民族形式"的中心源泉》,引发国统区文艺界对民族形式问题的讨论。

4 月　陈铨、林同济、雷海宗等人在昆明创办《战国策》半月刊,1941 年 12 月 3 日又在《大公报》上辟《战国》副刊,"战国策派"形成。

1941 年

5 月　16 日《解放日报》在延安创刊。9 月 16 日开始辟《文艺》副刊。

5 月始　茅盾《腐蚀》连载于 17 日至 9 月《大众生活》。

7 月　胡风主编"七月诗丛"第 1 辑由南天出版社出版。

同月　《万象》月刊在上海创刊,陈蝶衣任编辑。

10 月　20 日始重庆进步文艺界为郭沫若五十寿辰与创作二十五周年举行纪念活动。

1942 年

3 月　丁玲在《解放日报》文艺副刊上发表《三八节有感》(9 日),接着艾青发表《了解作家,尊重作家》(11 日),罗烽发表《还是杂文时代》(12 日),王实味发表《野百合花》(13、23 日),萧军发表《论同志之"爱"与"耐"》(4 月 8 日),此外,王实味还在《谷雨》上发表《政治家·艺术家》。这些文章后来引起了延安文艺界关于歌颂与暴露等问题的讨论。

4 月　郭沫若《屈原》在重庆上演。

5 月　2—23 日延安文艺座谈会召开,毛泽东做《在延安文艺座谈会上的讲话》。1943 年 10 月 19 日《讲话》全文在《解放日报》发表。

7月 周扬《王实味的文艺观与我们的文艺观》发表于28、29日《解放日报》。

1943年

2月 延安举行春节秧歌盛大演出活动,鲁迅艺术文学院演出了《兄妹开荒》等剧。

5月 赵树理作《小二黑结婚》,9月由华北新华书店出版。

6月 郭沫若主编《中原》在重庆创刊。

7月 陈铨主编《民族文学》在重庆创刊。

1944年

2月 进步戏剧家在桂林举办8省区30多个演剧队参加的"西南戏剧展览会"。

4月 8日周扬《马克思主义与文艺·序言》在《解放日报》发表。

同月 17日始重庆进步文艺界为老舍五十寿辰及创作二十周年举行纪念活动。

1945年

1月 胡风主编《希望》在重庆创刊。创刊号发表了胡风《置身在为民主的斗争里面》和舒芜《论主观》。这两篇文章引起了关于现实主义以及主观问题的论争。

4月 歌剧《白毛女》在延安上演。

6月 24日重庆进步文艺界为茅盾五十寿辰和创作二十五周年举行纪念活动。

11月 茅盾《清明前后》与夏衍《芳草天涯》在重庆上演,《新华日报》组织座谈讨论(记录发表于同年11月28日重庆《新华日报》),引起关于政治性与艺术性关系以及现实主义等问题的讨论。

1946年

1月 郑振铎、李健吾编辑《文艺复兴》月刊在上海创刊。

2月 冯雪峰《论民主革命的文艺运动》发表于《中原·文艺·希望·文哨联合特刊》第1卷第3期。

7月 15日闻一多遭国民党特务暗杀,引发广泛的民主运动。

8月 周扬《论赵树理的创作》发表于26日《解放日报》。

同月始 巴金《寒夜》连载于《文艺复兴》第2卷第1—6期。

11月 李季《王贵与李香香》由太岳新华书店出版。

本年 老舍《四世同堂》前两部《惶惑》与《偷生》由良友复兴图书公司和晨光出版公司分别出版。

同年 袁水拍《马凡陀的山歌》由生活书店出版。

1947 年

5 月　萧军主编《文化报》在哈尔滨创刊。

10 月　黄谷柳《虾球传》在《华商报》连载。

同月　中华全国文艺协会编辑《中国作家》季刊创刊。

1948 年

年初　阮章竞《赤叶河》由太行新华书店出版。

3 月　《大众文艺丛刊》第 1 辑在香港出版。

4 月　周立波《暴风骤雨》上卷由东北书店出版,下卷次年 5 月出版。

7 月　茅盾、巴金编辑《小说》月刊在香港创刊。

8 月　朱自清病逝。

9 月　胡风《论现实主义的路》由青林社出版。

1949 年

7 月　2 日中华全国文学艺术工作者代表大会在北京召开。

知识点

必读作品与文献

思考题

第二十二章 赵树理

在现代文学诸多杰出的作家中,赵树理(1906—1970)是非常特殊的一位。他是抗日民主根据地和解放区土生土长的作家,有地道的农民气质,能自然自在地写出真正为农民所欢迎的通俗乡土小说,成功地开创了大众化的创作风尚,代表了1940年代解放区文学创作的最高成就。当时从意识形态需要出发曾树立并倡导过"赵树理方向",后来这个"标杆"又因时代变迁而几经论说和臧否。[①] 无论从新文学发生以来就始终在探索的大众化课题还是从解放区文学与当代的历史关联来看,赵树理的出现都是重要的文学史现象。

一 赵树理出现的文学史意义

当赵树理在解放区文坛上崭露头角,他的《小二黑结婚》等通俗小说尚未引起知识分子圈子中作家的充分认可时,作为共产党文艺政策发言人的评论家周扬就敏锐地指出:"赵树理,他是一个新人,但是一个在创作、思想、生活各方面都有准备的作者,一位在成名之前已经相当成熟了的作家,一位具有新颖独创的大众风格的人民艺术家。"[②]这种评价包含有对特定历史条件下文艺发展的一种展望,赵树理被解释为一种新型文学方向的代表,是能体现毛泽东《在延安文艺座谈会上的讲话》所提出的文艺路线的典范。由于赵树理的创作顺应了大众化的文艺方向,这种"方向性"的提倡对整个解放区文学乃至五六十年代的文学都影响巨大。

与二三十年代涌现的许多新文学作家相比,赵树理的确是一个"新人",带有显然不同于前两个十年作家的新的历史特点。赵树理创作现象

---

① 1980年代评论界反思"赵树理方向",对其艺术和文化上的保守性进行批评,到1990年代又有许多学者发掘和肯定赵树理"民间立场"和"民间文学"的特别价值。参见温儒敏、赵祖谟主编:《中国现当代文学专题研究》(第三版),北京:北京大学出版社2024年版,第十讲。

② 周扬:《论赵树理的创作》,《周扬文集》第1卷,北京:人民文学出版社1984年版,第486—487页。

的出现是以解放区特定的历史环境为前提的。在解放区,以农民为主体的普通民众在推翻了封建统治之后获得了初步的经济和政治的翻身,随即要求拥有属于他们自己的比较通俗而又有新的时代特点的文化艺术,呼唤贴近他们生活的能与他们气息相通的作家。赵树理以及大批实践了"赵树理方向"的作家适应了这种历史要求。这其实是新一代的作家,这一代作家(主要是抗日民主根据地与解放区的作家)与人民群众,特别是农民有着最密切、最深刻的血肉般的精神联系。赵树理即是深深植根于农村,从思想气质到生活习惯都彻底农民化了的。

赵树理出身于山西沁水县的一个农民家庭,是个农村才子,身上混合着农民和文人的气质。他少年时代参加过乡下的"八音会",耳濡目染,感受和学习了民间戏曲中唱词念白的韵味和农民朴素、明快的语言特色。后来长期在农村从事宣传工作,编过戏曲剧本,写过章回小说、快板、评书、相声等,这些文艺实践都为他创作评书体小说做好了充分的准备。他在长治师范学校读书,接触了现代科学文化,特别是新文学,觉察到新文学所存在的脱离民众的根本弱点,立志"一步一步地去夺取那些封建小唱本的阵地。做这样一个文摊文学家"[1]。赵树理对于他的拟想读者与描写对象——普通的中国农民达到了烂熟于心的地步。正如赵树理自己所说:"他们每个人的环境、思想和那思想所支配的生活方式、前途打算,我无所不晓。当他们一个人刚要开口说话,我大体上能推测出他要说什么——有时候和他开玩笑,能预先替他说出或接他的后半句话。"[2]赵树理与他的描写对象在思想感情上往往能融为一体,以至他可以说:小说中人物流的血,"连我自己也差一点染到里边去"[3]。赵树理追求大众化主要是出于一种生活实践的内在要求,是与农民进行精神对话的自然需要,而不是自上而下的赐给,所以他不像二三十年代许多提倡大众化的革命作家那样,写出来的作品总是有些隔,往往"衣服"是民众的,"品貌"仍是知识分子的。能够忠实地反映农民的思想、情绪、意识、愿望及审美要求,并真正为普通的农民所接受,是赵树理(及其所代表的)这一代作家最突出的特点。

---

① 李普:《赵树理印象记》,转引自黄修己:《赵树理评传》,南京:江苏人民出版社 1981 年版,第 43 页。

② 赵树理:《决心到群众中去》,《赵树理文集》第 4 卷,北京:中国工人出版社 2000 年版,第 1669 页。

③ 赵树理:《也算经验》,《赵树理文集》第 4 卷,第 1592 页。

赵树理(及其所代表的)这一代作家的另一个重要历史特点是,他们首先是从事革命的实际工作者,然后才是作家;他们直接参加革命与建设的实践活动,长期忘我地在农村基层参与农村变革,他们的创作是自己亲身经历的历史变革的文学记录。生活创造者与生活描写者统一的特征,在赵树理身上表现得尤为突出,这决定着他(及其所代表的一代作家)的文学观及创作姿态。赵树理明确地说明:"我的作品,我自己常常叫它是'问题小说'。……因为我写的小说,都是我下乡工作时在工作中所碰到的问题,感到那个问题不解决会妨碍我们工作的进展,应该把它提出来。"[①]赵树理的农民气质使他总是习惯以实在的眼光看问题,常能发现自己隶身其中的社会变革之偏差与弊端(尤其是农村改造方面),这时,他往往都很"认死理",要去纠正偏误。1950年代他日渐与新体制及新的文学规范疏离,也是这个原因。由此反观他的"问题小说观",就不只是配合"工作进展"的需要,更是要从农民代言人的角度去提出问题和解决问题。共产党所领导的农村变革与其相应的方针政策对农民命运、心理、情绪的影响,成为赵树理观察与表现农村生活的重心所在。他自觉地追求创作与现实生活紧密配合的宣传、鼓动作用与指导作用,又不滞留于公式化、概念化的困境,他的作品除了融入对农民的挚爱情感,也融入了历史考察的理智。这都构成了赵树理创作的历史特点。不用说,这同时包含着历史的特殊长处与历史局限性,并预伏着一定的危机。当农村变革运动及采取的相应政策基本符合历史发展的客观要求,符合人民利益和愿望时,党、人民、实际生活及作家自身的和谐、统一,有力地保证了赵树理式的"问题小说"政治倾向性与真实性的统一——赵树理本时期的创作基本上属于这一情况;而一旦指导方针政策发生了某种偏差,而且在一定的历史时期内不能得到纠正时,赵树理式的"问题小说"的创作就可能随之出现某种危机。

　　赵树理是在对"五四"以来新文学"欧化"倾向进行反省的基础上,建立他那种格外偏重大众化、通俗化的文学主张的。他主要从民间文学中汲取艺术营养,这在解放区作家中也有代表性。他们虽然也在承续"五四"新文学的传统,但和二三十年代诸多新文学作家不同的是,他们与西方文学处于相对隔绝状态。这自然也是战争时期解放区遭受文化封锁的结果。与第

---

　　① 赵树理:《当前创作中的几个问题》,《赵树理文集》第4卷,北京:中国工人出版社2000年版,第1882页。

一、二代作家,特别是与鲁迅、郭沫若、茅盾这样"学者化"了的作家相比,文化修养不足及由之产生的思想视野的相对狭窄,无疑对赵树理及同代作家产生了消极影响;他们对于民间文化遗产的汲取自然也是一种补偿,但其缺失也是明显的。

二　塑造历史变革中的农民形象

赵树理最具魅力的作品是中篇小说《小二黑结婚》。该小说讲述解放区新一代青年男女自由恋爱的故事,揭示了农村中旧习俗和封建残余势力对人们道德观念的束缚,以及新老两代人的意识冲突与变迁。1943 年 9 月这部小说出版,半年间发行 4 万册,创下了新文学作品在农村畅销的新纪录。此后,他又接连发表了一批为配合社会变革而揭示现实的小说,包括揭示农村民主改革中新政权的不纯以及批判主观主义、官僚主义的《李有才板话》(1943),以一个村为缩影展现北方农村从 1920 年代到 1940 年代巨大变革的中篇《李家庄的变迁》(1945),形象地解说地主如何以地租剥削农民的短篇《地板》(1946),写高利贷盘剥下农民悲惨命运的短篇《福贵》(1946),写土地改革运动的中篇《邪不压正》(1948),以及写农村妇女民主意识觉醒的短篇《孟祥英翻身》(1945)和《传家宝》(1949),等等。赵树理这些小说的发表有明显的时效性,几乎都很快在农民读者中广泛流传,有的被当作政治教育和政策宣传的学习材料,有的被改编成戏剧、曲艺上演。在现代文学史上,很少有作品如赵树理的小说这样,能直接融入广大普通农民的文化生活之中。

从 1920 年代的鲁迅与乡土作家,到 1930 年代的叶紫、沙汀、艾芜、吴组缃、蒋牧良、魏金枝、王统照、茅盾、萧红等人,都曾经出色地描写过乡土中国,而且大都以人道主义的或阶级的观念去发现农民,他们笔下的农民主要被作为同情和怜悯的对象。赵树理事实上承继和推进了这一文学传统,不过他并不是从一般意义上发现农民,而是直接与农民对话,展示劳动者在逐步打破枷锁的过程中所焕发的历史主动精神和新的道德风貌。赵树理的小说不光为普通农民读者所欢迎,而且也让整个文坛包括知识分子圈子中的读者耳目一新。郭沫若读了赵树理的作品,便真诚地称赞:"我是完全被陶醉了,被那新颖、健康、素朴的内容与手法。这儿有新的天地,新的人物,新的感情,新的作风,新的文化。谁读了,我相信都会感着兴趣的。"①农民化的作家赵树理并不只是属于农民读者的,他置身于独特的艺术创造魅力让整个 1940 年代文坛惊异与叹服,因为赵树理对农民的命运、思想、心理有深刻的了解,他置身于农村大变革的历史情景中深入地观察、把握农民的思想情感,他的小说总的来说具有了现实主义描写的艺术深度,出现了许多以往文学所不具备的新的素质。

在现代文学史上,赵树理是继鲁迅之后最了解农民的作家。赵树理深切地懂得旧中国农民的痛苦不仅仅在于政治上受压迫、经济上受剥削,而且在于精神上被奴役;他懂得农民摆脱旧的文化、制度、习俗束缚的艰难。这样,赵树理在观察表现中国农民社会时,就有了与鲁迅大体相同的角度,即从农民的精神面貌、心理状态以及人与人关系的角度去进行历史的考察。但赵树理的时代又不同于鲁迅的时代:这是一个农民在中国共产党领导下起来摧毁农村封建残余势力、走上彻底翻身道路的新时代。在鲁迅那里还是一个大问号的地方,在赵树理的时代,生活本身已经提供了一些初步答案。因此如果说鲁迅主要是揭露中国农民精神上的创伤,以唤起人们的觉醒,赵树理则主要表现中国农民在政治、经济翻身过程中所实现的思想上的翻身——农民精神、心理状态的变化,人的地位及家庭内部关系(长幼关系、婚姻关系、婆媳关系等)的变化,并且从这个变化的过程来显示农民改造的长期性与艰巨性。

从上述总主题出发,赵树理在小说中主要塑造了以下几类农民典型的形象:首先是深受封建思想毒害还未觉醒、背负着沉重的历史传统的老一代农民。这里有《小二黑结婚》中的二诸葛,一个为封建迷信观念扭曲了的人物。在金旺、兴旺捆起小二黑和小芹时,他跪在兴旺面前哀求,哀求不成回家又是算命又是占卦。他不同意小二黑和小芹婚事的原因是"命相不对",他相信命运,怕小芹会"克"小二黑,倒是真正打心里关照小二黑的。当区长征求他意见时,他说"千万请区长恩典恩典",可当小二黑表示同意和小芹的婚事时,他却嚷嚷"由你啦?"他并不认为命运可以也应该由自己掌握,多年来愚昧落后的生活使他只能把希望寄托在神卦上。《李有才板话》中的老秦,生活在社会最底层,却满脑袋封建等级思想。当他认为县里来的老

① 郭沫若:《〈板话〉及其它》,《郭沫若全集》文学编第 20 卷,北京:人民文学出版社 1992 年版,第 129 页。

杨是"官"时，对老杨既害怕又毕恭毕敬，可是一知道老杨也是个"住长工出身"的人时，马上就又看不起他了。最后阎家山的问题解决，他又跪在地上对老杨等人磕头："你们老先生们真是救命恩人呀！要不是你们诸位，我的地就算白白押死了……"这也是一种迷信：迷信"官"，就是不相信自己，不相信农民能掌握自己的命运。还有《传家宝》里的李成娘，不仅自己为小农生产方式、生活方式以及传统观念所束缚，而且顽固地要把这些作为"传家宝"传给下一代。

正是通过对这些背负着封建主义沉重历史包袱的旧式农民的深入剖析，赵树理对于解放了的中国农村社会有了自己独特的认识与发现：尽管在新社会，没落腐朽的封建经济制度已经消灭，但封建传统思想、小生产意识的影响仍然长期存在，要使农民真正获得精神上的解放，还需要一个漫长的历史过程。这一"赵树理式主题"，使赵树理的作品具有了同类农村题材小说所难以达到的思想高度与深度。

赵树理小说中这些未觉醒的老一代农民，很容易使人想起鲁迅小说中的人物，赵树理的二诸葛、老秦与闰土之间，福贵与阿 Q 之间，金桂婆婆与九斤老太之间，存在着某种历史的精神的联系。但他们又处于不同的时代：处于历史沉滞期的闰土，他的思想、性格、命运具有浓重的悲剧性；处于农村曾经开始变动而终于没有变动的辛亥革命及其后的张勋复辟时期，阿 Q 与九斤老太的思想、性格、命运就具有了一定的喜剧性（尽管其内核仍然是悲剧性的）；二诸葛、老秦、金桂婆婆们处在农村大变革的时代，他们的思想以至行为方式就变得不合时宜，落入了"不变也得变"的尴尬境地。二诸葛后来"不好意思再到别人跟前卖弄他那一套了"，根本的原因是他看到自己的卦不起作用了；三仙姑在群众面前当场出丑，逼得她不得不收敛起来；李成娘在媳妇金桂面前终于认了输：这些都显示了环境对人物性格的制约作用。社会大变革的历史新时代使赵树理笔下的"老中国的儿女们"带有了更多的喜剧性。赵树理笔下的这些落后的老一辈农民并不是一无是处的，作者只是写出了他们根深蒂固的旧意识、旧习惯阻碍着他们对新事物的理解。他们身上也常常表现出劳动人民的善良、朴实等优点，这正是他们转变的根据和起点。作者最后安排他的人物或者转变，或者暗示转变的前景，这种"团圆"式的喜剧结尾，并不同于传统文学中的粉饰生活，而是根据时代的提示，也有着人物思想性格的内在根据。

赵树理深入地观察生活，敏锐地发现了年轻一代农民甚至有些知识分子和干部也由于封建思想的毒害没有肃清而可能发生蜕变，《李有才板话》中的小元和《邪不压正》中的小昌就是这样。小元是"小字辈"推选到村公所的代表，当上干部不久就改换了穿戴，"架起胳膊当主任"，凭权势"逼着邻居当奴才"了。小昌是积极分子，刚当上农会主任就分了地主刘锡元的房子、土地，趾高气扬起来，以致和原来地主的狗腿子小旦混在一起，斗争雇农小宝，强逼着刚从地主强迫婚姻下挣脱出来的软英嫁给他儿子。鲁迅描写的阿Q始终就没有理解革命，而小元、小昌开始是认准了敌人的，但他们掌权、斗地主的目的并不是解放全体受剥削受压迫的人，而是为了谋求私利，从这一点上看，他们个人的"革命"与阿Q式的革命又是十分类似的。鲁迅和赵树理都看到了重要的是农民必须不断与自己本身的弱点做斗争，勇于洗涤自己的灵魂，才能创造新的生活。赵树理在解放区农民运动发展的初期，就从生活中发现并提出了上述关系着革命前途的根本问题，这正是鲁迅所开创的大胆地清醒地正视人生，反对瞒与骗的现实主义战斗传统在新的历史条件下的发展。

由于时代前进了，解放区农民获得了初步的民主和经济上的翻身，他们的处境与地位已经不同于过去的任何历史时代，因此在赵树理的作品里，不仅写出了生活中的消极面和农民的弱点，更写出了占主导地位的光明面和新生的事物。他如实地描写农民，有歌颂也有暴露，但是在作品中占支配地位的是进步力量。他的作品尽管描写了老一代尚未觉醒的农民，描写了封建思想毒害农民干部和知识分子，但是读了之后仍给人以信心和力量，其原因就在于他还塑造了更多的农村新人的形象，描写了新人物出现的社会环境。《小二黑结婚》中小二黑和小芹的爱情建立在一种对新的民主社会的理想渴求之上，是带有更多社会变革色彩的爱情，因此他们为了爱情的斗争就被赋予政治的内涵，表现得格外坚决。这不仅和封建时期那些比较单纯自在的爱情故事不同，就是与"五四"时期诸多以个性解放为基础的爱情至上的故事相比，也有许多不同。小二黑和小芹在恶霸要斗争他们的时候，一个公然反问："无故捆人犯法不犯？"另一个走进村公所劈头就问："村长！捉贼要赃，捉奸要双，当了妇救会主席就不说理了？"当二诸葛收养童养媳的时候，小二黑回答："你愿意养你就养着，反正我不要！"当三仙姑许亲时，小芹竟然说："我不管！谁收了人家的东西谁跟人家去！"他们在法律观念与平等意识方面有了自信，所以态度就很坚定，对封建传统观念的反击就更为彻底、痛快，这些描写都体现了时代的巨变。《李有才板话》中的李有才清醒冷静、深沉老练、幽默风趣，表现了对封建势力的轻蔑和反抗，对前景的乐观精神，以及自身的天才和智慧，赵树理在这个农民身上挖掘出了崇高的性格美。当《传家宝》中的媳妇金桂把账本摊在婆婆面前时，我们看到的是新的妇女挺起腰来向历史宣告自主自强的新生活的开始。赵树理写出了这些新人物鲜明的性格特征，还写出了他们之所以能够取得胜利和成长的典型环境。农民原来长期挣扎在水深火热的生活中，但在解放区新天地里，广大农民开始掌握自己的命运，过一种前所未有的新生活。表现这些历史性的变革和塑造新的农民形象是历史赋予作家的新的使命，赵树理就是最早承担这一历史任务并取得突出成就的作家。

赵树理的有些小说也并不局限于揭示实际生活中的问题，而力图以更阔远的目光去观察近代农村社会的变迁，这类作品的思想内涵更为厚重一些。如中篇小说《李家庄的变迁》即是这一类创作中最优秀的一部。小说描写中国农村的历史变革，描写普通的庄稼汉如何从自己的亲身体验中，认识并走上革命的道路。它以山西一个闭塞的小山村为背景，一个朴直的农民铁锁的遭遇为线索，从 1920 年代末一直写到抗日战争胜利，读者可以从中看到处于历史过程中的农村变革，以及这种变革的巨大动力。尽管赵树理缺乏驾驭宏大生活场面的笔力，但这部小说的规模和它所包含的内容，显示了赵树理的现实主义创作也有追求史诗性的企图。

赵树理的小说描写新的天地新的人群，都以晋东南农村为背景，有浓厚的地域民俗色彩，那山西味道晋阳气息是构成他的现实主义艺术的重要方面。赵树理擅写田间地头、农艺劳作、节庆丧葬、赛醮纷举、礼仪婚俗，乃至饮食穿着、婆媳长短、敬神信巫、吹打弹唱，无不生动有趣，穷形尽相。如写抬手动脚都要论一论阴阳八卦的二诸葛、顶着红布装扮天神烧香问灾的三仙姑、专为人送殓吹喇叭的福贵、出口成章编快板的李有才等等，既俗趣逗人，又让人体味到民间风习中所渗透的文化内涵。

赵树理很少写自然景物，却用很多笔墨写民俗，写那种系乎水土地气的民风民性，民俗在他的小说中主要是作为一种"社会景物"、一种社会精神附着物存在的。民俗描写给他的小说提供了一种文化的政治的环境，有助于表现人物在社会变革中的精神变迁，同时也强化了小说的故事性。赵树理的小说很"土"，也因为多写民风习俗，读他的小说，似乎就能闻到晋东南地区那种特别的乡土味道。民俗描写往往是赵树理小说最吸引人的部分，有的显然具有文化人类学的参考价值。如同老舍笔下的北京市井风俗为人们认识北京文化展示了生动的图景，赵树理对晋东南农村习俗的描绘也为人们了解北方黄土地文化的特色保留了最真实的素材。后来在赵树理影响下形成的"山药蛋派"作家群，是当代文学中最有地域文化特点的流派之一，他们的创作也大都以充分的民俗描写展示现实主义的魅力。

三　评书体现代小说形式

赵树理小说的审美目标是让农民喜闻乐见。他总是着眼于读者，从文艺接受的角度来评判文学创作的高下得失。他认为"中国过去就有两套文艺，一套为知识分子所享受，另一套为人民大众所享受"。他对"五四"新文学的欧化倾向以及从西方文学环境中养成的"门户之见"是反感的，"厌其做作太大"，所以执意要回归到民族的、民间的文学传统中来，满足农民的审美情趣。他明确宣称："我写的东西，大部分是想写给农村中的识字人读，并且想通过他们介绍给不识字人听的，所以在写法上对传统的那一套照顾得多一些。"①尽管赵树理所指责的新文学"欧化"的倾向的确存在，但他对"五四"新文学以及外国文学的反感也表现出比较狭隘的文化心态，这妨碍了他的创作朝更博大精深的路向发展。由于赵树理这种非常"农民化"的审美观念比较契合农民读者的接受习惯，又正好适合解放区时期及其后民族化大众化创作的趋向，所以赵树理的创作在很长一段时期内被推崇到主流文学的显著位置。赵树理的成功也得力于他非常执着地为农民服务的意识，而且不能不承认，赵树理"矫枉过正"，在艺术形式与审美观念上回归传统与民间，将文学之根深深植入北方中国黄土地中，其小说在现实主义艺术创造上确有重要的突破。

我国现代小说体式主要是外来的，1918 年胡适首先引入的"横截面"式的结构方式，决定着"五四"以来现代短篇小说的基本格局。此后，鲁迅等曾为促进现代短篇小说的民族化做过巨大的努力，但主要是从传统诗歌、戏剧、绘画中吸取中国传统的"从形似中求神似，由有限中出无限"的美学原则、白描手法，以及对于作品诗的意境的追求，而小说叙述方式与结构方式仍然主要借鉴西方，与中国传统叙述方式的联系较少。西方小说"横截面"

---

① 赵树理：《〈三里湾〉写作前后》，《赵树理文集》第 4 卷，北京：中国工人出版社 2000 年版，第 1704—1705 页。

式的结构方式,犹如植物学中通过年轮研究树木、医学中通过切片观察细胞,显然与近代唯物主义思潮的发展、自然科学的进步有密切联系,表现出现代的特征,但却与当时处于文盲、半文盲状态的中国农民的文化水平、欣赏习惯不相适应。这样,一方面,"五四"以后出现了从内容到形式都具有现代化特点的新式小说;另一方面,吸引农村读者和市民读者的,仍然是章回体式的通俗旧小说(包括一部分鸳鸯蝴蝶派小说)。现代小说如何以民族化、大众化的形式赢得普通民众读者的欢迎,是一个很大的问题。当解放区进一步明确文艺必须以人民大众特别是工人、农民为主要对象以后,这个问题更加尖锐。赵树理为解决这一艺术难题做了自觉的努力,并且取得了显著的成绩。他对以说唱文学为基础的传统小说的结构方式、叙述方式、表现手段进行了扬弃与改造,创造了一种评书体的现代小说形式,既使以农民为主体的读者乐意接受,又能够反映现代生活,表现现代人的思想情感。

赵树理扬弃了传统小说章回体程式化的框架,而汲取了讲究情节连贯性与完整性的结构特点:开头总要设法介绍清楚人物,故事连贯到底,最后必定交代人物的结局、下落,做到故事来龙去脉清楚,有头有尾。例如《小二黑结婚》,小说从"刘家峧有两个神仙,邻近各村无人不晓:一个是前庄上的二诸葛,一个是后庄上的三仙姑"说起,接着分别讲二诸葛、三仙姑的故事,再逐一介绍小说主要人物小芹、金旺兄弟、小二黑;从第六节"斗争会"开始,情节逐渐发展,到第十三节"看看仙姑"故事结束,但仍然加写一节"怎么到底",对两个"神仙"的变化做了明确交代。在故事叙述过程中,又借鉴了传统说书艺术中的"扣子"手法,在不破坏情节完整的条件下,做到大故事里套着小故事,并保留故事中的种种关节来吸引读者,类似于传统小说中的"欲知后事如何,且听下回分解"。整个叙事结构完整,脉络清楚,又时有波澜,能够"抓"住读者。

赵树理的小说不是以人物与氛围描写为重心,而是以情节为重心,其人物和情景描写大都在故事情节的展开中进行,通过人物自身的行动和言语来展现其性格,少有静止的景物与心理描写。这显然是吸收了传统评书的手法。此外,喜欢用诸如小掌故、外号、嗜好、习惯动作或口头禅之类的印记式特征,去"定位"人物的思想性格,也和戏曲"脸谱"的功用相类似。评书或戏曲都重故事情节,讲究惩恶扬善,往往以"大团圆"结局,这些结构、模式的运用也都可以在赵树理小说中见到。自然,这样一些传统手法的运用容易被诟病为比较浅露,只适合表现"扁平"的人物形象,难以深入现代人细腻复杂的内心世界。其实审美标准也难定于一尊,传统或民间的艺术手法往往都倾向于明快的审美效果,不宜拿现代标准去苛求。况且赵树理借鉴这些传统手法,首先是考虑让农民读者易懂和喜闻乐见的。

赵树理对评书、戏曲的艺术形式也并非照搬,他将其"转化"到小说中,形成属于自己的独特的现代小说。他在"转化"评书和戏曲的艺术手段时,是有所选择和扬弃的。比如,借鉴评书艺术时,摒弃了在小趣味上大加渲染的套路;学习传统戏曲时,注意防止情节进展过慢,力求使故事进展得快一点,内容丰厚一点;等等。这些推陈出新,还是为了照顾现代阅读的需要。

赵树理的小说除了趣味性,最大的特点还是"讲述性",不光能看,也能朗读,像说书人一般有声有色地"讲述"。他将评书、戏曲中的那些口头性文体的因素,渗透到叙事结构之中,丰富了现代小说的表现力。

在现代作家中,赵树理是称得上语言大师的。他的评书体小说叙事风格明快、简约,富于幽默感,很大程度上得力于他对小说语言艺术探索的成功。且看《孟祥英翻身》中这一段写当地风俗,用的就是类似传统评书那种语言和口气:

> 这地方是个山野地方,从前人们说:"山高皇帝远",现在也可以说是"山高政府远"吧,离区公所还有四五十里。为这个原因,这里的风俗还和前清光绪年间差不多:婆媳们的老规矩是当媳妇时候挨打受骂,一当了婆婆就得会打骂媳妇,不然的话,就不像个婆婆派头;男人对付女人的老规矩是"娶到的媳妇买到的马,由人骑来由人打",谁没有打过老婆就证明谁怕老婆。

这种带泥土气息的用词和娓娓动听的语调,读出来连不识字的老妪也是能懂的。赵树理要的就是这种通俗、明快、亲切的效果。

赵树理的语言功力不在修饰,而在口语化的艺术,在那种语言背后的思维方式——他的语言浸透了农民式的思维。赵树理的小说不但故事的叙述描写口语化,而且人物对话也是口语化的,用农民的口吻来说话,做到明白如话,朗朗上口,那种亲切的味道能"操纵"读者的感情。但赵树理很少用方言、土语、歇后语,他绝不为了炫耀自己的语言知识,或者为了装饰自己的作品来滥用它们,而是刻意回避新文学作品常见的"文艺腔",力图回到农民的生活形态中,用农民的思维方式去"驾驭"语言,用最普通、平常的话语来表现丰富、复杂的农村生活。农村日常生活中的"大白话",到了赵树理的笔下，就有了生命，有了味道。他常常是新词旧用，庄词谐用，俗语妙用，在语义的转换生成中产生一种生动、滑稽而风趣的效果。现代文学语言在一定程度上被"欧化"，可以表达更复杂的现代思想情感的同时，语言的想象力和表现力也出现"沙化"的危机，而赵树理重新呈现了文学语言中那种乡土味的质朴、明快，从一个方面焕发了新文学语言的活力，这本身就是一大贡献。

赵树理的小说不见得所有读者都喜欢和欣赏，但不可否认他那种朴实、明快而又风趣的风格，适合农民大众，却又是非常个人化的，是"赵树理式的格调"。赵树理本人乐天、淳厚而又幽默的情性，很自然地融会在他的小说叙事格调之中。赵树理的小说即使不署名，读者也很容易和其他作家的作品区分开来。风格的独特性，也是赵树理的小说艺术成功的一个标志。

赵树理是有意将小说作为通俗故事来写的，他对小说叙事结构和语言的探索，取得了全新的成绩，实现了艺术性与大众性比较完美的结合。这正是赵树理的重要艺术成就，并由此决定了这位"农民作家"在中国现代文学史上不可替代的特殊地位。

附录　本章年表

1906 年

9 月　生于山西省沁水县尉迟村。

1925 年

夏　考入山西省立第四师范学校，受到"五四"新文学的影响，后参加革命活动。

1929 年

春　到沁水县城关小学教书。开学后两个月被捕，因无证据被送往"自新院"。

1930 年

春　从"自新院"放出，长期漂泊，做过录事、差役、店伙、代课教员等。

1935 年

本年　长篇小说《盘龙峪》第 1 章连载于《中国文化建设协会山西分会月刊》第 1 卷第 2—4 期。未写完。

1936 年

本年　到长治上党公立简易乡村师范学校任语文教师。

1937 年

7 月　上党公立简易乡村师范学校停办，参加长治县牺牲救国同盟会工作队。

秋　到阳城"牺盟会"工作。此间，加入中国共产党。

1938 年

夏　阳城"牺盟会"遭阎锡山破坏，脱险后调到长治牺盟中心区，担任第五专署民宣科烽火剧团团长。

1939 年

夏　任《黄河日报(路东版)》副刊《山地》编辑。

1940 年

春　《黄河日报(路东版)》与《晋豫报》合并改为《人民报》，仍编副刊。

夏　到华北《新华日报》社学习。

冬　《中国人》报创办，担任副刊《大家看》编辑。

1941 年

冬　被调到太行区党委宣传部工作，专门搞大众化的文艺创作。

1942 年

本年　写作上党梆子剧《万象楼》。后连载于 1950 年 3 月 5、12、19、26 日《工人日报》。

1943 年

5 月　写出《小二黑结婚》，原稿送交当时北方局党校党委书记杨献珍。杨读后甚满意，转送北方局书记、八路军副总司令彭德怀。彭读后(浦安修也读过)认为不错，交华北新华书店，但几个月未能出版。彭德怀又为该书题词："像这种从群众调查研究中写出来的通俗故事还不多见。"同年 9 月终于问世。

夏　到中共中央华北局党校学习。

秋　到华北新华书店工作，任《新大众》报编辑。

9 月　《小二黑结婚》由华北新华书店出版，共印 4000 册，封面上标"通俗故事"。1944 年 2 月再版，印 5000 册。各地书店、报社翻印版本甚多。

10 月　从武乡光明剧团开始，有众多剧团把《小二黑结婚》改编成上党梆子等戏曲或秧歌剧，群众争相观看。

同月始　《李有才板话》(原题《阎家山的故事》)连载于《群众》第 7 卷第 13—14 期、第 12 卷第 11—12 期、第 13 卷第 1—3 期。由华北新华书店编入"晋冀鲁豫边区文艺创作小丛书"1943 年 12 月出版。

年底　参加整风。读毛泽东《在延安文艺座谈会上的讲话》。

1944 年

本年　在华北新华书店担任编辑，坚持只出版大众化作品，排斥其他风格特别是"欧化"的作品。后来回顾反思说这是文化上"左"倾的"扫荡主义"。

1945 年

3 月　《孟祥英翻身》(写于 1943 年)由华北新华书店出版。

8 月　相声《缴械》与快板《汉奸阎锡山》分别发表于《新大众》第 4、5 期。

冬　　动手写《李家庄的变迁》。年底完稿。

1946 年

2 月　《李家庄的变迁》由华北新华书店出版。6 月底《解放日报》开始连载，并配发评论，集中介绍赵树理。后由灯塔出版社出版。

4 月　《地板》(写于 1945 年 2 月)发表于《文艺杂志》第 1 卷第 2 期。6 月 9 日《解放日报》转载。

8 月　14 日郭沫若托周扬带信给赵树理，称赞赵的创作表现了"新的时代，新的天地，新的创作世纪"(信载《北方杂志》第 1 卷第 5 期)。

同月　周扬《论赵树理的创作》发表于 26 日《解放日报》。

10 月　《福贵》发表于《太岳文艺》创刊号。

1947 年

1 月　《福贵》(短篇集)由华北新华书店出版。

7 月　《小经理》发表于 1 日《人民日报》。

8 月　陈荒煤《向赵树理方向迈进》发表于 10 日《人民日报》。

同月　《艺术与农村》发表于 15 日《人民日报》，编者按中再次提到"赵树理方向"。

9 月　论文集《论赵树理的创作》由华北新华书店出版，内收周扬、郭沫若、茅盾、冯牧等的文章。

本年　朱自清在清华大学给学生讲《李有才板话》等作品。

同年　《小二黑结婚》等 3 篇小说被翻译成英文，译者是美国作家杰克·贝尔登。

1948 年

10 月　《邪不压正》连载于 13、16、19、22 日《人民日报》。

11 月　改编喜剧《小二黑结婚》在香港演出多场。

1949 年

1 月　16 日《人民日报》发表有关《邪不压正》的评论专辑。

4 月　入京，任《大众日报》(即原《新大众》报)编委。

同月　《传家宝》连载于 19—21 日《人民日报》。

同月　《邪不压正》(短篇集)由知识出版社出版。

5 月　《田寡妇看瓜》发表于 14 日《大众日报》。

7 月　15 日《大众日报》改名《工人日报》，任报纸记者。同日，工人出版社成立,担任社长。

7月　参加全国第一次文代会,当选常务委员。

10月　被选为北京市大众文艺创作研究会主席。

同月　任文化部戏剧改进局曲艺处处长。

同月底　赴苏联参加十月革命纪念活动。

1950 年

1月　《说说唱唱》创刊,任主编之一。

同月　到清华大学演讲,题为《观察事物的立场问题》。

6月　《登记》发表于《说说唱唱》总第 6 期。

夏　被选为北京市文联副主席。

1951 年

2月　重返晋东南,下乡体验生活。

8—9月　出席华北局召开农业合作化问题座谈会,在会上发言,反映农民对合作化的冒进有意见。会议结束后陈伯达向毛泽东汇报,提到赵树理的"不当"观点。毛泽东认为赵树理反映了农民的真实心理。

10月　在燕京大学中文系开设一学年的民间文艺课程,每周一次。

1952 年

3月　开始写《三里湾》,到 1954 年 10 月完稿。其间周扬曾召集陈荒煤、丁玲等人开小会,给赵树理的创作提意见。周扬专门为赵树理开了外国文学名著书目让他读。

4月　到山西平顺了解农业合作化。年底返京。

1954 年

10月　出席全国文联二届二次会议,在会上发言,批评以行政方式领导创作,以及缺少自由讨论风气。

1955 年

1月始　《三里湾》连载于《人民文学》第 1—4 期。同年 5 月由通俗读物出版社出版。

1957 年

2月　《曲艺》杂志创刊,担任主编。

1958 年

8月　《锻炼锻炼》发表于《火花》。

同月始　《灵泉洞》(上)连载于《曲艺》第 8—11 期。

同月　14 日中国曲艺工作者协会成立,当选主席。

12月　到山西阳城县挂职,任书记处书记。

1959 年

10 月　因发表反对"共产风"、抵制在农村办公共食堂等"右倾"言论,在作协整风时受到内部批判。

1960 年

11 月　《套不住的手》发表于《人民文学》。

1961 年

4 月　《实干家潘永福》发表于《人民文学》。

1962 年

8 月　2—16 日在作协大连农村题材短篇小说创作座谈会上做长篇发言。

1964 年

1 月始　《卖烟叶》连载于《人民文学》第 1—3 号。

6—7 月　写剧本《十里店》。在长治的上党梆子剧团排戏,亲自担任导演。9 月《十里店》参加山西省现代戏汇演,只在内部演出了一场就被禁演。

秋　作协贯彻"两个批示",批判了赵树理的"中间人物论"及大连会议发言。

1965 年

2 月　调到山西省文联工作。举家离开北京,迁往太原。

3 月　挂职兼任晋城县委副书记。

1966 年

7 月　"文革"爆发后,被晋城、长治、沁水和太原等地造反派与红卫兵批斗多场。

1970 年

9 月　23 日在"文革"中受迫害,含冤逝世。

知识点

必读作品与文献

思考题

第二十三章　小说（三）

从全面抗战爆发到 1940 年代结束，长期战乱中的文学容易给人一种表面上凋敝的印象。但实际上因中国现代小说的模式到 1930 年代已基本成型，1940 年代本应顺势发展，只是突然被战争打断，所以初时确乎有一段明显的跌落时期，如曾经风靡一时的抗战小说用热情掩饰了文学质量的下降，如敌占区一个时期内的文学空白，小说差不多要从"五四"时的状态从头做起①。不过这并不能真正阻止中国现代小说已定的前程。而一旦文人的全国性疏散流浪基本结束，虽在极度的贫困境遇中，积习依旧抬头，二三十年代形成的小说家队伍重新集结，又增加了新人，无论是表现当下现实还是进入时代追忆的，仍能将现代小说推向成熟。

于是，仅中、长篇能够历数的，就有茅盾的《霜叶红似二月花》《腐蚀》、老舍的《四世同堂》、巴金的《憩园》《寒夜》、沙汀的《淘金记》、萧红的《呼兰河传》、沈从文的《长河》、林语堂的《京华烟云》、冯至的《伍子胥》、丁玲的《太阳照在桑干河上》、路翎的《财主底儿女们》、张爱玲的《金锁记》、徐訏的《风萧萧》、钱锺书的《围城》、赵树理的《李有才板话》等。中、长篇小说非同一般的繁荣，自然是小说成熟的重要标志。

写实的和抒情的小说体式其时也得到深入发展，一部分还与现代主义的世界潮流相融合。战时的国家分裂为三个地区，这种社会背景很深地影响了文学，形成了国统区的讽刺和追忆小说、沦陷区的洋场通俗先锋混合型小说、解放区的社会主义现实主义新型小说，构成各有特色的局面。它们之间也不断渗透，相互影响，到了五六十年代，或终止，或变形，或延续，不断地发展下去。

一　暴露与讽喻

抗战军兴，给许多进步的、革命的作家提供了走向前线、走向大众的契

---

① 范智红《抗战时期沦陷区小说探索》一文提到"'仿制'造成的最直接的结果就是在题材和风格上使沦陷区文坛呈现出五四新文学发展初期的局面"，《文学评论》1995 年第 3 期。

机。一个突出的现象是大部分的小说家如丁玲、骆宾基、碧野、刘白羽等，都纷纷写起了报告文学作品。等到转回头来创作小说的时候，初始的长篇显得有些粗糙。如茅盾的《第一阶段的故事》，主题虽然宏大，试图全景式地构写社会各阶层人物在历史关头"何去何从"，但究竟为时过早，体验不足，只能报道式地留下时代的剪影。再如沙汀、艾芜、周文、舒群、蒋牧良、聂绀弩、张天翼、陈白尘、罗烽等应夏衍《救亡日报》之请，撰写《华北的烽火》，名曰长篇，实则仍是几个作家赶写的短篇集纳。这些及时反映抗日战场和前方民心的作品，一个时期内被称为"前线主义"的小说，有很强的新闻性、纪实性，往往集报告文学的典型化与小说的报告文学化于一身，使两者很难分清。

在最初一批反映抗战生活的小说中，《南行记》的作者艾芜表现出一个文学家对民族解放战争形势下社会发生新变动的敏感性。《秋收》细致地写出姜老太婆一家对帮助农民收割的国民党伤兵，由疑惧到欣喜的思想变化，这是抗日高潮骤起时人们关系发生变化的一个侧面。《纺车复活的时候》迅速反映了全面抗战初期农村手工业复苏的景象：帝国主义洋货对民族市场压力的减轻，给中国的农村带来新的经济活力，也给农村少女带来新的憧憬。艾芜朴实地写出了这些光明的气象，他的缺点在于观察得比较平面，也因历史的进程还未把它的复杂性全部展示出来。等到抗战热潮一过，艾芜也就转而去暴露国统区农村充斥的黑暗和污秽了。其他正面表现抗日战绩和热情的小说，短篇有端木蕻良的《螺蛳谷》、奚如的《萧连长》，中篇有碧野的《乌兰不浪的夜祭》等。

由单纯地歌颂、一般地赞扬老百姓和青年知识者的抗战积极性，到《文艺阵地》发表姚雪垠的《差半车麦秸》，代表了一种新的潮流，即表现人民尤其是农民，在抗战烽火中得到锻炼，改造自己旧有的国民性性格，并生长出新的素质，成为"新人"。这是抗战小说逐渐深化的一个侧面。

姚雪垠（1910—1999）的成名作《差半车麦秸》所以能成为抗战初期文学的重要收获，是因为它提供的这个绰号叫作"差半车麦秸"的农民游击队员的形象，包含着重大的历史内涵。这个人物不同于二三十年代文学中所写的那种苦难的或反抗的形象，尽管昨天的因素仍较多地留在他身上。他目光短浅，顾恋妻儿，可是今天，他已经开始懂得了"同志"的意义，感受到个人与千千万万人之间的关联。集团生活给"老中国的儿女"的子孙们带来了超越一家一户利益之上的集体意识和民族意识。《差半车麦秸》的成功，还在于它的及时，在于它捕捉萌芽状态中的民族新性格的高度敏锐。此外,便是运用群众口语的生动性,浓郁的乡土气息,从交代绰号到用一连串故事构成的传统叙述方式。这些,使它成为抗战文艺大众化的一个范例。姚雪垠以后又有中篇《牛全德与红萝卜》和《春暖花开的时候》,都集中表现战乱中人的成长,同时揭露扼杀抗日热情的势力。这些作品,都有可取处,但不够洗练。完成于抗日战争末期的《长夜》是一部带自传性质的长篇,它开拓了除"东北作家群"外还鲜有人写过的中国农村土匪的传奇题材,描绘民国初年中原地区及北方农村兵匪骚扰的画面。小说深一层地描写了土匪内部的矛盾,几个"杆子"的形象也很生动。

类似这种努力表现民族意识抬头的小说,还可举出萧红、吴组缃、荒煤、雷加、欧阳山、草明、田涛、李辉英等的作品,包括齐同描写"一二·九"救亡运动的长篇力作《新生代》。萧红的《旷野的呼喊》《朦胧的期待》《孩子的讲演》,写青年农民、女佣、儿童中普遍存在的抗日情绪,虽没有从正面的性格着笔,却把一点一滴的感情渲染得极为动人。吴组缃稍后写出的长篇《山洪》(原名《鸭嘴涝》),以皖南山区农村为背景,反映抗战初期这一特定历史条件下中国农村农民心理的变化。被抗日战争激发起来的爱国热情与农民的传统观念(保卫自己及家庭的本能意识和对国家政治的冷漠态度),在小说主人公章三官身上起伏交战,形成了他焦躁不安的情绪。这正说明抗日战争已经打破了中国古老农村的平静,打破了在几千年传统势力束缚下近于麻木的中国农民内心的平静,这是走向新的更大的动荡时代的开端。小说保持了作者原有的细腻笔调,但因他身居国统区,对新四军发动群众缺乏直接的体验,更不可能放手开掘这一题材。作者擅长的是短篇,长篇叙述不免显得拘谨。

初期的抗战小说有一类是反映战场的,而且也经过一段单纯地高扬抗日热情的时期。其中丘东平(1910—1941)描写淞沪战争题材的作品,因能真实地面对生活的残酷一面而引人注意。丘东平的报告文学《第七连》《我们在那里打了败战》,有人也当作小说来看待。"左联"时期他在《文学月报》上发表《通讯员》等作品,就以其描写革命生活的真实程度、挖掘人物心理的严酷性,而"给当时的革命文学阵营带来了一股新的坚实的战斗力量"[①]。这时的《一个连长的战斗遭遇》,描写在力量悬殊的对日作战中,某

---

① 柏山(彭柏山):《东平选集·序》,《东平选集》,上海:上海文艺出版社 1983 年版,第2 页。

部第四连独立苦战的经历。"中国的新军人果然在旧的队伍中产生了!"而连长林青史单人突围后反遭枪决的事实,特别警醒地告诉人们国民党军队旧体制的危机和抗日前景的惨酷。这些小说洋溢着抗战之初的时代气息,富有战地实感,具有一种特殊的壮美和悲剧性。之后,丘东平进入敌后的新四军抗日根据地,1941年在苏北盐城反"扫荡"中英勇献身。这时期他的小说,如《友军的营长》等,对共产党领导下抗日人民武装机动灵活的战术、国民党的消极行为,都有所反映。《茅山下》是他未完成的长篇遗稿,虽仅写出前五章,但已能展现苏南根据地复杂而广阔的斗争图景,呈现出交错着民族、阶级和革命内部矛盾的多层次的故事骨架。描写新四军的军事和政治工作,是从工农干部郭元龙和青年学生干部周俊的严重纠葛中逐渐展开的。这种纠葛经常被推到前面,对双方的优劣处做直露的描写,作者对革命队伍中不同出身的干部所持的平等态度,与以后同类题材中知识分子思想精神必然在工农面前萎缩的模式形成了鲜明的对比,这与胡风派对知识分子与工农关系的观点有着内在的联系。

丘东平是七月派作家之一。他牺牲后,一些遗作也是由胡风编入《东平短篇小说集》(后改名《第七连》)得以留传的。丘东平的现实主义,充满了悲壮的真实,以及对生活的阴暗与苦难的正视。这种描写,又带有浓重的主观感情气质。丘东平刻画人物,舍弃了那些外部的细节描写,对人的灵魂抱审视的态度。这种审视,有时脱开阶级的角度,无形中也带来一点抽象的意味。另外,丘东平常把自己某些定型的知识分子感觉投射到各种人物的身上。他的文字用语奇崛,以感觉型的句子特写式地描画场景,于艰涩之中令人感到一种野性的沉着的力,所以已不是一般的写实手法了。

随着抗战的持续和深入,作家们的视线由光明转向阴暗。丘东平的战场小说具有的这种悲壮特质,逐步为张天翼带头掀起的暴露、讽刺小说的浪潮所替代,更为写实派作家创造了展示才华的天地。

1938年张天翼在《文艺阵地》发表讽刺名作《华威先生》,并因而在国统区内引起关于抗战文艺要不要暴露的长时间的争论,直到1940年代不可遏止地涌现出越来越多的暴露作品。与讽刺剧、讽刺诗和杂文勃兴同时,暴露性小说的优秀之作层出不穷。张天翼、沙汀作为难得的讽刺小说家,成熟了。以写浪漫色彩小说成名的艾芜,笔端也流出强烈的义愤。靳以由写爱情转而抨击现实。连萧红这样具有哀婉抒情风格的女作家,竟然也在时代的低气压下完成了讽刺长篇《马伯乐》。与1930年代的文学相比,这时的讽刺、暴露的社会批判特色更为鲜明。抗战大后方的生活使国民党统治的腐朽性败露无遗,一个政权已经现出了死相和疯狂性,就不会不激起抗争和揭发。而暴露者精神上的居高临下,以及现代讽刺艺术的长期演进,终于使谴责更加喜剧化,使真正掌握了用嘲弄来对待丑恶与不幸,又不流于庸俗浅薄的作家,得到了发挥他们讽刺天才的最好时机。他们的锋芒,直指政治的积弊、历史的陈垢,刺向官僚、政客、土财、缙绅、落后农民、新型儒林,在拥有重大的讽刺典型(主要是各式官僚)和创制结构完备、多样的讽刺长、短篇这两个方面,超过了以往的任何一个时期。

张天翼的《华威先生》便以提供了一个"包而不办"的抗战文化人的典型形象而著称。这篇小说急就于1938年2月的战时长沙,是作者对抗战热情掩盖下的社会现实的敏锐一瞥,却积淀着他长期丰厚的生活经验。《华威先生》之所以成为张天翼的代表作,是因为它的批判的尖锐和内涵的深远、讽刺笔调的冷峭、叙述节奏的明快、语言的劲捷、短篇体制的圆熟,都达到了相当高的水准。特别是华威这个典型,可以进入中国现代文学的人物画廊。这个短篇几乎无情节,只有华威匆匆忙忙地钻进各种抗战会场进行表演的几个片段,像是一个人物"小品"。华威的忙,与解决任何实际的抗日问题都无关,他要的只是一切会议、团体统统由他占领,只是到处兜售"一个领导中心",把一个党派的狭隘利益与个人私利充分地混合。这样,在抗日统一战线刚刚形成的历史时期,张天翼最早透过光明,看清了潜伏的危机,揭示出内部存在的争夺领导权的严酷性。这一切,被以后的历史确凿地证明了,华威这个人物形象,也因其包含着的历史预见性而熠熠发光。此外,华威的个性极强,那种攫取权力的狂热性质、无孔不入的亢奋劲头、外部具有的"开会迷"的行为,使得这一典型特别隽永。因为人们不难在自己的周围碰到这种带点流氓气质、要权不要命的小官僚。这就使这个写得并不复杂丰富,而且不免有点类型化的人物,又有了某种超越时代的因素,各样的读者都能对他发生欣赏的兴味。

在《华威先生》发表前后,张天翼还写过《谭九先生的工作》和《"新生"》,都是讽刺的佳构,后一并收入《速写三篇》。《谭九先生的工作》里的地主谭九,是个封建气味浓厚、未能得志的抗日投机者。至于《"新生"》里的知识分子李逸漠,被抗战打破了隐士梦,想要新生又让旧的生活方式箍得紧紧的,在华威、谭九和抗日民众之间急剧摆动,成为时代的孤独者。作者在写这个人物时,讽刺的火焰减弱,而全力暴露他脆弱、寂寞的内心。可以看到,张天翼这时对运用讽刺和暴露的分寸感,已经掌握得十分精确。

《速写三篇》之外,张天翼还写了长篇讽刺童话《金鸭帝国》,未完篇便陷入贫病交困之中。他从湖南颠沛流离至重庆、成都,令人惋惜地暂时终止了创作生涯,把抗战到解放战争时期讽刺的历史重任让给了沙汀等人(除了写过少许的讽刺寓言)。张天翼本质上是一个优秀的短篇小说家,凡较长的作品都写得不够精练。他于近百部短篇中,造就一种善于运用夸张的线条、充满戏剧性节奏韵律、用切入的方式来展示性格的讽刺小说体制。

沙汀是抗战之后最杰出的讽刺小说家之一,具有与鲁迅逼似的沉郁厚重的讽刺美学品格。在鲁迅身后、赵树理之前,沙汀在讥刺中国农村现实方面是富有鲜明民族特色的作家。"七七事变"后,他由上海回到家乡四川,写出了《防空——在"堪察加"的一角》(后改名《防空》),描写某县城粮绅们围绕防空协会会长的小小位子而发生角逐的丑剧。这是与《华威先生》同期产生的讽刺大后方的作品。从此沙汀跨入他的创作的黄金季节:1940年写了短篇代表作《在其香居茶馆里》,1941年秋写了长篇代表作《淘金记》。在这些代表作里,沙汀更加成功地勾画出旧农村下层官僚的愚蛮、可笑。《在其香居茶馆里》通过一个内地小镇上头面人物的钩心斗角,揭开国统区兵役的黑幕。小说以喜剧性的紧张引人入胜:它选取的是基层联保主任为迎合上级佯装整顿兵役的姿态,把粮绅一再缓役的儿子密告县上,从而在统治者内部出现裂痕的角度,又有一个《钦差大臣》式的哑场收束。作者面对人间丑闻,由愤怒抽出谐趣,充分运用了在场面上凸现人物的简洁手法,集中了时、地、人、事,调度得法,波澜横生,把人物的对话写得浓烈火爆、川味十足,使得此篇历来为人所称道。《淘金记》是沙汀著名长篇"三记"中最优秀的一部。其他二记为《困兽记》《还乡记》。《淘金记》围绕开采北斗镇筲箕背金矿的线索,展开四川农村恶霸、粮绅、地主间为发国难财而掀起的内讧,暴露了国统区治下的一团昏黑。书中各自代表三股矛盾的人物,写得都颇传神。沙汀确实擅长用个性化的语言刻画人物,没落绅士白酱丹的阴险和工于心计,封建帮会流氓头子林幺长子的满身泼皮劲头,地主婆何寡妇的精干、悭吝、溺爱,以及其他人物的品性,个个突出,掩住了作者叙述沉闷的缺欠。这时,沙汀暴露的矛头直指国民党政府的种种积弊,而且比以往更尖锐,更富有艺术概括力。在讽刺风格的不断发展中,他已经进入一种内在的不露声色的客观描写和浓缩描写的境界。

沙汀在抗战初期曾有为时两年的延安及抗日民主根据地之行,这给他的小说带来了新的因素。短篇《磁力》、中篇《奇异的旅程》（即《闯关》），便增添了与解放区有关的内容。即或再写国统区阴暗的故事，也显出某种光明。如《堪察加小景》（后改为《一个秋天晚上》），描写一个不幸被关在乡公所的流娼，具有怎样善良温和的天性，竟把原想借机糟蹋她的看守班长的一丝邪念抑制住了。全篇在丑恶的记述中，处处把握住劳动人民之间的那点温情的诗意，把丑和美一并揭示，意蕴深厚。这篇小说恢复了沙汀早期作品《土饼》等以诗情来点染穷困的笔法，而且技巧更加圆熟，对人生的体验更加耐人寻味。1944年，沙汀在国统区学习了毛泽东的《在延安文艺座谈会上的讲话》和整风文件后，创作思想有了变化。长篇《困兽记》是在这之前写的，描述抗战后方一群乡村小学教师的苦闷。他们的演剧活动因政治高压而流产，在烦闷中发生了田畴、吴楣、孟瑜三人的家庭爱情纠葛，除了伤害各个当事人以外，毫无所得。整个调子灰暗得令人窒息。而小说中对知识分子弱点的暴露及严峻批判态度是显示了抗战时期知识分子题材作品的发展趋向的。1946年写的《还乡记》，叙述的虽还是令人气闷的故事，却第一次塑造了走向集体斗争的贫农形象冯大生，在沙汀小说中初次闪出反抗者的光彩。冯大生最后又一次出走，预示了人物思想性格发展道路的趋向。小说发表时碍于政治原因，不可能写得太露；但自发反抗不成，下一步的前途可以推测，悲观气息为之一扫。

抗战胜利前后和解放战争时期，沙汀创作日丰。短篇集《呼嚎》《医生》，以对四川农村的谙熟程度和高度的政治热情，敲起了蒋家王朝全面覆灭的丧钟。他几乎揭露了国民党濒临灭亡前干下的每一桩丑行：打内战的不得人心、征兵、征粮、通货膨胀、二五减租骗局、选伪国大、镇压学生运动等等。《范老老师》中出现了国统区人民争民主、反内战的新主题，而正面的农民和小知识者形象也开始挺直了脊骨，加强了历史反讽的深度。沙汀讽刺小说展开的社会动乱画面越广阔，返照旧时代普遍黑暗的价值便越大。

沙汀以革命现实主义的创作方法和含蓄深沉的艺术个性，为中国现代讽刺文学做出了贡献。他严谨的客观描写手法，并非客观主义，而是将作者深深藏在人物、事件背后的独特表达手段。他严于选材，善于捕捉艺术细节，运用夸张和戏剧性情节，刻画出众多的旧时代农村基层统治者狰狞的喜剧形象，语言幽默质朴，比较口语化，富于地方色彩。他继承了中国古典讽刺小说的传统，深受"五四"乡土文学的影响，又认真借鉴了果戈理、契诃夫等以俄苏文学为主的外国文学经验，在现代讽刺小说的民族化方面取得了不凡的成绩。

艾芜在抗战环境中消退了自己以往的浪漫风格,明显地转向暴露压迫和苦难。这时期他的主要作品是三部长篇。《丰饶的原野》的第一部分《春天》,写于全面抗战前夕,单独出版过数次,直到 1945 年才有了续篇《落花时节》。作者第一次取材于自己的故乡,试图通过三个农民形象来解剖民族性格,探索“以农立国”的祖国命运。奴性的邵安娃使人深深悲哀;正直、无私,敢于反抗强暴的刘老九是可以联系历史上的农民英雄来看待的;而具有反抗和服从二重性的赵长生,更是作者最敏锐地加以刻写的畸形性格。艾芜说过:“历史之所以进步得慢,总爱走纡曲的道路,赵长生这类型的人,我疑心他们是不能不负一部分责任的。”①由于情节发展的迟缓、人物性格的定型化,整部小说显得沉闷;而描写的琐屑,成为作者难以摆脱的毛病。《山野》是他重要的抗日长篇小说,结构紧凑,在一日一夜的时空里,容纳广西吉丁村山寨面临日寇入侵所发生的全部事件。作品显然把吉丁村当作全国抗战的一个缩影来写,在民族矛盾外,加上阶级、宗教、爱情各种关系,反映抗日阵线的各类斗争,以暴露我们内部的各种精神痼疾为主要特色。过分明晰的理念分析,反而使作品对生活的描写与人物的刻画失去了文学所应有的模糊性与丰富性。此后又有了 50 万字的《故乡》。这部比较成熟的长篇,写大学生余峻庭满怀抗日热情返回家乡,在二十天里所见的灰暗现实。小说在写出众多的两面性人群,揭示战乱时期形成的腐败、病态的心理世界方面,达到了一定的深度;场面是错综的,笔调是悲怆的。艾芜这时已改用一种冷峻的批判态度来解剖自己的人物,并获得了部分成功。在暴露性很强的中篇小说《一个女人的悲剧》和《芭蕉谷》中,作者又把视线投向各式各样在贫苦无告中挣扎的农村妇女。到 1947 年写出短篇《石青嫂子》,表现内战给一个劳动妇女带来的不幸,她的韧性使她对生活仍抱有信心。这个人物为艾芜创造的妇女形象做了一个最好的小结,而且为他的作品增加了力度。艾芜抗战后的暴露,在表现社会的广阔程度上有很大的增强,但同时失去了他宝贵的浪漫气质;只是在挖掘中国人民性格最美好的底蕴方面,始终如一地保持着他的不懈追求。

类似艾芜这样转为暴露的作家,为数并不少。靳以(1909—1959)的小说,原有一股诚挚、单纯的气息,笔法细腻而平实。他最感兴趣的是青年。

---

① 艾芜:《〈春天〉改版后记》,《春天》,重庆:自强出版社 1945 年版,第 111 页。

早期作品收入《圣型》《群鸦》等集,多写爱情故事和小市民的生活。抗战后努力表现社会,作品增加了讽刺的意味。《众神》夸张地写一抗战官僚,死后受审,生前种种恶行都一一得到开脱,照样升入天国的众神行列。一个惯用平实手法的作者居然发此奇想,证明了抗战现实与讽刺间的天然联系。靳以还有一部80万字的长篇《前夕》,企图借一个正在崩溃中的官僚家庭几代人的生活,表现抗战前夕中国社会的激烈动荡。包括老一代的颓落,和年轻一代的各种命运,只有从静玲、静茵,还有军人李大岳身上,方能看到民族的希望。这部小说实际上展开的社会面并不是很大,而且人物性格比较定型化,但是,这种有意识表现整个民族在抗战中的前途的努力,实在是当时普遍的文学现象。

此外的暴露小说,有黄药眠收入《暗影》集中的《陈国瑞先生的一群》,也是讽刺官僚的,与《华威先生》的不同处在侧重道德虚伪性的揭发。还有周文的《救亡者》,以一次抗敌会选举会议的前后过程为线索,写出抗战初期各种救亡知识分子的形象,在"左"与"右"的势力中,又有抗日的中坚力量。对统一战线各翼的描写,此篇比《华威先生》进了一层,但由于人物写得不够丰富,作品思想提纯过甚,艺术感染力上就大为不如了。

1940年代的讽刺最后是由钱锺书来收束的。这种收束,无论是在讽刺主题的现代性还是讽刺小说体式与世界文学当下的联结上,都是十分出色的一笔。钱锺书(1910—1998)属于这时期后起的一位学者型讽刺小说家。"孤岛"期间他来往于沪地与后方之间,沦陷后困于上海。他的作品并不多,小说方面仅有短篇集《人·兽·鬼》,抗战胜利后发表了长篇《围城》。以《儒林外史》的描写气魄,揭露抗战期间中上层知识界的众生相,是钱锺书小说的主旨之一。他撩开爱情、亲情及家庭关系的帷幕,来洞穿受到封建传统文明与现代西方文明夹击的中国知识分子的精神病态,从而进行道德的探索和批判。短篇的视角稍嫌狭窄,但心理内涵深厚。《猫》里的女主人公爱默,是一个从美国人办的时髦女校毕业的主妇,她在自己周围建起一个由教授、学者、作家、记者名流构成的王国,习惯于操纵丈夫和朋友,操纵友情。极度的虚荣是她性格深处弱质的核心。丈夫生平第一次带了平庸的情人出走,使爱默猛然褪下虚荣的外衣,体味到一种精神"围城"下的幻灭感。同样的,《纪念》里表面上自恃很高的曼倩,也是充满内在脆弱性的苦闷女性。一场理想之外的结实平凡的偷情,对于她,仿佛黯淡的生活里落进一抹亮色。这种孱弱性,同时也是西方文明在中国知识社会徘徊的一个幽灵。

钱锺书通过对各种留学知识分子的无情剖析,返照了西方社会文明的一个侧面。对于中国西式知识分子的自嘲及对于中国化了的西方文明的再审视,是1940年代相当一部分作家作品的共同倾向;与同一时期一些作家作品对中国传统文化的再发掘,形成了发人深省的强烈对比。如果与左翼作家愤怒斥责的政治讽刺相比,钱锺书对知识阶层的嘲笑,与整个中国命运的联系当然不那样直接,但是他对历史的透视有相当的深度。

《围城》是一部有多层意蕴的小说,最明显的一个层面,就是在抗战背景下对知识分子群体进行刻意的描绘。书中的男主人公方鸿渐,和与他发生瓜葛的四个女性鲍小姐、苏文纨、唐晓芙、孙柔嘉,以及战时大学界的知识投机家李梅亭、顾尔谦等,组成一个人物系列。方鸿渐在爱情面前几乎总是节节败退,最后乖乖落入孙柔嘉织就的网内。方鸿渐性格和顺,有天赋的想象力,看穿恶劣环境而不能自拔,嘴上机敏而内心懦怯无能。这又是一个弱质的知识分子形象。其他的人物如孙柔嘉于柔顺之下的深藏心机,苏文纨的矜持与才女的矫情,学术骗子李梅亭的庸俗、贪财,都写得可见其人。方鸿渐等由上海赴内地三闾大学一路的遭遇,如金华欧亚大旅社的牛奶咖啡与跳蚤、李梅亭大铁箱里的卡片与西药、鹰潭的客栈与下等妓女,构成了一个个令人绝倒的讽刺片断。三闾大学内部人事上的明争暗斗,道出中国知识社会某种官场化的内幕。《围城》表现抗战环境下中国一部分知识分子的彷徨无主、空虚和爱情发酵,从一个侧面反映了乱世中一代清醒的文人的宿命感。《围城》深层的意蕴在于,这里没有一个英雄,所有的人物均是盲目的寻梦者,是为命运所玩弄的失败者。主人公方鸿渐的基本经历是不断渴求冲出"围城",而每一次的走出"围城"又等于落入另一座人生的"围城"。这个笼罩全书的象征性结构所要道出的,正是现代人对自己生命处境的哲理思考。小说除了用书题点明以外,还用各种意象点出,如"结婚仿佛金漆的鸟笼,笼子外面的鸟想住进去,笼内的鸟想飞出来;所以结而离,离而结,没有了局",结婚如同"被围困的城堡,城外的人想冲进去,城里的人想逃出来"。其实何止结婚如此。《围城》的这个层面,是与西方现代主义文学中普遍存在的人类困境的感受与精神的孤独感相联系的,整个是一反讽。作者的反讽技巧高超,大到主题意蕴的暗示,小到对人物隐秘心理和心理转折的发掘、对人情世态的精致入微的观察和表现,都堪称独步。他的描写,无一不聪睿、俏皮、流动,在说天道地中掺入讽喻的机趣,在热辣的喜剧高潮之中仍能酿成足够的悲凉气氛。他有旁逸斜出的叙述风格,诡奇、尖刻、焕发机智、富有知识容量的书面讽刺语言,特别是新奇、犀利、多样的比喻句和警句,顺手拈来,即成妙语;只是有时显得枝蔓过多,不免有炫耀知识之嫌。不过这就是他的"学者小说"的风格。钱锺书的讽喻小说,与左翼的政治暴露性讽刺不同,他熔道德、风俗、人情的批判于一炉,使一种机智讽刺得以确立,并大大增加了它的现代性质。在鲁迅、老舍、张天翼、沙汀之后,钱锺书成为现代文学史上又一位优秀的讽刺小说家。

二 体验与追忆

写实小说一面定型、一面变异的情况,在本时期有增无减。这种变异,主要表现为现实主义小说内部,客观冷静叙事与主观情绪叙事的冲突。如果在上一时期,此类冲突还仅仅表现为作家艺术个性和追求的一种差异的话,那么,到1940年代由胡风派作家发起的对沙汀等的小说所谓"客观主义"的批评,就显得意味深长了。

小说既然要设定叙述人来叙述,纯粹的"客观主义"实际上是不存在的。胡风派把主观性的有无看作"现实主义"内涵的必要理解,不过是在强调他们所认可的一种"现实主义"而已。有人称其为"体验现实主义"。战争加深了人们不安定的感受,现代的生活也使得人们越来越面对内心来寻找生存的价值,这样,以往的抒情情结在1940年代的部分作家看来便已经过时,逐渐被对现实的体验所代替。小说文体的这种发展趋势,可以从七月派作家那里得到证明。

胡风主持的《七月》《希望》等杂志,在抗战时期的国统区进步文艺界很有影响。它们团结了路翎、丘东平等小说作者,主张在现实主义旗帜下反映活的一代人的心理状态,作品充满了生活的血肉感,以及对于人的心灵的直视力量。略带欧化的语言一经他们的驾驭,也显出一股冲力和拗劲。这些作品在某种意义上,比七月派诗歌更能体现胡风的理论主张,多数都被编入"七月文丛",并由胡风亲自撰写序文。所以,称之为七月派小说是可以成立的。

路翎(1923—1994)是真正属于1940年代的作家,主要作品有中篇《饥饿的郭素娥》《蜗牛在荆棘上》,短篇集《青春的祝福》《求爱》《在铁链中》等。80万字的长篇《财主底儿女们》是他的代表作。路翎笔下人物众多,包括破产农民、矿工、卖艺人、船工、逃兵、妓女、匠人、教师、恶棍、商贩、青年学生等。但最主要的是两类:流浪者和知识者。战乱时代造成了大批颠沛流离的下层人物,这是一些被压在社会底层,背负着生活重担的人,像《饥饿的郭素娥》中在外地有过革命经历的机器工人张振山、《卸煤台下》中流浪工人出身的监工孙其银、《何绍德被捕了》中从伤兵医院流落出来的何绍德等。这些流浪汉几乎处于绝境的生活遭遇,以及从他们身上迸发出来的强烈的反抗力量,是路翎的主要关注点。反抗的强悍程度,甚至表现在来自破产的农村,从肉体到精神都陷入极度"饥饿"的弱女子郭素娥身上。当她得不到所爱,还要被当作物品一样转卖时,至死不从,因而被用火铲烙死。这时,她喊出了:"你们不晓得一个女人底日子,她挨不下去,她痛苦!"作者探索这种反抗性,似乎并不满足于一般的对旧时代的揭露,而是要"透过社会结构底表皮去发掘人物性格底根苗"。这种"根苗",如作品中所说,"郭素娥,不是内在地压碎在旧社会里的女人,我企图'浪费'地寻求的,是人民底原始的强力"。[①] "原始的强力"的描写,是作者探索他的人物的一个中心线索。一方面,通过这种力量的爆发,以及最终走向失败,表现了落后群众自发斗争的历史画面,令人感奋,使人看到了我们柔弱的民族性深处的"蛮性"。另一方面,作者渲染了"原始的强力"的神秘色彩,又礼赞了反抗的疯狂性,对某种病态的东西给予复杂的承认和表现。《蜗牛在荆棘上》的主人公,那个中了抽丁阴谋后离乡当兵的黄述泰,听信了别人对妻子秀姑的流言,回家来显示"英雄行为"。这是一种被扭曲的反抗,以对女人的报复,实现对故乡黑暗的报复。而这种力,实际只不过打在空虚上面,只能使深深爱他的人精神受创。路翎把"人性"中的强和弱纠合在一起,他歌颂"强力",又写出其中带有的"精神奴役的创伤";他挖掘落后人们的奴性,又从暗淡平庸的心灵世界中看到人民精神力量的闪光。《王兴发夫妇》中写一对农民男女,在躲壮丁的逃亡中,促醒了夫妻之情、亲子之情及对土地的向往、眷恋。《老的和小的》中,孤苦伶仃、靠糖罗汉担子为生的刘二太婆,在吴家小女来她的担子上打中头彩时,一度想利用周围无人的机会蒙混过去,却受到了心头的猛烈一击。《英雄的舞蹈》写说书老艺人为抵御对面茶馆的《毛毛雨》,用尽气力,在书台上装疯作怪地召回古代的英雄来与现实的生命丑恶相对抗,他唤回了顾客,随之心碎而死。在这些小说中,小人物都具有一颗

---

① 胡风:《饥饿的郭素娥·序》,路翎:《饥饿的郭素娥》,上海:希望社 1947 年版,第Ⅱ、Ⅲ页。

"大心"。

历史地表现抗战前后中国知识分子的悲剧道路,也是路翎小说的主旨。短篇《谷》《旅途》《人权》等,写知识分子精神上的"落荒",和在他们身上纠缠着的"过去的幽灵"。"一切自私、怯懦、守旧、中庸,都是从这里来的⋯⋯"①他最重要的作品当然首推长篇《财主底儿女们》。小说在"一·二八"到"七七"以后这一个大的历史背景下,试图通过苏州首户蒋捷三家的分崩离析,第二代蒋蔚祖、蒋少祖、蒋纯祖三人不同的思想历程,表现"以青年知识分子为辐射中心点的现代中国历史底动态"②。这是自巴金的《家》问世以后又一部描写封建大家庭及其子女道路的宏大作品。蒋捷三和长子蒋蔚祖之死,标志着封建家族制度崩溃的历史进程,在中国江南这个资本主义经济较发达的地区终于完成。前者是封建支柱式的人物,后者是促成封建阶级崩塌的子孙。南京资产阶级、暴发户出身的大儿媳金素痕演出了争夺财产的惊心动魄的一幕。她成为疯狂的大家族的败坏者,如一根棍子把泥塘搅混,加速了这个家族的灭亡。蒋少祖曾经是这个封建家庭的不肖子,他的反叛,他的政治生涯与爱情纠葛,及至抗战中政治上的动摇和提倡复古主义,终于使他变成了一个新的落伍者,是从"五四"觉醒青年倒退为国民党官僚的典型。继起的主角是蒋纯祖,在从南京流亡武汉、重庆途中,他看到了人民的苦难和互相残害的愚昧,并与自身追求物质和情欲的堕落性搏战;他参加了共产党领导下的演剧队,又看清了党内不正常的"左"倾家长式统治;在石桥场,他面对的是抗战的中国死水般的农村,在事业与爱情都遭遇封建恶势力的迫害后,狼狈而逃,最后病逝。蒋纯祖的生命之路一部分是现实的、社会性的,又有一部分是纯个人式的、心理的。这个人物仿佛穿行在人世间古往今来能遭遇到的崇高和卑下、抗争和败退、正义和邪恶、理性和疯狂、生存和死亡之中,感受了一切,领悟了一切,最后在大时代中被作者送上了死路。这个人物从社会层面上可以看作在伟大的抗日民族解放斗争中仍未能与人民结合,没有找到光明出路的知识分子的典型;同时表达了作者于极度动乱的世界上,对生命的不可重复的深刻体验。

路翎在现代心理小说的探索方面有得有失。实践着胡风派的理论,用

---

① 路翎:《人权》,《路翎小说选》,北京:作家出版社1992年版,第183页。

② 胡风:《财主底儿女们·序》,路翎:《财主底儿女们》(上),北京:人民文学出版社1985年版,第1页。

主观精神的"扩张""拥入"客观世界,他的作品主观色调强烈,作者生命力的燃烧和突击、思想力量的伸展和膨胀,都是很明显的。他尤其以对人的精神世界包括无意识世界进行开掘为特色。他对人的理解,某些方面带有现代主义的痕迹,即社会烙印与人性、兽性的混合。他的作品认为人的本性往往是被社会的表象掩盖的。人的生命是痛苦、高贵而孤独的,是一个搏战的过程,深层的挖掘会令人战栗。这样,路翎小说的心理刻画,在揭示人的灵魂的复杂、丰富性方面就别具特殊的价值;他运用错综地表现人物心理深广度的写法,在掌握大起大落的心理节奏,处理人物之间心理感应的波澜方面,显出一种陀思妥耶夫斯基的气质,也使得中国的现实主义小说在他手中与世界的文学潮流更接近。这是以路翎为代表的七月派小说的独特性所在。

类似于路翎这样讲求透过现实生活来表现个人内心体验的小说家,后期在华北和东北沦陷区出现了爵青和袁犀。爵青(1917—1962)的中篇《欧阳家底人们》,连题目都与《财主底儿女们》相近。此篇用欧阳家的六子和一女,尤其是孙女欧阳守箴的故事,来表现时代旋流中新与旧的矛盾,以及旧家族的没落。这还是比较故事化的作品,虽然"溃倒的废墟"的意象暗示写法,已经预示了他后来作为一个"知性作家"的特点。另有《废墟之书》《遗书》《恶魔》,前者是一部书信体的论文小说;余者是在一个个诡异故事的悬念设置中暗示一种神秘的生命意识,如同引导读者进入知性的迷宫。他通过叙述来传达现代人趋向追索抽象生命意义的精神特质是明显的。袁犀(1920—1979)即李克异,早期有描写大学生生活道路的长篇《贝壳》《面纱》,而短篇《邻三人》《一只眼齐宗和他的朋友》所写的社会底层的奇特人物,表明了他对现实生活的强烈感受力。待到短篇小说集《时间》出版,袁犀运用故事本身的抽象性来象征性地阐释现代人的复杂心理体验,已相当出色。《时间》集共收短篇《手杖》《蜘蛛》《绝色》《暗春》《红裙》五篇,都是把标题的抽象意义,经过具体的故事,加以廓大与加深,到结尾处进一步提升为一种人生观念。如《绝色》写一绝色少年由"美"的面貌,向"丑"的品性反向地发展,当传说少年已经悔过自新的时候,小说末尾又证实这"传说"实在不过是某作家的一个虚构。其余各篇也是如此提炼出人生的虚幻性,以表明沦陷区的恶劣现实处境,怎样使得人们产生残缺不全的心理体验。将体验直接化为知性命题,正是袁犀这些受外国寓意小说影响的青年作家的一种生命苦痛象征。

但是真正把象征体的小说写成杰作的,是诗人冯至历史题材的诗化叙事体《伍子胥》。《伍子胥》可说是国统区作家利用战时生活的独特领会,把一个古代逃亡的故事与一种真实的人生体验合而为一了。据作者回忆,这篇小说经过了十六年的酝酿,读里尔克的《旗手里尔克的爱与死之歌》使他受到"一种幽郁而神秘的情调"和"一幕一幕的色彩与音调"的感动,当时想到可以用伍子胥的故事来写浪漫的幻象与画面。① 但等到了抗战大后方,有了对现实生活相当多的积累和足够的体验之后,他依据历史,又提炼历史、纯化历史,写出了与鲁迅《铸剑》主题(也是一个"复仇"的材料)迥然不同的诗体小说。《伍子胥》不按风俗细节或描写人事戏剧性争斗的写实体来写,也不按心理体来展示一个逃亡者的灵魂战栗,而是用一个个散文诗的片段来表现各种人事、风物在伍子胥一路漂泊中所引起的感觉和体验。现实的影射不是全然没有,比如卞之琳便指出小说中写楚国七个伤病者被抛在野外有气没力地举起枯柴似的手来抵御乌鸦和野狗的情景,便是当时昆明人都知道的郊外倒毙的四川壮丁的命运②,但这都是从伍子胥的总体逃亡感受中去表现,这感受就是他仿佛遭到了一次"抛掷"。因为一段美的生活,不管为了爱还是为了恨,不管为了生还是为了死,都无异于这样的一个"抛掷":

> 在停留中有坚持,在陨落中有克服。这故事里的主人为了父兄的仇恨,不得不离开熟识的家乡,投入一个辽远的,生疏的国土,从城父到吴市,中间有许多意外的遭逢,有的使他坚持,有的使他克服,是他一生中最有意义的一段。③

这就使我们理解了 1940 年代体验型的小说,是如何在现实生活与历史生活的错综之中,升华出一个存在主义的人生命题:在关于怎样取舍的决定中,使人感受到生命的意义。"复仇"的主题被消解、转化为一个"抉择"的主题。

同时,冯至小说体验性的表达方式,既与路翎的情绪芜杂、一时泥沙俱下不同,又与爵青、袁犀的知性暗示不同。《伍子胥》将一种人生认知用纯净的美的境界来表现。所谓平凡中出奇,于平静的风物描写的掩饰之下,来

---

① 冯至:《〈伍子胥〉后记》,《伍子胥》,上海:文化生活出版社 1946 年版,第 108 页。

② 卞之琳:《诗与小说:读冯至创作〈伍子胥〉》,《中国现代文学研究丛刊》1994 年第 2 期。

③ 冯至:《〈伍子胥〉后记》,《伍子胥》,第 107—108 页。

托出一个不安宁的灵魂,和这个灵魂对生命的诗化感受。作者擅长控制语言的情调、节奏,当伍子胥在吴市吹箫,小说的文字把具象、色彩、声音融会于一处,如同一篇美丽绝伦的散文交响诗在书中响起。冯至由写诗到向小说领域偶一尝试,"符合了现代世界严肃小说的诗化亦即散文化(不重情节)这样的创作潮流"①。

持平静的诗意写法的作家不仅仅是冯至,1940年代的原京派作家、原左翼作家,在经受了战争对人的初期震撼,渐次进入对土地、对民族的追忆和思索的时候,不约而同地都有抒情怀旧倾向,不过这些作品一般少有前述作家的现代主义的人生叩问,而贯穿着对历史的思索精神。

师陀当时陷落在"孤岛"上海,作为京派小说家,由北方穷乡僻壤流落到大城市,像记忆从心底"出土"似的,把悲叹中国乡镇的衰败和人生命运的难以把握相结合,写出了他的重要中篇《无望村的馆主》,代表性短篇集《果园城记》。后来他虽然进而写都市的癫狂,加重了讽刺性,发表了长篇《结婚》《马兰》等,但主要成就仍在对河南家乡的哀伤的追忆上。

《无望村的馆主》写富家没落的题材,是河南地主勤俭的、暴力的、靡费败亡的三种类型,经三世而败落的故事。把别人告诉"我"的荡子败家的情事(本为限制叙事),再用全知叙事的第三人称转述,而这中间,不断插入几重叙述人的评价,使得"复述"更加回肠荡气。是暴露,但又不是满含仇恨性的那种叙述,传奇的色彩被涂抹得分外浓郁,回忆中哀叹的笔调也十分动人,以表示地主的衰亡即是整个民族衰亡的一个插曲。

《果园城记》是一部出色的短篇集。作者带着浓厚的怀旧情绪,以他所特有的既凄凉又温暖的回忆手法,写一个小城的历史和各种小人物的命运。这些故事,每一个都是独立的,又用个别的人物前后勾连,隐隐地串成一气。《城主》是写这城专制、衰败的旧主人。《桃红》里29岁的空闺少女素姑,无望地绣着她够用三十年的嫁衣。《颜料盒》是讲先期开放的女性的孤立,及吞颜料自杀的结局。《一吻》写摆摊的大刘姐做了姨太太回到昔日小城寻找旧迹,换来更深的失望。作者这样表达他的意图:"我有意把这小城写成中国一切小城的代表,它在我心目中有生命,有性格,有思想,有见解,有情感,有寿命,像一个活的人。"②小城如一块保存着昨天的活化石一样,在述

---

① 卞之琳:《诗与小说:读冯至创作〈伍子胥〉》,《中国现代文学研究丛刊》1994年第2期。
② 师陀:《果园城记·序》,《果园城记》,上海:上海出版公司1946年版,第5页。

说人生的暗淡无光,时间仿佛停住了,历史在这里懒散地打了个盹,并引申出许多关于命运的哲理,如《狩猎》所告知的:人们总认为错过的是最好的,其实你千万不要重返先前出发的那个站头;又如《一吻》所表达的:失去的就是失去了,你再也捡不回来。由一般的生活感叹上升到对人生的思悟,显示了师陀小说的基本审美追求。

《结婚》是师陀最好的讽刺长篇。这是战时"孤岛"的一个荒谬的故事。主人公胡去恶的一步步堕落,不仅是一个意志不坚定的小知识分子走向毁灭的故事,而且是以个人力量不择手段地对抗社会的极端利己主义者的历史悲喜剧。其他各种上海滩的冒险人物也都写得相当逼真。师陀从鲁迅所写的封建性的吃人主题,进入这种殖民地洋场的吃人主题,较难得地掌握住了讽刺性人物的性格发展。《结婚》在长篇结构上也有创新,上卷采用第一人称,由六封信组成;下卷改用第三人称叙述,互相照应、吻合。另一部长篇《马兰》通篇用第一人称,却取了不同人物的观察角度和心理角度:开头的小引,是作者的口吻;正文主要是男主人公李伯唐的叙述;中间却插入了女主人公马兰的"杂记"。《果园城记》则尝试采用类似"系列小说"的结构方式和小说的散文笔法。这都表明师陀自觉进行"文体"创造的倾向。他本是一个抒情小说作者,当他转向社会讽刺时,给讽刺文学加入了传奇和寓意的性质。他擅写各种人物的没落,不论地主、知识者、商人还是流浪农民,都有一个幻景般的过去、悲惨的现在和哀愁莫名的将来。这象征了作家心目中的当时的中国。他的作品总有些奇异、怪诞。师陀小说情调的独特风格,便在于能将奇幻和暴露结合,贯穿着对历史进行反思的艺术氛围。

西南联大出身的汪曾祺(1920—1997)是沈从文的传人,于1940年代末期表现出京派回忆型小说不绝如缕的传统。1949年出版的《邂逅集》收入他早期的作品。《复仇》不着重故事,讲究的是气氛和人物造像,有现代派文学的影响痕迹,被现代哲理思想穿透。但这种象征性的写法后来与中国笔记小说的韵味结合了,隐形的现代性更显得沉稳。这时,他的京派风格张扬起来,以另一类小说为典型。首先是人物形象。《老鲁》写战争时期一个普通校工的淡泊守志。《鸡鸭名家》里的孵鸭行家余老五、长途赶鸭能手陆长庚,《戴车匠》里用滑车和小小螺蛳弓车二尺长船的戴姓车匠,都具轻利、诚朴、守节的平民风尚。再是对逝去的美的倚重。汪曾祺小说有写"最后一个"的模式,像最后一个掌握孵化绝技的农人,最后一个使用木车床的匠人,还有像《异秉》里写的最后一次檐下设摊的小贩王义成,都能激发起人们一丝永恒的怀旧情绪。由现代社会的缺憾,引出京派作家内心深藏的那块人类童年土地保存的那点古朴人情美、自然美的光影,象征着他们对现代社会人性完美的无限向往。追忆过去而连接明日,京派把历史前后打通。

汪曾祺的小说文体也继承了沈从文和废名的真与幻的统一,而且更加爽朗,越来越脱离隐晦。他的小说,描写的情绪内涵较深,平平出之,散发出文化的意味;结构貌似散漫,叙述似乎缺乏高潮,气氛的营造却足够浓厚。这是正宗的文化小说的路子。《鸡鸭名家》里的湖泊,即几十年后汪曾祺复出所写的名篇《大淖记事》里的大淖,这仿佛预示了中国文化小说的未来。

原属于左翼的东北作家群,差不多先后写出以童年故乡记忆为主的代表性小说,令人刮目相看。前面已经分析过的,如萧红的《呼兰河传》、端木蕻良的《科尔沁旗草原》第二部,而骆宾基在上一时期创作了《边陲线上》后,1940年代进入成熟期,长篇自传体小说《幼年》(又名《混沌——姜步畏家史》)和著名短篇集《北望园的春天》里的一些篇章如《乡亲——康天刚》《红玻璃的故事》等,都是以东北为背景写出他回忆中的故乡风物人情和个人身世。《幼年》以作者保留的幼年、少年两个时期的天真、纯洁心灵,以儿童姜步畏的视角,写出珲春这个满、汉、回、朝四民族杂居共处的边境小县城的社会家庭变迁史。其中有破败家世的悲凉、屈辱生命的尊严、下层劳动者的粗犷仁厚、青年一代的倔强灵魂和情感依归,正是当时作家身处西南大后方,对千万里外已失故土梦系魂绕般的怀恋,而且比这种念旧更深的,是对人生和自我的思悟。

《北望园的春天》一篇堪称佳作,它也采用感伤的抒情笔调,内容却脱出《贺大杰的家宅》,虽写当下的后方生活仍不离东北老乡的圈子,进而去扩大地表现1940年代后方政治低气压及这种环境下形成的知识分子和下层卑微人物孤寂、沉沦、憧憬的内心世界,特别是表现一些善良的小知识分子被生活毁灭的悲剧,被认为富有契诃夫风格。追念总是起源于当前现实生活,是现实在知识分子心中引发深刻的寂寞感、人生沧桑感之后的产物,所以,它与直接描述知识分子抗战时心路的作品正相贴近。

夏衍的《春寒》,以武汉失守、广州沦陷为背景,写一群青年知识分子如何逐渐摆脱对政府抗日的幻想,走上坚实的人生道路。女主人公演剧队队员吴佩兰的"出身,教养,知识人的纤巧,小有产者的犹移",或许还会给她带来各种坎坷,但是她经历过大撤退的锻炼,目睹了统一战线内部的斗争和分化,倔强、向上的性格必会使她决心穿上"紧鞋子"跟随大家一起投身到人民事业的海洋中去。作者很熟悉抗战期间知识者的心境，构造故事虽非他的特长，张弛有致的叙述笔调却掌握得很好，且有前后一贯的抒情气氛。《论持久战》等流传的小册子，当年曾经怎样扫除了一部分知识者的悲观情绪，促使人们心向延安的描写，充满了时代感。

李广田的《引力》完成于抗战胜利的前夜。女教师梦华由沦陷区流亡到国统区，却发现自己是从一个"昏天黑地"进入另一个"昏天黑地"。她的富有温爱的感情逐渐由乡土、家庭，转向了广大的方向，决计追随丈夫奔向有"引力"的新天地。这是与《春寒》所暗示的相一致的结局。这篇小说后来曾在日本引起很大的反响。

严文井(1915—2005)的《一个人的烦恼》提供了抗战中普遍的知识青年典型之一：主人公刘明只凭着一股热情和主观的幻想，投身于斗争的洪流，最后退回到后方，缩入萎靡、消沉的个人世界之中。

而长期流离于后方的王西彦(1914—1999)，这时从他的浙东乡土题材转向反映战乱时代知识分子的精神历程，写出了被称为"追寻三部曲"的长篇《古屋》《神的失落》《寻梦者》，尤以《古屋》闻名。这些作品探索与农村相关的知识者的心路历程，往往把他们同具有纯真心地的乡下女人对照，叙述他们爱情和人生理想的"寻梦"过程，与乡间旧势力的矛盾，最后酿成悲剧。王西彦重视战时农村忧患环境的铺陈及农民知识分子命运的叙写，他的作风比师陀要朴实，但二者都接近契诃夫，有很深的忧郁感、寂寞感，探索大时代中人们如何自处这一题旨。

以上这些小说都可归入 1940 年代体验与追忆文学的大潮。

三　通俗与先锋

沦陷区因特殊的政治背景、进步青年读者的大量流失、商业文化更加凸出等缘故，通俗性小说得到大量发展的机会是不言而喻的。同时，现代通俗小说已经有了二十年的生长时间，也就有了二十年与现代非通俗小说对峙和渗透的过程。定型的现实主义小说开始与传统的市民文学汇合，甚至新感觉派的现代主义刚流行不久，也被都市的新市民所接受。加上商业社会与农业社会的不同点之一，便是文化流行色的畅行，求新求异推动了文学由先锋状态向通俗层面运行的速度，以上海为首的沦陷区都市中，海派作家的小说便并行地呈现出通俗和先锋的两面。

予且是新市民小说的代表。他大约在 1930 年代中后期便走上文坛，但直到 1940 年代才成为重要的通俗杂志的领衔作家。他的小说创作数量颇丰，思想意识虽浅，却讲究趣味，与上海石库门小市民的生活贴得很紧。他所处的文学时代，毕竟旧章回体小说已然衰落，"五四"以来的欧化小说到了能够在都市普及的时候，于是，将定型的西式写实小说悄悄地加以通俗化的工作，便落在予且头上。关于予且通俗小说的特色，将在 1940 年代通俗文学专章中介绍。

张爱玲（1920—1996）的出现，是以 1943 年写出处女作《沉香屑·第一炉香》，经周瘦鹃之手发表于《紫罗兰》创刊号上为起点的。她出身清朝达官显宦之名门，父亲是旧派纨绔子弟，母亲和姑母崇尚西洋文明，为新女性。她曾就读于上海的教会中学和香港大学，接受了现代的历史观念和文化观念，接受了西方小说的影响，但她 8 岁读《红楼梦》，一生称赞《海上花列传》，写出的小说中活动着各色旧人物，而且偏是用改造过的言情小说体式来表达的。这一切，使她有可能创造出熔古典小说、现代小说于一炉，古今杂错、华洋杂错的新小说文体。这些小说历来被人称为"新鸳蝴体""新洋场小说""娱情小说"等等，单从名字上便透出一种雅俗共存的文学气味来。

张爱玲熟悉日益金钱化的都市旧式大家庭的丑陋，如她那惊人的设譬："生命是一袭华美的袍，爬满了蚤子。"①用华美绚丽的文辞来表现沪、港两地男女间千疮百孔的经历，是她最主要的文学切入点。她从中看到了中国都市人生中新旧交错的一面，即都市的生活方式已经发生现代的改变，但人们的习惯、观念仍然是传统的。她所表现的，正是处于现代环境下依然顽固存留的中国式封建心灵的文化错位。张爱玲大部分中短篇小说收入《传奇》集。成名作《倾城之恋》中的华侨富商范柳原享受着现代物质文明，而在一种偶然的大变动下却娶了式微旧家出身、离婚再嫁的白流苏为妻。《封锁》是一篇关于人们在都市邂逅的"寓言"：城市的一切都带有陌生、临时的性质，就像这一对戒严时刻在电车上偶然相遇的男女，整个上海打了个盹儿，待封锁时间一过，电车照常当当地恢复行驶，人们淹没在这都市海洋里，谁再也见不着谁。而这些男女们，如《红玫瑰与白玫瑰》中的佟振保、《沉香屑第一炉香》中的葛薇龙、《年青的时候》中的潘汝良，一个个又无不是都市人生的失败者。他们在作者笔下是些不彻底的人物，与飞扬的都市

① 张爱玲：《天才梦》，《张爱玲散文全编》，杭州：浙江文艺出版社 1992 年版，第 3 页。

之子相对，是一些软弱的凡人，构成了现代都市人的主体。这是张爱玲的特殊历史观所致，因她对都市的发现，不像穆时英是从单身男子的城市漂泊者眼光来看的。她是个女性，总是能用各种方式回到家庭，从上海市民家庭的窗口来窥视这个城市舞台日日演出的浮世悲欢。故事确是世俗男女婚恋的离与合，一支笔却伸入人性的深处，挑开那层核壳，露出人的脆弱黯淡。

作为一位女性作家，张爱玲真正了解女性在现代社会的生存处境。女人所处的环境，所受的压力，有旧家族内的冷漠眼光，有命运的拨弄，更有来自女性自身的精神重负。这就是张爱玲在她的代表作《金锁记》里所指出的，套在姜公馆二奶奶七巧脖颈上的枷锁。七巧因出身低贱，嫁给患软骨症的残废丈夫，用自己的青春，用受尽大家庭各房欺辱的代价，来换取一面沉重的金枷：金钱压制了情爱，其结果是七巧对小叔姜季泽的畸形爱欲泯灭之后，她成了一个疯狂报复的女人，别人毁了她的一生，她又乖戾地毁了自己儿女的婚姻。当七巧不动声色地向 30 岁女儿长安的求婚者暗示女儿有鸦片烟瘾时，真正展示了中国妇女破碎人格中最为惨烈的图景！在张爱玲的其他作品中，并不具有七巧那样倔强个性和破坏力的女人，便只能在情爱中坠入卑俗的不幸。这“不幸”没有任何实在的发动者，每一女性都同时成为“不幸”的承受人与内在动因：或无奈何地匍匐在男性的情欲大网之下，一生只配与人搭配家庭，使临时的组合婚姻成为女性的全部婚姻（《连环套》）；或写女人全人格，妻性、母性、情人性的难以实现（《红玫瑰与白玫瑰》）。这类缓慢毁灭的过程，画下了现代女性痛苦挣扎的轨迹，取材范围虽嫌狭小，心理开掘却达到一定的深度。

可以看出，张爱玲小说的女性解剖和都市发现，都相当地具有现代性。但她写出来，既有传统的语汇和手法，也有意识的流动。她能在叙述中运用联想，使人物周围的色彩、音响、动势都不约而同地富有照映心理的功用，充分感觉化，造成小说意象的丰富而深远（如月亮等意象）。这里明显留下西方现代派的先锋痕迹。而作者构造故事，设置人物，又以中国古典小说为根底，从题目到叙述风格都有极强的市井小说的色彩，使中国读者读起来分外亲切，容易接受。

张爱玲 1940 年代的小说成就，有她本人的天才成分和独特的生活积累的因素，也是中国 20 世纪文学发展到这时期的一个飞跃。她的小说，使得现代小说有了贴近新市民的文本，既是通俗的，又是先锋的，既是中国的，又是现代的，是中国文化调教出来足以面对世界的，因而也绝不是孤立的现象。国统区的徐訏、无名氏程度不同地也进入了这种境界，日后的港台文学受张爱玲的影响很大，不可忽视。

在"雅俗共赏"这一点上与张爱玲小说具有一些共性的，在沦陷的上海有苏青，在北方的沦陷区有梅娘。

苏青（1917—1982）并无旧通俗小说的笔法，只是用平实的写实体，以一个女性的大胆笔触描写男女情事，仿佛便有了"言情"内质。自传体小说《结婚十年》从1944年初版至1948年，竟印行了18版，连《续结婚十年》也很快印行了4版，苏青成为典型的畅销书作家。她的小说虽有"言情"的构架，其实并不叙述多少脉脉含情的东西，写的是一个现代中国女性，如何挣脱"家庭主妇"的命运，走上职业妇女道路，她自食其力的社会遭遇，幻想、失落、痛苦、独立，渴望被爱、渴望受到保护而不可得，这样一部人生史。《结婚十年》定下了苏青小说的全部调子，即女性涉世。其他作品，续集之外，中篇《歧途佳人》和《涛》里的部分短篇，无不是这个基调的延长和变形。苏青的故事永远是关于女人，是说不完的女性涉世而终遭幻灭的一种情怀。她的趣味是务实不避利，俗气但不失真诚。张爱玲引用过苏青的名言："我自己看看，房间里每一样东西，连一粒钉，也是我自己买的。可是，这又有什么快乐可言呢？"[1]最能表明女性叙述人发卖个人经历讨生活而不扭扭捏捏的坦诚心地，以及隐秘的"为人妻"和"主妇"情结的无奈。她的世俗化受到市民读者的喜欢，但俗中又带了点无意的隽逸，不至混同于一个老百姓，这也是她与富于幻想的市民容易取得共同语言的地方。这样的市民文学的质地，便决定了苏青小说那种实录通俗故事的品格。她没有独特的技巧，所用技巧都是现成的、二三十年代遗留下来的，她只要细致地叙述自己或叙述一个类似自己的女人，作品便有了吸引力，便能受到市民读者的青睐。

北方的梅娘（1920—2013）先后活动于东北和华北。由于特殊的身世，她的小说以描写宦商封建大家庭的女性生存状态为显著特色。同样是在婚姻恋爱的题材中凸现追求独立、自由的女性形象，以及她们的生活遭遇，梅娘的叙述要比张爱玲"俗"，却比苏青"雅"。她最有代表性的作品，是所谓水族系列小说：中篇《蚌》、短篇《鱼》、中篇《蟹》。三部作品的人物故事虽没有连贯性，在精神气质上却是一致的。它们揭示了大家庭女性的三种生命处境：《蚌》中的梅丽追求个人幸福和自己所爱恋的人，但社会、家庭已经给

---

① 张爱玲：《童言无忌》，《张爱玲散文全编》，杭州：浙江文艺出版社1992年版，第97页。

她设下了无法逃脱的牢笼,她只有等待宰割,就如同蚌肉的命运;《鱼》中的女主人公反抗性更进一步,试图用性爱的自由来对抗无爱的婚姻,但可叹所爱的男人只是个懦夫,她像鱼一样没能钻破渔网;《蟹》中的女性结局比前两者光明得多,大户人家出身的孙玲终于离家出走,蟹的行走能力确实要比蚌、鱼都强大。梅娘后来有些短篇如《侏儒》《春到人间》,表现生活的幅度有所扩大,触及人间更多的不平,心理刻画和人性描写都较为深入。梅娘的小说也曾经成为畅销书,仅小说集《鱼》半年时间就印行过 8 版。她的小说讲究标题的象征性,表明对人的生存困境的关注程度,这比一般的通俗小说要高出一筹;但她的青年男女故事又有相当的可读性,行文的舒展有致、女性讲述故事的细致敏感,都为她获得了北方都市的大众读者。

上海"孤岛"和国统区内典型的通俗、先锋两栖作家,是徐訏和无名氏。这类作家的出现,一定意义上反映了 1940 年代城市读者对小说的欣赏趣味的提高。有人称之为"后浪漫主义",强调了他们的文学品位,既有浪漫理想,又渗入现代主义精神;有人命其为"海派",指出他们的小说处于中西文化交汇之中,并受读书市场的影响,投合东南沿海一带读者的文化审美心理习惯。两者相合,是很能体现此时一部分纯文学小说的大众口味倾向的。

徐訏(1908—1980)1930 年代便开始其创作生涯,却直到 1936 年赴法学习哲学前写出中篇《鬼恋》才成名。《鬼恋》七年内印行 19 版,确定了他的小说的基调:浪漫虚构、大众传奇,表现爱与人性善恶的多重性。返国后所写的三个中篇《荒谬的英法海峡》《吉布赛的诱惑》《精神病患者的悲歌》散发出强烈的异域情调和超现实的浪漫想象。到 1943 年长篇小说《风萧萧》连载,一纸风行,当年被列为"全国畅销书之首",以至该年被称为"徐訏年"。它是徐訏香港创作时期前的代表作品。

徐訏小说的大众性,主要是善于编织奇幻虚渺的传奇故事,包括爱情故事。《鬼恋》写变态的出世心理和充满神秘色彩的恋情。《阿剌伯海的女神》靠故事的离奇和对话的机巧来支撑。《荒谬的英法海峡》完全是一个虚幻的假托,披露留学欧美的一部分中国知识分子的心境,而华洋杂错的男女情爱仍足够吸引人来读。《风萧萧》是多角爱情与间谍战的混合型故事,现实与浪漫共存,大雅大俗,高可直达追寻人生奥秘的境界,低可致市井纵谈艳闻奇事的趣味。徐訏把品位较高的文学传向大众,这与张爱玲是颇为一致的。但他的大众意识似更明确,他后来追述说,"艺术的本质就是大众化的"①,在他的心目中,"小说是书斋的雅静与马路的繁闹融合的艺术"②。"马路的繁闹",是他的奇幻故事满足东南沿海一带市民读者在卑琐繁杂的生活中追求新奇和陌生的欲望所产生效果的生动写照。

而所谓"书斋的雅静",是指徐訏小说的纯文人倾向。他对理想化人性的不懈追求,表现在他所有的作品中。《风萧萧》在一个浪漫的间谍故事掩盖下,表露出对生命态度的严肃探索精神。男主人公"我"置身于舞女白苹(象征银色、赌场与教堂)、交际花梅瀛子(象征红色、太阳)、海伦小姐(象征白色、灯光)三位女性的情爱纠葛之间,而三女性各代表着一种人生态度,或追求"暂时",或追求"永久",交错矛盾,表现人生永远的理想、信仰、爱和短暂的人生追逐的恒久冲突。这已经相当具有哲理色彩。对于情爱甚至性爱,徐訏的小说有较高的文化探讨的热情。情爱和性爱既代表一种现实的生命,又代表一种超越的生命:高尚的性爱与生命同构,具有悲剧性质;而真正的情爱稍纵即逝,易于幻灭,也在在揭示生命的严峻性。所以徐訏的男女爱情的结局无从圆满,性爱的形而上的表现处处与西方现代主义文学穷究人生哲理的倾向相通。另外,徐訏小说的心理体验层面很丰富,有的直接运用弗洛伊德精神分析的方法来描写复杂的人性,如《精神病患者的悲歌》运用心理演绎构成小说本体;《风萧萧》里出色的梦境描写,对人物潜意识心理的挖掘;中篇《旧神》表现女子犯罪起于男子的罪恶,心理分析贯穿前后。这些都使他的作品具有某种先锋性质。徐訏小说的叙述技巧也很现代。他的重要作品均以第一人称"我"(一般是男主人公)的人物内视点来进行叙述。《风萧萧》便是如此,全书从"我"这个感觉主体出发,叙述显得机巧而富寓意,景象、人物、事件、对话都有象征含义在内,时时插入议论,并不着力刻写人物性格,却将人物心理经叙述者的体验,用"我"的感受作为媒介向读者传达。这样,徐訏的小说便将通俗文学与非通俗文学两种成分结合,形成了其独特性。

徐訏属多产作家。其他的重要小说,中篇有《一家》,一反作者固有的浪漫笔调,写"孤岛"内一个逃难世家的日常生活,回到他早年写《郭庆记》《小刺儿们》的实录风格,但对中国国民性的剖析力显著增强。《烟圈》集里

① 徐訏:《〈乐于艺〉序》,《徐訏文集》第 10 卷,北京:生活·读书·新知三联书店 2012 年版,第 98 页。

② 徐訏:《〈一朵小白花〉序》,《徐訏文集》第 10 卷,第 113 页。

的短篇《赌窟里的花魂》《气氛艺术的天才》《烟圈》,对人性和艺术的理解都很精彩。《海外的情调》集里的短篇《鲁森堡的一宿》《决斗》《英伦的雾》,对人生与婚恋本质的探寻,现代派气味尤浓。徐訏用"夜窗书屋"名义出版"三思楼月书"约20种,包括诗歌、剧本、散文。如加上1950年代以后的创作,总计60余种。他被公认为对港台和东南亚华文文学起到重大影响的作家。

无名氏(1917—2002)继徐訏之后,一度成为浪漫爱情小说的畅销书作家。他用"无名书屋"名义出版的"无名丛刊"和"无名书初稿"共计十余种。两套书大致划分出他的两个写作阶段。先是写出了一些不注重叙事却文采绚烂的作品,如《露西亚之恋》《龙窟》(后者为未完长篇的一节),未得到社会注意,抗战时期发表通俗小说《北极风情画》和《塔里的女人》,大获成功,二书一两年内全国各地翻版达23种,三四年内各种合计印行100版以上。到抗战后隐居杭州写出《野兽·野兽·野兽》《海艳》《金色的蛇夜》连续性长篇,属于他的先锋文学时期。无名氏集通俗、先锋于一身,两种写作前后并举,而他本质上是一个用文学来探索生命意义的纯文学作家。

《北极风情画》写义勇军上校韩国人林与波兰后裔奥蕾利亚的奇异爱情,两个受压迫民族的男女最终因义勇军接受命令离开西伯利亚寄居地而被拆散,奥蕾利亚自杀。《塔里的女人》写南京医生兼提琴家罗圣提与名媛黎薇的爱情,罗圣提因已婚而向社会妥协,葬送了两人。无名氏写此二书是"立意用一种新的媚俗手法来夺取广大的读者,向一些自命为拥有广大读者的成名文艺作家挑战"①。所谓"媚俗手法",包括曲折离奇的爱情故事、一见钟情的模式、悲切煽情的结局,以及故事中套故事的男主人公忏悔回想结构、制造悬念和神秘效果的叙述方式。但是无名氏终究不是一般的通俗作家,他还是在这两个爱情悲剧中加进了生命探索的意味,那便是将女性追求的彻底性、纯粹性,同男性追求的现实性、妥协性做比较,使两种生命形态发生冲撞,导致美的、执着的生命走向幻灭。于是,通俗故事显现出并不通俗的主旨。

真正对生命进行哲理的思考,又将这种思考纳入诡谲的色彩缤纷的浪漫主义艺术形式中去的,是无名氏的"无名书初稿"。这部大书包括连续性

---

① 转引自司马长风:《中国新文学史》(下),香港:昭明出版社有限公司1978年版,第103页。

的七部长篇，1950年代后又写了《死的岩层》《开花在星云以外》《创世纪大菩提》，但仅就1940年代发表的《野兽·野兽·野兽》等三部来看，作为一部"心史"的独创性已经具备。在《野兽·野兽·野兽》的"楔子"部分写明主人公印蒂神秘失踪，为了去寻找生命中最可贵的东西。这是全书的基本主题。印蒂经历过狂热的革命、爱情、欲望、信仰的各种磨难，以1920年代到1940年代的社会事件做背景，表现他寻找"生命的圆全"的全部复杂性、矛盾性。其中渗透的生命意识既有存在主义对个体生命孤独感的体验，也有儒家明知不可为而为之地建立新信仰的努力，比较复杂。写法上强调纯主观的个人感觉，又采取浪漫情感自由无羁的喷发形式，大段大段的心理独白、情绪宣泄、氛围描写与部分现实场景混合在一起，造成一种介于诗体小说、散文小说、哲理小说之间的文体。整体并不成熟，有些地方甚至过于铺陈冗长，但又确实提供了情节弱化小说的唯一长篇巨制。

兼有通俗、先锋品格的作家，还有施济美（1920—1968），写有《凤仪园》《鬼月》等集子；以及潘柳黛（1920—2001），写有长篇《退职夫人自传》。两人都是1940年代后期的上海女性作家。尤其是东方蝃蝀（李君维，1922—2015），仅一册《绅士淑女图》，用一种富丽的文字写出十里洋场上旧家族的失落和新的精神家园的难以寻觅，文体雅俗融洽，逼似张爱玲，透出一股繁华中的荒凉况味。东方蝃蝀的小说在意象的选择和营造方面，也和张爱玲一样与现代主义相通。

从1940年代讽喻类小说出现张天翼、沙汀、钱锺书，体验类小说出现萧红、骆宾基、端木蕻良、路翎、师陀、汪曾祺，到通俗、先锋两栖小说出现张爱玲、徐訏、无名氏来看，中国小说已经在民族文学的基地上，建立起与当代世界文学的同步联系，这是再明显不过的事实了。

四　现实与民间

把解放区的新型小说集中到这一节来专门论述，是因为它们从1930年代的左翼小说发展而来，到了这个时候，在一种文艺政策的指导下，与西北广大贫瘠的农村和文化程度远较东南沿海一带城镇低的农民读者相结合，确实将革命现实主义的小说民间化了。这些小说与苏联文学与西方现实主义、浪漫主义文学都有联系，却与现代主义的世界文学潮流有某种隔绝。它们相对形成了自足的体系，后来在各个根据地之间互相流通，以后随着共产党夺取政权,对1950年代以后的文学发生了重大的影响。

但是解放区的小说并非与国统区、沦陷区的小说绝缘。解放区的资深作家,都是先后从后两个地区过来的,比如丁玲于1936年、周立波于1939年、萧军于1940年到达,茅盾、沙汀等到过延安后又回到国统区。只有一部分青年作家如赵树理、孙犁等是从根据地成长起来的。国统区有暴露、讽刺小说,解放区虽然出现了歌颂工农兵新人物的作品,却也有如丁玲的《在医院中》这样揭露矛盾的小说。国统区、沦陷区均有体验型的小说,解放区则出现了以孙犁为代表的抒情型小说。国统区、沦陷区的通俗小说,也可与解放区以赵树理为代表的通俗型作品相参照来考察其异同。解放区因其特殊的情势,没有真正意义的先锋小说家,除此之外,我们不应忽视它与1940年代整个小说发展趋同的一面。

在解放区短篇小说家中,孙犁(1913—2002)是赵树理之外最重要的作家。与赵树理着重以现实主义精神表现农民心理及思想改造的艰难历程不同,孙犁的小说着重于挖掘农民的灵魂美和人情美,艺术上追求诗的抒情性和风俗化的描写,带有浪漫主义的艺术气质。

读孙犁的小说会发现,作者着意刻画、赞美的人物都是妇女,像《走出以后》中的王振中、《老胡的事》中的小梅、《丈夫》中的媳妇、《麦收》中的二梅、《荷花淀》与《嘱咐》中的水生妻子、《芦花荡》中的两个女孩子、《钟》里的尼姑慧秀,还有《"藏"》中的浅花、《纪念》中的小鸭……这些年轻妇女各具神采,却同样在恶劣的战争环境下表现出了高尚的情操、刚毅的性格,以及革命的激情、乐观的精神,可以说,这是孙犁塑造的独特的人物体系。作家正是从这些纯真、健美的青年妇女身上挖掘出时代精神的美。妇女,尤其是农村妇女,在旧社会的地位是极为低下的,但在解放区,她们的聪明才智第一次得到了发挥。孙犁正是通过描写她们的思想感情,来反映多彩多姿的时代光辉。《丈夫》中的媳妇在抗战中逐渐提高了认识,把一颗埋怨丈夫、想念丈夫的心扩大去恨日本鬼子,知道了只有把鬼子赶走才有团圆的日子。《走出以后》中17岁小媳妇王振中积极参加工作,终于脱离了落后的婆家。《荷花淀》中游击队员们的妻子从想念丈夫到自己也配合丈夫作战。作者充分写出了解放区劳动妇女的成长,写出了她们内心的美。中国现代文学史上历来有描写劳动妇女的传统,但多是描写她们所受的苦难,例如鲁迅的《祝福》、叶圣陶的《一生》、柔石的《为奴隶的母亲》、罗淑的《生人妻》等等;也有着重描写劳动妇女身上的闪光品质的,例如艾芜的《南行记》中的一些篇章、沈从文的《边城》《长河》等等,但他们或是反映时代大潮流冲击圈外的人物,从下层社会的烟尘里发掘出受伤的灵魂美,或是从人性的角度歌颂下层人民原始的灵魂美,而孙犁所表现的是解放了的新时代劳动妇女的灵魂美。孙犁笔下的农村妇女不再有艾芜人物的病态,而表现出更为健康的色彩;人物的美好秉性产生于现实的新的阶级关系与生产关系的土壤中。孙犁可以说发展了现代文学表现劳动妇女灵魂美的传统。

着重表现农村劳动妇女的灵魂美,也表现了孙犁对于生活的独特理解,以及独特的美学追求。在他看来,革命,不仅仅指拿着枪杆子去战斗;革命的根本目的与使命,是在战斗中涤荡旧的污泥浊水,创造美的生活、美的心灵与性格。他一再表示,农村青年妇女"在抗日战争年代,所表现的识大体、乐观主义以及献身精神,使我衷心敬佩到五体投地的程度"①,这些农村青年妇女表现了"美的极致"。而孙犁正是执着地追求着生活的"美的极致",不愿意让社会的丑恶现象进入自己的作品。因此,在他的作品里,同样表现抗日战争,他不着重表现战争的残酷,而着意表现战争中的民族正气;他也不着重表现农民的苦难与心灵的重负,而努力表现农民,特别是农村妇女,在民族解放战争中的觉醒与美好心灵的闪光。由此形成了孙犁式的独特主题:表现农民(尤其是他们中的农村妇女)在伟大的民族解放战争中的觉醒,挖掘农民内在的灵魂美、人情美,以此歌颂美的新时代、新农村的诞生,歌颂创造着美的革命,表现自己对于美的追求。

对生活中诗意的美的追求,以及作家的诗人气质,决定了孙犁捕捉生活形象的独特方式,以及典型形象塑造方法上的独创性。和茅盾那类具有社会科学家气质的作家不同,孙犁在捕捉生活形象时,所注重的不是对象的全部,而是紧紧抓住与自己心灵相契合的一瞬间,印象式地抓住形象打动自己的那一部分,加以突出描写。比如,在《吴召儿》这篇小说中,他对吴召儿这个形象的观察与描写,就没有如茅盾那样努力从各个不同侧面来凸现人物,而只是抓住了特别打动自己的几个瞬间:反扫荡开始,村长派吴召儿给"我"当向导,在兵荒马乱中,她居然从容不迫地换上一件红棉袄;在爬山途中,尽管山"黑得怕人,高得怕人,危险得怕人",吴召儿却爬得很快,"走一截就坐在石头上望着我们笑,像是在这乱石山中,突然开出一朵红花,浮起一片彩云来";当一大批敌人包围了大山,吴召儿毫不犹豫地迎了上去,把

<hr />

① 孙犁:《关于〈荷花淀〉的写作》,《晚华集》,天津:百花文艺出版社1979年版,第87页。

棉袄翻过来,棉袄是白里子,她就活像一只逃散的黑头的小白山羊,登在乱石尖上跳跃着前进,那翻在里面的红棉袄还在不断被风吹着,像从她身上撒出的一朵朵火花,落在她身上——尽管只是几个瞬间,描写对象外在与内在的美,却与作者主观感情上对于美的赞赏,完全融为一体了。这就是孙犁塑造典型形象的方法:抓住人物思想性格最主要、最特殊的部分,"强调它,突出它,更多地提出它,用重笔调写它,使它鲜明起来,凸现出来,发射光亮,照人眼目",让读者"通过这样一个鲜亮的环节,抓住整条环链,看到全面的生活"①;而人物思想性格的其他部分,非主要、特点不鲜明的部分,则坚决地舍弃,以达到单纯与完整的统一;同时在客观形象中倾注了作家主观情感,在某种程度上,作家写人物也是在写自己,达到了主客体的完美融合。

孙犁的小说不是以情节取胜,他的小说常常没有完整的情节,而是用一连串的生活画面或一种思想、一组细节串通起来。孙犁的小说常采用散文式的、追随人物感情流动的抒情结构,在描写上也常用情景交融的诗的手法。他执着、认真地追求语言的艺术美。他的语言,从生活出发,具有浓厚的泥土气息,却精心又不露痕迹地进行了艺术加工,把语言的通俗和优美、简练和细腻、直率和含蓄、清淡和浓烈,和谐地统一在一起,如行云流水,却又状物传神,形成了清新、明净的语言风格,一如他的故乡白洋淀的荷花与少女。他的小说的传统性、民间性比较内在,那便是含蓄地追求一种中和之美的原则。孙犁的小说以其美的特质与独特艺术风格在解放区小说中占据了一个特殊的位置,并以他为首,后来形成了一个"荷花淀派"。

与孙犁一样,以描写农村新的生活、新的人物著称的作家,还有康濯(1920—1991)。康濯的小说着重从两个不同时代的对比中,表现农民精神世界的变化、家庭成员之间关系的变化。他的代表作有《灾难的明天》《我的两家房东》等。《我的两家房东》通过农村姑娘金凤和农村干部栓柱的恋爱故事,反映了农民冲决旧婚姻制度、旧传统思想的束缚,开始了思想感情的解放。尽管写的是儿女间的琐事,读者却可以从中看到新的思想意识和道德观念怎样深入到农民的家庭生活中。康濯的作品不同于孙犁多用浪漫主义彩笔,而着笔于从平凡的言语行动中表现人物细腻的内心世界,文笔细致而不烦琐,平淡而不刻板,具有清新、朴素的风格。

---

① 吕剑:《孙犁会见记》,刘金镛、房福贤编:《孙犁研究专集》,南京:江苏人民出版社 1983 年版,第 10—11 页。

同样写农村生活,美学追求却迥异于孙犁的,是孔厥(1914—1966)。他善于抓住生活中的病态和缺陷进行解剖与表现。他的短篇小说集《受苦人》着力于描写被旧社会压迫,性格扭曲的人物,或者革命队伍中思想作风有缺陷的人物。代表作《受苦人》即是叙述一个童养媳和年纪比她大一倍的丈夫的生活悲剧。小说男女主人公同样善良而又不幸,都同情对方,彼此却毫无爱情,因此陷入极度痛苦之中。小说着眼点不在挖掘人物的精神美,而倾力于揭示封建婚姻制度的野蛮与丑恶,却同样具有一种震撼人心的美学力量。之后的《一个女人翻身的故事》则是写一个童养媳怎样成长为一个抗日妇女先锋、边区女参议员,揭示生活矛盾和人的处境的紧张感减弱,乐观的语调加强。孔厥以后又参与写作了《新儿女英雄传》,因是长篇章回体,移至后面论述。其他描写农村新生活的短篇小说作家还有秦兆阳、葛洛、马烽、西戎、束为等,后三人同属以赵树理为首的"山药蛋派",影响较大。

　　在解放区短篇小说中,除农村题材外,还有表现部队生活的军事题材作品。军事题材实际上也是农村题材的延伸与发展:兵士大多数都是穿上军装的农民。在部队小说作家里,最引人注目的是刘白羽(1916—2005),他的代表作《无敌三勇士》一开头就说:"有些人把我们当战士的想得太简单了。以为我们就是打打仗,睡睡觉,实际上不是那么一回事。"刘白羽所要着力探求、努力表现的,就是作为有觉悟的革命者的战士(包括各级干部)丰富的内心感情世界。这正是刘白羽的战争题材小说高于一般战争小说的地方。他的著名短篇小说《政治委员》《无敌三勇士》《战火纷飞》《血缘》和中篇小说《火光在前》等作品,十分真挚地表现了解放军战士之间、官兵之间的阶级血缘关系,展示了革命军人有着最强烈的爱,也有着最强烈的恨的仁爱、刚烈的灵魂。刘白羽也是一个有着浓郁的诗人气质的作家,但他不像孙犁那样含蓄内向,而是激情外溢,语言激昂奔放,气势磅礴,擅长于宏伟的战斗场面的勾勒,有时失之无节制。他的代表作《无敌三勇士》受到欢迎的另一个重要原因是,作家为适应农民战士的欣赏水平与审美要求,在小说结构方式和语言上都有意识地借鉴了说唱文学。在解放区军事题材作品中,自觉进行这种借鉴与吸取的,还有邵子南的《地雷阵》,小说于叙述中插入韵白,采取了类似说书的形式,具有明快、幽默的风格,在当时是使人耳目一新的。

　　解放区短篇小说中知识分子题材作品在数量上相对较少,这反映了创作思想上的片面性。思基的《我的师傅》、韦君宜的《三个朋友》细致地描写了知识分子与工农结合过程中思想感情的变化，着重在与工农对比中，批判知识分子的思想弱点。与"五四"以来传统的知识分子题材作品相比，这样的主题无疑是一个新的开拓。但在以后的发展中，被人们当作一个新公式，以致推向了根本否定知识分子的"左"的极端。我们在总结历史教训时，却不能因此否定了这类主题的作品在最初出现阶段的历史价值。

值得注意的是丁玲的《在医院中》。丁玲作为一个敏锐的女性作家，具有一贯的独立审视生活的勇气和眼光，这篇小说通过年轻女医生陆萍被分配到一座新建医院后的感受、遭遇，尖锐地揭示了具有现代科学民主思想和高度责任感的革命知识分子与农民小生产思想习气、官僚主义的矛盾，这对于前述知识分子题材中的"改造"主题显然是一个新的开拓与发展。小说在共产党领导的区域内第一次提出反对小生产思想习气的问题，这是现代文学中鲁迅开创的"改造国民性"主题在新的历史条件下的继承与发展，显示了作家丁玲对于现实生活的敏锐的思想穿透力及坚持独立思考、勇于揭露矛盾的胆识。丁玲虽因此而付出了沉重的代价，但她坚持"五四"新文学科学民主与战斗的现实主义传统的历史功绩，最终得到了历史的承认。

随后，在解放区大规模地开展土地改革的斗争中，大部分的作家意识到这个大变化所具有的丰富的历史内容、心理内容和审美内容，是富有吸引力的创作天地。解放区作家几乎是在这个伟大运动正在发展的过程中就开始对其进行艺术反映和概括的。解放区作家与现实生活、农民群众之间血肉般联系的优点在这里得到了最充分的发挥，作家个人感受力、概括力和表现力都受到了考验。丁玲的《太阳照在桑干河上》与周立波（1908—1979）的《暴风骤雨》成为这一时期大量涌现的"土改小说"的代表作——无论是已经达到的，还是没有达到的，都足以代表解放区土改题材长篇小说的成就与不足。

丁玲的《太阳照在桑干河上》的最大成就在于正确地表现了农村的阶级关系，真实地反映了生活固有的复杂性：一方面，由于作家自觉掌握与运用阶级分析的观点，因此，在表现农村阶级关系的广度、深度及准确度上，都超过了"五四"以来表现农村阶级斗争题材的作品；另一方面，由于作家坚持从生活实际出发，在真实地反映农村阶级关系的复杂性上，在对人性的分析、批判和表达上，又超过了反映土地改革的同类作品。

小说写的是华北一个叫作暖水屯的普通村子，这里的阶级关系不是经过理性分析"净化"了的，而是保持着生活本身所特有的感性形态：各个阶级之间存在着错综复杂的社会联系，形成了犬牙交错、互相渗透的复杂而微妙的关系。钱文贵，这个村的中等恶霸地主，他的亲哥哥钱文富却是村子里种二亩菜园地的地道的贫农，他的儿子钱义是八路军战士，媳妇是富裕中农顾涌的女儿，女婿张正典是村治安委员，侄女黑妮又是村农会主任程仁的情人。农村各阶级之间这种"你中有我，我中有你"的社会联系使得农村阶级关系无限复杂化。而且，每一个阶级、每一个营垒内部都存在各种差异、矛盾、斗争。同是地主，李子俊、侯殿魁、江世荣、钱文贵在土改大风暴面前采取了不同态度、策略，并且互相明争暗斗；同是贫农，既有刘满这样站在斗争第一线的积极分子，也有白天分地、晚上退地的农民侯忠全；村干部之间对于土改的认识、态度，对于政策的掌握都有明显差异，形成了微妙的关系。

与《太阳照在桑干河上》相比，《暴风骤雨》的主要弱点就在于把农村复杂的阶级关系一定程度上简单化，也规范化了。在小说里，地主与农民的矛盾成了唯一的矛盾，地主之间、贫农之间似乎不存在矛盾；而且斗争双方营垒分明，阶级阵线就像政策条文规定的那么清楚，绝不存在互相渗透：作家所要反映的似乎不是生活本身，而是经政策过滤过的生活的规范化形态。作家周立波在总结《暴风骤雨》的创作时曾说到，在他生活过的地区，土改中曾发生过"左"的偏向，但作家认为不适宜在艺术上表现，因而加以"省略"，而另外选择没有发生偏差的地区作为表现的典型。在小说中是否表现土改中的偏差，本来是一个具体的艺术处理问题，周立波却坚持一种后来普遍实行的"本质"论，扬弃生活中的消极、复杂现象，似乎这样才符合文学的"典型化"原则。正是对革命现实主义创作方法的这种不正确的理解，导致了《暴风骤雨》对生活简单化的描写，影响了小说的现实主义成就。

但《暴风骤雨》对生活的表现，也有自己独到的优点：全篇充满了浓郁的生活气息、真实生动的生活场景、富于农民情趣的幽默活泼的生活细节，而这一切都出之于单纯、明朗、简洁的语言形式。周立波既善于以饱满激情描写壮阔的群众场面（如斗争韩老六的场面），又善于细致入微地描绘家庭日常生活的场景。小说中对丈夫正直、妻子识大体的赵玉林温暖的家庭生活，与丈夫"迷糊"、妻子泼辣的白玉山富于风趣的家庭生活的描写都十分传神，能够引起读者会心的微笑。作品中有许多必不可少的、显示出生活真实的丰富形态的闲笔，例如在贫下中农串联会前老孙头讲"黑瞎子"的故事等等。因此，在周立波的作品里，生活之树枝叶茂盛，而不是像某些作品那样,将生活之树上"多余"的树枝统统砍掉,成了一株在旷野之上的光秃秃的树干。与《暴风骤雨》相比,《太阳照在桑干河上》就比较缺乏这样具体可观的场面、细节,而较多单调的缺少色彩的叙述。在表现生活本身固有的丰富性与生动性上,《暴风骤雨》是更见其长的。

在人物形象的塑造上,《太阳照在桑干河上》与《暴风骤雨》也各有特色。丁玲特别善于通过精细而富有历史深度与历史真实感的心理刻画,写出人物思想、性格、心理的复杂性。小说对地主钱文贵的塑造就很有心理深度。在表现农村中的新人时,作者没有把人物人为地拔高,而是写出了农民如何在斗争的过程中,逐渐摆脱自己身上的种种自私、保守、个人顾虑和宿命论思想而成长。作者善于从运动状态去刻画农民的心理,把人物置于土地改革的历史大变动、大风暴中,去考察、表现他们心理状态的变化:那几千年的历史沉淀下来的旧观念、旧传统,与同样蕴积了几千年的翻身解放的历史要求之间互相搏斗与消长的历史过程。小说对于侯忠全心理的刻画是很有典型性的。农民斗了侯殿奎后分给他一亩半地,但他却悄悄地交还给地主,这是一个被压垮了的灵魂。当他与过去的主人、刚被斗过的地主侯殿奎目光对视的一刹那,"他觉得象被打了一样,那悄悄的投过来责罚的眼光,反使他抬不起头,他赶忙把两手垂下,弯着腰,逃走了"。这失败是惊人地真实的。但他内心深处希望的火并没有熄灭,当他真的相信地主确实斗垮,土地回到自己手中了,他和老伴"两个都笑了,笑到两个人都伤心了"。他们真诚地认定:"菩萨不是咱们的,咱们年年烧香,他一点也不管咱们。毛主席的口令一来,就有给咱们送地的来了,毛主席就是咱们的菩萨,咱们往后要供就供毛主席……"作家最后这一笔,既真实地写出了农民的觉醒,又把这种觉醒放在一定历史范围内,真实地写出了它的历史局限性。中国农民要摆脱几千年形成的封建的奴隶主义传统观念、心理的束缚,真正掌握自己的命运,还要经过漫长的过程,付出沉重的代价。丁玲当然无法预见以后的历史演变(她自己也成了历史灾难的受害者),但由于她忠实于现实,对农民思想、心理刻画的历史真实性使得她的描写具有较高的历史价值,成为中国现代农民心理发展史上重要的一页。

相比起来,《暴风骤雨》中的地主形象立体感不够。小说中描写了三个地主:韩老六、杜善人、唐抓子。这三人外形上有差别,但性格、对土改的态度则大致一样。《暴风骤雨》的主要成功在于农民的塑造。作者描写这些人物没有像《太阳照在桑干河上》那样着重于写农民在与地主斗争的同时如何克服自身的弱点而成长,却是着重于写农民积极分子阶级觉悟的觉醒。书中这类形象有郭全海、赵玉林、白玉山、李常有等,作者从他们不同的出身、经历出发,选择了富有特征性的细节来突出他们的阶级觉醒的不同特点。另一写得生动的应该是赶车的把式老孙头。这个老汉受地主欺压,渴望着翻身,却又胆小;他好吹牛,喜欢出头露面,可是一旦真碰到危险,又急忙往后撤,嘴上还得说着硬话。他确实热切地盼着翻身,盼着农民的胜利。他走南闯北的经历,也使他能识破一些地主的奸计。他看到地主的威势确实没了,就积极起来,但是真到分东西时,嘴上积极着,心里又打着自己的小算盘。但总的来说,他仍然是积极的。作者还根据他的生活经历,写出了他开朗、诙谐的性格,他说话风趣,引人发笑,喜欢卖弄自己的知识等等,很多小细节的刻画使这个人物丰满起来了。在老孙头身上,作者概括出了农村老一代农民的一种典型。

这两部小说的文学语言也各有特色。《太阳照在桑干河上》语言细腻,有时失之沉闷,却也不乏优美的篇章。《暴风骤雨》则明快、简净,富有地方特色,充满了农民所特有的幽默感,但有些地方方言口语的运用也失之冷僻。总之,丁玲是在坚持自己的文学探索精神基础上,对农村的新世界投入深深一瞥;而周立波是试图站在民间的立场上,运用政策思想,"仿制"一个接近农民的叙述文体。其得失成败都是有意义的。

在解放区长篇小说中,除了以《太阳照在桑干河上》与《暴风骤雨》为代表的土地改革运动题材的作品外,还有表现新的时代在党内,以及在农民之间、政府与农民之间出现的一些新的矛盾的作品。这些矛盾当时尚处于萌芽状态,还没有为大多数人所认识。但现实生活中已经出现了这样的矛盾,提出了这样的问题,就必然要求在文学上得到反映。面对"反映新时代里人民内部矛盾"这一文学新课题,与人民群众斗争实践保持着密切联系的解放区作家,发扬清醒的现实主义传统,努力把党的立场与人民的立场统一起来,获得一种认识、分析与解决这些矛盾的出发点。这方面的最初成果是欧阳山的《高干大》与柳青的《种谷记》。

欧阳山(1908—2000)的《高干大》是以高生亮这个农民出身的革命干部为中心,写任家沟合作社的发展历史。小说揭示的矛盾是革命共产党人、人民群众与党内官僚主义、主观主义倾向的斗争。作者成功地塑造了中国共产党内农民出身的干部仍然联系群众和迅速官僚化两类典型形象,使得这部作品的意义远远超出了它所反映的合作社不同发展道路的范围,而成为中国历史经验的忠实记录,具有长远的认识价值。

柳青(1916—1978)的《种谷记》写于 1947 年。中国革命还处于新民主主义阶段,但与农村实际生活保持着密切联系的作者,却通过解放区农村实行减租减息斗争以后,组织互助变工,进行大生产运动的故事,反映了农民生产关系改变的初步状况。

欧阳山的《高干大》与柳青的《种谷记》在解放区作品中,起着向后来的"社会主义文学"过渡的桥梁作用。这两部作品的弱点,主要是思想大于形象,作品的认识价值大于美学价值,也是反映了过渡时期作品的历史特色的。

这一时期解放区的创作由于历史条件的限制,反映工业生产、表现工人阶级的作品不多,其中草明(1913—2002)的中篇《原动力》是最早出现,也是较优秀的一部。这部作品描写东北一个水力发电厂 1949 年后复工的过程中,工人们和公开的、隐蔽的敌人斗争,克服技术上的困难,终于恢复了生产,也在这个过程中成长为新人。作者的目的就是要表现工人阶级是建设新中国的"原动力"。

解放区的小说就这样多方面地反映了现实生活,但在主题模式上已经有所定型,即敌我斗争和人民内部先进落后斗争的模式,在斗争中人民舍弃旧我、换成新我的模式。部分地突破这种模式,真正表现时代风云变化下农民和知识分子的各种性格、心理的小说,也时有出现。而在小说民族化、群众化的内容、形式两方面,解放区的小说则开辟了符合自己政治、文化条件的道路。通俗化的情况将在另章叙述。这些文学经验推广到全国去,将要面临的新形势、新冲突,在以后的历史过程中才能看到。

附录 本章年表

(一)国统区和沦陷区

1938 年

2 月始　沙汀、艾芜、周文、舒群、蒋牧良、聂绀弩、张天翼、陈白尘、罗烽等合著《华北的烽火》连载于 8 日至 4 月 28 日《救亡日报》。

4 月　张天翼《华威先生》发表于《文艺阵地》创刊号,引起关于抗战文学要不要暴露、讽刺的论争。

5 月　姚雪垠《差半车麦秸》发表于《文艺阵地》第 1 卷第 3 期。

同月　端木蕻良《大地的海》(长篇)由生活书店出版。

7 月　黑丁《袭击》发表于《东方杂志》第 35 卷第 14 号。

同月　杨朔《风陵渡口》发表于《东方杂志》第 35 卷第 14 号。

11 月　张天翼《"新生"》发表于《文艺阵地》第 2 卷第 2 期。

同月　萧乾《梦之谷》(长篇)由文化生活出版社出版。

1939 年

3 月始　周文《救亡者》连载于《文艺阵地》第 2 卷第 10—12 期。

12 月　黑丁《痼》发表于《抗战文艺》第 5 卷第 2、3 期合刊。

同月　端木蕻良《风陵渡》集由上海杂志公司出版。

本年　张恨水《八十一梦》连载于重庆《新民报》。

1940 年

3 月　萧红《旷野的呼喊》集由上海杂志公司出版。

4 月　碧野《灯笼哨》发表于《文学月报》第 1 卷第 4 期。

5 月　艾芜《纺车复活的时候》发表于《文学月报》第 1 卷第 5 期。

6 月　林语堂《京华烟云》(中译本长篇)由东风书店出版。

12 月　沙汀《在其香居茶馆里》发表于《抗战文艺》第 6 卷第 4 期。

1941 年

1 月始　吴组缃《鸭嘴涝》(长篇,后改名《山洪》)连载于《抗战文艺》第 7 卷第 1 期和第 2、3 期合刊。

同月　萧红《马伯乐》(中篇,上部)由大时代书局出版。

4 月　沙汀《磁力》发表于《抗战文艺》第 7 卷第 2、3 期合刊。

5 月　萧红《呼兰河传》(长篇)由上海杂志公司出版。

7 月　季孟(师陀)《无望村的馆主》(中篇)由开明书店出版。

10 月　茅盾《腐蚀》(长篇)由华夏书店出版。

11 月　姚雪垠《牛全德和红萝卜》发表于《抗战文艺》第 7 卷第 4、5 期合刊。

1942 年

1 月始　张天翼《金鸭帝国》(长篇童话小说)连载于《文艺杂志》第 1 卷第 1—6 期、第 2 卷第 1—6 期。

6 月始　艾芜《故乡》(长篇)连载于《文艺杂志》第 2 卷第 1—6 期。

8 月　丁玲《在医院中》发表于《文艺阵地》第 7 卷第 1 期。

1943 年

1 月　张天翼《速写三篇》集由重庆文化生活出版社出版。

3 月　路翎《饥饿的郭素娥》(中篇)由希望社出版。

5 月　沙汀《淘金记》(长篇)由文化生活出版社出版。

同月　茅盾《霜叶红似二月花》(长篇)由华华书店出版。

1944 年

4 月　郁茹《遥远的爱》(中篇)由自强出版社出版。

5 月　沙汀《奇异的旅程》(即《闯关》,中篇)由当今出版社出版。

同月　路翎《蜗牛在荆棘上》(中篇)发表于《文学创作》第 3 卷第 1 期。

10 月　巴金《憩园》(中篇)由文化生活出版社出版。

同月　无名氏《塔里的女人》(长篇)由时代生活出版社出版。

1945 年

1 月　无名氏《北极风情画》(长篇)由无名书屋出版。

4 月　沙汀《困兽记》(长篇)由新地社出版。

7 月　路翎《青春的祝福》集由希望社出版。

11 月　路翎《财主底儿女们》(上)(长篇)由希望社出版。

12 月　丘东平《茅山下》集由韬奋书店出版。

1946 年

1 月　艾芜《丰饶的原野》(长篇)由自强出版社出版。

同月　老舍《四世同堂》(第一部《惶惑》)由良友复兴图书公司出版。

2 月　沙汀《播种者》集由华夏书店出版。

同月始　钱锺书《围城》(长篇)连载于《文艺复兴》第 1 卷第 2—6 期,第 2 卷第 1—2、4—6 期。

同月始　李广田《引力》(长篇)连载于《文艺复兴》第 1 卷第 2—6 期、第 2 卷第 1—2 期。

5 月　师陀《果园城记》集由上海出版公司出版。

6 月　钱锺书《人·兽·鬼》集由开明书店出版。

8 月始　巴金《寒夜》(长篇)连载于《文艺复兴》第 2 卷第 1—6 期。

10 月　徐訏《风萧萧》(长篇)由怀正文化社出版。

11 月　老舍《四世同堂》(第二部《偷生》)由晨光出版公司出版。

同月　徐訏《阿剌伯海的女神》集由夜窗书屋出版。

12 月　路翎《求爱》集由海燕书店出版。

1947 年

1 月　沙汀《呼嚎》集由新群出版社出版。

4 月　艾芜《故乡》(长篇)由自强出版社出版。

同月　许地山《危巢坠简》集由商务印书馆出版。

5 月　钱锺书《围城》(长篇)由晨光出版公司出版。

6 月　师陀《结婚》(长篇)由晨光出版公司出版。

9 月　艾芜《石青嫂子》发表于《文艺春秋》第 5 卷第 3 期。

10 月　黄谷柳《虾球传》发表于《华商报》。

本年　张恨水《五子登科》发表于北平《新民报》，1956 年续完。

1948 年

2 月　路翎《财主底儿女们》(下)(长篇)由希望社出版。

7 月　沙汀《还乡记》(长篇)由文化生活出版社出版。

8 月　沙汀《堪察加小景》集由文化生活出版社出版。

11 月　艾芜《山野》(长篇)由文化生活出版社出版。

1949 年

4 月　汪曾祺《邂逅集》由文化生活出版社出版。

8 月　路翎《在铁链中》集由海燕书店出版。

(二)解放区

1938 年

4 月　鲁迅艺术学院在延安成立。

9 月　陕甘宁边区文艺界抗敌联合会在延安成立。

1939 年

5 月　陕甘宁边区文艺界抗敌联合会改名为文协延安分会。

11 月　雷加《一支三八式》(短篇)发表于《文艺战线》第 1 卷第 5 期。

1941 年

6 月　丁玲《我在霞村的时候》(短篇)发表于《中国文化》第 3 卷第 1 期。

11 月　丁玲《在医院中时》发表于《谷雨》创刊号。

1942 年

4 月　周立波《第一夜》发表于《谷雨》第 1 卷第 4 期。

5 月　延安文艺座谈会召开，毛泽东前后两次发表讲话。

1943 年

4 月　孙犁《爹娘留下琴和箫》发表于 10 日《晋察冀日报》文艺副刊《鼓》。

5 月　孙犁《第一个洞》发表于 19 日《晋察冀日报》。

9 月　赵树理《小二黑结婚》由华北新华书店出版。

10 月始　赵树理小说《李有才板话》连载于《群众》第 7 卷第 13—14 期、第 12
卷第 11—12 期、第 13 卷第 1—3 期。同年 12 月由华北新华书店作为
"晋冀鲁豫边区文艺创作小丛书"之一出版。

1945 年

3 月　赵树理《孟祥英翻身》由华北新华书店出版。

5 月　葛洛《卫生组长》发表于 12 日《解放日报》。

同月　孙犁《荷花淀》发表于 15 日《解放日报》。

同月　刘白羽《希望》发表于《文艺杂志》新 1 卷第 1 期。

同月　方纪《纺车的力量》发表于 20 日《解放日报》。

6 月始　马烽、西戎合著《吕梁英雄传》(长篇)连载于晋绥《大众报》(原题《民兵英雄传》,后改名《吕梁英雄传》),全文一年四个月载完。

7 月　周而复《地道》发表于《文艺杂志》新 1 卷第 2 期。

同月　孙犁《村落战》发表于 3 日《解放日报》。

8 月　孙犁《芦花荡》发表于 31 日《解放日报》。

12 月　柯蓝《洋铁桶的故事》由冀中新华书店出版。

1946 年

1 月　康濯《灾难的明天》连载于 18—22 日《解放日报》。

4 月　赵树理《地板》发表于《文艺杂志》第 1 卷第 2 期。

8 月　周扬《论赵树理的创作》发表于 26 日《解放日报》。

9 月　孙犁《荷花淀》(短篇集)由东北书店出版。

10 月　赵树理《福贵》发表于《太岳文化》创刊号。

1947 年

1 月　赵树理《福贵》(短篇集)由华北新华书店出版。

5 月　萧军主编《文化报》在哈尔滨创刊。

7 月　柳青《种谷记》(长篇)由大连光华书店出版。

8 月　马加《滹沱河流域》(长篇)由东北书店出版。

9 月　邵子南《地雷阵》收入《解放区短篇创作选》第 1 辑,由东北书店出版。

同月　康濯《我的两家房东》收入《解放区短篇创作选》第 1 辑,由东北书店出版。

10 月　刘白羽《勇敢的人》由佳木斯东北书店出版。

1948 年

1 月　刘白羽《无敌三勇士》由华东新华书店出版。

3 月　刘白羽《政治委员》由佳木斯东北书店出版。

4 月　周立波《暴风骤雨》(上)(长篇)由东北书店出版。

7 月始　周而复《白求恩大夫》连载于《小说》(香港)第 1 卷第 1—6 期。

8 月　丁玲《太阳照在桑干河上》由东北书店出版。

同月　孙犁《种谷的人》发表于 12、17 日《石家庄日报》。

9 月　草明《原动力》(长篇)由哈尔滨东北书店出版。

同月　西虹《英雄的父亲》收入《东北解放区短篇创作选》第 1 辑,由东北书店出版。

1949 年

3 月　孙犁《嘱咐》(短篇)发表于 24 日《进步日报》。

4 月　赵树理《邪不压正》(短篇集)由知识书店出版。

同月　赵树理《传家宝》(短篇)连载于 19—21 日《人民日报》。

5 月　欧阳山《高干大》(长篇)由北京新华书店出版。

同月　周立波《暴风骤雨》(下)(长篇)由东北书店出版。

同月始　孔厥、袁静《新儿女英雄传》(长篇)连载于《人民日报》。

6 月　刘白羽《龙烟村纪事》(短篇集)由中兴出版社出版。

同月　康濯《亲家》发表于《华北文艺》第 5 期。

7 月　全国第一次文代会召开。

同月　全国文联正式成立。

同月　孙犁《芦花荡》(短篇集)由群益出版社出版。

8 月　孙犁《荷花淀》(小说散文集)由生活·读书·新知三联书店出版。

同月　邵子南《李勇大摆地雷阵》(短篇集)由国光印刷厂出版。

9 月　《文艺报》创刊。

10 月　《人民文学》创刊。

同月　刘白羽《火光在前》(中篇)发表于《人民文学》创刊号。

同月　孙犁《村歌》(中篇)由天下图书公司出版。

同月　马加《江山村十日》(长篇)由新文艺社出版。

11 月　孙犁《吴召儿》发表于 25 日《天津日报》。

12 月　杨朔《月黑夜》(短篇集)由生活·读书·新知三联书店出版。

知识点

必读作品与文献

思考题

第二十四章　市民通俗小说（三）

　　这个时期的市民小说，进入了通俗文学与"五四"先锋文学力图和解、融合的年代。战争造成了文学实实在在面向大众的重要契机，无论是出于抗战动员民众的迫切需求，还是由于战争带来无情的灾难之后人民需要精神的东西来平复、治疗、奋起，都在前后方甚至敌占区形成了这样的空间。于是，通俗文学在战争环境下，只有在出版业转移和整顿没有完成的时候才短期低落，其他的时间反而高涨。如上海虽处于"孤岛"和沦陷的情境，小报和报章散文依然繁荣，通俗剧的演出更形活跃，新的更年轻的通俗小说家不断涌现。由此，雅俗文学你中有我、我中有你的程度越发加强了。

一　雅俗对立的部分消解

　　从全面抗战爆发到 1940 年代，通俗文学面临着特殊的文化境遇。其时，中国分为三个相对独立的政治区域，即国统区、解放区和沦陷区，不同的政治、经济环境使得文化、文学表现出一定的差异。但共同的是，因新文学作家由沿海地区和大城市向内地后方和农村移动，文学遂得到某种扩散和普及，新文学的通俗化便日益提上了日程。党派性强烈的激进的文学这时也被爱国的、统一战线的抗战文学所代替，1938 年成立的全国文艺界抗敌协会推举张恨水为理事，便是新文学作家主动向通俗作家发出的一个"团结"的信息，对于形成通俗作家和新文学作家的联合关系，影响极大。在抗战进入相持阶段的大后方和沦陷地区，政治性文学一定程度的缓解、松弛，左翼青年读者的流失，也势必给能起慰藉作用的闲散文学留出空当。特别是到了这个时代，"五四"之后形成的现实主义文学已经完全定型，失去了昔日的先锋光芒，虽然在小说方面沈从文、萧红、师陀、冯至（写出中篇《伍子胥》）、汪曾祺等的探索努力仍然存在，但通俗小说也大量采用变得常规化的现实主义写法后，大面积、大规模的雅俗对立就成为不可能了。

　　在通俗文学的一面，它往"雅"的方向移动，主要是加强了文学的现实批判性，加强了历史的、文化的探索精神。这当然是有限度的，但比以往任何时间都受重视却是事实。通俗文学移步换形地将文体形式和自己的审美情感,更多地也向"雅"的方向转化,以至从这时开始,涌现出了未经过章回体写作训练的新型通俗小说家如予且等,即是俗、雅融合的另一种标志。那么,在先锋文学的一面,除了按文学审美陌生化及文学自律性的规例不断向前之外,争取广大读者也是一条谁都无法逃避的规则。曾经受到旧派小说影响的新文学作家,像具有新旧文学混合品质的张爱玲的出现,就更具非凡的意义。加上徐訏、无名氏等等,介于"雅""俗"之间的作家越来越多,成为一个绝大的趋势。①

　　文学的部分雅俗合流现象,在此时期的报刊变化上也可看得一清二楚。中国近现代的文学、文化刊物,先是从老牌的鸳蝴品味解脱出来,像前面提到的《小说月报》《申报·自由谈》,作家像刘半农、叶圣陶、张天翼,由旧派过渡为"五四"新派,前后痕迹了了分明。到 1930 年代,上海的刊物兴起了和现代都市相匹配的新潮头,左翼的《北斗》也好,非左翼的《现代》也好,皆一副洋派的先锋模样。到全面抗战后又有新变,即城市里通俗文学刊物多呈雅俗合璧状态。1938 年创刊的《杂志》一直出版到 1945 年,执笔者由老鸳蝴作家和新市民小说家两部分构成,包天笑和张爱玲、苏青、予且的名字都列在其间。还有顾冷观 1940—1944 年袭用旧名办起来的《小说月报》,钱须弥 1942—1945 年主编的《大众》,陈蝶衣、文宗山 1943—1949 年合编的《春秋》,新旧作者队伍大抵如此。所以当时人们面对张爱玲的小说不知如何称呼为好:有称作"新鸳蝴体"的,本意是认她为旧派;有称作"新洋场小说"的,又觉其新;又称作"娱情小说",那就简直混合了新旧两种意思。最具代表性的要数《万象》,它是有名的通俗文化月刊,文艺色彩很浓。起初由陈蝶衣执编,翻阅 1941 年开头两年的《万象》,顾明道、徐卓呆、张恨水的名字同胡山源、魏如晦(阿英)、李健吾的名字混在一起,中间也出现了予且、丁谛、施济美等,但新旧作家中旧派仍占上风;到 1943 年 7 月起由新文学作家柯灵接编,孙了红、程小青这些老侦探作家虽然仍在,张恨水也连载着《胭脂泪》,但其他的长篇连载已是师陀的《荒野》、罗洪的《晨》,还有张爱玲的《连环套》(《连环套》让历来分得清新旧文学的读者也分辨不清),变成

<hr />

　　① 孔庆东提出"广义通俗小说"的概念,就包括以上的作家,见《通俗小说的流变与界定》,《文学评论》1996 年第 1 期。本书同意此概念的合理性,但在论述通俗小说家的范围时,仍采"狭义"概念。

以新文学家为主了。可以看出,此类通俗文学刊物在与旧的传统不截然断绝的情况下,调和新旧关系,同时努力追求自身的现代化、新文学化。已经新文学化了的,还要选载一点旧体笔记和诗词,还可以来几篇考证文字,以满足一部分市民读者和旧式文章家的喜好。以《万象》为标志所表现出的1940年代雅俗文学融合的意义是十分显然的。

这一时期三个地区文学的雅俗融合,各有各的特点。沦陷区因新文学的地盘一时间几乎空出,通俗文学市场的需求突然增大而显得分外繁盛。上海一地言情文学的繁盛情景,一直到抗战胜利后仍然如此。华北沦陷区以北派武侠小说为代表,达到了现代武侠的一个高峰。而国统区的新文学力量是最强大的,抗战初期提倡"文章下乡""文章入伍",用民间形式、旧戏曲形式进行创作,创办众多通俗文学的报刊和社团,一时也成为风气,如老舍就参与《抗到底》的工作,写过抗战大鼓词、快板、相声等作品。但因这种通俗化同时容易带来简单的宣传效果,以降低新文学的水平为代价,在国统区未能坚持太久。倒是原来的章回小说大家张恨水在新形势下向新文学的进一步靠拢,有着重大的意义:显示了国统区多样的雅俗联手的过程。至于解放区,由于文学更大范围地转入战时状态,读者对象转向偏僻农村的文化水平偏低的农民,通俗化的必要性、紧迫性加强了,运用行政手段鼓励为农民士兵写作,特别是为初露新思想的农民读者写作,便成了当务之急。以后果真出现了以赵树理为标志的新型大众文学作品,还有《新儿女英雄传》等新型章回体作品。真正现代化的中国通俗文学,应当说迟至这个时期才大体确立。

二 通俗小说的"现代化"

因为解放区的通俗小说不属于市民通俗文学部分,此节专论国统区和沦陷区的通俗小说。

这两个地区的社会言情小说实际主要是承续了1930年代上海、北平(北京)、天津等地此类小说所达到的高度。因为张恨水、刘云若的通俗言情体,比任何别的通俗小说体式都先一步显示出现代性的特征。到这时候,只是社会的主题更深入、更重大,用言情来探索人生、探索人性的意念更显著,写法上也更其多样而已。

张恨水在国统区重庆、刘云若于沦陷区天津,将章回小说体式运用自如，能在通俗故事之内调动新文学的手段来描绘人间世相和挖掘人的内心世界，已如前章所述。这里要强调的是，张恨水和刘云若各有自己独创的一面。张恨水将通俗文学创作旨趣的严肃性，提高到从未有过的程度。他在抗战时期几乎试验了通俗文学展示社会的各种功能：《大江东去》是较早的"抗战＋言情"的小说；《虎贲万岁》是新闻纪实的写法；《八十一梦》是幻想型忧患讽刺；《魍魉世界》和《五子登科》暴露了国民党官僚腐败的现实画面；《巴山夜雨》则是对知识分子在抗战时期陷入精神、物资双重困境的充分揭示。张恨水跟上新文学的步伐，使通俗小说表现社会的本事膨胀到极致，因为如一味将表现重大时代题材做大，是会越出通俗文学游戏娱乐的基本功能的。刘云若的关注点不在社会性的显露上，而在社会中"人"的揭示。用通俗形式写尽现代市民复杂的人性表现，是刘云若在《粉墨筝琶》《小扬州志》里做出的主要贡献。另有陈慎言，所写《恨海难填》也有这种长处。

这时的言情小说创下畅销书最新纪录的，是"孤岛"上海时期秦瘦鸥的《秋海棠》。秦瘦鸥（1908—1993）写作起步不迟，1928年发表长篇《孽海涛》，1936年译述过德龄描写慈禧宫廷生活的《御香缥缈录》，表现已经不凡。《秋海棠》1941年连载于《申报》之后，当时的畅销程度，一如十一年前的《啼笑因缘》，成为秦瘦鸥的代表作。《秋海棠》的故事并不出奇，甚至类似旧派言情小说，是一个军阀姨太太和伶人相好并遭遇军阀摧残这样三方矛盾的悲剧。但现在的情节重心，并不放置在唱旦角的京剧艺人秋海棠和被迫嫁给军阀的女学生罗湘绮的恋情身上，而是突出了秋海棠面容被毁之后的惨局，和他忍辱放弃了爱情与艺术，带女儿梅宝隐居乡间，受尽歧视折磨十八年将孩子抚养成人的经历。等到罗湘绮千回百折终于找到了父女二人，秋海棠带病"跑龙套"已倒毙于他心爱的舞台之上。全书以悲情感人，主题严肃认真。其故事讲述从前到后一丝也不松懈，但不忘发掘故事的人生含义，处处升华着故事的内蕴，充满同情平民的意识和人道主义精神。小说表面已无章回形式，多采新文学手法（作者是一位在大学任教的通俗小说家），而骨子里的情调是通俗的，是写给市民读者看的。《秋海棠》原有现实"模特"，是用1920年代发生在天津的一件军阀杀害"戏子"的新闻改写的，但它比一般通俗小说高明，正在于不对时事性的都市逸闻急忙地加以摄取，加以排比，而是大量舍弃纪实的成分，进行虚构。这虚构的部分才是小说的中心内容。它明确显示了言情通俗小说在1940年代的现代化水平。

还有王小逸，是当时具有小报情趣的作家。他擅长于言情中暴露社会阴暗，《明月谁家》就是通过由乡村到都市的男女关系来揭示沪上的淫靡风气的。他的《四郊多垒》不用章回，故事也不求连贯，是以散文笔法写的。1941—1942年连载于《万象》的《石榴红》，写冯柳丝兄妹设计惩办"孤岛"恶人，结构、叙事都很现代，又能代表他通过性爱的视角来反映城市人们生活的特点，但不免带一些色情倾向。王小逸写作的技术已趋现代，而趣味不高，编写故事的主旨仍然停留在迎合低等阅读的阶段，这也具有一定的代表性。

予且(1902—1990)的读者是上海石库门的市民，这些市民的阅读口味是新旧皆宜的。予且原名潘序祖，据说中学时代写过章回体武侠和侦探，但从未发表。时代究竟变了，通俗文学到了摆脱旧章回小说窠臼的时刻，开始专注考虑如何将"五四"以来的西式小说大量通俗化的问题。他1930年代中期发表通俗长篇《小菊》《如意珠》，短篇集《妻的艺术》《两间房》，已经显露出新型市民小说的端倪。抗战后进入写作的高峰，除《女校长》《乳娘曲》等长篇和短篇集《七女书》外，集外的小说也很多。沦陷区上海的通俗刊物《大众》，曾用他的《试婚记》《埋情记》《觅宝记》《拒婚记》作为首篇。他有写"百记"的计划，是对都市百态的一种记录，在当时有一定的影响。予且的小说主要写沪上男女婚恋、弄堂人们的生活样式，文字纯白话，轻松明快。《照相》《伞》《君子契约》写现代物质文明如何成为城市男女成其好事的媒介。他还用已婚者的眼光来透视各种婚姻心理，叙述老夫少妻、夫妇分居、大小家庭、理家失和等故事。"物质"在都市人和人关系中的贯穿作用，是他小说的基本主题。其笔下众多的女性人物，如《七擒》《移情记》《如意珠》里的女性都是在强烈的生存欲求过程中，经过对男人的擒获而主动释放出精神能量的。"生存"造成对道德的适度调整，如作者所说："有时因为物质上的需要，我们无暇顾及我们的灵魂了。而灵魂却又忘不了我们。他轻轻地向我们说：'就堕落一点罢！'"①通俗小说会探讨这样的"现代事实"：浪漫婚恋如何明明白白沦为一种生存手段。从经济的一面来解剖"言情"，是予且提高此类小说现代品质的鲜明之处。

予且的意义还在于他的新文学式的通俗写法。他的小说接近西洋型，是把此前的先锋文学创新成分迅速转化为大众成分的成功例子。如《埋情

---

① 予且：《我怎样写〈七女书〉》，《风雨谈》1945年第19期。

记》《追无记》把心理分析方法化解得连市民读者也能读懂;《女校长》将侦探推理的结构纳入恋爱小说也够新奇刺激。在叙事方面,他注意的是传播所必备的顺畅,就不过快地吸收复杂的叙述方法了,反而是保留了一套市民熟悉的插笔、闲笔、节外生枝、制造噱头等调节讲述速度、起伏的办法。他追求趣味,包括巧思、世俗性、喜剧感等。他说过:"我的文章也要用笑脸写出来,方才有趣味。趣味便是文章的灵魂。"①趣味本来属于作品的情调,通俗作家从文学的娱乐功能出发,把情调提高到意义的层次,"情致"即市民的生活哲学。就这样,予且的市民风情叙述系列,标示出 1940 年代通俗文学的新类型。

与言情小说比较,1940 年代武侠通俗小说的现代进程更其明显,这就是"北派武侠"令人瞩目的崛起。现在一般通行"北派四大家"或"北派五大家"的说法,是指还珠楼主、(宫)白羽、郑证因、王度庐四人,再加上朱贞木成为五人。以上几人所代表的武侠小说成就,之所以说更具现代性,主要是指他们对"侠"的精神(此为"武"的灵魂)进行了现代的阐释:第一,表现武侠社会在现代社会的困境。在抗战时期的言情小说中,侠义世界仿佛能补现实世界之不足,侠的民族主义精神提升了,但在真正展示侠义世界的武侠小说里反倒似乎证明了理想的江湖社会已不复存在,处处显露缺失。这样,现代社会的英雄气质日益减弱,独往独来的游侠陷入越来越孤独的境地(其道德精神仍有在中国文化中得到某种继承的可能,是另外一回事)。第二,以侠的世界来批判现实,更向深层延伸。除了揭露现实,还增强了隐喻的性质。第三,以侠的人格、生命境界的开拓,来肯定现代人的抗争、搏战、反省、进取,肯定现代的人道主义思想,肯定人性。

还珠楼主(李寿民)一共写有近 40 部武侠小说,后期的作品,尤其是这时期一直续写下去的《蜀山剑侠传》,热情洋溢,驰骋奇想,集通俗文学之大成,发扬中国文化的绚丽多彩于武侠的世界,特别是将"侠"的精神提高到现代人的生命境界来表现,体现了上述内容。这已在第十五章论述过了。

白羽(1899—1966)的成就主要是社会武侠小说。他本名宫竹心。"五四"时期结识鲁迅、周作人兄弟,受新文艺的影响很深,因此他的通俗作品的新文学性质特别强烈,表现为按现实规律来描摹世态,武侠都是于现实社会的背景下活动的。1927 年在《世界日报》连载其武侠处女作《青衫豪侠》。

① 予且:《写作的趣味》,《说写做》,上海:中华书局 1936 年版,第 86 页。

到 1938 年发表《十二金钱镖》(开头一回半是邀郑证因代写的),始成名。以后著名的武侠小说还有《联镳记》《武林争雄记》《偷拳》等。白羽接受新文学的现实主义写作的影响,他一生经历坎坷,便借武侠的故事来宣泄对社会、人生的真实体验。他的侠客都是现实社会中极平常的人物,不是包打天下的英雄,他也不把武侠世界理想化,在叙写镖客拳师的英武、敬业、诚信的同时,也写他们现实处境中可怜可笑可悲的地方。《十二金钱镖》《联镳记》里都有镖行武夫在官府面前忍气吞声的描写。镖局失事,镖头身亡,而平日害怕强盗的缉私营巡船却耀武扬威地将镖船随意杀伤骚扰一顿,反要镖行感恩戴德,这种近乎反讽的场面,衬托了社会的黑暗,也显示了武侠在近现代的真实地位。再如侠义讲究宽厚仁德,讲恕道,不赶尽杀绝,但是在现实社会中,这种正宗的侠义精神的境遇如何呢?《联镳记》写大侠林廷扬因宽恕败者反被对方突然袭击而亡的情景,是撼动人心的。一般武侠小说极少这样处置中心人物,而白羽的写法正是要突出他表达武侠思想与现实社会矛盾的题旨。这不是对"侠"的全盘否定,而是对"侠"的现代思索。因为只要将"侠"置入现代社会实际生活之中,其局限是分明的。在这个意义上,《偷拳》是白羽更重要的作品。它一方面通过杨露蝉三年假装哑丐,受尽磨难,自投太极陈门下偷学无极拳,表现"侠"卓绝不拔、忍辱负重的精神;一方面写杨露蝉五年被太极陈拒之门外,偷拳前到处拜师,遇到了多少"伪侠",由此批判了武侠世界名不副实的一面。杨露蝉满师时受太极陈的庭训,太极陈居然一反平日的孤僻倨傲,告诫徒弟:"要虚心克己,勿骄勿狂。多访名师,印证所学;尊礼别派,免起纷争","千万不要挟技自秘","你不要学我"。这种绝非平常的"反省",既是批判武侠中的假冒伪劣,又充满了现代人的自尊自重,是白羽一直为武侠小说贯注的现代精神。

白羽是相当全面的一位武侠小说家。他于武侠中写社会、写情、写"武"的套路、写"侠"的思想境界,都有不同的成就。《武林争雄记》武师丁朝威的女儿丁云秀,及二徒弟袁振武、三徒弟俞剑平这三者之间的爱怨,由于师傅弃长择幼指定掌门人而激化,陡起风波,武与情是融合的(但与王度庐不同,以武为主)。《十二金钱镖》写"杨柳情丝",尤其是女侠柳叶青的娇痴,都很动人。据说,白羽是"武林"一词的发明人,他在武术技击的创新描写上也有贡献。他运用传统术语、诗词典故、山水自然、动物象形、神话传说,来给各种掌法、兵器命名,增加了武侠世界的文学色彩,与还珠楼主、郑证因一起,为后来的新武侠小说命名武技大大开拓了思路。

郑证因(1900—1960),在"北派"中所创的是技击武侠小说一路。他被称为真正懂得武术之人,曾在北平国术馆许禹生门下学太极拳,使九环大刀,公开表演献艺。白羽认为他通武术、工文章,两人相交为友,白羽《十二金钱镖》由郑证因开头,郑证因的《武林侠踪》请白羽校改,都是文坛佳话。1941年郑证因《鹰爪王》于当时北方著名的画报《369》上连载,遂名闻遐迩。后来有"鹰爪王系列"续作,总计有80多部作品。

郑证因擅长写天津黑社会内部的秘密、帮会的复杂仪式、争斗的场面,而完全不写侠情。武侠小说此时很少有不穿插侠情的了,也因此,他的纯技击小说显得弥足珍贵。仅是拳法掌法,郑证因就创出绵掌、混元掌、排山掌、般禅掌、小天星掌力、龙形八掌、三阴绝户掌、鹰爪手、天罡手、黑煞手、金刚指等不下20个种类;轻功有草上飞、追云赶月、飞鸟凌波、燕青十八翻、金鲤倒穿波、仙人换影等十数种。与还珠楼主想象型的武功相对,郑证因的武功描写偏于写实,但达到艺术化的境地,是由实到虚。他的武侠小说阳刚之气颇盛,对以后的硬派武技描写产生了直接的影响。

王度庐(1909—1977)以悲情武侠著称,使得言情武侠小说旁逸斜出,又出现了新的类型。1938年后,他连续写下《鹤惊昆仑》《宝剑金钗》《剑气珠光》《卧虎藏龙》《铁骑银瓶》5部互有联系又各自独立的武侠小说,这"五部曲"成为他的代表作品。王度庐写侠客柔情已经远超出争斗恩怨,5部小说共包括3个悲剧侠情故事:江小鹤(后称江南鹤)和阿鸾、李慕白和俞秀莲、罗小虎和玉娇龙的爱情纠葛。江南鹤为李慕白之师;李慕白、俞秀莲把杨豹偶得而引起江湖黑道追逐的大内宝珠追回,罗小虎即杨豹之兄;玉娇龙盗"九华秘籍"而为李慕白、俞秀莲围追:这样构成了所谓的"鹤—铁系列"。

"鹤—铁系列"达到了通俗武侠文学写悲情的现代水平。鹤、鸾的悲剧是因"世仇"酿成,仅有阿鸾的祖父鲍昆仑杀了徒孙江小鹤的父亲,没有鲍因妻子淫乱产生的性变态心理和江处处以复仇为重的偏激性格,也不会走向悲惨结局。这是命运和性格的双重悲剧。李、俞的悲剧是"义"的过分抬高而对"情"的虐杀。李慕白因俞秀莲与孟思昭有婚约在前而割断情丝;孟为成全李、俞而殉友,造成李、俞终身背上了十字架而无法冲破道德、心理障碍结合。李、俞结合的外在条件本已撤除,余下的纯是侠自身思想束缚的内在原因。王度庐的悲情武侠此时显示出它伸入人物内心的巨大魅力,情由伦理、道义的压抑,由侠的扩大的牺牲精神、孤寂感而遭粉碎,通俗小说的笔力达到一定的人性深度。至于罗、玉的悲剧先是因门户造成:玉娇龙为京城九门提督之女，罗小虎是沙漠大盗，于是一夜欢愉后终于分手。到后来，玉娇龙所生之子（韩铁芳）被人调换为女（春雪瓶），上一辈的情义演化为下一辈的情义，到韩铁芳千里寻亲，在荒漠分别遇到生身父母而不知，父母又辗转死在儿子的面前：人的心灵撕裂所造成的悲剧效果，友爱、情爱、亲子之爱所构成的人类的温情，使得通俗的武侠言情小说也进入"五四"以来的"人的文学"序列，获得了社会悲剧、命运悲剧、性格心理悲剧的综合美感。

王度庐熟悉新文学和西方现代文化思潮。他的武侠小说已经以性格心理、性格动作为重心，作者叙述时且有主观情绪的投入。他对江湖恩怨也同白羽一样，能抱批评的态度，如《洛阳豪客》所写。《风尘四杰》富平民思想，用第一人称"我"来叙述，充满对天桥贫民的同情与赞扬，风俗描写逼真，通俗体的小说形式与先锋文学作品的界限已很微小，是十分难得的。

"北派五大家"的最后一位是朱贞木（1895—1955），被认为是擅写奇情武侠小说的高手。情的观念虽比不上王度庐，但能开辟出诡奇的格调。代表作是《七杀碑》，并未写完，被誉为布局技高一等，笔法细腻，侠情兼长。《魔窟风云》《罗刹夫人》以历史的所谓"苗乱"为引子，铺写边地蛮荒的离奇恋情和侠事，幻想极其瑰丽。朱贞木有"南派"通俗小说的笔风，所创的类型丰富了武侠文学的品种。

武侠小说在1940年代的繁荣及其现代性的增长，是通俗文学现代品质确立的最好说明。除了对"侠义""侠情"的现代理解，还应包括对章回体式的逐渐消解。这种消解，留下了"说书"传统仍然被市民接受的故事讲述模式，却将章回的格式置于可有可无的地位了。就以章回小说的回目为例，王度庐的《洛阳豪客》是并不对称的双行标题，白羽的《偷拳》却一律是单行的八言题目，朱贞木的《罗刹夫人》则干脆采用与新文学一样的白话拟题方式。这还是表面的，内在的章回体的改造，主要是叙述人称的多变、描写能力的加强和以人物为中心的结构形式的大量运用。这在武侠小说演进中似有超出言情小说，后来居上的势头。

此外，武侠小说始终浸润于中国民族文化的环境里，是颇有根基的。它不像20世纪从国外传入的侦探小说，引进的年代很早（与近现代文学同步），而生长不易。中国本土作为侦探文学生长土壤的文化条件不利，法制不全，科技滞后，作案与破案的现实手段低下，想象的翅膀怎样鼓动也究竟有限。三十多年的时间，主要还是程小青、孙了红这样几个作者在领衔写作。孙了红（？—1958）在抗战期间比之前成熟，一是社会表现力增强，侦探的世界有所扩张,一是"侠盗"鲁平的"反侦探"形象有进一步发展,由盗匪气稍多到侠气占据上风。他的主要作品有《血纸人》《一〇二》《三十三号屋》等。可见侦探小说还是要和武侠合体,也就是尽量与中国文化合体,才有立足并发展的可能。从这个意义上再来反观1940年代武侠小说的繁盛,是具有深长的文学史意味的。

三　大众文学在现代社会生长

1940年代市民通俗小说积极与新文学融合的趋势,各派文学全都重视文学大众化的实际情景,让人对大众文学的能量和生命力刮目相看。自晚清以来,凡在社会上畅销而引起影响的市民通俗小说,几乎都被另一种现代都市大众文艺形式所青睐,得以改编,得以普及,这就是电影。1924年,上海明星影片公司的郑正秋将鸳蝴开山之作——徐枕亚的《玉梨魂》加以改编,由张石川导演,拍成10集上演,十分卖座。电影的成功反过来激发市民读者购买小说,在那个年代《玉梨魂》一版再版,竟印到30万册,成为通俗小说和初期中国电影合作互相促进的一个开端。1928年以后,明星影片公司所拍神怪武侠片《火烧红莲寺》也来自通俗小说,胡蝶主演,引起轰动,市民观众狂热追捧,从最初计划的3集,一直拍到18集。到1932年明星影片公司拍成《啼笑因缘》第1集放映时(后来共拍6集),这部小说的普及水平就不是单纯的电影所能衡量了,改编竟涉及话剧、说书、评弹、申曲(滩簧)各种艺术形式。而1940年代市民通俗小说改编的高潮非《秋海棠》莫属。据有关资料,1941年在《申报》连载的《秋海棠》引起市民阶层的广泛注目。电影改编之外,仅由小说家自己和剧作家、导演秦瘦鸥、顾仲彝、费穆、黄佐临四人合编的话剧《秋海棠》,石挥主演,竟在上海连演五个月、二百多场不衰,票价高达30元,黑市卖到五六十元一张,票房纪录超越了《雷雨》。① 这种现象说明,中国的现代化进程发展到20世纪初,城市市民文学读者一直偏好通俗小说,使得通俗文学与"五四"新文学对峙的局面始终存在,而到1940年代通俗文学融合新文学达到一定程度后,其包容读者(观众)的力量反而更大了。文学大众性和大众文学性这两者,到当今中国后现代文学和现代文学交杂的时代,到网络时代,就更不可无视了。

---

① 尹诗:《1940年代海派话剧的璀璨绽放》,《中国现代文学研究丛刊》2014年第12期。

我们这里论及的通俗小说，是20世纪中国现代大众文学的主要一支。作为市民大众文学，它不具备先锋文学在每一时代带头创造性地开发新的人文精神、试验新文体、表明新的审美境地的功能，且受商业和娱乐的影响会有低俗、媚俗的倾向。它在文学的转换期往往开始显得滞后，继而在通俗文学的范畴内吸收先锋文学的各种营养，并与历来的传统文学、民间文学、外来文学相调适，形成与同时代先锋文学既对立又渗透的大众文学层面。这是它的基本形态和发展规律。在这当中，市民通俗小说所追求的现代性，主要表现在以铺陈社会世相为强项，在写实性上与新文学沟通；因承续旧道德并以改良旧道德为己任，作品的政治思想力自然软弱；却关心日常生活中的情意、痛苦及趣味，使得文学更符合市民性情，更加切合现代市民的所感所想。市民通俗小说在追求文学商品性的同时，使文学的生活感加强，于是，在向通俗化迅速转移之后，中国现代文学的大众化潮流便增添了市民文学一翼，不断前行了。

附录　本章年表

1938 年

1 月　《抗到底》创刊。

1939 年

11 月　冯玉奇《孽海潮》由广益书局出版。

1940 年

本年　还珠楼主（李寿民）《蜀山剑侠传》由正气书局出版，至 1948 年共出 50 册。

同年　白羽《偷拳》由正华出版部出版。

1941 年

4 月　白羽《武林争雄记》由正华出版部出版。

7 月　《万象》创刊。

本年　刘云若《小扬州志》由天津书局出版。

同年　陈慎言《恨海难填》由华龙印书馆出版。

1942 年

3 月　张恨水《八十一梦》由新民报社出版。

6 月　刘云若《旧巷斜阳》由文兴书局出版。

7 月　秦瘦鸥《秋海棠》由金城图书公司出版。

10 月　予且《金凤影》由万象书屋出版。

11 月　《大众》创刊。

1943 年

7 月　《予且短篇小说集》由太平书局出版。

10 月　孙了红《侠盗鲁平奇案》由万象书屋出版。

12 月　张恨水《丹凤街》(一名《负贩列传》)由教育书店出版。

1945 年

7 月　予且《七女书》由太平书局出版。

1946 年

4 月　马烽、西戎《吕梁英雄传》(第一册)由吕梁文化教育出版社出版。

6 月　刘云若《红杏出墙记》由励力出版社出版。

7 月　柯蓝《洋铁桶的故事》由韬奋书店出版。

1947 年

10 月　顾明道《胭脂盗》由百新书店出版。

1948 年

2 月　朱贞木《边塞风云》由平津书店出版。

5 月　王度庐《铁骑银瓶》由励力出版社出版。

6 月始　白羽《十二金钱镖》由百新书店出版。

7 月始　还珠楼主《大侠狄龙子》由正气书局出版。

1949 年

8 月　孔厥、袁静《新儿女英雄传》由冀南新华书店出版。

本年　郑证因《鹰爪王》由励力出版社出版。

同年　郑证因《续鹰爪王》由励力出版社出版。

第二十五章　艾青

一　艾青的历史地位

艾青(1910—1996)在新诗发展的第二个十年后期,即以《大堰河——我的保姆》引起了诗坛的注目,被称为"吹芦笛的诗人"①。诗人自己宣称,这"芦笛"是从"彩色的欧罗巴"带回的(《芦笛》),评论家也指出艾青的诗"明显地看得出来他受了魏尔哈伦、波德莱尔、李金发等诗人底影响"②。这表明艾青的诗歌创作从一开始就汇入了世界近现代诗歌潮流。艾青的"芦笛"吹出的第一首歌是"呈给大地上一切的,/我的大堰河般的保姆和她们的儿子,/呈给爱我如爱她自己的儿子般的大堰河"(《大堰河——我的保姆》),他的诗在起点上就和我们民族多灾多难的土地和人民取得了血肉般的联系。诗人同时还顽强地宣布要在世人的"嘲笑"中坚持"我的姿态",唱出"我的歌"(《芦笛》),表现出独立意志和自觉的自我意识。艾青早期诗歌所显露出来的世界潮流、民族传统与个人气质的交汇,显然不只属于艾青个人,而是显示了中国新诗经过近二十年的发展必然出现的历史趋归。人们自然由此预感到:一个历史期待已久的诗人正在诞生。

这期待没有落空。民族解放战争的号角一吹响,艾青即从时代的"流浪汉"变成了时代的"吹号者",迅速地在争取独立、自由、解放的斗争中找到了自己的位置。他深入人民中间,思索着民族的命运,探索新诗通向民族心灵深处的道路。1939年,他献出了第二本诗集《北方》和长诗《向太阳》以后,人们一致地确认:我们民族自己的成熟的诗人终于出现了。这距离《大堰河——我的保姆》的发表不过五年时间,但距离《新青年》发表第一批白话新诗已有二十一年。1940年,评论家冯雪峰对艾青的历史地位做了理论

---

① 胡风:《吹芦笛的诗人》,《胡风评论集》(上),北京:人民文学出版社1984年版,第416页。

② 同上书,第422页。

上的评定:"艾青的根是深深地植在土地上",是"在根本上就正和中国现代大众的精神结合着的、本质上的诗人","中国新诗的创造可以说正由他们在开辟着道路"。① 由此而形成了艾青的"行吟在大地上,沉溺于田野的气息的'土地的歌者'"的形象,而且"开启了一代诗风"。② 抗战时期国统区最有影响的诗歌流派七月派的青年诗人们,一再申明"他们大多数人是在艾青的影响下成长起来的"③,自觉地以艾青作为他们的旗帜。另一个重要诗歌流派中国新诗派的代表诗人穆旦在写作起点上也显然受到艾青的影响。艾青也是最早走向世界的中国新诗人之一,他的《大堰河——我的保姆》发表后不久即被译为日文,在日本进步青年中产生了强烈反响,在以后的几十年间,一直在世界范围内广泛流传,至今已传遍英、法、德、西班牙、日、俄、罗、波、捷、匈、保等十多个国家。艾青的诗典型地表现了中国新诗是20世纪世界诗歌的一个组成部分的历史特点。

艾青的诗在中国新诗发展历史上所完成的是历史的"综合"的任务:一方面,坚持并发展中国诗歌会诗人"忠实于现实的、战斗的"传统,另一方面又克服、扬弃其"幼稚的叫喊"的弱点,批判地吸收现代派诗人在新诗艺术探讨中取得的某些成果,进一步丰富与发展新诗艺术,成为新诗第三个十年最有影响的代表诗人。

二　独特意象与主题

每一个有独创性的诗人都有属于他自己的意象:在这意象里凝聚着诗人对生活的独特感受、观察与认识,凝聚着诗人独特的思想与感情。艾青诗歌的中心意象是土地与太阳。

"土地"的意象里,凝聚着诗人对祖国——大地母亲最深沉的爱;爱国主义是艾青作品中永远唱不尽的主题。把这种感情表现得最为动人的,是他的《我爱这土地》:

　　　　假如我是一只鸟,

---

① 冯雪峰:《论两个诗人及诗的精神和形式》,《雪峰文集》第2卷,北京:人民文学出版社1983年版,第82、84页。

② 参看吴晓东:《战争年代的诗艺历程》,《中国新诗总系(1937—1949)》,北京:人民文学出版社2010年版,第7、10页。

③ 绿原:《白色花·序》,《白色花》,北京:人民文学出版社1981年版,第2页。

我也应该用嘶哑的喉咙歌唱：
这被暴风雨所打击着的土地，
这永远汹涌着我们的悲愤的河流，
这无止息地吹刮着的激怒的风，
和那来自林间的无比温柔的黎明……
——然后我死了
连羽毛也腐烂在土地里面

为什么我的眼里常含泪水？
因为我对这土地爱得深沉……

当时，我们的祖国贫穷落后，多灾多难；生活在这片土地上，痛苦多于欢乐，我们心中郁结着过多的"悲愤"，"无止息地吹刮着激怒的风"；然而，这毕竟是生我养我的祖国！即使为她痛苦到死，也不愿意离开这土地——"死了"以后连"羽毛"也要"腐烂在土地里面"。这里所表达的是一种刻骨铭心、至死不渝的最伟大、最深沉的民族感情、爱国情怀；这种感情在近代中国人民中具有典型性与普遍性，在面对异族侵略的抗日战争时期，更是时代最强音。"为什么我的眼里常含泪水？/因为我对这土地爱得深沉……"艾青的这两句诗，真实而朴素，却来自诗人内心深处，来自民族生命和时代精神的最深处，因而具有不朽的艺术生命力。

"土地"的意象还凝聚着诗人对于生于斯、耕作于斯、死于斯的劳动者最深沉的爱，对他们命运的关注与探索。艾青说过："这个无限广阔的国家的无限丰富的农村生活——无论旧的还是新的——都要求在新诗上有它的重要篇幅……"①艾青最真切的诗情都是献给中国农民的：他的成名作《大堰河——我的保姆》，就是一个地主阶级叛逆的儿子献给他的真正母亲——中国大地上善良而不幸的普通农妇的颂歌。"大堰河"，作者说她没有自己的名字，"她的名字就是生她的村庄的名字"，而她又用自己的乳汁养育了"我"。这样的描述是来自生活的，但同时又赋予了"大堰河"以某种象征的意义，简直可以把她看作永远与山河、村庄同在的人民的化身，或者说是中国农民的化身。作者在描述"大堰河"的命运时，所强调的依然是她

---

① 艾青：《〈献给乡村的诗〉序》，《艾青全集》第3卷，石家庄：花山文艺出版社1991年版，第205页。

的平凡性与普遍性:不仅她的欢乐是平凡的,就是她的苦难也是平凡的、普遍的。这是一个沉默的大地母亲、生命的养育者形象:沉默中蕴含着宽厚、仁爱、淳朴与坚忍。这样,在艾青的笔下,"大堰河"成了"大地""母亲(乳母)""农民""生命"多重意象的组合与纠结。这首诗可以看作艾青的诗的宣言书:他至高无上的诗神是养育了他的以农民为主体的中国普通人民,他(她)们的生命存在。在以后的诗里,诗人关注的中心,始终是与中国土地合而为一的普通农民的命运。于是,他写出了"土地—农民"受蹂躏的痛苦:"雪落在中国的土地上,/寒冷在封锁着中国呀……","饥馑的大地/朝向阴暗的天/伸出乞援的/颤抖着的两臂"(《雪落在中国的土地上》),"在北方/乞丐用固执的眼/凝视着你/看你在吃任何食物/和你用指甲剔牙齿的样子"(《乞丐》),这里的每一个字都震撼着读者的灵魂。诗人更写出了"游动于地心的热气""土地—农民"的复活:"我们的曾经死了的大地,/在明朗的天空下/已复活了!""在它温热的胸膛里/重新漩流着的/将是战斗者的血液。"(《复活的土地》)随着历史的前进,诗人终于写出了"土地—农民"的翻身与解放:"云从东方来/天下雨了/从东到西/从南到北/雨洒着冀中平原","到处都淋着雨水/到处都好像在笑"(《春雨》)。诗人正是通过对于土地的痛苦、复活与解放的描绘,真实地写了中国农村现实的灵魂。由此形成的是论者所说的艾青式的"土地的诗学",其表现形式"是艾青诗中'农民''土地''民族'相互叠加的意象网络,而其内在的美感支撑则是流淌于诗行中的深厚、凝重而又朴素、博大的总体风格"。[1]

"太阳"的意象表现了诗人灵魂的另一面:对于光明、理想、美好生活热烈的不息的追求。诗人说过:"凡是能够促使人类向上发展的,都是美的,都是善的;也都是诗的。"[2]正是从这种美学思想出发,诗人几十年如一日地热情讴歌着太阳、光明、春天、黎明、生命与火焰。这正是艾青的"永恒主题"。这一时期写得最好的"光明颂"是《向太阳》与《黎明的通知》。《向太阳》全诗九节,共分四个段落:一至三节,"我"从昨天来。"昨天"我生活在"精神的牢房里","被不停的风雨所追踪/被无止的恶梦所纠缠"——这是对旧中国人民命运的高度概括。四至五节,正面唱出了太阳之歌。这是现

---

① 吴晓东:《战争年代的诗艺历程》,《中国新诗总系(1937—1949)》,北京:人民文学出版社 2010 年版,第 8—9 页。

② 艾青:《诗》,《诗论》,上海:复旦大学出版社 2005 年版,第 2 页。

代化城市里的太阳之歌,诗人所要追求与表现的是现代化社会的新的理想,因此,人们从太阳里所受到的启示是:创造性劳动、民主、自由、平等、博爱与革命。六至七节,歌颂"太阳照耀下"的抗日民族战争新时代里,祖国山河的苏醒与人的新生。诗人着重抒写了现实生活中的伤兵、少女、工人及士兵的形象,写出了他们新的精神面貌。八至九节,转向写自己内心的感受,在新时代里灵魂的改造:与寂寞、彷徨和哀愁告别,勇敢地走向太阳,走向新生活。这首诗从一个独特的角度歌颂了抗日解放战争给民族带来的新生。《黎明的通知》则是以一种更加乐观、明朗的调子宣告着新的时代的来临:"趁这夜已快完了,请告诉他们/说他们所等待的就要来了"。在这里,诗人正是一个时代的预言者与理想世界的呼唤者。

三　忧郁的诗绪

艾青的诗神是忧郁的。在他的诗里,一再地回旋着这样的调子:"中国的苦痛与灾难/像这雪夜一样广阔而又漫长呀!"(《雪落在中国的土地上》),"薄雾在迷蒙着旷野啊……""你悲哀而旷达,/辛苦而又贫困的旷野啊……"(《旷野》)这浸透了诗人灵魂、永远摆脱不掉的忧郁,是构成艾青诗歌艺术个性的基本要素之一。我们可以把它叫作"艾青式"的忧郁。艾青自己回忆道,他从小在一位叫作大叶荷的乳母怀里长大,这位贫苦的农妇"把自己的女孩溺死,专来哺育我。我觉得自己的生命,是从另外的一个孩子那里抢夺来的,一直总是十分愧疚和痛苦。这也使我很早就感染了农民的忧郁,成了个人道主义者"①。以后当他徘徊于巴黎街头,过着半流浪式的生活,置身于淫荡、疯狂、怪异、陌生的资本主义文明世界中,咀嚼异国游子的内心孤寂的时候,与表现大都会里个人失落感、追念乡村古老的宁静的西方现代象征派、印象派诗歌产生了强烈的共鸣。个人境遇、气质与西方文学思潮的结合,形成了艾青早期作品中流浪汉的"飘泊的情愫"②。在抗日战争的炮火中,当艾青辗转于中国的"北方"时,不仅理解了"载负了土地的/痛苦的重压"的北方农民的现实苦难,而且与这"古老的国土"所"养育"

---

① 转引自骆寒超:《艾青论》,杭州:浙江人民出版社1982年版,第5页。
② 胡风:《吹芦笛的诗人》,《胡风评论集》(上),北京:人民文学出版社1984年版,第418页。

的"世界上最艰苦／与最古老的种族"(《北方》)感时愤世、忧国忧民的传统产生了心灵的契合。从小感染到的农民的忧郁与漂泊情愫遂升华到新的时代的高度。艾青将它称为"土地的忧郁"①。这忧郁里，浸透着诗人对祖国、民族、人民极其深沉的爱，更表现了诗人对生活的忠实与思索。诗人说："叫一个生活在这年代的忠实的灵魂不忧郁，这有如叫一个辗转在泥色的梦里的农夫不忧郁，是一样的属于天真的一种奢望。"②这是一种农民式的忠实于生活的清醒的现实主义态度。正因为如此，抗日战争初期，当大多数诗人都沉湎在廉价的乐观中，预言着轻而易举的胜利的时候，艾青却对生活有更深沉的观察与思索，他在全民抗战的胜利中，看见了阴影、危机，看见了祖国大地的贫穷，看见了战争的真正主人——人民还生活在苦难中。诗人说，他"不幸发现了"这样的生活真理："中国的路／是如此的崎岖／是如此的泥泞呀。"(《雪落在中国的土地上》)艾青的忧郁，正是产生于对中国革命和抗日战争长期性、艰苦性的这种深刻认识与体验中。纵观艾青的忧郁的形成与发展过程可以看到，所谓"艾青式的忧郁"正是时代情绪、民族传统、西方文化影响与艾青个人气质的一种契合。艾青的成功很大程度上正是仰赖于这种浑然天成的契合。艾青的忧郁当然不表示他对生活灰心与绝望；相反，正表现了他对美好生活执着的追求与坚强的信念。因此，他的忧郁给读者的是一种更加深沉的力量，诗人自己说，应该"把忧郁与悲哀，看成一种力"③。

四　诗的艺术与形式

艾青有着自己独特的感受世界和艺术地表现世界的方式，其中心环节是感觉。首先是从感觉出发。人们回忆说："艾青写诗，象印象派画家那么重视感觉和感受。他常常处在一种沉思的状态里，为的是怎样才能抓住那种刹那间得来的新鲜印象，加以渲染，并且用恰当的诗句描画出来。"④艾青在总结自己的艺术经验时，也十分明确地提出"诗人应该有和镜子一样迅

---

① 艾青:《为了胜利——三年来创作的一个报告》,《抗战文艺》第 7 卷第 1 期,1941 年1 月。

② 艾青:《诗论》,《艾青全集》第 3 卷,石家庄:花山文艺出版社 1991 年版,第 43 页。

③ 同上。

④ 黎央:《艾青与欧美近代文学与美术》,海涛、金汉编:《艾青专集》,南京:江苏人民出版社 1982 年版,第 648 页。

速而确定的感觉能力"①。但艾青同时又不满足于捕捉感觉，反对"摄影师"式的仅仅将感觉还原于感觉②，强调主观情感对感觉的渗入，追求"对于外界的感受与自己的感情思想"的"融合"③，并在二者的融合中产生多层次的联想，创造出既是明晰的又具有广阔象征意义的视觉形象：这就是艾青最常用的艺术方法。试读他的《旷野》：那"渐渐模糊的/灰黄而曲折的道路"，那"在广大的灰白里呈露出的/到处是一片土黄，暗赭，/与焦茶的颜色的混合"，那"灰白而混浊/茫然而莫测"的"雾"的笼罩……既是对外界自然光、色的敏锐感受，更渗透着这位心贴着大地的行吟诗人内在世界所感到的"沉重""困厄"与"倦怠"，同时又蕴含着诗人对时代（气氛、命运等）的总体把握与思索。诗中的主旋律——"薄雾在迷蒙着旷野啊……"，与它的变奏——"你悲哀而旷达，/辛苦而又贫困的旷野啊……"，一再重复出现，形成一种既单纯又繁复的诗的"调子"，引起人们丰富的联想。艾青曾经说过："一首诗里面，没有新鲜，没有色调，没有光彩，没有形象——艺术的生命在哪里呢？"④艾青诗里的色与光，不再是对感觉、印象的简单记录，而是一种暗示、象征，既具有自然形态的形式美，又积淀着社会、历史、心理、哲学等的深刻内容，在形式与内容、色彩与主题之间存在着一种对应的关系，同时又为诗人的个性所渗透，可以称之为艾青的光与色。这是颇能显示以美术家起步的艾青的特色的。"他的衣服像黑泥一样乌暗/他的皮肤像黄土一样灰黄"（《老人》），"呈给你黄土下紫色的灵魂"（《大堰河——我的保姆》）——在表现"土地"的意象与主题时，诗人所使用的灰、紫、黄的色调与暗淡的光，使现实的苦难更见沉凝；"黎明——这时间的新嫁娘啊/乘上有金色轮子的车辆/从天的那边到来"（《吹号者》），"你新鲜，温柔，明洁的光辉，/照在我久未打开的窗上，/把窗纸敷上浅黄如花粉的颜色，/嵌在浅蓝而整齐的格影里"（《给太阳》），"夕阳把草原燃成通红了"（《刈草的孩子》），在表现"太阳"的主题时，诗人所使用的通红、金色、浅黄、浅蓝的色调，或强烈或温柔、明洁的光，都使你联想起光明与生活的美好。灰黄与金红是艾青的两种基本色调，表现着他所拥抱的世界的两个侧面。

正是在强调捕捉瞬间感觉、印象在艺术创造中的作用这一点上，最深刻

---

① 艾青：《诗论》，《艾青全集》第 3 卷，石家庄：花山文艺出版社 1991 年版，第 26 页。

② 同上书，第 20 页。

③ 同上书，第 15 页。

④ 艾青：《诗论掇拾（一）》，《艾青全集》第 3 卷，第 48 页。

地显示了艾青的诗艺与西方印象主义绘画之间的联系。而强调瞬间印象、感觉的捕捉,主观情感的渗入,恰恰又是西方印象主义绘画与西方象征主义诗歌及中国古代诗歌美学原则相通之处。这样,通过西方印象主义绘画这个中间环节,艾青的诗,一方面与西方象征主义诗歌相联结,另一方面又与中国古典诗歌的传统取得了内在的联系。艾青的诗歌,之所以是最具有世界性的,同时又是中国民族的,在艺术表现上,这应该是一个带有根本性的原因。有意思的是,艾青诗歌与世界诗歌的关系是显性的,人们很容易就具体指出他所受到的外来影响;但他与中国传统诗歌的联系却是隐性的,艾青本人就从来不曾谈过他受到的中国古典诗歌的具体影响,但他的诗歌的民族性却又是谁也不能否认的。这表明,艾青的诗歌创作,是通过自己独特的方式与途径,走中西诗学相融合的道路的:这本身就颇耐寻味,并具有启发性。

艾青是自由诗体的自觉提倡者,他说,自由诗体是"新世界的产物","受格律的制约少,表达思想感情比较方便,容量比较大——更能适应激烈动荡、瞬息万变的时代","自由体的诗是带有世界性的倾向"。① 艾青还专门提倡诗的"散文美"。他说:"自从我们发现了韵文的虚伪,发现了韵文的人工气,发现了韵文的雕琢,我们就敌视了它;而当我们熟视了散文的不修饰的美,不需要涂抹脂粉的本色,充满了生活气息的健康,它就肉体地诱惑了我们。"他强调,"口语是美的,它存在于人的日常生活里。它富有人间味。它使我们感到无比的亲切"。② 艾青还特别看重诗的"调子":"调子是文字的声音与色彩、快与慢、浓与淡之间的变化与和谐。"③可以看出,艾青的"诗的散文美",既是对自然本色,贴近人的日常生活,朴素、洗练、亲切的诗的风格的追求,又是对口语化的诗的语言与更注重"调子"的自由诗体的追求。艾青诗体的特点是奔放与约束之间的协调,即在变化里取得统一,在参错里取得和谐,在运动里取得均衡,在繁杂里取得单纯。他的诗在形式上不拘泥于外形的束缚,很少注意诗句的韵脚或字数、行数的划一,但又运用有规律的排比、复沓造成变化中的统一与参差中的和谐。如《大堰河——我的保姆》全诗十三节,少则四行一节,多则十六行一节,少则每行两字,多

① 艾青:《和诗歌爱好者谈诗》,《诗论》,上海:复旦大学出版社 2005 年版,第 151、152 页。

② 艾青:《诗的散文美》,《艾青全集》第 3 卷,石家庄:花山文艺出版社 1991 年版,第 64—65 页。

③ 艾青:《诗论》,《艾青全集》第 3 卷,第 33 页。

则每行二十二字;全诗不押韵,但每一节首尾句短而重复,以确定基调与色彩,中间几行基本采用排比句式,且多长句,以尽情抒发与描摹。艾青的诗正体现了抗日战争时期主流派的自由诗体所达到的历史高度。

附录 本章年表

1910 年

3 月 27 日生于浙江金华县畈田蒋村,原名蒋海澄。

1928 年

本年 考入国立西湖艺术院绘画系学习。

1929 年

春 赴法国巴黎勤工俭学。

1932 年

1 月 参加在巴黎召开的世界反帝大同盟东方部成立大会。

4 月 由巴黎回到上海。

5 月 加入左翼美术家联盟。

7 月 所作第一首新诗《会合》(署名"莪伽")发表于《北斗》第 2 卷第 3、4 期合刊。

同月 被捕入狱,被判有期徒刑六年。

9 月 在狱中作《透明的夜》,收入《大堰河》集。

1933 年

5 月 《芦笛》发表于《现代》第 3 卷第 1 期,收入《大堰河》集,第一次署名"艾青"。

1934 年

5 月 《大堰河——我的保姆》发表于《春光》第 1 卷第 3 期,收入《大堰河》集。

1935 年

10 月 出狱。

1936 年

11 月 《大堰河》集自印出版。

1937 年

7 月 6 日作《复活的土地》,收入《北方》集。

1938 年

1 月 《雪落在中国的土地上》发表于《七月》第 2 集第 1 期,收入《北方》集。

年初 由武汉去山西临汾,又转西安,任抗日艺术队队长。

3 月 《北方》发表于《七月》第 2 集第 4 期,收入《北方》集。

5 月　《向太阳》(长诗)发表于《七月》第 3 集第 2 期。

12 月　《我爱这土地》发表于《十日文萃》旬刊,收入《北方》集。

1939 年

年初　流亡到广西桂林,编《广西日报》副刊《南方》,并与戴望舒合编诗刊《顶点》。

4 月　《诗的散文美》发表于 29 日《广西日报》副刊《南方》。

春末　作《他死在第二次》(长诗)。

5 月　《吹号者》(长诗)发表于《文艺阵地》第 3 卷第 2 期。

上半年　《北方》集自费出版。1942 年 1 月由文化生活出版社再版。

冬　到湖南新宁衡山乡村师范学校任教。

1940 年

1 月　作《旷野》,收入《旷野》集。

同月　作《冬天的池沼》,收入《旷野》集。

4 月　离开湘西去重庆。

5 月　作《火把》(长诗),1941 年 6 月由烽火社出版。

9 月　《树》发表于《诗》第 2 卷第 1 期,收入《旷野》集。

同月　《旷野》集由生活书店出版。

1941 年

3 月　从重庆奔赴延安。

9 月　作《雪里钻》(叙事长诗),1944 年 11 月由重庆新群出版社出版。

同月　《诗论》由三户图书社出版。

1942 年

年初　作《黎明的通知》,收入《黎明的通知》集。

3 月　《野火》发表于《草叶》双月刊第 3 期,收入《艾青诗选》。

1943 年

5 月　《黎明的通知》集由桂林文化供应社出版。

1945 年

上半年　在鲁迅艺术文学院文学系任教。

10 月　任华北文艺工作团团长,带领一批文艺工作者随部队进驻张家口,作为文艺学院并入华北联合大学,任院长(后改任副院长)。

1948 年

1 月　《原野与城市》(译诗集,凡尔哈仑著)由新群出版社出版。

春　作《播谷鸟集》(组诗),收入《宝石的红星》集。

1949 年

2 月　随中国人民解放军部队进入北平,任中央美术学院军代表。

7 月　参加全国第一次文艺工作者代表大会。

1954 年

7 月　应智利众议院议长卡斯特罗邀请,出访智利,写有组诗《南美洲的旅行》。

1956 年

6 月　《春天》集由人民文学出版社出版。

1958 年

4 月　被错划为"右派"分子,先后在东北黑龙江北大荒与新疆农垦部生产建设兵团劳动。

1978 年

4 月　《红旗》发表于 30 日《文汇报》。

1980 年

5 月　《归来的歌》由四川人民出版社出版。

1996 年

5 月　5 日逝世。

知识点

必读作品与文献

思考题

第二十六章　新诗(三)

　　1940 年代的诗歌图景"深深地植入了战争背景之中"①。战争爆发时的"同声歌唱",表达的是全民族面对异国侵略时的国土沦丧,被凌辱、被践踏的生命体验与同仇敌忾的民族情绪。当战争进入相持阶段,诗人们也就进入了生命的沉潜与诗的沉潜状态,从三个不同方向将新诗艺术的探讨引向深入。一是七月派诗人从生活和历史的深处开掘民族生命力,发展革命现实主义诗歌的新努力;二是以冯至为代表的校园诗人潜入内心深处,将民族本位的战争体验融入个人与人类本位的更具形而上色彩的生命体验和思考,并转化为现代诗的思维与语言的试验;三是敌后根据地的诗人自觉地到民间传统、农民文化中吸取精神支撑与诗歌资源,创造歌谣体新诗的尝试。而战后出现的中国新诗派,则明确提出了"新诗现代化"的任务,追求"现实、象征、玄学"的"综合"。

一　从同声歌唱到七月派诗人群的出现

　　全面抗战时期中国新诗是以一个颇具戏剧性的简单认同为其开端的:卢沟桥一声炮响,震撼了诗人敏感的心灵与神经,1930 年代两大派别的对峙仿佛在一夜之间就陡然消失,几乎所有的诗人都一起唱起了民族解放的战歌。中国诗歌会所倡导的具有强烈的时代性、战斗性的写实主义诗风风靡诗坛,成为不同流派的诗人的共同归趋。对于中国诗歌会的诗人来说,这种发展趋向自然是他们早已期待的。对于新月派、现代派诗人来说,这种戏剧性的转折也有内在的思想发展逻辑,并非诗人罗曼蒂克的冲动。曾经"心折于惊人的纸烟的艺术下"②的现代派诗人徐迟就这样谈到了战争引起他关于诗的使命与艺术表现的新思索:"也许在逃亡道上,前所未见的山水

---

　　①　吴晓东:《战争年代的诗艺历程》,《中国新诗总系(1937—1949)》,北京:人民文学出版社 2010 年版,第 2 页。
　　②　徐迟:《二十岁人·纸烟的艺术》,《徐迟文集》第 1 卷,武汉:长江文艺出版社 1993 年版,第 23 页。

风景使你叫绝,可是这次战争的范围与程度之广大而猛烈,再三再四地逼死了我们的抒情的兴致。你总是觉得山水虽如此富于抒情意味,然而这一切是毫没有道理的;所以轰炸区炸死了许多人,又炸死了抒情,而炸不死的诗,她负的责任是要描写我们的炸不死的精神的。"①诗人强烈地感到,他所醉心的个人小天地的感伤的抒情已经被民族解放战争的战火"炸死",而表现时代的民族精神的诗却是"炸不死"的。徐迟所代表的现代派、新月派诗人的这种自我批判、自我否定,是十分真诚的,中国的现代诗人本质上都是,而且首先是自己民族忠实的儿子,因此,他们时时自觉意识到时代、民族呼唤的压力:"你的双手曾给这时代,这存亡关头的国族做过什么贡献? 有过什么成绩?"②他们宁愿放下自己弹惯了的琴弦,也要追随中国诗歌会做呐喊的时代鼓手。而且时代已经改造了读者群,他们一反过去静观欣赏的习惯,也要求着时代的战歌,而不再欣赏缠绵的牧歌和哀曲。于是,产生于这一时期的大量诗歌、诗集——无论是郭沫若的《战声集》、任钧的《为胜利而歌》、冯乃超的《宣言》,还是臧克家的《从军行》《泥淖集》、徐迟的《最强音》、戴望舒的《元日祝福》、何其芳的《成都,让我把你摇醒》等等,都具有了共同的风貌,各个诗人以往的风格反而不易辨别,与其说这是诗人的诗,不如说是时代的诗。诗人与人民共同经历着颠沛流离的逃亡生活,灾难深重的民族、人民的广阔人生世界也就大量地闯入了诗的领域,给战前某种程度自我封闭的诗歌世界吹进了清新的生活之风,注入了新鲜的生命的泉水。如研究者所说,"诗歌中也历史性地获得了忧患感、凝重感和阔大感"③。

在诗歌民族化、群众化的强烈呼声下,诗歌形式的探索与改造受到了重视,诗人们以极大的热情进行了多方面的试验。在爱国主义、民族主义激情的推动下,很快就形成了运用小调、大鼓、皮黄、金钱板等民间形式来宣传抗战的热潮,影响所及,老舍等人做了用大鼓调写长诗的尝试。④ 老舍自己

---

① 徐迟:《抒情的放逐》,《顶点》第 1 期,1939 年 7 月 10 日。

② 王统照:《〈江南曲〉自序》,冯光廉、刘增人编:《王统照研究资料》,银川:宁夏人民出版社 1983 年版,第 156 页。

③ 吴晓东:《战争年代的诗艺历程》,《中国新诗总序(1937—1949)》,北京:人民文学出版社 2010 年版,第 2 页。

④ 几乎与老舍同时,柯仲平在敌后根据地做了用唱本俗曲写长诗的尝试,创作了《边区自卫军》《平汉铁路工人破坏大队的产生》。

说,他的《剑北篇》是一种"接受旧文艺的传统,接受民间文艺的优点"创作新诗的试验:"大体上,我是用我所惯用的白话,但在必不得已时也借用旧体诗或通俗文艺中的词汇,句法长短不定,但句句要有韵,句句要好听,希望通体都能朗诵。"①应该说,这类用旧形式表现新内容的试验并不成功,老舍自己就感觉到它的"旧诗的气息"太强②;何其芳在评论柯仲平的试验时也指出了诗的形式不够"现代化"的弱点③。

诗人们努力寻找诗为现实斗争服务、与人民接近的方式,出现了诗朗诵运动,主张"要使诗重新成为'听觉艺术',至少是可以不全靠眼睛的艺术,而出现在群众之前,才能使诗更普遍地,更有效地发挥其武器性,而服务于抗战"④。高兰、冯乃超、光未然、锡金、徐迟等都是诗朗诵运动的积极推动者。高兰的《我的家在黑龙江》《哭亡女苏菲》、光未然的《屈原》等代表作,不仅采用了自由无拘的形式,而且融进了戏剧中抒情独白的某些特点。在抗日民主根据地"街头诗运动"的推动下,"皖南事变"前后,国统区诗人也在重庆做过街头诗、传单诗创作的试验,但是由于国民党政府的压制而未能形成比较广泛的运动。无论是诗朗诵运动,还是街头诗的试验,都推动着新诗语言与形式的通俗化、散文化。如朱自清所说:"抗战以前新诗的发展可以说是从散文化逐渐走向纯诗化的路","抗战以来的诗又走到了散文化的路上"。⑤ 自由诗体在中国诗坛上再次崛起,成为抗战时期诗歌形式的主流。

抗战初期最受欢迎的诗人田间(1916—1985)正是这样应运而生的"时代鼓手"。田间在《给战斗者》里所创造的鼓点式的诗,所表现的常是闪电似的感情的突击,他的诗往往第一节就唱出其他诗人在最后一节才歌唱出来的东西,将一些铺垫、过渡全部省略。茅盾说读他的诗就好像"看了一部剪去了全部的'动作'而只留下几个'特写'几个'画面'接连着演映起来的

① 老舍:《三年写作自述》,曾广灿、吴怀斌编:《老舍研究资料》(上),北京:北京十月文艺出版社 1985 年版,第 579—580 页。

② 同上书,第 581 页。

③ 何其芳:《论文学上的民族形式》,延安文艺丛书编委会编:《延安文艺丛书·文艺理论卷》,长沙:湖南文艺出版社 1984 年版,第 664 页。

④ 任钧:《略论诗歌工作者当前的工作和任务》,《新诗话》,上海:两间书屋 1948 年版,第 102 页。

⑤ 朱自清:《新诗杂话·抗战与诗》,《朱自清全集》第 2 卷,南京:江苏教育出版社 1988 年版,第 345 页。

电影"①。田间又利用诗句的分行(读的时候是中止和间歇)形成急驰的旋律;而一行精而短,有时一个字、一个词就是一行,以诗句的连续反复出现来渲染雄壮的气势:"人民! 人民! /抓出/本厂里/墙角里/泥沟里/我们底/武器,/痛击杀人犯! //人民! 人民! /高高地举起/我们/被火烤的/被暴风雨淋的/被鞭子抽打的/劳动者的双手,/斗争吧!"(《给战斗者》)这暴风雨般呼唤的感情,闪电般的、跳跃式的、急驰的、强烈的节奏,和抗战初期慷慨激昂的时代气氛是十分合拍的。它在形式上十分自由,又自有鼓点式的节奏,恰好证实了朱自清的如下论断:抗战前的"格律运动实在已经留下了不灭的影响。只看抗战以来的诗,一面虽然趋向散文化,一面却也注意'匀称'和'均齐',不过并不一定使各行的字数相等罢了"②,"所以散文化民间化同时还促进了格律的发展。这正是所谓矛盾的发展"③。

随着抗日战争转入相持阶段,抗战诗歌的发展也进入一个深入时期。全面抗战初期诗歌对诗歌艺术审美特性的严重忽视,以及由此产生的报复性的后果,越来越为诗坛与社会所不能容忍,有人甚至发出了这样的质问:"大批浮泛的概念的叫喊,是抗战诗么? 可惜我们底美学里还没有篡入这种'抗战美'。"④这样,"新诗向何处去"的问题再一次被提出,许多诗人都在关注与思考如何丰富和提高现实主义诗歌艺术的表现力,推动现实主义诗歌走向成熟。站在这样的基点上,人们对新诗发展的历史道路有了新的认识。力扬在一篇题为《我们底收获与耕耘》的总结性长文里,充分地肯定了"表现人民底意志,愿望与情感"的新诗"进步的革命的传统",批评了新月派、现代派诗人的"偏窄,颓废与幻灭的悲诉和呻吟",指出"抗战新诗所沿以发展的河流,是前者而不是后者","随着创作实践的深入,而愈能把握住现实主义道路";同时又肯定了新月派、现代派"给予新诗的相当的功绩"。结论是:中国革命现实主义诗歌流派与新月派、现代派"这两支河流,也并不像长江,黄河一样:南北分流,丝毫没有脉息相通的地方;而有着许多

---

① 茅盾:《叙事诗的前途》,《茅盾论中国现代作家作品》,北京:北京大学出版社1980年版,第248页。

② 朱自清:《新诗杂话·诗的形式》,《朱自清全集》第2卷,南京:江苏教育出版社1988年版,第398页。

③ 朱自清:《新诗杂话·抗战与诗》,《朱自清全集》第2卷,第347页。

④ 胡危舟:《诗论随录》,《文学创作》第1卷第2期,1942年10月。

互相渗透,互相影响的交点"。① 这或许代表了相当一部分诗人的共识。

这一时期最重要的诗人艾青(前有专章讨论)为扩大现实主义诗歌思想艺术容量向象征主义诗歌艺术的自觉借鉴、对诗歌语言暗示性的追求、总体象征式的抒情手法,都直接地影响了这一时期诗歌艺术的探索。力扬(1908—1964)的长篇叙事诗《射虎者及其家族》,即是既受到了艾青的影响而又有自己独立创造与发展的代表作,是这一时期诗歌创作的重要收获。长诗对"射虎者家族"的描写具有现实主义的历史具体性,同时又赋予其更广泛的历史概括性:"家族"代代相传的仇恨及难以摆脱的因袭重负正象征着我们古老民族艰难跋涉的历程,在深沉的历史感中渗透了强烈的现实感。艾青式的忧郁和凝重有如浓雾流泻于《射虎者及其家族》及同时期其他优秀诗作中,形成了与这一时期的时代心理、民族情绪相适应的沉郁、凝重的诗的氛围,属于中华民族的阔大诗风。

通过历史与现实经验的总结,对诗的内容与形式的认识达到了新的水平。李广田在一篇题为《论新诗的内容和形式》的文章中明确指出:"美的思想必须由美的形式才'表现'得好。只有在表现上,艺术家才存在,艺术家的力量才有用武之地。"②对诗歌艺术(包括诗歌形式)的探索成为理论家、诗人注意的中心,出现了艾青的《诗论》、朱自清的《新诗杂话》、李广田的《诗的艺术》、朱光潜的《诗论》等把新诗艺术探讨提到理论高度的学术著作,现代新诗终于有了自己的现代诗学的雏形,这是现代新诗趋向成熟的又一个重要标志。在诗的艺术探索中,诗的形式、诗的散文化问题是人们特别关注的。艾青明确提出了"诗的散文美"的概念,把诗歌形式散文化的问题提到美学的高度,把自由诗体的提倡与形式主义诗风的否定、朴素的审美趣味的崇尚结合在一起,他指出,"朴素是对于词藻的奢侈的摈弃,是脱去了华服的健康的袒露;是挣脱了形式的束缚的无羁的步伐;是掷给空虚的技巧的宽阔的笑"③,其实质是要给雄伟奔放的民族情绪以"天然去雕饰"的朴素外观,以表现现代民族情绪为职责的中国现代新诗终于有了适于自己的外在形式。1942年卞之琳的《十年诗草》出版,诗人在思维方式、感觉方式以及诗歌形式和表现方法上与众不同的多方面的尝试,引起了诗坛的广泛重

① 力扬:《我们底收获与耕耘》,《诗创作》第15期,1942年10月。
② 李广田:《论新诗的内容和形式》,《诗的艺术》,上海:开明书店1947年版,第2页。
③ 艾青:《诗论掇拾(二)》,《艾青全集》第3卷,石家庄:花山文艺出版社1991年版,第54页。

视,李广田、朱自清等都写了专论,从理论上总结卞之琳的创造,这都使现代新诗对形式美的追求在一度冷落后又达到了更自觉的阶段。

与此相联系的是,对抗战初期失落了的诗的个性有了新的自觉追求。诗人臧克家总结了历史经验,强调要"始终保持住自己"①,重又回到所熟悉的农村题材上来,写出了《烙印》之后又一部成功之作——《泥土的歌》。他说:"《泥土的歌》是我从深心里发出来的一种最真挚的声音,我昵爱、偏爱着中国的乡村,爱得心痴、心痛,爱得要死,就像拜伦爱他的祖国的大地一样。我知道,我最合适于唱这样一支歌,竟或许也只能唱这样一支歌。"②诗人用一支淡墨笔,以白描手法,写下了一幅幅农村人与自然的素描,和《烙印》相比,更加生活化,也更纯净,较少雕琢的痕迹,反显出洗净铅华的朴素美。这正是这一时期时代诗风的一面。戴望舒这时期写出了《灾难的岁月》,其中《我用残损的手掌》等篇曾传诵一时,被认为是戴望舒最成熟的诗作。《元日祝福》里的爱国主义激情在《我用残损的手掌》里变得更加深沉,尤其在艺术表现上,终于显出戴望舒"这一个",并且有了新的发展:诗人把自己对祖国刻骨铭心的爱,外化为爱抚祖国版图的动作,除了以地图象征祖国土地外,还增加了梦幻的色彩。全诗的调子仍然是戴望舒式的舒缓而又柔婉,但却内含着一种庄严乃至悲壮的情思。这位从异域采来奇葩的现代派诗人,终于在血与火的炼狱中成长为现代中国的民族诗人,获得了具有鲜明民族特色而又个性化、既阔大又纤细、既遒劲而又柔情的新诗风。正是在对诗的个性的自觉追求中,逐渐形成了新的诗歌流派。这一时期影响最大的诗歌流派就是七月诗派。

七月诗派是在艾青的影响下,以理论家兼诗人胡风为中心,以《七月》及以后的《希望》《诗垦地》《诗创作》《泥土》《呼吸》等杂志为基本阵地而形成的青年诗人群,主要代表诗人有鲁藜、绿原、冀汸、阿垅、曾卓、芦甸、孙钿、方然、牛汉等人,他们以提倡革命现实主义与自由诗体为主要旗帜,在抗日战争与解放战争时期国民党统治区的诗歌创作中产生了巨大影响。七月诗派的诗歌创作,大都收集在胡风主编的"七月诗丛"(第一集 12 册,第二集 6 册)、"七月新丛"与"七月文丛"的诗集中;1981 年又编辑出版了《白色花》,收

---

① 臧克家:《〈十年诗选〉序》,《臧克家文集》第 1 卷,济南:山东文艺出版社 1985 年版,第 597 页。

② 臧克家:《当中隔一段战争》,《臧克家文集》第 1 卷,第 586 页。

集了七月诗派20位诗人的作品(包括1980年以前的诗作)。

　　绿原在《白色花》的序言中曾把七月诗派诗人创作态度与创作方法的共同追求概括为"努力把诗和人联系起来,把诗所体现的美学上的斗争和人的社会职责和战斗任务联系起来"①,这表明七月诗派是直接继承了1930年代中国诗歌会的革命现实主义传统的。他们并且是自觉地以1930年代新月派、现代派的历史对立物的姿态出现于1940年代诗坛上的。针对徐志摩"我不知道风是在哪一个方向吹"的迷失方向的惆怅与悲叹,七月诗派诗人罗洛庄严宣告:"我知道风的方向/风打从冬天走向春天/我知道风的方向/我们和风正走着同一的道路啊……"(《我知道风的方向》)他们是从巨大的历史潮流中汲取诗情的。

　　七月派诗人给自己规定的历史任务绝不是简单地恢复和继承1930年代中国诗歌会的诗歌传统;他们无疑是主张正视现实的,但更反对"对于生活的追随的态度"乃至"卖笑的态度"②,强调发扬主观战斗精神去能动地影响、改造现实,在艺术上鲜明地打出了反对客观主义的旗帜③。首先,他们反对亦步亦趋地"琐碎地"描摹"生活现象本身"④,而主张凭借正确地把握了的历史力量,"突入生活"⑤,从生活现象突进、深入生活的底蕴,从客观对象具体形态中开掘出内在的深广的历史社会内容,创造出包含着个别对象,又比个别对象深广,更强烈地反映了历史内容的(甚至比现实更高的)艺术形象。其次,他们反对冷淡地摹写生活,而主张将诗人的人格、情感、血肉、审美趣味强烈地渗透到客观对象中,达到主客观的互相拥抱、融合。七月诗派强调"突入"生活的底蕴,强调诗歌中主观与客观、历史的东西与个人的东西的统一融合,正是对中国诗歌会主张直接描摹现实、将自我消融于大我之中的诗歌观的历史的纠正。

　　确定七月诗派历史地位的主要是他们的艺术实践,他们所塑造的抒情主人公形象给诗坛提供的新东西。阿垅的《纤夫》,从纤夫"四十五度倾斜的/铜赤的身体和鹅卵石滩所成的角度"发现了历史的"动力和阻力之间的

---

　　① 绿原:《白色花·序》,《白色花》,北京:人民文学出版社1981年版,第2页。

　　② 胡风:《文艺工作底发展及其努力方向》,《胡风评论集》(下),北京:人民文学出版社1984年版,第10、11页。

　　③ 胡风:《自然主义倾向底一理解》,《胡风评论集》(上),北京:人民文学出版社1984年版,第389页。

　　④ 胡风:《略观战争以来的诗》,《胡风评论集》(中),北京:人民文学出版社1984年版,第54页。

　　⑤ 胡风:《青春底诗》,《胡风评论集》(下),第92页。

角度",这历史的动力正是那"创造的劳动力/和那一团风暴的大意志力";他更从纤夫的劳动中领悟出了历史的真理:历史的"强进"的路,"并不是一里一里的/也不是一步一步的/而只是——一寸一寸那么的","以一寸的力/人底力和群底力/直迫近了一寸/那一轮赤赤地炽火飞爆的清晨的太阳"。诗人笔下的纤夫形象既具有普通纤夫的历史具体性,又包含着更加深广的历史内容:它表现出了一种深藏在普通人民身上的坚韧强劲的民族精神,以及古老民族的顽强生命力。全诗显然具有象征意义,并因而取得了一种思辨的力量。后来中国新诗派理论家唐湜正是据此而断定七月派诗人也"不自觉地走向了诗的现代化的道路",与"穆旦、杜运燮们"的诗一起并列为"诗的新生代"的两个"浪峰"。① 绿原的《给天真的乐观主义者们》,就像诗的题目所昭示的那样,是一首直面现实生活,无情地揭示脓疮,以打破粉饰现实的"天真的乐观主义"的诗。但诗人并不满足于这种揭示,他同样向生活的底蕴开掘,像鲁迅那样看见了"在地下运行,奔突"的"地火"——中国真正的"光明的体积"。由此诗人对现实的认识升华到了一个新的高度。诗人所开掘的,正是一种民族自信力与历史乐观主义精神。《纤夫》与《给天真的乐观主义者们》对于生活的开掘,在七月派诗人的创作中是有典型性的。七月派诗人们甚至从天上的雨、地上的小牛犊、一个跃动的夜、一座动乱的城、一条喑哑的江、一株"根深深地盘结在泥土的下面"(芦甸《我活得象棵树了》)的树……都发现了这坚韧强劲的民族生命力与历史乐观主义的民族自信力。无疑是抗日民族解放战争的历史潮流孕育了诗人的这种情思;同时,这也注入了诗人的个性。

在中国新诗史上,郭沫若的《女神》曾塑造了具有破坏精神与创造精神的自由解放的抒情主人公形象,那是充分反映了"五四"历史青春期的时代精神的;1930年代徐志摩、戴望舒笔下的抒情主人公形象,充满了迷失方向的迷惘、感伤情绪,那是大革命失败以后的历史转折期一部分青年时代情绪的反映;而七月诗派所塑造的行动着的历史的强者的抒情主人公形象则充分反映了经过抗日民族战争血与火的考验,我们民族的趋向成熟,时代的趋向成熟。如研究者所说,七月派诗人所创造的"粗犷与豪放的充满力度的美与艾青的忧郁与凝重一起丰富了四十年代诗坛,共同完成了一种新的自

① 唐湜:《诗的新生代》,《新意度集》,北京:生活·读书·新知三联书店1989年版,第23、22页。

由体诗歌美学型范的塑造"①。七月诗派的主要价值正在于此。

七月诗派的上述总体倾向并不排斥诗人个人的独特创造。绿原（1922—2009）被公认为七月诗派的代表诗人之一,表现浪漫憧憬的《童话》曾给他带来声誉,但他却不满意,很快就转向了政治抒情诗。他的《给天真的乐观主义者们》《终点,又是一个起点》《伽利略在真理面前》《你是谁?》等名篇,都以政治尖锐性、历史感、繁复的形象、愤激而含嘲讽的诗情,给读者以震撼;他的诗常通过朗诵与听众直接交流,极富煽动力量。鲁藜（1914—1999）则代表七月诗派的另一种调子。他的代表作《延安散歌》《红的雪花》《草》都是生长在新的土地上的"绿草",清新而明丽;《泥土》表现了新的人生哲学,朴实而隽永。阿垅（1907—1967）的《纤夫》、冀汸（1918—2013）的《跃动的夜》、曾卓（1922—2002）的《铁栏与火》、牛汉（1923—2013）的《鄂尔多斯草原》、化铁（1925—2013）的《暴雷雨岸然轰轰而至》,都是充满力度的足以显示"七月风"的代表作。但诗人们也各有特色:阿垅沉稳、坚忍;曾卓似急待喷发的火;牛汉带来草原黑的死寂、红的壮丽和绿的生命的复活;化铁气势磅礴地唤来大破坏的雄浑的力。和内在的力相适应,七月派诗的形式是自由奔放的,他们追随艾青,提倡散文美,自觉地把自由诗推向一个坚实的新高峰。

中国人民的抗日民族战争终于胜利,历史又进入了新、旧的交替时代。诗人们以空前的热情与勇敢,用诗歌作武器,参加了争取民主,迎接新中国的战斗。讽刺诗与政治抒情诗成为这一时期诗歌创作的主要潮流。不同流派、不同风格的诗人不约而同地拿起讽刺的武器。惯于热情放歌的郭沫若写了《进步赞》:"谁能说咱们中国进步得很慢?""水龙已经进步成为了机关枪,/板刀已经进步成为了手榴弹",讽刺反语中蕴积着巨大的愤怒。追求含蓄、凝练的臧克家的笔下也喷射出讽刺的火焰,收在诗集《宝贝儿》《生命的零度》《冬天》里的诗歌,以尖锐的政治主题、讽刺与抒情的糅合为其特征;朴素自然的诗句,显示着诗人的诗风在大时代潮流冲击下的发展,但他仍没有放弃对艺术凝练的苦心追求。在被视为"第二战场"的学生运动中,出现了继全面抗战初期之后又一次"诗朗诵"运动,艾青的《向太阳》《火把》,绿原的《给天真的乐观主义者》《你是谁》等,都是广场朗读中最受欢迎

①　吴晓东:《战争年代的诗艺历程》,《中国新诗总系（1937—1949）》,北京:人民文学出版社2010年版,第11页。

的诗作。

受到广大学生、市民欢迎的还有袁水拍的《马凡陀山歌》。其引人注目之处首先在于与城市小市民的深刻联系:诗人紧紧把握住小市民的情绪,又不为其所左右,自觉地把小市民日常生活中的牢骚(例如对物价腾贵、住房困难的不满)引向反帝反国民党政权的总的革命目标,同时对小市民的精神弱点(例如容易满足、努力向上爬等)也给予适度的嘲讽,这都显示出诗人的革命立场。《马凡陀山歌》在艺术上融入了鲁迅的杂文笔法,除大量运用漫画式的夸张外,常常采用怪诞的手法,如"忽听门外人咬狗,/拿起门来开开手,/拾起狗来打砖头,/反被砖头咬一口! //忽见脑袋打木棍,/木棍打伤几十根,/抓住脑袋上法庭,/气得木棍发了昏"(《人咬狗》)。在国民党统治下,警察把被特务打伤的学生扭送法院就是"抓住脑袋上法庭"的生活根据。诗中所表现的"脑袋打木棍"之类幻觉,正是怪诞与真实的统一,其批判锋芒是指向真正"发了昏"的反动统治者的。《马凡陀山歌》大量运用了通俗的民间语汇与歌谣形式,诗人的认识与实践反映了毛泽东《在延安文艺座谈会上的讲话》对于国统区诗歌创作的深刻影响。

二　从冯至等校园诗人群到以穆旦
为代表的"中国新诗派"

这或许也算是战争中的奇迹:当战争进入相持阶段,在遍地硝烟之中,在由于物质匮乏而出现的经商狂潮中,竟然出现了相对宁静的校园里对精神的坚守,成为园内人极为珍惜、园外人十分向往的战争中的精神家园。就在这样的特殊氛围中,培育出了一批战乱中的校园诗人,并以其特殊的风貌,给这一时期的诗歌打上了不可磨灭的烙印,对以后的新诗发展产生深远的影响。

人们首先注意到的,是遥远的西南一角昆明,大后方最高学府西南联大,现代新诗的前辈诗人——从早期白话诗的代表诗人兼诗歌理论家朱自清、新月派的领袖人物闻一多,到现代派诗人的中坚、"汉园三诗人"中的卞之琳、李广田等都汇合在这里;此外,西南联大还特聘了英国著名的现代派文学理论家与诗人威廉·燕卜逊任教。在他们的周围聚集着一批热情、敏感而又才华洋溢的年轻人:穆旦(查良铮)、郑敏、杜运燮、袁可嘉、俞铭传、王佐良、赵瑞蕻……他们中许多人后来成了"中国新诗派"的佼佼者,直到如今的诗坛还回荡着余响。是历史(战争)的机遇把中国新诗史上的主要代表集中于这简陋而丰富、狭小而广阔的天地里,中国的成名的、不成名的,已经成型的、尚未成型的诗人,一起进入了人生与艺术道路上难得、少遇的沉潜状态。首先是生命的沉潜——这是一种经历了战乱中的流亡,有了丰富的生命体验(这正是他们的前辈——1930年代的校园诗人所匮缺的)以后的生命沉潜:他们面对现实与自然凝然默思,使中国土地上的生活的沉重与灾难潜入内心深处,将民族本位的、更具感性(非理性)的战争体验融入、转化为个人与人类本位的、更具形而上色彩的生命体验与思考。这又是艺术的沉潜,而且是在最广泛的吸取基础上的沉潜:师生们通过课堂教学、科学研究与译著,系统地总结了新诗发展的历史经验——朱自清的《新诗杂话》、李广田的《诗的艺术》是其中最主要的成果,与同时期出版的朱光潜的《诗论》、艾青的《诗论》,同为新诗理论的经典著作;为了为新诗的发展寻找更丰富的艺术资源,他们的艺术探讨的触角既伸向中国古代诗歌(文学、文化)传统,同时也开展了对西方文学经典的学习与研究。师生们以更加开放的眼光,与当代世界诗潮进行直接的交流:冯至、卞之琳翻译、介绍了里尔克的诗歌与小说,燕卜逊则以当代英国诗人的身份开讲"当代诗",而后期象征派诗人奥登这一时期的访华,以及他所写的关于中国抗战的诗歌,更使他几乎是毫无阻拦地进入了这些年轻的中国未来诗人的诗生活中。正像王佐良所说的,"中国新诗也恰好到了一个转折点。西南联大的青年诗人们不满足于'新月派'那样的缺乏灵魂上大起大落的后浪漫主义;如今他们跟着燕卜荪读艾略特的《普鲁弗洛克》,读奥登的《西班牙》和写于中国战场的十四行,又读狄仑·托玛斯的'神启式'诗,他们的眼睛打开了——原来可以有这样的新题材和新写法!"①这意味着,这些在战争中经历了外在人生与内在灵魂的反复、激荡、大起大落而正在沉思中的年轻人与老师辈的中年人,终于在以艾略特、瓦雷里、里尔克、奥登等为代表的西方20世纪现代派诗歌那里,找到了与他们内在生命要求相适应的诗的观念与形式,由生命的沉潜进入了艺术的、诗的沉潜状态。

首先是诗的观念的改变:"诗是经验的传达而非单纯的热情的渲泄"②。

---

① 王佐良:《谈穆旦的诗》,杜运燮、周与良、李方、张同道、余世存编:《丰富和丰富的痛苦》,北京:北京师范大学出版社1997年版,第3—4页。

② 袁可嘉:《诗与民主》,《论新诗现代化》,北京:生活·读书·新知三联书店1988年版,第47页。

而所谓"经验的传达"又是一种曲折的传达：首先是将外在的生活经验化为内在的生命体验而达到一种主观化，并进而感悟更深层面的底蕴，即可以称为"诗性哲学（哲理）"的东西，它又是与生活、生命的感性形态融会为一体，并非诗人着意拔高的，这就是以后诗人们说的"知性与感性的融合"。这种"思"与"诗"融合的追求，就产生了中国新诗史上并不多见的"沉思的诗"。如果说1930年代的现代派以及后期新月派的诗歌是对大时代的普遍幻灭的产物，他们的诗的非个人化追求带有一定程度的逃避现实与内心矛盾的性质，因此并不能最终摆脱浪漫的感伤情调，那么，1940年代的校园诗人恰恰是以逼视现实、人生、自我的矛盾以至分裂为主要追求与特点的，而且他们将这种现实与灵魂的逼视上升为既保留个体的独特性，又是普遍、超越的人类经验和形而上的生命体验，同时又通过对现代诗的思维和语言的探讨与实验，将其转化为审美的形态。这"知性的提升与融合"与"文本实验"的自觉，都是充分体现了校园诗歌的特色的。

最早实现这样的新时代的校园诗歌理想，并且显示出鲜明个性特征的，是老师辈的老诗人冯至。他行程几千里，走过许多城市与乡村，经历了许多生命的死亡与挣扎以后，来到大后方的西南联大，获得了一块生命的栖息地：那将永远留在新诗史上的昆明郊外的"林间小屋"。诗人冯至正是在林间小屋的凝神默思里，获得那辉煌而庄严的瞬间体验，达到生命与艺术的豁然贯通的。在这变幻莫测的战争年代，诗人从小昆虫经过一次交媾，便结束了他们美妙的一生，得到了歌德式的"死与变"的启示："歌声从音乐的身上脱落，/归终剩下了音乐的身躯/化作一脉的青山默默"（《什么能从我们身上脱落》）；晴空下，诗人"站立在高高的山巅"，仿佛"化身为一望无边的远景"，感受着自我生命与万物的"交流"："哪条路、哪道水，没有关联，/哪阵风、哪片云，没有呼应/我们走过的城市、山川，/都化成了我们的生命"（《我们站立在高高的山巅》）；但在那风雨之夜，诗人在小小的茅屋里，听着狂风中的暴雨，却感到人的孤单、不能自立、生命的暂住，以及相互的隔离——连厮守千百年的铜炉、瓷壶，也有了千里万里的距离，"象风雨中的飞鸟//各自东西"（《我们听着狂风里的暴雨》），同时又听见诗人"在深夜祈求//用迫切的声音：/'给我狭窄的心/一个大的宇宙！'"（《深夜又是深山》）所有这些关于生死转化、生的美妙与死的庄严，关于生命的孤独与交流……都是诗人对身边事物个人化的新的发现。如果说战争在七月派诗人那里唤起的是关于一个民族在血与火的考验中"骄傲地活着"与"不屈地死去"的生命价值的思考(冀汸《生命》),风雨之夜唤起了对"大的破坏"时代的期待(化铁《暴雷雨岸然轰轰而至》),在冯至这里却转化为关于个体与人类的生存状态、人的生命的形而上的体验与思考。如果说前者"抒写政治感",也即阶级感与民族感,"是属于公众的诗",那么冯至则是"吐露内心感","是属于个人的诗"。① 同样是从身边的日常生活与自然中发现内在的哲理,在冯至这里,真正成为刻骨铭心的生命体验,并自觉上升到生命哲学的层次。正是在这个意义上,人们评价说:"由二十七首诗组成的《十四行集》",是中国新诗史上"最集中、最充分地表现生命主题的一部诗集,它是一部生命沉思者的歌",使中国现代诗歌第一次具有了"形而上的品格"。② 诗人关于人的生命的这种体验与形而上的思考,与从歌德到存在主义的西方思潮的关系,是比较容易注意到的:既存在着影响,也有平行思考(例如对战争的类似体验)的相通。另一面与传统思想的联系也是明显的,例如诗人关于自我与万物的沟通的体验与思考,就显然有"天人合一,物我一体"的思想因素;诗人自己还说,这样的经验,就"象是佛家弟子,化身万物,尝遍众生的苦恼一般"③,冯至的诗也因此获得了某种东方哲学的底蕴。

　　人们通常把《十四行集》最后一首看作冯至诗的艺术宣言:"从一片泛滥无形的水里/取水人取来椭圆的一瓶,/这点水就得到一个定型","向何处安排我们的思、想?/但愿这些诗象一面风旗/把住一些把不住的事体"(《从一片泛滥无形的水里》)。一方面是自由无拘、无边无际、不可把握的智性思考,另一方面却是有形的感性呈现,形式的规范与定型:诗人正是要在这二者的矛盾、相互制约所形成的张力中,寻找自己的"诗"的存在形态。于是,冯至的诗里,出现了一系列流动的与凝定的意象,前者如歌曲、韵律、风、水、云、彗星、空气、飞鸟、飞虫、风旗等等,后者如山、路、泥土、平原、树、塔、殿堂、茅屋、铜炉、水瓶等等。人们不难发现这些意象所具有的亲切感:它们不仅在日常生活中最常见,与人的生存关系最为密切,而且大都是有传统原型的。更为重要的是,这些流动的与凝定的意象,在冯至的诗里,并非只是静态地呈现,而是表现为前者向后者的动态的转化过程。所有这一切,都表现了诗人的美学理想:试图将自然流动的美凝定为一种有法度的美。

---

① 王佐良:《中国新诗中的现代主义——一个回顾》,《文艺研究》1983 年第 4 期。

② 王泽龙:《中国现代主义思潮论》,武汉:华中师范大学出版社 2008 年版,第 159 页。

③ 冯至:《里尔克——为十周年祭日而作》,《冯至选集》第 2 卷,成都:四川文艺出版社 1985 年版,第 158 页。

因此,他选择了"十四行诗体",并且借用李广田的分析,做了这样的说明:"'由于它的层层上升而又下降,渐渐集中而又解开,以及它的错综而又整齐,它的韵法之穿来而又插去',它正宜于表现我要表现的事物;它不曾限制了我活动的思想,而是把我的思想接过来,给一个适当的安排。"①难能可贵的是,冯至完全采用现代白话口语,连关联词也很少使用,却将这种外来的诗体形式运用自如,达到了内在诗情、哲思与外在形式的和谐。而冯至《十四行集》整体风貌中所显示的庄严、单纯与从容,以及艺术上的相对完美,使得它在1940年代文学以至整个现代文学之中,都是一个独特的存在。另一方面,冯至《十四行集》的成功是一个重要的征候,它表明中国现代新诗人已经有足够的思想艺术力量消化外来形式,利用其来创造中国自己的民族新诗。

冯至对他的学生的影响是深刻的,学生的艺术探索的触角则伸得更远。在校期间,学生中的诗人主要集中在冬青社、文聚社、新诗社等文学社团中,昆明《文聚》杂志与香港《大公报·文艺》(杨刚主编)则是师生的共同阵地。以后,校园诗人中有的又走向社会,直接参加了战争,正是战争中的生存体验,促使这些年轻诗人的思维、心理与审美发生了更为深刻的变化。抗战结束以后,穆旦、郑敏、杜运燮、袁可嘉到了北平、天津,以《大公报·星期文艺》(沈从文、冯至主编)、《文学杂志》(朱光潜主编)、天津《益世报·文学周刊》(沈从文主编)、《文艺复兴》(郑振铎、李健吾主编)、《文汇报·笔会》(唐弢主编)等为阵地,继续发表诗作与诗论。同一时期,南方的杭约赫(曹辛之)、唐湜、陈敬容、唐祈因友谊与共同的诗艺追求,成为1947年创刊于上海的《诗创造》中的"四人核心",以后又加入了辛笛。到1948年因诗歌观念的分歧,他们从《诗创造》中分离出来,创办《中国新诗》,与北方的穆旦等诗人联合起来,提倡"新诗现代化",也即"新传统的寻求"②。任务的提出本身即意味着一种高度的自觉性,这在中国新诗史上无疑是一个重要的突破。

"综合"是中国新诗派的诗歌观念中的一个基本观念。诗人们这样明白表示,他们所提出的诗的新倾向"纯粹出自内发的心理需求,最后必是现

---

① 冯至:《十四行诗集·再版自序》,《冯至诗选》,成都:四川人民出版社1980年版,第202页。

② 袁可嘉:《新诗现代化》,《论新诗现代化》,北京:生活·读书·新知三联书店1988年版,第3页。

实、象征、玄学的综合传统"①。

首先是"现实"的因素:这是一个个体的人,人类的人,社会、民族、阶级的人有机综合的概念,而且是要从现实中去把握、发现的②;因此,与1930年代现代派诗人关注"那天上的花园已荒芜到怎样了"不同,中国新诗派的诗人是以"对当前世界人生的紧密把握"为追求的。另一方面,他们也没有如1930年代中国诗歌会诗人那样,将现实绝对化与狭窄化;在他们看来,现实既包括政治生活,也有日常生活在内,既指外部现实,也指人的内心世界,既是时代社会的,也是个人的③。正是"生活的现实的突进"与"心灵现实的突进"这两个方面的统一,显示了中国新诗派诗人的个性。

而明确地以"玄学"作为诗学的基本要素,一方面表现为形而上沉思的智性特征,另一方面"普遍地反映于诗人感性中'理'与'情'的混凝,抽象思想与美丽肉体的结合",这样的"融汇了肉感与思想的抒情"④是完全有别于之前的创造社诗人、新月派诗人、现代派诗人以至本时期的七月派诗人的。

中国新诗派诗人还把他们的诗学里的"象征"规定为"表现于暗示含蓄",这与他们所提倡的追求"表现上的客观性与间接性"的"新诗戏剧化"主张是一致的。如果说在1930年代的现代派诗人那里,象征的写法与浪漫的抒情总是融为一体的,意象与诗情的融合实现了诗的意境化,那么,中国新诗派诗人追求的则是意象与思想的凝合,把传统的主观抒情变为戏剧性的客观化处境。

值得注意的是,中国新诗派诗人强调,要实现诗的现代化,就必须对诗的思维方式进行改造。与此相联系的是语言的改造。中国新诗派的理论家们一再申明:"现代诗人极端重视日常语言及说话节奏的应用,目的显在二者内蓄的丰富,只有变化多,弹性大,新鲜,生动的文字与节奏才能适当地,有效地,表达现代诗人感觉的奇异敏锐,思想的急遽变化……"⑤强调"诗的思维与语言的根本改造",这集中体现了中国新诗派诗人的反叛性与异质性,恰恰是对早期白话诗的一个遥远的呼应。可以说是实现"中国诗的现代化"

---

① 袁可嘉:《新诗现代化》,《论新诗现代化》,北京:生活·读书·新知三联书店1988年版,第7页。

② 同上书,第6页。

③ 成辉(陈敬容):《和唐祈谈诗》,《诗创造》第6期,1947年12月。

④ 袁可嘉:《现代英诗的特质》,《文学杂志》第2卷第12期,1948年5月。

⑤ 袁可嘉:《新诗现代化》,《论新诗现代化》,第6—7页。

的历史性努力把它们连接在一起的。当然不是简单的重复,中国新诗派的诗人同时提醒要区分"诗的散文化(这是'一种诗的特殊结构')"与"散文化的'散文化'"、"逻辑本文"与"诗本文"、"生活语言"与"诗语言",因此,他们也反对"对于民间语言,日常语言,及'散文化'的无选择的、无条件的崇拜"①。这里包含的对早期白话诗偏颇的纠正与发展也是明显的。

最能体现中国新诗派的这种反叛性与异质性的,无疑是其代表诗人穆旦(1918—1977)。穆旦在他的代表作《被围者》里,这样写他的新发现:"一个圆,多少年的人工/我们的绝望将它完整。/毁坏它,朋友! 让我们自己/就是它的残缺……"同是中国新诗派的唐湜解释说,穆旦所"毁坏"的,是对"'至善'的终结""绝对的理念"的虚妄追求,从而达到了"一个自觉的超越"②:这正意味着对以"圆"为中心的传统哲学与诗学的超越,以及以"残缺"为中心的现代哲学与诗学的建立。于是,在穆旦的笔下,出现了中国诗歌史上从未有过的残缺世界里的残缺自我,站在不稳定的点上,不断分裂、破碎的自我,存在于永远的矛盾张力上的自我。如研究者所说,"这种对'自我'和主体性的怀疑,是中国新诗史上前所未有的。尤其与郭沫若的扩张的主体和何其芳的自恋的主体对比,就更能说明问题"③。

尤可注意的,是穆旦的思维和情感方式。诗人排拒了中国传统的中和与平衡,使方向各异的各种力量相互纠结、撞击,以至撕裂。所有现代人的生命的困惑:个体与群体、欲望与信仰、现实与理想、创造与毁灭、智慧与无能、流亡与归宿、拒绝与求援、真实与谎言、诞生与谋杀、丰富与无有等等全都在这里展开;不是简单化的二元对立,也不是直线化地"一个吃掉(否定)一个",而是相互对立、渗透、纠结为一团。如同为中国新诗派的郑敏所说,是"思维的复杂化,情感的线团化"④:这正是现代人的思维方式与情感方式。于是,我们可以说,早期白话诗人所提出的建立现代新诗的现代思维方式与情感方式的历史任务,到穆旦这里开始得到了初步的落实,这自然是意

① 袁可嘉:《对于诗的迷信》,《论新诗现代化》,北京:生活·读书·新知三联书店 1988 年版,第 66 页。

② 唐湜:《搏求者穆旦》,《新意度集》,北京:生活·读书·新知三联书店 1989 年版,第 104 页。

③ 吴晓东:《战争年代的诗艺历程》,《中国新诗总系(1937—1949)》,北京:人民文学出版社 2010 年版,第 36 页。

④ 郑敏:《诗人与矛盾》,杜运燮、袁可嘉编:《一个民族已经起来》,南京:江苏人民出版社 1987 年版,第 39 页。

义重大的。

　　同样重要的是诗人以怀疑主义的眼光观照现代生活所提出的思想与生命命题,终于打破了一切乌托邦神话。如诗人在诗中所说,"由幻觉渐渐往里缩小／直到立定在现实的冷刺上显现"(《打出去》),"在无数的绝望以后","不再祈求那不可能的",而"承继"了"生命的变质,爱的缺陷,纯洁的冷却",诗人"仅存的血"也因此"毒恶地澎湃"(《我向自己说》)。这是冷峻的逼视,是清醒的超越,更是"反抗绝望"的自觉:诗人宣布,"我要赶到车站搭一九四〇年的车开向最炽热的熔炉里。//虽然我还没有为饥饿,残酷,绝望,鞭打出过信仰来"(《玫瑰之歌》)。诗人正是从这样的不计后果、不惜代价的对真理的追求中,收获了"丰富,和丰富的痛苦"(《出发》),而且"把未完成的痛苦留给他们的子孙"(《先导》)。这一切,都使人们想起鲁迅,穆旦自己也说是严酷的现实"教了我鲁迅的杂文"(《五月》)。这样,当穆旦宣布要从传统的"圆"的思维与美学的"被围"状态中冲绝而出时,就在以鲁迅为代表的现代新文化传统那里寻找到了自己的精神资源:他并不是无根的。

　　穆旦曾这样评论他的《还原作用》,其实可以看作他对 1940 年代诗歌的一种自评:"其中没有'风花雪月',不用陈旧的形象或浪漫而模糊的意境来写它,而是用了'非诗意的'辞句写成诗。"①当 1930 年代的后期新月派、现代派诗人越来越趋向于对传统形象、意境的借用、点化时,穆旦的这种拒绝态度,自然是反映了他的反叛性的:他始终坚持"使诗的形象现代生活化"②。即以《还原作用》一诗而言,诗中出现了既在"污泥里"又"梦见生了翅膀"的"猪",在人"身上粘着"却频频念着"你爱我吗?"的"跳蚤,耗子","荡在尘网里,害怕把丝弄断"的生命的"空壳",以及"花园"向"荒原"的转换:所有这些引起生理与心理的不舒服感又充满矛盾的意象,以及由"美丽"向"荒凉"的转换,都是传统诗词中不可能有甚至视为大忌的,但确实又是诗人在现代生活中充满荒诞、无奈的真实感受与体验。而所谓用"'非诗意的'辞句写成诗",则是指诗人所采用的与传统抒情相异的"几近于抽象的隐喻似的抒情"③方式。这是一种主体意识的自由伸展、运动,大量采用内心直白,或者是抽象而直接地进行理智化叙述,或者是将肉体感与形而上

---

① 郭保卫:《书信今犹在,诗人何处寻》,杜运燮、袁可嘉编:《一个民族已经起来》,南京:江苏人民出版社 1987 年版,第 179 页。

② 同上书,第 178 页。

③ 唐湜:《忆诗人穆旦》,杜运燮、袁可嘉编:《一个民族已经起来》,第 153 页。

的玄思相结合,诗中任意出现对立两极间的跳跃、猛进、突转,造成一种陌生与生涩的奇峻、冷峭、惊异的美:这正是与穆旦叛逆的思想和诗情相一致的。这样的抽象化的抒情,如穆旦晚年所说,"传统的诗意很少"可能使人"觉得抽象而枯燥",但他仍然坚持"这正是我所要的"①。

在诗的语言上,穆旦也同样拒绝文言,坚持"五四"现代白话诗的传统。批评家说"他的诗歌语言最无旧诗词味道……是当代口语而去其芜杂,是平常白话而又有形象的色彩和韵律的乐音"②。他也反对遣词造句上意义的模糊与朦胧,主张"诗要明白无误地表现较深的思想"③:这正是对早期白话诗人诗歌语言观的坚持与发展。穆旦充分发挥了汉语的弹性,利用多义的词语、繁复的句式,以表达现代人的"较深的思想"与诗情,同时又自觉地大量运用现代汉语的关联词,以揭示抽象词语、跳跃的句子之间的逻辑关系。如"你底眼睛看见这一场火灾,/你看不见我,虽然我为你点燃;/唉,那燃烧着的不过是成熟的年代,/你底,我底。我们相隔如重山"(《诗八首》);"虽然他们现在是死了,/虽然他们从没有活过,/却已留下了不死的记忆,/当我们乞求自己的生活,/在形成我们的一把灰尘里"(《鼠穴》)。可以看出,穆旦所创造的是一种诗人郑敏所说"介于口语与书面语之间的文体"④,"它扭曲,多节,内涵几乎要突破文字,满载到几乎超载"⑤,他确实走到了"现代汉诗写作的最前沿"⑥。这样,穆旦不仅在诗的思维、诗的艺术现代化,而且在诗的语言的现代化方面,都跨出了现代新诗史上具有决定意义的一步,从而成为"中国诗歌现代化"历程中一个带有标志性的诗人。他的诗,一方面在各个方面都显示出对于传统诗学的叛逆性与异质性,成为对早期白话诗的一个隔代的历史呼应;另一方面却同样显示出鲜明而强烈的民

---

① 穆旦:《写于1976年的一封信》,转引自蓝棣之:《现代诗的情感与形式》,北京:华夏出版社1994年版,第100页。

② 王佐良:《穆旦:由来与归宿》,杜运燮、袁可嘉编:《一个民族已经起来》,南京:江苏人民出版社1987年版,第7页。

③ 郭保卫:《书信今犹在,诗人何处寻》,杜运燮、袁可嘉编:《一个民族已经起来》,第180页。

④ 郑敏:《回顾中国现代主义新诗的发展并谈当代先锋派新诗创作》,《国际诗坛》1989年第8期。

⑤ 同上。

⑥ 曹元勇:《走在汉语写作的最前沿》,杜运燮、周与良、李方、张同道、余世存编:《丰富和丰富的痛苦》,北京:北京师范大学出版社1997年版,126页。

族性:正像诗人在他的代表作《赞美》里所吟唱的那样,"我有太多的话语,太悠久的感情","我要以带血的手和你们一一拥抱,/因为一个民族已经起来"——借用穆旦对艾青的评价,诗人他"所着意的,全是苗生于我们本土上的一切呻吟,痛苦,斗争,和希望","在他的任何一种生活的刻画里,我们都可以嗅到同一'土地的气息'"。① 于是,在穆旦诗的冷峭里,更有着"新诗中不多见的沉雄之美"②。

中国新诗派诗人群中穆旦以外的诗人,除了"追求一个现实、象征、玄学的综合传统"这一总体的相同或相似之外,更显示出个体风格的相异。《诗集1942—1947》的作者郑敏更多地受到里尔克、冯至的影响,袁可嘉说"'雕像'是理解郑敏诗作的一把钥匙",她追求雕塑或油画的凝定的美,那种"细微、缓慢、持久而又留有想象余地"的效果③。而她使用频率最高的词语是"静默",因此,她的诗有一种雕塑般的深沉与静穆:"我从来没有真正感觉过宁静,/象我从树的姿态里/所感受到的那样深","而它永远那样祈祷,沉思,/仿佛生长在永恒宁静的土地上"(《树》)。这静默里有大地的,也是人类的沉思(《金黄的稻束》),有无所不在、无时不在,"忠实的旅伴"般的寂寞(《寂寞》),但它"原是一个奔驰的力的收敛"(《马》),在长久的默默忍受中也有灵魂的燃烧(《生的美:痛苦·斗争·忍受》),并且"在思虑里回旋",酝酿着毅然俯冲的行动的选择(《鹰》)。另一位女诗人陈敬容这一时期写有《盈盈集》《交响乐》,她有一句"鞭打你的感情,从那儿敲出智慧"(《智慧》),被认为是对自己诗歌特征的描述。她写"我,和一排排发呆的屋脊"吊在"黄昏"时分的"朦朦胧胧""半明半暗"之间(《黄昏,我在你的边上》),写"在熟悉的事物面前/突然感到的陌生/将宇宙和我们/断然地划分"(《划分》),都真实地展现了新旧交替时代知识者思想的矛盾与困惑。穆旦的同学杜运燮也有诗集《诗四十首》,他的《滇缅公路》,最早表现了现代交通建设中坚忍的民族精神,曾经给朱自清带来极大的振奋,被认为是"歌咏现代化"的"现代史诗"孕育、诞生的最初"消息"④。杜运燮的诗,最

---

① 穆旦:《〈他死在第二次〉》(创作评),1940年3月3日香港《大公报》。

② 袁可嘉:《诗人穆旦的位置》,杜运燮、袁可嘉编:《一个民族已经起来》,南京:江苏人民出版社1987年版,第11页。

③ 袁可嘉:《九叶集·序》,《九叶集》,南京:江苏人民出版社1981年版,第13页。

④ 朱自清:《新诗杂话·诗与建国》,《朱自清全集》第2卷,南京:江苏教育出版社1988年版,第351、352页。

引人注目之处在于讽刺、幽默对抒情的渗透。其代表作《追物价的人》以别开生面的构思、机智风趣的戏谑，表现饱含辛酸的生活内容，曾传诵一时。同为西南联大诗人的还有袁可嘉，他同时也是中国新诗派的主要理论家，发表在天津与上海《大公报·星期文艺》、天津《益世报·文学周刊》等报刊上的《新诗现代化》《新诗戏剧化》《对于诗的迷信》《诗与民主》等论文，不仅为中国新诗派诗人的创作提供了理论的基础，而且是现代新诗思潮史与现代文论史上的重要收获。相对地说，中国新诗派诗人群中，几位南方的诗人如唐湜（著有《骚动的城》《英雄的草原》等诗集）、唐祈（著有《诗第一册》）、辛笛（著有《手掌集》）、杭约赫（著有《撷星草》《噩梦录》《火烧的城》《复活的土地》等诗集）的诗具有更强的现实性，相对减少了抽象的哲理沉思。

当人们频频论及大后方西南联大及以后的中国新诗派诗人群时，往往忽略了北方沦陷区里也同样活跃着一群校园诗人，他们以燕京大学的《篱树》《燕园集》《燕京文学》、辅仁大学的《辅仁文苑》、北京大学文学院的《文艺杂志》《北大文学》《文学集刊》等校园刊物为主要阵地。沦陷区的学院化诗歌，不同于西南联大的校园诗歌，是论者所说的"象牙之塔"的产物①，他们在诗歌世界里营造自己的精神家园，"在诗性想象中逃逸严峻的现实世界"②，也因此进行了严肃的诗歌艺术试验，涌现出了以吴兴华、黄雨、沈宝基、查显琳等为代表的年轻诗人。南星、朱英诞、沈启无（开元）等成名诗人也在这些杂志上发表了大量诗作。这些北方校园里的诗人，在醉心于波德莱尔、庞德的同时，也注目于艾略特、里尔克、奥登：几乎与西南联大的诗人们有着同样的艺术吸收与趣味。于是，在他们的诗艺追求中，也同样出现了对诗歌抒情性和浪漫主义的放逐，出现了于暗示性的意象中隐含哲理的尝试（如黄雨的诗）。北方校园里更弥漫着某种古典的气息。诗人南星的笔下流淌着"小桥流水"般的情致，出现了"我的田野在远处"的意象（《呼唤》）；而诗人朱英诞更是陶潜风范的渴慕者，在"人淡如菊"的闲适的日常生活背后体味自然人性的真意（《读陶集后作》）。这一时期的北方校园诗人中，最重要的代表诗人无疑是吴兴华。他的主要贡献是"古题新咏"的长诗写作，代表作有《柳毅和洞庭龙女》《褒姒的一笑》《盗兵符之前》《书〈樊

---

① 林慧文：《旧京校园文学》，《燕都》1988 年第 6 期。
② 吴晓东：《战争年代的诗艺历程》，《中国新诗总系（1937—1949）》，北京：人民文学出版社 2010 年版，第 15 页。

川集·杜秋娘诗〉后》《听〈梅花调·宝玉探病〉》《大梁辞》《吴王夫差女小玉》等。诗人从主体生命体验出发，以奇诡的想象和溢出常规的视角，赋予古典素材以新的意义，表现了对生命本能、心理冲突，以及对激情、死亡、时间这些现代命题的关注与思考，从而完成了古代题材向现代文本的转化，其诗作被称为"新古典诗"。例如他的《吴王夫差女小玉》，从古本志异故事中摘取了"小玉在墓侧现形与韩重相聚"这一特殊时刻，滤去了原型中"尽夫妇之礼"中所包含的礼教成分，而着力表现人与鬼的结合中小玉的生命体验——"她感谢死亡，把她从人世的/欲念牵挂解脱了，回到他本来的/纯净中，给爱情以最自由的领土"；这里，摆脱了尘世束缚的鬼的世界隐喻了人的自由生命形态，其中已经渗透了诗人主体性的形而上层次的哲理沉思。"十四行诗体"也是吴兴华诗的试验的领地。他以《西珈》为题的 16 首十四行诗是与冯至的《十四行集》遥相呼应的，共同显示了这一西方古老的诗体在 1940 年代中国诗坛上重新获得的艺术生命活力。

在校园诗人之外，也还有些沦陷区诗人抒写着沉重的独语，倾心于哲理的沉思，显示出主知的倾向，代表诗人有闻青、刘荣恩、路易士(纪弦)等。

三　敌后根据地的诗歌创作：诗的民间资源的 新的吸取与创造

中国新诗从一开始即注重从民间吸取诗的新创造的艺术资源。正是"五四"新文化运动重新发现了中国民间诗歌的传统，给《诗经》中的"国风"、汉魏乐府诗以及历代的民歌以极高的评价(参看胡适《白话文学史》)；早期白话诗人不但热心于对民间歌谣的征集，而且开始了"新诗歌谣化"的最初尝试。这种尝试在 1930 年代中国诗歌会的诗人那里成为一种更为自觉的诗歌运动。在 1940 年代的敌后根据地，由于"文艺为工农兵服务"成为主流意识形态，并且得到了根据地政权的支持，诗的歌谣化发展到了极致。一方面是通过政党、政权、群众团体的组织动员力量，以群众运动的方式，开展了工农兵群众性的新歌谣创作运动。所谓"新歌谣"就是在民间传统歌谣形式中注入革命的内容，以达到宣传、教育、普及革命思想的目的。歌颂革命、革命政党、政权、领袖与军队，就成为新歌谣的基本主题。如"革命的势力大无边，/红旗一展天下都红遍"，"来了毛泽东，/……抡起大锤轻如风"等。其中最著名的是陕北民间诗人李有源、李增正用传统的"白马调"

编的《移民歌》;后来经专业诗人、音乐家将全歌中的一节加工成《东方红》,广为传播,唱遍了全中国。也有一些新歌谣是围绕党的中心工作进行现场鼓动的,如部队诗人毕革飞所写的"快板诗":"'运输队长'本姓蒋,工作积极该表扬,/运输的力量大增强,/给咱们送来大批大批美国枪;/亮呀亮堂堂。"这样的歌谣体的创作,既有强烈的战斗性,又具有民间文学特有的幽默感与通俗性,是很能鼓舞士气的。另一方面则是组织知识分子(诗人、作家)到工农兵中去进行采风(对新、老民间歌谣进行搜集、整理、加工),同时进行人与诗的改造。"改造"的结果是使新诗创作发生了根本性变化:民间诗歌资源成为发展新诗的主要乃至唯一的资源;"诗的歌谣化"成为新诗发展的主要方向,决定了这一时期敌后根据地与1940年代后期的解放区诗歌创作的基本面貌与特点。主要表现在以下几个方面:其一,和新歌谣一样,"颂歌"(歌唱革命带来的新思想、新生活,歌唱革命政党、政权、领袖与军队)成为新诗的主要内容与体式;其二,抒发个人感情被视为小资产阶级情调,由此导致诗人主体的消失,诗人成为大众(阶级)的代言人,诗和民谣一样,表现群体的思想感情;其三,同时导致"抒情的放逐",趋向于群众斗争与劳动生活的如实描写与具体叙述;其四,追求语言的朴实、易懂,大量采用口语、土语入诗,以普通不识字的工农兵能听懂为新诗通俗化的标准;其五,尽量吸收、借用民谣的形象原型、体式、表现手法、韵律与语言,追求自然、自由而又富有节奏感的音乐效果。

堪称这一时期歌谣体新诗代表作的,是李季的《王贵与李香香》。这首长诗以"公元一九三〇年,/有一件伤心事出在三边"开篇,显然是在追求陕北民间说书那样的叙述语调。第一部中"崔二爷收租""王贵揽工",特别是"李香香""掏苦菜",更是转借了许多陕北民歌的素材,如"一对大眼水汪汪,/就象那露水珠在草上淌","烟锅锅点灯半炕炕明,/酒盅盅量米不嫌哥哥穷",这些本土本色的"比"与"兴",给全诗带来了清新的气息。但作者仍然在传统的情歌体式中注入了阶级矛盾与斗争的新观念,如"人人都说三边有三宝,/穷人多来富人少","一眼望不尽的老黄沙,/那块地不属财主家?"都是以民间的素材起句,而以革命意识作结。第二部从"闹革命"到"自由结婚"则是将民间爱情叙事纳入革命叙事,"不是闹革命穷人翻不了身,/不是闹革命咱俩也结不了婚",这里对"革命"与"爱情"的统一关系的强调,是可以视为点题之笔的。第三部中"崔二爷又回来了"情节戏剧性地急转;"羊肚子手巾"爱情遭受磨难;"前半夜想你点不着灯,/后半夜想你天不明","我要死了你莫伤心，/死活都是你的人"，磨难中更见忠贞；以及最后的团圆，有情人终成眷属。这些无一不是对民间传统戏曲、歌谣的故事原型的变体与发展，却融入了革命的意识：爱情的曲折、磨难，是因革命的曲折、磨难所造成；而对爱情的忠贞也即对革命的忠贞，最后也是革命的胜利才促成了情人的团圆。到诗的结尾，"挣扎半天王贵才说了一句话：'咱们闹革命，革命也是为了咱！'"此时的长诗男女主人公已经从普通的农民成长为把个人命运自觉与革命相联系的革命战士。这样，诗人就将民间歌谣、戏曲"情人历难而团圆"的模式创造性地转化为"在革命与爱情的考验中成长为新人"的革命诗歌的新模式。长诗在形式上也是采用了陕北民歌"信天游"的格式，而又有了新的发展。"信天游"本是一种抒情的民歌体，每两句为一节，表达一个比较完整的意思，多用以对唱、联唱；现在，诗人仍以两句为一节，但并不构成独立意义单位，而是以数十节合为一章，赋予标题，构成一个相对完整的情节，然后，以"章"连缀成"部"，三"部"合为一诗，叙述了一个长篇故事。这样，就完成了民间抒情诗体向现代叙事诗的转化，同时又保留了"信天游"诗体浓郁的抒情色彩。这主要得力于对传统"比兴"手法的借用。如"山丹丹开花红姣姣，/香香人材长得好"，前一句是"比"，启发读者对香香姣好形象的联想；同时又是"兴"，形成一种美好的氛围，创造了一种诗的意境，为赞美女主人公做了铺垫。"比兴"的运用显然增强了长诗的艺术表现力，但数千行诗全用"比兴"，又造成了艺术上的单一与板滞。"信天游"的形式，每节中的两行是押韵的，音节也大体一致，节与节之间又允许换韵，这样，既具有鲜明的节奏感，运用又相对自由宽松。《王贵与李香香》一方面可以看作民间文学与农民文化对现代新诗的一种渗透与改造，另一方面则是利用民间形式进行革命宣传、启蒙教育的一个尝试：这两方面都对以后新诗的发展产生了深远的影响。

《王贵与李香香》之外，这一时期传诵一时的长篇叙事诗还有张志民的《王九诉苦》《死不着》、李冰的《赵巧儿》、田间的《戎冠秀》《赶车传》等，或近于农民情感、语言的实录，或为农村新人（即革命化的农民）作传，知识者的诗人主体或缺席，或以颂歌歌手姿态出现。写于 1949 年的阮章竞的《漳河水》，被认为是一个新的突破。这是用民歌体反映更为复杂的现实生活的一个新的尝试，不同于《王贵与李香香》的单一情节的直线发展，《漳河水》同时写了荷荷、苓苓、紫金英三个妇女不同的婚嫁遭遇，三条故事线索平行、交错发展，在更为广阔的背景下展现了妇女解放的时代主题的丰富性与复杂性。在艺术表现上，也因为同时借用了漳河地区流行的多种民歌、小曲（如《开花》《割青菜》《四大恨》等），杂采成章，比之《王贵与李香香》单用信天游格式，更自由灵活，富于变化。

风气所及，以写抒情诗见长的艾青，这一时期也创作了叙事长诗《雪里钻》《吴满有》。实际上，在此之前，艾青已经写了《他死在第二次》《火把》等长篇叙事诗。如果做全国范围的考察，就不难发现，在 1940 年代中后期，无论是大后方、敌后根据地（以后的解放区）还是沦陷区，都不约而同地出现了叙事长诗写作的潮流。除前文已做过介绍的长诗如力扬的《射虎者及其家族》及同时期柯仲平的《边区自卫军》《平汉路工人破坏大队的产生》外，这一时期的沦陷区还涌现了一大批鸿篇巨制，如林丛的《古城颂》、毕基初的《幸福的灯》、林林的《你我》、山丁的《拓荒者》、金音的《塞外梦》、蓝苓的《科尔沁草原的牧者》、田芜的《马嵬的哀歌》、黄雨的《孤竹君之二子》、李健的《长门怨》，以及吴兴华的"古题新咏"系列等等。这也是与南方冯雪峰的《灵山歌》《雪的歌》、穆旦的《神魔之争》《森林之魅》《隐现》、唐祈的《时间与旗》、杭约赫的《复活的土地》、杜运燮的《滇缅公路》、莫洛的《渡运河》等互为呼应的，都是通过古今并列、历史与现实的渗透，体现了具有群体性的史诗意向。这固然是 1940 年代的大时代所致，也有 20 世纪世界性的史诗创作的影响。研究者就指出，1937 年由赵梦蕤翻译出版的艾略特的《荒原》，"对中国诗坛产生了巨大的冲击力，直接或间接地熏陶了中国诗人的史诗意识"①。

当然，在叙事诗普遍发展的情况下，也还有些诗人在坚持创作抒情诗，即使是在敌后根据地或解放区，也是如此。刘御的《延安短歌》、蔡其矫的《回声集》、戈壁舟的《别延安》里，都不乏优美的篇章。特别值得提出的是诗人何其芳，他在敌后根据地诗人中是比较自觉地坚持个人抒情诗的写作的。他的《夜歌和白天的歌》真切、坦率地向读者倾诉着自己真实的欢乐、苦闷与矛盾："我是如此快活地爱好我自己，/而又如此痛苦地想突破我自己，/提高我自己"；"我是如此愿意永远和我的兄弟们（按，指工农大众）在一起"，但我又要"一个人到河边去"，"想一会儿我自己"；我像"一个十九岁的少年/那样需要着温情"，尽管"我知道我这样说，/这样计较/是可羞的，/

① 吴晓东：《战争年代的诗艺历程》，《中国新诗总系（1937—1949）》，北京：人民文学出版社 2010 年版，第 23 页。

但我终于对自己说了出来/也好"……他的诗留下了处于历史交替时期的知识分子的心声,许多同时代走过来的读者都可以从中看到自己。何其芳这一时期的诗,都是散文化的自由诗体,比之艾青,色彩更要朴素,但自有一种娓娓动听的亲切与真诚。另一位晋察冀根据地的年轻诗人陈辉,也是用自由诗的形式抒发游击战士的战斗情怀,他的《十月的歌》充满青春的蓬勃朝气和乐观精神,给沉郁的诗坛吹来一股清新的风。他最后把生命献给了祖国与诗,这本身即是抗战时期的诗歌以至整个现代新诗的特色与命运的象征。

附录　本章年表

1937 年

7 月　6 日艾青作《复活的土地》,收入《北方》集。

同月　路易士《火灾的城》由上海新诗社出版。

1938 年

1 月　田间《给战斗者》发表于《七月》第 1 集第 6 期,收入《给战斗者》集。

同月　艾青《雪落在中国的土地上》发表于《七月》第 2 集第 1 期,收入《北方》集。

同月　郭沫若《战声集》由广州战时出版社出版,为"战时小丛书"之一。

2 月　高兰《高兰朗诵诗集》由大路书店出版。

5 月　艾青《向太阳》(长诗)发表于《七月》第 3 集第 2 期,1940 年 6 月由海燕书店出版。

6 月　柯仲平《边区自卫军》(长诗)发表于《解放》第 41—42 期。

8 月　延安战歌社和西北战地服务团在延安发起街头诗歌运动。

12 月　艾青《我爱这土地》发表于《十日文萃》旬刊,收入《北方》集。

本年　穆木天、蒋锡金合编《时调》诗月刊于武汉创刊。

1939 年

3 月　光未然作《黄河大合唱》歌词。

同月　柯仲平《平汉路工人破坏大队的产生》(长诗)发表于《文艺战线》第 1 期第 1—2 期。

4 月　艾青《诗的散文美》发表于 29 日《广西日报》副刊《南方》。

上半年　艾青《北方》集自费出版,1942 年 1 月由重庆文化生活出版社再版。

9 月　孙毓棠《宝马》集由文化生活出版社出版。

1940 年

3 月　《中国诗坛》月刊在桂林复刊。

8 月　邹荻帆《木厂》(长诗)由文化生活出版社出版。

9 月　艾青《旷野》由重庆生活书店出版。

本年　卞之琳《慰劳信集》由明日社出版。

1941 年

9 月　艾青《诗论》由桂林三户图书社出版。

10 月　邹荻帆、曾卓、绿原、冀汸、姚奔等编辑《诗垦地》丛刊第 1 辑《黎明的林子》出版,先后共出 6 辑。

同月　徐迟《最强音》集由白虹书店出版。

本年　《诗创作》在桂林创刊。

1942 年

2 月　邹荻帆、绿原、曾卓等创办重庆《国民公报》副刊《诗垦地》。

4 月　胡风《为祖国而歌》由桂林海燕书店出版。

5 月　卞之琳《十年诗草》由明日社出版。

同月　冯至《十四行集》由明日社出版。

同月　老舍《剑北篇》由文艺奖助金管委会出版部出版。

8 月　力扬《射虎者及其家族》发表于《文艺阵地》第 7 卷第 1 期。

同月　阿垅(亦门)《无弦琴》集由桂林希望社出版,为"七月诗丛"第 1 集之一。

同月　陈辉作《为祖国而歌》。

11 月　冀汸《跃动的夜》集由桂林希望社出版,为"七月诗丛"第 1 集之一。

同月　绿原《童话》集由桂林南天社出版,为"七月诗丛"第 1 集之一。

本年　延安鲁艺文学系师生下乡采风。

1943 年

5 月　艾青《黎明的通知》集由桂林文化供应社出版。

6 月　臧克家《泥土的歌》集由桂林今日文艺社出版。

7 月　鲁藜《醒来的时候》集由桂林南天社出版,为"七月诗丛"第一集之一。

同月　孙望、常任侠选辑《现代中国诗选》由南方印书馆出版。

11 月　田间《给战斗者》集由桂林希望社出版,为"七月诗丛"第一集之一。

同月　闻一多作《时代的鼓手》,收入《生活导报周年纪念文集》。

本年　朱光潜《诗论》由国民图书出版社出版。

1944 年

4 月　废名、开元《水边》由新民印书馆出版。

5 月　路易士《出发》由太平书局出版。

9 月　力扬《我底竖琴》集由诗文学社出版。

同月　曾卓《门》集由诗文学社出版。

11 月　艾青《雪里钻》集由重庆新群出版社出版。

同月　冯文炳《谈新诗》由新民印书馆出版。

12 月　李广田《诗的艺术》(论文集)由开明书店出版。

同月　臧克家《十年诗选》由现代出版社出版,附长篇自序。

1945 年

1 月　穆旦《探险队》由文聚社出版。

2 月　何其芳《预言》集由文化生活出版社出版。

5 月　何其芳《夜歌》集由诗文学社出版。

10 月　俞铭传《诗三十》由北望出版社出版。

1946 年

5 月　臧克家《宝贝儿》集由万叶书店出版。

6 月　闻一多《艾青和田间》发表于 22 日《联合晚报·诗歌与音乐》第 2 期。

同月　任钧《任钧诗选》由永祥印书馆出版。

9 月　冯雪峰《灵山歌》由重庆作家书屋出版。

同月　李季长诗《王贵与李香香》发表于《解放日报》。

10 月　袁水拍《马凡陀的山歌》由生活书店出版。

同月　杜运燮《诗四十首》由文化生活出版社出版。

1947 年

2 月　田间《她也要杀人》(叙事长诗)由海燕书店出版。

3 月　南星《三月·四月·五月》由文艺时代社出版。

5 月　《穆旦诗集》由作者自印出版。

7 月　臧克家、曹辛之、林宏合作组织星群出版公司,出版《诗创造》月刊,主编
　　　"创造诗丛",共 12 种。

9 月　张志民作长诗《死不着》。

本年　朱自清《新诗杂谈》(论文集)由作家书屋出版。

同年　唐湜《骚动的城》由星群出版公司出版。

1948 年

1 月　辛笛《手掌集》由星群出版公司出版。

2 月　唐湜《诗的新生代》(论文)发表于《诗创造》第 8 期"祝寿歌"。

同月　穆旦《旗》由文化生活出版社出版。

同月　戴望舒《灾难的岁月》由星群出版公司出版。

6 月　臧克家、曹辛之、林宏、唐湜、陈敬容、辛笛等以森林出版社名义创办《中

国新诗》月刊,并出版"森林诗丛"。

同月　袁可嘉《新诗戏剧化》(论文)发表于《诗创造》第 12 期"严肃的星辰们"。

9 月　郭沫若《蝌蚪集》由群益出版社出版。

11 月　陈敬容《盈盈集》由文化生活出版社出版。

本年　闻一多编《现代诗钞》由开明书店出版。

同年　袁水拍《马凡陀的山歌续集》由生活书店出版。

同年　唐祈《诗第一册》由森林出版社出版。

同年　绿原《又是一个起点》由青林诗社出版。

1949 年

3 月　杭约赫《复活的土地》由森林出版社出版。

4 月　郑敏《诗集 1942—1947》由文化生活出版社出版。

5 月　阮章竞长诗《漳河水》由太行文艺社出版。

知识点

必读作品与文献

思考题

第二十七章　散文(三)

　　全面抗战及其后(通称第三个十年)的散文创作,尽管受到战争的影响,却仍然呈现繁荣的景象。从正式出版的散文集来看,1917 年至 1937 年 7 月近二十年间,共出版 800 多部,而 1937 年 7 月至 1949 年底十二年间就出版了 1170 部,第三个十年散文创作的总量远远超过了头两个十年的总和。[①] 当然,散文各种文体的发展势头也是有所不同的。全面抗战初期(尤其是 1938 年前后)报告文学几乎抢占了整个文坛,而当战争转入相持阶段(大致是 1940 年之后)以后,以揭露抵制社会弊端为主要内容的杂文又唱了主角。因此,一般认为在这个强调民族共性的时代,特别适合诸如报告文学、杂文这类偏重社会效应的文体,而讲求个性化的散文小品则失去了充分发展的条件。其实这只是相对而言,在全面抗战初期,抒情散文和艺术小品的确大大减产了,但抒情叙事类散文集出版的数量仍然相当可观。在全面抗战中后期及抗战胜利以后,散文创作更呈现多姿多彩的风致。部分作家创作的质量有了突出的进步,出现了一些散文艺术臻于圆熟的作品。

一　报告文学的勃兴

　　"七七事变"激起全国上下的爱国之心。许多作家南下流亡,或者参加了军队,或者目睹亲历了残酷的战争,激发了为抗日写作的热情。而当时人们渴望文学能更加贴近现实,甚至要求文学能迅速反映战况,担负起传递战斗信息、记录抗战业绩的任务,因此,自 1937 年到 1940 年,报告文学成为许多作家首选的文体。特别是 1938 年前后,"一切的文艺刊物都以最大的地位(十分之七八)发表报告文学。读者以最大的热忱期待着每一篇新的报告文学的刊布;既成的作家(不论小说家或诗人或散文家或评论家),十分

　　[①] 　该数字参考贾植芳、俞元桂主编:《中国现代文学总书目》,福州:福建教育出版社 1993 年版。

之八九都写过几篇报告"①。再加上大量出版的报告文学丛书,不断出现的众多无名业余作者,这种简捷、及时的文体的创作蔚为风气。

新闻性的战地报告是最早取得成就的。反映淞沪战役的悲壮场面的著名作者是丘东平,他的纪实小说和文学性通讯很难分得清,《第七连》《我们在那里打了败战》《我认识了这样的敌人》都很有影响。他最早突破一般的事件描写而进入对战场人物的刻写,作品擅长烘托气氛,但偏于直接的感受、印象,外部的场面和人物内在思想的描摹紧紧结合,有一种摄人心魄的力量。另一小说家骆宾基也擅长战地报道。"八一三"战事爆发,他曾到前线抢救、运送伤员,后又参加敌后游击战。也是在这个时期,他开始以骆宾基为笔名,在《烽火》《呐喊》等报刊发表了大量反映抗战的报告文学。短篇报告《救护车里的血》《"我有右胳膊就行"》《在夜的交通线上》,以及中篇报告《东战场别动队》,都及时传达战况,表现抗日的热情,有过很大的影响。曹白(刘平若,1914—2007)也曾投身抗日战场,他因报道"八一三"战事中上海难民的惨象和不屈精神而受人注意。之后,他参加过游击队,又写出了《在敌后穿行》等。这些作品均收入《呼吸》集。曹白曾跟随鲁迅从事木刻艺术,他的报告文学笔调简练,感情浓烈,似乎有木刻画般的力度。

其他较好的报告文学作品,或写前方战士的英勇献身,或写后方民众的爱国一心,或写难民的颠沛流离,或写敌寇的残横凶暴,或写政治的腐败堕落,或写敌后武装的生长,如丁玲的《给孩子们》、徐迟的《大场的一夜》、以群的《台儿庄战场散记》、王西彦的《台儿庄巡礼》、田涛的《中条山下》、碧野的《北方的原野》和《太行山边》二集、姚雪垠的《战地书简》、S. M(阿垅)的《闸北打了起来》、慧珠(萧珊)的《在伤兵医院中》、汝尚的《当南京被虏杀的时候》等。国统区的报告文学逐渐扩大其暴露内容,黄钢的《开麦拉之前的汪精卫》、宋之的的《从仇恨生长出来的》、蹇先艾的《塘沽的三天》、草明的《遭难者的葬礼》、于逢的《溃退》、李乔的《饥寒褴褛的一群》、老舍的《五四之夜》,以及沈起予描写日本战俘思想变化的《人性的恢复》,都是其中的佳构。

职业记者此时也很活跃。范长江从抗战一开始,便写过《台儿庄血战经过》等作品,传播很广。萧乾抗战开始不久就写了大量描述人民的伟力

---

① 以群:《抗日战争时期的报告文学》,《以群文艺论文集》,上海:上海文艺出版社 1983年版,第 14 页。

并揭露抗战中黑暗面的作品,如《血肉筑成的滇缅路》《一个爆破大队长的独白》《岭东的黑暗面》等。萧乾于1939—1946年间,两次出任《大公报》驻英国记者,写出许多反映欧洲人民反法西斯英勇斗争及战时景象的通讯,《银风筝下的伦敦》《矛盾交响曲》等均为名篇。萧乾的通讯报告注重新闻性、真实性,同时又善以艺术性的叙写对读者起诱导作用,加上语言干净利落,手法变化多样,是很有可读性的。

这一时期还出现了一些实写抗战中著名人物的纪实性散文,或称人物特写,比较接近传记的写法,文学性比一般报告文学更强,但也带时事性,极受读者欢迎。如沙汀的《我所见之H将军》、卞之琳的《第七七二团在太行山一带》、刘白羽和王余杞的《八路军七将领》、周立波的《王震将军记》、陈荒煤的《陈赓将军印象记》等等。其中最引人注目的是沙汀的《我所见之H将军》(写于1939年,后来曾以《随军散记》为书名印行),以素描方式记述了当时八路军高级将领贺龙的生活风貌,既尊重事实坚持纪实,又采取小说的手法追叙贺龙奇瑰的经历,极精细地描摹其性格化的言谈举止,包括某些过失,将贺龙的倔强、豪迈、英武与自信凸现出来。

1941年后,战争转入了相持阶段,全面抗战初期的那种普遍的速胜心态冷静下来,担负传递战争信息的报告文学相对减少,但介绍解放区或苏联的文学性通讯多了起来。像赵树理叙写边区妇女翻身模范的《孟祥英翻身》,以副标题注明是"现实故事",取材也是真人真事,用了故事的叙事框架,其实也属于报告文学的一种。

二 继承鲁迅传统的杂文

1940年代杂文的创作潮流始终受惠于鲁迅的传统。国统区、解放区和上海"孤岛"都曾经发生过论争,讨论的中心是:鲁迅的时代是不是已经过去了? 还要不要重振杂文? 这些讨论涉及在抗战的新形势下如何继承、发扬鲁迅散文的现实主义精神的问题。

国统区在艰难的环境下坚持鲁迅杂文传统的,有文学杂志《野草》,以这个刊物为中心,形成了一个杂文作者群,主要有聂绀弩、秦似、夏衍、秦牧、周而复等。《野草》1940年创刊于桂林,遭当局勒令停刊后迁香港,改月刊为旬刊。桂林期间还出过"野草丛书"13种。还有《新华日报·新华副刊》《新蜀报·蜀道》等也都登载大量的杂文,推动了1940年代初期杂文的写作潮。

聂绀弩(1903—1986)平生坎坷,为当代读者所知的是他忧愤嶙峋的旧体诗①,其实他三四十年代还曾专注于杂文创作,结集为《历史的奥秘》《蛇与塔》《早醒记》与《血书》等。在抨击腐朽事物与黑暗现实之外,批判旧的伦理道德,力求改变中国人的精神面貌,是他的杂文的基本主题。名篇《我若为王》构思奇特,设想"我""为王"后的种种意欲贪念:为所欲为,让所有人都向自己臣服谄媚,听不见"真正的声音"……这种种荒唐的"幻想",其实是在讥刺当时的寡头政治,还揭示了专制主义有封建奴性的社会基础,指出了提高民众民主意识的迫切性。聂绀弩的杂文长于对世相的刻写,好用反语,有一种冷嘲的风格,但有些篇什伤之于冗繁。

秦似(1917—1986)也是鲁迅的后学。他的杂文用广博的生活与历史知识做基础,厚积薄发,舒缓有致,文化气息较浓重。如《随谈两则》从中国人的时间观念谈起,批评了"浮生若梦的人生哲学",并讨论了国民性普遍的弱点。其行文如同拉家常,说闲话,却又诙谐精到,充满智慧。他也有些文字是对抗战中的官僚统治积弊的揭露。杂文集有《感觉的音响》《时恋集》《在岗位上》等。

曾与鲁迅有密切交往的冯雪峰,兼有诗人、评论家的身份,他视野开阔,广泛涉及社会政治症结,写出了尖锐的政论。其文笔曲折、深透,善于绵密地说理,偶用比喻,也很新鲜,有历史的脉络与哲理的渗透,时而展露思想的锋利。杂文集有《乡风与市风》《有进无退》《跨的日子》等。

在《野草》上常发表文章的其他作者还有夏衍,著有《此时此地集》《长途》《劫余随笔》《蜗楼随笔》等;孟超(1902—1976),著有《长夜集》《未偃草》;宋云彬(1897—1979),著有《破戒草》《骨鲠集》。

1937—1941年,上海"孤岛"的杂文创作也十分引人注目,有诸多报刊发表杂文,其中影响最大的有《鲁迅风》杂志,以及《文汇报》的副刊《世纪风》。由于"孤岛"特殊的政治地域氛围,这里的杂文写作更有现实的批判性,也更真切痛快。但具体到每个作者,又都力求有不同的艺术风致。唐弢(1913—1992)是最得鲁迅杂文"真传"的作者之一,结集有《劳薪辑》《识小录》《短长书》等。他的作品尖锐泼辣,富于批判性,一切社会病毒都在其扫

---

① 聂绀弩早年参加过北伐、左翼文化运动和新四军,担任过香港《文汇报》主笔,1957年被错划"右派","文革"中被以"现行反革命"罪逮捕,后平反。暮年多用旧体诗写荒诞苦难人生,有《散宜生诗》集(北京:人民文学出版社1982年版)。

荡之列,尤为侧重从历史角度发掘社会病的渊源;又善于勾画世相,注重形象性,并不总是剑拔弩张,不难读出其中流露的感情与诗意。

巴人(1901—1972)的杂文更多的是对于敌伪汉奸的挞伐,还善于以简约之笔勾画各种社会脸谱,风格尖锐泼辣,著有《窄门集》。

周木斋(1910—1941)多写思辨性的杂文,在对社会现象的评论中,发微知著,深入浅出,著有《消长集》。

此外,柯灵(1909—2000)有《市楼独唱》,阿英(1900—1977)有《剑腥集》,孔另境(1904—1972)有《秋窗集》,又有七人合集《横眉集》,都是"孤岛"时期杂文和随笔创作的重要收获。

谈论 1940 年代的杂文小品,还是不能绕过周作人。全面抗战爆发后,北大南迁,周作人滞留北平,曾出任日本人控制的伪职。在此期间他未曾间断写作,出版有《秉烛谈》《药堂语录》《药味集》《药堂杂文》《书房一角》《秉烛后谈》《苦口甘口》和《立春以前》等。这些作品大部分为随笔小品,也有一些是杂文,两者有时也难以区别;其题材和思想大致仍承续二三十年代的旧轨,多为补白式读书札记与回忆文字,在"闲聊"中仍不忘对"思想革命"命题的关注,偶尔也抹上"亡国之音哀以思"的复杂的感情色彩,文风较之抗战之前的生涩,要更平易通脱一些。从杂文的小品化这一点来说,周作人是有突出成绩的。

这一时期的周作人还多写"文抄公体"的散文,即笔记体散文之一种,文章主干是精心挑选的或苦涩或华美的古文,连缀其间的周作人的评点则用简明、朴实的现代白话,两者有机糅合,互相调剂,常兼两种文体之美。对周作人"文抄公体"散文历来毁誉不一,应该说有的确在"掉书袋",比较沉闷,但也有不少透露着睿智的思考。

也有一些更年轻的作者所循的是周作人这一路。如文载道(1916—2007)的《文抄》《风土小记》、纪果庵(1909—1965)的《两都集》,都注重博识和情趣,只求增益孤陋,有裨闻见,被批评家称为"学者的言志的散文"。其值得注意之处在于以一种平民化的知识者的心态去读书、写作,自然有了不同于传统文人的眼光,"文抄"中自是新意迭出,发人深思。

解放区提倡正面创作,批判性的杂文比较稀少,而且多集中发表于1942 年延安整风之前的一段时间,当时《解放日报》《谷雨》《抗战文艺》都刊载过杂文。1941 年上半年以中央青年工作委员会为主的一批年轻作者主办的墙报《轻骑队》,也发表过许多很有影响的杂文。解放区的杂文内容上多针砭当时革命队伍内的不正之风,包括官僚主义、封建思想等等,可以嗅出那个时代的气息。著名的作品如丁玲的《三八节有感》、萧军的《论同志之"爱"与"耐"》、艾青的《了解作家,尊重作家》、王实味的《野百合花》等等,都是批评当时延安存在的一些问题或缺点的。尽管有的作者所使用的批评的语言有偏激之处,但他们本意大都是相信进步的,再则,帮助已经有了初步民主的抗日根据地,铲除几千年遗留下来的根深蒂固的封建恶习,也是革命作家的一种责任。可惜在 1942 年的延安整风以及后来的政治运动中,这些杂文作者都因此而受到不公平的责难与批判,甚至为此付出了极大的代价。在延安整风之后,批判性的杂文在解放区就很少有人再写了。

1940 年代杂文的写作量相当大,很少有作家未曾涉及此领域的,这是因为在那个多难的战争年代,杂文这种短促突击的文体可以更直捷地与现实对话,也更能适应读者的需要。但杂文较之其他散文文体,更难于体现艺术个性,加上这一时期杂文大都着眼于现实批判,而较少如鲁迅那样的深层次的文化批判与思想批判,所以尽管有人提出过"超越"鲁迅的目标,但要真正达到,是困难的。

三 小品散文的多样风致

随着全面抗战的爆发,小品散文转入相对的沉寂。当全国范围兴起报告文学和杂文创作热潮的时候,北方与上海"孤岛"等地还有小品散文在陆续发表。新进的散文作者并不太多,然而已经成名的作家所写的散文大都比前一时期更圆熟,有更多样的风致。

富于才情的萧红这时仍以她优美的笔致写出逆境中的心境,还有种种世道人心。她写小说常用散文笔法,写散文又不时带进小说的思维,两者界限模糊,反而让人感觉自然而新鲜。她不厌其烦地写家人、邻居或者友朋,圈子不大,读来不觉狭窄,因为总有很细腻的发现,能窥见人物微妙的内心。尤其值得一提的是她的《回忆鲁迅先生》一文,在众多纪念鲁迅的文字中,向为世人传颂。她写的鲁迅,虽只取一个个的片段,却真实如生地织成一片。

鲁迅先生的笑声是明朗的,是从心里的欢喜。若有人说了什么可笑的话,鲁迅先生笑得连烟卷都拿不住了,常常是笑得咳嗽起来。

鲁迅先生走路很轻捷,尤其使人记得清楚的,是他刚抓起帽子来往头上一扣,同时左腿就伸了出去,仿佛不顾一切地走去。

萧红以敏锐的女性感觉捕捉日常的生活化细节,随意点染,把鲁迅写活了,让人看到一个伟大作家性格的诸多侧面。她的散文与小说互相融汇,所组成的文学世界是有着充沛的感情的。

何其芳在1930年代是浪漫的青春歌者,到解放区后,诗风文风都为之一变,从沉醉幻美转向关注现实,情感粗起来了。写成的散文收入《星火集》,后又有《星火集续编》。这些作品中仍可看到他的深情抒发、沉思和想象交织的特点,同时又渗入了刚健之气。若论艺术独创性,何其芳这一时期的创作显然不如《画梦录》,但他的一组关于解放区人物的印象记和《还乡杂记》,还是另有一派清新气象,在当时颇有些影响。

巴金的散文在全面抗战爆发后更加严谨坚实,他写作勤奋,本时期的散文集便有《梦与醉》《黑土》《无题》《龙·虎·狗》《废园外》《旅途杂记》《怀念》等。他的爱和憎,在激越的民族意识下显得深沉有力。《废园外》写美丽的花园的堕毁、年轻生命的夭折,描绘了一幅悲惨的战争图景,没有一句直接控诉的话,但凄苦哀愁的气氛却那样震颤人心。

李广田来到大后方后,身历了战争带来的社会剧变,写下大量散文,收入《圈外》《回声》《日边随笔》和《灌木集》,和前一时期的创作相比,社会感明显加强了。不过他最感人的散文还是那些乡土题材的,如同那些不惹眼的灌木,无论风雨寒暑,始终在倔强地生长,淳朴中透露着力的静美。他的文笔清醇,绝少“新文艺腔”,耐咀嚼。

和李广田一样,耽爱“平凡的原野”,沉于大自然的冥想的,是诗人冯至。他这一时期的散文只有一本薄薄的《山水》,8篇短文,但都称得上现代散文的杰作。其中所写的并非名胜,而只是战时在西南艰苦的生活中,他所看到的某些平凡不过的风物和动植物。“一棵树的姿态,一株草的生长,一只鸟的飞翔”,他都从中体会到永恒的美,引发诸多明心见性的思索。其中《一个消逝了的山村》写平常不过的山乡风物,包括那开遍了山坡的鼠曲草,作者在冥想那小草的“意义”:

> 在夕阳里一座山丘的顶上,坐着一个村女,她聚精会神地在那里缝什么,一任她的羊在远远近近的山坡上吃草,四面是山,四面是树,她从不抬起头来张望一下,陪伴着她的是一丛一丛的鼠曲从杂草中露出头来。这时我正从城里来,我看见这幅图象,觉得我随身带来的纷扰都变

成深秋的黄叶,自然而然地凋落了。

冯至的散文漠视"胜"与"奇",专注于"原生态"的至性常情。他是好哲思的,他的散文大都贯注有对生命意义的思索,对人与自然关系的沉思,句式随着思维跳跃,有些欧化,却处处流动着诗的韵味。冥想,是读冯至散文的一种奇妙的效果。

如何把抗战现实的内容与散文小品这种能够充分表达作者个人性格、心志、感情的艺术形式完美地结合起来,是许多作家面临的难题。原来的"立达"派散文家,这时能在艺术水准相对保持的情况下,使作品更多地面向社会。丰子恺辑成《率真集》等,他的《辞缘缘堂》《防空洞中所闻》《胜利还乡记》开始描写灾难的中国现实。叶圣陶这时有《未厌居习作》《西川集》,一种纯朴的爱国之情洋溢其间。

也有一部分作家并不直接干预抗战现实,但也并非不关注人生,他们承接了《论语》派注重幽默闲趣那一路,以旁观姿态打量和揭示人生,推崇生活的智慧。本业从事批评的梁实秋 1939 年后陆续发表《雅舍小品》,曾经风行文坛,且影响一直不衰。其作品不以抒情见长,而重议论,有意回避热点题材,不为时尚左右,多以生活中常见的事物为题,诸如男人、女人、理发、穿戴、吃饭、下棋等等,谈论中博雅的知见和幽默的遣趣交织,把人生体味艺术化了,别有一种阅读的魔力。其中《雅舍》一篇记战乱时期作者隐居重庆郊外的住所,虽然太过简陋,"风来则洞若凉亭,雨来则渗如滴漏",但住久了便产生感情,总自觉"雅舍"是"有个性就可爱"的所在。通篇就写这陋室的"个性",连鼠蚁袭扰、滴漏麻烦,在审美玩味的笔触下,也都转为可忆可叹的生活体验,透露出知足自娱的豁达心境。梁实秋自称这组散文是"长日无俚,写作自遣,随想随写,不拘篇章",的确是余闲的调剂品,有绅士和名士气,不大适从于时代大潮流,甚至因"与抗战无关"而遭到诟病。但其行文优雅怡裕,舒徐自如,让人读来感到亲切,品尝到人生诸多况味,获得生活的真趣与愉悦。几十年后,梁实秋的《雅舍》等散文重新得到读者的认可与欢迎。

另一以遣趣为主的散文家是钱锺书。其《写在人生边上》议论人生百态,措辞析理都入微透骨,文字汪洋恣肆,处处充满机智的幽默;不过有时过于尖刻,不如梁实秋的敦厚平和。还有一学者型散文家王了一(王力)写了一本《龙虫并雕斋琐语》,批评时政及社会习俗,能做到学问、趣味上的两重统制,琐事琐议,设喻巧妙。作者有很深的中外文化修养,以语言学家驾驭语言,朴雅的风格自备一格。

京派的沈从文,全面抗战爆发以后主要的散文集是《湘西》,比起《湘行散记》来,艺术上更加精熟。《常德的船》《辰溪的煤》等都是受人称道的佳篇。一方面写尽了湘西的风土人情,另一方面比以前更鲜明地表现了下层人民的实际生活状况。这里没有雄浑壮丽的文字,只有细密流动的叙述。

沈从文的另一类小品好作生活的体悟与冥想,追求玄秘的韵味,往深沉一路发展。如《生命》等那种"离开自己生活来检视自己生活"的感觉和想象:

> 我正在发疯。为抽象而发疯。我看到一些符号,一片形,一把线,一种无声的音乐,无文字的诗歌。我看到生命一种最完整的形式,这一切都在抽象中好好存在,在事实前反而消灭。
>
> ……我之想象,犹如长箭,向云空射去,去即不返。长箭所注,在碧蓝而明静之广大虚空。

其中有梦幻的感触,有跳跃无序的默想,用的是类似散文诗的优美以至华丽的笔触,却有些悲哀和玄迷,读来如闻叹息,低而分明。写这一类沉入内心的散文时,沈从文似乎总是有一种长途归来混合在疲倦中的淡淡悲伤。他在事实与抽象面前茫然自失,只好攀缘住某些生活现象,或者"属于过去即未真实存在的"感觉,以求在写作中稳定自己。这一类带梦幻玄想式的散文,虽然文笔也漂亮,却不属于未经世事的青年。

小说家张爱玲的艺术个性在散文中也得到发挥。她这一时期的散文多收入《流言》一集中。其中《公寓生活记趣》写城市生活种种凡庸琐事,《更衣记》写清代以来服饰时尚的流变,都很着意呈现有特征的生活细节,语气略带调侃,不时融入作者的体验与感觉。如写公寓生活的杂乱和多色味:

> 夏天家家户户都大敞着门,搬一把藤椅坐在风口里。这边的人在打电话,对过一家的仆欧一面熨衣裳,一面便将电话上的对白译成德文说给他的小主人听。楼底下有个俄国人在那里响亮地教日文。二楼的那位女太太和贝多芬有着不共戴天的仇恨,一捺十八敲,咬牙切齿打了他一上午;钢琴上倚着一辆脚踏车。不知道哪一家在煨牛肉汤,又有哪一家泡了焦三仙。

作者感叹这种彼此不大掩饰私生活的城市方式:"在乡下多买半斤腊肉便要引起许多闲言闲语,而在公寓房子的最上层你就是站在窗前换衣服也不妨事!"因此认为"公寓是最合理想的逃世的地方"。作者无意深刻或提供什么哲思,而只是将庸常的生活陌生化,让读者跳出来重新打量和体味这人生。张爱玲的散文常有细节描绘的意象化,给人的印象也很深,她还喜欢不时插进些议论,似乎在有意显示语言的机智。如《更衣记》写旗袍的流行跟社会审美心理变迁如何有关:

> 现在要紧的是人,旗袍的作用不外乎烘云托月忠实地将人体轮廓曲曲勾出。革命前的装束却反之,人属次要,单只注重诗意的线条,于是女人的体格公式化,不脱衣服不知道她与她有什么不同。

而写到时装的流行往往又有某种放任和炫耀心理时,张爱玲用的是一种意象联想的文字:

> 秋凉的薄暮,小菜场上收了摊子,满地的鱼腥和青白色的芦粟的皮与渣。一个小孩骑了自行车冲过来,卖弄本领,大叫一声,放松了扶手,摇摆着,轻倩地掠过。在这一刹那,满街的人都充满了不可理喻的景仰之心。人生最可喜的当儿便在那一撒手罢?

张爱玲的散文有意与当时的文学主潮拉开距离,只注重以自己的感觉去玩味庸常人生,这种审美层次的"玩味"能给读者带来"一撒手"的阅读快慰。

常和张爱玲并提的女作家苏青,在 1940 年代出版过两本散文集《浣锦集》和《饮食男女》,多以自传叙说的方式,写妇女的生活感觉,写"乱世中当盛世人"的那种物质性与精神性的追求,平实而直爽,看来很世俗,但又常有一种隽逸透露,所拥有的主要是一些市民读者。这两本散文与其早先面世的小说《结婚十年》一样,都是当时走红上海滩的畅销书。

总的看,第三个十年的散文也许不如"五四"时期那样日新月异,也不如 1930 年代那样生机勃发,但创作确是五色杂陈,多姿多味,而又普遍比较成熟。

附录　本章年表

1937 年

9 月　骆宾基《在夜的交通线上》发表于《烽火》第 4 期。

11 月　范长江等《西线风云》集由大公报馆出版。

1938 年

4 月　夏衍《包身工》由离骚出版社出版。

5 月　《长江战地通讯集》由重庆开明书店出版。

5 月　碧野《滹沱河夜战》发表于《文艺阵地》第 1 卷第 3 期。

同月　瞿秋白《乱弹及其他》由霞社出版。

6 月　陆蠡《竹刀》集由文化生活出版社出版。

同月　周立波《晋察冀边区印象记》由汉口读书生活出版社出版。

同月　谢冰莹《新从军日记》由汉口天马书店出版。

7 月　茅盾《炮火的洗礼》集由桂林文化生活出版社出版。

11 月　芦焚《江湖集》由开明书店出版。

1939 年

3 月　丁玲《一年》集由生活书店出版。

同月　朱作同、梅益编《上海一日》由华美出版公司出版。

4 月　巴金改订《旅途随笔》由开明书店出版。

5 月　李广田《雀蓑集》由文化生活出版社出版。

7 月　孔另境、文载道、周木斋等合集《横眉集》由世界书局出版。

8 月　何其芳《还乡日记》由良友复兴图书印刷公司出版。

同月　沈从文《湘西》由长沙文史丛书编辑部出版。

9 月　缪崇群《废墟集》由文化生活出版社出版。

1940 年

6 月　《萧红散文》由重庆大时代书局出版。

7 月　《野草》月刊在桂林创刊。

同月　萧红《回忆鲁迅先生》由重庆妇女生活书店出版。

8 月　陆蠡《囚绿记》由文化生活出版社出版。

11 月　沙汀《随军散记》由知识出版社出版。

同月　柯灵《市楼独唱》由上海北社出版。

1941 年

2 月　林语堂《语堂随笔》由人间出版社出版。

5 月　夏衍《此时此地集》由文献出版社出版。

同月　吴伯箫《羽书》集由文化生活出版社出版。

6 月　茅盾《白杨礼赞》发表于《文艺阵地》第 6 卷第 3 期。

同月　林语堂《有不为斋文集》由人文书店出版。

同月　聂绀弩《历史的奥秘》由文献出版社出版。

8 月　聂绀弩《蛇与塔》由文献出版社出版。

9 月　曹白《呼吸》集由海燕书店出版。

11 月　郭沫若《羽书集》由香港孟夏书店出版。

本年　孟超《长夜集》、秦似《感觉的音响》集出版。

1942 年

1 月　巴金《龙·虎·狗》集由重庆文化生活出版社出版。

同月　缪崇群《石屏随笔》由文化生活出版社出版。

3 月　李广田《圈外》集由国民图书出版社出版。

8 月　缪崇群《眷春草》集由文化生活出版社出版。

1943 年

2 月　孟超《未偃草》集由集美书店出版。

4 月　茅盾《见闻杂记》由桂林文光书店出版。

5 月　李广田《回声》集由桂林春潮社出版。

9 月　冯至《山水》由国民图书出版社出版。

1944 年

2 月　李广田《灌木集》由开明书店出版。

4 月　沈从文改订《湘西》集由开明书店出版。

同月　纪果庵《两都集》由太平书局出版。

6 月　文载道《风土小记》由太平书局出版。

11 月　冯雪峰《乡风与市风》集由作家书屋出版。

12 月　张爱玲《流言》集由五洲书报社出版。

1945 年

1 月　叶圣陶《西川集》由重庆文光书店出版。

4 月　南星《松堂集》由新民印书馆出版。

同月　苏青《浣锦集》由天地出版社出版。

7 月　茅盾《时间的纪录》集由重庆良友复兴图书印刷公司出版。

9 月　何其芳《星火集》由群益出版社出版。

1946 年

2 月　以群选编《南京的虐杀》由作家书屋出版。

3 月　郭沫若《苏联纪行》由上海中苏文化协会研究委员会出版。

4 月　谢冰莹《女兵十年》在汉口自费出版。

10 月　唐弢编《鲁迅全集补遗》由上海出版公司出版。

同月　《鲁迅书简》由鲁迅全集出版社出版。

同月　丰子恺《率真集》由万叶书店出版。

1947 年

4 月　萧乾《人生采访》集由文化生活出版社出版。

8 月　巴金《怀念》集由开明书店出版。

12 月　唐弢《识小录》集由上海出版公司出版。

1948 年

2 月　靳以《人世百图》集由文化生活出版社出版。

3 月　夏衍《劫余随笔》由海洋书屋出版。

4 月　茅盾《苏联见闻录》由开明书店出版。

同月　朱自清《标准与尺度》集由文光书店出版。

5 月　朱自清《论雅俗共赏》集由上海观察社出版。

同月　李广田《日边随笔》由文化生活出版社出版。

8 月　聂绀弩《血书》集由香港野草出版社出版。

11 月　李健吾《切梦刀》集由文化生活出版社出版。

1949 年

1 月　何其芳《还乡杂记》由文化生活出版社出版。

同月　王了一（王力）《龙虫并雕斋琐语》由上海观察社出版。

4 月　巴金《短简》集由文化生活出版社出版。

同月　茅盾《杂谈苏联》由致用书店出版。

5 月　夏衍《蜗楼随笔》由人间书屋出版。

8 月　聂绀弩《二鸦杂文》由香港求实出版社出版。

11 月　何其芳《星火集续编》由群益出版社出版。

知识点

必读作品与文献

思考题

第二十八章　戏剧（三）

一　广场戏剧的三次高潮

（一）全面抗战初期：向广场戏剧倾斜

　　1937年"七七事变"战火一起，中国剧作者协会即集体创作三幕剧《保卫卢沟桥》，在剧本"代序"中要求戏剧的形式，"在全民总动员的口号下，加紧我们民族复兴的信号，暴露敌人侵略的阴谋，更号召落后的同胞们觉醒"，由此揭开了中国抗战戏剧的序幕。"八一三"上海战争发生后，上海职业与业余戏剧工作者就在上海戏剧界救亡协会主持下组织了13个救亡演剧队，除两队留沪外，其余分赴内地演出。1938年秋，在周恩来直接领导下，由国民政府军事委员会政治部第三厅在救亡演剧队基础上组织了10个抗敌演剧队与5个抗敌宣传队，并将1937年9月成立的孩子剧团纳入第三厅编制。演剧队、抗宣队和孩子剧团奔赴抗战前线各个战区和大后方，进行战地演出和宣传组织民众工作，把长期局限在城市里的话剧运动，迅速推广到中小城市，乃至深远的山区和偏僻的农村。

　　全面抗战初期的戏剧总动员与全民总动员，使中国现代话剧的舞台、观众与演员都发生了深刻的变化。由都市走向内地，首先没有了卡尔登大剧院那样的剧场和舞台，演出场所被限制在街头、广场，用的是临时搭起来的舞台、乡村庙会的舞台；观众不再是城市里衣冠楚楚的知识分子和小市民阶层，而是小城市里的商人、农民、工人和士兵，文化水准低得多，却有一点热情（也不免有点好奇心），他们过去从舞台上面接触到的尽是前朝往代的历史和传说中的人物和故事，如今却看见了现代、残暴的敌寇、狡猾的汉奸、自己的同伴，乃至他们自己。这不仅是演出舞台、观众的变化，而且意味着戏剧观念、艺术表现、写作方式、演出形式等一系列变化。首先是将戏剧政治宣传、鼓动、教化的功能推向了极致，削弱、压倒乃至取消了戏剧的商业性能与娱乐功能。由此提出的是戏剧写作、表现上的新要求，如戏剧"主题，第一应该'清楚'，不要含糊"，"第二，应该简单，应当清楚地指导观众怎样同情的方向"①。此外,还有短小(人物不多,情节集中,演出时间不长,多为独幕剧),通俗易懂(故事紧张热闹,形象黑白分明,人物类型化,语言口语、土语化,生动诙谐),演出灵活、简便等艺术表现上的特殊要求。

据不完全统计,在全面抗战时期出版、发行的1200余部剧作中,街头剧就有近百部。其中《放下你的鞭子》(崔嵬等)、《三江好》(吕复等)、《八百壮士》(王震之、崔嵬)、《流寇队长》(王震之)等几乎演遍了各战区与大后方的广大城镇以至农村。广场戏剧最鲜明的特色是打破了舞台与观众之间的"墙"(这正是剧场戏剧所追求的),使观众参与到戏剧中来,整个广场(城市、街头、茶馆)成了一个剧场,不仅演员与观众之间,连观众与观众之间都产生了心灵的感应与情感的交流,广场的戏剧演出就成了千万人的狂欢节:这正是戏剧的政治教化功能与宣泄功能的统一。

这一时期广场戏剧试验的另一个方向与成果是话剧民族化的尝试。面对文盲或半文盲而又长期受到民族戏曲熏陶的观众,广场戏剧演出就必然地要吸取锣鼓、杂耍、曲艺等民间艺术,以及民族的音乐曲调,像游行剧的大规模演出,更是要打破单一的话剧格局,而将歌、舞、说、演、唱熔为一炉。广场戏剧对传统戏曲的这种利用,也推动了传统戏曲自身的改造。许多爱国艺人与戏剧工作者除了选择具有民族意识的传统戏曲作为宣传抗日救亡的武器,还以新的观点编写新戏曲。田汉在这一时期即先后创作了以南宋渔民武装起义为题材的新平剧(即京剧)《江汉渔歌》,以及据明代英雄荡平倭寇的历史故事写成的新平剧《新儿女英雄传》。

(二)敌后根据地:从秧歌剧到新歌剧

1943年春节,在中国共产党领导下的敌后根据地的中心延安,鲁迅艺术文学院的师生组织了以宣传拥政爱民、拥军优属为中心的秧歌队,走上街头、广场,由此掀起了广场戏剧的第二个高潮。人们普遍认为,这次再度转向是延安戏剧、文艺界贯彻毛泽东《在延安文艺座谈会上的讲话》的精神的具体表现,有着明确的意识形态目的:一方面要以民间形式来改造中国话剧与话剧工作者,另一方面又要通过利用与改造民间形式对广大农民进行革命启蒙教育,并以戏剧为突破口,推动整个文学艺术转向文艺为工农兵服务的文艺方向。而对"老百姓喜闻乐见"的强调,又在一定程度上突出了戏剧的娱乐性——本来,在中国共产党领导下的敌后根据地,与民同乐、军民同

---

① 曹禺:《编剧术》,《曹禺全集》第5卷,石家庄:花山文艺出版社1996年版,第145页。

乐、干(部)群(众)同乐,也就是政治。1943年鲁艺秧歌队的演出,即采用了民间秧歌、花鼓、小车、旱船、高跷等老百姓喜闻乐见的形式,所到之处,漫山遍野挤满人群。其中最受欢迎的是新秧歌剧《兄妹开荒》,之前多少具有猥亵趣味的民间秧歌小调中注入了自力更生大生产的革命内容,并略具戏剧的形态(有人物,有简单情节);这些在农民观众眼里,是既亲切又陌生的,自然喜欢看;一般干部、知识分子观众也能从中感到一种来自生活本身的清新气息。在鲁艺的带动下,1943年春节,竟有27个大小秧歌队一齐出动;晋察冀、晋东南、太行山各根据地也纷纷开展新秧歌运动,并出现了《夫妻识字》(马可)、《牛永贵挂彩》(周而复、苏一平)、《惯匪周子山》(水华、王大化、贺敬之、马可)、《一朵红花》(周戈)等广泛流传的新秧歌剧。周扬在看了春节秧歌以后,即写了《表现新的群众的时代》一文,指出:"秧歌成了既为工农兵所欣赏而又为他们所参加创造的真正群众的艺术行动,创作者、剧中人和观众三者从来没有象在秧歌中结合得这么密切。"[①]这就把广场戏剧的特点上升为意识形态的意义了。

在群众性秧歌剧大规模创作与演出的基础上,出现了"新歌剧"的创造实验,并先后产生了《白毛女》(贺敬之、丁毅执笔)、《赤叶河》(阮章竞)、《刘胡兰》(魏风等)等代表剧作,而《白毛女》更成为现代民族歌剧的奠基之作。新文学运动以来就陆续有一些作者创作现代歌剧,如黎锦晖的儿童歌舞剧《小小画家》,田汉、聂耳采用革命歌曲和话剧表演手法的《扬子江暴风雨》等。而在秧歌运动影响下创造的新歌剧,既融汇了西洋歌剧的形式,特别是充分发挥了其善于抒情的特长,精心设计了一些脍炙人口的抒情唱段,如《北风吹》《扎头绳》《扑不灭的火》《我们的喜儿那里去了?》等,极大地丰富了艺术表现力,同时又不拘于西洋歌剧只唱不说的框框,参照传统戏曲的手法,适当安排剧中人物的道白,使剧情进展更加明快晓畅,也更适合农民群众的欣赏。在创造性地吸取民族、民间音乐素材的同时,在歌剧音乐的戏剧性与性格化方面也做了大胆的尝试。这既区别于中国古典戏曲,又区别于西洋歌剧,是在民族文化传统基础上广泛吸取各种营养而建立起来的,综合戏剧、诗歌、音乐、舞蹈、美术为一体的音乐戏剧形式。

《白毛女》的意义,还在于它对民间(农民)艺术资源的自觉借鉴、利用

---

① 周扬:《表现新的群众的时代》,《周扬文集》第1卷,北京:人民文学出版社1984年版,第439页。

与改造。据有关材料介绍，"白毛女"的故事来源于晋察冀边区流传的一个关于"白毛仙姑"的传说，属民间口头创作，带有浓厚的传奇色彩。仔细研究戏剧本事也不难发现"始乱终弃"与"变鬼复仇"的传统戏曲原型。据说在《白毛女》创作初期，曾有新文艺剧作家（他们显然受过西方文学与"五四"新文学的影响与熏陶）利用这样的民间素材，写成了一个"以破除迷信，发动群众为主题"的剧本；后来，经过鲁艺工作团的集体讨论，由剧作家贺敬之、丁毅执笔，提炼出了"旧社会把人变成鬼，新社会把鬼变成人"的全新主题。从这一创作过程可以看出，《白毛女》的创作是民间（农民）文化、受到西方文化影响的"五四"新文化与革命文化三者的融合。因此，全剧主题不仅具有强烈的革命意识形态性——把戏剧的主题提到社会制度的高度，完全纳入了歌颂新政权的时代主题，又坚持了人的解放的"五四"新文学主题，纳入了现代文学传统；而这样的主题提升，并没有脱离人鬼互变的民间与传统文学的基本模式。除了总体的艺术构思之外，在具体的艺术处理上，也十分注意农民观众的欣赏趣味与习惯，注意从民间戏曲中吸取养料。如全剧戏剧冲突尖锐，情节极富传奇色彩，人物黑白分明，黄世仁的凶狠、淫荡，杨白劳的善良、忍辱负重，喜儿不屈的反抗性格，都被充分地强化，这都是适应农民"明确、强烈，有劲（力）"的审美趣味要求的。同时，剧中又插入像"除夕过年"那样的充满生活情趣（包括诙谐趣味）的场景描写，表现了以家庭与邻里和谐关系为中心的民间日常生活的理想。又以喜儿与大春青梅竹马的爱情故事作为情节发展的副线，并由此展现了"鸳鸯拆散"—"绝处不死"—"英雄还乡"—"相逢奇遇"—"善恶终有一报"等一系列情节线索，这都是农民观众所熟悉的，对他们是很有吸引力的。这就是说，在歌剧《白毛女》中是同时存在着政治的革命意识形态的与民间的两种话语，它们之间的统一，使《白毛女》获得了成功，不但成为"当时广大农村不可缺少的精神食粮，每次演出都是满村空巷，扶老携幼，屋顶上是人，墙头上是人，树杈上是人，草垛上是人"①，而且对中国老百姓始终具有吸引力。而两种话语的矛盾也为以后《白毛女》在改编中不断变形，留下了空隙。

农民戏剧的兴起，也是敌后根据地（及解放区）的重要戏剧景观。正如作家赵树理所说，"农村艺术活动，都有它的旧传统……凡是大一点的村

① 丁玲：《延安文艺丛书·总序》，见《延安文艺丛书·秧歌剧卷》，长沙：湖南文艺出版社 1987 年版，第 7 页。

子,差不多都有剧团,而秧歌在一定的季节,更是大小村庄差不多都闹的"①。在一定意义上,我们说的"广场戏剧"本是盛行于农村的。但过去的农村剧团,大都是表演传统戏曲,与"五四"新文学及革命文化均无关系。现在,在革命政党与政权有组织的引导下建立起来的农村剧团,正是要将两者结合起来。据统计,1943年前后两年间,太行区15个县共成立农村剧团600多个;晋东南地区有1700多个,创作剧本近千种;山东根据地滨海地区的莒南县有村剧团140多个,忻县有110多个,曾演出2000多个剧目。

(三)1940年代末:学潮中的广场活报剧

1940年代末又是一个"偌大的中国已经放不下一张平静的书桌"的年代。从1946年"反内战"大游行到1948年"反美扶日"大示威,全国性的学生运动的热潮一浪高过一浪,毛泽东曾把这一时期的学生运动称作推翻蒋介石政权的"第二条战线"。引人注目的是,学生运动总是伴以丰富多彩的文艺演出,主要采取的文艺形式有群众歌曲、漫画、诗朗诵与活报剧。学生戏剧本来就是现代话剧史上的重要一页,现在又以政治性极强的广场活报剧写下了新的篇章。称为"活报",是强调其时事新闻性,即所谓"活的新闻糅进写剧的技巧,给观众一个忠实的报道"。1948年4月6日北平各界宣布罢教罢课,清华剧艺社很快就编写、排练出独幕剧《控诉》,通过周桐教授一家不幸的命运,发出了抢救教育的呼声。7月5日发生了军警枪杀东北流亡学生的血案,北平学生为了表示声援,由燕大燕剧社赶写出《大江流日夜》一剧,发出了"一个人倒下去,千万个人站起来"的怒吼。② 可以说,广场戏剧的特点在1940年代末学生运动的活报剧演出中得到了充分的发挥:这是政治的艺术,群众的、行动的艺术,同时也是充满浪漫主义、英雄主义气息的狂欢的艺术。

这一时期职业剧作家的创作也带有广场戏剧的特点。吴祖光的《捉鬼传》、宋之的的《群猴》、瞿白音的《南下列车》,以及前一时期创作的陈白尘的《升官图》等,都是学生剧团经常演出的剧目。这时候现实的黑暗用一般的夸张、漫画化手法已不足以表现,于是出现了《捉鬼传》里的荒诞:钟馗遍捉人间诸鬼后,"喜极痛饮,大醉之下,成为化石。千年后钟馗醒来,见鬼蜮之辈复行盈满天下,而且一个个道法高强,远胜自己千万倍,于是钟馗大败

---

① 赵树理:《艺术与农村》,《赵树理文集》第4卷,北京:工人出版社1980年版,第1360页。
② 参看北平学生戏剧团体联合会编:《独幕剧选》,1948年内部出版。

逃亡"①。宋之的剧中的"群猴"乱舞,更是人间丑的大展览,是以"人的鬼化与兽化"诅咒、预示一个腐败政权的覆灭:广场戏剧也就尽到了对自己时代的责任。

二 大后方、上海"孤岛":剧场戏剧再度兴起

1938 年武汉失陷后,战争进入了相持阶段。随着抗战长期化、日常化,话剧运动本身也在发生战略重点的转移:大批原来活跃在战地宣传阵地的话剧工作者又逐渐集中到重庆、成都、昆明等大后方据点与香港、上海等大中城市,话剧开始成为都市文化生活的一部分。由于日军封锁外国电影与胶片进口,重庆电影院大为冷落,更为话剧在城市的发展提供了机会。1941年 1 月,"皖南事变"后,蒋介石政权对受中共影响的抗敌演剧队或解散,或合并,企图将其纳入反共宣传的轨道。以周恩来为首的国统区中共党组织审时度势,决定有组织、有计划地实行转移:"由主要从事战地广场演出转向以城市剧场演出为主"。在中共党组织的推动下,先后成立了以应云卫、陈白尘、陈鲤庭为领导的中华剧艺社(1941),以夏衍、于伶、宋之的、金山为领导的中国艺术剧社(1942),连同属于国民党但实际上为进步力量所控制的中央电影摄影场剧团、中国电影制片厂的中国万岁剧团、三青团的中央青年剧社,组成了一支强大的职业演出队伍,并在"从剧团的组织,演出制度,排演规程,乃至每一个工作者的基本技术水准,工作态度……都要做到'现代化','科学化','正规化'"②的要求下,掀起了介绍与学习斯坦尼斯拉夫斯基演剧体系,探索话剧民族化道路的热潮。这一时期上海"孤岛"先后成立了上海剧艺社、中法剧社、中国银行剧社、上海职业剧团等职业剧团,唐槐秋率领的中国旅行剧团也来到上海,形成了业余演出的小剧场与职业演出的大剧场相辅相成的局面。这样,中国的话剧运动再一次发生了向职业性、商业化的转变,广场戏剧向剧场戏剧的倾斜。1941—1944 年重庆三届"雾季公演"(重庆每年秋末到次年夏初,大雾弥漫,日机不能前来轰炸,正是演戏、看戏的时机)每年演出话剧均在 20 种以上,1944 年在桂林举行的"西南

---

① 吴祖光:《〈捉鬼传〉后记》,《吴祖光剧作选》,北京:中国戏剧出版社 1981 年版,第520 页。

② 夏衍:《论正规化》,会林、绍武编:《夏衍戏剧研究资料》(上),北京:中国戏剧出版社1980 年版,第 154 页。

第一届戏剧展览会"历时三月,演出话剧及其他改革戏曲近200场。剧场演出的盛况与剧本创作的繁荣互为促进。这一时期,大后方与上海"孤岛"的剧场戏剧的创作出现了三股潮流。

(一)历史剧创作的繁荣

首先是历史剧创作的兴起与繁荣,这自然是与抗日战争中民族主义情绪的高涨直接相联系的。全面抗战初期,剧作家在以主要精力从事现实题材的创作时,对历史题材仍然予以了热情的关注,《李秀成之死》(阳翰笙)、《正气歌》(吴祖光)等历史剧都起到了激发民族情绪的积极作用。抗战进入了相持阶段,"中国向何处去"成为全民族关注与探索的问题。围绕这一中心,出现了重新认识与研究民族历史与文化的文化思潮,形成了研究中国历史与哲学的热潮,并取得了突破性的成就。戏剧领域历史剧创作高潮正是在这样的思想文化背景下出现的。有人统计,1941年以后多幕剧创作中的历史题材在创作总数中的比例由1941年以前的14%上升到31%强。[①]更现实的原因是在国民党法西斯统治下,剧作家失去了公开抨击时弊的自由,就只有采用历史题材,借古讽今,借古喻今。这就决定了这一时期历史剧创作强烈的现实的政治功利性特点:剧作家立足于现实政治生活,选取与今人气质相通的历史人物、与今事精神上相通的历史上的政治事件,作为创作题材;现实政治所提出的"坚持抗战,反对投降;坚持团结,反对分裂;坚持进步,反对倒退"的历史任务成为这一时期历史剧创作的总主题。历史上战国时代六国联合抗秦的斗争、明末清初汉族人民反抗满族入侵的斗争,以及太平天国内部分裂的历史教训,引起了历史剧作者的强烈兴趣,先后出现了郭沫若的《屈原》《棠棣之花》《虎符》《高渐离》《南冠草》、阳翰笙的《天国春秋》、欧阳予倩的《忠王李秀成》《桃花扇》等优秀剧作。这些剧作与出现于上海"孤岛"的阿英(又用笔名魏如晦)的《碧血花》《海国英雄》《杨娥传》、于伶的《大明英烈传》一起,构成了现代戏剧史上历史剧创作的高峰。由于这一时期政治在民族生活中所占据的特殊重要地位,以强烈的时代性、现实针对性、高度政治化为主要特征的上述历史剧,受到同样高度政治化的观众空前热烈的欢迎,并且在艺术实践中逐渐形成了具有现代中国民族特点与时代特点的历史剧理论、剧作的特色与传统,在现当代戏剧史上产生了深远影响。

---

① 田进:《抗战八年来的戏剧创作》,1946年1月16日《新华日报》。

无论是理论还是创作实践，郭沫若都是这一时期历史剧创作的主要代表，在之前的专章中已有论及，不再赘述。

剧作家阳翰笙（1902—1993），同时又是中国共产党的政治工作者，因此，他在抗战时期所创作的历史剧《李秀成之死》《天国春秋》《草莽英雄》，无论是题材的选择、主题的确立、人物的设置、性格的刻画还是情节的安排，无不经过周密的政治上的考虑。如在《天国春秋》结尾描写洪宣娇的内疚与忏悔，就是为了给现实生活中"那些较下层的被利用者，被蒙蔽者，与还来得及从屠杀人民的买卖中缩回手来的人"以教育①。政治家的眼光与魄力，给阳翰笙的剧作带来了雄浑阔大的气势。

欧阳予倩这时期写有历史剧《忠王李秀成》与《桃花扇》。剧作家关注的中心在于历史人物精神力量的开掘，及对于读者观众的精神感化作用，《忠王李秀成》写作的主旨即在说明"革命者要有殉教的精神，支持民族国家全靠坚强的国民"②。《桃花扇》更是在歌女李香君与公子侯朝宗的尖锐对比中，热情歌颂了保存在下层妇女身上的气节。剧作家欧阳予倩多才多艺，在创作中自如地将旧戏和电影手法融入话剧，大大丰富了话剧艺术的表现力。

阿英（钱杏邨）的三大南明史剧《碧血花》（又名《明末遗恨》《葛嫩娘》）、《海国英雄》（又名《郑成功》）与《杨娥传》，以及太平天国史剧《洪宣娇》，也是这一时期历史剧创作的重要收获，特别是作品写作与演出于上海"孤岛"那样的特殊环境，产生了异乎寻常的影响。作者笔下山河破碎的"明末气象"与几个杀身报国的下层奇女子的形象，都是对现实的讽喻，足以激发民族抗日激情。《碧血花》创连演两月不衰的纪录，三遭禁演，即是明证。

这一时期的历史剧创作中，也有不注重剧本主题的现实政治意义的，如杨村彬的《清宫外史》（包括《光绪亲政记》与《光绪变政记》两部）、姚克的《清宫怨》，剧作家的主要兴趣在光绪、慈禧各自的复杂性格以及他们之间的思想、情感、心理的交流与撞击，人物心理剖析的追求是远胜于剧本主题积极性的考虑的。

① 何其芳：《评〈天国春秋〉》，《何其芳文集》第4卷，北京：人民文学出版社1983年版，第83页。

② 欧阳予倩：《〈忠王李秀成〉》，苏关鑫编：《欧阳予倩研究资料》，北京：中国戏剧出版社1989年版，第165页。

(二)正面描写知识分子的创作潮流

在抗战中后期,大后方剧坛出现了一批歌颂性作品,其中影响较大的有《长夜行》(于伶)、《少年游》(吴祖光)、《祖国在呼唤》(宋之的)、《法西斯细菌》(夏衍)、《岁寒图》(陈白尘)、《万世师表》(袁俊)等。纵观上述作品,就可以发现一个重要转变:剧作歌颂的正面主人公形象已由抗战初期理想的民众英雄转变为现实的普通知识分子。这表明了对现代知识分子在现代文学中理所当然的正面主人公历史地位的一种确认,并且形成了一种十分接近的文学模式。其主要特点是:第一,这些作品的主人公是剧作家肯定、歌颂的正面人物,却不是高大完美的英雄人物;这些知识分子都有着自己的矛盾与弱点,他们的思想、性格也是发展的,有的作品(如夏衍的《法西斯细菌》、陈白尘的《岁寒图》)甚至正面展现了他们的思想转变过程;但剧作家的目的却不是要借此批判他们,最后的归结点仍然是歌颂他们为"岁寒"中的松柏,足以为"万世师表"。第二,在这些作为国家、民族的栋梁、楷模的正面知识分子周围,都设置了一些有另外追求的知识分子形象,他们是主人公的朋友(或情人、邻居),与主人公发生了思想、情感、性格的各种冲突,这些歧途中的知识分子在剧中常起着反衬作用,并尖锐地提出了知识分子的道路问题。第三,这些剧作大都把主人公置于抗日战争的广阔背景下加以表现,有着浓厚的时代气氛。第四,在艺术表现上,都偏于人物内心世界的深入挖掘,把激烈的内心冲突与紧张的外在冲突有机地统一起来。

夏衍的《法西斯细菌》堪称这一创作潮流的代表作。作品立意十分深刻:后来流行的,也为作者所追认的所谓"批判科学至上主义"主题说,至多只是剧本的浅层意义;剧作家要把剧本的主人公写成"悲剧里的英雄"①。在剧作家看来,知识分子要求专心致志为全人类研究科学,原本是一个无可非议的正当的愿望,帮助知识分子实现这一愿望,正是民主自由的现代中国的历史责任与必要标志;然而,中外法西斯主义的存在,却扼杀了知识分子这一起码的善良美好的愿望,"他们被迫着离开实验室,离开显微镜,而把他们的视线移向到一个满目疮痍的世界":这才是真正

---

① 后来剧作家在 1954 年所写的《关于〈法西斯细菌〉》(《新观察》1954 年第 15 期)一文里又认为"这是一个喜剧",这是不符合剧作的原意的。

的"悲剧"所在。① 这不仅是知识分子自身理想不能实现的悲剧,更是我们的时代、我们的民族不能保护自己民族的精英,给他们以起码的创造性劳动条件的悲剧,说到底,是一个文明暂时无力战胜"愚蠢和野蛮"②的悲剧。这样的开掘,就触及了 20 世纪中国民族历史与民族文化(包括民族文学)的一个实质性问题。而中国现代知识分子的英雄本色正表现在,当他们认准现代化的中国需要科学,全人类全世界的将来需要科学时,就以坚忍不拔的毅力一头扑到科学事业里去;而当他们不无痛苦地认识到人类最大的传染病——法西斯细菌不消灭,要把中国建成一个现代化国家不可能时,就沉稳、坚毅、义无反顾地投入扑灭法西斯细菌的实际工作中:这就是剧本所描写的俞实夫。这个人物身上所表现出来的建设现代化国家的爱国主义理想,以及为实现理想而献身的精神,坚忍、执着的性格,实事求是、脚踏实地的科学作风,宽容、谦和的气度,具有一种令人感佩而亲近的精神魅力,集中地体现了现代中国民族性格的内在的美。这个人物身上的弱点也是现代中国民族的,特别是他身上的知识分子那不晓人世艰难的理想主义,那不通世故的天真,那股堂·吉诃德式的劲头,是让人既感动又不能不发笑的,笑完了还会涌上一点儿苦味。

剧作家在艺术表现上更是大胆的,这是夏衍继《上海屋檐下》之后又一次艺术的冒险,不是把时间、空间浓缩,而是着意地拉长、扩大,在五幕剧的有限容量内放下十年间的政治风云:从"九一八"事变前夕,到"八一三"上海战争,从太平洋战争爆发,到 1942 年春抗战转折关头,并且正面展现"东京—上海—香港—桂林"这一人生舞台与戏剧舞台的大转移。时间、空间跨度的扩大,表明了剧作家开阔视野、表现大时代背景,"将抗战中各阶层人民的苦乐一一泼在纸上"③的史诗性的追求。但他始终关注的,不是大的历史事件本身,而是社会历史大风暴所激起的人物情感的风暴,是受到历史发展的外在逻辑制约、影响的人物思想、感情、心理发展的内在逻辑。他所倾心的不仅是人物心理刻画的历史深度,而且是艺术表现的简洁、含蓄与准确。比如寿美子受辱那场戏,表面上仅仅是不懂事的孩子之间司空见惯的

---

① 夏衍:《老鼠、虱子和历史》,会林、绍武编:《夏衍研究资料》(上),北京:中国戏剧出版社 1980 年版,第 204 页。

② 同上书,第 205 页。

③ 李健吾:《重读〈心防〉与〈法西斯细菌〉》,会林、绍武编:《夏衍研究资料》(下),北京:中国戏剧出版社 1980 年版,第 558 页。

争吵,却以无比粗野也无比尖锐的形式触到了人物,特别是主人公俞实夫和他的日本籍夫人静子感情的痛处,拨动了那根最敏感的、战幕揭开那一天起就一直小心翼翼地避开的心理神经,那种内心的振动是可以想见的,观众甚至可以听到、触到那心海的万顷波涛,但外在的表现形式却只有两个雕塑式的动作——"猛然地站起来",又"颓然坐下来":动作的线条如此简单明晰,又如此地富有表现力。然后是"无言","依旧无言",此时此刻,唯有"无言"才能表现一切,说明一切。这样言简意赅的场面不免使人想起《上海屋檐下》;从《上海屋檐下》到《法西斯细菌》,剧作家夏衍既发展了"自己",又保持了"自己"。

抗战时期夏衍的剧作还有《一年间》《心防》《愁城记》《水乡吟》《离离草》《芳草天涯》等,在思想与艺术上都达到了相当的水平。最具有"史"的价值与地位的,是曾经遭到指责的《芳草天涯》。《芳草天涯》的创作,是夏衍第三次艺术冒险:他试图对自己已经形成的"从正面展开具有时代尖锐性的政治性主题"的创作模式有所突破,对他所珍爱的描写对象——大时代中的中国现代知识分子的观察、表现角度从政治转向男女关系中的伦理道德。在《芳草天涯》里,剧作家通过心理学教授尚志恢、他上过大学的妻子石咏芬与女大学生孟小云三者之间的爱情纠葛,深刻地表现了国统区知识分子在战争相持阶段深层意识上的精神痛苦:碰遍了钉子,受够了磨难以后,所感到的报国无门的压抑、苦闷、孤独、焦躁与挣扎(尚志恢);被艰难的生活压垮,所造成的精神的萎缩、平庸以至病态(石咏芬);在苦难中对理想、爱情追求的迷乱,清醒的痛苦、惶惑(孟小云)。这些中国现代知识分子在恶浊的政治环境中能够保持民族的正气,坚守政治的贞操,但在个人感情生活上却显出弱者的困窘与无能,这恰恰是黑暗的现实世界投射到人们心灵深处的阴影。《芳草天涯》正是通过对这阴影的精微揭示,在更深刻的意义上否定了那个制造"愚蠢和悲愁"的社会与时代。《芳草天涯》无疑是夏衍创作上的第三个高峰。

这一时期的两名喜剧高手陈白尘(1908—1994)、袁俊(张骏祥,1910—1996)出人意料地分别贡献出了歌颂知识分子的正剧《岁寒图》与《万世师表》。陈白尘将喜剧艺术中的强烈对比手法运用于《岁寒图》,在主人公黎竹荪的周围设置了两个抵抗不住社会结核菌病毒的人物:胡志豪、汪淑娴。他(她)们都是黎竹荪的学生,前者本性卑劣,后者天性软弱,前者主动、后者经过了长期动摇,都离开了黎竹荪的科学事业,投入人生的大投机中去。

有了这样的背叛、动摇的反差,黎竹荪忠于科学事业、忠于理想的坚定、忘我的献身精神,自信、固执,一条道走到黑的犟脾气,疾恶如仇的性格,都表现得十分鲜明和感人,剧本抵抗社会病菌侵袭、诱惑的主题就给读者以强烈印象。袁俊的《万世师表》是一部从"五四运动"到抗战相持阶段的中国知识分子思想、性格、心理发展史。主人公林桐历经种种事变、磨难,始终坚守"五四"科学、民主精神,"威武不能屈,富贵不能淫,贫贱不能移"的中国知识分子传统道德在现代知识分子身上得到了继承与发扬。两个剧本都尖锐地提出了知识分子的持操问题,显然出于剧作家强烈的现实感:那确实是一个严峻的区分真金与假铜的时代。

吴祖光(1917—2003)抗战时期的主要代表作是《风雪夜归人》,不属于知识分子题材的作品,但在"捕捉着生活中的诗情,从中挖掘出美来,而且是体现了民族意志,民族性格的诗情"①上,与夏衍等人的剧作确有相通之处。剧作家在现实生活中深感寂寞之苦,于是把目光转向青少年时代曾寄以深情的下层艺人,从那里去寻找精神力量。于是,剧本中所有的人物都有一派"为朋友而生,为朋友而死"的英雄气概,所有的人物之间,"甚至在序幕中的乞丐儿甲、乙之间,都渗透着人与人之间的同情、爱怜,有点淡淡的伤感,但更多的是一股温暖。在黑暗的旧社会,正是这种感情给这众多受苦的灵魂带来了生的希望,人的尊严"②。

田汉抗战时期的话剧创作有《卢沟桥》、《最后的胜利》、《黄金时代》、《再会吧,香港》③、《秋声赋》等。代表作是抗战后写的《丽人行》。剧本写了三个不同的女性——不幸的纱厂女工刘金妹、软弱的知识女性梁若英、坚定的革命女性李新群,人物性格单一,对比鲜明。剧本对戏剧形式的探索取得了很大成功:为容纳较为广阔的社会内容,加快戏剧节奏,汲取了传统戏曲多场次结构法,以及"有戏则长,无戏则短"的戏剧结构原则,全剧共二十一场,情节发展不受时间、空间限制,多条线索同时交错展开,节奏明快,有张有弛,取得了立体化的效果;为照顾中国观众的欣赏习惯,又吸收活报剧的某些特点,在每场开幕之前,由"报告员"说明情节的联系,做到了前后连贯,纷繁有序。1947 年,在新、旧交替的历史时刻,1940 年代最引人注目的

① 黄佐临:《吴祖光剧作选·序》,《吴祖光剧作选》,北京:中国戏剧出版社 1981 年版,第 3 页。
② 同上。
③ 本剧系与夏衍、洪深合作,后改名为《风雨归舟》。

青年小说家路翎出人意料地贡献出了四幕剧《云雀》。剧作家以"精神界战士"的姿态,着重于对处在历史转折时期的知识分子丰富而复杂的内在精神的开掘。剧中人物都是通过对旧的精神负担的格斗,来达到自我精神的建构与升华的:男主人公、中学教员李立人牺牲了一己的情感而坚守了自己的理想与信仰,女主人公陈芝庆则以死完成了自己的圣洁与爱人的高贵。全剧始终高扬人所独具的精神力量,强调"人!应该生活得尊严而高贵",充满着作者所说的"人民的英雄主义"精神,集中地体现了七月派作家的理想与追求,甚至可以看作剧作家及他的精神兄弟的自我写照,从而具有了一种特殊的意义。

(三)讽刺喜剧创作的发展

抗战戏剧中的暴露性作品从一开始就闪现出讽刺的锋芒,具有喜剧的品格。初始阶段讽刺中夹杂着愤激,喜剧里内含着悲剧的因素;以后,随着时代的发展,讽刺对象越来越集中于反动统治者,就出现了比较纯粹的讽刺性喜剧,这是政治批判性极其强烈的喜剧,同时又是以宣泄情感为主、艺术上相对粗糙的喜剧,有的则近乎闹剧。

陈白尘是这一创作潮流中最引人注目的代表作家。抗战胜利后创作的《升官图》是他的代表作。和剧作家过去的喜剧作品相比,《升官图》的艺术手法更趋于夸张,无论人物和情节都是漫画化的,有意识地让群魔登台,自我揭露兼互相扭打;而充满历史乐观主义精神的作者,不只是站在一旁投以冷峻的批判眼光,如同果戈理那样,而且还让历史的真正主人——觉醒了的人民群众也出场,当众表演"历史的审判"这最后一幕,然后再让剧中人"老头儿"作为历史的见证人,"用掸帚到处掸着",并以预言家的口吻宣告:"鸡叫了!天快亮了!"剧作家着意抛弃含蓄的美,追求痛快淋漓、明朗直截、当场爆彩的戏剧效果。

袁俊这一时期除《万世师表》外,还写了三个喜剧"故事"——《小城故事》《边城故事》《山城故事》,都是写他这样的受过西方现代教育的知识分子在接触到国内实际生活后的独特观察与感受。这样的题材自然是有一定的社会意义的,但对剧作家更具吸引力的是这些故事里内含的喜剧趣味。袁俊与剧作家李健吾、杨绛等都是曾长期担任清华大学外国语文系主任的老一辈戏剧家王文显的学生,袁俊还担任过王文显的助教。如果把王文显的《委曲求全》(1929年由美国耶鲁大学戏剧系首次演出,1935年由李健吾、袁俊等主持在北平由青年剧社用华语首次演出),与袁俊的上述喜剧

"故事",以及同时期杨绛在沦陷区创作的《称心如意》和《弄真成假》联系起来考察,不难看出一些相近的倾向与追求,如多写"世态喜剧",表现"勾心斗角的丑态",从欧洲情节剧中吸收戏剧结构技巧,"台词的俏皮、幽默"[①],以及对剧中人物"游离的态度""客气的恶嘲"[②],等等。

"五四"时期曾以《压迫》等世态喜剧蜚声剧坛的丁西林,在长期沉默以后,于抗战热潮中重又提起了笔,先后发表了《三块钱国币》《等太太回来的时候》及《妙峰山》等喜剧作品。《三块钱国币》显示了剧作家善于从人物性格差异与碰撞中挖掘日常生活中的喜剧性的特殊才能。《妙峰山》是一个"凭空虚构"的喜剧,剧作家特地申明,剧本"对于社会的各方面,也多少含有讽刺的意味。可是这些讽刺都是善意的,都是热忱的"[③]。作为丁西林喜剧中的新因素,《妙峰山》中出现了剧作家的理想人物。这就是兼具山寨寨主与外国留学生、大学教授双重身份的王老虎,这个人物身上的"土洋结合"似乎不伦不类,却寄寓了作家的理想:将中国传统的侠义性格与英国式的豁达、幽默的绅士风度结合起来,以建立现代中国人的新风范。而被称为"近代化、科学化、人情化、理智化"的"圣地"的"妙峰山"则是剧作家理想中的现代中国的雏形与象征。这一时期实际上是将"抗战"与"建国"并提的,因此,不断有剧作家以不同方式对未来的现代中国社会及现代中国人提出自己的理想蓝图,这是一个值得注意的文学现象。

三　沦陷区:职业化、商业化的剧场戏剧的繁荣

当大后方的戏剧在中国共产党的引导下,有计划地实行向剧场戏剧的转移时,沦陷区却在无形的市场之手的操纵下,自发地出现了剧场戏剧的演出与创作的畸形繁荣。如果说大后方(以及上海"孤岛")的剧场戏剧在走向职业化、商业化的同时,仍然保持了浓重的政治色彩,重大的剧场演出(如"皖南事变"后郭沫若的《屈原》、阳翰笙的《天国春秋》的演出)本身即是一种政治行动,沦陷区的剧场戏剧则由于日本殖民统治的高压,被迫失去

---

① 张骏祥:《王文显剧作选·序》,《王文显剧作选》,北京:人民文学出版社1983年版,第3页。

② 《王文显剧作选》附录《〈委曲求全〉的胜誉》,《王文显剧作选》,第171页。

③ 丁西林:《〈妙峰山〉初版前言》,《丁西林剧作全集》(上),北京:中国戏剧出版社1985年版,第302页。

了表达和激发民族救亡热情的启蒙功能,因而较少政治色彩,基本上是出于商业的或"纯艺术"的动因:剧作家以及导演、演员都赖此谋生,"演出职业化、商业化,剧团企业化"就成为必然的趋势;身处政治高压与思想严格控制之下,坚持剧场演出与戏剧艺术的探索,也成为有追求的剧作家、导演、演员唯一的精神出路。与此同时,处于苦闷之中又本能地害怕政治的市民观众,这一时期也把剧场作为他们寻求刺激、转移精神苦闷的场所。这样的市场需求,自然极大地刺激了剧场戏剧的发展,并且对其创作与表演的风貌产生了影响。

职业性剧团的大量出现、商业性演出的空前繁荣,是沦陷区戏剧景观中最引人注目之处。沦陷最早的东北地区,到 1940 年代竟有 20 多个职业、业余话剧团在各地创作演出,并形成长春大同剧团、沈阳协和剧团、哈尔滨剧团三大职业剧团鼎足而立的局面。北平本地的剧团多为业余性质,著名的有北平剧社、四一剧社等。1942 年以后,上海的一些职业剧团如中国旅行剧团(在日本军方取缔后又改组成新中国剧团)、苦干剧团等来北平演出,轰动一时。到 1944 年话剧演出达到高潮,被称为"话剧年",创下了"全年演出的话剧团体 12 个,演出剧目 23 个,共在剧场演出 250 场以上"的可观纪录①。市民观众群最为成熟的上海,仍然是沦陷区戏剧的中心。据不完全统计,1942 年上海职业剧团已达 20 个,到 1943、1944 年进入繁荣期,苦干剧团、中国旅行剧团、新华艺术剧团、同茂剧团(后改为"国华剧团")、上海艺术剧团、上海联艺剧团、国风剧团等剧团同时活跃在话剧舞台上。报纸曾这样报道当时的盛况:"剧院林立,观众云涌,一二个好剧本上演,风魔万人,持久不衰"②,"投资有人,编导有人,观剧有人,所以剧团的组成,剧本的演出,如春雨后的嫩笋一样地竞相苗长",连银幕上的红星也都"纷纷投身剧坛"③。此时的上海话剧的影响实际上已超过了传统戏曲与新兴的电影:这在中国现代戏剧史上几乎是唯一的历史机遇。

这一时期舞台演出成为戏剧的中心环节,演出性成为剧本创作的依据,这就使剧作家的创作更加注重甚至依赖市民观众的趣味、需求,也更具有舞台感;另一方面又出现了"导演即兴创作、演员即兴表演,有演出而无完整

① 李云子:《论北京沦陷区的话剧》,《燕都》1988 年第 4 期。
② 鲍蔼如:《曹禺论》,《万象》第 3 年第 8 期,1944 年 2 月 1 日。
③ 骁夫:《故都的剧坛》,《杂志》第 12 卷第 1 期,1943 年 10 月 10 日。

剧本"的创作方式。这些方面都显示出早期文明戏的影响。有研究者认为,这意味着"'五四'时期作为一种文学体式引入的现代话剧,此时似乎是在补舞台性一课";这种对早期文明戏的隔代呼应,是一个颇有意思的戏剧、文化现象,自有其积极意义。① 至于这一时期出现的某些消极现象,诸如追求低级趣味、噱头至上、粗制滥造、舞台布景过分豪华等等,主要是商业化带来的负面后果,也可以视为早期文明戏弊端的复现。

沦陷区职业化、商业性剧场演出的繁荣,促进了这一时期剧场戏剧创作的发展。仅上海一地,1944、1945 两年内,上海世界书局就推出了"剧本丛刊"5 集 50 种,包括 21 位作家的剧作;上海正中书局也出版了"现代戏剧丛书";上海万象书屋、太平书局、中华图书杂志公司、大华出版社、朔风书屋也纷纷出版剧作;这样的剧本出版热同样也可视为盛况空前。戏剧创作从演出与出版两个方面进入市场,对这一时期创作的影响是深刻的,主要表现在市民的生活、人物、价值取向、审美趣味、欣赏习惯,以及市民文化传统、语言等全面地进入了沦陷区剧作家的创作视野,影响甚至支配着他们的创作。这种市民化的创作倾向与同一时期敌后根据地和以后解放区创作的农民化,形成了 1940 年代戏剧创作的两极,这都是很值得注意的。

沦陷区戏剧创作的市民化,主要表现在以下几个方面。首先是创作的题材大都集中在中国市民阶层最感兴趣的几个热点,相应的代表作都是轰动一时的。如以反映宫廷政治为主的历史剧(代表作有姚克的《清宫怨》等),描写民间艺人悲欢离合故事的悲剧(代表作是原小说作者秦瘦鸥与剧作家顾仲彝、名导演黄佐临和费穆合作的《秋海棠》),抒写都市家庭生活的轻喜剧或暴露旧式大家庭罪恶的悲剧(如石华父[陈麟瑞]的《职业妇女》,费穆根据同名小说改编的《浮生六记》),纯粹娱乐性的侦探剧、神话剧(如陈绵改编的《天罗地网》,顾仲彝的《八仙外传》),等等。市民大都有欣赏传统戏曲的习惯,影响所及,话剧与传统戏曲的联姻在这一时期达至顶点。戏曲程式化演出方法与磨炼"看家戏"的传统也被话剧所借鉴,以至这一时期出现了话剧的"经典":不仅有经典剧作,也有经典的演出。在审美趣味上,除注重情节的传奇、佳构,形式的热闹、新奇外,特别强调喜剧性,以喜剧场面、喜剧人物或象征性喜剧结局冲淡悲剧气氛,常以参差对比的手法写出悲喜兼具、寓哭于笑的剧作。

---

① 参看朱伟华:《〈中国沦陷区文学大系·话剧卷〉导言》(手稿)。

这一时期的剧作中,有相当部分是所谓"通俗话剧",其中也有雅俗共赏的作品,杨绛被称为"喜剧双璧"的《称心如意》与《弄真成假》即是同时为市民观众与知识界欢迎的代表作。杨绛的这两个剧本都是从恋爱结婚的角度,写世态人情,写表现为世态人情的人物内心。《称心如意》在寄人篱下的孤女被踢皮球般抛弃而出入各家的过程中,写尽种种孳生于中西文化病态层面的虚伪自私;《弄真成假》深入展示了中国都市的里弄文化,剧中的周母是杨绛为现代话剧贡献的非常有特色的小市民典型——她"一女要争两家气"的庸俗、狡诈与虚荣,体现出生活在既传统又现代的上海商品社会中的市民阶层既讲究面子、看重门第,又向往金钱的普遍心态;同时她身上那种旺盛的生命力,在物质享受面前的天真喜悦、锱铢必较和拼死相争,又以其活泼的生活态度和顽强的奋斗勇气,显示出一种来自民间底层的质朴的力:小市民第一次这样立体地、带着全部生动丰富的审美特性出现在文人笔下与舞台上。剧作家一方面坚持美好、合理的人性标准,对小市民的弱点进行揶揄批判,另一方面对这些下层小人物改造环境、改变命运的努力与生存态度,又不乏肯定与爱怜。这种"感情超过理智"的喜剧,摆脱了简单的价值判断,弱化了启蒙意识,更多的是一种智慧的观照。作者采取的是既坚持知识分子独立的立场,又尊重市民社会民间价值取向的以雅入俗的态度。这一时期张爱玲也曾把她的《倾城之恋》改编成话剧,"连演80场,场场狂满"。在《写〈倾城之恋〉的老实话》中她表示,"除了我所要表现的那苍凉的人生的情义,此外我要人家要什么有什么",因此宣称她的戏剧是"热热闹闹的普通人的戏","我们这时代本来不是罗曼蒂克的","真实的是不带理想主义的生存至上"。①

"改编"——或将外国剧作中国化,或将其他文体(主要是小说)戏剧化,在现代话剧的创作中本是有传统的;而沦陷区的改编剧作却取得了更为瞩目的成绩,成为沦陷区戏剧的一大特色。最有影响的改编都出于"大手笔"之手:李健吾这一时期改编的《金小玉》(据法国萨都的《杜司克》)、《王德明》(据莎士比亚的《麦克白》),小说家师陀(芦焚)改编的《大马戏团》(据俄国安德烈耶夫的《吃耳光的人》),师陀与散文家柯灵联合改编的《夜店》(据高尔基的《底层》),著名导演黄佐临改编的《梁上君子》(据匈牙利莫纳的《律师》),名导演陈绵改编的《茶花女》(据法国小仲马原作)、《复

---

① 张爱玲:《写〈倾城之恋〉的老实话》,1944 年 12 月 9 日《海报》。

活》(据法国巴大叶的剧本与托尔斯泰的原作)。这些改编剧的演出都经久不衰,成为职业剧团的"看家戏"。正如李健吾所说,改编是"利用原作的某一点……把自己的血肉填了进去,成为一个有性格而有土性的东西"[①],实际上是艺术的再创造。李健吾将莎士比亚笔下弑君篡权的《麦克白》的故事,移置于民族分裂、封建割据的中国五代,与史有记载的大将王德明杀死节度使义父篡位的故事巧妙地结合起来,将中国民族的历史文化贯注其间。师陀《大马戏团》里慕容天锡这个"死要面子"又"死不要脸"的天桥泼皮式的人物,完全可以看作中国剧作家的艺术发现,再经过石挥的出色表演,已经成为中国话剧舞台上具有长久生命力的形象之一。[②]

附录 本章年表

1937 年

7 月 上海剧作者协会扩大改组为中国剧作者协会。会上决定由夏衍、张庚、尤兢(于伶)等 16 人集体创作《保卫卢沟桥》(三幕剧),在沪著名编导和演员百余人参加了这一活动。

8 月 上海在全国戏剧界救亡协会主持下,组织 13 个救亡演剧队分赴各地。

9 月 由 22 个流离失所的孤儿组成的"孩子剧团"在上海成立。

10 月 田汉作《卢沟桥》(四幕话剧)由协美印刷公司出版。

11 月 田汉、洪深、马彦祥主编《抗战戏剧》在武汉创刊。

12 月 31 日中华全国戏剧界抗敌协会在汉口成立。

本年 街头剧《放下你的鞭子》由各地剧团演出,反应强烈,收入 1938 年 1 月星星出版社《街头剧》第 1 集。

1938 年

1 月 吕复、舒强等集体创作《三江好》(独幕剧)发表于《抗战戏剧》第 1 卷第 4 期新年特大号。

同月 阳翰笙《李秀成之死》(五幕历史剧)由华中图书公司出版。

2 月 中华全国戏剧界抗敌协会会刊《戏剧新闻》创刊于汉口。

4 月 阳翰笙《塞上风云》(四幕剧)由华中图书公司出版。

10 月 10 日重庆庆祝第一届戏剧节,会后举行为期三天的大规模街头剧演出。

---

① 李健吾:《〈大马戏团〉与改编》,刘增杰编:《师陀研究资料》,北京:北京出版社 1984 年版,第 277 页。

② 本节写作主要依据朱伟华:《〈中国沦陷区文学大系·话剧卷〉导言》,特此说明并向作者致谢。

1939 年

5 月　陈白尘《乱世男女》(三幕剧)由上海杂志公司出版。

10 月　洪深《包得行》(四幕剧)由上海杂志公司出版。

12 月始　田汉《江汉渔歌》连载于《抗战文艺》第 5 卷第 2、3 期合刊和第 4、5 期合刊。

本年　丁西林作《三块钱国币》(独幕喜剧)，收入 1941 年重庆正中书局版《等太太回来的时候》。

1940 年

2 月　阿英《碧血花》由国民书店出版。

3 月始　宋之的、老舍合著《国家至上》(四幕剧)连载于《抗战文艺》第 6 卷第 1—2 期。

5 月　夏衍完成《心防》(四幕剧)。1940 年 8 月由新知书店出版。

约夏末秋初　曹禺写成《蜕变》(四幕剧)。1940 年 10 月由长沙商务印书馆出版。

9 月　宋之的完成《鞭》(五幕剧,后改名为《雾重庆》)。本年 11 月由重庆生活书店出版。

12 月　曹禺作《北京人》(三幕剧)。次年 12 月由重庆文化生活出版社出版。

1941 年

1 月　宋之的等组织的旅港剧人协会成立,演出《雾重庆》《心防》《马门教授》等剧。

5 月　袁俊(张骏祥)《小城故事》由文化生活出版社出版。

6 月　欧阳予倩作《忠王李秀成》(四幕剧)。同年 10 月由文化供应社出版。

8 月　袁俊(张骏祥)《边城故事》由文化生活出版社出版。

9 月　延安青救总剧团改组为职业艺术单位青年剧院。

10 月　中华剧艺社在重庆成立。

同月　杜宣、瞿白音等组织的新中国剧社在桂林成立。

11 月　丁西林《妙峰山》(四幕喜剧)由戏剧春秋社出版。

1942 年

1 月　郭沫若《屈原》(五幕历史剧)24 日始连载于《中央日报·中央副刊》。同年 3 月由文林出版社出版。

2 月　郭沫若作《虎符》(五幕历史剧)。同年 10 月由重庆群益出版社出版。

3 月　5 日陈铨《野玫瑰》在重庆开始演出。23 日《新华日报》发表批评《野玫瑰》的文章。

4 月始　田汉《秋声赋》(五幕话剧)发表于《文艺生活》第 2 卷第 2—6 期。

　　　　1944 年 1 月由桂林文人出版社出版。

同月　陈白尘《结婚进行曲》(五幕喜剧)由重庆作家书屋出版。

同月　中华剧艺社公演郭沫若《屈原》,《新华日报》出《屈原公演特刊》。

同月　延安平剧研究院成立。

6 月始　阳翰笙《天国春秋》(六幕历史剧)连载于《抗战文艺》第 7 卷第 6 期,
　　　　第 8 卷第 1、2 期合刊和第 3 期。

同月　老舍《归去来兮》(五幕话剧)发表于 10—29 日《新蜀报》。1943 年 2 月
　　　　由作家书屋出版。

7 月　郭沫若《棠棣之花》(五幕历史剧)由重庆作家书屋出版。

同月　夏衍、司徒慧敏、金山、宋之的等创办的中国艺术剧社在重庆成立。

夏　　吴祖光作《风雪夜归人》(五幕剧)。1944 年 4 月由新联出版公司出版。

夏　　曹禺将巴金《家》改编为话剧。1944 年 12 月由重庆文化生活出版社
　　　　出版。

夏　　上海苦干剧团与艺术剧团合作演出《秋海棠》等剧。

10 月　阳翰笙作《草莽英雄》(五幕话剧)。1946 年 2 月由群益出版社出版。

同月　郭沫若《高渐离》(五幕历史剧)以《筑》为题发表于《戏剧春秋》第 2 卷
　　　　第 4 期。1946 年 5 月由群益出版社出版。

同月　于伶《长夜行》由桂林新知书店出版。

12 月　夏衍《法西斯细菌》(五幕六场话剧)发表于《文艺生活》第 3 卷第 3 期。
　　　　1944 年 6 月以《第七号风球》为名,由文聿出版社出版。

本月　30 日洪深五十寿辰庆祝大会在重庆举行,沈钧儒、茅盾、鹿地亘等 300
　　　　余人到会,老舍任主席,郭沫若致辞。

本月　沈浮《金玉满堂》由华西晚报出版部出版。

1943 年

1 月　夏衍、陈鲤庭、刘念渠、吴祖光等主持的大型戏剧刊物《戏剧月刊》创刊。

2 月　延安及各根据地举行春节秧歌演出活动。

9 月　延安党校和大众艺术研究社集体创作演出京剧《逼上梁山》。

11 月　洪深、吴祖光编辑《戏剧时代》在重庆创刊,创刊号上发表夏衍《论正
　　　　规化》。

12 月　郭沫若《孔雀胆》由群益出版社出版。

1944 年

1 月　杨绛《称心如意》由世界书局出版。

同月　姚克《清宫怨》由世界书局出版。

2 月　15 日西南第一届戏剧展览会在桂林开幕,有 23 个戏剧团体参加,历时九

十余天。

3 月　陈白尘作《岁寒图》(三幕剧)。次年 2 月由重庆群益出版社出版。

同月　周扬《表现新的群众的时代》在《解放日报》发表。

10 月　袁俊《万世师表》由新联出版社出版。

11 月　袁俊《山城故事》由文化生活出版社出版。

12 月　佐临《梁上君子》由世界书局出版。

同年　姚仲明、陈波儿等编话剧《同志,你走错了路》油印出版。

同年　吴雪、陈戈、丁洪、戴碧湘改编话剧《抓壮丁》由华北新华书店出版。

1945 年

春　夏衍作《芳草天涯》(四幕话剧)。同年 10 月由美学出版社出版。

1 月　杨绛《弄真成假》由世界书局出版。

4 月始　茅盾《清明前后》(五幕剧)连载于 14 日至 10 月 1 日重庆《大公晚报》
（并非逐日登载）。同年 10 月由重庆开明书店出版。

6 月　贺敬之、丁毅执笔歌剧《白毛女》由鲁艺工作团演出。

11 月　28 日《新华日报》副刊发表对茅盾《清明前后》、夏衍《芳草天涯》的讨论
记录,次月 29 日发表王戎《从〈清明前后〉说起》,由此展开关于政治与
文艺关系的论战。

1946 年

1 月始　李健吾《王德明》连载于上海《文章》第 1 卷第 1—4 期。

2 月　李健吾《金小玉》由万叶书店出版。

4 月　陈白尘《升官图》(三幕剧)由重庆群益出版社出版。

同月　师陀与柯灵合作《夜店》由上海出版公司出版。

11 月　吴祖光作《捉鬼传》(三幕七场剧)。次年 4 月由开明书店出版。

本年　杨村彬《清宫外史》由国讯出版社出版。

同年　宋之的作《群猴》(独幕剧),收入 1948 年光华书局版《人与畜》集。

冬　田汉开始创作《丽人行》(二十一场话剧),次年春完成,1957 年修改,发
表于《剧本》月刊 5 月号。1959 年 7 月由中国戏剧出版社出版。

1947 年

春　欧阳予倩作《桃花扇》(三幕话剧)。1957 年由中国戏剧出版社出版。

7 月　路翎作《云雀》(四幕悲剧)。次年 11 月由希望社出版。

同月　杨绛《风絮》由上海出版公司出版。

1948 年

6 月　师陀《大马戏团》由文化生活出版社出版。

1949 年

5 月　瞿白音《南下列车》(独幕剧)发表于《文艺生活》(海外版)第 14 期。

知识点　　　　必读作品与文献　　　　思考题

第二十九章　台湾文学

　　台湾现代文学是在大陆的新文学运动的直接影响与推动下发展的。由于台湾文学在现代有着与大陆文学不尽相同的历史际遇和文化机缘，所形成的一些基本的文学命题与发展形态也有其特殊性。在中国现代文学的历史框架中考察台湾文学在现代的发展，会发现它不只是一般意义上的省区文学，而是中国现代文学的一个重要的有特色的支脉。

一　台湾现代文学发展的历史轮廓

　　台湾的新文学运动发端于 1920 年 7 月，当时一些留日的台湾地区学生仿效大陆的《新青年》，在东京创办了《台湾青年》(后改名《台湾》)，旨在"研究台湾革新，谋求文化向上"，鼓吹以白话为主的"日用文"写作，以启发民众智能，由此引发台湾的新文化运动。此时台湾地区已被日本殖民统治二十多年，因此台湾新文化运动所肩负的使命，除了摆脱封建落后文化的枷锁，还有抵制日本在台实施的同化政策。1923 年 4 月，《台湾民报》在东京创办①，全部采用白话文，积极介绍大陆的文学革命理论和作品。其中最主要的先驱者是当时尚负笈北京的张我军(1902—1955)，被誉为"高举五四火把回台的先觉者"②。他在 1924、1925 年发表《致台湾青年的一封信》《糟糕的台湾文学界》等多篇文章，批评旧文坛的弊病，倡导白话文运动，引发了新旧文学的论战。这场论战扩大了新文学运动的影响，并促成了台湾第一批用白话创作的作品。1925 年张我军出版了《乱都之恋》，是台湾新诗创作的第一本诗集。1926 年前后，又有赖和的《斗闹热》《一杆秤仔》、杨云萍的《光临》、张我军的《买彩票》等短篇小说的诞生，初步显示了新文坛的实绩。

　　从 1925 年到 1931 年，是台湾新文学的草创期，虽有一些创作出现，但仍多处于模仿阶段。这期间除了上述关于新旧文学的论争，还有 1930 年前

---

　　①　1927 年 8 月，《台湾民报》由日本迁回台湾地区出版。

　　②　龙瑛宗：《高举五四火把回台的先觉者》，1982 年 2 月 27 日台湾《民众日报》。

后关于"台湾白话文"与"乡土文学"的探讨与提倡,旨在强化台湾地区文学的本土意识,也暗含对日本同化政策的抵制。这一口号对后来台湾文学的发展影响极大,并陆续发生过多次论争。1932年黄郴成、赖和等成立南音社,创办《南音》杂志,另有《台湾新民报》的"学艺栏"等问世。1934年由富于民族意识的台湾文化人发起组成全岛性的文艺组织——台湾文艺联盟,并创办了《台湾文艺》和《先发部队》两期刊,宣称要充当"为人生而艺术"的艺术创造派,显然吸纳了大陆的文学研究会与创造社的文学主张;它们网罗了各种倾向的作家,发表了一批较有艺术水准的作品。还有一些作家在日本的文学杂志上发表作品,多用日语写作。其中有杨逵的《送报夫》和吕赫若的《牛车》,经胡风翻译,同时被选入上海文化生活出版社1936年出版的朝鲜和台湾地区短篇集《山灵》中,是最早介绍到大陆的台湾新文学作品。此后又有《台湾新文学》创刊,拥有赖和、杨逵、杨守愚等一批有激进的革命思想的作者。

1930年代初期,与大陆同一时期以"左联"为核心的革命文学主潮呼应,台湾文学进入繁盛的创作期。这种热潮一直维持到1937年。这一阶段涌现了一批艺术上趋于成熟的作品,比较重要的收获,除了上述数篇之外,还有短篇小说《善讼的人的故事》(赖和)、《植有木瓜树的小镇》(龙瑛宗),诗集《荆棘之道》等。这一时期的作品多以忧郁的目光凝视灾难的台湾,批判旧社会习俗,揭示日本殖民统治下这片土地的流血与伤痛、呻吟与呼唤,展示了顽强不屈的民族精魂,其中不少称得上血性文章。

1937年7月7日,日本发动全面侵华战争,随后不久,在台湾地区强制实行"皇民化运动",企图以日本的大和文化取替和泯灭台湾地区的华夏文化。为了推行种族同化政策,规定以日本语作为台湾唯一合法的语文,甚至在衣食住行等生活方式上也强行日本化。在严密的法西斯文化专制罗网中,台湾新文学运动受到致命的挫伤,多数新文学期刊被查禁,许多倾向进步的作家或者被逮捕入狱,或者不得不蛰伏封笔。由此直到1945年,是台湾现代文学的凋零期。其间有一些作家受殖民意识左右,充当御用文人,出产了一些苍白枯萎的带"皇民"气味的作品。只有少数有民族骨气的作家在被压迫的夹缝中隐忍为文,写出一些佳作,使台湾文学得以一脉尚存。如短篇小说《先生妈》(吴浊流)、《鹅妈妈出嫁》(杨逵)、《风水》(吕赫若),长篇《亚细亚的孤儿》(吴浊流)等等,都有较完整的艺术构思和深挚的乡国情怀,在当时出现显得尤为可贵。

1945年8月日本侵略者投降,到1949年12月国民党政权迁台,为台湾光复初期。这期间废止了日文报刊,许多原来习惯用日文写作的作家转为用汉语创作,文字生涩不能不影响到作品的艺术质量。但整个文坛重又检讨过去,展望未来,"乡土文学"的命题再次引起热烈的讨论,到1947年之后,创作逐步复苏。只是由于时间过于短促,成绩并不显著。国民党政权迁台后实施"战时紧急戒严令",台湾文坛一度被粗糙的反共文学所主宰。此时期的一些优秀作家(如钟理和)的创作得不到出版的机会,只好待后人去整理发表。

台湾地区的现代文学的发生略晚于大陆的文学革命,但大致与现代文学的发展同一步调。所不同的是台湾地区的现代文学发展阻力更大,条件更艰难。日据时代实行种族同化政策,强令作家用日语写作,尤其是1939年之后,禁用中文,大部分作者只能用日文写作,台湾地区文学中的反殖民意识被极力限制,这对于台湾地区新文学的阻碍和挫伤是极为严重的。台湾地区的现代文学总的来说发育不健全,艺术水准不高,即与此有关。而台湾地区文学中存在某些日本文化的色彩,也是不可回避的事实。

尽管如此,台湾文学在现代的发展仍取得了可贵的实绩。台湾的现代文学大都以现实主义为归依,乡土气息一般较浓重,其中最频繁呈现的是思恋家国、反抗压迫的文学母题,以及作为弱国子民的漂泊意识。读台湾文学,总有一种拂之不去的悲凉压抑的气氛。

台湾现代文学收获最丰的是小说,其次是诗,散文和戏剧相对弱一些。台湾的现代文学作为一脉支流,无疑还是以其特色丰富了中国现代文学的景观。

二　台湾现代文学的代表性作家

首先应当提到的是被称为"台湾新文学之父"的赖和(1894—1943)。他最早、最有力地激发了台湾新文学的精神,即以现实社会的批判和乡土文化的寻根为本,树起了植根故土的"乡土文学"旗帜。1926年元旦,赖和在《台湾民报》上发表了白话短篇小说《斗闹热》[①],这是台湾较早的白话小说,所写的是在殖民统治下民间难得被允许举办的迎神赛会。老百姓虽生活艰难,也要为这盛事节衣缩食。他们狂热地参与祭奠,企求妈祖神的护佑,那热闹火爆的场面有如狂欢节——人们将久经压抑的悲凉的情绪全都

---

① 在《台湾民报》上发表的还有杨云萍的短篇小说《光临》。

转移并倾泻到祭祖仪典中。小说结构比较散漫稚拙，但从祭神风俗的质朴描写中，可以感受到作家对乡土文化迷恋的深情。

赖和执着地坚持"以民众为对象"的创作，他的作品揭露批判殖民统治的不义，充溢着民族的忧愤。1932年初赖和所写的《丰作》，和当时大陆以《春蚕》（茅盾）为代表的写丰收成灾的风气不谋而合。在《丰作》中，老实安分的蔗农添福兄眼见今年甘蔗丰收，正盘算着多卖点钱为儿子娶媳妇，不料把持糖业的制糖会社大幅降低蔗价，乘机盘剥蔗农。蔗农聚众抗议，反遭镇压。添福兄忍气吞声，将甘蔗卖给制糖会社，所得款项不够还债和糊口，娶儿媳的美梦也就化为泡影。小说真实地刻画了添福兄那种忠厚忍让的性格，在抗议殖民统治对贫农竭泽而渔的盘剥的同时，显然也思考着国民性改造的问题，热切期盼农民的觉醒与反抗。

1934年底，赖和发表了《善讼的人的故事》，同样也透露出为民请命的写作意识。小说取材于一个民间传说，写的是一位侠肝义胆的账房先生，为农民伸冤，状告地主霸占山村，几经曲折终于获胜的故事。它颇带传奇色彩，又有果戈理式的讽刺气味，写尽了民间疾苦和剥削者诸相，主人公有一种不畏强权的慨然正气。小说中的乡土民俗描绘至为本色，如写台湾观音亭一带市集，各式买卖摊贩、妓寮酒肆，以及相命讲古、茶客文士，诸种风俗世相，透露着当年的市井风情。赖和的小说不讲求技巧，但朴拙真诚，很有生活气息。他有意在白话文中掺入许多本土方言，外省读者可能感觉拗口，但也能体味到那种浓烈的地域文化的特异性。

赖和的作品不多（除上述数篇外，还有十多个短篇），却在台湾文坛赢得极高的声望，主要靠的是他那坚实的面向民间的文学信念。他开创了台湾新文学的一个传统：揭露现实，追寻乡土，认同祖国。台湾新文学作者中有许多都受过赖和的提携和指导，尽管有各自不同的风格，但都为赖和创作所体现的真诚和良知所折服。也许就精神魅力而言，赖和被称为"台湾的鲁迅"是不难理解的。

赖和又是台湾新诗的奠基者之一。他试图以诗歌来纪实和抒情，取材往往都是现实中发生的重大事件。如《觉悟下的牺牲》（1925）是以叙事诗形式记载"二村蔗农组合"的反日事件的；《流离曲》（1930）是以1930年代日本殖民者掠夺耕地，迫使原耕地农民破产的事件为题材的；《南国哀歌》是以"雾社事件"为背景的；《低气压的山顶》（1931）是叙写彰化抗日保卫战的。在《低气压的山顶》中，赖和渴求社会变革的风暴冲刷人间的污垢：

这冷酷的世界，
留它还有何用？
这毁灭一切的狂飙，
是何等伟大凄壮！
我独立在狂飙中，
张开喉咙竭尽力量，
大着呼声为这毁灭颂扬，
并且为那未来不可知的人类世界祝福。

这种风暴型的情感宣泄,气势磅礴,可一抒感时忧国之块垒。赖和的诗比较粗犷,缺少艺术提炼,有时过于拘泥于事件的复写。他受革命思潮的洗礼,一生坚持正义,以文学为改造社会之利器,反抗殖民统治和独裁专制,屡遭迫害,在日据时期曾两次被捕入狱。

如果说赖和揭示民间疾苦时多出于人道主义的同情,杨逵(1905—1985)则更注意从历史变革的层面谛视底层民众的命运和社会的变迁。这位"以斗士身影活跃于台湾新文学界"[1]的作家,在1970年代回顾自己的文学生涯时说:"我决心走上文学道路,就是想以小说的形式来纠正被编造的'历史',至于描写台湾人民的辛酸血泪生活,而对殖民残酷统治形态抗议,自然就成为我所最关心的主题。"[2]他的中篇小说《送报夫》(1932)叙写一位流浪日本的台湾杨姓青年的痛苦遭遇。那不只是个人被老板欺榨的不幸,也是众多失业者的灾难;通过一个平凡的报夫的生活困境,写出了世界性的资本主义经济危机如何给社会带来灾祸。小说描写日本失业者和杨姓青年患难与共,他们发现无论对中国人还是日本人,可恶的资本家都是"一样的畜生"。于是结成工人同盟,与老板斗争,终于争得了待遇的改善。这篇小说有明显的革命意味,力图将社会现象的刻写提高到历史变革的高度,显然受到当时左翼文学思潮的影响。

为了避开日本殖民者的书报检查,杨逵有时采用比较隐晦的象征手法写作。发表于1942年的《泥人形》一篇,取材于当时作者自办"首阳农园"的日常生活,篇中人物即是家人,所写全是种地、接客、教子等琐事,用的是

---

① 黄万华:《多源多流:双甲子台湾文学(史)》,广州:花城出版社2014年版,第43页。

② 杨逵1974年12月25日在"日据时代的台湾文学与抗日运动"座谈会上的发言,转引自许俊雅:《日据时期台湾小说研究》,台北:文史哲出版社1995年版,第238页。

散文笔法,居家琐事中的所思所感又都寓意深远,启人深思。文中写小儿女捏泥娃娃玩,让泥娃娃扮演军人,做攻战的游戏,不禁感慨军国主义教育对孩子们稚嫩心灵的摧残:"再也没有比让亡国的孩子去亡人之国更残忍的事了。"小说结尾一场倾盆大雨将泥娃娃包括泥塑的坦克、大炮、军舰、飞机淋作一摊烂泥,暗示着日本帝国主义必然溃灭的命运。在当时,这象征性的描写成为一种历史的预言,读来让人感觉有一种凛然正气。同样,写于1942 年的短篇《鹅妈妈出嫁》也在象征的描写中蕴含政治的愤慨。小说以讽刺而又不失沉实的笔调,描写一个医院的日本院长如何为了一只鹅而刁难欺压花农。作品还穿插了一个对殖民者抱有幻想、潜心研究"共荣经济"的书呆子如何家破人亡的故事。小说将所谓"共存共荣"在现实中的侵略本相与理论上的破产这两种描写相互映衬,尖利地戳穿了日本军国主义所谓"大东亚共荣"的谎言。

杨逵比较有影响的还有中篇《模范村》、短篇《萌芽》和《春光关不住》(又名《压不扁的玫瑰花》)等。他的多数作品都是用日文创作,后译为中文。杨逵关注现实,参与社会变革,思想开阔,性格豪爽,又受普罗文学思潮影响,其创作大都由现实直逼时代的思想制高点,虽然有浓重的意识形态意味,但视野广远,大气磅礴,有一种粗犷的力度。他的小说艺术上不算完整,但很适合他所处的那个渴求反抗与解放的年代。

台湾日据时期特殊的历史情状在许多现实主义作家笔下得到真实的展现,吴浊流(1900—1976)是其中最出色的历史记录者之一,他的小说是具有社会史性质的审美的概括。他的多数小说都写于 1937 年全面抗战爆发之后,也就是日本殖民者推行"皇民化运动",更加强化文化钳制政策之时。许多作家迫于政治高压,都不得不搁笔,但吴浊流却写下一篇篇嘲讽小说,以社会批判的笔触解剖众生相,刻写殖民统治下被扭曲的社会心理。《先生妈》是其中最著名的一篇。小说写"皇民化运动"在一个家庭中引起的"代沟":儿子钱新发爱钱如命,为了发财,不惜巴结日本人,争做"皇民化运动"中的"国语(日语)家庭",穿和服,吃日本菜,改日本姓,甚至强要年迈的母亲也来学日本话,以免丢他的"面子"。然而母亲很看不起儿子的洋奴相,她坚持民族气节,拒绝说日本话,见到日本客人也理直气壮大声讲台湾话,将儿子给她做的和服用刀砍烂,免得死后让人给她穿了,没有面目见祖宗。她临死时还嘱托儿子:不可请日本和尚。它用强烈对照的手法,赞扬了"先生妈"的民族气节,抨击了钱新发可鄙的奴才相。小说用的是嘲讽之笔,其中对"皇民化运动"的许多可笑场面的描写非常真实,等于为日本殖民者的丑行"立此存照"。另一篇以讽刺见长的小说是《波茨坦科长》,写日本投降后,中国根据《波茨坦公告》收复台湾,而官方"接收大员"贪污受贿、投机倒把、大发横财的丑行,真实地记录了台湾光复初期光怪陆离的社会形态。吴浊流说,文学家的责任是为历史作证,其作品要"经得起历史批判,要对得起子孙"。吴浊流的小说是可以帮助人们了解历史的。

这里要特别谈到长篇小说《亚细亚的孤儿》①。从 1943 年到 1945 年,吴浊流冒着危险从事"地下"写作,写成这部意绪悠长的长篇。主人公胡太明是出身台湾乡下望族的读书人,因不满日籍教官殴打台湾学生愤而辞去教职。他东渡留学,又被怀疑是"台湾间谍",只好重返台湾隐居。后转赴大陆谋生,却又被怀疑是"日本间谍"而被捕入狱。他越狱回到台湾,殖民政府又把他当作"中国间谍"监视。"卢沟桥事变"发生,他被征兵作为随军翻译再次来到大陆。他身历战争的残酷,目睹日军的暴行,精神崩溃致病,被遣返台湾。此时他已家破人亡,最终彻底疯癫,不知流落何方。小说称得上日据时代台湾社会苦难历史的"镜子",其焦虑夸张的心理情绪描写也反映了台湾知识者精神疏离的历程。它在思恋乡土的情结上构思爱国反日的主题,但又不时流露"异乡人"失根的痛楚。作者力图以历史的理智去控制那思恋与失望交织的乡愁,突出了小说的政治色彩。其中对社会世相的分析有批判眼光,虽然描写得不够细致,人物刻画也较为粗疏,但场面结构宏大,展现出史家叙写的襟怀,可以作为史诗来读。《亚细亚的孤儿》被视为日据时期的现实主义代表性力作,并非偶然。

日据时代台湾作家中比较执着地追寻乡土精魂、在艺术上有出色表现的,还有吕赫若(1914—1951)。他 1935 年发表的短篇《牛车》,叙写殖民地工业文明加深了农民的破产和农民的苦难,有如一支悲怆的乡土歌谣。此后又陆续发表短篇《风水》、中篇《清秋》以及连续小说《庭庭》《月夜》等。吕赫若常常描写农村日常家庭生活的矛盾或困厄,以此展现社会的变迁如何引起道德的、心理的变化。他观察细腻,善于探究心理,小说结构完整,有明洁的轮廓,有较稳定平和的风格。他的作品都是用日文写的,其中多数作品到 1990 年代才有中译。

---

① 《亚细亚的孤儿》中译本初名《孤帆》,1959 年 6 月由高雄黄河出版社出版。后有南华文化图书出版公司、远流出版公司等多种译本,更名为《亚细亚的孤儿》。

另一位很有艺术个性却少为人知的作家是龙瑛宗(1911—1999),他的作品大都以日文书写。1937年4月他的处女作《植有木瓜树的小镇》曾获日本著名杂志《改造》的创作奖。后来他参加过"大东亚文学者大会",这被视为其文学生涯中不光彩的一页,所以他的作品在台湾少有人读到。直到1978年,《植有木瓜树的小镇》才有中译本。这篇小说三万多字,以冷峻而富诗意的笔调,描写了1930年代台湾知识分子身处殖民统治下的哀伤与绝望。小职员陈有三梦想能和日本姑娘结婚,改变身份,过上正常而美好的生活,然而现实却一再令他挫败,他从同事那凄惨的结局中看到了自己的末路。那位同事的儿子疯癫而死,死前交给陈有三的手稿,写的是想象自己死后的状况:他如何静卧在冰冷黝黑的地下,蛆虫在他的身上"穿洞",树根"紧紧络住"脸、胸和手脚,"吸着养分,一边开花";"在明朗的春之天空下,可爱的花朵颤颤摇动,欢愉着行人的耳目"。这其实可以看作这位身处殖民统治下的知识分子身份认同混乱所带来的精神颓丧。作品的描写冷冽而忧伤,从中可以看到日本新感觉派和超现实主义等手法的运用。小说还写到当时日本人和本地人生活的区隔,气氛令人窒息。

　　　　这小镇的空气很可怕,好像腐烂的水果。青年们彷徨于绝望的泥沼中。

小镇是一个象征,构成知识分子的精神荒原,从一个方面诉说着殖民统治对人的心灵的毁灭,并发出无可奈何的叹息。龙瑛宗的小说以悲情和忧郁为基调,常追求唯美的艺术效果。不过也有一些比较实在的写作,主要是1940年代那些以"媳妇仔"命运为题材的小说,如《一个女人的记录》《不为人知的幸福》等。这些作品在叙写贫家女子苦难命运的时候,多表现女性的顽强与坚韧,不同于他的知识分子题材小说中的彷徨、恍惚。这类作品让人从"自然"的角度体味庶民世界的活力,给人一种承担苦难的强力感。就小说艺术的开放性探索及成就而言,龙瑛宗在台湾文坛是非常突出的。

日据时期比较有成就的作家还有:注意小说技巧探索的杨云萍(代表作《光临》)、擅长写心理小说的朱点人(代表作《纪念树》),以及充当日据时代文学传统与1960年代乡土文学之间桥梁的钟理和(代表作《夹竹桃》、《故乡》系列小说、《原乡人》),等等。在诗歌方面则有杨华(代表诗集《黑潮集》和《晨光集》)、王诗琅(代表诗作《沙漠上之旅人们》)、邱淳洸(《化石

之恋》），以及以吴新荣为代表的"盐分地带"诗人群①和以杨炽昌为代表的
"风车诗社"②的现代派诗作，等等。其中杨华（1906—1936）的诗作成就较
突出。他的《黑潮集》是身系囹圄时凄苦心灵的写照，虽彷徨却不甘沉沦：

> 我要从悲哀里逃出我的灵魂
> 去哭醒那人们的甜蜜的噩梦
> 我要从忧伤里挤出我的心儿
> 去填补失了心的青年的胸膛！

收在《晨光集》里的作品则清新优美，讲求意象的经营，如：

> 雨后的暗空，
> 寂然幽静，
> 像给泪泉洗过的良心！（《晨光集》十一）

又如：

> 幽默园中，
> 撒了满地的落红，
> 这是零碎的诗句啊！（《晨光集》六）

这些诗类似"五四"时期冰心体的小诗，比较注重个人的内心感受，注重印
象的捕捉，又带哲理性，显然也受到日本俳句的影响。

　　台湾的现代文学作为中国现代文学的分支，有其显著的独异性。它主
要是日本殖民统治之下艰难生成的文学，尽管也有不同的创作风格与路数，
但总的特色表现为对乡土家国的思恋。反殖民统治—追寻乡土—认同祖
国，始终是多数台湾现代作家的创作情结，失根的乡愁往往成为台湾现代文
学创作的一种动力。执着现实，面向民众，是众多台湾现代作家的文学理
念，现实主义成为普遍的创作趋向，浪漫主义与现代主义未曾得到充分发
展。从文体上看，则小说创作成为强项。由于日本殖民者在台湾实行语文
上的殖民政策，甚至一度禁止用中文写作，台湾现代文学存在"双语现象"，

---

　　①　1930 年代初活跃在台湾台南佳里一带的诗人群。主要成员有吴新荣、郭水潭、王登山
等人。"盐分地带"指台南一带土地含盐分较高，多盐田和养殖鱼塭，不适合从事农业，生活条
件较艰苦的地区。
　　②　1933 年成立，出版诗歌刊物 *LE MOULIN*，刊名采用法文"风车"，标示其以超现实主义
为艺术目标。

有相当一部分作家只能用日语写作,然后再陆续译成中文。语言的困扰也戕伤了台湾文学。

1949 年以后,台湾文学又有新的发展,并且由于与大陆的长期隔离,形成了迥异于大陆的某些新的文学特质。无论如何,中国现代文学都不应忽视台湾独特的经验与成就。

在此顺便还要提到香港的现代文学。

香港在 1997 年回归中国之前,在英国的殖民统治之下,但始终未发展出英语的文学创作传统;即使和日据时期的台湾相比也不大一样,香港这个空间一直由中文及中文创作占领,未曾有过台湾那样的"双语创作"现象。由于香港在地理上毗邻内地,其文化与内地的联系始终比较紧密,未曾出现过类似台湾那样的与内地基本隔绝的状况。尽管香港处于殖民统治下的时间比台湾日据时期更长,但在 1950 年代之前,在香港从事文学创作的本土作家或南迁的作家,其文化和创作环境与内地的情形大致是一样的,所以不宜将此时期在香港写作或发表的作品全都归入香港文学。香港的"现代文学"其实很不典型,也很薄弱。一直到 1940 年代末,出现了侣伦(1911—1988)和黄谷柳(1908—1977)等少数香港本地作家,写出了《穷巷》①、《虾球传》②等一些作品,才有了初步的名副其实的"香港文学"。有真正的地域文化特征的香港文学,主要是六七十年代之后才逐步形成规模的。③ 所以对现代部分的香港文学也就只能做这样一个简单的交代。

附录 本章年表

1919 年

5 月 4 日北京爆发反帝反封建的爱国运动,对台湾的新文学运动产生巨大影响。

1920 年

7 月 新民会机关刊物《台湾青年》在东京创刊。

---

① 侣伦的《穷巷》又名《都市曲》,1952 年由香港文苑书店出版。

② 黄谷柳的《虾球传》1946 年创作于香港,1948—1949 年以《春风秋雨》《白云珠海》《山长水远》三部曲形式由香港新民主出版社出版。

③ 如蜚声中外的小说家金庸,也是 1955 年才开始在香港创作武侠小说的。

1922 年

1 月　陈端明《日用文鼓吹论》发表于 20 日《台湾青年》，是台湾最早提倡白话文的文章。

1923 年

4 月　15 日《台湾民报》在东京创刊。

6 月　《台湾民报》开始发表介绍胡适、陈独秀"文学革命"观点的系列文章。

1924 年

4 月　张我军《致台湾青年的一封信》发表于 21 日《台湾民报》，批判台湾旧文学。

1925 年

1—3 月　《台湾民报》等刊陆续发表倡导新文学运动的文章，并介绍大陆的新文学作品。

12 月　25 日张我军《乱都之恋》出版，为台湾第一本新诗集。

1926 年

1 月　赖和《斗闹热》、杨云萍《光临》两篇白话小说发表于 1 日《台湾民报》。

1927 年

7 月　《台湾民报》迁回台湾发行。

10 月　12 日台湾文化协会召开第一次全岛代表大会。

1930 年

8 月始　至次年 8 月《伍人报》等多家报刊上开展了关于"乡土文学"的讨论。

1932 年

1 月　赖和等成立南音社，创办《南音》杂志。

6 月　杨逵《送报夫》发表于《台湾新民报》（只刊登一半就遭禁）。

1933 年

10 月　诗人杨炽昌等发起的"风车诗社"在台南成立。

1934 年

5 月　6 日第一次台湾全岛文艺大会召开。

7 月　15 日台湾文艺协会机关刊物《先发部队》创刊。

12 月　赖和《善讼的人的故事》发表。

1935 年

1 月　吕赫若成名作《牛车》发表于日本《文学评论》。

12 月　杨逵、叶陶等创办《台湾新文学》杂志。

1936 年

4 月　杨逵《送报夫》、吕赫若《牛车》和杨华《薄命》收入上海出版的朝鲜和台湾地区短篇小说集《山灵》。

同月 龙瑛宗《植有木瓜树的小镇》发表于日本《改造》杂志。次年 4 月获《改造》的"征文佳作奖"。

1937 年

4 月 台湾总督府下令废止中文出版,报刊禁用汉字。台湾发行的全部报纸被取消汉文栏。

1938 年

年底 邱淳洸《化石之恋》(诗集)在日本出版。

1939 年

2 月 邱淳洸《悲哀的邂逅》(诗集)出版。

3 月 吴漫沙《韭菜花》(长篇小说)出版。

1940 年

1 月 日本作家组成的台湾文艺家协会成立,出版《文艺台湾》杂志。

1941 年

5 月 张文环主编《台湾文学》杂志创刊,坚持台湾本土文学的立场。

本年 《风月报》改名《南方》,为本时期唯一的中文杂志。

1942 年

10 月 杨逵《鹅妈妈出嫁》发表于《台湾时报》。

1943 年

1 月 31 日台湾新文学先驱者赖和逝世。

1944 年

3 月 吕赫若《清秋》(小说集)出版。

4 月 吴浊流《先生妈》发表于《民生报》。

本年 吴浊流开始写长篇小说《亚细亚的孤儿》。该书中译本初名《孤帆》,1959 年 6 月由高雄黄河出版社出版。后有多种译本。

1945 年

4 月 钟理和《夹竹桃》由北平马德增书店出版。

8 月 日本帝国主义宣布投降,台湾光复。

10 月 24 日省行政公署下令废止日文报刊,恢复中文写作。

1946 年

6 月 16 日台湾文化协进会在台北成立,随后创办《台湾文化》。

1948 年

本年 吴浊流《波茨坦科长》由台北学友书局出版。

1949 年

5 月 19 日台湾宣布实施戒严令,台湾左翼文坛严重受挫。

修订本后记

　　本书是《中国现代文学三十年》的修订本。《中国现代文学三十年》于1987年8月在上海文艺出版社出版，又于1991年、1996年两次重印，受到了学术界与高校中文系师生的欢迎，同时也获得了许多宝贵的意见。我们自己本也有修订的意思，但因各自的工作忙而搁置下来。这回是因为被国家教委指定为重点教材，这才下决心，推掉其他工作，以将近一年的时间，重做修订，并改由北京大学出版社出版。——但我们对上海文艺出版社当年对我们的第一本学术著作的扶植，仍怀着深深的敬意与感激之情，我们将永远记着本书初版本的责任编辑高国平先生、张辽民女士的劳绩。

　　关于本书的修订，做以下说明：

　　一、本书的修订，主要是吸收1987年以后近十年的研究成果，以及我们自己研究的新的心得，对各章的内容做了较大的变动，而对全书的总体结构只做个别调整（如作家专章中增补了"沈从文"，将通俗小说的发展独立分章叙述，1940年代文学不再分为三个地区分别论述等），而不做整体性变动。我们这样处理，是坚持在初版本时即已确定的观念与原则：文学史的编撰应分两类，作为私人写作，要力求创新，显示个人独特眼光；作为教科书，则需相对稳重，既要吸收最新研究成果，力图显示本学科已经达到的水平，又要充分注意教材所应有的相对稳定性与可接受性。在我们看来，近十年来，尽管学术界在突破现有文学史结构上，做了很多努力，在现代文学的性质、范围、起止、分期，以及总体性特征、发展线索上，都有许多新的研究成果，但大体上还处于探索阶段，而相对成熟的研究成果则主要集中在作家、作品的研究上，这也是符合文学史研究的特点与规律的。因此，本书的修订比较多地吸收了作家、作品与文体研究的成果，对总体性研究成果的吸取则持相对慎重的态度。本书的重点也放在对作家（特别是足以显示现代文学已经达到的水平的高峰性作家）的文学成就的论述，以及各文体代表性作品的分析、自身演变的历史线索的梳理。我们的目的与任务是为现代文学史的教学提供基本的事实与发展线索，更进一步的理论总结与概括则留给本教材的使用者在教学与研究过程中继续完成。正是基于这样的考虑，本书删去初版本的长篇"绪论"，不对三十年现代文学发展的特点与经验教训做历史总结，只在"前言"中对本书所使用的"现代文学"的概念、现代文学的发生背景与所面临的历史课题，做出简要的说明。同时在各章标题上删去了概括性、判断性的内容。我们认为，这样的低调处理，是稳妥与必要的。

二、本书初版本作者有四位，即钱理群、吴福辉、温儒敏、王超冰。因王超冰不在国内，未能参加修订工作。鉴于本书的修订幅度比较大，不少章节几乎完全重写，修订本就由钱理群、温儒敏、吴福辉三人署名。但王超冰对本书的写作仍是功不可没，谨对王超冰女士的劳作表示感谢，我们难忘当年愉快地合作的情景。

三、本书的三位作者做了如下的分工：钱理群负责修订（改写与重写）第二章、第五章、第六章、第八章、第十六章、第十七章、第十九章、第二十章、第二十五章、第二十六章、第二十八章；吴福辉负责修订（改写与重写）第三章、第四章、第十章、第十三章、第十四章、第十五章、第二十三章、第二十四章；温儒敏负责修订（改写与重写）第一章、第七章、第九章、第十一章、第十二章、第十八章、第二十一章、第二十二章、第二十七章、第二十九章。全书由钱理群统稿，并撰写"前言"与"后记"。

四、温儒敏最后通读全书，并做文字润饰和史实审核。本书清样稿出来后，经由严家炎、樊骏、杨义和费振刚等诸位先生组成的专家小组的审定，封世辉先生和王信先生协助做了资料审核等工作，特向他们表示感谢。

本书仍保留王瑶先生为初版本所作的序言，以表示对作为现代文学学科开创者之一的我们的恩师永远的怀念。

著　者

1997 年 12 月于北京

第三版后记

　　《中国现代文学三十年》初版于 1987 年 8 月，由上海文艺出版社出版。经大幅度修订后，1998 年 7 月改由北京大学出版社出版，封面上标示为"修订本"，也就是第二版。2015 年，该书又做了第二次修订，有较多的补充和改动，2016 年 2 月面世，是第三版。但当时未能在封面上标示"第三版"，只在书前面的"重印说明"中做了简单的介绍。一般读者可能并不了解此书历经两次修订的版本情况，会造成某些不便，我们表示歉意。

　　这里有必要再交代一下第三版的修改变化情况。

　　第三版基本上保留了第二版（1998 年修订本）的体例框架，部分章节吸收了学界的一些研究成果，以及我们自己的研究心得；根据教学的需要，适当调整了写法；重新做了史料核实考证，补正了上一版的疏漏，还将原来每一章后面的注释都转换成页下注，方便读者参阅。

　　其中有些章节的改动比较多，如"文学思潮与运动"（一）（二）、"新诗"（一）（三）、"散文"（二）、"戏剧"（三）、"郭沫若"、"茅盾"、"巴金"、"沈从文"、"赵树理"等章；特别是"通俗文学"（一）（二）（三），易名"市民通俗小说"，内容的变动更大。第三版的修订，有意识地去回应时代变迁提出的问题，通过梳理和总结现代文学传统，参与价值重建。

　　第三版的修订工作，本书三位作者基本上分别负责原来各自撰写的章节，具体的分工是：钱理群负责第二章、第五章、第六章、第八章、第十章、第十三章、第十六章、第十七章、第十九章、第二十章、第二十五章、第二十六章、第二十八章；吴福辉负责第三章、第四章、第十四章、第十五章、第二十三章、第二十四章；温儒敏负责第一章、第七章、第九章、第十一章、第十二章、第十八章、第二十一章、第二十二章、第二十七章、第二十九章，并对全书进行统稿。责任编辑艾英女士负责史料核实，黄维政先生和张冲女士提供了帮助。每章后附知识点、必读作品与文献、思考题二维码，内容由温儒敏撰写，书后附试题选录二维码，可供学习时参考。

　　鉴于 2016 年的新版是以"重印本"面目呈现的，容易造成版本的混淆，2024 年决定改用新书号，特别在封面上标示"第三版"，而框架内容仍然维持 2016 年"重印本"的原貌,只对个别章节和史料做了一些修订。

本书从初版至今已经 37 年,其间先后被列为普通高等教育"九五"教育部重点教材和"十一五"国家级规划教材,到 2023 年年底,有过 60 次印刷,印数超过 160 万册。其在高校的使用覆盖率,以及学界的引用率,在同类书中都是非常高的。我们要感谢广大师生、读者的厚爱,同时也希望能有更多更好的现代文学史教材来取代它。

行笔至此,不禁想起我们当年受王瑶先生委托,撰写这部文学史的往事。三十多年过去,王瑶先生早已谢世,参与过此书第二版审定和资料核实的樊骏、杨义、费振刚、封世辉、王信等先生也已经远离我们。2015 年修改此书时,吴福辉仍然精力旺盛,笔耕不辍,不幸的是,他也于 2021 年 1 月在加拿大辞世。逝者如斯,不胜感慨。如今本书以"第三版"的面目出版,也带有对王瑶导师、诸位对此书有过贡献的同人,以及合作者福辉兄的深切怀念。

钱理群　温儒敏
2024 年 1 月 12 日

本科生试题选录

硕士研究生入学考试专业试题选录

博士研究生入学考试专业试题选录